LA PRINCESSE ET LE KILIM

Passionné par le Moyen Âge, producteur renommé de plusieurs grands réalisateurs dont Rainer W. Fassbinder, acteur inoubliable dans *Aguirre ou la colère de Dieu* ou *Le Nom de la rose*, Peter Berling a connu la notoriété littéraire avec sa saga *Les Enfants du Graal*.

Paru dans Le Livre de Poche :

LA CATHARE

LA CROISADE DES ENFANTS

LES ENFANTS DU GRAAL
1. Les Enfants du Graal
2. Le Sang des rois
3. La Couronne du Monde
4. Le Calice noir, 1 : Le Secret des Templiers
5. Le Calice noir, 2 : Le Sceau de Salomon

PETER BERLING

La Princesse et le Kilim

ROMAN TRADUIT DE L'ALLEMAND PAR OLIVIER MANNONI

JC LATTÈS

Titre original :

DER KELIM DER PRINZESSIN
Publié par Gustav Lübbe Verlag

Cet ouvrage a été proposé
à l'éditeur français par l'Agence AVA international.
(www.ava-international.de)

ISBN : 978-2-253-12225-8 – 1re publication LGF

C'est accompli,
Elgaine de Bailliers –
Tant pis pour moi !

NEC SPE NEC METU

DRAMATIS PERSONAE

Le couple royal

ROGER-RAMON-BERTRAND TRENCAVEL DU HAUT-SÉGUR, *dit « Roç »*

ISABELLE-CONSTANCE-RAMONA ESCLARMONDE DU MONT Y SION, *dite « Yeza »*

Leurs amis

GUILLAUME DE RUBROUCK, dit *« Guillaume » le Chroniqueur (franciscain)*

JALAL AL-SOUFI, *un derviche*

JOSHUA, *dit « Josh le Charpentier », cabaliste juif*

DAVID DE BOSRA, *le Templier*

Mongols

HULAGU, *le Il-Khan*

DOKUZ KHATUN, *son épouse (chrétienne)*

KITBOGHA, *son généralissime (chrétien nestorien)*

DUNGAI, *son confident, capitaine*

SUNDJAK, *un général*

KHAZAR, *un neveu de Kitbogha, sous-officier*
BAÏTCHOU, *plus jeune fils de Kitbogha*
ARSLAN, *le chaman*

Antioche

BOHÉMOND VI, *le prince*
SYBILLE D'ARMÉNIE, *son épouse*
GUY DE MURET, *confesseur de la princesse (dominicain)*
TERÈZ DE FOIX, *un vassal*
BÉRÉNICE DE TARASCON, *son épouse*
PONS DE TARASCON, *le frère cadet de Bérénice*
ALAIS, *servante musulmane de la princesse*

Le Caire

QUTUZ, *sultan mameluk en exercice*
BAYBARS (ÉMIR RUKN ED-DIN BUNDUKTARI), *son principal général, dit « L'Archer »*
FAUCON ROUGE, *nom de guerre de l'émir Fassr ed-Din Octay, fils du dernier grand vizir, « Prince Constance de Sélinonte » dans son personnage de chevalier chrétien*
MADULAIN, *son épouse, une princesse saratz*
ALI, *fils du prédécesseur, assassiné, du sultan Qutuz*
NAIMAN, *agent secret du sultan*

Acre / Outre-mer

GODEFROI DE SARGINES, *bailli du « Royaume de Jérusalem »*
THOMAS DE BÉRARD, *grand maître de l'ordre des Templiers*

HUGO DE REVEL, *grand maître de l'ordre des Chevaliers de Saint-Jean*
HANNO VON SANGERSHAUSEN, *grand maître de l'Ordre des Chevaliers teutoniques*
YVES LE BRETON, *ambassadeur du roi de France*
MARIE DE SAINT-CLAIR, *« la Grande Maîtresse »*
CHARLES DE GISORS, *son frère, grand prieur de l'ordre des Templiers*
LAURENT D'ORTA, *« le secrétaire » (franciscain)*
MARC DE MONTBARD, *commandeur des Templiers à Sidon*
JACOB PANTALEON, *patriarche de Jérusalem*
JULIAN DE SIDON ET BEAUFORT, *chevalier brigand*
JOHANNA D'ARMÉNIE, *son épouse*
HETHUM, *roi d'Arménie, père de Sybille et de Johanna*
PHILIPPE DE MONTFORT, *seigneur de Tyr*

Damas / Islam

AN-NASIR, *sultan de Damas*
CLARION DE SALENTE, *sa favorite*
EL-AZIZ, *fils d'An-Nasir*
LE BAOUAB, *son chambellan*
EL-KAMIL, *émir de Mayyafaraqin*
BADR ED-DIN LULU, *atabeg de Mossoul*
KAIKAUS, *fils du sultan seldjoukide*
ALP-KILIDJ, *son frère aîné*

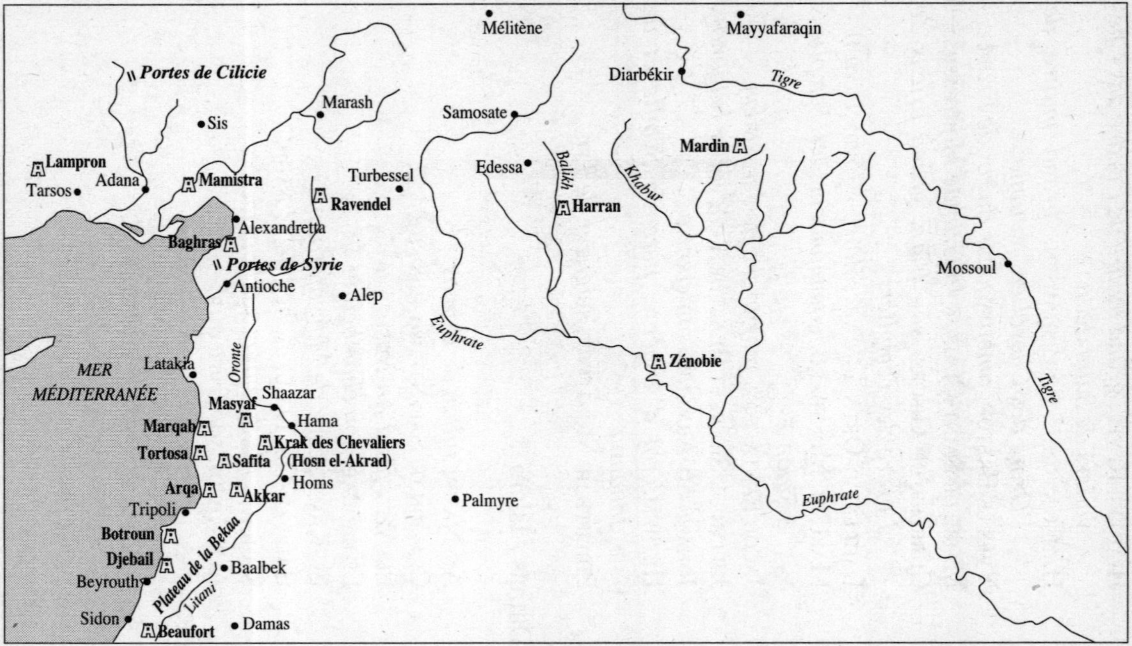
Mélitène
Mayyafaraqin
Portes de Cilicie
Diarbékir
Tigre
Marash
Samosate
Sis
Mardin
Lampron
Edessa
Balikh
Khabur
Tarsos
Adana
Mamistra
Turbessel
Ravendel
Harran
Alexandretta
Baghras
Portes de Syrie
Mossoul
Antioche
Alep
Euphrate
Zénobie
MER
MÉDITERRANÉE
Latakia
Oronte
Tigre
Shaazar
Masyaf
Hama
Marqab
Krak des Chevaliers
(Hosn el-Akrad)
Tortosa
Safita
Homs
Arqa
Akkar
Palmyre
Euphrate
Tripoli
Botroun
Plateau de la Bekaa
Djebail
Baalbek
Beyrouth
Litani
Sidon
Beaufort
Damas

LA LICORNE

Un cadeau pour le Il-Khan

Afin de contourner les marécages, dans la partie méridionale du lac d'Ourmia, la caravane avait décrit une large courbe et s'était profondément enfoncée dans le désert. On leur avait conseillé, à Tabriz, d'éviter à tout prix la proximité du lac. Les Mongols édifiaient un château fort sur une langue de terre qui dépassait des eaux, moins pour asservir la région que pour mettre à l'abri les immenses trésors qui leur étaient tombés entre les mains lors de la conquête de Bagdad et d'Alep. La région grouillait de patrouilles mongoles, plusieurs divisions, disait-on, dont la mission était de surveiller et de faire avancer à coups de fouet le cortège permanent des esclaves qui traînaient l'or vers la forteresse. Autour des remparts de Shaha, les Mongols avaient en outre installé un anneau infranchissable. Ceux qu'ils trouvaient à l'intérieur de cette zone étaient abattus sur place. Mais la peur de mourir n'était pas le seul élément à avoir détourné du chemin le plus court cette caravane venue de Tabriz et à l'avoir poussée dans le désert. Le poids extraordinaire du convoi y avait aussi contribué :

comme s'ils guidaient un gigantesque bélier, les vingt-huit chameaux portaient un immense tapis roulé suspendu par de larges courroies entre les animaux. Sept groupes de quatre montures se succédaient ainsi. Leur fardeau assurait leur cohésion, poussait les animaux en avant et n'admettait aucun écart, aucun ralentissement. Les chameliers qui tournaient autour d'eux comme un essaim veillaient à ce que rien n'arrête leur marche. Les bédouins, sur leurs chameaux de monte rapides, s'efforçaient surtout de trouver sur ce terrain caillouteux l'itinéraire le mieux approprié, celui qui n'arrêterait pas la prudente avancée du lourd cortège.

Ils s'étaient ainsi peu à peu éloignés de l'itinéraire prévu et ne surent bientôt plus comment corriger leur trajectoire. Il était hors de question de dresser le campement au milieu du désert : les animaux avaient besoin d'eau. Les bédouins qui avaient jusqu'ici accompagné de cris énergiques et bruyants la marche de la caravane sombraient petit à petit dans un silence accablé. Ils lançaient des regards, d'abord interrogateurs puis réprobateurs, à leur doyen qui les guidait et dont le turban s'inclinait à vue d'œil, comme pour se plier au bout du compte à l'inéluctable. La caravane parcourait en silence son chemin d'égarée.

Nul ne put dire, plus tard, qui l'avait vu le premier et d'où il était venu. Cet étrange personnage vêtu d'un large manteau criblé de petites plaques d'argent reflétant le soleil et de plumes ou autres osselets d'oiseaux surgit devant la première rangée de quatre animaux et la dirigea dans une autre direction, sans dire un mot, sans même toucher le licol de l'un des chameaux. Si ces animaux d'ordinaire tellement entêtés le suivirent de si bonne grâce, c'était peut-être à cause de la bête hirsute qui marchait dressée derrière l'étranger : un ours adulte qui suivait son maître avec le plus grand naturel. Arslan[1] le chaman[2] rayonnait d'un calme et d'une confiance auxquels les chameaux de trait se laissèrent prendre bien plus vite que les fils du désert. Lorsqu'il eut doucement soumis la caravane à sa volonté et dévié sa trajectoire, Arslan leva tout aussi lentement le bras et désigna l'horizon où se dressait la chaîne de collines qu'ils devaient franchir. Dans la brume scintillante que la chaleur arrachait au sol, les bédouins aperçurent les cimes des palmiers d'une oasis. Ils n'y étaient pas encore, mais l'eau paraissait bien proche comparée à l'étendue désespérante du désert de pierre auquel ils venaient d'échapper. Ils n'osèrent pas adresser la parole à cet étrange vieil homme, de peur qu'il ne les abandonne à leur sort. Le chaman paraissait guider la caravane comme un bon djinn[3]. Même l'ours velu, derrière lui, glissait sur le sol rocheux et ondulé comme s'il s'agissait de la surface lisse d'un lac. Comme les chameaux suivaient aveuglément et rapidement leur nouveau guide, les chameliers, respectant un signe impérieux de leur doyen, se placèrent en queue de convoi et évitèrent tout geste susceptible de troubler l'étranger et la gigantesque boule de fourrure qui l'accompagnait. Ils avançaient à bonne distance et dans un silence absolu derrière leurs animaux d'attelage; seul leur chef gardait les yeux fixés sur l'épais tapis roulé, comme s'il avait peur que ce précieux fardeau ne se dissolve d'un seul coup dans l'air. On pouvait s'attendre à n'importe quelle diablerie avec ces enchanteurs venus d'Extrême-Orient ! Qui sait si ce vieux sorcier n'était pas venu dans le seul but de s'emparer du « père de tous les tapis » ? Mais ni le chaman, ni son ours ne se retournèrent une seule fois sur l'encombrant chef-d'œuvre des tisserands. Ils se dirigeaient imperturbablement vers la lointaine palmeraie, qui ne semblait pas vouloir se rapprocher bien que les bédouins aient eu l'impression d'entendre déjà le battement des palmes vertes au vent léger.

La marche fut longue et laborieuse. Lorsque l'ombre et la fraîcheur de l'eau parurent enfin à portée de main, le mirage vert sombre des palmiers se dispersa tout d'un coup et il ne resta plus qu'un tas de roches inhospitalières dans un paysage qui brûlait sous le soleil. Au milieu de ce désert sinistre, à côté d'un puits soigneusement entouré de pierres, se dressait une pauvre tente couleur de terre. Devant elle, dignement assis en tailleur, deux jeunes personnes détonnant autant dans ce décor que l'ours qui se dirigeait vers eux. Ils regardaient venir la caravane sans la moindre crainte, ils semblaient même l'attendre. La femme n'était pas voilée, elle ne portait même pas de *hijab*[4], sa longue chevelure blonde lui tombait sur les épaules. Le jeune garçon à côté d'elle ressemblait plus à un gamin qui aurait joliment poussé qu'à un guerrier, et la manière dont il tolérait à ses côtés la présence de cette femme fière ne donnait pas aux bédouins l'impression d'avoir affaire à un souverain. Le chaman qui les précédait s'inclina toutefois devant le couple avant de se retourner vers la caravane. Le pas régulier des chameaux s'arrêta. Les bédouins avancèrent vers la tête du convoi, curieux, mais encore timides et retenus.

— Loué soit Allah, votre Dieu, et remerciez-le pour la grâce qu'il vous a accordée ! fit Arslan d'une voix ferme. *Ihmidu allah !* Agenouillez-vous devant les rois du monde !

Tandis que les bédouins, encore inquiets, regardaient leur doyen, les chameaux plièrent les pattes avant comme s'ils avaient entendu un ordre inaudible, puis abaissèrent leurs longues pattes arrière. Le tapis enroulé toucha le sol de toute sa longueur et se retrouva posé entre les animaux. Alors le doyen mit un genou à terre devant Roç[5] et Yeza[6] et tous ses hommes l'imitèrent.

— *Al hamdu lillah*, loué soit Allah ! s'exclama l'homme. Il est grand et tout-puissant. (Puis l'homme s'adressa au chaman.) Mon cœur saigne de voir l'illustre Couple Royal assis à même la roche ! (Il s'inclina une fois encore.) Permettez-nous de dérouler le kilim devant ces rois, pour que sa surface lisse et fraîche comble d'aise leur corps si tendre !

Il était tellement sûr que sa proposition serait aussitôt acceptée qu'il avait déjà donné à ses hommes l'ordre de commencer à dérouler le tapis. Mais le chaman bondit au milieu de la troupe et l'ours émit un grognement menaçant.

— Gardez-vous bien, lança Arslan au vieil homme effrayé, de déployer ce tapis qui célèbre le pouvoir, devant des rois dont le règne ne tient qu'à la force de leur esprit et au sang qui coule dans leurs veines !

Les bédouins intimidés avaient reculé devant le chaman. Moins pour s'excuser que pour expliquer sa virulence, le chaman se tourna vers Roç et Yeza, qui n'avaient pas bronché.

— Vous ne devriez pas retarder plus longtemps votre apparition sur la scène de ce monde, les implora-t-il. Mais le chemin que vous devez parcourir est étroit et semé d'embûches. (Il regarda le visage de Yeza, où s'esquissait à présent un sourire de connivence, et celui de Roç, qui avait l'air rétif et interrogateur.) Gardez-vous du chemin commode, celui qui répond à vos pulsions et à vos caprices, celui qui promet l'accomplissement facile de vos vœux et vous donne l'illusion de vous apporter le pouvoir extérieur, la gloire à bon marché et le petit bonheur humain !

Arslan s'arrêta un bref instant. Il n'avait pas besoin de vérifier l'effet produit par ses paroles, ni de les regarder dans les yeux pour sentir la résistance de Roç et le scepticisme de Yeza. Il n'en prononça pas moins cette mise en garde, il le fallait.

— Nul ne pose impunément son pied sur ce tapis. Gardez-vous du kilim, même s'il fait tout pour vous séduire.

Le chaman semblait avoir sur le bout de la langue un avertissement plus sévère encore, comme si une sombre menace habitait ce kilim à la manière d'un mauvais djinn. Mais il ferma la bouche et les yeux, et disparut comme il était venu.

Aucun des bédouins ne se rappela, par la suite, les avoir vus repartir, lui et son ours. Arslan s'était volatilisé. Cela n'étonna pas Roç et Yeza. Le départ abrupt du chaman laissa au moins un écho dans leur cœur. Ils ne pouvaient rejeter de leur esprit sa force magique. Ils se relevèrent avec la majesté qui sied à des rois et firent signe aux bédouins de défaire leur tente et de la charger sur l'une des bêtes de trait. Comme si c'était tout naturel, Roç et Yeza mirent la caravane à leur service, lui faisant ainsi comprendre qu'ils allaient partir avec elle. Ils ne se plaçaient pas sous sa protection, mais prenaient sans rien dire les bédouins comme une escorte envoyée par le destin. Le premier à le comprendre fut le doyen. Il demanda à Roç la permission de donner aux animaux de l'eau du puits. Puis la caravane reprit sa marche.

Un cavalier solitaire se dressait comme un monolithe au sommet d'une colline, dans le désert de pierre. C'était sans aucun doute un chevalier de l'Occident. La visière de son grand heaume était levée, son regard balayait l'horizon formé par les montagnes du nord de la Syrie. Il attendait. Son armure n'avait pas la moindre décoration, aucun blason n'était frappé sur son bouclier, la seule chose remarquable était l'épée gigantesque qu'il portait sur le côté de sa selle. L'homme serra les paupières. Un scintillement à peine perceptible venait d'apparaître en différents endroits, sur les contours dentelés des parois rocheuses qui lui faisaient face. Il resta immobile. Aux pointes de lance en acier, que l'on reconnaissait distinctement à présent, s'ajoutèrent les insignes étranges d'une armée en campagne : ailes d'oiseaux, queues de loup et de cheval. Il distingua les premières coiffes de combat rondes dont les pics de bronze formaient une file indistincte : l'interminable colonne des légions mongoles ! Un tableau titanesque, spectacle oppressant d'une force sans visage à laquelle nul ne pouvait échapper. On n'entendait pas un ordre, le seul bruit était celui des chevaux qui renâclaient et, au fur et à mesure de leur progression, le craquement dur du cuir. Le cliquetis des armes était à peine audible. Ce gigantesque lézard à la carapace blindée sinuait dans les gorges et les méandres du chemin, muet comme s'il serrait les dents. C'était un flot de lave qui ouvrait le paysage, l'enfouissait sous lui. La montagne elle-même sembla bientôt s'être mise en mouvement. Les blocs de centuries en quinconce avançaient avec la discipline d'une colonie de fourmis rouges en marche ; les divisions progressaient dans une uniformité effrayante qui semblait tétaniser cette contrée sauvage, soumise au grincement des roues, aux gémissements des charrettes hautes portant les yourtes[7] noires. Le trépignement des sabots ne produisait ni vibration ni tonnerre, mais la terre tremblait !

L'œil du chevalier balaya sans crainte ce maelström qui roulait devant lui. Même immobile, il paraissait plus humain que ce corps de dragon se mouvant mécaniquement, composé de milliers de sabots et de bottes, de pointes de casques, d'arcs noués sur le dos et de carquois remplis. Au milieu de cette forêt de lances qui ondulait devant lui s'ouvrit alors un espace vide. Poussé vers l'avant avec une discipline de fer, il rappelait cette mystérieuse délimitation des temples dont les hommes et les animaux respectent strictement la clôture invisible. Ce sanctuaire gardé avec tant de respect était certainement le gigantesque char qui se trouvait en son milieu, une somptueuse pyramide dotée de marches et montée sur des roues. Au-dessus de la plus haute plate-forme s'élevait un trône fixé à de hauts pilotis. On aurait dit cependant que ce magnifique habitacle qui imposait à tous une adoration sans condition, une soumission indigne, était une cage, un objet irréel et étranger dans cette masse de guerriers gris et brun, ces centaures[8] étrangement soudés à leurs chevaux. Le cavalier solitaire fut moins étonné par le scrupuleux respect de cette zone géométrique que par le comportement des innombrables serviteurs : avançant à distance respectueuse à sa droite et à sa gauche, ils tentaient en haletant de suivre son rythme. Mais à chaque fois qu'ils le dépassaient, ils se jetaient au sol et restaient humblement prosternés jusqu'à ce que l'habitacle vide du trône, tiré par quatre doubles attelages, soit passé devant eux en vacillant.

Le chevalier attendit patiemment que le bloc du commandement de l'armée mongole soit en vue ; on le reconnaissait bien, avec ses grandes tentes et ses insignes du pouvoir plus élevés que tous les autres. Puis il fit descendre son cheval d'un pas mesuré. Il n'avait pas d'autre choix : des archers s'étaient depuis longtemps postés dans son dos, les flèches dirigées vers lui.

On conduisit le chevalier devant le général commandant l'armée, un certain Sundjak[9]. L'inconnu se présenta comme Yves le Breton[10], légat du roi de Francc. Cela n'impressionna guère le général, qui broncha encore moins lorsque l'homme demanda à être amené devant le Il-Khan Hulagu[11] en personne. Yves dut prendre patience. Les deux jeunes Mongols qu'on lui avait donnés en escorte et qui avançaient à présent à ses côtés, car l'apparition de cet ambassadeur n'avait nullement ralenti la marche de leur armée, semblaient assez effarouchés par cet étranger. Khazar[12] et Baïtchou[13] avaient du mal à brider la curiosité que leur inspirait l'invité. Son arme immense, large et longue comme une épée de tournoi, éveillait en eux un léger frisson d'effroi. Yves leur témoigna un intérêt mêlé de dédain.

— Qu'a donc de si particulier ce trône auquel on rend tant d'honneur ? demanda-t-il.

Baïtchou, le plus jeune de ses jeunes « gardiens », se précipita pour répondre :

— C'est le trône du « Couple Royal », de Roç Trencavel et de la princesse Yeza Esclarmonde !

Le Breton sourit imperceptiblement. Il n'avait posé cette question que pour confirmer ce qui était déjà une certitude. Seuls les Mongols pouvaient avoir l'idée de bâtir pareille monstruosité dans le seul but de souligner leur prétention sur le Couple Royal. La vénération que lui portait ce peuple des steppes s'était transformée en une véritable idolâtrie au fur et à mesure que Roç et Yeza s'étaient éloignés de la mission qui leur était confiée. Les Mongols ne connaissaient pas le « Grand Projet[14] », ils n'en avaient même vraisemblablement jamais entendu parler. Comment l'auraient-ils pu, d'ailleurs ? C'était une vision tellement exceptionnelle que même « le Reste du Monde », puisque c'est ainsi que les Mongols appelaient l'Occident, ne la comprenait pas totalement et était encore moins disposé à l'accepter. Yves le Breton n'était certes pas un chevalier du Graal[15] : cette confrérie secrète et arrogante ne l'avait pas jugé digne d'entrer dans ses rangs. Mais lui, simple serviteur du roi, en savait davantage sur le Grand Projet que plus d'un de ses membres ! Et il avait la volonté d'imposer sa mise en œuvre, même si nul ne lui en était reconnaissant. Le Breton était d'une fidélité absolue envers Louis[16], son roi, à l'égard de tout ce qui touchait au Couple Royal et de la grande mission qui lui avait été assignée.

Le Breton était implacable et inflexible ; c'est aussi pour cette raison qu'il se trouvait là à ce moment précis.

Le Breton ne laissa à aucun moment deviner qu'il connaissait parfaitement les « Enfants du Graal[17] » et la destinée qui était la leur depuis leur toute première enfance. Il feignit même une parfaite ignorance. Cela incita Khazar et Baïtchou, le neveu et le fils du commandant mongol Kitbogha[18], à expliquer l'importance du Couple Royal à cet étranger. Roç et Yeza, commencèrent-ils, n'avançaient pas avec l'armée.

— … nous les avons « perdus » pendant notre avancée victorieuse, admit Khazar, le plus vieux des deux garçons, parce que nous n'avons pas suffisamment veillé sur eux…

— … parce que nous avons manqué d'attention à leur égard. (Son jeune accompagnateur tenait manifestement à cette nuance.) Le commandement de l'armée, pourtant tout-puissant, ne sait même pas où se trouvent Roç et Yeza à l'heure actuelle ! ajouta le jeune Baïtchou.

Ce bavardage allait trop loin pour Khazar. Le jeune guerrier trapu coupa la parole à Baïtchou.

— Nous sommes tous certains que l'illustre Couple Royal ne tardera pas…

— … à se réconcilier ?

— … à retrouver sa véritable destination.

L'insolent Baïtchou sourit derrière le large dos de son aîné en entendant cette affirmation calquée sur la version officielle. Le Breton accueillit ce regard amusé avec bienveillance et se contenta de lever ses sourcils broussailleux, lui qui avait d'ordinaire une manière plus acerbe de réagir aux émotions humaines. « Destination ? » Roç et Yeza ne savaient certainement pas ce qui les attendait – pas plus que lui-même, d'ailleurs. Ils pressentaient peut-être la monstruosité qu'on avait préparée à leur intention, et restaient donc cachés, ou du moins à bonne distance des Mongols. Une fois que le Il-Khan aurait élevé le Couple Royal sur le pavois pour en faire les futurs souverains de cet « Outremer[19] » que les Mongols étaient certains d'asservir, les jeunes rois verraient en un instant se dresser devant eux plus d'ennemis acharnés qu'il n'y a de scorpions sous toutes les pierres du désert entre le Tigre et le Nil ! On pouvait douter que les barons chrétiens du royaume de Jérusalem[20] tiennent particulièrement à ce genre de « suzeraineté » – sans même parler du patriarche, le fer de lance de l'*Ecclesia catolica*[21] romaine. Yves n'aurait pas même parié sur la réaction de l'ordre des Templiers.

— Personne n'échappe à sa destinée, marmonna le Breton, plus pour lui-même que pour ses accompagnateurs.

JÉRUSALEM ÉTAIT UN LIEU SINISTRE. Depuis que les hordes venues de Choresmie[22] avaient donné le coup de grâce aux derniers restes de la domination chrétienne, du vivant du grand Hohenstaufen[23], la ville n'était plus qu'un tas de ruines d'où toute vie semblait s'être envolée. Le souverain égyptien ne jugeait même pas nécessaire d'y entretenir une garnison et avait tout juste laissé quelques gardiens autour des portes. Livrés à eux-mêmes, ils vivaient des maigres redevances qu'ils percevaient auprès de tous ceux qui prétendaient emprunter l'une des entrées officielles de la ville, que ce soit pour y entrer ou pour s'en échapper.

Le pauvre monastère de son ordre, situé à proximité de la basilique du Saint-Sépulcre, ayant brûlé jusqu'aux fondations, le franciscain Guillaume de Rubrouck[24] avait trouvé grâce à de puissants mécènes un refuge sur le Montjoie, cette colline qui offrait aux pieux pèlerins la première vision gratifiante sur les coupoles resplendissantes et les tours altières de la sainte *Hierosolyma*[25], comme une manne céleste. La nef de la petite église du Pèlerinage, qui couronnait le « Mont de la Joie », s'était effondrée, mais son clocher fortifié – dont on avait volé les pièces de bronze depuis longtemps – offrait au frère mineur un lieu sûr pour s'abriter puisqu'il pouvait relever à n'importe quel moment l'échelle qui y menait.

Son confort physique était assuré par le vieux sacristain qui avait transformé le cimetière des pèlerins, juste à côté, en jardin potager, et s'entendait à capturer au collet et au filet les animaux attirés par les arbustes et les racines. Il y piégeait aussi nombre de chiens et de chats errants, sans se poser plus de questions que son unique invité, Guillaume, qui engloutissait les pot-au-feu épicés que l'homme lui préparait. Qui reconnaît le goût d'une taupe bien grasse ou d'un hérisson lorsque leur chair a mijoté entre de petites betteraves et des cucurbitacées, des racines de raifort et des oignons, adoucie par des pommes, des figues, des dattes et toute sorte de baies, puis rehaussée par du poivre, du thym sauvage, une petite branche de romarin, des olives et des marrons pilés, et qu'on présente le tout à un ventre affamé ? Au début, le franciscain avait encore manifesté une certaine méfiance et s'était intéressé aux ingrédients de sa pitance quotidienne. Mais Odoacre n'admettait pas qu'on regarde dans les casseroles, et il était incapable de donner des renseignements sur ses recettes : il avait eu la langue coupée et les sons qu'il produisait auraient ôté l'appétit à Guillaume plutôt que de lui donner des informations plus précises sur l'origine de ces plats. Le sacristain n'aurait pourtant sûrement pas fait mystère des viandes qu'il utilisait et de leur préparation spéciale : Guillaume était la seule personne à laquelle il aurait pu les révéler. Il l'aurait volontiers laissé travailler avec lui à la prospérité de son petit jardin. Il aurait aimé le familiariser avec les ruses et les ficelles de cette chasse quotidienne qui lui permettait de compléter ses menus.

Odoacre était fier de sa cuisine. Elle lui valait depuis longtemps le même salaire : le privilège d'entendre chaque jour Guillaume lui lire ce qu'il avait couché sur du parchemin, en haut de son clocher. Il devait en faire la lecture quotidienne au sacristain avant un déjeuner tardif, le seul repas de la journée ; sans cela, l'autre ne lui servait rien à manger. L'abondance de la nourriture permettait en outre à l'écrivain de savoir dans quelle mesure il avait répondu aux attentes de son unique auditeur. Odoacre exprimait son plaisir par de fortes mimiques, des râles, des toussotements et des aboiements rauques, il écoutait dans un recueillement très particulier lorsque la tension s'emparait de lui et n'avait pas honte de pleurer lorsque l'action le touchait, ni d'émettre des rires de poule lorsqu'il s'amusait. Il était arrivé à Guillaume de revoir son texte lorsque Odoacre s'était visiblement ennuyé ou l'avait regardé d'un air obtus, ce qui s'était malgré tout produit à quelques reprises. Pour le scribe, le sacristain était un lecteur idéal, parce que muet. Si Guillaume ne se contentait pas de lui donner ses pages à lire, c'est parce que le franciscain avait coutume de remplir ses parchemins avec tant de hâte et d'une écriture tellement serrée qu'il avait lui-même bien du mal à les déchiffrer. Et pourtant, cette heure de préparation culinaire que les deux hommes attendaient impatiemment, au cours de laquelle les volutes de vapeur s'élevaient, prometteuses, depuis le couvercle de la casserole et où l'art narratif toujours plus affiné de Guillaume enveloppait Odoacre, était toujours un délice. Ces instants-là l'emportaient dans des mondes lointains et oniriques, dans des aventures trépidantes pleines de chevaliers et de belles femmes, où le franciscain trapu au ventre considérable et aux cheveux roux et clairsemés jouait assez souvent le héros rayonnant.

C'était depuis longtemps, y compris pour Guillaume, la seule rencontre humaine dans la solitude du Montjoie. Il était rare désormais que l'on voie d'audacieux pèlerins s'égarer sur la colline – et lorsqu'ils la montaient, c'était uniquement pour reprendre leur route au plus vite afin de trouver ce qu'ils étaient venus chercher, le saint-sépulcre. Guillaume soupçonnait son factotum de soulager les pieux voyageurs de leurs provisions pendant ces instants de grande félicité. Car les jours où l'on avait ce genre de visite, il servait souvent du fromage sec ou du lard fumé, splendeurs qu'Odoacre n'était pas en mesure de produire. Même les poules, lorsque le renard ne s'en était pas emparé, fournissaient très rarement les ingrédients d'une savoureuse omelette et comme on n'allumait le four à bois que le dimanche, ce qui aurait dû devenir des galettes de seigle à gros grain, grandes comme la main, restait le plus souvent à l'état de pâte collante et mal cuite. Ou bien elles étaient déjà calcinées au moment où le boulanger les sortait de ce trou rempli de suie. Aujourd'hui, c'était dimanche, et un plat de champignons mijotait dans la marmite…

De la chronique de Guillaume de Rubrouck

… on ne tarda pas à découvrir le vice caché de cette histoire et la mission qu'on voulait leur confier devint un fardeau pour la conscience, incompatible avec l'idée que se faisaient d'eux-mêmes les jeunes « rois de la paix », Roç et Yeza. Les Mongols les considéraient comme leur instrument : le poing de fer de l'oppression dissimulé sous un joli gant, du cuir d'agneau tendre et orné. Lorsque Roç et Yeza furent contraints d'assister à l'atroce mise à mort de leurs amis, qui culmina avec l'absurde destruction du site merveilleux d'Alamut[26], ils tournèrent tout d'un coup le dos aux Mongols et refusèrent désormais de se comporter en figurines dociles. Avec mon aide, ce qui me fit perdre la crosse et la mitre d'un patriarche de Karakorum, ils allèrent se réfugier à Jérusalem et tentèrent de savoir par leurs propres moyens quel destin leur avait été assigné, comment on pouvait tenir cette promesse pesant de plus en plus lourd sur leurs épaules. Ils défièrent le Graal qui refusa de leur apparaître. À nous qui nous étions réunis autour d'eux à Jérusalem, le calice noir auquel ils burent ne valut que de terribles malheurs. Seul un petit nombre de leurs fidèles survécut à la tempête que le Mal déclencha alors. Roç et Yeza disparurent, comme engloutis par le sombre nuage formé par la puissance déchaînée du démiurge[27]. Je les pleure encore, mes deux rois… Depuis leur départ l'existence me paraît vide et absurde, j'abandonnerais tout, y compris ma vie stupide, si un sacrifice aussi minime pouvait les faire revenir dans un monde qui a tant besoin d'eux, de la même manière qu'à l'époque, j'ai sans la moindre hésitation tenté de les suivre, prêt à périr avec eux. Mais je les ai perdus de vue, à tout jamais…

Le soir tombait déjà lorsque Roç et Yeza, à la tête de la caravane, aperçurent un peu à l'écart un chameau allongé sur le sol, au cou duquel s'agrippait un être humain. Tous deux paraissaient à la limite de l'épuisement complet, mais le ventre de l'animal, qui montait et s'abaissait encore lentement, indiquait au moins que toute vie ne l'avait pas abandonné. À la vue des premiers bédouins, l'homme leva lui aussi sa tête dissimulée par un turban de guingois, avant de la laisser retomber dans un geste dramatique sur le cou tendu de l'animal. Les cavaliers de l'avant-garde, auxquels revenait la tâche d'indiquer le bon chemin à ce convoi gigantesque, questionnèrent d'un regard le Couple Royal. Les éclaireurs ne voyaient dans cette rencontre aucun motif justifiant que l'on arrête la progression mécanique et laborieuse des chameaux qui portaient le tapis.

Roç leva le bras. On obéit à son signe et l'on s'arrêta. Les animaux qui portaient le kilim enroulé s'agenouillèrent sur place, confiant leur fardeau au sol caillouteux. Deux des bédouins descendirent et rejoignirent avec une mauvaise humeur affichée ce perturbateur échoué au bord du chemin. Ils soulevèrent l'homme sans douceur. Son visage imberbe était maculé de sang. Roç et ceux qui l'entouraient en comprirent immédiatement l'origine : une plaie hideuse s'enfonçait dans la carotide de sa monture. L'homme assoiffé s'était abreuvé comme un vampire au sang de son chameau. Cette idée ne fut pas la seule à choquer Yeza. Lorsque le chameau dirigea une dernière fois ses yeux vers elle avant d'étendre ses pattes, exténué, le regard de la jeune femme tomba sur le visage de l'homme – et cela lui déplut encore plus. Il avait dans les yeux quelque chose de perçant et était affligé d'un impardonnable strabisme. Le voir claudiquer en traînant la jambe lorsque les deux bédouins le menèrent devant Roç et Yeza ne l'étonna déjà plus. Celle-ci avait déjà rencontré cet homme une fois dans sa vie, elle en était certaine, et cela s'était déroulé dans des circonstances extrêmement déplaisantes. Mais elle ne se rappelait plus à quelle occasion c'était. Roç, lui, paraissait n'avoir aucune espèce de réminiscence. D'un geste de la main, il provoqua l'arrêt de toute la caravane et laissa aux bédouins le soin de s'occuper du rescapé.

Yeza observait le chameau agonisant. Elle dut se forcer à ne pas descendre pour le prendre dans ses bras. Un tremblement parcourut le corps de l'animal avant qu'il ne soit libéré de ses souffrances.

Derrière eux, le soleil rougeoyant touchait l'horizon du désert. Ils avaient déjà commencé à avancer sur les contreforts d'une chaîne de montagnes qui se dressait sur leur chemin. Les falaises abruptes dont les ombres bleu noir grandissaient rapidement, menaçantes, leur interdisaient de s'attaquer à elles avant la nuit. Roç donna l'ordre de dresser le camp.

Les bédouins avaient immédiatement compris que le rescapé n'était pas un fils du désert. Leur chef avait pris cet homme en charge lorsque le Couple Royal avait cessé de s'intéresser à lui. À en juger par sa tenue, c'était certainement un citadin et sans doute pas un Arabe, même s'il maîtrisait bien le dialecte des Kurdes. Il prétendait être un marchand, disait avoir été attaqué par des brigands et n'avoir dû la vie qu'à sa fidèle monture. La consternation, voire le deuil que lui inspirait cette perte lui valurent la sympathie des bédouins, qui ne cherchèrent pas à en savoir plus. Il était leur hôte.

En vérité, Naiman[28] le boiteux était au service de l'Égypte. C'était un espion des mameluks[29], qui désiraient savoir au plus vite quelles seraient les prochaines étapes des Mongols et surtout quelles étaient leurs intentions à l'égard du trône de sultan du Caire. Dans un premier temps, personne n'avait pu empêcher le Il-Khan de s'emparer de la Syrie. Ces conquérants insatiables étaient ainsi devenus des voisins et constituaient un danger indiscutable, contrairement aux Ayyubides[30] qui régnaient dans la discorde à Homs, Hama et même à Damas. Naiman avait vu ce fléau avancer lors de la chute d'Alep, où il avait réussi de justesse à sauver sa tête en se glissant dans l'escorte du gouverneur. À Alep, il avait aussi, pour la première fois depuis longtemps, entendu l'incroyable rumeur qui annonçait la réapparition du Couple Royal. Lui, Naiman, était persuadé que Roç et Yeza n'avaient pas seulement disparu, mais étaient morts au cours des violents événements de Jérusalem lorsqu'ils avaient été emportés par la tempête de sable. Il avait d'ailleurs annoncé au Caire ce dénouement rassurant. Mais plusieurs témoignages avaient ensuite laissé croire qu'ils avaient été vus au Kurdistan. Il s'était alors mis en marche : il lui aurait été extrêmement pénible d'avoir donné une fausse nouvelle à son maître, le sultan[31], surtout à propos d'une affaire aussi importante. Sur ce sujet, il le savait, les mameluks ne plaisantaient pas – ni le sultan, ni son généralissime Baybars[32], dit « l'Archer ». Si Roç et Yeza étaient effectivement encore de ce monde, et si lui, Naiman, voulait sauver sa tête, il devait faire en sorte que l'information qu'il avait transmise un peu prématurément corresponde au plus vite à la réalité ! Naiman avait trop longtemps respiré l'air chargé d'intrigues du palais du Caire pour ignorer l'origine de la vive inquiétude qui s'emparait des mameluks lorsqu'il était question du Couple Royal. Si les Mongols réussissaient leur coup de génie et portaient Roç et Yeza sur le trône de Syrie, cela n'entraînerait pas seulement la pacification et donc le renforcement du royaume chrétien. Si le seul contrôle était celui exercé par ces deux jeunes gens, on risquerait de voir les Ayyubides, dynastie éclatée, souvent divisée, descendants paresseux et séditieux du grand Saladin[33], se réunifier, conclure aussitôt la paix avec les barons français et se tourner contre l'Égypte en s'alliant avec les Mongols. Face à une telle concentration de force, les mameluks que beaucoup d'Ayyubides continuaient à considérer comme d'insolents usurpateurs n'auraient pas grand-chose à opposer. Il fallait donc que ce Couple Royal, porteur de malheur mais hélas charismatique, soit éliminé sans délai de l'échiquier. Seulement le boiteux n'était pas un homme d'action, il ne se salissait jamais les mains. La simple idée de porter un coup de poignard mortel lui faisait horreur. Il pouvait à la rigueur envisager l'usage du poison, mais préférait tout de même charger d'autres personnes que lui de ce genre de besognes. Naiman, un intrigant dans l'âme, aimait ce jeu stimulant consistant à poser des pièges et à lancer des filets dans lesquels se prenaient les gens qui faisaient ensuite docilement ce qu'il avait imaginé pour eux. Ce n'était pas un pleutre, au contraire : aucune situation ne l'effrayait, aussi précaire soit-elle. Il aimait apparaître vêtu des déguisements les plus fantasques et mettre sa vie en jeu pour atteindre son objectif. Il était resté couché pendant deux heures au soleil brûlant et n'avait pas saigné son chameau sans nécessité absolue : il avait craint que la caravane en provenance de Tabriz ne prenne au dernier moment un autre chemin. Naiman était coriace et ne faisait confiance à personne. Il avait donc consacré beaucoup de temps et distribué beaucoup de cadeaux – donner des pièces d'or l'aurait rendu suspect et aurait attiré sur lui l'attention des brigands – pour interroger tous les voyageurs venus du nord-est, jusqu'à ce qu'il ait appris que ceux qu'ils recherchaient avaient vraisemblablement rallié une caravane qui transportait un cadeau pour le Il-Khan.

Sa persévérance avait été récompensée : Roç et Yeza vivaient encore. Cette nouvelle avait beau lui déplaire, elle dissipait au moins ce doute-là. Le fait que ni l'un ni l'autre ne l'ait reconnu lui valut une satisfaction supplémentaire. Son camouflage était parfait ! Il ne lui restait plus qu'à inciter ces bédouins à considérer le Couple Royal comme une menace. Il fallait qu'il les dresse contre Roç et Yeza jusqu'à ce qu'ils tournent leurs poignards contre eux ou du moins qu'ils chassent ces deux gamins pieds nus dans le désert, où ils connaîtraient une mort atroce.

DES ESTAFETTES AVANÇAIENT EN ÉCLAIREURS. L'armée des Mongols était largement déployée. Les premières divisions venaient d'atteindre la plaine, tandis que l'arrière-garde, arrêtée, occupait les flancs de la montagne pour protéger la troupe. La machine de guerre s'immobilisa.

Yves le Breton avait dû prendre sa place dans l'escorte de Kitbogha. On ne le laissa pas accéder au commandant en chef avant que sa tente ait été dressée, ce qui fut fait en un clin d'œil. L'ambassadeur français ne put s'empêcher d'admirer secrètement le mécanisme précis et bien rodé de cette installation. Tout se passait dans le plus grand silence et l'on entendait à peine les cris des chefs de section. Les ordres étaient transmis par fanions, tout comme l'annonce de leur exécution. C'est ainsi que l'ordre d'amener l'ambassadeur du roi de France auprès du fameux chef de guerre arriva aux « gardiens » du Breton.

Kitbogha, un géant comparé à la plupart des Mongols, le visage imberbe couleur bronze, avait un corps replet aux plis débonnaires qui rappela à Yves les gigantesques chiens de garde que l'on rencontre dans les Alpes, à la hauteur des cols, tout autour du monastère de Saint-Bernard. Il reçut son hôte devant sa tente, vêtu d'une tunique à manches courtes, et lui offrit en guise de boisson de bienvenue non pas du kumiz[34], comme on aurait pu s'y attendre, mais un gobelet de vin. En entrant sous le chapiteau de toile, Yves veilla à ne pas marcher sur le seuil, ce qui était considéré comme un mauvais présage chez les Mongols et pouvait avoir des conséquences désagréables. Le Breton ne tenait pas du tout à perdre sa tête pour un faux pas de ce genre. Après avoir échangé les formules de politesse habituelles, les deux hommes s'assirent enfin face à face et se regardèrent fixement, un sourire aimable aux lèvres. Yves était un homme maigre au crâne anguleux, les traits taillés comme ceux d'un oiseau de proie. Le plus remarquable en lui était ses bras très longs et musclés qui ressemblaient à ceux d'un primate parce qu'il tenait le plus souvent sa puissante cage thoracique penchée en avant. La profonde tristesse qu'on lisait dans ses yeux laissait pourtant deviner que la menace physique qu'il semblait exprimer lui faisait honte. Ce n'était pas un bel homme ni un guerrier que l'existence avait comblé d'amour.

— Savez-vous où nous pouvons trouver les enfants ? fit le vieux général en soupirant. (Kitbogha n'attendait pas vraiment de réponse et reprit aussitôt.) Notre souverain souhaitait les établir comme rois de la paix dans la partie du monde qu'il nous reste à conquérir. Leur absence contrecarre ce projet.

Le Breton n'avait pas l'intention de remettre en cause les projets du Il-Khan, bien que les Mongols aient estimé que le « Reste du Monde » se soumettrait à eux sans résistance, ce dont Yves doutait fortement. Il ne répondit donc qu'à la première partie de la question, cette « disparition » du Couple Royal que Kitbogha considérait visiblement comme un épisode tout à fait provisoire.

— Il n'existe dans la vie de Roç et Yeza qu'un seul personnage que vous retrouverez toujours à leurs côtés. Il s'agit de Guillaume de Rubrouck ! (Yves ne dissimulait pas son opinion sur le frère mineur.) Ce franciscain ne s'est jamais laissé semer très longtemps, il leur est accroché à la gorge comme une belette à celle du lapin ! Trouvez Guillaume et ne quittez plus ses talons. Il vous mènera tôt ou tard à ceux que vous cherchez.

L'idée de faire intervenir un homme comme celui-là ne parut pas réjouir son interlocuteur. Le procédé ne correspondait pas à l'idée que les Mongols se faisaient de leur puissance.

— J'avais plutôt pensé à Arslan le chaman, précisa-t-il à son visiteur. Il a déjà fait preuve d'un flair proche de la magie lorsqu'il s'est agi de retrouver ses protégés, ajouta-t-il avec une certaine fierté. Sa capacité à entrer en contact avec eux devrait nous mener plus rapidement au but.

— Et qu'est-ce qui vous a empêché de confier cette mission à ce chaman génial ? demanda Yves sans cacher sa moquerie.

— Nous ne savons pas où il se trouve à l'heure actuelle. (Kitbogha était un homme puissant et pouvait se permettre d'avouer des faiblesses dans ses conceptions stratégiques du moment où il était possible d'y remédier.) Le Il-Khan, l'illustre Hulagu, vous attend en compagnie de Dokuz Khatun[35], conclut-il tranquillement avant de se lever.

Les sanglots d'Odoacre attirèrent l'attention de Guillaume sur le chaudron en terre où cuisaient les champignons. Il sentait le brûlé. Au lieu d'agonir de reproches le sacristain bouleversé, le moine affamé ôta d'un geste le récipient du feu. Peu après, les deux ermites de Montjoie prenaient leur repas ensemble à la cuiller, plongeaient leur pain de seigle croustillant (une fois n'était pas coutume) dans le bouillon épicé, rivalisant de bruits de bouche et de larmes de contentement. Le franciscain retrouva bientôt le sourire et laissa son regard glisser sur Jérusalem, qui brillait à la chaude lumière du soleil de l'après-midi. Un petit homme sec remontait le sentier qui serpentait depuis la ville jusqu'à la ruine de la petite église. Ce n'était pas un pèlerin rentrant au pays. Guillaume reconnut immédiatement ce solide vieillard : il s'agissait du *secretarius venerabilis*[36], le plénipotentiaire de cette fraternité mystérieuse qui avait pris Guillaume de Rubrouck sous son aile – ou dans ses griffes ! Le vieil homme était son porte-parole. C'était la seule personne de chair et de sang que Guillaume ait jamais vue parmi tous ses commanditaires anonymes, mais la parole de cette personne-là avait du poids. Si l'on s'en tenait à son habit, Laurent d'Orta[37] continuait à se faire passer pour un simple franciscain. Mais s'il arrivait au frère Guillaume de céder aux péchés de la chair, Laurent laissait quant à lui libre cours à son esprit notoirement hérétique, et ce péché-là pesait bien plus lourd. Guillaume préférait cependant garder pour lui ce genre de réflexions. Le vieil homme aux cheveux argentés monta les dernières marches d'un pied léger. Guillaume gratta le reste de son plat de champignons dans sa gamelle, l'essuya avec son pain et fourra le tout dans sa bouche en mâchant rapidement, non parce qu'il avait honte, mais parce qu'il ne voulait pas partager son maigre repas avec son frère. Les franciscains sont toujours affamés.

— *Pax et bonum*[38] ! lança Laurent avec un sourire narquois à Guillaume qui mâchait encore et fut incapable de répondre à son salut.

Sans rien demander, Orta s'assit à table et prit une gorgée d'eau dans le gobelet de Guillaume.

— Où en es-tu de ta complainte ? demanda-t-il à Guillaume sans beaucoup de compassion. Évite pour l'instant de noyer dans l'encre et les larmes l'objet de ton éloge funèbre : on aurait aperçu le Couple Royal dans le nord du pays.

— Comment ça ? s'exclama Guillaume en s'étranglant. Mais je les ai vus de mes propres yeux se faire…

Le *secretarius* coupa court à son indignation et à son lamento.

— J'arrive d'Antioche, expliqua-t-il à ses auditeurs, car Odoacre écoutait lui aussi attentivement. Depuis quelque temps, le bruit court dans la principauté que Yeza et Roç sont bien en vie, qu'un chaman les a sauvés alors qu'ils allaient connaître une fin lamentable et mourir de soif dans le désert…

— On raconte beaucoup de choses à Antioche ! (Guillaume avait avalé sa dernière bouchée et repris contenance.) Et pourquoi n'envoie-t-on pas immédiatement des hommes à cheval aux quatre points cardinaux ? La cour des Normands qui règne dans ce pays ne considère donc pas que sa tâche la plus éminente est de retrouver cet illustre couple… ?

— La principauté a d'autres chats à fouetter, fit

l'homme aux cheveux blancs. Coupée des derniers bastions des croisés, elle risque de tomber entre les mains des Mongols. Elle a besoin de chacun de ses hommes !

— Le destin de Roç Trencavel et de sa princesse Yeza passe avant tout ! répondit Guillaume, indigné. Ces gens n'ont pas de parole ! Bohémond[39], le jeune prince, a jadis passé le serment du sang avec le Couple Royal !

Laurent répondit d'un sourire à la tirade de Guillaume.

— Il n'y a aucune raison de précipiter les choses. Le Couple Royal ne tient vraisemblablement pas à se montrer aujourd'hui pour tomber aussitôt entre les mains des Mongols, déclara le plénipotentiaire d'une voix contenue. Il est possible qu'après les amères expériences qu'ils ont faites jusqu'ici, ils n'aient plus envie de revenir pour qu'on charge à nouveau sur leurs épaules tous les conflits que l'Orient et l'Occident, l'islam et le christianisme ne sont pas en mesure de régler, pour qu'on leur fasse porter le poids de ce royaume de la paix éternelle en un monde qui ne pense qu'à la guerre, à l'oppression et à l'extension de son pouvoir, ajouta le vieil homme qui semblait désormais soliloquer.

— Je veux seulement savoir où je peux les trouver, répondit timidement Guillaume. Les rejoindre en toute hâte, me placer à leurs côtés. Ils ont besoin de moi !

Mais il n'en était pas tout à fait convaincu lui-même, si bien que Laurent put négliger son offre et le rappeler à l'ordre.

— Tout serviteur du Grand Projet, s'exclama-t-il, doit désormais se tenir à la place qui lui a été assignée ! (En prédicateur expérimenté, Laurent savait ajouter la sévérité au ton pathétique.) La tâche qui t'a été confiée, Guillaume, est de consigner par écrit l'histoire de Roç et Yeza, et ce depuis le début !

— Mais la Vierge en soit louée, cette histoire n'est pas terminée ! s'insurgea Guillaume. Ne serait-ce que pour cette raison, je devrais immédiatement…

Le vieil homme l'interrompit brutalement.

— C'est ici qu'il faut poursuive ton travail, Guillaume ! ordonna-t-il. Avec une application dont tu as considérablement manqué jusqu'ici ! (Guillaume se recroquevilla.) Si je t'ai installé dans ce lieu aimable, c'est dans ce seul but ! Si nous devions avoir besoin de toi ailleurs, nous te le ferions savoir en temps utile !

Le visiteur s'était relevé. Le soleil de l'après-midi commençait à s'adoucir, les ombres s'allongeaient un peu.

— Il n'est même pas dit, ajouta-t-il pour atténuer son propos, que cette rumeur ait un fond de vérité. Peu avant mon départ, le roi Hethum d'Arménie est arrivé chez son gendre, le prince Bohémond. Tout au long de son voyage à travers le nord du pays, le monarque n'avait rien entendu de tel.

Cela ne consola guère Guillaume, qui protesta.

— L'Arménien chie dans ses culottes bouffantes quand on lui parle de l'approche des Mongols. Ce pleutre veut encore moins entendre parler de ses propres enfants.

— Tu me fais de plus en plus penser à une vieille et grosse nourrice pleurnicharde, répliqua Laurent en lui coupant la parole. Tu ne vois plus tourner la roue ni passer les années. Tu continues à les considérer comme tes « petits », tu tentes de les serrer contre tes seins gélatineux alors qu'ils ont atteint depuis longtemps un âge où d'autres engendrent des enfants ou les mettent au monde.

Cette admonestation plut encore moins à Guillaume. Il s'apprêtait à rentrer dans son clocher en marmonnant une réponse incompréhensible, mais son rigoureux visiteur le retint par la manche de sa bure.

— Si tu tiens tant à Roç et Yeza, suggéra-t-il au gros moine, écris-leur pour les faire venir ici. (Le *secretarius* baissa la voix comme s'il s'agissait d'un grand secret.) Le pouvoir du mot écrit a déjà ressuscité des morts !

Sur ce, il abandonna Guillaume à son sort. Rubrouck suivit Laurent du regard, impressionné mais un peu effaré. Il n'avait guère envie de reprendre son travail. Au fond de son âme, il avait déjà fait ses adieux douloureux à Roç et à Yeza. Et voilà que tout était remis en question ! Son propre destin, sans doute indissociable de celui des enfants, s'étalait désormais devant lui comme une grande page vierge dont il devait trouver encore une fois la première phrase, lui qui venait de concevoir une conclusion digne et mélancolique à sa chronique. L'autocompassion lui arracha un profond soupir. Le problème n'était pas tant les Mongols que les projets qu'ils avaient pour le Couple Royal.

En remontant sur son échelle, il sentit pourtant revenir la joie débordante de l'espoir qui germe : si Roç et Yeza étaient encore en vie, il allait les revoir, ses chers enfants, quel que soit leur âge ! Ils devaient avoir la vingtaine, calcula-t-il rapidement. Mais pour lui, Roç et Yeza étaient restés ses petits, quoi qu'il arrive et pour l'éternité !

Le démon de Mard' Hazab

Roç et Yeza, désormais installés dans le campement de nuit de la caravane, firent preuve d'une très grande légèreté d'esprit en ne surveillant pas l'étranger qui venait d'arriver. Naiman, l'agent du sultan du Caire, ne songeait qu'à la perte du Couple Royal, même s'il devait pour cela pousser les bédouins à l'insurrection. Mais visiblement, les rapports entre ces maudits princes de la paix mongols et les braves bédouins ne permettaient pas d'espérer que le respect de ces derniers pour les Mongols se transformerait un jour en rage et en haine. Peut-être devait-il faire croire à ces chameliers stupides que Roç et Yeza avaient l'intention de leur voler le tapis ? Que ces deux bandits n'étaient venus que pour ça ? Naiman commença donc à suggérer au doyen, le chef de la caravane, qu'il déroule immédiatement le kilim afin que le Couple Royal, dont le désir inavoué était de s'emparer de cette pièce unique, puisse s'y installer. Car ils savaient, ajouta-t-il, quelles forces magiques habitaient le tapis : mille djinns hantaient les espaces invisibles qui séparaient les fils de laine magistralement noués et n'attendaient que l'ordre de se tourner contre leurs fidèles gardiens.

Au lieu de se dresser avec colère ou du moins méfiance contre les rois de la paix comme l'avait espéré Naiman, le doyen accepta avec joie et même avec enthousiasme la proposition du pied-bot. Il ordonna à tous ses hommes de se placer entre les attelages de chameaux au repos, et à son ordre ils hissèrent sur leurs épaules le pesant rouleau pour le porter devant Roç et Yeza. Ils étendirent fièrement le gigantesque kilim devant eux. Lorsque Yeza vit leurs visages pleins d'espoir, elle renonça à les traiter sévèrement et prit la voix qu'on réserve aux petits enfants :

— Le chaman ne vous avait-il pas interdit de dérouler ce tapis jusqu'à ce que vous ayez atteint votre but ? demanda-t-elle aux bédouins, qui haletaient encore après l'effort qu'ils avaient produit.

— Mais l'étranger… (Le doyen, choqué par cette injustice, cherchait Naiman des yeux afin de pouvoir l'appeler comme témoin.)… L'étranger a dit qu'il revenait aux rois de s'installer sur le plus grand chef-d'œuvre qu'ait jamais créé la main de l'…

— Il a dit ça ? fit Roç en lui coupant la parole. Où est le gredin qui s'est permis…

— C'est le Tentateur ! chuchota Yeza.

Roç ne l'écouta pas. Le doyen cherchait encore Naiman lorsque des voix s'élevèrent de l'autre côté du campement : dans la pénombre qui se propageait, l'espion boiteux avait pris ses cliques et ses claques : il avait disparu au milieu de la nuit en volant un chameau.

Yeza, énergique, imposa qu'on enroule de nouveau le tapis – elle avait immédiatement remarqué la lueur de convoitise dans les yeux de son compagnon. Il lui aurait certes été plus agréable de céder sur cette laine étroitement nouée que sur le sol pierreux aux ardeurs de Roç, qu'elle attendait comme toutes les nuits. Mais depuis l'arrivée de cet infirme rusé et bigleux qui s'était accroché comme une tique à la caravane, le tapis magnifique et gigantesque avait pris pour Yeza un visage humain – celui de Naiman. Même à présent que les bédouins déçus avaient replié le kilim, elle croyait discerner dans son superbe motif, ses oiseaux de paradis et autres créatures fabuleuses la face du nain, comme le serpent tentateur du paradis derrière lequel se dissimulait toujours le diable.

Lente et souple, consciente de sa force, la panthère noire se glissa dans le sous-bois humide. L'air chaud et humide faisait tellement reluire sa fourrure qu'elle avait au toucher la consistance d'une peau de lézard tendue où les pulsations du sang remontaient jusqu'à une tête bien formée et dressée. Couchée sur le flanc, les genoux légèrement repliés, Yeza tendit imperceptiblement ses fesses à celui qui s'approchait sans bruit sous la couverture en poil de chameau. Si elle entendait si bien le souffle de Roç, c'est qu'elle s'efforçait de ne pas produire le moindre son. L'animal connaissait son chemin, il ne tâtonnait pas – ce que Yeza aurait certainement préféré – mais glissait avec la détermination d'un python dans ce royaume souterrain. Bien qu'agacée d'être prise avec autant de sûreté, Yeza attendait pourtant avec impatience l'instant où ce serpent perfide se transformait en dragon cracheur de feu. Sa fureur qui la surprenait toujours, faite d'habiles pauses tremblantes, de glissements et de poussées brèves et rapides, lui ferait oublier tout le reste. Yeza retenait son souffle parce que la sensation de perte de conscience qui l'envahissait ainsi augmentait encore son sentiment de bonheur. Elle attendit – pas longtemps, mais en vain ! Roç semblait avoir changé d'avis, en un instant le python se transforma en orvet, la panthère noire en souris, sans donner la moindre explication, aussi idiote fût-elle, et se replia dans la couverture sale. Yeza serra les dents et se força à ne pas dire un mot. Elle se recroquevilla sur elle-même et, muette de rage, serra les poings sur son ventre jusqu'à ce que son excitation ait cessé, afin de trouver le sommeil. Ce n'était pas la première fois que Roç lui volait ainsi son plaisir. Yeza resta encore longtemps éveillée. Les feux de camp des bédouins déclinaient et brillaient dans l'obscurité comme des yeux incandescents. Le lendemain matin, ils partirent à la première heure pour profiter de la brève période de fraîcheur qui précédait la fournaise du jour. Lorsque Yeza jeta un dernier coup d'œil au campement qu'ils abandonnaient, elle vit les vautours qui tournaient au-dessus de leur tête s'abattre à l'endroit où reposait le chameau vidé de son sang.

KHAZAR ET LE PETIT BAÏTCHOU, l'escorte permanente de l'ambassadeur, avaient conduit le Breton sur les lieux où logeait le Il-Khan et où un rempart de chariots formant un fer à cheval entourait la tente de Hulagu, de ses femmes et de sa cour. Yves franchit une haie de gardes et de personnes qui attendaient jusque dans la tente d'audience, où une place lui fut attribuée pour attendre son tour. Tandis que Khazar, discipliné, respectait l'obligation de se taire, le jeune Baïtchou ne se priva pas d'expliquer à voix basse à l'étranger ce qui se déroulait devant le trône surélevé du souverain. La matrone potelée installée sur le petit trône, légèrement en retrait, était bien entendu Dokuz Khatun, la « première épouse », une chrétienne. Un page était chargé d'amener ceux qui demandaient audience, ceux qui étaient venus porter plainte, ceux que l'on accusait, ceux qui venaient récriminer ou quémander, puis de chuchoter leur nom à l'oreille du grand chambellan qui le transmettait au premier secrétaire. Baïtchou jugea nécessaire de livrer son commentaire sur la personnalité du page, ce jeune et mince garçon qui devait ensuite raccompagner à leur place ceux qui avaient eu leur tour, lorsqu'il ne les livrait pas aux gardes.

— El-Aziz[40] est notre otage ! Son père, le sultan de Damas[41], nous l'a envoyé en cadeau de bienvenue sans que nous lui ayons rien demandé, avec ses serviteurs, ses valets et ses cuisiniers personnels… (Baïtchou ne put réprimer un petit sourire.)… afin que ce jeune prince ne manque de rien chez nous, les barbares.

Il lança un clin d'œil à Yves pour s'assurer qu'il avait compris. Le Breton se contenta de lever ses sourcils broussailleux, ce qui pouvait avoir n'importe quelle signification mais encouragea le jeune homme à continuer.

— En réalité, en agissant ainsi, il montre juste qu'il ne tient guère à la vie de son fils. Quant à Damas, nous la prendrons de toute façon !

L'attention du légat s'était portée depuis longtemps sur un dignitaire bien en chair qui roulait à présent comme un boulet devant le trône. On voyait à peine ses petites jambes. Un héraut annonça :

— Est venu prêter allégeance : le tout-puissant Badr ed-Din Lulu[42], de son état *atabeg* de Mossoul !

Le gros homme se laissa tomber sur le ventre en gémissant, avec l'aide de deux jeunes hommes. À peine l'avaient-ils relevé qu'eux-mêmes se jetaient au sol, tandis que l'atabeg prenait la parole, le souffle court.

— À la demande de leur père malade, qui n'aurait pas survécu à ce long voyage, j'ai conduit jusqu'ici les princes Kaikaus[43] et Ap-Kilidj[44], fils du sultan des Seldjoukides. Ils implorent en son nom votre très gracieuse faveur, Hulagu !

Ce discours avait encore plus éreinté Lulu que sa longue station debout – personne n'eut d'ailleurs l'idée de glisser un siège sous les fesses de l'homme qui tremblait d'épuisement. Le Il-Khan s'entretint à voix basse avec son secrétaire et le majordome annonça le verdict du souverain :

— Ce sultan négligent aurait dû accomplir sur une civière le chemin qui le séparait de nous, cela aurait peut-être prolongé sa vie déclinante. Notre pardon va donc uniquement à ses fils qui se sont à juste titre soumis à notre pouvoir. Qu'ils se tiennent à notre disposition ! (D'un geste de la main, on éloigna les deux visiteurs du cercle immédiat du Il-Khan.) En revanche, pour ce qui concerne Mossoul, dont vous étiez l'atabeg, Badr ed-Din Lulu, nous attendions plus de cette riche ville que votre inutile présence.

Le gros homme était depuis longtemps tombé à genoux (il ne tenait de toute façon plus debout), ses mains tendues soutenant son corps pesant avec ses mains.

— Le kilim…, fit-il avec un gémissement désespéré. J'ai voyagé plus vite que la caravane de bédouins qui le transporte, et vous devez me le pardonner, car si j'ai agi ainsi c'était pour marcher sans repos ni répit, tel un oiseau porté par le vent, jusqu'à ce que je voie votre visage débonnaire…

— … et arrive les mains vides ! se moqua le chambellan sans demander la parole à son maître, ce qui n'échappa pas au petit œil porcin de l'atabeg.

Lulu n'osa pas lever les yeux vers le trône, mais il s'adressa directement au niveau inférieur, celui du secretarius.

— Vous n'avez encore jamais vu pareil chef-d'œuvre ! lança-t-il à l'homme qui avait l'oreille du souverain. Mille tisserands de Tabriz ont noué ce tapis, père de tous les tapis ! Un kilim unique en son genre, tant par sa splendeur que par sa taille : quatorze paires de chameaux attelés de chaque côté ont traîné ce gigantesque rouleau par monts et par vaux !

— Pourquoi ? s'exclama Lulu avec la dernière énergie. (Mais ce qui devait apparaître comme une imploration se transforma en une furieuse protestation :) Pourquoi, illustre Il-Khan, n'acceptez-vous pas déjà cet effort comme une marque d'allégeance ? Pourquoi me faites-vous encore plus souffrir que ces vingt-huit chameaux triés sur le volet ?

Cette tirade audacieuse arracha un sourire au visage impassible de Hulagu. Il prit la parole en personne :

— J'accepte votre cadeau.

Il s'entretint à voix basse avec son secrétaire, qui retransmit ses propos au chambellan.

— Quand ? demanda celui-ci d'une voix suave.

— Aujourd'hui, demain, dans les jours prochains, certainement, répondit Badr ed-Din Lulu.

— Disons trois jours ? lança le chambellan en souriant.

Lulu hocha la tête, soumis.

— Pour chaque journée d'avance, vous gouvernerez une année de plus Mossoul, où vous serez notre atabeg. Pour chaque jour de retard, vous croupirez une année de plus en prison !

Les gardes emmenèrent le gros homme.

OÙ QUE SE TOURNE LE REGARD DU VISITEUR, ce n'étaient que rochers abrupts et tranchants. Le coucher de soleil flamboyant les faisait émerger à l'occident comme de noires silhouettes tandis que les plus hauts sommets, à la lueur du soleil qui déclinait rapidement, baignaient encore dans une lumière d'or. Le vent froid soufflait par rafales.

— Prends-moi dans tes bras, chuchota Yeza qui frissonnait.

Ils étaient étendus sur le kilim, que l'on avait déroulé bien que les lieux aient été fort mal choisis pour exposer cet objet splendide. Le sol caillouteux y dessinait partout des creux et des bosses, transformait les représentations allégoriques en grimaces démoniaques, les créatures mystiques du jardin d'Éden en monstres de l'enfer. Mais Roç et Yeza ne voyaient rien de tout cela, ils étaient assis au milieu du tapis, un couple d'humains chassé du paradis pour expier un acte irréfléchi. Roç avait rejeté d'un geste les objections du chaman et ordonné que l'on déroule le kilim. Tout autour, les bédouins accroupis les regardaient fixement. S'ils étaient heureux que les « rois » se trouvent enfin à la place qui leur revenait, ils attendaient avec impatience que survienne le miracle. Superstitieux, ces fils du désert sentaient l'esprit maléfique qui planait au-dessus de cette scène qu'ils avaient eux-mêmes provoquée, un esprit semblable à des légions immatérielles de djinns malveillants. Tous leurs espoirs reposaient à présent sur le Couple Royal. Roç et Yeza, en revanche, se maudissaient et maudissaient la nature, il leur manquait une tente protectrice ; Yeza parce qu'elle avait épouvantablement froid, Roç parce qu'il supportait mal le poids de ces regards impatients. Il prit donc Yeza dans ses bras, mais avec si peu de tendresse qu'elle sentit à peine sa chaleur.

— Mon aimé aurait-il honte de me montrer son inclination ? fit-elle, moqueuse et agacée. Les yeux de tierces personnes ont-ils plus d'importance à ses yeux que mon modeste bonheur ?

Les reproches de la jeune femme étaient encore plus désagréables à Roç que le regard des bédouins. Il serra ses bras autour de Yeza et tourna les yeux vers le ciel rougeoyant. Une gigantesque chauve-souris les frôla en battant des ailes.

— As-tu vu le château, tout à l'heure, sur ce pic rocheux ? demanda soudain Yeza. Il avait quelque chose de menaçant. Nous n'aurions pas dû nous laisser imposer ce kilim…

La vue de la forteresse avait laissé à Yeza un souvenir désagréable. Roç, lui, éclata de rire.

— Comme vous avez raison, ma princesse, lui chuchota-t-il à l'oreille, moqueur. Ils nous épiaient depuis les fenêtres noires de cette ruine. (Roç s'efforçait de ne pas perdre des yeux l'animal qui voletait autour d'eux comme une ombre et changeait de direction par à-coups imprévisibles.) Les dragons ailés n'attendaient que l'instant où ma Yeza oserait poser ses petites fesses sur le tapis du Il-Khan…

— Des vampires ! chuchota Yeza. (Si Roç voulait lui faire peur, elle était toute disposée à entrer dans la partie.) Ils cherchent le sang des jeunes hommes, répliqua-t-elle, ils plantent leurs dents pointues dans leur cou puis aspirent la semence dans les bourses de ceux qui débordent de virilité mais sont trop avares pour engrosser leurs femmes avec !

Elle posa la main, dans un geste provocateur, sur ses parties génitales.

— Arrête, Yeza ! laissa échapper Roç avec mauvaise humeur. Ce n'est ni le lieu, ni le moment…

— C'est ce que tu dis chaque fois ! protesta-t-elle. Aujourd'hui aucune pierre pointue ne s'enfonce dans mes fesses… (Yeza se colla contre lui et lui lança un tendre reproche.)… auxquelles tu ne prêtes de toute façon aucune attention ! Ce kilim que tu as tellement réclamé amortira chacun de tes coups, il épargnera même tes genoux !

Comme un serpent, la main de Yeza se faufila entre les jambes du garçon.

— Pas question ! protesta Roç, repoussant les efforts de la jeune fille pour durcir sa lance et affaiblir sa résistance.

— Tu ne veux pas de l'enfant auquel aspire mon corps ! se plaignit Yeza.

Roç n'était pas certain qu'elle ne se moquait pas de lui. Pendant un bref instant, il fut disposé à céder à sa demande, mais elle brisa aussitôt la tendre petite plante du désir qui grandissait sous sa main habile en ajoutant :

— Tu n'es vraisemblablement pas en mesure d'engrosser une femme.

Roç eut beau encaisser sans rien dire, Yeza vit immédiatement les conséquences : le membre du jeune garçon se recroquevilla.

— Je t'en prie, ce n'est pas le moment de parler d'un enfant, répliqua-t-il d'une voix tourmentée.

— Bien… Ou plutôt : mal, mon Seigneur et Maître, répliqua Yeza avec une étonnante froideur. Dans ce cas ne parlons pas non plus de l'amour. (Elle savoura l'effet du coup qu'elle venait de lui porter.) Répondez seulement à cette question de votre putain : qu'est devenue la passion avec laquelle vous labouriez jadis le petit jardin, que le soleil brille ou qu'il pleuve, qu'il fasse grand jour ou que la nuit vous accorde sa protection trompeuse ?

Une dernière fois, Yeza tenta de prendre la forteresse d'assaut, prête à sauter en selle avant que le cheval ne se paralyse totalement. Roç comprit qu'elle était prête à tout.

— Tu ne peux pas me forcer ! dit-il en repoussant ses avances.

— Tu ne veux plus ! fit-elle en haletant. Depuis que tu crois savoir que je ne suis pas ta sœur, tes envies se sont envolées comme un oiseau de nuit effarouché ! (Yeza obligea Roç à la regarder en face.) Ce n'était pas l'amour, ni même l'inclination, seule la transgression du tabou t'aiguillonnait ! (Les yeux émeraude de Yeza brûlaient d'une colère impuissante et semblaient lancer des éclairs – à moins que ce ne soient déjà des larmes involontaires.) Tu m'as joué la comédie du désir indomptable ! lança-t-elle d'une voix rauque.

Cette fois, Roç fut piqué au vif.

— Avant que tu ne détruises tout, affirma-t-il en prenant l'air viril sans y parvenir vraiment, tant la fragilité de sa voix trahissait son désespoir, je vais te prouver à quel point…

— Tu viens d'en avoir l'occasion ! répondit Yeza en échappant à son étreinte. Et comme si souvent ces derniers temps, tu l'as laissée passer !

Pour souligner ses mots, elle se déplaça sur les fesses et s'éloigna de son compagnon. Le cœur de Roç se serra, il tenta de la rattraper, de donner l'impression qu'il voulait retenir Yeza. Il sentit une fois encore le battement d'ailes de la chauve-souris qui passait au-dessus d'eux. Il frissonna.

La nuit était déjà bien avancée.

— Le Il-Khan reçoit l'émissaire du roi des Francs ! annonça le héraut. Tous les autres quittent cette pièce !

Les gardes poussèrent la foule vers la sortie. La tente se vida en un instant. Khazar et Baïtchou conduisirent le Breton devant le trône, s'inclinèrent jusqu'au sol et quittèrent les lieux à reculons. Hulagu prit la parole avant qu'ils ne soient tous sortis.

— M'annoncez-vous l'arrivée de votre roi ? demanda-t-il au Breton sans attendre la fin de sa brève prosternation.

Yves secoua la tête.

— Votre roi, poursuivit le Il-Khan, peut-il inciter les princes, entre la Porte de Syrie et le Nil, à ne pas repousser plus longtemps le grand bonheur que sera la *pax mongolica*[45] ?

La première question du souverain avait claqué comme un coup de fouet. La deuxième sembla indiquer que la pression diminuait. Yves jugea pourtant qu'il devait fournir une explication.

— Si Louis, mon roi, exerce encore une influence ici, c'est uniquement parce que les princes de cette région sont désunis, en proie à de telles querelles qu'ils sont incapables de mener une action militaire commune. (Le Mongol accueillit ces paroles avec un plaisir tellement visible qu'Yves se sentit obligé de les tempérer un peu.) Mais cela ne signifie pas, loin de là, que le règne de la paix proposé par les Mongols sera le bienvenu dans cette région. Les barons chrétiens du « royaume de

Jérusalem », un titre creux datant d'époques anciennes et révolues, ajouta-t-il sur le ton sarcastique dont il était coutumier, vous considèrent comme leur allié.

— Comme leur souverain, je l'espère ! l'interrompit doucement Hulagu. Les barons de votre roi, au moins eux, devraient être suffisamment avisés pour cela, ajouta-t-il.

— Je doute même de cela, répondit Yves. Ils s'accordent surtout pour dire qu'ils ne veulent pas de suzerain.

— Mais nous leur apportons le Couple Royal, rétorqua Hulagu, qui ne voulait pas abandonner ses espoirs. Et c'est au nom du Grand Khan qu'il établira son règne de paix. (Une nuance interrogative s'était glissée à son insu dans la voix du Il-Khan.)

— La question est tout de même de savoir si les princes de cette région que vous appelez généreusement « le Reste du Monde » veulent de Roç et Yeza comme couple régnant. Ils ne les accepteront certainement pas s'ils ne sont que des marionnettes dont l'illustre grand khan tire les ficelles à son gré depuis la lointaine Karakorum !

— Votre franchise est admirable ! soupira le Il-Khan en s'enfonçant dans son siège. Comment ces princes ont-ils mérité notre mansuétude ? demanda-t-il, songeur, plus à lui-même qu'au légat français – lequel sut habilement garder le silence.

— Messire Yves, demanda Dokuz Khatun, pouvez-vous au moins faire revenir la princesse Yeza ? Il n'est pas bon qu'une jeune fille non mariée…

Sincèrement inquiète, la dame ne trouvait pas ses mots. Yves se montra compréhensif.

— Je ferai tout pour exaucer votre vœu, noble dame, dit-il galamment.

La « Première épouse » lui adressa un sourire reconnaissant.

— Restez parmi nous, vous êtes notre invité, conclut le Il-Khan. Nous avons encore beaucoup de points à évoquer.

Yves s'inclina, esquissant à peine la prosternation rituelle.

LA NUIT ÉTAIT FROIDE, la température n'avait pas cessé de baisser. Pris d'une colère muette, Roç regardait fixement le dos de Yeza. Cela faisait assez longtemps qu'ils étaient couchés tous deux sur le kilim comme deux poissons tétanisés.

— Tu es sans amour, Yeza, dit-il d'une voix dure. C'est pour cette raison que tu veux un enfant, pour cacher cette réalité au monde et surtout à toi-même. Mais la mission qui a été assignée au Couple Royal n'est pas celle-là. (Il s'interrompit en constatant que Yeza pleurait.) Si nous voulons nous conformer au destin qui est le nôtre, nous devons oublier nos petits désirs jusqu'à ce que nous…

— … jusqu'à ce que nous soyons morts !

Yeza avait honte de ses larmes, mais pas de sa mauvaise humeur. Ce n'était pas la peur mais la colère qui l'animait. Roç continuait à se faire des illusions, s'imaginait pouvoir conquérir au combat le trône qu'on leur avait promis.

— Nous allons mourir, dit-elle, presque consolatrice malgré sa tristesse, nous allons mourir sans qu'il reste quoi que ce soit de nous. C'est pour cela, murmura-t-elle, que je veux un enfant de toi.

Roç la reprit dans ses bras.

— Il faut avoir un avenir, lui répondit-il, d'un ton aussi aimable que déplacé. Dès que nous aurons commencé à régner, un enfant témoignera de notre bonheur. Je te le promets !

Yeza savait que ce n'était pas la vérité. Roç ne lui mentait pas en toute connaissance de cause, non, mais les choses n'allaient pas s'arranger pour eux, bien au contraire. Elle en avait le pressentiment, moins fondé sur son expérience que sur son intuition. S'ils ne se lançaient pas maintenant, s'ils ne prenaient pas le risque, ils auraient toujours de nouvelles raisons de repousser cette décision. Il ne leur était peut-être pas permis d'avoir une descendance ? Fallait-il donc qu'il ne reste pas la moindre trace de leur couple s'ils passaient à côté de leur destin ? Yeza avait souhaité que son bien-aimé l'aide, à sa manière tempétueuse, à effacer ses idées noires et ses doutes comme le vent chasse les nuages. Les tergiversations de Roç l'avaient démesurément déçue. Pourtant, elle continuerait à avancer à ses côtés. Ils étaient le Couple Royal !

Seuls, chacun pour soi, ils étaient condamnés à l'échec. Ensemble, ils avaient une chance, si petite fût-elle. Ils n'avaient vraisemblablement plus aucune issue, ni même aucun chemin déviant de celui qu'on leur avait tracé. Yeza se contenta de déposer un baiser furtif sur le front de Roç et se tourna sur le flanc. Les bédouins disposés tout autour du tapis semblaient s'être endormis assis. Yeza remarqua que cette nuit-là, ils n'avaient pas allumé de feu de camp alors qu'il faisait très froid dans la montagne. Peut-être ne voulaient-ils pas attirer vers eux les mauvais esprits que la lumière aurait pu appeler dans la pénombre. Les chauves-souris ne volaient plus, constata Yeza. Puis le sommeil eut raison d'elle.

Roç resta encore longtemps éveillé. Il avait passé son bras protecteur autour de Yeza. Cette confrontation fielleuse l'avait bouleversé. Non qu'il eût mauvaise conscience, Yeza et lui se lançaient de plus en plus souvent des mots désagréables, ces derniers temps. Il se sentait de moins en moins capable de répondre à ses reproches. Elle avait plus que raison. Ils auraient dû depuis longtemps mettre au monde un enfant susceptible de monter un jour sur le trône s'ils ne pouvaient y accéder eux-mêmes. Compte tenu des fatigues qui les attendaient et des impondérables de leur existence, une grossesse lui paraissait cependant présenter trop de risques pour Yeza. Une foule d'ennemis acharnés en voulaient à leur vie. Et la jeune fille rétive refusait de l'admettre. Au contraire : ses exigences s'exprimaient de manière toujours plus agressive, son ton se faisait toujours plus offensant. C'était précisément pour cela que Roç ne pouvait plus la satisfaire : c'eût été un aveu de faiblesse que de contenter Yeza à ce moment-là. Et pourtant, en la voyant couchée là, en voyant ces fesses qu'elle pointait dans sa direction, il était prêt à jeter toutes ses objections par-dessus bord. Mais Yeza dormait déjà, et il ne voulait pas la réveiller.

La grande chauve-souris avait sans doute glissé juste au-dessus du tapis, il crut avoir vu son ombre se découper dans la lumière de la lune, sur fond de cumulus qui filaient rapidement. Roç se concentra sur les bancs de nuages qui venaient à intervalles réguliers recouvrir le croissant de lune. Puis il finit par sombrer dans un profond sommeil.

La nuit était déjà bien avancée lorsqu'on permit à l'émissaire français de se retirer. Le Il-Khan aurait aimé retenir le Breton auprès de lui. La sympathie qu'il affichait à son égard était tout à fait sincère. Le vieux Kitbogha accompagna l'invité jusque devant le pavillon du souverain et vérifia que les serviteurs chargés de l'escorter à ses quartiers le prenaient en charge.

Lorsqu'on eut allumé les chandelles sous la tente d'Yves, le chevalier auquel rien n'échappait distingua les chaussures d'un jeune homme qui dépassaient de sous une tapisserie murale. Le Breton attendit que les serviteurs se soient éloignés pour couper d'un geste vif les attaches de la tapisserie, dévoilant le jeune Baïtchou, un peu ahuri, mais nullement anxieux. Le garçon s'expliqua aussitôt, un sourire confus aux lèvres :

— J'ai été forcé de m'introduire chez vous sans me faire voir, car messire mon père ne tolérerait pas que j'importune un grand seigneur et un grand chevalier comme vous.

— Qu'y a-t-il de si urgent pour que cela ne puisse attendre demain matin ? grogna le Breton fatigué, sans cacher sa mauvaise humeur.

Baïtchou s'assit sur la tapisserie qui formait à présent un tas sur le sol et lança au Breton un regard confiant.

— Seigneur Yves, vous êtes le seul qui puisse m'aider à devenir un paladin[47] du noble Roç Trencavel et de sa princesse Yeza Esclarmonde. C'est là, je vous le jure, mon seul et véritable désir !

Le Breton l'observa avec un mélange d'amusement et d'agacement.

— Et tu ne pouvais pas attendre demain pour me dire ça ? gronda-t-il.

Baïtchou ne se laissa pas intimider :

— Je sais très bien que si Yves le Breton séjourne parmi nous, c'est uniquement pour veiller en personne à ce que les Mongols se lancent enfin et pour de bon dans la recherche du Couple Royal. Vous n'aurez pas de répit tant qu'il n'aura pas été retrouvé.

Yves ne montra pas combien la gravité de ce gamin le touchait.

— Même si tel était le cas, tu ne pourrais pas te passer de l'accord de messire ton père, répondit-il. Maintenant, commence par trouver Roç et Yeza... et laisse-moi dormir ! ajouta-t-il d'un ton sans réplique en poussant son jeune visiteur vers la porte de sa tente.

Baïtchou ne s'avoua pas vaincu :

— Je voulais seulement, Seigneur Yves, que vous sachiez à quel point je souhaite vous accompagner dans votre quête. (Le jeune Mongol se frappa fièrement la poitrine.) Je veux être le premier que les futurs souverains prendront à leur service !

Le Breton posa, avec une bienveillance insistante, sa main sur l'épaule puissante du jeune garçon.

— Pareil service risquerait d'exiger de toi, Baïtchou, plus que ton ardeur juvénile ne peut te permettre de l'imaginer. Même si leur caractère exceptionnel leur ouvre l'accès au trône qui leur est destiné, le chemin de Roç et Yeza Esclarmonde sera extrêmement difficile. Beaucoup d'ennemis et d'envieux s'opposeront à eux et au bout du compte, seuls de rares amis leur resteront fidèles...

— Je veux d'autant plus les protéger, messire Yves, et ce à vos côtés, en vous servant d'écuyer et en portant votre épée !

Le Breton sourit tristement. Il enviait ce garçon d'être aussi confiant.

— Le poids de la promesse est gigantesque, fit-il.

Le jeune garçon n'en démordit pas.

— Extraordinaire ! C'est aussi ce que m'a dit mon père. Et votre engagement, messire Yves, me prouve que j'ai raison de vouloir mettre ma vie dans la balance en faveur de Roç Trencavel et de la princesse Yeza !

Le Breton le poussa d'une main énergique vers le seuil de sa tente.

— Pour l'instant, que l'écuyer rejoigne son lit ! lui ordonna-t-il. Bien dormir afin de jouir de toutes ses forces est le premier commandement pour quiconque souhaite servir à la cour !

Baïtchou disparut.

L'AUBE SE LEVAIT lorsque Roç ouvrit les yeux, encore plongé dans un demi-sommeil. Il perçut l'agitation qui régnait autour du tapis. Même s'il distingua des silhouettes floues qui se glissaient autour de lui, il crut que c'étaient les bédouins qui désiraient partir avant le lever du jour, et comme ses membres étaient encore engourdis, il ne vit aucun motif de se lever lui aussi. Il attendrait, comme toujours, que le doyen vienne réveiller le Couple Royal avec quelques mots d'encouragement. Il sentit à côté de lui le souffle tranquille de Yeza, profondément endormie. Il referma donc les paupières, bien décidé à dormir tout son soûl. La sensation suivante fut plus étrange : une corde se serra autour de sa cheville, il fut entraîné, sur le dos, loin de la couche qu'il partageait avec Yeza, et on le tira sur le tapis. On le fit ainsi glisser jusqu'au bord du kilim sans lui laisser la moindre possibilité de se défendre. Roç se préparait déjà à être déchiqueté par les cailloux coupants qui jonchaient le sol lorsque des mains puissantes le relevèrent, lui passèrent une autre corde autour du buste et des bras et l'abandonnèrent sans un mot à son sort.

Alors seulement, Roç devina la raison de l'immobilité des bédouins autour du tapis. On leur avait tranché la gorge. Ils avaient sans doute d'abord été pris sous une grêle de flèches : certains étaient aussi bardés de piquants que des hérissons. Le regard de Roç tomba sur Yeza. Elle était toujours étendue comme si elle dormait. Pourtant, elle s'était forcément éveillée au plus tard au moment où on l'avait entraîné loin d'elle. À moins qu'ils ne l'aient… Une peur brûlante noua la gorge de Roç, s'enfonça dans sa chair bien plus profondément que la corde. Il vit alors Yeza lever la tête et regarder dans sa direction.

Le regard de la princesse s'arrêta sur le cavalier solitaire qui se tenait immobile sur un rocher et observait ce qui se déroulait à ses pieds, l'air impassible. Lorsque ses hommes eurent emporté Roç, il fit descendre son cheval d'un pas dansant et traversa le tapis dans leur direction. Tout était noir en lui : sa barbe, son turban, ses *libas*[48], même ses yeux sombres qu'il braquait sur eux. Il prenait tout son temps.

Roç constata qu'on l'avait installé de sorte qu'il soit forcé de voir le barbu – visiblement un puissant émir – descendre de cheval sans même un regard pour Yeza, ordonner à sa monture de se coucher, puis se pencher vers la jeune fille, l'attraper par sa blonde chevelure et la forcer à se lever. Il avait sans doute touché la lame affûtée de la dague qu'elle cachait dans ses cheveux et s'était coupé : il rit un bref instant avant de lui tendre la paume de la main pour qu'elle y lèche le sang. Yeza n'hésita pas à le faire, ce qui agaça Roç. L'émir posa Yeza le ventre contre la selle, souleva sa robe et descendit ses chausses jusqu'aux genoux, dévoilant les fesses claires de la jeune fille. Il se donna tout le temps pour savourer cette vision tout en défaisant son *bantalon*[49] sans la moindre hâte. Roç ne pouvait pas, ne voulait pas supporter ce spectacle.

Il baissa les yeux, mais on le frappa et on lui releva la tête sans douceur. Le Noir était campé derrière Yeza et avait sans doute déjà introduit son membre dans le vagin de la jeune fille. Il s'était mis à se balancer lentement, et Yeza accompagnait son mouvement, comme le léger tremblement de ses fesses le révéla aux invités captivés et au témoin involontaire. L'émir voulait visiblement prouver qu'il n'était pas là pour satisfaire une envie privée, qu'il s'agissait d'un acte public. Il montait cette femme selon toutes les règles de l'art, comme un Arabe a coutume de monter un jeune cheval. Il tenait autant à recevoir les applaudissements de ses hommes qu'à voir cette princesse franque se donner et se soumettre entièrement à lui. Il accéléra peu à peu le rythme de ses coups – il tenait à rentrer dans son château avant que les rayons du soleil brûlant ne compliquent inutilement le chemin sans ombre qui passait par les rochers de la montagne. Il avait atteint son but : la femme se cabra, l'emporta avec lui dans le tourbillon où il se déchargea d'un coup. Il se serait presque jeté sur le corps qui se tordait en dessous de lui, mais il se maîtrisa, les vagues tempétueuses redescendirent et roulèrent de plus en plus doucement sur le rivage. Il recula et, d'un grand geste, rentra l'arme du crime dans son pantalon. Dans un accès d'allégresse, il se pencha sur Yeza et lui embrassa les fesses avec un profond respect. Une belle prise !

Le cerveau de Yeza, qui avait réagi en souriant à ce baiser, se remit aussitôt à travailler. Cet homme n'était pas à sa hauteur, il était trop vaniteux pour elle. Elle ne se souciait que de Roç à présent. Elle ne devait pas seulement éviter qu'il subisse de nouvelles souffrances – on ne pourrait pas revenir sur ce qui venait de se passer, et l'événement ne serait pas sans suite. Il lui faudrait du temps avant de se débarrasser de cet amant-là. Roç devait sortir vivant de ce piège, et tout de suite ! Elle se redressa, remonta ses chausses et regarda le barbu droit dans les yeux. Jouer l'outragée écrasée par le poids de la honte et du désespoir n'avait aucun sens. Le conquérant observait avec étonnement et espoir sa proie qui paraissait de bonne humeur.

— Si vous avez encore d'autres souhaits, fit-il en lui adressant un sourire un peu inquiet, faites-le-moi savoir. Je suis El-Kamil[50], prince de Mayyafaraqin ! J'exaucerai tous vos désirs si j'en ai le pouvoir, noble dame !

Sa voix était affectée. Ce n'était pas un adversaire à la hauteur de Yeza, il était même vraisemblablement assez bête.

— Nous emporterons aussi ce kilim raffiné, reprit-il, ce somptueux champ de fleurs où je vous ai trouvée et conduite, vous, la plus belle de ses roses. Nous l'installerons dans mon château afin que désormais…

Yeza l'interrompit brusquement. Un « non ! » vigoureux lui avait échappé. Elle ne voulait cependant lui montrer ni son effroi, ni sa mauvaise humeur.

— Je propose, fit Yeza en souriant, que nous consacrions à Alilat, la protectrice de l'amour, ce tapis qui a accueilli notre première séance amoureuse, qui ne sera certainement pas la dernière, ajouta-t-elle en plaisantant, et que nous le laissions donc sur place, comme une joyeuse offrande.

Yeza fit briller l'éclat des étoiles dans ses yeux gris-vert, comme une goutte de rosée sur le pétale d'une rose qui s'ouvre.

— J'exige en revanche, ajouta-t-elle, que vous, mon seigneur et maître, ne tuiez pas le vaincu, mon ancien compagnon, et que vous le laissiez partir, lourd de l'affront qu'il vient de subir !

L'émir la regarda avec surprise. Ses lèvres affichèrent de nouveau un sourire idiot.

— Vous avez raison, princesse, survivre sans honneur est pire que mourir rapidement.

Il fit un signe à ses hommes. Ils dénouèrent les liens de Roç et le chassèrent à coups de pierres comme un chien errant et galeux. Cherchant son approbation, l'émir se tourna vers Yeza, qui suivait impassible la fuite de Roç. L'homme crut lire une certaine satisfaction dans les yeux de la jeune femme. Cela le dissuada de faire d'autres offrandes et de gaspiller inutilement son butin.

— Je ne connais pas votre Alilat, précisa-t-il en désignant le kilim, mais il me paraît extrêmement regrettable d'abandonner cet objet précieux au vent et aux intempéries, aux oiseaux et aux animaux sauvages.

Comme Yeza ne réagissait pas – elle avait atteint son principal objectif –, il ordonna à ses hommes d'enrouler le tapis et de le charger sur les chameaux. Les soldats n'avaient pas l'habitude de manier ces animaux ; il fallut donc un moment avant que la nouvelle caravane ne se mette en marche pour atteindre le château de Mard' Hazab.

« Au dernier clou »

La vieille ville de Jérusalem n'était pas détruite au point qu'aucune vie ne se montre plus dans les ruines. Rien n'incitait toutefois ceux qui y logeaient encore à construire plus d'un toit au-dessus de leur tête, car tant que les murs de la ville, ces remparts autrefois si impressionnants, étaient en morceaux et montraient plus de brèches que de portes, ils couraient à tout instant le risque de subir de nouvelles attaques. La population qui y vivait paraissait avoir été rassemblée là au petit bonheur la chance. Des chrétiens araméens[51], mais aussi des coptes[52], des juifs installés sur place de longue date et des musulmans venus les rejoindre peu à peu s'étaient retranchés dans des quartiers désormais encore plus inaccessibles. Ils avaient utilisé les piliers éclatés des maisons abandonnées et les poutres calcinées de leurs toits pour transformer les rues étroites en un labyrinthe qui s'étendait à perte de vue et dont seuls les initiés connaissaient les entrées. Les partisans des Églises chrétiennes, des Grecs orthodoxes pour l'essentiel, mais aussi beaucoup d'Arméniens (les adeptes de l'Église romaine étaient en minorité) constituaient encore la plus grande communauté ; ils se disputaient cependant plus les uns avec les autres qu'avec les représentants des autres croyances. C'est ainsi que Guillaume de Rubrouck, lorsqu'il quittait une fois par semaine sa cellule installée dans le clocher du Montjoie pour aller voir ses amis « en ville », dirigeait toujours ses pas vers le quartier juif. À la taverne « Au dernier clou », Josh, dit le Charpentier[53], avait pris les choses en main. Les réserves de vin provenaient des caves du patriarche, qui s'était enfui à Acre après la dernière grande attaque ; l'effondrement d'une voûte avait alors barré le chemin d'accès aux précieux tonneaux. Avec l'aide de David le Templier[54], un pilier de son établissement devenu un ami, le Charpentier avait creusé un tunnel depuis la taverne voisine, un long et pénible travail de taupes. Les amis n'avaient pas payé plus cher que cela ces coûteux millésimes acheminés en bateau depuis la Bourgogne. Le troisième larron était Jalal al-Soufi[55], un derviche[56] turbulent qui, même dans les situations les plus mal choisies, faisait le bonheur de ses compagnons avec les productions poétiques de son très vénéré maître Jalaluddin Roumi[57]. Lorsqu'il les récitait, Jalal, un être chétif, était fréquemment pris d'une telle extase qu'il se mettait à tourner en rond jusqu'à atteindre la transe absolue. David de Bosra avait perdu le bras droit au combat alors qu'il tentait de prendre la fuite, prétendait-on. Si cette faute non établie ne lui avait pas valu d'être exclu de l'ordre des Templiers[58], on l'avait en revanche détaché à titre punitif dans cette ville que sa confrérie avait abandonnée depuis très longtemps. Il devait y garder l'aile de la mosquée Al-Aqsa qui abritait l'ancienne maison de l'Ordre, le germe de cette fraternité guerrière qui en avait aussi tiré son nom. Mais il ne restait plus de ce lieu de culte que la façade noircie par les flammes et aucun musulman ne songeait à restaurer cette partie du « Temple ». Au fil des ans, on avait oublié David. C'est désormais au côté du Charpentier que le Templier solitaire expiait sa faute, et dans la taverne « Au dernier clou » qu'il essayait de l'oublier. Joshua était pour sa part un cabaliste[59] convaincu et érudit qui ne s'était installé dans sa caverne que parce qu'elle était vide et qu'il pouvait y accueillir ses amis. Aucun autre client ne s'y égarait jamais, bien que Joshua ait installé au-dessus de l'étroite entrée une enseigne visible de loin. Il aurait encore moins trouvé de travail comme charpentier. Les derniers habitants de Jérusalem étaient pauvres et construisaient eux-mêmes leurs logis de fortune.

Lorsque Guillaume de Rubrouck finit par entrer dans l'estaminet, le patron l'accueillit en grognant :

— Le voilà enfin, notre quatrième homme !

Sur quoi David, le Templier manchot, renchérit :

— Honte sur vous, ô maître oublieux de ce jeu de mauvaise réputation !

Et Jalal al-Soufi ajouta :

— Bienvenu, très grand prêtre et plus bas adepte[60] de la Créature suprême !

Le franciscain n'eut même pas besoin de regarder. Il savait que sur le dessus de la table lustrée, la pyramide de petits bâtons affûtés et gracieusement décorés de symboles mystiques s'élevait déjà, prête pour le premier coup, le début de ce « jeu de la vérité » pour lequel les quatre amis se retrouvaient dès que l'occasion se présentait. Guillaume y jouait volontiers, et même avec passion. Mais contrairement à ce que lui avait prédit le derviche, il n'était jamais passé maître en la matière. C'est Jalal al-Soufi lui-même et le génial Joshua qui rivalisaient pour ce titre. Guillaume ne pouvait revendiquer que quelques grands coups dus à son audace, largement compensés par un nombre considérable de défaites sans appel.

Cette fois pourtant, contrairement à ce qu'attendaient ses partenaires, il ne se précipita pas pour disputer la première manche, se contentant de lancer à ses amis l'os qu'il rongeait depuis la visite de Laurent d'Orta.

— Roç et Yeza auraient refait leur apparition ! annonça-t-il en soufflant dès qu'il eut laissé son corps massif s'affaler sur le banc. On dit qu'on aurait vu nos petits rois dans le nord de la Syrie. C'est mon correspondant à Antioche qui m'a rapporté cette nouvelle !

Guillaume ne dissimulait pas ses doutes, et ses amis réagirent très diversement.

— *Un pas vers ce à quoi aspirent nos corps*, claironna Jalal en jubilant et en sautant sur la table, faisant trembler la pyramide de bâtonnets, *est un pas vers l'être aimé !*

Les premiers petits bâtons glissèrent, ce que Joshua accueillit d'un froncement des sourcils.

— Il n'y a donc pas de témoins de ce retour ? demanda ce dernier pour atténuer la joie du derviche, qu'il força à descendre de la table et à revenir sur le banc en le tirant par la cheville.

Cela n'empêcha pas Jalal de continuer à pérorer :

— *Lorsque l'unique être aimé veut se montrer, il connaît le chemin pour le faire...*

— Certes ! grommela Josh le Charpentier. Mais qu'est-ce que cela signifie pour nous ?

Guillaume resta sur sa réserve.

— Nous devons garder les yeux ouverts, lui répondit David en se servant du vin.

— Pas nos yeux, nos cœurs ! corrigea Jalal al-Soufi, l'œil brillant, en lui tendant sa coupe vide.

— Si tel était le cas, commenta le Templier, je le prendrais comme un présage : la période d'expiation que l'on m'a imposée en ces lieux prend fin ! (Il leva sa coupe.) Je suis prêt à suivre le Couple Royal partout où il pourra m'emmener.

Il brandit sa coupe vers Guillaume, puis vers Joshua.

— N'allez pas croire, répliqua le Charpentier, que mon cœur se refuse à la joie. Sans vous, attendre « Au dernier clou » la fin de mes jours n'a pas de sens, ajouta-t-il à voix basse. Je partirai donc avec vous. (De ses larges mains, il remit en place la pyramide de bâtonnets que Jalal avait déstabilisée.) Comme il ne nous sera sans doute plus donné souvent d'être ainsi assis de conserve, commençons à présent cette partie ! lança-t-il à ses amis. Parfois, les « dragons de l'Être » livrent aussi des indices sur ce que nos yeux ne voient pas.

— Celui qui croit vraiment a un avantage sur celui qui espère : il n'a pas à redouter la déception, dit Guillaume en commençant à distribuer les premiers bâtonnets à la ronde.

Sur la principale route de la Syrie, celle qui mène d'Alep à Damas en passant par Homs, l'armée des Mongols avait dressé son camp juste derrière Hama. Ils avaient laissé ouverte la voie commerciale très animée, une partie du delta où débouchait l'ancienne route de la soie. Ils avaient également épargné les villages voisins pour ne pas répandre au sein de la population une ambiance qui leur aurait été défavorable. Ils souhaitaient en effet être reçus comme des messagers de la paix, des porteurs du droit et de l'ordre, conformément au message salutaire de leur *pax mongolica*, et non comme des conquérants barbares. Cela dit, payer leur nourriture avec des fonds provenant de pillages passés ne les dérangeait pas plus que ces caravanes qui affluaient et leur apportaient de bonne grâce tout ce qu'il fallait pour approvisionner l'armée. Le vieux Kitbogha, son commandant, avait surpris son fils cadet et préféré (comme il arrive souvent aux enfants que les parents ont eus sur le tard) regardant avec indifférence d'autres enfants venus asticoter l'atabeg dans son campement. Il l'appela immédiatement à côté de lui.

— Il a menti à l'illustre Il-Khan ! clama le jeune garçon pour se défendre.

Son père était d'humeur magnanime :

— Disons qu'il a peut-être voulu se faire un peu plus gros qu'il ne l'est ! dit-il pour atténuer ce verdict, ce qui incita son fils à ajouter en plaisantant :

— Ça explique pourquoi il est aussi gras !

Cette remarque lui valut une réprimande :

— On ne se moque pas des prisonniers ! (Kitbogha réfléchit un instant.) Tu peux les passer au fil de l'épée ou les vendre comme esclaves. Mais tu n'as pas le droit de plaisanter à leur sujet.

Lorsqu'il songeait au cas du pauvre Lulu, cela ne paraissait pas du tout évident à Baïtchou. Ayant coutume d'être circonspect lorsqu'il parlait avec son vieux père, il préféra changer de sujet.

— Dites-moi, messire mon père, quelle est cette histoire de Couple Royal dont nous portons fidèlement le trône mais qui ne veut pas se montrer à nous, les Mongols ? En tout cas, moi, ces rois, je ne les ai encore jamais vus !

Les mots du garçon avaient toutes les caractéristiques d'un reproche et touchèrent Kitbogha sur sa corde sensible.

— Tu es encore trop jeune pour cela ! répondit-il à son fils curieux. L'illustre Grand Khan les a choisis, le peuple des Mongols les aime. (Il soupira profondément.) Depuis longtemps déjà, leur destin est de régner sur le « Reste du Monde », ces terres que nous sommes en train de conquérir…

— Le roi et son épouse la reine sont donc déjà très vieux et très sages ? demanda Baïtchou, d'abord profondément impressionné, puis troublé en voyant le général éclater de rire.

— Roç Trencavel et la princesse Yeza ont tout juste six ans de plus que toi, mon fils[61], ils sont jeunes, beaux et courageux, mais n'ont pas un gramme de sagesse ! Ils ont la tête aussi dure que mon fils Baïtchou, peut-être même plus encore…

À cet instant on appela le commandant en chef auprès du Il-Khan. Il donna à son fils une tape d'encouragement et se dirigea vers la tente.

Le Il-Khan Hulagu avait demandé à ses généraux d'envoyer des messages, notamment aux princes régnant sur des pays éloignés, afin de les inciter à lui faire allégeance et donc à lui payer leur tribut. Son armée disposant d'une supériorité numérique considérable, il s'attendait à ce que les émirats voisins viennent lui exprimer leur soumission sans qu'il soit besoin de la solliciter. Depuis ce matin, à titre d'exemple, on exposait au milieu du camp l'atabeg de Mossoul. Le gros Lulu était assis dans sa cage avec de l'eau et un peu de pain parce que le troisième jour s'était écoulé sans que la caravane annoncée n'arrive de Tabriz avec le chef-d'œuvre promis, le « Père de tous les tapis ».

Hulagu recevait les délégations dans sa tente d'audience. El-Aziz, qu'on lui avait envoyé en otage, remplissait les fonctions de page et d'interprète, bondissant entre le trône surélevé et les ambassadeurs prosternés au sol. Lorsque le chambellan n'allait pas assez vite, il arrivait aussi que le fils du sultan prenne des coups de pied. Sa position à la cour empirait au fil des jours et son père, à Damas, ne se décidait toujours pas à venir faire allégeance. Le Premier secrétaire du Il-Khan, qui maîtrisait parfaitement la langue arabe, avait déjà raconté avec délectation au jeune garçon ce que l'on faisait à un otage lorsqu'il ne remplissait pas son office. Son agonie durerait très longtemps, pour que son père, cet obstiné, ait, jusqu'au dernier moment, la possibilité de lui épargner la mort. Mais l'expérience montrait que dans ces cas-là, la victime souffrait tellement qu'elle réclamait elle-même qu'on mette fin à ses jours. El-Aziz se mit à pleurer, terrifié. Cela ne troubla nullement l'homme qui avait l'oreille du Il-Khan. Après tout, c'était An-Nasir, et lui seul, qui avait volontairement mis en jeu la vie de son enfant. On pouvait tout au plus imaginer que quelqu'un éliminerait ce père inhumain. Alors lui, El-Aziz, deviendrait sultan de Damas, et le Il-Khan accepterait son allégeance avec grand plaisir. El-Aziz était désespéré. Il ne connaissait personne susceptible de commettre cet acte. Aucun de ses cousins ne pouvait en être chargé, ils auraient immédiatement revendiqué le trône. La dernière possibilité était El-Kamil, le prince de Mayyafaraqin, mais celui-ci ne semblait pas disposé à se laisser asservir. Dans le camp, la rumeur disait même qu'il avait coupé les oreilles et le nez de l'envoyé du Il-Khan avant de le renvoyer à son maître. El-Kamil n'allait certainement pas descendre de ses montagnes pour aller ramasser dans la braise de Damas le charbon dont avait besoin son cousin El-Aziz.

De la chronique de Guillaume de Rubrouck

Nous étions encore assis à la taverne du « dernier clou », buvant le vin du patriarche et observant les résultats du jeu de la vérité. Le dernier à jouer, le patron, Joshua, comme toujours, venait de retourner ses pions avec circonspection.

— Le sens secret qui habite ce jeu, releva notre Templier après avoir lancé un rapide regard au tableau qu'il nous présentait, en dit long aussi sur le joueur, qu'il ait cherché ses pions avec minutie ou qu'ils lui aient été attribués par le hasard.

— Il n'y a pas de hasard au jeu de la vérité, lançai-je, prêt à me lancer dans un discours de vieux sage sur les prédispositions et le destin, lorsqu'on entendit des voix dans la rue. Des invités se seraient-ils perdus dans notre grotte cachée ? Ou bien des percepteurs égyptiens, de ceux qu'on envoyait quelquefois dans la ville, étaient-ils en train de confisquer les revenus d'activités non déclarées ? Notre « hôte », Josh le Charpentier, ferma silencieusement la lourde trappe qui descendait vers la galerie secrète, dans la cave, et nous repoussâmes tout aussi discrètement la table jusqu'à ce qu'elle masque l'entrée. David le Templier nous servit avec une cruche d'eau rarement utilisée ; Joshua avait immédiatement fait disparaître le carafon de vin.

— *Oh, mon âme !* lança Jalal al-Soufi en riant, citant son bien-aimé Roumi. *On va à la guerre !*

Il feignit de monter de nouveau sur la table, ce dont David l'empêcha d'un geste énergique. Mais le derviche ne se laissa pas réduire au silence.

— *Passe ton armure, bannis ta crainte. D'un coup audacieux abats le masque de ce monde !*

— Chut ! fit le charpentier entre ses dents, l'air agacé, en levant une main puissante et menaçante.

On entendit alors distinctement une voix féminine devant la porte, ce qui plaidait contre l'idée qu'il puisse s'agir de soldats ou de sbires. Et Jalal reprit sa récitation de Roumi :

— *Ô mon âme ne te rends pas maintenant*... (Il tenta vainement de protéger son reste de vin pour qu'on ne le coupe pas avec de l'eau.) *Tout cela n'est que le jeu ordinaire du chat et de la souris !*

Les voix se rapprochèrent, nous regardâmes tous avec une certaine tension le couloir étroit que les visiteurs devaient emprunter pour entrer dans la taverne. Un garçon jeune et mince apparut, vêtu du *zai safari*, la tenue de voyage claire. Il portait un cimeterre[62] accroché à la ceinture. Il resta dans la pénombre et laissa passer devant lui ceux qui le suivaient : c'était une belle femme, le visage à moitié voilé pour se protéger de la poussière, suivie de près par un chevalier de haute stature portant une cuirasse légère, un poitrail de cuir semblable à ceux que mettaient les mameluks égyptiens. Malgré le turban noir profondément enfoncé sur le front, je reconnus aussitôt ce noble fils du désert : c'était Faucon Rouge[63], chevalier de l'inoubliable empereur Frédéric[64] et fils du légendaire grand-vizir du Caire !

— Quelle joie ! m'exclamai-je avec soulagement. *Al tahryat aleikum, Fassr ed-Din !*

La femme qui se trouvait à côté de lui était Madulain[65], princesse des Saratz, à laquelle mon cœur porte encore aujourd'hui une affection et une admiration qui ne se sont jamais démenties. Je présentai aux deux visiteurs mes compagnons ; ils se montrèrent extrêmement soulagés que ces intrus ne soient que de vieux amis de leur remuant Guillaume. Le jeune garçon s'appelait Ali[66]. Nous apprîmes ultérieurement qu'il était le fils du sultan déchu du Caire, lequel avait dû quitter sa patrie. Il s'avéra bientôt que David, notre Templier manchot, mais aussi Jalal al-Soufi, connaissaient eux aussi l'émir, l'un sous le nom de « Constance de Sélinonte », un titre princier que lui avait donné le grand Hohenstaufen en l'adoubant, l'autre sous son nom de guerre plus courant de « Faucon Rouge ». Même Joshua se rappelait l'avoir déjà rencontré. Madulain, qui ne prenait pas de gants, eut vite fait d'inciter notre aubergiste, le Charpentier, à descendre pour puiser au meilleur tonneau du patriarche un breuvage particulièrement savoureux, tandis que Jalal al-Soufi rinçait nos verres en jurant par tous les saints que ce serait la dernière eau avec laquelle nous entrerions en contact ce jour-là.

— *Ô porteur de la boisson divine*, lança-t-il pour saluer Joshua qui remontait l'escalier en gémissant, *toi qui chasses la lucidité, qui purifies l'eau, apaises la soif du corps*, fredonna-t-il tout heureux, *mais seul le vin inonde l'âme et l'emplit d'amour…*

Pendant ce temps-là, Faucon Rouge s'était installé. Je m'étonnai de le voir utiliser le jeune Ali comme valet afin de libérer ses pieds de leurs bottes empoussiérées par le voyage. Le jeune garçon le servit d'une mine inexpressive, mais lança un coup d'œil à Madulain qui, sentant son regard, se détourna rapidement.

Je rapportai à l'émir les rumeurs qui nous étaient parvenues sur le destin de Roç et Yeza. Je savais bien qu'il avait été jadis l'un des premiers gardiens des « enfants du Graal », ceux qui, au péril de leur vie, avaient extrait le Couple Royal de Montségur[67] pendant la nuit précédant la conquête du château du Graal par ses ennemis. Rappelons qu'à cette époque, ce moine obtus et parfaitement ingénu qu'était Guillaume de Rubrouck était déjà du lot.

Je ne passai pas non plus sous silence les doutes qui nous taraudaient : que devions-nous penser de ces informations non vérifiées, quelle attitude devions-nous adopter ? À notre grand étonnement, Faucon Rouge se lança aussitôt dans un vibrant plaidoyer en faveur des Enfants Royaux, et, tel un général commandant ses troupes, exigea de nous que nous abandonnions sur-le-champ toutes nos activités. Notre hésitation lui était incompréhensible, dit-il en s'adressant à sa femme, laquelle n'avait d'yeux que pour le jeune Ali mais approuva immédiatement son mari. À moi, en revanche, il demanda brutalement pour quelle raison nous nous prélassions ici alors que nous aurions dû partir à leur recherche depuis très longtemps. Le Charpentier et David le Templier gardèrent un silence accablé, tandis que Jalal al-Soufi faisait comme si rien de tout cela ne le concernait. Il avait pourtant été le premier à écouter avec enthousiasme les nouvelles que je lui avais apportées. Au moins cela nous évita-t-il d'entendre un nouvel aphorisme de Roumi. Ali, que je surveillais pendant toute cette scène – stupide jalousie de vieil homme ! – ne perdit plus un mot de ce que disait Faucon Rouge une fois qu'on eut prononcé les noms de Roç et de Yeza. Il avait un regard de reptile. Cela m'était désagréable.

Puisque l'émir avait pris le commandement, notre petite compagnie se plaça sous ses ordres. Elle était composée de Jahvé[69] et du Charpentier, ce bon vivant qui s'était enrôlé dans notre troupe tout en sachant que notre départ imminent allait le priver pour longtemps du cher petit tonneau du patriarche. De David, le Templier manchot, qui retrouvait une discipline militaire dont l'absence avait dû lui manquer. Et de moi-même, Guillaume de Rubrouck. Je n'en laissais rien paraître, mais mon cœur battait à tout rompre. La perspective de revoir mes protégés – car j'étais sûr de les retrouver – était après tout le sens de ma vie, pour peu qu'elle en eût un. Je n'en ressentais pas moins une forte oppression qui me nouait presque la gorge. Laurent d'Orta avait vraisemblablement raison : les choses ne seraient plus jamais comme avant, mais que seraient-elles ? Les enfants avaient certainement suivi leur propre chemin, ils avaient dû se transformer comme le veut la nature. Quelle fonction allaient-ils m'attribuer ? Quel rôle jouerait le destin ? Une grande peur s'empara soudain de moi. Avant que je ne puisse me morigéner pour ma pleutrerie, Faucon Rouge donna des instructions à chacun de nous. Je lui fus presque reconnaissant de ce *dictum*[70] implacable. Je revins au Montjoie afin d'apporter une conclusion provisoire à ma chronique et de la dissimuler convenablement.

Me voilà à présent dans mon clocher. J'ai déjà trouvé la cachette qui abritera ma liasse de parchemins couverts d'une écriture dense, et j'ai concocté pour Laurent un mode d'emploi écrit en latin qui permettra au franciscain, et à lui seul, de découvrir ce lieu secret. Je l'ai à cette fin habilement codé en employant la fameuse salutation de notre ordre. Ce texte rédigé en dernier lieu ne doit pas nécessairement être ajouté à la chronique, car il n'y est guère question de la destinée de Roç et Yeza : c'est le début d'un chapitre entièrement nouveau qu'il va désormais me falloir écrire. Je glisse donc dans mon sac de pèlerin autant de feuilles de parchemin vierges que je peux y mettre, puis un flacon soigneusement bouché contenant une encre coûteuse et un bon nombre de plumes taillées. En fidèle chroniqueur, je veux me donner les moyens de noter, chaque fois que l'occasion s'en présentera, tout ce qui m'arrivera au cours de cette recherche du Couple Royal, puis ce qu'il adviendra de ces deux chers enfants, car je suis aujourd'hui fermement décidé à ne plus jamais les quitter, dussé-je aller avec eux jusqu'au bout du monde !

Faire mes adieux à Odoacre me pose un problème. Lorsque je suis revenu au Montjoie, la veille au soir, cette âme fidèle m'a regardé d'un œil si triste que je ne suis pas arrivé à lui avouer la vérité, à lui, mon compagnon muet et unique auditeur. Je vais laisser ces dernières feuilles posées sur la table où je travaille afin qu'il puisse, si je lui manquais, prendre conscience de l'affliction où je me trouve moi aussi. Alors, sans me faire remarquer, je l'espère, je me serai déjà faufilé à l'extérieur, car l'heure du rendez-vous avec Faucon Rouge et mes amis de Jérusalem approche inexorablement.

Les effluves du déjeuner qui mijote déjà montent de la cuisine du sacristain. Odoacre va devoir le savourer tout seul, et je vais m'en aller le ventre gargouillant. Je ne pourrais pas regarder dans les yeux cette créature que j'ai prise en affection. Je l'embrasse par l'esprit et je souhaite qu'il n'ait pas de mauvaises pensées contre l'auteur de ces lignes qu'appelle désormais un tout autre devoir. *Pax et bonum*, ces mots en guise de dernière salutation !

Guillaume de Rubrouck, O.F.M.[71]

Du crime commis par l'émir de Mayyafaraqin, l'abominable mutilation d'un « ambassadeur », on ne parlait qu'en chuchotant dans le camp des Mongols. Le comportement scandaleux de ce Kurde pris de folie préoccupait en revanche forcément la cour et les généraux du Il-Khan. En présence du prince seldjoukide, le grand commandant Kitbogha évoqua avec son général, Sundjak, les mesures qu'il fallait prendre – car cette insurrection ouverte devait être réprimée sans tarder et avec la plus grande rigueur avant que ce mauvais exemple ne fasse des émules. Les deux princes, Kaikaus et Alp-Kilidj, y virent une possibilité de tirer profit de leur position auprès des Mongols.

— Ce brigand ayyubide, ce vulgaire voleur de bétail, s'exclamèrent-ils, a fait irruption dans la zone qui s'est soumise à notre père, le sultan.

— Où celui-ci n'a manifestement pas beaucoup de pouvoir ! répliqua aussitôt Sundjak. Car cet El-Kamil y fait exactement ce que lui dictent ses lubies de scélérat !

— C'est un insolent et un imbécile ! marmonna le vieux Kitbogha, penché sur les cartes déroulées devant lui. Il croit sans doute que notre bras vengeur n'atteindra pas la lointaine Mayyafaraqin ?

— Confiez-nous l'honorable mission, proposa Kaikaus, de l'enfumer dans sa tanière. Lorsque nous vous le rapporterons, vous pourrez vous en tailler des tranches comme dans une pièce de viande séchée !

— Ça n'est pas une mauvaise idée ! approuva le général Sundjak, dont la tête se balançait sur une nuque de taureau. C'est exactement ce qu'il faudrait lui infliger.

Kitbogha le regarda en fronçant les sourcils.

— Pour vous en assurer, mon cher Sundjak, vous dirigerez vous-même cette expédition punitive. (D'un mouvement impérieux de la main, il chassa les deux princes seldjoukides de la tente de commandement.) Nous autres Mongols, nous ne tenons pas à ce que d'autres règlent nos comptes lorsqu'il s'agit de l'honneur de notre armée.

Sundjak avait compris.

— Les têtes de tous ceux que je trouverai à Mayyafaraqin orneront les murs, plantées sur des piquets, y compris les femmes et les enfants !

Kitbogha ne répondit pas à cette annonce. La brutalité de son subalterne l'écœurait souvent. Mais Sundjak était un général auquel on pouvait se fier.

— En revanche vous ramènerez l'émir vivant au Il-Khan, objecta-t-il avec mauvaise humeur.

— Fiez-vous à moi ! répondit Sundjak, en acceptant cette mission avec un plaisir identique à celui du molosse que l'on récompense avec un morceau de saucisse. Il ne restera plus deux pierres l'une au-dessus de l'autre ! ajouta-t-il en s'en réjouissant visiblement d'avance.

— Il faut choisir ! rétorqua Kitbogha. Il y a encore un instant, vous comptiez décorer les murs avec les crânes coupés ! Le Il-Khan ne se préoccupe que de l'insurgé El-Kamil ! Plus sa punition sera sévère et exemplaire, plus l'impression produite sur la population sera forte, fit le vieil homme pour tempérer les instincts sanguinaires de son général. Je vous adjoindrai mon neveu Khazar pour que ce jeune homme apprenne de vous la manière d'intimider ses ennemis sans les emplir de haine ni les pousser dans la rage aveugle de la vengeance. Toutes les femmes et tous les enfants seront épargnés !

Sundjak accepta cette restriction.

— Nous vendrons les enfants comme esclaves ! confirma-t-il. Mais les femmes ?

Kitbogha ne répondit pas : l'ambassadeur du roi de France entra sous la tente. Yves le Breton avait une grande influence sur Hulagu et Dokuz Khatun, bien que son maître, le roi des Francs, ne se soit pas encore décidé à faire allégeance sinon au Grand Khan en personne, à Karakorum, du moins à son puissant représentant au Proche-Orient, le Il-Khan. Si le Breton occupait une telle position à la cour, cela tenait sans doute à Roç et Yeza. L'homme était sympathique à Kitbogha. Yves paraissait extrêmement pondéré et faisait le plus souvent un auditeur silencieux et attentif. Lorsqu'il prenait la parole, ses arguments étaient frappés au coin du bon sens.

— J'envisage de me joindre à l'expédition punitive au Kurdistan, annonça le Breton. Je veux y suivre certaines pistes, ajouta-t-il.

Kitbogha comprit aussitôt : le Breton voulait retrouver la trace du Couple Royal. Mais Sundjak, ce crétin, imagina aussitôt qu'on lui contestait le droit de mener cette expédition. Il ne pouvait de toute façon pas supporter le Breton – et c'était sans doute réciproque.

— Vous vous soumettrez donc à mon commandement ! fit le molosse avec mauvaise humeur.

— Avec le plus grand plaisir, général, répondit gracieusement Yves, ce qui arracha un sourire à Kitbogha. Il se sentit soulagé qu'Yves soit de la partie, car Sundjak était un farouche opposant à l'idée que caressaient le Il-Khan et son épouse : le projet de mettre le Couple Royal à la tête de ce « Reste du Monde » qu'ils s'apprêtaient à conquérir. Seulement on ne savait ni s'ils reviendraient un jour, ni où ils réapparaîtraient. De ce point de vue, la présence et la circonspection du Breton étaient apaisantes. Car pour ce qui concernait Roç et Yeza, le vieux Kitbogha n'accordait pas la moindre confiance au général Sundjak, un homme sans scrupules qui faisait preuve, le plus souvent, d'une brutalité exagérée. Lui-même, en revanche, tenait plus à ces deux jeunes princes qu'il n'était prêt à se l'avouer. Le regard du vieil homme chercha celui d'Yves et ils échangèrent un hochement de tête entendu.

— Baïtchou, votre fils si précoce, lui confia le Breton en passant, a bien sûr entendu parler de cette expédition punitive et rêve de partir pour le Kurdistan. Je me suis permis de l'en dissuader.

— Et vous avez eu raison, Messire Yves, lui confirma son père avec gratitude, ce petit est beaucoup trop jeune pour participer à une opération aussi laide, même si elle est inévitable.

Ces mots firent bondir Sundjak.

— Comment cela, aussi laide ?! Un jeune Mongol ne supporte donc pas la vue de têtes sur les murs de l'ennemi vaincu ?

Yves répondit avant Kitbogha.

— La beauté de crânes plantés sur des pieux n'est après tout qu'une question de mise en scène, lança-t-il au général qui se sentit flatté. Mais la phase précédente, celle de la découpe, n'est pas spécialement faite pour l'esprit d'un enfant.

Sundjak marmonna des mots incompréhensibles sur le manque de cran de la jeunesse et sortit d'un pas lourd.

— Savez-vous, messire Yves, ce que vous provoquez dans l'esprit d'un molosse lorsque vous pissez sur son os préféré ? demanda Kitbogha, laissant libre cours à sa moquerie.

De la chronique de Guillaume de Rubrouck

J'avais soigneusement dissimulé le manuscrit de ma chronique dans le clocher de Montjoie, je m'étais faufilé hors des murailles sans me faire voir d'Odoacre – ce brave homme cueillait en marmonnant les dernières herbes fraîches du potager – et m'étais dissimulé derrière l'une des pierres tombales jusqu'à ce qu'il revienne, satisfait, vers son âtre. Puis, agile comme un voleur, j'avais descendu le chemin que l'on ne pouvait pas voir depuis la cuisine en m'efforçant d'atteindre promptement la tonnelle de verdure qui me mettrait à couvert.

Il n'avait pas été si simple que cela de trouver une cachette appropriée pour mon texte. La destruction de la charpente qui supportait les cloches m'avait aussi privé des poutres de bois où j'aurais peut-être pu le ranger. Mais je découvris ensuite que l'un des trous du mur qui avaient jadis accueilli l'extrémité de ces poutres s'enfonçait suffisamment dans la pierre pour que je puisse y glisser mon volume enveloppé dans de la toile cirée. Je fermai cette cavité en y encastrant aussi discrètement que possible un morceau de roche, laissai sur ma table le plan codé destiné à Laurent d'Orta, avec l'espoir qu'Odoacre le lui remettrait malgré le chagrin ou la colère que lui inspirerait mon comportement. Sans me retourner, j'avançai d'un pas ferme vers le point de rencontre convenu avec Faucon Rouge et mes amis de Jérusalem.

J'avais déjà parcouru la plus grande partie de mon chemin lorsque je vis apparaître dans un virage quelques cavaliers enveloppés de longues capes noires, les visages dissimulés derrière des casques cylindriques. Je crus d'abord qu'il s'agissait de Templiers : la croix pattée rouge brillait sur leur poitrine. Cependant, d'ordinaire, les membres de cet ordre portaient leur emblème de sorte qu'il fût visible de loin sur leurs tuniques blanches, et non comme ceux-ci, fixé sans ostentation une main au-dessus du cœur. Lorsque je vis la chaise à porteurs noire qui attendait à l'arrière, je sus qu'ils comptaient au nombre des serviteurs élus de cette puissance envers laquelle je m'étais engagé et à laquelle on ne pouvait manifestement pas échapper – du moins pas un malheureux frère mineur comme moi. Les « Templiers noirs » ne jugèrent même pas utile de m'adresser la parole. Ils ouvrirent sans rien dire la portière de la chaise, j'obéis à leur injonction muette et montai, sans rien dire moi non plus, dans l'habitacle exigu. Le cortège repartit avec moi. Ma situation n'avait pas beaucoup changé, la puissance secrète pour laquelle j'écrivais la chronique des enfants royaux avait réduit à néant ma petite tentative d'évasion et remis la main sur moi. Elle ferait aussi en sorte que je revienne sur le droit chemin et que j'accomplisse mon devoir. Laurent ne me l'avait-il pas déjà annoncé ? Ne m'avait-il pas déjà mis en garde ?

LE PETIT CORPS EXPÉDITIONNAIRE MONGOL dirigé par le général Sundjak traversait le désert du nord de la Syrie en direction de l'est. Le militaire mongol avait passé un accord avec l'émissaire français et considérait qu'il avait ainsi fait preuve d'une tolérance exceptionnelle. Comme il l'indiqua au Breton, qui chevauchait à côté de lui, il était adepte des stratégies raisonnables. Aussi comptait-il pour se ravitailler sur les oasis disséminées dans cette région et sur les nombreux châteaux dont les propriétaires s'étaient déjà soumis et mettaient de l'eau et des provisions à la disposition de la troupe. La route que les caravanes empruntaient d'ordinaire aurait permis de faciliter considérablement cette longue marche. Elle passait quelques lieues plus au sud, par la légendaire cité de Palmyre. Mais il y régnait une secte de derviches fanatiques, amis des Assassins[72], cette confrérie que Sundjak haïssait. Ils étaient en outre inamicaux, pour ne pas dire hostiles à tous les étrangers. Leur pouvoir s'appuyait sur les tribus de guerriers bédouins des environs, et il aurait fallu une longue guerre pour briser leur résistance. Le général n'en avait pas le temps. Sa mission était d'infliger aussi vite que possible sa juste punition à l'émir de Mayyafaraqin. Sundjak avait donc emprunté en serrant les dents le chemin incommode qui traversait le pays en diagonale.

Yves le Breton ne se prononça pas sur cette décision. La seule chose qui comptait à ses yeux était l'objectif qu'il s'était fixé, le chemin qui y menait lui était indifférent tant qu'il n'était pas guidé par la folie. Mais son silence ne l'empêchait pas d'être sur ses gardes. Au fond de lui-même, Sundjak n'était pas malheureux qu'on lui ait adjoint cet accompagnateur. Ces Francs avaient plusieurs décennies d'expérience dans les relations avec les bédouins, les Turcs ou les Arabes. Le Mongol savait comment traiter l'émissaire français et le tenir à distance.

Le Breton, en revanche, ne cessait de s'étonner des conceptions presque puériles de ses hôtes à commencer par ce Sundjak aux allures de bouledogue. Ils semblaient persuadés que les musulmans soumis n'aspiraient à rien tant qu'à voir la *pax mongolica* remplacer sur leurs terres la doctrine du prophète. Les Mongols n'avaient pas la moindre idée de leur capacité à la rébellion et de la fragilité de leurs alliances – elle leur était même incompréhensible. Sans abandonner son pouvoir de commandement, le général mongol discutait de plus en plus souvent avec Yves.

Sundjak excluait volontairement de ces discussions Khazar, le neveu de son commandant. Il ne fallait pas que le jeune homme voie le dessous de ses cartes, ni qu'il puisse livrer à son oncle des informations essentielles sur la stratégie choisie par son général.

La prochaine étape fixée à l'armée serait l'arrivée sur l'Euphrate. Lorsque les deux hommes se séparèrent, tard dans la soirée, leur accord sur cet objectif était si complet que Sundjak décerna au Franc, pour plaisanter, le titre de vice-général. Yves se contenta de sourire et ils allèrent prendre leur repos nocturne.

Yves le Breton avait comme d'habitude dressé son campement en marge des autres, afin de garder à l'œil les feux déclinants des Mongols. L'ambassadeur savait qu'il se trouvait ainsi en dehors de la ronde des sentinelles. Mais il se fiait plus à la légèreté de son sommeil qu'à la vigilance des gardiens.

Yves resta encore longtemps éveillé. En pensée il parcourait le pays qui s'étendait devant eux : des déserts, des fleuves majestueux et pour finir la montagne inhospitalière. Le fait qu'à ce jour aucun témoin fiable n'ait vu Roç et Yeza en chair et en os plaidait en faveur de l'idée qu'ils se trouvaient dans les vallées rocheuses du Kurdistan, qui s'étiraient à perte de vue. Le Couple Royal n'avait même pas besoin de s'y cacher : le paysage abrupt les dissimulerait à ceux qui les chercheraient.

Yves vérifiait encore la logique de ses réflexions lorsqu'il entendit un léger craquement derrière lui. Sa main n'attrapa pas son épée, mais la dague courte fichée dans la tige de sa botte. Il courba lentement le dos et allongea la jambe.

L'homme invisible s'immobilisa derrière lui. Yves entendait son souffle, qui trahissait davantage la peur que l'agressivité et lui révélait de surcroît la position précise de l'intrus. Le Breton se dressa avec la brusquerie d'un python, ses longs bras se détendirent et entourèrent, inexorables, le cou du malheureux. Sa poigne força le rôdeur à s'agenouiller, ne lui laissant que la force d'écarter la mâchoire pour expliquer :

— Naiman ! Je suis Naiman ! répéta-t-il tant bien que mal d'une voix de conspirateur. Au service du sultan du Caire !

Yves ne relâcha sa prise que pour poser la dague sur la gorge de cet agent bien connu. Le petit Naiman se mit à flageoler :

— Les enfants ! laissa-t-il échapper. Je peux vous révéler, Messire Yves, où vous pourrez trouver le Couple Royal…

La pression de la main d'Yves céda, mais la lame froide appuya sur la carotide.

— Et pour quelle raison prenez-vous de tels risques pour me le faire savoir ?

Naiman gémit, subjugué par la peur de mourir, avant de chuchoter avec le courage des désespérés :

— Pour que vous puissiez les tuer tous les deux !

Comme le poignard ne s'était pas enfoncé dans son cou, il ajouta avec insolence :

— C'est bien votre objectif secret, le Breton, sans ça vous ne seriez sûrement pas de la partie !

Comme pour répondre à cette accusation insolente, la main du Breton se crispa encore. Naiman ne parvenait presque plus à respirer. Yves, fou de rage, laissa le nain frétiller un instant. Mais il finit par se contenir.

— À supposer que mon désir soit de commettre un tel acte, dit le Breton, circonspect, pourquoi devrais-je vous tenir dans la confidence ?

Naiman recommença à trembloter et prit une voix geignarde :

— Si vous me laissez partir sain et sauf…

Yves éclata d'un rire sardonique.

— Avec votre pied-bot et votre strabisme, que pourrait-on vous faire de pire ?

— Laissez-moi vivre avec mon infirmité, elle est bien assez lourde à porter comme cela, soupira Naiman en cherchant la compassion. Je fais confiance à la magnanimité de votre ordre à l'égard des invalides et des faibles. Je vais donc vous révéler le lieu secret aux alentours immédiats duquel vous trouverez Roç et Yeza.

— Je vous préviens, Naiman, je ne suis ni un chevalier, ni un meurtrier !

L'agent du sultan se sentait désormais proche de son objectif.

— C'est le château de Mard' Hazab ! conclut-il fièrement.

— Allez au diable ! fit le Breton, qui avait retrouvé son calme.

D'un puissant coup de pied il rendit Naiman à l'obscurité d'où il était venu. Il comprit en entendant le roulement des pierres que le bonhomme n'avait pas pu rester sur ses jambes et cette idée ne lui déplut pas. Il l'entendit s'éloigner en rampant. Les gardes mongols n'avaient rien perçu de cet incident.

Au lieu de s'étendre pour se rendormir, Yves resta accroupi à méditer dans le noir. Mard' Hazab ! Il avait pratiquement trouvé Roç et Yeza. Mais ils couraient le plus grand danger. Il y avait une chose dont il ne parviendrait pas à persuader Sundjak, qui avait reçu carte blanche pour liquider tous les habitants masculins et féminins du château, c'est de ne pas faire usage de ce droit. Si le Couple Royal devait effectivement avoir cherché refuge à Mard' Hazab ou y être prisonnier, ce général compétent fermerait les deux yeux avec plaisir, non pour sauver Roç et Yeza mais pour les faire passer au fil de l'épée – par mégarde ! – en même temps que les autres. Il fallait faire annuler les pleins pouvoirs qu'avait reçus Sundjak. Or seul un contrordre de Kitbogha était susceptible de le faire.

Yves se faufila jusqu'au lieu où dormait Khazar et le réveilla en lui posant la main sur la bouche.

— Il faut que tu rejoignes immédiatement le gros des troupes et que tu préviennes ton oncle que le Couple Royal est détenu dans un château appelé Mard' Hazab. L'ordre de ne pas faire de quartiers doit être annulé sur-le-champ. Kitbogha doit te remettre ce contrordre par écrit, à l'attention de son général, Sundjak !

Khazar l'avait écouté l'œil brillant, mais l'évocation du général lui inspira quelques scrupules.

— Comment puis-je quitter la troupe sans autorisation ?

— Je prends cela sur moi, affirma Yves d'une voix ferme.

Il savait pourtant qu'il pouvait entraîner le jeune Mongol dans de très sérieuses difficultés. Mais il n'avait pas le choix. Khazar connaissait la position singulière qu'occupait le Breton et était fier qu'il l'ait choisi pour cette mission importante. Yves le conduisit lui-même auprès du capitaine des gardes et ordonna qu'on donne à Khazar le meilleur cheval. Puis il fit partir ce garçon trapu et musclé.

Au petit matin, avant même que les gardes aient pu l'annoncer, Yves entra dans la tente du général, qui sauta immédiatement de sa couche, ivre de sommeil.

— J'ai fait usage cette nuit de mes pouvoirs de vice-général. (Sundjak grommela en dissimulant mal son déplaisir, ce qui n'arrêta pas Yves.) J'ai appris que l'émir de Mayyafaraqin compte nous tendre une embuscade au bord du Tigre avec des troupes considérables, imagina le Breton soudain devenu disert. J'ai par conséquent renvoyé un messager au campement principal afin que l'atabeg de Mossoul, qui se trouve sous notre surveillance, donne à ses hommes ordre de nous fournir le matériel nécessaire pour jeter un pont en un autre endroit du fleuve et jouer ainsi un petit tour à l'ennemi !

— Quelle bonne idée ! se moqua le général d'une voix de stentor. Ce que nous avons à franchir pour l'instant, ce n'est pas le Tigre, c'est l'Euphrate !

— Tout vient à point pour qui sait attendre ! Quand je pense à cette caravane portant le fameux tapis du grand Lulu, qui n'est pas encore arrivée…

— Et qui avez-vous choisi pour acheminer ce message ? demanda Sundjak, aux aguets, en se levant de son lit de camp.

— J'ai choisi celui qui vous manquera le moins, général : Khazar !

— Un choix excellent ! (La voix de Sundjak, rendue sèche par l'heure matinale, exprimait une profonde raillerie.) Mais le meilleur choix possible aurait été que vous y alliez vous-même !

— Je ne vous aurais pas fait une chose pareille.

Yves savoura la colère de l'homme au cou de taureau, dont le regard devint de plus en plus inamical.

— Une dernière chose : qui vous a mis cette grosse puce du désert à l'oreille ? Comment avez-vous déjà entendu parler de problèmes qui nous attendraient seulement au bord du Tigre ?

Yves répondit en souriant.

— Vous ne connaissez pas Naiman, l'agent le plus compétent du sultan du Caire. Je lui ai mis la main au collet cette nuit, alors qu'il s'apprêtait à entrer dans le camp…

— Pour nous espionner, vérifier si nous ne pourrions pas construire un pont nous-mêmes, ou bien utiliser à cette fin le tapis de l'atabeg de Mossoul ?

— Sa mission était beaucoup plus simple : il devait poignarder pendant son sommeil le plus compétent des généraux mongols !

Sundjak avala sa salive.

— Messire Yves, je vous dégage, avec effet immédiat, de tous les devoirs liés à votre charge de vice-général. Même si je devais connaître une mort violente, je ne souhaite pas savoir que vous me succéderez !

Le Breton s'inclina en souriant et sortit de la tente du chef de guerre.

De la chronique de Guillaume de Rubrouck

Le transport de ma pesante personne par les « Templiers noirs » dura plusieurs jours. Cela dit, l'usage de la chaise à porteurs m'évita de marcher. Lors des brefs arrêts que nous faisions pour satisfaire nos besoins naturels ou nous alimenter, on me bandait les yeux avant que je ne puisse quitter mon habitacle. Pour le reste, aucun de mes gardiens ne s'approcha de moi, aucun ne me parla, je me sentais aussi exclu qu'un lépreux. Nous passions les nuits dans des châteaux forts qui appartenaient sans doute à l'Ordre ou lui étaient soumis. Je n'eus jamais l'occasion d'y rencontrer un Templier, mais les Chevaliers de Saint-Jean[73] ne nous auraient sans doute pas hébergés avec autant de prévenance et sans poser de question. Quant à l'ordre des Chevaliers teutoniques[74], il ne possédait pratiquement aucune forteresse. Ces étapes étaient une autre preuve du pouvoir que détenait cette fraternité secrète, cet ordre qui agissait dans l'ombre des Templiers, toujours présidé par ce mystérieux personnage qu'était la « Grande Maîtresse[75] ». On disait sous le manteau que cette alliance de conjurés existait depuis la nuit des temps, gardiens d'un savoir apocryphe[76] sur la naissance du monde et sur le destin qu'il avait connu depuis. On disait aussi qu'il était le lien invisible entre tous ceux qui étaient susceptibles d'avoir le sang du Christ dans leurs veines et formaient cette singulière noblesse de l'Occident. Ces liens familiaux déterminaient aussi l'identité de celui ou celle qui dirigeait cette société occulte et portait le nom de « Grand Maître[77] ». Peut-être la plus grande prêtresse du Graal se dissimulait-elle même derrière la « Grande Maîtresse » du moment ? Je ne pouvais pas imaginer qu'elle m'ait envoyé sa propre chaise à porteurs, mais je me rappelais fort bien que cette vieille dame avait l'habitude de se présenter elle aussi dans l'un de ces sinistres véhicules. Je ne l'avais jamais eue en face de moi, et je n'y tenais pas – après ce genre de rencontres, la mort ne tardait pas ! Immédiatement après mon arrivée on m'enferma dans une cellule ; là encore, l'opération fut menée si rapidement que mes geôliers muets furent les seuls avec lesquels j'eus un contact. Je restai donc isolé en permanence, ce qui m'incita à réfléchir sur moi-même et à ma mission, à laquelle je ne pouvais sans doute pas me dérober. De toute évidence, ma chronique, que j'écrivais plutôt pour me divertir, mais aussi certainement pour satisfaire ma vanité, n'avait pas plu à mon commanditaire. Est-ce pour cette raison que l'on me serrait à présent si fort la bride ? Car je le comprenais bien, le but de ce voyage qu'on me faisait entreprendre à mon corps défendant ne pouvait être, une fois de plus, qu'une cellule d'écriture où je serais contraint de poursuivre mon travail dans des conditions plus rigoureuses ! On m'avait laissé ma plume et suffisamment de parchemin, un pupitre et une lampe à huile qui éclairait vivement ma cellule.

J'entendis soudain avec effroi des voix devant ma porte. La clef tourna dans la serrure avec un bruit métallique. Je maudis ma stupide peur de la mort, puis ce dérangement nocturne. Sur ce, entra Laurent d'Orta, cet homme aux fines articulations et aux cheveux blancs qui était à la fois mon surveillant et mon mentor. Il paraissait très agité, si bien que je renonçai à me plaindre du traitement que je venais de subir.

— À peine avais-tu quitté le Montjoie de ton propre chef, me révéla-t-il d'une voix chargée de reproches, que la petite église du Pèlerinage était attaquée par des inconnus. Ils sont montés jusqu'au clocher. De toute évidence, ils cherchaient à mettre la main sur ta chronique – *notre* chronique.

Laurent parlait d'une voix calme, presque froide, qui me déplut. D'autant qu'il ajouta cette phrase inutile :

— Nous doutons en effet que ta personne ait constitué un mobile suffisant pour justifier leurs efforts.

— Ont-ils..., fis-je avec impatience.

— Ils ont torturé le sacristain pour qu'il leur révèle la cachette. Comme il ne l'a pas livrée, ils l'ont tué !

J'eus l'impression d'avoir reçu une gifle. Un sentiment de culpabilité s'insinua en moi. N'avais-je pas trahi cette âme fidèle ?

— Qui ? fis-je en balbutiant. Qui étaient ces porcs ?

Laurent me toisa froidement.

— S'ils avaient fouillé la tour, ils auraient immédiatement remarqué la pierre, tant ta cachette était balourde. Dieu soit loué, nous sommes arrivés à temps et ils ont pris la fuite !

La vie du pauvre Odoacre n'avait aucune importance à leurs yeux. La seule chose qui comptait, c'était cette chronique qui illustrait leur quête du pouvoir ! Ils marcheraient vraisemblablement aussi sur les cadavres de Roç et Yeza si cela leur paraissait « approprié ». Et sur le mien, sans aucun doute !

— Avez-vous eu le temps de voir ces canailles ? demandai-je en ravalant lâchement ma colère.

Laurent secoua la tête.

— C'étaient peut-être des musulmans, mais je serais étonné qu'il s'agisse d'agents du sultan du Caire. (Il me regarda de nouveau comme si j'étais la clef de tous ces désagréments.) Je crains que cette attaque odieuse, ou simplement bizarre, ne soit l'œuvre de nos frères chrétiens.

— Comment cela ? m'exclamai-je.

— Le Saint-Siège n'a sans doute aucun intérêt, m'expliqua Laurent avec lucidité, à ce que ces enfants hérétiques montent sur le trône justement ici, en Terre Sainte, dans le cœur ardemment aimé, suave et palpitant de la chrétienté romaine catholique. Car sous ce trône darderont ensuite les flammes de l'enfer, ou pire encore : celles du Graal mystique !

Le vieil homme aux cheveux blancs ne connaissait pas plus que moi les mobiles des assaillants, lacune qui ne semblait guère le gêner. Il me considérait en revanche comme un témoin malvenu et me le prouva aussitôt.

— Demain matin, Guillaume, on te conduira en un lieu sûr où l'on souhaite te voir, toi, créature indigne ! fit-il pour conclure.

— Où cela ? osai-je demander.

Je pouvais m'attendre aux sévères remontrances des autorités.

— Cela ne te regarde en rien ! me répondit Laurent du tac au tac. Mieux vaudrait orienter ta soif de connaissances vers ce que nous – et donc la postérité – souhaitons apprendre de toi ! *Bona nox*[78] *!* (Il se retourna une fois encore au seuil de la porte et ajouta presque avec compassion :) Je te prie de remplacer désormais ton vœu pieux franciscain, *pax et bonum*, par une autre expression latine, le *si vis pacem, para bellum*[79]. S'il existe une manière d'obtenir la paix, c'est en se préparant constamment à la guerre !

J'avais mal dormi pendant la nuit. Lorsque le *secretarius venerabilis* m'eut laissé seul, le bruissement de la mer toute proche parvint distinctement à mon oreille. Au début cela m'inquiéta : je m'imaginais que l'on pourrait me transporter sur une île déserte afin que j'accomplisse, totalement coupé du monde, le devoir de chroniqueur qui m'avait été fixé. Qu'attendait-on au juste de moi ? Roç et Yeza avaient été élus pour accéder aux dignités monarchiques. Les mystérieuses personnes qui se trouvaient derrière, Laurent, mon cauchemar et leur secretarius venerabilis, l'avaient clamé avec suffisamment de force à qui voulait l'entendre. Quel obstacle risquait d'empêcher mes protégés d'accéder à ce trône ? Un secret que j'étais seul à connaître – ou bien dont on supposait au moins que moi, franciscain replet, je le couvais sous mes grosses fesses. Comme cela s'était déjà souvent produit dans ma vie agitée, j'avais l'impression d'être appelé à protéger mes petits rois. Loin de considérer qu'il s'agissait d'une menace, je ressentais à cette idée une satisfaction tranquille. Dieu sait que j'avais mérité l'attention qu'on me portait ! J'imaginais la tête clairsemée du gros Guillaume nimbée de lauriers dorés et d'un halo. Cette belle vision m'endormit définitivement…

Je fus arraché du sommeil aux premières lueurs du jour et sans la moindre douceur. Je ne m'étais certes pas attendu à ce que Laurent d'Orta vienne me faire ses adieux en personne, mais j'étais tout de même surpris d'entendre cette voix, ce croassement impérieux qui vitupérait apparemment contre ma personne, ainsi que celle de mon mentor. Le destinataire de ces remontrances, manifestement sourd, était sans doute le maître des lieux.

— Que se figure monsieur le secrétaire ? aboyait cette voix habituée à commander, dont mon bandeau m'empêchait de voir le propriétaire. Qu'il est possible de faire appel aux précieux membres de notre ordre pour assurer le transport d'un frère mineur séditieux ?

On me jeta brutalement dans ma chaise à porteurs sans fenêtres et le reste ne me parvint plus que par bribes : « … livrer et enfermer !… L'affaire ne peut pas être importante au point que des Templiers… » Ensuite la voix grogna si près de mon oreille que j'eus l'impression que la personne invisible qui avait apparemment pris le commandement tenait à me faire connaître son opinion. « L'ordre n'a pas à se préoccuper plus longtemps… de ce petit Couple Royal… et un chevalier de haut rang et de noblesse… doit encore moins être détaché… l'escorte d'un chroniqueur bavard… qui se moque de nous ! »

La manière dont il parlait de moi et de ma fonction laissait peu de doutes sur la piètre estime dans laquelle il me tenait.

« Ce frère mineur qui manque à tous ses devoirs doit être livré à l'objectif prévu sans autre intervention de l'Ordre et doit y rester jusqu'à ce que le secretarius venerabilis ait la bonté de se présenter sur les lieux et de décider de la manière dont on utilisera dans le futur ce… » La voix s'éloigna. « … et de préférence sous sa propre responsabilité… »

Cela dura encore un certain temps, j'entendis le pas des chevaux ; ma caisse changea plusieurs fois de direction, on la souleva, on la reposa. J'entendis des protestations, du moins des voix mécontentes avant qu'un nouvel équipage, apparemment, se remette en marche avec moi. Pour quel objectif? Je m'en remis à mon destin. Je n'avais même pas envie de revenir au Montjoie. Qui sait ce qui m'y aurait attendu si j'étais tombé entre les mains de ceux qui avaient si froidement abattu Odoacre pour qu'il leur révèle ma cachette? Alors, pour l'amour du ciel, pas de remords ! Je sentis la main invisible de mes chers enfants : ils me protégeaient, moi, leur fidèle Guillaume !

« Pax mongolica » – Une expédition punitive

KHAZAR APPROCHAIT DU CAMPEMENT de l'armée mongole qui avait entre-temps avancé vers le sud, contournant Homs en direction de Damas. Le premier qu'il rencontra dans les dunes de sable fut son jeune cousin Baïtchou, le fils de Kitbogha. Khazar lui raconta qu'Yves l'avait envoyé parce qu'on avait retrouvé le Couple Royal. Il devait revenir le lendemain matin, chargé d'une lettre importante, auprès du corps d'expédition que l'on avait détaché sous la direction du général Sundjak pour exercer les représailles.

— Cette fois, je viens avec toi ! annonça le petit garçon, très résolu.

— Ton père ne te le permettra pas, répondit Khazar pour calmer son ami.

Lorsque Khazar voulut lancer au galop son cheval épuisé, Baïtchou lui attrapa la bride.

— Promets-moi que tu m'emmèneras avec toi si j'obtiens l'accord de mon père !

— Tu sais bien que ça ne dépend pas de moi, Baïtchou.

Khazar était pressé. Il avait chevauché une demi-nuit et toute une journée et souhaitait s'acquitter au plus vite de sa mission.

— Où trouverai-je messire mon oncle, l'illustre Kitbogha ?

Baïtchou comprit qu'il devait le laisser partir.

— Auprès du Il-Khan ! cria-t-il à l'impatient qui filait devant lui, avant de revenir à pied dans le camp, l'air songeur.

Derrière les buissons, il entendit le bruit de l'acier qui s'entrechoque. Les deux princes seldjoukides se battaient en duel sous la surveillance de leur maître d'armes, Rhaban, dont la principale mission était d'empêcher Kaikaus et Alp-Kilidj de se blesser sérieusement avec leurs lames de Damas affûtées comme des rasoirs. Baïtchou admirait ces deux coqs qui ne manquaient jamais une occasion de se mesurer au combat.

— On a trouvé le Couple Royal ! lança Baïtchou, tout fier de pouvoir annoncer la nouvelle. C'est Yves le Breton qui l'a découvert !

Le coup fit mouche : les princes baissèrent leur cimeterre.

— J'ai entendu dire qu'ils n'avaient jamais été unis par la loi du mariage, précisa Kaikaus.

— Tant que l'homme ne la transgresse pas, la femme doit le suivre ! répliqua Alp-Kilidj. Si tu as l'intention de conquérir la princesse Yeza, ajouta-t-il en levant son arme pour reprendre le duel, sache que je ne te la laisserai sûrement pas !

Kaikaus esquiva et répondit au défi. Il n'était pas homme à se laisser intimider. Jugeant que les deux Seldjoukides étaient incapables d'évaluer cette information à sa juste valeur, Baïtchou reprit sa marche vers le camp.

Dès qu'il demanda à parler à son oncle Kitbogha, on laissa Khazar entrer dans la tente d'audience du Il-Khan Hulagu. Le cavalier en nage, qui portait encore sur ses vêtements la poussière du désert, comptait transmettre discrètement le message du Breton au commandant en chef. Mais Kitbogha lui interdit de chuchoter en présence du Il-Khan et de Dokuz Khatun et Khazar dut délivrer son message à voix haute. À peine avait-il commencé, à peine les noms de Roç et Yeza étaient-ils tombés, que le premier secrétaire du Il-Khan l'interrompit et demanda aux gardes de quitter la tente : tout ce qui avait trait au Couple Royal était considéré comme un secret d'État des Mongols.

El-Aziz, le page maltraité, voulut s'en aller lui aussi, heureux d'échapper un moment aux brimades. Mais le chambellan le retint et chuchota, d'une manière presque inaudible, comme le lui autorisaient ses fonctions :

— Ce qu'entendent tes oreilles, annonça-t-il d'une voix sourde au fils du sultan, effaré, tu l'emporteras dans la tombe que te creuse ton père !

Entre-temps, sur un signe du Il-Khan, Khazar avait repris son récit. Que Roç et Yeza soient retenus précisément dans un château et qu'on en connaisse désormais le nom fit à Dokuz Khatun l'effet d'un signe de Dieu : il fallait, dit-elle, remercier le Seigneur Jésus-Christ d'aider son mari, le Il-Khan, à établir le pouvoir des Mongols sur le Reste du Monde, mission pour laquelle ils avaient choisi le Couple Royal.

Kitbogha considérait l'avancée incompréhensible de l'émir jusqu'à Mard' Hazab comme une nouvelle preuve de son insolence. En outre – il était sur ce point en parfait accord avec Yves le Breton – cette manœuvre représentait un danger extrême et immédiat pour les deux prétendants au trône. Il connaissait son Sundjak, ce molosse !

On congédia Khazar. Kitbogha lui ordonna de se rafraîchir et de se tenir prêt. Cette fois, El-Aziz fut lui aussi chassé de la tente, mais on lui demanda de rester à proximité.

Lorsque les grands dignitaires se retrouvèrent entre eux, Hulagu étonna son commandant en tenant à propos de l'extension du pouvoir des Mongols sur le monde entier un discours dont la virulence prouvait que la question l'obsédait depuis un certain temps déjà. Le Il-Khan se mit subitement à défendre la thèse, sortie d'on ne savait où, selon laquelle l'unique véritable condition d'un règne de ce type serait l'acceptation sans condition des valeurs prônées par les Mongols. Valeurs qu'on pourrait le cas échéant imposer même sans le Couple Royal.

Kitbogha se garda bien de contredire ouvertement le Il-Khan.

— Ne pensez-vous pas qu'un peu plus de prévenance envers le Reste du Monde nous aiderait grandement, dans la mesure où l'objectif que vous nous fixez, en accord avec la tradition féodale de nos contrées, est d'installer sur le trône un sang royal et envoyé par Dieu, comme le sont Roç et Yeza ?

— Nos chers petits rois de la paix ! fit Dokuz Khatun avec un soupir de bonheur. Cette solution chrétienne me plaît beaucoup.

Le Il-Khan regarda la coupole de la tente en roulant des yeux et chercha le regard compréhensif de Kitbogha. Celui-ci profita de l'occasion.

— Il me faut un ordre écrit sans équivoque, demandant au général Sundjak qu'il renonce à mettre à mort tous les occupants de la forteresse en raison du risque que cela ferait courir au Couple Royal…

— Vous pouvez rédiger l'ordre vous-même, répliqua immédiatement Hulagu. Après tout, c'est votre subalterne, et dans ce cas précis, la mansuétude me paraît malvenue.

Kitbogha para le coup.

— Et puis il me faudrait un sauf-conduit frappé de votre sceau pour le porteur de la bonne nouvelle, mon neveu Khazar, car je ne veux pas que Sundjak passe sa colère sur lui.

Le sourire obligeant du Il-Khan s'éteignit.

— S'il a quitté la troupe sans autorisation du général, sa punition sera juste et favorisera la discipline…

— Vous devez le nommer *iltchi*[80] pour qu'il soit considéré comme intouchable ! lança Dokuz Khatun, indignée. Khazar nous a rendu un grand service !

Résigné, incapable de résister aux désirs de sa femme, Hulagu fit signe à son secrétaire. Kitbogha réprima un sourire.

À l'extérieur, au milieu de la grande place où se dressait la tente d'audience, on avait installé la cage du gros Lulu en plein soleil. Pour se moquer de lui, on avait fait passer à l'atabeg, entre les barreaux, un minuscule tapis de prière. Le pauvre hère essayait tantôt de s'y asseoir, tantôt de s'y agenouiller, ses énormes masses de chair lui valant dans un cas comme dans l'autre d'épouvantables tortures. La cage était devenue l'attraction et le point de rencontre préféré de la jeunesse du camp. C'est ici qu'El-Aziz, épuisé, rencontra Baïtchou qui flânait dans les parages.

Confronté au sort de l'atabeg, le vaillant garçon ne montra guère de compréhension pour les souffrances du malheureux page.

— Si ton père, un puissant sultan, se désintéresse de toi, lui conseilla-t-il, tu n'as qu'à faire en sorte que l'on t'aime et qu'on te respecte.

El-Aziz était plus près des larmes que du sursaut d'orgueil.

— Comment y parvenir ? demanda-t-il sans le moindre espoir.

— Prends le Couple Royal pour modèle, fit Baïtchou d'une voix exaltée. Il y a longtemps que nul n'a vu la princesse Yeza et son chevalier Roç. Et pourtant tout le monde se bat pour être avec eux !

Une lueur passa sur le mince visage de l'otage déformé par le chagrin.

— Tu veux dire que si je les amène ici, je retrouverai mon honneur et le respect qu'on me doit ?

La naïveté du fils de sultan fit rire Baïtchou.

— Tu n'auras pas à l'épouser car son cœur est déjà pris. Mais celui qui la libérera de son ignominieuse captivité aura toute sa gratitude et jouira de la gloire des héros…

— Tu penses que je devrais…

El-Aziz savait que le chambellan le noierait un jour sans pitié. Il devait essayer. Mais comment ? Baïtchou se demandait encore si ce n'était pas à lui, après tout, qu'il revenait d'accomplir cet acte héroïque lorsque les gardes, à l'entrée de la tente d'audience, appelèrent le page avec agacement. El-Aziz partit en toute hâte et abandonna Baïtchou sans même le saluer.

Il fallut attendre la fin de la soirée pour que les documents réclamés par Kitbogha soient établis. Le Il-Khan prit son temps. Il tenait à ce que tous voient comment on mettrait la main sur l'émir séditieux, une fois brisée la résistance de la forteresse de Mard' Hazab – même si elle se trouvait derrière les montagnes les plus reculées du Kurdistan et n'avait aucune importance stratégique. Le page El-Aziz apprit ainsi dans les moindres détails comment le corps d'expédition devait procéder : il lui faudrait faire preuve de toute la cruauté nécessaire à l'égard des autres occupants du château, mais de la plus extrême prudence si l'intégrité physique du Couple Royal devait être en jeu. Le chambellan finit par appeler le page d'un geste de la main. Il lui remit discrètement deux missives. L'une était une lettre de protection portant le sceau personnel du Il-Khan qui non seulement mettait son porteur à l'abri de toute poursuite, mais lui garantissait le soutien de tous ceux à qui il la présenterait. L'autre contenait un message du commandant des troupes à son général Sundjak : l'ordre d'obéir très précisément et sans la moindre discussion conformément aux instructions écrites jointes. Kitbogha voulut qu'on le lui lise à voix haute avant d'y apposer son propre sceau, mais Hulagu refusa. On ordonna brutalement à El-Aziz de transmettre les deux écrits à Khazar, qui devait se mettre en route pour rejoindre l'expédition punitive. Le page partit en courant.

Khazar s'était déjà couché : il savait qu'une journée fatigante l'attendait. El-Aziz lui remit la lettre destinée au général Sundjak, sans lui parler du sauf-conduit. Puis le fils du sultan se rendit auprès des serviteurs qu'il avait amenés avec lui de Damas, notamment son cuisinier personnel et son eunuque responsable des bains. Même s'ils ne lui servaient pas à grand-chose, la surveillance attentive qu'ils exerçaient lui permettait au moins de dormir quelques heures par nuit. Il leur ordonna de préparer leurs affaires sans attirer l'attention et de se préparer à partir. D'ici quelques heures, c'est en homme libre qu'il quitterait le camp en leur compagnie.

Alors que Khazar chevauchait dans les dunes au lever du jour, il retrouva les deux princes seldjoukides Kaikaus et Alp-Kilidj qui s'affrontaient déjà sous la surveillance de leur maître d'armes. Il les salua d'un air moqueur, en passant devant eux. Les deux jeunes hommes s'arrêtèrent un instant.

— Le voilà qui s'en va, le Mongol ! fit Alp-Kilidj pour exciter son frère. Il va te voler la princesse Yeza sous le nez !

Kaikaus, furieux, se rua sur son adversaire et le mit en difficulté.

— Quand on est né perdant comme toi, laissa-t-il échapper, on ne devrait même pas penser à une épouse comme celle-là !

Khazar avait atteint le désert. Le camp des Mongols était déjà hors de vue. C'est alors que Baïtchou surgit à cheval, derrière une dune.

— D'où viens-tu donc ? demanda le plus âgé des deux garçons. Ton père t'a-t-il…

Le vaillant garçon éclata de rire et rejoignit Khazar. Il était manifestement désireux de faire un bout de chemin avec lui.

— Cette nuit, j'ai surpris les gens de Damas qui se préparaient à quitter secrètement le camp.

— Les gardes les ont laissés passer ? demanda Khazar, incrédule.

— El-Aziz, le page, qui n'est sans doute pas aussi stupide qu'il y paraît, a présenté un sauf-conduit devant lequel ils se sont inclinés avec respect. Il portait le sceau du Il-Khan !

Khazar était impressionné.

— Et toi ?

Baïtchou sourit.

— Pour prix de mon silence, j'ai exigé de me mêler incognito aux cuisiniers et aux serviteurs qui constituent l'escorte du fils du sultan. Et me voilà à présent en route avec toi pour Mard' Hazab !

Khazar hocha la tête, un rictus aux lèvres.

Le petit groupe de voyageurs venus de Jérusalem campait quelque part dans la montagne, devant les contreforts méridionaux du Hauran, qui s'étendaient jusqu'au lit asséché du Jarmak. Constatant que Guillaume ne s'était pas présenté à l'heure convenue sur le lieu de rencontre, Faucon Rouge avait imposé un départ immédiat. Hormis Madulain, l'épouse énergique de l'émir, et Ali, le fils du sultan, la compagnie n'était donc plus composée que de David, le Templier manchot, et Joshua le Charpentier. Tous deux étaient restés assis près du feu tandis que Faucon Rouge et Madulain, suivie par Ali, faisaient une ronde supplémentaire. La région n'était pas sûre, des bandes de brigands rôdaient et auraient pu prendre les voyageurs par surprise. Le feu, dont les braises ne brillaient presque plus, était invisible. Ses anciens compagnons de beuverie de Jérusalem contenaient difficilement la colère que leur inspirait l'absence de Guillaume : sans un quatrième partenaire, il était impensable de jouer au jeu de la vérité. Or la perspective de pouvoir s'y livrer sans fin avait certainement été pour eux l'un des motifs de céder à la pression de l'émir et de s'engager dans ce voyage qui annonçait bien des fatigues.

— Faucon Rouge ne sait pas non plus, grogna Joshua en regardant fixement les petites pièces du jeu de la vérité étalées devant lui, dans quelle région il veut aller chercher Roç et Yeza. Moi, en tout cas, je suis incapable de discerner la moindre stratégie dans les déplacements auxquels nous nous sommes livrés aujourd'hui !

Le Templier ne leva même pas les yeux, il se contenta de retourner quelques-uns des symboles.

— C'est peut-être que nous connaissons à peu près les projets que nourrissent certaines puissances à leur égard. Nous pouvons aussi deviner ce qui pousse leurs adversaires à tout faire pour que ces projets ne voient jamais le jour. Mais ce qui nous manque, c'est une idée de ce que ressentent et pensent les membres du Couple Royal, les aspirants au trône.

Joshua commença à modifier les groupes formés par les signes disposés devant lui, rejetant rapidement les combinaisons ainsi produites pour tout réorganiser de nouveau.

— Commençons donc par ce que nous croyons connaître : le Grand Projet…

— … dont il n'est même pas certain qu'il existe vraiment ! lança le Templier en lui coupant la parole. La seule chose que l'on sache, c'est comment le mettre en œuvre !

— Ces têtes rondes, dit posément le charpentier, ne sont que l'instrument obtus, la hache de la guerre. Les forgerons restent cachés…

— Parce qu'eux non plus ne savent pas encore pour qui ils plongeront l'acier dans le vinaigre et frapperont sur l'enclume dans un déluge d'étincelles…

Le Charpentier regarda son compagnon d'un air dubitatif. Il lui fallut visiblement un certain effort de courtoisie pour éclater d'un rire mugissant.

— Si vous préférez renoncer à notre jeu habituel et concourir pour le titre du meilleur poète, fit-il, alors choisissez-vous un forgeron de vers redouté de tous. Et qui active ici le soufflet ? lâcha-t-il d'une voix ampoulée. Quel esprit lui insuffle la vie ?

L'émir était revenu de sa tournée d'inspection sans que les deux hommes ne le remarquent. Ali, curieux, s'était approché d'eux et avait sans doute entendu une partie de leur dispute.

— Aucun d'entre vous, demanda-t-il soudain d'une voix forte, ne connaît donc le Grand Projet, celui qui doit faire de Roç Trencavel et de la princesse Yeza les rois du monde ?

Le silence gêné qui s'imposa tout d'un coup fit oublier la nuance hostile et sournoise avec laquelle le fils du sultan avait lancé sa question. Madulain, agacée, tira le jeune garçon par la manche et l'éloigna du feu de camp. Il la suivit comme un chien battu et regagna son campement. Faucon Rouge ne semblait pas avoir accordé la moindre attention à la tirade d'Ali. Il attendit patiemment que son épouse le rejoigne.

— Des trois gardiens qui, à l'origine, étaient rassemblés à Montségur, dit Madulain, songeuse, vous êtes, mon Seigneur, le dernier survivant. Créan[81], l'Assassin, est mort dans les flammes d'Alamut ; Sigbert[82], le chevalier teutonique, a péri lors du massacre de Jérusalem.

L'émir regarda sa femme d'un air intéressé.

— Nous n'étions que le bras armé ! Tu oublies Guillaume de Rubrouck ! (Un sourire discret se dessina sur ses traits tannés par le soleil et le vent.) Lui sait écrire… et lire ! (Il baissa la voix malgré lui.) Il pourrait être le seul à savoir ce que le Grand Projet…

Madulain avait posé son doigt sur ses lèvres. Ils avaient rejoint leur tente. Enroulé dans sa couverture,

Ali faisait semblant de dormir. Madulain fut la seule à lui lancer un regard. Puis le couple se coucha à son tour.

Le Templier soufflait autant que possible dans la braise qui s'éteignait. Joshua se grattait le crâne.

— Ce qui m'intéresse bien plus, c'est la relation entre les personnes concernées et ceux qui jouent ici au jeu du destin.

— … qui jouent avec leur destin ! corrigea David, sarcastique. Il s'agit aussi de pouvoir ! ajouta-t-il. Et pour Roç et Yeza, c'est une question fondamentale : doivent-ils s'y soumettre ou le refuser ?

— Soumis ou résistants ? (Le charpentier cherchait le terme qui convenait parmi les pièces disposées sur la couverture.) L'essence du dragon…

David secoua énergiquement son crâne anguleux.

— *Caput draconis*[83] désigne le grand-prêtre du dragon du pouvoir…

— J'espère que vous ne parlez pas de la digne Grande Maîtresse ? fit Joshua, moqueur. Il me semble que nous devrions nous abstenir de prononcer le nom de personnes vivantes…

Le Templier ne put réprimer un sourire en imaginant Marie de Saint-Clair, la supérieure de son ordre, sous les traits d'un vieux dragon.

— Nous devrions aussi répartir clairement les rôles entre nous, représentant du diable et ange protecteur : *diaboli angelique advocati*[84].

— Je vois déjà celui que vous me réservez, ricana le Charpentier.

— Si nous appliquons à nos personnages le principe de Vénus[85], nous avons en amour deux principes, l'élévation et la chute…

— D'un côté l'accord des âmes, l'harmonie des corps. Et de l'autre la prostitution, la dissipation, la querelle !

— Nous pouvons certes continuer à parler en langage codé et allégorique[86], dit Joshua, mais je me suis moi-même creusé une tombe…

Le Templier toisa ses compagnons avec un sourire amusé :

— Vous êtes sans doute allé trop profond ?

— Le bord en est trop haut pour moi : je veux désigner Roç et Yeza par leur nom !

— Leur situation – que nous ne connaissons pas – est déjà suffisamment compliquée ! approuva David. Je parierais que même eux ne savent pas précisément ce qu'ils veulent !

— Dans le cas de Roç, je le vois très clairement. Inutile d'avoir recours à ces histoires d'amours illégitimes entre Mars et Vénus[87] dans l'Olympe des dieux grecs ! (Le charpentier attendit quelques instants une réaction admirative à sa digression mythologique. Constatant que cela ne venait pas, il reprit :) Je vois Roç comme un joueur, un mauvais joueur, incapable d'évaluer ses capacités ou ses possibilités, et dépourvu d'objectif précis ! Ni en amour, ni sur le terrain léger où l'on fait ses preuves comme chevalier, et encore moins sur le sol lourd de la quête du pouvoir en ce monde !

— Pour ce qui concerne l'amour, reprit David, il y a tout de même la constante naturelle de sa relation avec Yeza, qu'il ne remet pas en cause…

— … parce que sa compagne, sœur et amante est bien trop forte pour cela !

Joshua, qui ne connaissait pas le Couple Royal depuis plus longtemps que son ami David, aimait bien, en tant que cabaliste, donner l'impression de connaître le dessous des cartes. Le Templier reprit en souriant :

— Si forte que Roç Trencavel a tendance à prendre désormais certaines libertés qu'il met sur le compte de son statut d'« aventurier »…

— … mais les femmes qu'il rencontre ainsi et qu'il continuera certainement à rencontrer ne représentent rien pour lui !

David ne s'arrêta pas à cette objection.

— Cette immaturité s'est aussi exprimée dans sa vie de chevalier : il a plus recherché l'aventure qu'il ne s'est mis en quête d'un objectif précis, comme la gloire, l'honneur ou même un idéal supérieur !

— Si ce n'est qu'ici, le tempéra Joshua, on a souvent sacrifié de manière irréfléchie la vie d'autres personnes, qui avaient décidé de suivre le Couple Royal dans la croyance et l'obéissance.

— J'espère que vous vous le rappellerez aussi, Charpentier, à l'heure de choisir un engagement inconditionnel en faveur de « la Cause » ! fit le Templier, moqueur, tout en prenant conscience du fait que lui-même était encore moins à l'abri d'une telle tentation, la fidélité comptant bien plus à ses yeux que la mort.

Madulain, qui n'avait pas réussi à s'endormir, assistait sans rien dire à leur dispute.

— Quant à la dignité de souverains qui leur a été promise à tous deux, Roç et Yeza, il me semble que le Trencavel croit de moins en moins à sa réalisation, objecta la princesse saratz.

— Bien qu'il brandisse ce royaume promis comme une bannière !

— En réalité, il s'accroche à sa hampe et redoute le jour où il devra monter sur le trône ! (Joshua était très satisfait de sa formulation.) Ainsi le Dragon Assis se redresse et s'inverse, devient *cauda draconis*[88], se mord la queue et s'envole !

Le Charpentier n'aimait pas que des tiers s'immiscent dans ses querelles avec le Templier – surtout lorsqu'il s'agissait de femmes !

David eut un sourire que le cabaliste interpréta comme un signe d'approbation.

— C'est plutôt chez Yeza Esclarmonde que l'on trouve la contradiction interne, répliqua le Templier. Le syndrome de Jupiter, qui désigne le savoir et le pouvoir, est certes affecté par toutes les faiblesses et erreurs humaines, mais depuis la gloire du despote princier dans l'*exaltatio*[89] jusqu'au mendiant et à l'esclave dans le déclin, il contient tout ce qui existe entre l'ascension et la chute. Il concerne davantage la princesse que son pendant masculin, Roç Trencavel. (David aimait lui aussi à en imposer à son interlocuteur.) Plus l'idée d'un royaume dirigé par le Couple Royal perdra de sa réalité, plus Yeza croira fermement en sa vocation et plus elle deviendra le symbole vivant de l'idée d'un « royaume du Graal ».

Le Charpentier n'aimait pas qu'on le domine et appréciait encore moins que le Templier manque de respect envers la Cabale.

— Vous faites, David, comme si la volonté humaine était la seule à décider du destin…

Mais le Templier n'en démordait pas.

— De mon point de vue, la couronne de la princesse a des contours d'autant mieux dessinés que les circonstances sont incertaines et que le pays sur lequel elle veut régner devient abstrait.

David voulait enfin tenir correctement son rôle d'ange protecteur, mais le charpentier ne le laissa plus prendre la parole.

— Dans nos observations, nous n'avons pas tenu compte comme il le fallait d'*Hermès Trismégiste*[90], le mercurial, fit-il aussitôt pour parer à toute objection du Templier. Son ambiguïté, sa capacité à passer très rapidement du rôle de médecin secourable à celui de traître et d'empoisonneur, jouera un rôle décisif dans cette phase finale qui nous attend…

— … le rôle consistant à ne pas décider ! se moqua le Templier. N'oubliez pas non plus que si Mercure enfant symbolise souvent la vie nouvelle, il incarne la mort atroce lorsqu'il a les traits de l'un des quatre cavaliers de l'Apocalypse[91] !

— L'un n'exclut pas l'autre ! asséna Joshua le Charpentier en se levant.

— C'est la consolation du Paraclet[92], songea David le Templier en regardant la braise qui s'éteignait peu à peu. C'est à lui que nous devrions confier la garde de nos âmes, celle de Roç et Yeza et de tous ceux qui suivront leur chemin ou s'engageront en leur faveur…

Il regarda Madulain, qui détourna la tête.

— Je confie mon errance quotidienne sur cette terre au seul Yahvé, le grand Juste. Et mon sommeil également !

Joshua ne pouvait s'empêcher d'avoir toujours le dernier mot.

ROÇ AVANÇAIT SANS BUT DANS LA MONTAGNE. Plus encore que la faim et la soif, c'étaient les images qui l'accablaient – les images de son échec. Yeza était la plus forte, c'est elle qui survivrait. Il se revoyait pétrifié, témoin de l'humiliation qu'elle avait subie. Il n'était cependant pas devenu un bloc de granit, non, plutôt une sculpture bizarre en sable, érodée par la pluie et le vent. Car Yeza avait toujours su transformer l'humiliation en triomphe. Roç n'était pas loin de s'effondrer, il trébuchait sur les cailloux tranchants, tentait de se redresser, retombait et finit par rester au sol. Il vit alors pour la première fois l'ours qui l'observait, dressé sur ses pattes arrière. Roç crut entendre la voix d'Arslan.

— Quand on lance des imprécations aux quatre vents... (les mots du chaman soufflaient au-dessus de lui, c'était à Roç de les attraper au vol, mais il se sentait épouvantablement faible), on prend la tempête en pleine face.

Roç n'avait pas la force de se redresser. L'ours était toujours au-dessus de lui sur le rocher, on ne voyait rien du chaman dont la voix continuait pourtant à tonner.

— La feuille qui tombe et qui, poussée par l'égoïsme, la vanité et le dépit, se pose sur le sol trompeur au lieu de chercher protection dans le salut, est emportée jusqu'à sa perte par le pouvoir de l'orage et de la pluie...

— De l'eau ! réclama Roç, furieux. Je meurs de soif et vous m'engloutissez sous le déluge de vos reproches !

Une pierre dévala la pente, libérant une source vive juste au-dessus de lui. Roç appuya son visage brûlant contre le sol, il but sans interruption jusqu'à ce qu'une nouvelle chute de pierres tarisse de nouveau la source. Roç se sentit suffisamment fort pour lancer sa propre plainte à l'homme invisible, mais elle se transforma en un sanglot déformé par la douleur.

— Ce chien noir m'a volé Yeza !

— C'est un homme, il s'est contenté de prendre ce qu'on lui offrait avec légèreté, répondit l'autre aussitôt.

Roç se remit à gémir.

— Je n'ai pas pu me défendre, je n'ai rien pu faire pour elle.

— Tu en étais incapable ! lui répondit la voix, inexorable.

— Je ne l'ai pas voulu ! lança Roç en direction de l'ours.

Il reçut alors un premier coup de patte. Son crâne se mit à bourdonner.

— Tu as renoncé à toute volonté lorsque tu as posé ton pied sur le tapis et entraîné Yeza avec toi en te montrant totalement irresponsable !

— Elle voulait…

— Elle ne voulait pas te quitter, affirma la voix en lui coupant la parole. Elle voulait ton amour !

— Et elle s'est donnée à l'autre avec plaisir ! répliqua Roç avec force.

Le silence réfléchi du chaman se transforma en éclat de rire :

— Elle en avait le droit ! (Arslan semblait s'amuser de lui.) Tu fais preuve de bien peu de connaissance et d'encore moins de compréhension à l'égard des femmes qui doivent accomplir l'exploit d'écarter les jambes pour protéger leur corps tout en évitant de procréer.

Roç ne pouvait ou ne voulait pas le comprendre.

— Comment peut-elle jouir de cette violence qu'on lui fait subir, de cette honte que l'on m'inflige !

Roç reçut la deuxième gifle de la patte d'ours. Les griffes lui laissèrent une marque sanglante sur la joue.

— Demandes-tu donc aussi de la compassion pour ta personne ? (Un troisième coup s'abattait déjà sur sa chair brûlante.) Es-tu tombé si bas ? Combien de fois devrai-je encore frapper pour que tu retrouves tes esprits ?

Roç se réfugia dans l'inconscience : il s'évanouit.

Lorsque Roç se réveilla, ce n'était plus l'ours, mais Arslan qui se trouvait au-dessus de lui et le regardait.

— Lève-toi !

Roç se redressa et passa la main sur sa joue. Du sang lui collait aux doigts.

— Que me demandez-vous d'entreprendre ? demanda-t-il d'une petite voix.

— Tu dois le savoir toi-même, fit le chaman, paternel. Tu dois reconquérir la source de ton pouvoir, reconquérir Yeza !

— Comment puis-je le faire… seul ?

Arslan recula d'un pas. On lisait la déception sur son visage ridé.

— Il fut un temps, Roç, où une question pareille ne te serait jamais venue aux lèvres, dit-il tristement. Tu étais fort…

La silhouette du chaman s'estompa devant les yeux de Roç et finit par se dissoudre.

— Tu ne peux pas me la prendre ! hurla Roç, dont la voix faisait écho sur les rochers. Je la reconquerrai ! Par la puissance de mon épée !

Son cri se perdit dans le vide. Arslan était parti. Et lui, Roç, était livré à lui-même.

Il existait bien un harem à Mard' Hazab, mais ses salles séparées du reste du château par des grilles de bois admirablement sculptées n'étaient plus utilisées depuis des décennies. El-Kamil conduisit sa captive dans ce décor usé et somptueux. L'idée que la princesse pourrait être désagréablement surprise par les coussins de soie dévorés par les mites, les baldaquins recouverts de toiles d'araignée et les tables en laiton à l'éclat masqué par la poussière ne l'effleura pas. Sur le sol en marbre de la baignoire ronde reposait un scorpion mort. Yeza se sentit soulagée lorsque le sombre émir eut terminé sa visite et qu'elle put retrouver l'air libre et échapper à cette atmosphère étouffante, cette odeur de moisi à laquelle se mêlaient celles du musc et de la myrrhe. Sans un mot, mais avec une fierté manifeste, le maître des lieux monta alors devant elle l'escalier en colimaçon qui menait sans doute au balcon ouvert. Le toit plat de l'aile du harem s'était effectivement révélé comme l'unique lieu sur lequel on pourrait déployer au moins à moitié le kilim de Tabriz. Il comptait réserver à la dame la joie de cette vision extraordinaire et envisageait avec un certain plaisir de replonger dans la chair de la princesse après le coucher du soleil, ici, sur ce support aux couleurs joyeuses et aux motifs ingénieux, dans l'air tiède du soir. À la vue du kilim, elle s'arrêta net et se laissa tomber, comme épuisée, sur le banc en pierre de l'alcôve.

— Il n'est pas question que je pose le pied ni aucune autre partie de mon corps sur ce maudit tapis ! annonça-t-elle au maître du château, stupéfait. Vous devriez vous en débarrasser avant qu'il ne soit trop tard !

— C'est un chef-d'œuvre ! protesta El-Kamil. Une œuvre unique, tant par sa taille que par sa beauté !

S'il avait espéré que cette attitude ne serait qu'un petit caprice de la dame, il fut de nouveau déçu.

— Cet ouvrage du Malin vous trahira, il vous livrera à vos ennemis !

L'émir éclata de rire.

— Nul ne sait que vous séjournez chez moi, très chère !

Yeza lui lança un regard furieux de ses yeux verts.

— Le tapis s'en soucie peu, il veut la perte de tous ceux qui se posent sur lui et vous livrera vous aussi au fil de l'épée !

— Vous voyez des fantômes ! répliqua l'homme à la barbe noire, qui perdait son calme. Comment ce kilim… ?

Yeza ne le laissa pas terminer.

— Chaque pouce de ce tapis, d'un bord à l'autre, chacun des nœuds de ses mille franges, abrite un djinn répugnant ! Ils vous vaudront les pires désagréments !

Son pessimisme toucha l'émir. Il se rappela l'insolent messager des Mongols. Il avait jusqu'ici chassé de son esprit le souvenir de sa mutilation.

— Personne ne sait que j'ai eu l'audace de me rendre à Mard' Hazab ! J'ai quitté ma ville sans donner ma destination pour détourner d'elle les représailles des Mongols. Personne ne soupçonne ma présence en ces lieux et si votre kilim…

— Ça n'est certainement pas le mien !

— … ou qui que ce soit d'autre, par exemple le prince qui vous sert d'époux…

— Lui se taira, ne serait-ce que pour me protéger !

— Personne ne nous fera sortir d'ici, déclara El-Kamil en feignant la confiance. Mard' Hazab est imprenable !

Yeza ne lui laissa pas ses certitudes.

— Vous auriez dû rester à Mayyafaraqin ! s'insurgea-t-elle, agacée par tant de bêtise. Le chemin qui y mène est trop long pour qu'une armée se donne la peine de le parcourir, et le butin qu'on pourrait y prendre ne vaut pas cette peine. Mais en venant vous réfugier ici sans réfléchir, vous êtes allé au-devant des désirs des Mongols. Ils vont profiter de cette chance et faire usage de leur pouvoir !

— Aucune femme ne m'a encore parlé ainsi ! fit El-Kamil, qui ne pouvait cependant que lui donner raison. Vous pensez que nous devrions nous retirer à Mayyafaraqin ?

— Pas « nous », vous ! (Yeza soutint son regard indigné.) Si je vous suivais, vous n'auriez rien gagné, les Mongols vous colleraient inévitablement aux talons. S'ils me retrouvent seule ici, en revanche, il est possible qu'ils s'en contentent.

— Vous voulez que je leur laisse le kilim ? demanda El-Kamil, qui semblait vouloir négocier.

— Vous devriez certainement le leur offrir, d'autant plus qu'ils attendent son arrivée depuis longtemps…

— C'est eux qui auraient les mille méchants djinns à leurs trousses ! plaisanta l'émir, soulagé. Et vous, vous viendriez avec moi !

Yeza comprit qu'elle ne parviendrait pas à le faire changer d'avis.

— Nos chemins se sont croisés, El-Kamil, dit-elle d'une voix grave en se redressant, prête à redescendre l'escalier pour revenir dans la sombre solitude du harem. Ne commettez pas l'erreur de vouloir associer votre destin au mien !

— Je donnerais ma vie plutôt que de vous perdre ! gémit l'homme à la barbe noire en lui prenant la taille entre les mains avant que Yeza ne puisse s'en aller.

UN LOUP SOLITAIRE parcourait la montagne. Roç avait tenu compte des reproches impitoyables du chaman ; sa colère s'était transformée en une froide résistance. S'il voulait rester en vie, il ne devait pas errer un jour de plus dans le désert rocheux, mais fondre sur sa proie au plus vite.

Cela faisait des heures qu'il suivait les deux cavaliers. Il ne fallait pas les perdre des yeux. Les deux Mongols n'étaient manifestement pas pressés, et jusqu'ici, Roç était toujours parvenu à ne pas se laisser distancer, aussi épuisé fût-il. Pour éviter d'être découvert, il devait sauter de pierre en pierre et se serrer contre la roche comme un lézard, afin de se fondre dans son environnement. Les Mongols avançaient lentement et sans se douter de rien. Le plus jeune, encore un gamin, n'avait que son cheval et ses vêtements. L'autre guerrier, plus âgé, était bien armé – une épée, un arc et des flèches – et les sacs que son cheval portait en bâtière paraissaient remplis à craquer.

Khazar et le jeune Baïtchou savaient qu'ils approchaient de leur but. Le vieux berger qu'ils avaient rencontré près du torrent où il menait son troupeau et où seul un filet d'eau coulait encore sous la chaleur écrasante de l'été avait beau leur avoir indiqué que Mard' Hazab était encore très éloigné, il avait ajouté qu'un convoi de guerriers étrangers avait traversé la vallée une ou deux heures plus tôt. D'après sa description alambiquée mais imagée, c'étaient forcément leurs hommes. Baïtchou découvrit les traces de sabots à peine effacées dans le sable sec du lit du torrent. L'idée qu'ils n'allaient pas tarder à retrouver leur troupe et seraient de nouveau soumis aux ordres du général Sundjak incita Khazar à convaincre son jeune compagnon de faire une brève halte. Après leur chevauchée, on ne leur avait laissé que quelques heures de sommeil. Ensuite, son oncle rigoureux l'avait renvoyé sur les pistes. Il savait que Kitbogha tenait à faire de lui un guerrier exemplaire qu'il comptait ensuite nommer à la tête d'une division sans que nul ne puisse le soupçonner de favoritisme.

Khazar assumait cette ambition avec le flegme qui le caractérisait. Pour l'heure il ne souhaitait que mettre pied à terre, se trouver un petit coin à l'ombre et allonger ses jambes. Car il en était certain, une fois revenu dans les rangs de l'expédition punitive, il n'aurait plus l'occasion de dormir tout son soûl. Baïtchou fit preuve de compréhension. Avec son regard perçant, il découvrit une grotte basse et dissimulée dans les roches qui semblait parfaitement convenir à un petit somme. Il fallut laisser les chevaux à l'entrée. Baïtchou promit de monter la garde et de ne pas quitter les animaux des yeux.

Lorsque Khazar sortit brusquement de son profond sommeil, Baïtchou parvint tout juste à relever les paupières. Dès le premier coup d'œil, il remarqua non pas que le soleil avait nettement décliné, mais qu'il ne restait plus qu'un seul des deux chevaux. Ils se précipitèrent hors de la grotte. Sa monture mâchait lentement un maigre buisson de genêt, celle de Khazar avait disparu !

— Avec sa bâtière ! gémit celui-ci.

— La lettre de mon père ne s'y trouvait-elle pas ?

Khazar hocha la tête, furieux et bien conscient de la faute qu'il avait commise. Comment pouvait-il s'être fié à un garçon qui n'avait encore jamais appris la discipline, et qui lui donnait à présent des leçons ?

— C'est le genre de choses qu'on porte sur la poitrine !

Khazar dut retenir son bras, déjà prêt à frapper.

— Et ton épée ? lança Baïtchou en retournant le fer dans la plaie.

— Évidemment ! lui répondit Khazar, furieux. L'épée aussi ! Tout ce qu'on ne porte pas dans un sac sur la poitrine et tout ce qu'on n'emmène pas au lit ! Le voleur ne manquera de rien !

Passé le premier moment de consternation, Baïtchou recouvra ses esprits et répondit :

— Je sais ! fit-il avec un regard de chien implorant le pardon. Nous n'allons rien dire de la lettre. Nous raconterons que dans la hâte, tu n'as reçu qu'un ordre oral. J'en témoignerai !

Khazar le regarda longuement, cessant de se creuser les méninges. Ce n'était pas son genre.

— Et le cheval, l'épée ? !

— Nous avons été attaqués par des bandits, tu t'es vaillamment défendu pour me permettre de fuir. Cela t'a coûté ton cheval et ton arme – nous devrions peut-être aussi jeter tes bottes, les bons voleurs emportent toujours les bottes !

Cette fois Khazar n'eut pas à méditer longtemps.

— Tu comptes ajouter au tort que tu m'as fait les sarcasmes de toute la section ! s'indigna-t-il.

— Bon, que penses-tu de cette version : je regrette ma fuite et ma lâcheté, je rattrape à cheval les brigands qui veulent t'enlever les bottes des pieds. Je fonce dans le tas. Tu sautes à cheval derrière moi et nous filons comme le vent !

— Tu raconteras cela en mon absence ! répondit Khazar qui avait retrouvé son humour. Ton unique mission sera de te débrouiller pour que le Breton soit présent lorsque je devrai me présenter devant Sundjak, dit-il au jeune garçon. Tu peux tout avouer à Messire Yves. Y compris la vérité : tu t'es endormi en montant la garde.

Baïtchou comprit qu'il lui fallait réparer ses torts. Ils montèrent ensemble sur le cheval restant. Khazar prit son cadet devant lui sur la selle. Ils chevauchèrent ainsi à la lumière du soleil couchant en suivant les traces de pas – espérant tous deux sans le dire que la tombée du soir leur permettrait de ne pas avoir à se présenter devant leur général ce jour-là, qui n'était manifestement pas un jour de chance. Leur unique possibilité de faire exécuter l'ordre donné par Kitbogha était désormais Yves le Breton.

COMME POUR DÉMENTIR LES CACHOTTERIES du maître du château – ou donner raison au tapis des mille djinns –, une caravane épuisée demanda à être accueillie à Mard' Hazab. C'était El-Aziz, le fils du sultan de Damas, qui avait échappé au statut dégradant d'otage des Mongols, accompagné de la petite troupe de ses fidèles serviteurs : son cuisinier et ses marmitons, ses valets et son maître des bains. L'émir El-Kamil reçut son jeune cousin avec un étonnement manifeste. Il ne pouvait pas le mettre à la porte, d'autant moins qu'il espérait obtenir de lui des informations sur les projets des Mongols. Mais il ne voulut pas montrer à son parent l'inquiétude que ceux-ci lui inspiraient. La discussion fut repoussée jusqu'au dîner, pour lequel El-Aziz proposa de faire travailler son cuisinier. Cela convint à l'émir, qui n'avait plus connu pareil confort depuis qu'il était venu se nicher dans la forteresse inhospitalière de Mard' Hazab. Il avait trouvé le temps de veiller à ce que Yeza reste enfermée dans le harem, à l'abri des regards étrangers.

Tandis que le maître-queux se mettait au travail dans la cuisine dévastée, El-Aziz jouissait pour la première fois depuis longtemps des bienfaits d'un bain chaud. Il eut ainsi le loisir de se demander s'il devait informer son cousin du projet qu'il avait conçu : trouver et libérer la princesse Yeza. Il rejeta vite l'idée : El-Kamil n'hésiterait pas à reprendre à son compte ce projet glorieux. Il se fit vêtir de ses habits les plus précieux et se rendit au repas annoncé.

Son cuisinier avait fait des miracles. Il servit en entrée des truites froides juste sorties du torrent de la montagne, dont la chair crue était frottée avec du citron et assaisonnée de toutes sortes de fines herbes. Le tout était accompagné d'œufs de palombe et de champignons en gelée. L'émir s'agitait sur sa chaise. Ce n'était pas à cause des plats, mais parce qu'il souhaitait faire participer Yeza au repas sans qu'on reconnaisse la princesse. El-Kamil écouta nerveusement le récit de son cousin, qui ne l'impressionna pas beaucoup, même lorsque celui-ci lui apprit qu'une expédition punitive des Mongols était déjà en route. Lorsque les serviteurs apportèrent le plat de résistance, une débauche de gibiers, lièvre bardé d'olives noires, faisan aux fruits rouges de la forêt, tendre gazelle des montagnes et marcassin croustillant cuit au vin avec des noix pilées, l'émir n'y tint plus : il sortit aussi vite que possible et apparut peu après avec une belle entièrement dissimulée par ses voiles à laquelle il attribua sans un mot la place en tête de table. El-Aziz fut comme frappé par la foudre. Il devina immédiatement que celle qui se cachait derrière le grillage de la burqa ne pouvait être que Yeza. Il ne posa pas de questions, ne dirigea pas vers cette créature de regards déplacés et fit mine de consacrer toute son attention à l'émir, qui s'attaquait désormais aux plats, la poitrine gonflée par l'orgueil. Il avalait tout ce qu'il pouvait, déchiquetait la viande avant de l'avaler à grandes bouchées et engouffrait les garnitures subtiles. El-Aziz affichait quant à lui de bonnes manières. Croyant à peine à son bonheur, il se demandait fébrilement comment il pourrait entrer en relation avec la princesse, se présenter comme son libérateur et organiser leur fuite commune hors de cette sinistre citadelle. Ce ne serait certainement pas tâche facile, mais puisqu'il était déjà parvenu à rouler les Mongols, il se croyait aussi capable de trouver une solution à ce problème-là. El-Aziz revint à la discussion sur les Mongols, ce qui suscita la mauvaise humeur du maître des lieux – il lançait des regards inquiets à la dame, qui ne laissa cependant pas voir un seul instant qu'elle l'écoutait avec attention. El-Kamil mentionna la présence du gigantesque kilim dans le château.

— Il a fallu plus de trente serviteurs pour le monter sur l'élévation, précisa-t-il avec fierté, comme s'il avait lui-même mis la main à la pâte. Ce qui donna à El-Aziz la possibilité de briller en racontant le terrible sort subi par le gros Lulu et en soulignant le rôle que jouait désormais le cadeau de l'atabeg pour les Mongols, du seul fait que cet objet présenté comme un hommage ne leur était pas encore parvenu.

— Rien d'étonnant à cela, conclut El-Aziz, moqueur, puisque vous êtes, mon cher cousin, assis dessus ! Mais les Mongols ont le crâne dur et ne parviennent pas à comprendre que quelque chose puisse se dérouler autrement que prévu. Ils ont l'habitude que tout se passe selon leur volonté !

El-Aziz remarqua le regard triomphal que l'émir lança à la femme voilée.

On apporta le dessert : des fruits caramélisés, du fromage tiré du lait de chèvres des montagnes, du miel d'acacia et des châtaignes grillées. El-Kamil paraissait songeur. Il se leva de table dès que la belle voilée eut avalé sa dernière bouchée.

On alla se coucher. Yeza le fit en soupirant, car elle savait qu'elle allait subir la visite nocturne de son maître insatiable. El-Aziz osa lui lancer un regard rapide et timide, et crut lui avoir arraché un petit sourire. Lorsqu'il eut rejoint sa couche, il n'avait plus que le tapis en tête, ce kilim qui lui apporterait la solution !

Sundjak, le général commandant les quatre sections mongoles qui constituaient le corps d'expédition, avait ordonné bien avant le coucher du soleil de dresser le camp. C'est ainsi que Khazar et Baïtchou, tous deux sur le cheval de ce dernier, retrouvèrent la troupe bien plus tôt qu'ils ne l'auraient pensé. Il n'était pas question de chercher à la contourner, on les avait déjà aperçus ; comme on pouvait s'y attendre tous deux furent immédiatement accueillis par de grands cris de joie. Au grand soulagement de Khazar, ils constatèrent qu'Yves le Breton se trouvait à cheval, engagé dans une vive dispute avec Sundjak à propos de la stratégie du lendemain. Yves le Breton craignait que cette soirée ne soit la dernière à s'écouler avant que la citadelle de Mard' Hazab ne soit en vue. Il n'avait jusqu'ici rien dit à Sundjak de ses connaissances du terrain. Le Breton, qui avait l'art de faire les choses au bon moment, décida de ne plus les dissimuler et annonça à Sundjak, comme si de rien n'était, que l'émir recherché ne se trouvait plus à Mayyafaraqin mais avait eu l'amabilité de se cacher au château de Mard' Hazab, non loin de l'endroit où ils se trouvaient. Sundjak avait cessé depuis longtemps de se laisser irriter par la singulière habitude qu'avait le Breton de passer sous silence des nouvelles aussi essentielles, pas plus que des histoires à dormir debout qu'il inventait. Cette fois, il accepta même de le croire. Cet homme sanguin et bouillonnant plaida aussitôt pour que l'on frappe vite et fort afin de surprendre la garnison du château, tandis qu'Yves se prononçait en faveur d'un encerclement méthodique, d'une part pour être certain de mettre la main sur l'émir s'il tentait de s'enfuir, d'autre part (c'était son seul souci) pour éviter le bain de sang incontrôlable qui aurait lieu en cas d'irruption massive des Mongols. Car si Roç, et peut-être également Yeza, étaient retenus prisonniers dans le château, il lui semblait très risqué de lancer une attaque brutale. Même s'il participait à l'assaut en première ligne, rien ne garantissait qu'il serait le premier à trouver le Couple Royal et qu'il pourrait assurer leur survie. Il connaissait les Mongols lorsque l'ivresse du sang s'emparait d'eux, et Sundjak faisait tout pour les échauffer avant l'attaque. Il était exclu de partir à la recherche des deux enfants royaux pour les placer sous sa protection. Tous ceux qui seraient pris dans le château devraient être abattus sans distinction et sur-le-champ. Sundjak n'avait fait qu'une exception, qui concernait l'émir : il faudrait lui amener ce chien vivant.

Le général colérique rappelait justement qu'il était seul détenteur du commandement lorsque les gardes amenèrent Khazar et Baïtchou. Tous deux étaient à pied, ce qui leur évita d'évoquer la honte de la perte de leur cheval. Khazar annonça en revanche d'une voix incertaine que son oncle Kitbogha, commandant en chef, ordonnait à son général, Sundjak, d'épargner tous les habitants du château de Mard' Hazab. À ces mots, le général éclata d'un rire tonitruant :

— Non mais regardez-moi ça ! Ce gamin qui a déserté sa compagnie depuis des jours et qui revient m'expliquer ce que j'ai à faire !

Baïtchou réagit courageusement :

— Tel est l'ordre de mon père ! Il vaudrait mieux, général Sundjak, que vous vous y conformiez.

Le visage du général vira au rouge, une rage mal réprimée se mêla à son éclat de rire et l'étrangla, il leva la main vers ce gamin insolent qui l'esquiva habilement pour se mettre sous la protection du Breton – qui avait été témoin de cette scène, par-dessus le marché.

— Ce gamin, s'écria Sundjak cramoisi, ne va tout de même pas me faire croire que son père m'a chargé, moi, son général…

Il fut alors pris d'une quinte de toux si violente que tous crurent qu'il allait étouffer. Seul Baïtchou resta impassible :

— Vous en répondez sur votre tête ! s'exclama-t-il d'une voix froide et distincte.

Sundjak se tenait comme un bœuf qui vient de prendre un coup de marteau sur le crâne : nul ne savait s'il allait s'effondrer ou charger. Mais il se reprit et décocha un large sourire au Breton, lequel n'y prêta pas attention et s'adressa d'une voix sévère à Khazar :

— N'avais-je pas explicitement demandé que l'ordre soit transmis par écrit ?

Khazar inclina sa tête ronde, conscient de sa faute. Avant qu'il ne puisse dire une bêtise, Baïtchou reprit la parole.

— Nous n'en avons pas eu le temps ! On m'a demandé en toute hâte de me joindre au *iltchi* afin de donner du poids à l'ordre du tout-puissant Il-Khan !

Ces mots valurent un nouveau coup de sang au général à la nuque de taureau.

— Si c'est toi, demi-portion, fit-il en pointant son gros doigt en direction de Baïtchou, qu'on a collé comme le sceau d'Hulagu sur un ordre invisible, alors je peux m'attendre à ce que ma tête reste bien accrochée sur mes épaules !

Baïtchou ne trouva pas de réponse. Ce fut Yves qui éleva soudain la voix, tranquillement :

— Si l'on touche un cheveu à qui que ce soit à Mard' Hazab, c'est moi qui vous la trancherai !

Le rire se coinça dans la gorge de Sundjak. Son regard se dirigea malgré lui vers les sacs que portait le cheval du Breton. La gigantesque épée de tournoi y reposait bien visible dans son large fourreau de cuir. Il se rappela la rumeur selon laquelle Yves n'était pas seulement l'ambassadeur spécial de son roi, mais aussi l'exécuteur des basses œuvres de la Couronne de France. Bien qu'il n'eût jamais prêté foi à ces histoires, la menace le tétanisait à présent. Il reprit contenance et retrouva son autorité.

— Dans ce cas, Messire Yves, vous voudrez bien désormais vous tenir à mes côtés, afin d'entendre clairement les ordres que je donne à mes hommes.

Un fin sourire se dessina sur les lèvres du Breton.

— Pour cela, vous pouvez me faire confiance.

Il salua le soldat et emmena Baïtchou avec lui. On ordonna à Khazar de se présenter le lendemain matin en tenue de combat auprès de son général afin de recevoir ses ordres.

Sundjak, lui, s'était déjà retiré aux latrines afin de céder à la pression soudaine de ses entrailles.

— Et merde ! lança-t-il à son valet. Merde ! Merde !

La vierge de fer du patriarche

L'ÉMIR ÉTAIT SORTI pour une inspection à cheval. Il était inquiet. Non qu'il doutât des capacités des guetteurs postés dans les montagnes alentour ou de celles de la forte garnison qui s'était regroupée à Mard' Hazab, mais il voulait s'assurer par lui-même qu'une expédition punitive était effectivement en marche et qu'il ne s'agissait pas d'une rumeur grotesque. Or on ne voyait personne ! El-Kamil avait passé un accord avec les tribus de montagnards kurdes des environs, et il pouvait le mettre en œuvre à n'importe quel moment. Si ces Mongols étaient assez stupides pour se hasarder dans ce paysage montagnard impraticable qu'ils ne connaissaient pas et où l'on avançait à l'aveuglette, le mieux serait de leur tendre un piège. Il avait sans doute pour cela un plus grand nombre de combattants que ces têtes de citrouille ne pourraient jamais en rassembler ! La haine des envahisseurs aux yeux bridés unissait les peuples des montagnes, et la connaissance précise des vallées profondes et des falaises abruptes donnait à ces tribus libres un avantage insurmontable. Rentrer à Mayyafaraqin ruinerait en revanche sa réputation de chef incontesté de la résistance. Il devait rester à Mard' Hazab en dépit de tous les prophètes de malheur. Les femmes n'étaient pas des guerriers, pas même cette princesse je-sais-tout ! Yeza n'était qu'une superstitieuse, avec son histoire de mille djinns dissimulés dans chaque nœud de ce kilim informe. Si le seul souci des Mongols était ce paillasson, il le déposerait volontiers devant la tente de leur Il-Khan ! El-Kamil reprit son inspection.

Au château de Mard' Hazab, El-Aziz profita du fait que son maître des bains, un eunuque, avait été autorisé à accéder au harem strictement surveillé pour proposer ses services à la princesse. Par son intermédiaire, il fit savoir à Yeza qu'il était venu la libérer. La jeune fille ne rejeta pas son offre et répondit avec une certaine retenue, ce qui suffit à le combler de bonheur. La princesse souhaitait connaître d'abord le plan de son sauveur. Elle n'avait aucune envie, expliqua-t-elle à l'eunuque, de s'engager dans une aventure irréfléchie et ne chercherait à s'enfuir que si l'entreprise était soigneusement pensée et préparée.

Entre-temps, El-Aziz était allé inspecter ce tapis de sinistre réputation. Lorsqu'il vit cet ouvrage immense, il fut d'abord découragé : on ne pourrait jamais le faire sortir secrètement du château, même enroulé. Puis une idée géniale lui vint : il allait utiliser le kilim comme un emballage, en dissimulant la princesse dans l'épais rouleau ! Il renvoya immédiatement l'eunuque faire cette proposition à Yeza qui la rejeta sans ménagement. Pour rien au monde la princesse ne toucherait encore à ce tapis, et il était hors de question qu'elle se retrouve emprisonnée dans sa masse ! El-Aziz lui fit savoir qu'il trouverait une solution qui lui conviendrait, elle pouvait se fier à son inventivité et à son dévouement !

Dans le *salet al fursan*, la haute salle des chevaliers du château, l'émir et son invité étaient seuls à la longue table. El-Aziz avait demandé à Yeza de faire semblant d'être indisposée les jours qui suivraient, afin qu'El-Kamil, habitué à sa présence voilée, ne s'étonne pas que sa place reste vide. Cela leur donnerait un peu d'avance s'ils s'enfuyaient. La princesse avait accepté, lui relata l'eunuque. Mais elle avait exigé que le cuisinier des cuisiniers prépare aussi pour elle le repas qui lui serait servi au harem. Cette variante, aussitôt acceptée par un émir inquiet, donna de nouvelles idées à El-Aziz, chagriné de constater que son inventivité déclinait. Il commença par ramener la discussion sur le précieux kilim, au grand plaisir de l'émir. Si messire son cousin, El-Aziz, consentait à acheminer ce damné tapis auprès des Mongols, il n'aurait, lui, El-Kamil, aucun problème pour se séparer de ce joyau de l'art du tissage persan. El-Aziz objecta à juste titre qu'il lui faudrait pour assurer ce transport un bien plus grand nombre d'hommes de qualité et de chameaux de trait que n'en disposait sa propre escorte. L'émir lui répondit avec plaisir. Une idée lui était venue à lui aussi : le lendemain, il rameuterait un clan de nomades seldjoukides qui disposait d'un nombre suffisant de chameaux. En contrepartie, il prendrait volontiers à son service les domestiques de son cousin, le maître du bain et le cuisinier des cuisiniers, afin que la dame de son cœur n'ait pas à renoncer aux services de ces artistes qu'elle appréciait tant. El-Aziz n'eut pas besoin de voir son cousin à barbe noire lui adresser un clin d'œil entendu pour comprendre qu'il allait être forcé de sacrifier ses deux serviteurs, ou du moins de les abandonner à un avenir très incertain. Ils scellèrent leur pacte d'une poignée de main et d'une accolade. Compte tenu de l'état supposé de sa prisonnière, l'émir renonça à lui rendre visite dans ses appartements. Il comptait partir de bonne heure pour rassembler lui-même la caravane nécessaire et faire une nouvelle tournée d'inspection. Il avait l'intention de revenir tard dans la soirée avec les Seldjoukides. El-Aziz insista pour partir le surlendemain aux premières lueurs de l'aube. Cela signifiait que les hommes devraient sortir le kilim pendant la nuit, le tirer jusqu'à leurs chameaux et le charger. Tout cela convint à El-Kamil. Il tenait à se débarrasser de ce tapis aussi vite que possible. Et s'il portait malheur, qu'Allah les en protège ! ce ne serait pas sur lui qu'il s'abattrait, *ma qadara allah*, mais sur son stupide cousin qui continuait à guigner le trône de Damas. Alors, enfin libéré de ces djinns, il pourrait se réjouir sans la moindre réserve de la vie avec sa princesse.

Le lendemain soir, bien avant l'heure normale du dîner et le retour attendu de l'émir, El-Aziz fit venir auprès de lui le cuisinier et l'eunuque. Le maître du bain, un homme trapu et musclé, passait aussi pour un expert en poisons. Son seigneur lui demanda un puissant somnifère capable d'agir jusqu'au lendemain matin. Le cuisinier devrait le mêler au dîner de la princesse. Lorsqu'il aurait fait effet, ils avaient pour mission d'enrouler Yeza dans le kilim et de nouer celui-ci correctement afin qu'il puisse être emporté par la caravane. Mais ils devaient veiller à ne pas blesser la jeune fille et surtout à ce qu'elle puisse respirer correctement. Pendant cette phase critique de l'opération, il empêcherait l'émir de monter sur le toit afin de surveiller la préparation du tapis. Il lui faudrait aussi faire en sorte que son cousin ne soit pas submergé en pleine nuit par le désir d'aller rendre visite à la dame de son cœur. Les deux complices n'aimaient pas à imaginer la réaction de l'émir barbu le lendemain matin en constatant que la princesse s'était enfuie.

Le maigre cuisinier commença par ordonner à ses aides de se procurer un bon nombre de corbeilles vides et une quantité de cannes en bambou qu'on percerait de toutes parts, comme de gigantesques flûtes, puis de tout transporter sur le toit. Ils se mirent ensuite au travail.

El-Aziz attendit le retour de l'émir dans le salet al fursan. Il avait commandé du rôti froid et différentes salades, et resta devant la table dressée jusqu'à ce que El-Kamil arrive enfin avec la caravane, peu après minuit. Le premier marmiton se présenta pour détailler l'ordre des plats et annoncer comme si de rien n'était que ce soir-là, la princesse avait demandé un repas léger, son estomac lui jouant des tours. Le jeune cuisinier ajouta quelques mimiques sans équivoque pour faire comprendre qu'elle avait la diarrhée et vomissait, faisant taire toutes les objections de l'émir. On l'assura en outre que le cuisinier des cuisiniers s'occupait personnellement de lui préparer des plats qui la guériraient et que le maître des bains faisait tout pour que la malade sombre rapidement dans un sommeil curatif. Pour El-Aziz, cette nouvelle fut le signe convenu : tout s'était déroulé conformément aux vœux, le tapis était roulé et prêt à partir. Une fois terminé ce souper commun, il se rendit avec l'émir dans la cour du château, où les porteurs attendaient déjà. Il accompagna aussi El-Kamil sur le toit, car il voulait être certain qu'aucun incident ne viendrait troubler son plan – que l'émir ne voudrait pas, par exemple, à la dernière minute, vérifier si sa belle dormait bien au harem. Son cœur se mit à palpiter lorsqu'il entendit El-Kamil s'étonner à voix haute de l'épaisseur du kilim : il ne se rappelait pas que le tapis, une fois roulé, ait représenté un tel volume. El-Aziz plaisanta sur les bons esprits qui habitaient le tapis et gonflaient leurs plumes chaque fois qu'on les y enroulait pour exprimer leur protestation. L'émir pensa avec effroi aux mauvais djinns dont il n'avait pas parlé à son cousin et n'aborda plus le sujet. El-Aziz, en revanche, était poussé par le *cheïtan*. Lorsque les porteurs se plaignirent, en soulevant le tapis roulé, de son poids surprenant, il ajouta perfidement que ces petits esprits savaient se rendre très lourds pour que le tapis reste là où il se trouvait. L'émir demanda aux porteurs, en termes brutaux, de ne pas faire tant de manières. Il fut très heureux lorsqu'on eut descendu cet objet encombrant dans les escaliers et qu'on en eut réparti le poids entre les différentes montures. El-Kamil pressa son cousin de partir aussitôt, l'aube pointait à peine. El-Aziz lui donna l'accolade et ordonna un départ rapide. Peu après, la porte du château s'ouvrit et la caravane disparut dans la pénombre. Épuisé, El-Kamil se laissa tomber sur sa couche.

De la chronique de Guillaume de Rubrouck

Au terme de mon voyage involontaire, je pouvais en être certain, une nouvelle corvée d'écriture m'attendrait : mon rigoureux précepteur, le secretarius, y avait certainement veillé. Même si sa personne et surtout sa position au sein de la fraternité secrète ne suscitaient pas l'approbation de tous les dirigeants de l'ordre des Templiers, comme me le prouva l'intervention cinglante et presque moqueuse du commandeur inconnu à la voix croassante auquel je devais ma nouvelle escorte. Cela tenait sans doute à la fameuse arrogance des Templiers, car Laurent d'Orta, tout comme moi, n'était qu'un franciscain !

Je ne voyais aucune raison valable de croire qu'au terme de ce transport de prisonniers auquel on me faisait prendre part, la mystérieuse Grande Maîtresse de la fraternité s'abaisserait à me recevoir en personne, comme pouvaient le laisser entendre ses mots d'adieu. Devais-je d'ailleurs le souhaiter ? Qu'est-ce qu'une si haute personnalité pourrait bien exiger de moi, pauvre frère mineur, sinon l'application et la rigueur dans l'accomplissement de mon devoir ? Telles étaient les questions qui me hantaient tandis que j'avançais dans mon habitacle vers le but inconnu de mon voyage. Par le petit judas de la chaise à porteur – inutilement grillagé – je voyais les larges croupes des chevaux noirs sur lesquels les chevaliers de mon escorte allaient par monts et par vaux, d'un château à l'autre, sans retourner leur face vers moi, leur prisonnier. Je distinguais leur dos, les lances dressées dans leurs poings, les épées accrochées à leur selle, mais jamais leurs visages ! Les visières de leurs casques allongés vers l'avant, comme des museaux de chiens, ne laissaient même pas deviner leurs yeux. Ils portaient tous à l'épaule des capes carmin sur lesquelles brillait la croix cloutée et quatre fois soulignée de l'église *Sancti Sepulchri*[94], le blason du royaume de Jérusalem, si je me rappelle bien. Je pensais immédiatement à Roç et Yeza. Il me semblait que c'est eux que l'on traitait ainsi par procuration, qu'ils étaient enfermés dans la boîte noire d'un destin certes tracé, mais impossible à connaître, portés par le pouvoir secret qui dessinait leur chemin. À quelle fin ? Je fermai les yeux. Que je reconnaisse ou non le paysage qui défilait à présent devant moi, je n'avais aucune influence sur ce qui m'arrivait. Telle devait aussi être l'image de la vie pour « mes enfants », puisque c'est ainsi que je continuais, par défi, à appeler le Couple Royal. Une vie au bout d'une longe qui, pour précieuse et ornée de mille feux qu'elle fût, était aussi incassable qu'une lourde chaîne de fer. On les avait définitivement accolés à une idée que d'autres appelaient le Grand Projet.

Un terme provisoire fut mis à l'incertitude sur ma destination au moment où, à la tombée du soir, nous atteignîmes un sombre château et où mon étrange escorte, qui me paraissait de plus en plus suspecte, entra dans la cour de la forteresse. Cette fois, on ne m'installa pas dans un cachot au fond des caves, comme d'habitude, mais dans la chambre claire d'un donjon dont les fenêtres donnaient sur les pentes raides d'une montagne. Au loin je crus apercevoir la mer. Cela m'encouragea à demander au Maure qui me guidait – le premier visage humain que j'aie vu depuis longtemps – où nous nous trouvions. Il roula des yeux et me sourit.

— Si cela peut vous être utile, Guillaume de Rubrouck, dit-il courtoisement, sachez que ce castel est appelé le *krak de Mauclerc*[95] !

Puis cet aimable enturbanné me laissa seul. Il revint plus tard m'apporter mon dîner et de l'eau pour me rafraîchir, qu'il fit passer par une trappe dans le mur. Derrière était suspendu à une corde un baquet de bois qu'il faisait légèrement basculer pour me verser le précieux liquide dans une coupe de cuivre, *via* un robinet ouvert. J'étais exténué et je m'apprêtais à me reposer des fatigues du voyage lorsqu'il refit son apparition.

Cette fois, il porta dans mon appartement un chandelier à sept branches qui brilla aussitôt de la plus vive clarté. Mon valet ne donna aucune explication, mais sortit un paquet emballé dans un morceau de cuir. Il en défit le cordon et déposa solennellement sur le pupitre la liasse de parchemins vierges.

— C'est à ces feuilles que vous devrez confier dès aujourd'hui vos précieux souvenirs ! m'informa-t-il avant de s'incliner gracieusement et de quitter la pièce. Je m'approchai du pupitre – sans grande envie d'écrire – et corrigeai la position du chandelier. J'entendis le bruit d'un verrou qu'on enfonçait dans la porte, une clef que l'on tournait et le claquement métallique de la serrure qui se refermait. Alors seulement, les pas du Maure s'éloignèrent. Cette mesure rigoureuse était sans doute moins destinée à assurer ma sécurité personnelle qu'à protéger le manuscrit qu'il me fallait désormais rédiger. Avant de m'atteler à la tâche, je devais me débarrasser des vêtements trempés de sueur que j'avais portés pendant le voyage, me laver et surtout réfléchir aux premières lignes qu'il me faudrait écrire. Je me jetai donc tel que j'étais sur ma couchette.

L'ÉMIR PASSA DANS UN SOMMEIL AGITÉ le reste de la nuit. Dans ses rêves, quoi qu'il entreprenne pour échapper aux menaces, aux pièges et aux gouffres, il se voyait toujours comme un homme traqué, un failli, un perdant. Lorsqu'il fut réveillé par les rayons brûlants du soleil matinal, il remarqua le silence qui régnait sur Mard' Hazab. Son cuisinier ne lui avait pas servi au lit son en-cas, ses fruits givrés et son thé à la menthe amère. Lorsqu'il se redressa et avança en titubant jusqu'au bassin de marbre, encore hébété par le sommeil, il constata que le maître du bain n'y avait même pas versé d'eau. Pris par un mauvais pressentiment, El-Kamil se précipita vers le harem. On n'y voyait pas un gardien, pas une servante ! Le large lit protégé par un baldaquin où son amante l'attendait d'ordinaire était vide, on avait emporté les draps en damassé et les oreillers de soie : la princesse avait été enlevée, cet El-Aziz la lui avait volée ! Fou de rage, il monta aussi vite que possible l'escalier menant au toit où s'était trouvé le tapis et jeta un regard désespéré sur le paysage raviné, espérant pouvoir encore apercevoir les fugitifs. Rien ! Le soleil brillait violemment sur les falaises abruptes et les gorges rocheuses. L'émir redescendit les marches quatre à quatre et convoqua en hurlant ses gardes et son cheval. Lorsqu'il eut atteint la cour de la forteresse, il vit apparaître les premiers de ses hommes, l'air effaré. Ils n'étaient pas nombreux : seuls les plus fidèles étaient là. Ils firent sortir son cheval de l'écurie et se placèrent autour de lui en attendant de comprendre ce qui se passait.

— Tous les hommes à cheval ! leur cria-t-il. Pourquoi sont-ils si peu nombreux ? demanda-t-il au capitaine de sa garde.

L'officier baissa son crâne gris.

— Ils nous ont quittés, murmura-t-il. La plupart sont partis avec la caravane.

El-Kamil rassembla tous les cavaliers qui lui restaient, fit ouvrir la porte et dévala la pente avec sa troupe. Les fugitifs ne pouvaient pas être bien loin, le poids du tapis déterminait la vitesse de la caravane. Il bloquerait ce traître dans la plus proche vallée ! L'émir furieux prit un raccourci, emprunta le lit asséché d'une rivière et une profonde ravine. La petite troupe galopait à bride abattue dans la direction que les fuyards étaient censés avoir prise. L'homme à la barbe noire menait la course. L'image des têtes coupées d'El-Aziz et de ses complices se reflétait déjà dans ses yeux injectés de sang…

El-Aziz regardait derrière lui, dans la vallée, le souffle court. Le fils du sultan avait tout de suite compris que son infime avance ne lui permettrait pas, une fois leur fuite découverte, de s'éloigner suffisamment de Mard' Hazab et d'échapper à la fureur de l'émir. Il avait donc convaincu les membres de sa caravane, avec force flatteries et la promesse d'un salaire supplémentaire, de quitter le lit confortable de la rivière et d'exposer les hommes et les animaux à un effort à peine supportable pour escalader les roches de la paroi qui leur faisait face. Il lui était difficile d'annoncer aux chameliers d'El-Kamil ce que contenait le tapis enroulé. Ils atteignirent enfin le haut du piton rocheux. Là, aucun poursuivant ne pouvait les voir. El-Aziz ne put refuser une brève halte à ses hommes qui cherchaient de l'ombre entre les ravines. Il jeta un dernier regard dans la vallée. Il allait s'en détourner, satisfait, lorsqu'il aperçut en dessous de lui les poursuivants conduits par l'émir en personne, comme un essaim de frelons affolés. Cette charge irréfléchie se portait précisément dans la direction où aurait dû se trouver la caravane. El-Aziz les regarda en souriant. Son regard anticipa leur progression : il voulait être sûr qu'ils auraient disparu depuis longtemps avant qu'il ne redescende avec sa caravane. C'est alors qu'il aperçut un nuage de poussière qui avançait rapidement dans la même vallée. Les lances brillaient au-dessus des rangées bien ordonnées de cavaliers : une, deux, trois sections de Mongols se dirigeaient vers leur objectif, la forteresse de Mard' Hazab. Un tournant brutal dans le cours de la vallée creusée par la rivière, un nez rocheux très avancé empêchaient l'émir et sa troupe débridée de prendre conscience du danger : ils fonçaient droit vers leur perte. Ils allaient rencontrer les Mongols exactement au coude de la rivière. El-Aziz se retourna. Il ne fallait pas laisser passer l'occasion. Il était débarrassé de son cousin ; les Mongols allaient poursuivre leur route et se défouler à Mard' Hazab. Ils ne savaient rien du tapis, mais ils chercheraient Yeza dans la forteresse. Il invita la caravane à entamer sa descente. Dès qu'il aurait trouvé un endroit sûr, il ferait ouvrir le rouleau du tapis et libérerait la princesse de cette situation inconfortable. Il espérait que le somnifère continuait à agir : dans le cas contraire, la pauvre devait souffrir épouvantablement dans ce réduit étouffant.

Le général Sundjak ne put même pas défouler sa colère sur le neveu (et protégé) de son commandant lorsqu'il s'avéra que ce faible d'esprit s'était fait voler son cheval et ses armes. La présence du Breton, cet ambassadeur arrogant du roi de France, évita à Khazar que soit immédiatement appliquée la peine qu'encourait d'ordinaire tout Mongol se rendant coupable de ce type de délit. Et puis il y avait aussi Baïtchou, le fils tardif du vieux Kitbogha. Ce gamin courageux soutenait Khazar, à couvert de son large dos. Baïtchou était en outre protégé par messire Yves ! Sundjak n'eut donc d'autre possibilité pour punir Khazar que de lui accorder une promotion officielle. Il lui confia le commandement de la protection latérale, lui laissa la moitié de la section qui constituait l'arrière-garde et l'envoya dans le désert, une vallée latérale sans importance où personne ne viendrait jamais, ni ami ni ennemi, et qui ne jouait pas le moindre rôle pour la sécurité du gros des troupes de cette expédition punitive en marche vers la citadelle.

C'est ainsi qu'El-Aziz, qui se croyait déjà en sécurité après avoir vu s'éloigner le péril et réussi la descente, et cherchait un lieu pour s'arrêter et dérouler enfin le tapis sans être dérangé, se retrouva soudain face à face avec la troupe de Mongols dirigée par Khazar. Celui-ci n'avait vu aucune raison de refuser à ses hommes une assez longue pause à l'ombre des rochers en surplomb. C'est alors qu'ils avaient vu ces chameaux descendre de la montagne. Khazar et El-Aziz se connaissaient : ils s'étaient rencontrés dans la tente d'audience du Il-Khan. Cependant, aucun des deux ne savait vraiment ce que l'autre faisait ici. Le neveu du sultan se montra plus inventif que le jeune Mongol récemment promu, mais qui n'avait pas l'intelligence de Baïtchou. El-Aziz présenta insolemment son « sauf-conduit » portant le sceau de Hulagu et désigna le tapis qu'il prétendit apporter chez le Il-Khan, puisque le malheureux atabeg l'avait perdu. Tout cela plongea le bienveillant Khazar dans la plus grande confusion. Il souhaita un bon voyage à ce page devenu l'*iltchi* du grand Hulagu et ordonna à sa demi-section de se relever pour continuer à assurer la protection latérale de la troupe en marche vers Mard' Hazab. Khazar estimait que le jeune El-Aziz méritait son heureux destin. Après tout, lui-même n'avait-il pas été nommé commandant en dépit de la fâcheuse mésaventure qu'il avait subie ? Et les Mongols s'éloignèrent dans un grand nuage de poussière.

El-Aziz s'installa à l'endroit qu'ils venaient de libérer : une source y jaillissait de la roche. Il fit poser précautionneusement le tapis sur une surface plane d'où l'on avait ôté toutes les pierres. Puis on déroula lentement le somptueux tissage de Tabriz. El-Aziz observa la scène avec curiosité : il ignorait comment son cuisinier et le maître du bain avaient aménagé pour la princesse ce cocon dont elle allait à présent sortir comme un papillon. Les hommes prirent du temps pour déployer le tapis. On aperçut enfin les six corbeilles alignées face à face, chacune tournée vers l'orifice d'une autre. Elles étaient entourées de longues baguettes de bambou enfoncées dans le tressage des corbeilles, formant une sorte de grand tuyau aéré qui s'étendait presque sur toute la largeur du kilim. Ces trois nasses gigantesques étaient habitées. Dans l'une se tenait le maître du bain ; dans l'autre, le maigre cuisinier des cuisiniers, que l'on eut bien du mal à faire sortir de sa nasse et qu'il fallut soutenir lorsqu'on le remit sur ses jambes flageolantes. Tous deux sourirent, un peu confus, à leur maître étonné. Mais El-Aziz consacrait toute son attention à Yeza. Il s'approcha d'elle. Il vit alors comment fonctionnaient les tuyaux : dans les longues tiges de bambou, on avait creusé à hauteur de la tête une quantité de trous qui permettaient aux trois prisonniers du tapis de respirer l'air de l'extérieur lorsque celui de leur abri devenait trop étouffant. Ce n'était certainement pas une partie de plaisir ! La princesse était entourée, de la tête aux pieds, d'épais oreillers de soie autour desquels on avait noué les draps damassés. On aurait dit une momie. Les artistes ingénieux ne lui avaient laissé que la possibilité de déplacer la tête. Mais à la grande frayeur d'El-Aziz, toute vie semblait l'avoir abandonnée. Le cuisinier des cuisiniers défit les bandages avec précaution tandis que le maître du bain, un petit flacon à la main, faisait couler, goutte à goutte, une essence de plantes sur la bouche et le nez de Yeza. Quelques secondes d'angoisse s'écoulèrent ; le cuisinier flageolant semblait ne plus pouvoir détacher son regard du visage livide – soudain, Yeza ouvrit les yeux. El-Aziz, son noble sauveteur, se sentit revivre. On enleva les dernières couches de coussins de soie et l'eunuque prit prudemment la jeune femme dans ses bras puissants. Lorsqu'elle fut enfin sur ses jambes, elle regarda brièvement autour d'elle, étonnée. Puis elle découvrit El-Aziz qui l'observait, rayonnant. Il avait ôté de son cou une amulette et la tendait à Yeza.

— Voici la preuve, déclara-t-il d'une voix fière et sonore. Je suis le fils et l'héritier du sultan de…

Chancelant encore un peu, sans accorder le moindre regard au tapis, Yeza se dirigea vers El-Aziz, prit son élan et lui envoya un coup de poing si violent au visage qu'il en perdit l'ouïe et la vue et se mit à tituber. Elle regarda, impassible, les traits ahuris et endoloris du jeune garçon. Puis elle perdit connaissance et tomba dans les bras du maître du bain.

De la chronique de Guillaume de Rubrouck

Je me réveillai allongé sur mon lit, vêtu de ma bure sale, et je ne m'étais toujours pas lavé. Ce n'était pas le soleil qui m'avait arraché à mes songes en lançant ses rayons sur mon visage, par la fenêtre, mais le crissement du sable avec lequel mon serviteur et geôlier saupoudrait les feuilles de parchemin vierges. Il les empila, l'air réprobateur, sur mon pupitre inutilisé et les cala avec une pierre grosse comme mon poing afin de les garder à plat. Les bougies du chandelier à sept branches, à côté, s'étaient toutes entièrement consumées.

— Rien ne m'est encore venu à l'esprit, marmonnai-je en guise d'excuse tout en me levant de mon lit. Le début, c'est toujours le plus difficile…

Plutôt que de me défendre en justifiant mon inactivité, je préférai passer tout de suite à l'attaque :

— Et puis j'ai faim !

Le Maure me regarda, l'air très détendu, et désigna le petit flacon d'encre fraîchement rempli, à côté des plumes que l'on venait de retailler.

— Un chroniqueur qui n'écrit pas, dit-il, l'air toujours aussi aimable, peut d'autant plus prétendre à un petit déjeuner abondant. (Il se dirigea vers la porte et me fit signe du doigt, comme s'il avait indiqué à un matou affamé qu'il tenait dans son dos un petit bol de lait.) Tel est l'usage à Mauclerc pour les fainéants et les entêtés ! ajouta-t-il en voyant mon visage ahuri. Car c'est à eux que revient le royaume des cieux, lequel se trouve dans la cuisine et la cave à vin juste en dessous !

Je le suivis, consterné, dans l'escalier vide du donjon où se trouvait ma cellule.

— Firuz, se présenta mon gardien aux cheveux crépus en se frappant la poitrine, l'air satisfait, lorsque nous eûmes atteint le bas de l'édifice, où une porte s'ouvrait dans la muraille. Firuz est responsable de votre confort personnel, que vous écriviez ou non !

Le Maure qu'on m'avait affecté comme valet me fit descendre au sous-sol et me poussa, en passant devant la cuisine, jusqu'à une petite pièce où se trouvaient une table vide et un banc.

— C'est ici que vous prendrez désormais vos repas, Guillaume de Rubrouck ! annonça-t-il de la même voix gaie et décidée. Une assiette pleine par page, un gobelet de vin pour cinq parchemins !

Il ouvrit la porte qui donnait sur la cuisine, laissant entrer une femme à l'air sévère, la poitrine généreuse et les fesses rondes, qui déposa devant moi, sans faire de manières, une assiette de haricots au lard qui fumait encore.

— Un à-valoir ! s'exclama le Maure en souriant avant de se retirer en laissant la servante passer devant lui.

J'étais encore en train de racler mon assiette pour profiter de la dernière cuiller de cette solide pitance lorsque la gracieuse fée des cuisines ouvrit de nouveau la porte avec le pied, parce qu'elle portait des deux mains la lourde marmite. Elle me lança un regard espiègle et me servit abondamment à la louche. Elle s'assit sur le banc à côté de moi, serra sa cuisse contre la mienne et glissa son visage rouge et brûlant entre moi et mon assiette. Elle transpirait beaucoup.

— Je m'appelle Gundolyn ! me chuchota-t-elle. Avec moi, tu auras tout ce dont ton appétit te donnera envie, Guillaume !

Cette offre inespérée me plongea dans la confusion, d'autant plus que je lâchai un pet, ce qui fit éclater Gundolyn d'un rire franc et joyeux.

— Et si tu veux du vin, accompagne-moi à la cave !

Je ne me le fis pas dire deux fois. Je descendis derrière elle l'escalier raide qui menait dans les profondeurs. L'odeur de moisi fut remplacée, près des tonneaux stockés au sec, par l'odeur épicée des coings, des noix, et du meilleur jus pressé de raisins imbibés de soleil. Gundolyn, campée sur ses deux jambes, laissa couler le précieux liquide dans la petite cruche qu'elle avait apportée et la tendit vers l'arrière sans se retourner vers celui qui la pressait désormais. D'une main je portai le breuvage à mes lèvres, de l'autre je saisis sa jupe tandis que mon petit robinet cherchait déjà sa bonde. La servante habile se pencha profondément au-dessus du tonneau, en renâclant. Je me disposais à jouir de plaisirs auxquels j'avais longtemps renoncé lorsque j'entendis la voix énervée du Maure :

— Des invités de marque, Gundolyn ! cria Firuz. Laisse tout en place et arrive !

Consciencieuse, la servante prit congé, sans hâte ni compassion, du moine avide d'amour, ramena sa jupe au-dessus de ses fesses blanches et prit l'escalier d'assaut. Je la suivis, chagriné, après avoir tout de même pris le temps de remplir une fois encore la petite cruche, la première ayant perdu dans l'action la majeure partie de son contenu – et m'installai en haut, dans la chambre qu'on m'avait attribuée. Le Maure jeta un coup d'œil en passant.

— Le patriarche est de passage ! me fit-il savoir avant de disparaître à nouveau.

Je vis ensuite Gundolyn avancer d'un pas lourd, son plateau chargé de rôtis, de saucisses grasses, de jambons moelleux et d'olives reluisant d'huile, autant de friandises que l'on ne me servirait jamais en ces lieux !

— Son Éminence, me lança-t-elle avec pétulance, attend encore un invité auquel il a donné rendez-vous ici !

Je plongeai les lèvres dans mon vin rouge. J'étais rassuré : je savais au moins, désormais, où je pouvais remplir ma cruche. Le Maure passa rapidement à l'extérieur, portant une précieuse carafe de cristal. La couleur pourpre du vin me laissa déjà deviner que ce breuvage était un trésor que l'on cachait soigneusement pour le réserver à des invités aussi illustres que le « patriarche de Jérusalem » ! Chacun savait pourtant en *terra sancta*[96] que Jacob Pantaleon[97], le plus haut représentant de l'*Ecclesia catolica*, était un ancien cordonnier de Troyes, et qu'il paraissait aussi grossièrement tanné que mal cousu. C'est du moins ce qu'on m'avait raconté !

— Il est en entretien confidentiel, m'informa mon tuteur aux cheveux crépus, avec Guy de Muret[98], un dominicain, le confesseur de la princesse d'Antioche !

Un renégat, donc, sans doute un ancien hérétique repenti d'Occitanie[99], me dis-je. Ce sont les pires !

— Et de quoi parlent-ils ? demandai-je pour me montrer digne du flot d'informations qu'il me fournissait ; en réalité, le bavardage de deux hommes d'Église ne m'intéressait pas le moins du monde.

— Ils médisent de je ne sais quel Couple Royal ! intervint Gundolyn qui avait entendu ma question au passage. Et ils te cassent du sucre sur le dos ! ajouta-t-elle en éclatant de rire.

— Ils semblent encore plus intéressés par la chronique que tu écris avec tant de zèle ! compléta Firuz d'une voix pleurnicharde. Tu devrais entendre ça, Guillaume de Rubrouck ! me lança-t-il en plaisantant, échangeant un regard entendu avec la fille de cuisine.

— Et si l'on mettait Guillaume dans le seau ? demanda Gundolyn en gloussant et en me jetant un regard méprisant, moi dont elle n'aurait pourtant pas dédaigné la lance quelques instants plus tôt. Encore faudrait-il qu'il supporte le poids ! ajouta-t-elle.

Tous deux me firent signe de les suivre à nouveau dans la cave. Cette fois, nous passâmes devant les tonneaux de vin et nous arrêtâmes devant un puits qui semblait avoir été creusé dans la roche et dont le sombre boyau remontait aussi très haut dans la muraille, comme je pus le constater en passant ma tête dans la cavité. J'entendis la voix assourdie des deux religieux en conversation. Un rayon de lumière éclairait le puits à mi-hauteur. Un baquet de bois était suspendu à une corde épaisse. Je compris aussitôt que c'est grâce à lui que l'on faisait monter l'eau avec laquelle on alimentait aussi ma chambre : une source d'eau potable soigneusement étudiée et intarissable pour le donjon du château en temps de siège ! La lourde grille de fer qui couronnait le baquet à la manière d'une grande coiffe ne m'inquiéta pas le moins du monde.

— Eh bien, montez ! exigea mon Maure. Et tenez-vous bien à la corde !

Je montai dans le baquet de bois, mais je n'y tenais que debout et il se mit à se balancer considérablement. Le Maure referma le capuchon grillagé, je me fis l'effet d'un oiseau en cage ; je dus cependant rentrer la tête pour ne pas heurter les barreaux de fer au-dessus de moi.

— Ce n'est pas confortable ! constata joyeusement Gundolyn en me pinçant les fesses de bon cœur.

Puis ils réunirent leurs forces et me hissèrent vers le haut du puits obscur. Je passai devant la cuisine, où deux poissons grillaient dans la poêle. Ils sentaient encore bon, mais ils seraient calcinés d'ici peu si cette bonne servante ne se dépêchait pas. Puis mon baquet s'arrêta devant un panneau de bois derrière lequel je pouvais entendre Jacob Pantaleon et le dominicain comme si j'étais assis à leur table.

— … je savais que je pouvais me fier à un *canis Domini*[100] aussi excellent que vous, Guy de Muret ! fit la voix joviale du plus âgé des deux, sans doute celle du patriarche. De la même manière que vous m'avez amené ce funeste chroniqueur, vous allez prêter votre main de fer à notre *sancta ecclesia*[101] pour lui faire réciter par cœur ces chants hérétiques que nous n'avons pu trouver à Jérusalem. (Ce noble sire émit un rot d'une grande vulgarité, sans laisser son interlocuteur lui répondre.) Une fois que nous aurons essoré ce gros lard comme une serpillière, il vous reviendra d'effacer toute trace de ce lamentable frère mineur…

— *Corpus mortuus*[102] ? Ce sera sans moi !

Entendre le dominicain prononcer ces mots me rassura. Pas longtemps au demeurant.

— Guy de Muret ne faisait-il pas preuve de beaucoup moins de scrupules lorsqu'il mettait ses talents d'inquisiteur[103] au service de son maître et de son pasteur le pape ? Vous tenez à garder ce fainéant en vie ? (La moquerie s'exprimait dans chacun de ses mots.) Mais je vous en prie, il est à vous ! (Le haut dignitaire rit grossièrement.) L'essentiel à mes yeux, c'est que vous utilisiez vos techniques bien rodées sur ce personnage, tant qu'il est en vie ! On n'oublie jamais l'art d'aller au fond des âmes entêtées et des corps qui se cabrent ! La seule chose qui compte pour l'Église, c'est que ce gaillard recrache la chronique qu'il a rédigée jusqu'ici et s'interdise d'écrire la moindre ligne supplémentaire. Comme s'il avait eu les doigts brûlés et écrasés !

— Vous vous êtes toujours imaginé l'action de la Sainte Inquisition en termes de poucettes et de bûchers ! répliqua le confesseur avec énergie. Soit, je veux encore une fois rendre service à l'Église ! (Il marqua une pause.) Mais une fois cette mission accomplie, dit-il à voix basse, vous me délivrerez de mes vœux ! Je veux passer le reste de ma vie en chevalier, l'épée à la main !

Cette proposition singulière sembla faire réfléchir le patriarche, lequel estima qu'elle valait au moins une petite tentative de chantage.

— C'est qu'il reste cette couvée d'hérétiques ! reprit-il, laissant libre cours à une haine longtemps accumulée. Il faut éliminer ces maudits enfants du Graal avant qu'ils n'établissent le règne de Satan dans le pays de Dieu, sur le sol sacré qu'a foulé Notre Seigneur Jésus-

Christ ! Ils doivent disparaître, sans quoi le corps du Sauveur ne trouvera plus de répit dans sa tombe !

Cette fois le silence dura encore plus longtemps.

— Trouvez-vous quelqu'un d'autre pour cette besogne-là ! répondit Guy de Muret. Je ne suis pas un assassin. Et même si je dois risquer l'excommunication, je n'ai pas l'intention de commencer ma nouvelle vie en commettant un meurtre et en souillant mon honneur de chevalier !

— Que vous n'êtes pas encore ! répliqua Jacob Pantaleon.

— Vous vous trompez, *Monsignore*, compte tenu de mon origine noble je l'ai toujours été ! Cela, vous ne pouvez pas me l'ôter !

Le patriarche céda.

— Bien, la chronique contre…

Il se tut avant d'avoir formulé son offre. Car d'autres voix bruyantes retentirent au même instant dans le réfectoire où les deux hommes étaient installés. Apparemment, de nouveaux invités étaient arrivés.

J'en avais assez entendu. Mes jambes commençaient à s'engourdir. J'espérais que Gundolyn ou le Maure allaient me faire redescendre. Peine perdue, ils m'avaient oublié. Ou alors ils étaient occupés ailleurs. Furieux, et faute de pouvoir crier, je secouai ma corde. Le baquet se mit à danser avec moi, mais nul ne se soucia de ma personne ni de mon triste sort.

Le patriarche et son inquisiteur rétif s'étaient levés pour saluer les nouveaux venus. Le brouhaha produit par les voix s'éloigna. Je dansai d'une jambe sur l'autre dans mon baquet. Je frappai du poing sur la paroi de bois et contre la grille de fer au-dessus de ma tête. Soudain, alors que j'avais abandonné tout espoir, ma nacelle fut prise d'une secousse brutale. Je glissai vers le bas, en direction de la cave à vin où m'attendaient certainement la chère Gundolyn et mon bon Maure, car sans leur aide je ne pourrais de toute façon pas me libérer du baquet grillagé. Le récipient de bois glissa lentement dans le puits, franchit le plafond voûté du sous-sol, mais je ne vis pas trace de l'un ou de l'autre dans la cave. Pis encore : la chute du baquet semblait ne pas avoir de fin. Je voulus crier, mais une effroyable terreur me noua la gorge – je plongeai peu à peu dans les profondeurs de la terre, une obscurité complète m'entoura bientôt dans ce boyau étroit et humide. Tremblant de peur, je tendis l'oreille pour percevoir au moins un bruit, n'entendant que le crissement sec de la corde à laquelle j'étais suspendu. On aurait dit que des mains invisibles la contrôlaient. J'entendis le clapotement discret de l'eau en dessous de moi. À mes pieds s'ouvrit une salle souterraine circulaire. Des torches fixées aux murs plongeaient la salle dans une lumière vacillante. On distinguait des bancs de bois à l'ombre des niches, entre les colonnes. Mon baquet s'arrêta. Je restai suspendu un pied au-dessus de cette source souterraine qui, enchâssée dans un puits, s'élevait au milieu de la pièce. On ne voyait pas âme qui vive, seules les ombres lugubres des torches glissaient sur les murs. Je pouvais imaginer que l'antichambre de l'enfer ressemblait à cela, même si l'eau à mes pieds ne fumait ni ne bouillait, au contraire, elle paraissait glacée dans sa clarté obscure. Après tout ce que le patriarche avait imaginé pour moi, mieux valait m'attendre au pire. Mon seul espoir était le manque d'entrain dont faisait preuve cet ancien inquisiteur. Je voulus regarder mes pieds et je constatai avec terreur que quelqu'un avait ôté la bonde de mon baquet de bois. Je vis alors des silhouettes masquées entrer dans la salle ronde. Elles étaient vêtues de longues tenues rouge cardinal prolongées vers le haut par des capuches raides et pointues. Ces étranges personnages avancèrent lentement et prirent place sur les bancs de pierre, chacun dans une alcôve creusée dans le mur. Leurs yeux perçants étaient fixés sur moi.

— Guillaume de Rubrouck, serviteur de Satan, m'apostropha la personne trônant au milieu – je reconnus aussitôt la voix du patriarche, qui ouvrait l'audience d'une sorte de procès. Avouez que connaissant le Grand Projet, vous agissez en fonction de celui-ci et que vous vous êtes ainsi placé en dehors de la bénédiction et de la protection de notre Sainte Mère l'Église !

Je sus que j'étais perdu : il suffisait qu'il claque des doigts pour qu'on me plonge dans l'eau jusqu'à ce que mon âme m'abandonne dans un glouglou, comme une dernière bulle d'air. Cette perspective me donna une âme de rebelle.

— Je respecte son ordre sans lui obéir, dis-je d'une voix virile. Je suis fier de le servir !

Le silence glacé qui me répondit me donna l'impression que la source, sous mes pieds, rayonnait d'une chaleur bienfaisante.

— Vous ne savez donc pas où l'on conserve le texte du Grand Projet, ce torchon hérétique ?

Mon baquet descendit lentement vers l'ouverture du puits, l'eau froide entra par la bonde ouverte et me monta rapidement jusqu'aux chevilles. Cela ne fit qu'attiser ma révolte.

— Je vous le révélerai volontiers, m'exclamai-je courageusement, car vous ne pourrez jamais poser vos tentacules chargés de bagues sur cet *exemplum purum et divinum*[104] : le message du salut du monde, l'annonciation de la venue des rois de la paix, ce sont ses gardiens, les initiés, qui le portent depuis très longtemps dans leur cœur.

Personne n'ordonna que l'on arrête la descente de mon baquet. Je sentis le froid s'emparer du bas de mon corps, notamment autour de mes parties génitales, ce qui était très désagréable. Ces messieurs paraissaient totalement pétrifiés. L'inquisiteur prit enfin la parole.

— Même un cœur peut être arraché à son propriétaire, dit-il sèchement. Mais le vôtre, Guillaume, flottera bientôt entre vos jambes et votre cul !

— Par là je ne sens déjà plus rien, répondis-je en claquant des dents. Si vous voulez encore apprendre de moi quoi que ce soit d'utile, remontez-moi en vitesse. Ou bien noyez-moi pour de bon !

J'entendis un rire qui tenait du bêlement.

— Vous voyez bien, Guillaume, nous nous rapprochons déjà l'un de l'autre.

Le baquet se souleva effectivement, l'eau coula par la bonde en clapotant, je ressentis le besoin de me débarrasser de mon pantalon trempé, mais le baquet était beaucoup trop étroit pour cela.

— Allez-vous à présent raconter au Tribunal ici rassemblé tout ce que vous savez sur le « rôle » et la « destinée » supposés du Couple Royal ? (Guy de Muret teinta sa voix d'une amabilité qui réchauffa Guillaume.) Ce qui nous intéresse en particulier, ce sont les circonstances remarquables qui ont pu pousser ces deux enfants d'hérétiques à adopter ce rôle absurde.

Je ne réfléchis pas longtemps : avant que mon pauvre petit oiseau ne soit totalement gelé, j'acceptai de leur bourrer les oreilles avec les rumeurs de toute espèce qui m'étaient parvenues jusqu'ici. Mes connaissances parfaitement invérifiables sur l'origine de Roç et Yeza ne serviraient pas beaucoup à l'inquisiteur et ne nuiraient en rien à mes chers enfants. Même si je ne révélais pas à ces sinistres chapeaux pointus – et surtout pas à ce patriarche mal dégrossi – le secret de la précieuse lignée du sang –, il allait bien falloir que je donne un gage ! Je commençai donc mon récit :

— L'histoire de la virginale châtelaine du château hérétique de Montségur, Esclarmonde – ne pas confondre avec la fameuse gardienne du Graal !

— … laquelle avait quitté ce monde depuis bien longtemps ! m'interrompit Messire Guy avec mauvaise humeur.

— Dites plutôt qu'elle était allée au diable ! grogna le patriarche, ce qui me donna des ailes.

— Lorsque la menace qui pesait contre l'Occitanie et sa voix libre et pure…

Cachant mal sa colère, le patriarche dirigea vers le bas le pouce de sa main couverte de bagues. L'eau froide de la source entoura immédiatement mes membres.

— … Lorsque la menace que Rome et la France faisaient peser sur la foi « pure »…, continuai-je le souffle court, devint de plus en plus vive…

Le jeune inquisiteur imposa sa volonté : on fit remonter mon baquet et je repris en tremblant :

— … la jeune Esclarmonde se mit en route avec son vieux père afin d'aller demander de l'aide à Frédéric, l'empereur Hohenstaufen…

— Vous voyez ?! fit observer le patriarche, fou de rage, à son *collegium secretum*[105]. Vous voyez cet abîme d'hérésie[106] !

J'interrompis sa sortie d'un ton parfaitement calme.

— Ils sont partis se jeter dans la gueule du loup en Apulie. Mais Frédéric n'avait pas la moindre intention de poser sa main protectrice au-dessus de l'Occitanie hérétique, d'autant moins qu'il était très étroitement allié au roi de France. L'empereur repoussa brusquement leur demande, mais pas la chair de la jeune fille. Avec son avidité bien connue, le Hohenstaufen s'abattit sur Esclarmonde, pendant la nuit, avant qu'il ne la fasse chasser de sa cour.

— Ho ho ! s'exclama le patriarche, et tous les autres rirent en même temps que lui.

Je les laissai se taper sur les cuisses et attendis.

— De retour à Montségur, la jeune femme humiliée sentit bientôt qu'elle allait enfanter. Cela a dû se produire environ quatre années avant la chute du château…

— En l'an de grâce 1244 : c'est à cette date que la croix s'est de nouveau dressée en haut de ses murailles…, précisa Guy de Muret, alors que le patriarche enchaînait d'une voix joyeuse :

— … tandis que les bûchers attendaient à leurs pieds !

Je laissai l'enthousiasme de l'assistance se dissiper avant de prendre le deuxième fil de mon récit.

— À peu près à la même époque, une nonne enceinte de plusieurs mois se réfugia à Montségur.

— Écoutez, écoutez ! firent les chapeaux pointus d'une voix lubrique : *Graviditas monachae in cauda nefarii causa*[107] !

Guy de Muret me fit signe de poursuivre.

— Cette inconnue était certainement une dame de très haute noblesse, sans doute de sang royal par lignée dynastique, si bien que cette histoire, si elle s'était ébruitée, aurait provoqué un scandale dans la vie politique et plus encore dans le monde religieux chrétien. (Je savourai le silence effaré qui s'instaura alors.) Mais aujourd'hui encore, grâce à la puissante fraternité qui lui permit alors de trouver ce refuge, son origine réelle est inconnue. On a raconté beaucoup de choses sur l'identité du père. On a dit que « Perceval[108] de Carcassonne », le seul descendant masculin de la malheureuse que l'*Ecclesia catolica* assassina en faisant appel à ruse et à la trahison, avait reçu l'amour de cette jeune femme en tentant de reconquérir l'héritage de ses aïeux. Il mourut au combat le lendemain matin.

Le tribunal ne me coupait plus la parole, je ne tarderais pas à avoir fini mon récit et j'attendais de nouveau une issue qui me serait favorable.

— La nonne protégée par des mains invisibles et la jeune châtelaine arrivèrent à peu près au même moment à Montségur. Esclarmonde accoucha d'une petite fille, l'étrangère d'un fils. Juste après la naissance, l'inconnue repartit et laissa le petit entre les mains d'Esclarmonde qui nourrit les deux enfants à son sein…

Plus qu'un silence consterné, c'est une certaine déception qui accueillit mes propos : je ne leur avais rien révélé de satanique, je n'avais pas fait sortir le grand *incubus*[109] de sa boîte. À moins qu'ils n'aient voulu m'entendre dire que Roç et Yeza étaient nés de la même mère, qu'ils étaient donc frère et sœur ? En tant que couple, et *a fortiori* que couple « royal », ils auraient fait une cible idéale et l'Église n'aurait eu aucun mal à les éloigner de toute espèce de trône ; mieux, cela lui aurait sans doute permis de mettre un terme physique à leur existence incestueuse. J'avais sans doute – la fierté me donna des ailes – rendu un grand service à mes chers enfants en racontant cette légende sans queue ni tête comme s'il s'agissait d'une histoire véridique et attestée.

— Ils n'ont donc pas reçu le baptême chrétien ? constata le patriarche avec déplaisir.

Je me déchaînai :

— Non, jamais ! m'exclamai-je. Ils ont été accueillis dans la *Gleyiza d'amor*[110], ce que vous appelez l'Église des hérétiques, au moment où, à l'âge tendre de trois ou quatre ans, ils ont dû quitter le château du Graal qui assurait alors leur protection. Mais pendant toute leur jeune vie, pour autant qu'il m'a été permis de la suivre, ils ont toujours été proches de la foi « pure », la confiance dans le Paraclet qui libérera ce monde du mal !

— Il faut les détruire ! hurla le patriarche. Les éradiquer avant que leurs mauvaises graines ne s'abattent sur nous, par la volonté du Christ ! fit-il en battant des deux bras, tourné dans une attitude invocatoire vers les membres du tribunal secret, tandis que mon baquet se remplissait de nouveau à toute vitesse : sans doute les bourreaux invisibles qui manœuvraient la corde avaient-ils mal compris ses gesticulations.

— Vous n'y parviendrez pas ! lui criai-je. Dieu vous aura broyé avant, Jacob Pantaleon, misérable raccommodeur de chaussures !

Cette insulte était trop proche de la réalité pour qu'il la supporte :

— Allez au diable, stupide moinillon !

Ce furent les derniers mots que je perçus. Ensuite, mon baquet fila vers les profondeurs, l'eau se referma au-dessus de ma tête, je tentai de respirer, avalai cette glace liquide qui me pénétra dans les poumons et dans le cerveau comme l'auraient fait mille aiguilles, je crus étouffer et éclater tout à la fois, et je ne sentis plus rien…

GUILLAUME ÉTAIT COUCHÉ SUR LE SOL DE PIERRE NU de la cuisine de Mauclerc ; on avait déposé une simple natte de paille sous son torse dénudé. Il n'avait pas vu, du moins pas consciemment, Faucon Rouge s'agenouiller, se pencher sur sa cage thoracique et s'efforcer de remettre en marche un cœur presque inanimé en lui imprimant des pressions régulières. Son ami David, le Templier manchot, veillait à ce que la tête du frère mineur reste en position latérale afin de laisser couler l'eau qui s'échappait par saccades de sa bouche. Enfin le puissant organe de Guillaume se remit à battre et ils lui firent avaler du vin cuit et épicé, dont ils se servirent aussi pour lui frictionner et lui masser ses membres gelés. Le moine tout étonné ouvrit les yeux.

— Où suis-je ? demanda-t-il d'une voix terne à ceux qui étaient penchés au-dessus de lui.

— Pas au Ciel, répondit David, moqueur. Guy de Muret a fait usage de son droit et a imposé que l'on épargne l'enfer à un frère de saint François, aussi téméraire soit-il !

— C'est lui qui vous a fait ressortir du puits dans votre cage. Le patriarche n'a pas pu s'y opposer ! ajouta Faucon Rouge.

— Et d'où venez-vous, si je ne suis ni au Ciel ni en Enfer ?

— Nous sommes tes anges gardiens, dit David avec un sourire, car tu es arrivé en un lieu bien plus funeste : Mauclerc appartient au patriarche…

— Ah, voilà la raison pour laquelle nul ici ne connaissait Laurent d'Orta…

— Dieu soit loué, messire le secretarius est venu à temps se plaindre auprès de nous en constatant que tu ne te trouvais pas là où il avait voulu t'envoyer…

— Et nous nous sommes retrouvés ici, précisa l'émir pour abréger les explications de son accompagnateur, au moment précis où l'Inquisiteur se tenait devant ton cadavre de noyé et tentait, à l'aide de la cuisinière en sanglots et du Maure tremblant, de te sortir du baquet grillagé.

— Mais mon cher Guillaume, fit David en ravalant ses sarcasmes, qu'est-ce qui a bien pu inciter une fine mouche comme toi à s'installer justement dans une vierge de fer ? Ce tonneau était tout simplement un instrument de torture !

— Où est Gundolyn, cette charmante cuisinière? demanda Guillaume, méfiant. Et Firuz, ce Maure qui m'était tellement dévoué ?

Faucon Rouge et David échangèrent un bref regard.

— Messire le patriarche a repris sa fidèle gouvernante avec lui lorsqu'il a quitté Mauclerc, juste après l'intervention turbulente du jeune inquisiteur. Il a également emmené son valet si compétent. C'est à ce Maure aimable qu'on avait confié le soin, Guillaume, de vous plonger dans la sauce au moindre signe de son maître !

L'abîme du mensonge humain qui s'ouvrit devant lui n'ébranla pas longtemps le frère mineur. Il se maudit en revanche pour la confiance aveugle qu'il avait placée dans ces deux individus.

— Et l'inquisiteur, ce Guy de Muret ? demanda-t-il.

— Dès qu'il a su que sa corpulente victime était en de bonnes mains, il est parti à cheval, non pas avec Messire le patriarche, auquel il a définitivement refusé ses services, mais pour rejoindre celle à laquelle il obéit dans ce monde, la princesse d'Antioche.

— Même à elle, ajouta le templier manchot, il ne servira plus désormais de confesseur. Guy de Muret demande à faire ses preuves comme vaillant chevalier !

Guillaume regarda ses amis, songeur.

— Peut-être devrais-je aussi renoncer à l'activité pénible et mortellement dangereuse de chroniqueur et choisir une nouvelle v…

— Il ne nous est pas donné à tous de sortir de notre peau, l'interrompit Faucon Rouge en souriant. De temps en temps, nous parvenons tout juste à l'ôter, mais une nouvelle a déjà poussé en dessous, parfaitement identique à l'ancienne !

Peu après, la petite troupe quitta le château isolé. Mauclerc paraissait désormais aussi mort qu'avant son passage.

LA SALAMANDRE DANS LE FEU

« Cauda draconis » – Le voyage de la princesse

Le vaste campement de l’armée mongole ne s’était pas déplacé depuis des jours. Kitbogha, le commandant en chef, réclamait certes quotidiennement, pendant le point d’état-major, que l’on s’empare de la capitale syrienne, Damas, avant que les mameluks du Caire n’aient l’idée de les devancer. Les nouvelles transmises par les espions envoyés en éclaireurs étaient sans doute contradictoires, mais une chose semblait établie : An-Nasir, le sultan, avait quitté la ville en direction du sud. Ce départ pouvait indiquer que les Égyptiens étaient déjà entrés dans la partie. Le Il-Khan demanda toutefois que l’armée assure ses arrières avant de se mettre en marche vers une ville apparemment sans défense : la progression serait inévitablement suivie d’une attaque, d’une prise et surtout d’une occupation de la cité. Il ne fallait donc plus tolérer les nids de résistance susceptibles de mettre en péril les voies par où passeraient les renforts et la liaison avec le Il-khanat. C’était le cas de cet étrange Palmyre, la ville au Temple, qui se dressait comme un mirage au-dessus du désert et qui était depuis toujours le carrefour d'importantes routes caravanières. Aucune délégation n'en était encore arrivée pour faire allégeance. Il ne savait même pas qui y régnait. Lorsqu'il posa la question, Hulagu perdit sa retenue habituelle.

— Des derviches ! grogna Kitbogha, auquel était destiné ce reproche. Des derviches geignards et des bédouins rebelles !

— Mettez de l'ordre là-dedans ! lui avait répondu Hulagu, mettant ainsi un terme à l'audience matinale.

— Capitaine Dungai[1], dit familièrement Kitbogha à l'officier subalterne qui le servait fidèlement et depuis longtemps, vous faites partie des gens qui devraient encore se rappeler le Couple Royal. Reconnaîtriez-vous Roç Trencavel et la princesse Yeza ?

Le vieux guerrier n'hésita pas un instant :

— Je les reconnaîtrais sous n'importe quel déguisement et parmi des milliers de personnes ! répondit-il spontanément tandis que son visage ridé s'illuminait. Je m'estimerais très heureux si cela m'était donné… Ils me manquent, ajouta-t-il avec un soupir. Ils nous manquent à tous !

Kitbogha hocha la tête.

— Je vous confie une section. Votre mission officielle sera d'escorter immédiatement jusqu'à l'Euphrate et de faire traverser ces deux princes seldjoukides qui peuvent difficilement être plus dangereux pour nous que pour eux-mêmes, avec leur manie de se taper dessus à longueur de journée…

— Je comprends, fit aussitôt le capitaine. Cela leur permettra de retrouver leurs terres et de combler leur vieux père de bonheur.

— Le vieux sultan seldjoukide est sans doute agonisant, l'informa Kitbogha. Ce sera pour eux une occasion bienvenue de se battre pour l'héritage. Je ne veux plus les avoir entre les pattes ! ajouta-t-il en grognant. Vous prendrez le chemin qui passe par l'oasis de Palmyre et vous vérifierez lequel de ces derviches exerce le pouvoir. Si vous parvenez à persuader cet homme qu'il ferait bien de venir avec vous et de se soumettre dans les formes au Il-Khan, ramenez-le. Pas de violence ni d'acte belliqueux, vous m'avez compris ?

— Certainement ! répondit le capitaine. Mais qu'en est-il du Couple Royal ? demanda-t-il après un temps de réflexion.

Kitbogha constata avec satisfaction qu'il avait choisi l'homme qu'il fallait. Il tenta de se mettre à la place de son subordonné :

— Gardez les yeux ouverts. S'ils n'étaient pas tombés entre les mains de notre Sundjak à Mard' Hazab, si vous les retrouviez en liberté, ce que je leur souhaite, dites-leur à quel point ils nous manquent, mettez-vous à leur disposition pour leur assurer une escorte. (Il réfléchit intensément, sans trouver aucun ordre précis à lui donner.) N'exercez sur eux aucune contrainte. C'est de vous, capitaine, qu'il dépendra qu'ils suivent ou non votre invitation.

Les deux vieux guerriers passèrent un moment à réfléchir en silence. Kitbogha finit par exprimer ses doutes :

— Je ne suis pas sûr que les petits rois nous aiment encore…

Aux yeux des nomades, le prestige d'El-Aziz avait subi un dommage que même le sang ne pourrait effacer. Recevoir au visage un coup porté par une femme était tellement inconcevable que son geste donna à Yeza l'aura d'une vestale bien supérieure, par ses mœurs et son honneur, à celui qu'elle avait châtié et à tous les témoins ahuris de cet épisode. El-Aziz, pour sa part, était tombé de son piédestal : le fils de sultan était désormais soumis à la loi du désert. Personne ne s'adressait plus à lui. Même le docile maître du bain et son cuisinier dévoué évitaient de lui parler et se tenaient, l'air dévot, près de « l'illustre princesse ». Mais Yeza avait compris depuis longtemps qu'ils avaient tous deux baigné dans ce complot et leur battait froid. Elle avançait seule devant la caravane et ne tolérait personne à côté d'elle. Elle ne se préoccupait plus du kilim que les chameaux des nomades portaient derrière elle. El-Aziz avait l'intention de le rapporter au Mongol afin de s'attirer la bienveillance du Il-Khan. Il aurait tout aussi bien pu s'en débarrasser dans le désert ou l'offrir au premier venu. Pour Yeza, le tapis n'existait plus, encore moins que son malheureux « libérateur » qui avançait à la traîne derrière elle, comme un proscrit.

Ils atteignirent ainsi le Tigre et trouvèrent un passeur. Mais celui-ci refusa de charger le tapis sur sa barge, persuadé que son poids, même sans les chameaux, suffirait à la faire couler ou chavirer. Ni les nomades, ni Yeza n'eurent le temps de chercher à convaincre cet homme inquiet : El-Aziz surgit d'un seul coup derrière eux, sortit son cimeterre de son fourreau, sauta sur le passeur et appuya sa lame contre sa gorge. Cette fois encore, les nomades firent preuve d'une parfaite indifférence : le sang coulait déjà sur le cou du passeur, le fils humilié du sultan ne pouvant contrôler sa main tremblante et l'acier affûté s'enfonçant peu à peu dans la peau tendue. Sa voix était stridente. Ce n'était pas vraiment au pauvre homme qu'il s'adressait, mais à Yeza, qui tournait ostensiblement le dos à la scène.

— Fils de putain ! criait El-Aziz. Ni toi, *ibn al ahira*, ni personne ne m'empêchera de t'envoyer au diable si tu ne te décides pas…

— Personne sauf moi ! fit Yeza d'une voix parfaitement distincte, sans se retourner. Lâche-le…

— Toi, espèce de…, bredouilla El-Aziz.

Il ne parvint pas à prononcer le mot « catin », son esprit confus cherchant convulsivement une parade qui lui permettrait de retrouver ses droits sur cette femme.

— Baise-moi les pieds, finit-il par lancer entre ses dents. Sinon…

Le sang dégoulinait à présent sur le cou de l'homme.

— Viens donc ici chercher ce que tu réclames, dit Yeza avec une amabilité soumise, en se tournant lentement vers lui.

Elle s'agenouilla et baissa les yeux. Sans lâcher sa victime, El-Aziz éloigna le cimeterre de son cou et se dirigea vers Yeza en brandissant son arme et en traînant le malheureux passeur par les cheveux. Pour que son triomphe soit visible de tous, El-Aziz ôta une sandale et tendit à Yeza son pied souillé par le sable du désert et la boue de la rive. Les nomades se taisaient et ne bougeaient plus.

— Lèche-le jusqu'à ce qu'il soit propre, femme ! grogna El-Aziz sur un ton dont il pensait qu'il imposerait la crainte et surtout le respect. Il n'accorda pas la moindre attention au geste de Yeza, qui plongeait une main dans sa chevelure blonde et tendait humblement l'autre vers le pied de l'homme. Puis tout alla très vite. Les doigts fins de la jeune fille enserrèrent l'orteil de l'homme comme les pinces d'un crabe et le tirèrent vers son genou plié. Le poignard sortit comme un éclair et, plus rapidement que ne purent le percevoir les nomades qui regardaient la scène, captivés, s'enfonça dans le dos de la main qui tenait le sabre. El-Aziz poussa un cri, laissa tomber le cimeterre et se précipita vers l'avant, derrière Yeza, qui avait courbé la tête. Lorsqu'il tenta de se relever, elle était déjà sur lui, appuyée sur sa main, et tenait le cimeterre ; sa prise ne laissait aucun doute : elle savait se servir de cette arme et n'hésiterait pas à le lui prouver. El-Aziz resta donc couché au sol, le visage dans la vase.

Le passeur, qui avait été projeté vers le sol, fut le premier à briser le silence stupéfait :

— J'obéirai à vos ordres, princesse ! lança-t-il en haletant.

Yeza observa la barge, puis la caravane qui attendait avec son tapis.

— Faites-moi traverser ! ordonna-t-elle en appelant d'un geste son maître du bain afin qu'il la rejoigne, puis tous ceux qui le souhaitent. Et à la fin, transportez le tapis !

Elle jeta le cimeterre aux pieds d'El-Aziz, méprisante, et monta sans se retourner dans l'embarcation qui tanguait.

Yeza espérait que le poids du tapis finirait par faire couler le bac et que cet objet disparaîtrait à tout jamais dans les profondeurs du Tigre. Tel ne fut pas le cas. Attendant sur l'autre rive, elle vit les nomades qui intervenaient et, déployant toutes leurs forces, tiraient la barge et le tapis dans l'eau argileuse.

Yeza sentit la colère monter en voyant le sombre kilim fendre les ondes troubles du fleuve et se diriger inexorablement vers elle jusqu'à ce que la barge s'enfonce enfin devant ses pieds dans la vase. Le tapis enroulé était tellement imbibé que même l'action conjuguée de tous les hommes présents ne suffit pas à le hisser entre les chameaux qui attendaient patiemment. On le déroula donc pour qu'il sèche.

Yeza dut attendre pendant des journées. Les nomades ne souhaitaient pas renoncer à la mission qu'ils avaient acceptée et n'étaient pas prêts non plus à laisser la princesse partir seule et sans protection dans le désert. Ils considéraient Yeza comme une créature surnaturelle et se soumettaient à elle avec respect, comme à une déesse de la guerre. Ils établirent une sorte de frontière invisible tout autour de sa tente, au bord du fleuve. Seul le maître du bain et le cuisinier des cuisiniers étaient autorisés à la franchir. Yeza supporta cette période en serrant les dents. Elle espérait que Roç retrouverait sa trace.

La proximité d'El-Aziz lui fut en revanche épargnée. Le fils du sultan, devenu un paria, fut contraint de rester à l'écart.

La division mongole dirigée par le capitaine Dungai, l'officier de confiance que Kitbogha avait choisi pour accomplir cette mission, se dirigeait rapidement vers l'est pour rejoindre la vieille route commerciale qui menait à Palmyre. Les deux princes seldjoukides que sa troupe devait escorter jusqu'à la frontière de leur sultanat avançaient à la tête du convoi comme s'ils en étaient les généraux. Alp-Kilidj et son cadet Kaikaus étaient entourés par leurs hommes, un petit groupe de guerriers avides d'action. Rhaban[2], leur vieux maître d'armes, était le seul à veiller à ce que les hostilités ne se déclenchent pas avec la section disciplinée qui les suivait, au fur et à mesure qu'ils s'éloignaient du camp mongol où ils avaient été retenus en otages. Plus ils retrouvaient la steppe et sa liberté, plus les princes se comportaient de manière indocile. Ils avaient commencé depuis longtemps à se livrer à de folles courses à cheval, ne manquant pas une occasion de croiser le fer au grand galop, suivis avec enthousiasme par leur escorte personnelle. Le maître d'armes avait chaque fois le plus grand mal à ramener ces deux jeunes coqs à la raison.

Par leur stature, Kaikaus et son frère aîné étaient comme deux jumeaux. Si l'aîné avait pour lui l'expérience et la ruse, le cadet les compensait par un courage impétueux qui pouvait cependant très vite tourner à la fureur. La distance qu'ils prenaient avec la section mongole augmentait parfois au point que le capitaine craignait de la perdre des yeux. S'en débarrasser ainsi ne lui aurait pas déplu, mais les instructions de son commandant en chef étaient claires et suffisamment difficiles à mettre en œuvre : il fallait atteindre Palmyre, l'étrange ville des derviches au milieu des palmiers, et si possible inciter ses habitants à manifester symboliquement leur soumission. Lorsque Dungai observait le comportement incontrôlable des Seldjoukides, il s'attendait à rencontrer les plus grandes difficultés. Les deux princes insoumis s'étaient mis à lancer de fausses attaques contre les caravanes de commerçants qu'ils croisaient. Leur escorte les acclamait en poussant des hurlements de joie lorsque l'une des bêtes de somme effrayée quittait le convoi et prenait la fuite dans le désert pierreux où les guides avaient le plus grand mal à les rattraper. Les bergers que dépassait cette bande de sauvages voyaient leurs animaux s'éparpiller, pris de panique. Le capitaine Dungai, agacé, fit accélérer ses hommes pour combler la distance. Le cortège fonça ainsi vers Palmyre dans un nuage de poussière…

Sybille[3], la princesse d'Antioche, avait rendu visite à sa sœur cadette Johanne[4], mariée à Messire Julian de Sidon et Beaufort. Elle n'avait aucun motif particulier de le faire et les deux sœurs d'Hethum, le roi d'Arménie, ne se portaient pas non plus un amour particulier. Mais Sybille, qui atteignait la trentaine et n'était plus d'une jeunesse éclatante, s'ennuyait effroyablement aux côtés de son époux beaucoup moins âgé qu'elle, Bohémond. Aussi n'importe quel prétexte était-il bon pour voyager : cela lui permettait de prendre pour escorte les chevaliers les plus téméraires de la principauté et de se lancer dans l'aventure. Parmi les seigneurs originaires du sud de la France qui l'accompagnaient, elle compta bientôt Guy de Muret. Au commencement, le dominicain avait proposé à Sybille ses services de confesseur, mais son goût pour la vie profane s'affirmait de plus en plus. Un jour, alors qu'il revenait d'un assez long pèlerinage dans le sud, il affirma que le vénérable patriarche de Jérusalem lui avait accordé une dispense[5] qui lui permettait d'abandonner la croix au profit de l'épée. Guy de Muret rejoignit donc ses compatriotes venus d'Occitanie, s'exerça au maniement des armes, poursuivit désormais sans la moindre honte sa suivante Alais de ses assiduités et négligea ses fonctions religieuses. Cela ne déplaisait pas à Sybille, tant que les formes étaient respectées. Elle n'avait rien à confesser ! Surtout pas le fait que la princesse au sang chaud avait cette fois-ci jeté son dévolu sur l'un de ces Occitans.

— Notre Sybille arménienne a le feu aux fesses ! lança avec un ricanement Guy de Muret, le dominicain remuant, à l'attention du grassouillet Pons de Tarascon[6], lorsque le troisième de leur groupe, Terèz de Foix[7], qui dépassait les autres d'une bonne tête et était certainement le plus majestueux d'entre eux, s'engouffra dans la tente de la princesse.

— Rien n'est plus important, pour cette dame, que l'alimentation de son foyer personnel ! fit son compagnon Pons avec un brin de jalousie : lui-même n'avait encore jamais été invité à y rallumer les braises.

Le dominicain, un homme sec au visage de renard, devait lui aussi se contenter de ses fantasmes, car Alais[8], qui voyageait avec eux et avec laquelle il aurait volontiers vécu en concubinat secret, remplissait pour la princesse les fonctions de dame d'honneur et de suivante. Cela l'excluait de fait de la liste des amants potentiels. Sybille n'avait de toute façon jamais envisagé de faire appel aux services des deux garçons : les avances de Terèz lui suffisaient largement.

Le petit groupe de voyageurs décrivait un large détour pour éviter Damas et se dirigeait vers le nord sur des chemins caravaniers peu fréquentés. On voulait éviter de tomber dans les bras des Mongols et la princesse n'était pas certaine que son mari, qui avait la tête dure, ait déjà fait allégeance au Il-Khan comme elle le lui avait instamment demandé avant de partir. On disait que les Mongols se trouvaient déjà aux portes de la capitale syrienne. Sybille avait donc décidé avec son favori de poursuivre leur chemin dans la direction qu'ils avaient prise jusqu'à ce qu'ils croisent la fameuse route commerciale de Palmyre. Les Mongols étaient loin devant eux, Sybille pourrait donc, en empruntant cette voie, rejoindre la côte en passant par Homs, puis arriver à Antioche sans être menacée. On disait que l'Anti-Liban grouillait déjà de ces cavaliers aux jambes courtes chevauchant des montures hirsutes. On lui avait déconseillé de prendre la voie maritime : les pirates rendaient les côtes plus dangereuses que jamais et aucune des villes portuaires ne tentait vraiment d'y remédier parce que toutes attendaient, comme hypnotisées, l'arrivée des Mongols.

Cette évolution convenait très bien à Sybille : ce long détour lui fournissait un prétexte supplémentaire pour prolonger son absence et lui accordait quelques nuits supplémentaires à la belle étoile avec son bien-aimé.

Dungai, le capitaine des Mongols, parvenait à contrôler les princes Alp-Kilidj et Kaikaus ainsi que leur escorte dans la mesure où ses hommes ne les lâchaient pas d'une semelle, quelle que soit leur allure. Mais dès que les Seldjoukides apercevaient de petits groupes de voyageurs venant à leur rencontre, rien ne les arrêtait. Ils ne résistèrent pas non plus en voyant une dame élégante dans une chaise suspendue sur le dos d'un chameau, et une autre, sans doute sa servante, qui avançait sans voile à côté d'elle, sous la garde de trois chevaliers occidentaux et de quelques valets ! Alp-Kilidj et son frère lancèrent leurs chevaux au galop, à une telle vitesse que même leur propre troupe eut du mal à les suivre. Ils se heurtèrent aux trois Occitans qui avaient déjà tiré leur épée et formaient une chaîne protectrice devant les montures des deux dames. Les princes envoyèrent en éclaireur leur maître d'armes, qui présenta solennellement les fils du sultan de tous les Seldjoukides.

— Mes seigneurs n'ont pas l'intention d'enlever ni de forcer des femmes, déclara-t-il avec raideur, l'honneur des dames est au contraire leur seule préoccupation…

Avant que Terèz, Pons et Guy aient seulement compris ce qui se passait – si ce n'est que derrière ces cavaliers avançait comme un mur menaçant une section de Mongols qui n'avait manifestement pas l'intention de leur laisser le passage –, l'émissaire reprit :

— Mes maîtres demandent donc à croiser le fer avec vous, nobles chevaliers de l'Occident. Homme contre homme !

Le premier à retrouver sa langue fut Guy de Muret, qui avait depuis longtemps troqué sa bure contre une cuirasse étincelante.

— Contre vous, le plus petit d'entre nous s'en sortira tout seul !

Il désigna Pons, qui bomba aussitôt le torse, mais Terèz l'arrêta.

— C'est à moi que revient le premier combat ! affirma-t-il d'une voix qui ne souffrait pas de réplique.

Kaikaus et Alp-Kilidj bondirent en même temps et sortirent leur cimeterre de leur fourreau. Mais leur maître d'armes leur barra le chemin.

— Laissez-moi donner une leçon à ces étrangers avant de vous souiller avec le sang d'infidèles ! dit-il avant de lancer, s'adressant à la fois à Terèz, à Guy et à Pons : Lequel d'entre vous se mettra à ma disposition pour suivre ce cours ?

L'homme n'était même pas arrogant, juste aussi sûr de son affaire que si le combat était déjà terminé. Les Mongols, curieux, avaient entre-temps formé un rectangle dont le dernier côté était constitué par le groupe de voyageurs, les deux dames et les Occitans qui s'étaient postés devant elles. Les deux princes avaient du mal à se retenir : leur maître d'armes était en train de leur chiper le plus beau de leurs trois adversaires possibles.

Terèz tira son épée, abaissa sa visière et fit avancer son cheval au pas dansant. Le maître d'armes souleva nonchalamment son bouclier et…

— Non !

Le cri strident de la princesse les arrêta net. Dame Sybille avait soulevé le rideau de sa litière.

— Arrêtez !

Son bras tendu désignait une silhouette qui sortait du désert au grand galop. À en juger par son armement, c'était un Mongol. Il brandissait son sabre courbé de la même manière que ce peuple de cavaliers. L'agitation s'empara des rangs de la division, mais c'est le capitaine Dungai qui sauta tout d'un coup de son cheval et se prosterna au sol.

— Notre roi ! lança-t-il à ses hommes. Notre jeune roi est de retour !

Pons avait lui aussi reconnu le cavalier du désert, bien qu'il ne l'ait encore jamais rencontré.

— Roç Trencavel ! fit-il d'une voix déformée par l'enthousiasme. Ça ne peut être que lui ! Trencavel, notre héros !

Roç, à cheval, portant l'armure de Khazar, fit un saut impressionnant pour entrer dans le carré et se laissa glisser de sa selle, épuisé, aussitôt entouré par les trois Occitans. Pons fut le seul à lui donner l'accolade. Terèz, lui, reculait avec élégance et Guy de Muret luttait encore avec sa conscience d'ancien homme d'Église. C'était donc lui, le Trencavel, cet hérétique que le patriarche souhaitait tellement envoyer en enfer ! Les deux princes seldjoukides et leur maître d'armes étaient ahuris : plus personne ne s'occupait d'eux. Les Mongols les repoussèrent en acclamant le chevalier étranger qu'ils appelaient le « roi Trencavel ». Lorsque Alp-Kilidj et Kaikaus comprirent que nul ne les remarquerait s'ils se séparaient de leur escorte, ils firent un signe à leur maître d'armes consterné et s'éloignèrent. Fous de colère, ils s'en allèrent à cheval en traversant le désert. On ne prêta pas la moindre attention à leur disparition.

Roç, « le grand héros » qui ne comprenait absolument pas pourquoi on lui faisait tant d'honneur, accueillit froidement toute cette excitation. On lui témoignait enfin le respect que l'on devait au « Trencavel » et auquel il avait si longtemps aspiré. Unique goutte d'amertume dans ce nectar, tout le monde l'interrogeait déjà à propos de Yeza. Même sans être présente, c'est elle qui attirait immédiatement la curiosité, c'est à elle qu'on donnait son affection ! Pour obtenir un jour une reconnaissance comparable, il lui faudrait accomplir les exploits d'un Hercule ! Les trois Occitans arrachèrent Roç aux bras des Mongols qui l'entouraient et le menèrent vers la princesse. Elle descendit de sa litière pour remercier son sauveur, le serra longuement dans ses bras et l'embrassa. Alais lui tendit une boisson rafraîchissante en rougissant et en baissant ses yeux bleus. Le capitaine des Mongols se rappela la mission que lui avait confiée Kitbogha. En la personne du Trencavel, Dungai avait tout de même retrouvé la première moitié du Couple Royal. Il s'inclina à plusieurs reprises devant Roç et lorsqu'il fut enfin parvenu à capter son attention, il lui annonça son projet d'une voix ferme :

— L'armée des Mongols vous prie de considérer à nouveau son campement comme le vôtre ! (Constatant la mauvaise humeur des Occitans, Dungai haussa le ton.) Vous me voyez prêt à vous conduire là où l'illustre Il-Khan Hulagu et son épouse Dokuz Khatun attendent déjà avec impatience le Couple Royal !

Ses derniers mots étaient déjà recouverts par la protestation unanime des Occitans, à laquelle s'ajouta la voix métallique de la princesse Sybille.

— Il n'en est pas question ! s'exclama-t-elle d'une voix sans appel. Vous nous accompagnerez à Antioche, très cher Trencavel ! Vous y serez le plus éminent de tous mes chevaliers et vous partagerez ma table !

Cette perspective séduisit le Trencavel, d'autant plus que Terèz, Guy et Pons dressaient à présent une barrière humaine autour de lui, afin d'empêcher les Mongols d'enlever leur héros. Le capitaine Dungai voyait la peau de l'ours s'éloigner à grands pas.

— Nous avons déjà envoyé une expédition qui ramènera votre princesse Yeza, si bien que le Couple Royal sera réuni sur son trône…, s'exclama-t-il fièrement.

— Yeza !

Roç savait ce qu'il en était, mais n'en dit pas un mot. Cette nouvelle le décida à choisir Antioche et les trois Occitans. Quoi qu'il arrive à sa *damna*[10], cette nouvelle escorte lui permettrait de retrouver Yeza. Alors il la libérerait et ne l'abandonnerait plus jamais !

— Faites savoir à mon paternel ami, votre commandant en chef, répondit-il à Dungai, que je me rendrai l'heure venue dans le camp des Mongols si la princesse s'y trouve effectivement !

Les deux groupes se séparèrent. La division mongole reprit sa marche vers Palmyre, car c'était la seule solution qui restât au capitaine s'il ne voulait pas se présenter les mains entièrement vides devant son commandant en chef.

La petite troupe des voyageurs reprit sa route dans la direction opposée pour rejoindre le nord de la Syrie en passant par Homs. Roç avançait à côté de la litière de la tempétueuse Sybille. Terèz était très content que l'Arménienne ait cessé de s'intéresser à lui. Sa fidèle Bérénice l'attendait à Antioche, elle savait deviner l'infidélité conjugale et n'avait pas l'habitude de fermer les yeux sur ce genre d'incartades. Et puis cette rencontre surprenante avec le Trencavel promettait une foison de nouvelles aventures. Il était sur ce point d'accord avec ses compagnons Guy et Pons : avec Roç et Yeza, ce serait le retour du bon vieux temps. Car les Occitans ne doutaient pas un seul instant que tous deux seraient bientôt réunis pour former à nouveau le Couple Royal !

Roç dut en revanche surmonter ses scrupules : le chemin qu'il empruntait à présent était-il le bon ? N'était-il pas en train de trahir Yeza ? Mais son égoïsme prit le dessus : après ce parcours exténuant et les humiliations qu'il avait subies, n'avait-il pas mérité un peu de confort ? Pourquoi aurait-il eu mauvaise conscience ? Yeza profitait peut-être pleinement de leur séparation. Elle parviendrait sans doute mieux que lui à supporter ce destin.

La caravane portant le tapis avança pendant des jours dans le désert. Yeza était seule en tête, sur le dos d'un chameau que les nomades seldjoukides lui avaient laissé de bon cœur après l'avoir vue s'imposer de manière tellement impressionnante face à El-Aziz. Pour les Seldjoukides, le fils du sultan de Damas avait définitivement perdu la face. S'ils le toléraient encore auprès d'eux, c'était par respect pour l'émir El-Kamil, qui les avait rassemblés afin d'assurer ce transport. Leur honneur ne leur permettait pas d'abandonner la mission qu'ils avaient acceptée. Ils ne tenaient cependant pas à avoir sous le nez pendant toute la chevauchée El-Aziz, cet oiseau de mauvais augure. Raison pour laquelle il formait désormais l'arrière-garde de la caravane, flanqué de son cuisinier et de son maître du bain.

Yeza ne savait que faire. Le chemin qu'ils avaient pris s'achèverait un jour devant les trônes du Il-Khan et de Dokuz Khatun dans le campement des Mongols, où qu'il se trouve. Or elle ne voulait justement à aucun prix revenir dans les bras bienveillants de ces parents de substitution. Dans quelle autre direction pouvait-elle se tourner? Elle n'avait pas de famille qui l'attende. À vrai dire, elle n'avait que Roç, et elle l'avait perdu, il avait vraisemblablement renoncé à elle, il devait lui en vouloir terriblement. Yeza était disposée à assumer toute la faute, prête à demander pardon à son chevalier, et Roç serait forcé de le lui accorder, magnanime – si ce n'est qu'elle devait d'abord le retrouver. Et un homme avide d'action comme l'était Roç Trencavel ne séjournerait certainement pas plus longtemps que nécessaire ici, dans cet Orient désolé. Il avait dû se diriger vers la côte plus animée où le combat, l'aventure et les belles femmes l'attendaient dans tous les châteaux forts et dans tous les ports.

Ils atteignirent l'Euphrate. Ils ne trouvèrent pas de bac pour le franchir; les paysans qui cultivaient leurs champs sur les rives fertiles leur indiquèrent en revanche de bon cœur l'existence de gués plus loin au sud, là où la route qu'empruntaient les marchands entre Palmyre et Bagdad croisait l'Euphrate. Ils remontèrent le long du fleuve jusqu'à ce que celui-ci s'élargisse et perde de la profondeur. Des bosquets de citronniers, des figuiers qui s'étalaient et de hauts palmiers s'étendaient sur les deux rives. Parfois, celle d'en face était tellement éloignée qu'on discernait à peine les gens et les animaux de l'autre côté. Yeza insista pour être la dernière à traverser le fleuve. Elle n'avait pas envie d'attendre une fois de plus l'arrivée de ce maudit tapis ; elle voulait surtout garder une chance de pouvoir se séparer de la caravane, et par là même de son « sauveur et libérateur », El-Aziz. La seule intention de ce gamin écervelé supposait-elle à juste titre était de livrer la princesse aux Mongols, aussi vite que possible. Peut-être ce crétin espérait-il qu'en récompense, le Il-Khan l'introniserait sultan de Damas et lui donnerait de surcroît la main de Yeza pour qu'elle devienne sultane. Grotesque !

La caravane, les animaux portant le tapis enroulé, leurs cornacs et le reste de l'escorte à cheval furent les premiers à entrer dans les flots qui montaient à peine à la hanche. Ils avaient recruté un homme des environs qui connaissait le gué et savait éviter les hauts-fonds. El-Aziz voulut les suivre sur-le-champ avec ses deux accompagnateurs et convia Yeza, en lui faisant de grands signes, à se joindre à eux. La princesse ne prit même pas la peine de leur répondre. Installée avec son chameau en haut d'une butte, à l'ombre des palmiers, elle feignit de ne voir ni leurs gesticulations, ni leurs cris. Rêveuse, elle avait le regard fixé sur le cours paresseux de l'Euphrate. La caravane avait déjà atteint le milieu du fleuve lorsque El-Aziz cessa d'appeler Yeza et ordonna à ses deux serviteurs de ne plus se soucier de cette entêtée. Ils entraînèrent aussitôt leurs animaux derrière les nomades qui traversaient le fleuve. Yeza, immobile, regarda les deux groupes s'estomper peu à peu sous ses yeux, comme si l'autre rive les avait avalés. Faute de plan et n'ayant pris aucune décision, elle se contentait d'attendre. Ou bien El-Aziz s'imposait auprès des nomades et renvoyait suffisamment d'hommes pour forcer la princesse à les suivre. Ou bien il n'y parvenait pas. Alors elle serait libre mais deviendrait aussi une proie, comme toute femme voyageant seule dans ces contrées. Elle ne s'attendait pas sérieusement à ce que la première possibilité se réalise : les relations entre le fils du sultan et les Seldjoukides ne permettaient pas de penser que ceux-ci interviendraient en sa faveur. Ils accomplissaient la tâche qu'ils s'étaient engagés à mener à bien, le transport du précieux kilim. Il n'avait jamais été question d'une princesse, c'était le problème privé d'El-Aziz et ils n'avaient aucune intention de s'en mêler. Yeza fut d'autant plus effrayée en voyant, sur la rive opposée, un groupe imposant de chameliers se détacher de la caravane et retraverser le gué en formation dispersée. Lorsqu'ils approchèrent, elle comprit que c'étaient les nomades qui se dirigeaient vers elle et qu'ils avaient laissé le tapis derrière eux. Prendre la fuite à présent n'avait aucun sens, les chameliers la poursuivraient comme des guépards traquant une gazelle. Si elle restait sur place, en revanche, elle éviterait de faire monter en eux la fièvre du chasseur. Les premiers nomades atteignirent les berges inclinées du fleuve. Bien qu'ils aient certainement vu Yeza, ils ne lui prêtèrent pas la moindre attention, regardant au loin, l'air furieux, comme si la jeune femme n'existait pas. Ils passèrent devant elle sans la saluer et lorsque le dernier des Seldjoukides eut atteint la terre ferme et suivi les autres, Yeza se retrouva toute seule, interloquée. Que s'était-il passé ? L'eau brun vert de l'Euphrate coulait toujours à ses pieds. Elle regarda l'autre côté du fleuve, pensant qu'elle y trouverait forcément la solution de l'énigme. Mais elle avait beau serrer les paupières pour distinguer les détails de la végétation dense qui recouvrait le rivage, elle ne voyait rien bouger de l'autre côté. El-Aziz avait-il compris que son rêve stupide de gamin ne serait jamais exaucé, était-il parti en renonçant à la princesse convoitée ainsi qu'au kilim, qui n'avait dès lors plus aucune importance ? S'était-il querellé avec les nomades, avaient-ils refusé de traîner le tapis jusqu'au campement des Mongols ? Yeza fit avancer sa monture jusque sur la plage du fleuve et s'y promena à dos de chameau, visible de tous, pour vérifier si quelque chose bougeait de l'autre côté. Rien ! Ce fils de sultan n'était tout de même pas assez stupide pour croire qu'il pouvait lui tendre un piège ? Même avec l'aide de son cuisinier et de l'eunuque, ils étaient incapables de capturer une femme comme Yeza ! Les trois héros avaient sans doute filé depuis longtemps. Yeza ne vit aucune raison de perdre plus de temps et fit avancer sa monture dans l'eau. Elle avait à peu près mémorisé le chemin qui permettait de passer à gué, mais elle laissa à son chameau le soin d'avancer précautionneusement sur les bancs de sable qui se succédaient. Après tout, rien ne pressait.

Yeza n'avait pas encore atteint le milieu du fleuve lorsque trois ou quatre cavaliers surgirent des bosquets devant elle et lancèrent leur monture dans les flots argileux sans respecter l'axe sous lequel serpentait le gué invisible ; ils décrivirent un grand arc de cercle, comme s'ils voulaient éviter de croiser la cavalière solitaire. Yeza ne leur prêta pas beaucoup d'attention, bien qu'elle ait remarqué que, s'ils n'étaient pas lourdement chargés comme l'auraient été de simples voyageurs, ils étaient en revanche bien armés. Elle pensait qu'ils allaient s'expliquer, mais constata que dans son dos, les cavaliers se dirigeaient vers l'entrée du gué, comme s'ils voulaient lui couper sa seule possibilité de repli. Ils ne donnèrent pas non plus longtemps l'impression de vouloir traverser le fleuve. Yeza les sentit se rapprocher peu à peu. Elle accéléra donc la marche de son chameau pour regagner la terre au plus vite, car l'idée d'être attaquée de dos et dans l'eau par ces guerriers la mettait mal à l'aise. Elle se demandait encore quelle feinte lui permettrait de se débarrasser de ses poursuivants lorsque à sa gauche, sur la rive, apparurent trois cavaliers qui s'efforçaient manifestement de lui barrer la seule issue restante. Sur les derniers mètres, elle fouetta sa monture, l'eau giclait, elle bondit sur le sable sec qui, sur une longue distance, donnerait à son chameau aux larges sabots un avantage certain sur les chevaux. Yeza fit faire demi-tour à l'animal ; elle vit alors que ses poursuivants avaient quitté le fleuve et se dirigeaient déjà vers le rivage, à sa droite. Elle monta donc sur les dunes qui s'élevaient face à elle. Le chameau prit peur et Yeza se figea : à ses pieds, trois têtes sortaient du sol comme d'étranges champignons : celle d'El-Aziz, flanqué de ses accompagnateurs, tous enterrés jusqu'au cou dans le sable. Yeza frissonna, puis força le chameau à franchir l'obstacle pour atteindre la végétation où elle serait à couvert. En entendant les branches craquer à sa droite comme à sa gauche, elle comprit que le piège se refermait : les chasseurs l'avaient déjà prise en tenailles, ils poussaient sans se montrer leur proie dans la direction désirée. Les branches des buissons leur cachaient son visage mais Yeza crut percevoir leurs rires. Ces inconnus se moquaient-ils d'elle ?

Le bois laissa brutalement place à de vastes champs cultivés. Au beau milieu, juste devant elle, on avait déroulé le tapis ! Yeza brida subitement sa monture. Elle ne ferait pas un pas de plus. Elle avait enduré la chaleur, la fatigue, les privations, tout cela pour être confrontée à cette vision ? Un voile noir se déploya devant les yeux de Yeza, elle ne savait pas si elle était encore capable de donner à son chameau, qui l'avait jusqu'ici fidèlement portée, l'ordre de s'agenouiller. Elle dévala dans des profondeurs abyssales…

Elle vit la tête de Roç dépasser du sable, elle-même risquait d'être engloutie par la dune ; dans un premier temps ce furent seulement ses pieds, puis le sable entoura ses mollets, elle se laissa tomber à genoux. Incapable de faire un pas de plus, elle se jeta sur le ventre et tenta de dégager à mains nues la tête de son bien-aimé, le sable qui lui coulait entre les doigts comme l'eau d'un torrent réduisait ses efforts à néant. Dans son désespoir elle attrapa la chevelure bouclée de Roç pour le tirer de ce maelström et se retrouva avec sa tête coupée entre les mains ! C'est à ce moment-là que Yeza se réveilla.

Le fer faisait tinter le fer, les lames affûtées grinçaient les unes contre les autres en attendant qu'un coup frontal mette un terme aux cris de l'acier. Sur le tapis, deux jeunes hommes s'affrontaient et ce qui ressemblait à un jeu cruel était devenu depuis longtemps un combat à mort. Tout ce qui avait précédé cette scène s'était perdu dans le trou noir qu'avait traversé Yeza pendant sa perte de conscience. La jeune femme ne connaissait aucun de ces deux hommes, mais elle comprit aussitôt qu'elle était l'enjeu de ce combat. On l'avait installée sur la selle de son chameau, que l'on avait surélevée au moyen de sacs de nourriture et des couvertures : une sorte de trône improvisé pour la princesse. Hormis Yeza, il n'y avait personne sur le kilim. Assis à sa droite et à sa gauche, à bonne distance du rebord du tapis, les amis et partisans de chacun des deux duellistes suivaient avec une extrême tension chaque feinte et chaque attaque. Mais ils semblaient tenus de ne faire entendre ni leur joie, ni leur effroi. Seuls leurs visages et leurs gestes exprimaient leur excitation ; ils enregistraient en tressaillant les coups douloureux et leurs yeux brillaient quand l'un d'eux avait brillamment réussi une esquive.

Face à Yeza se tenait le seul homme debout, un barbu d'un certain âge, portant un burnous[11] noir : Rhaban, le maître d'armes des princes seldjoukides. Alp-Kilidj et Kaikaus avaient sans doute dû, au début de leur échange, choisir le côté droit ou gauche pour Yeza du kilim utilisé comme périmètre de combat. C'est en tout cas ce que suggérait le comportement de leurs partisans respectifs. Car la position des deux hommes changeait désormais à chaque bond qui leur permettait d'éviter un coup porté au genou, à chaque parade bloquant un mouvement fulgurant de la lame vers leur gorge. Comme des acrobates, ils se laissaient tomber en arrière tout en faisant tournoyer leur cimeterre vers leur adversaire. Ils paraient les attaques, même les plus téméraires, d'une simple pirouette, sans se servir de leur précieuse lame en acier de Damas. Ils donnaient à l'assistance une grande leçon d'escrime. Leur maître aurait pu être fier de ses élèves s'il n'avait pas senti, et il était peut-être le seul, avec Yeza, à l'avoir compris, que chacun des combattants avait depuis longtemps d'autres intentions que de faire jeter son arme à son adversaire. Chacun des deux frères en voulait désormais à la vie de l'autre, et cette folie animait sans doute encore plus l'impétueux Kaikaus qu'Alp-Kilidj. Tous deux saignaient déjà abondamment par les blessures qu'ils portaient aux bras, aux épaules et en travers de la poitrine. Rhaban, le seul à porter ouvertement une lame de Damas ciselée alors que tous les autres avaient dû se défaire de leurs armes avant le combat, se vit contraint d'intervenir. Il bondit sans crainte entre les deux hommes.

— Il n'y a pas de vainqueur entre vous, mes princes, avertit l'homme aux cheveux gris avec un calme étonnant tout en ôtant d'un geste foudroyant le cimeterre de la main de Kaikaus. En revanche, si nous continuons, l'un d'entre vous sera bientôt mutilé et se videra de son sang !

Le maître d'armes au corps sec et musclé laissa Alp-Kilidj, qui s'apprêtait à profiter de l'intervention de son enseignant, courir jusqu'à deux doigts de la pointe de sa lame, et la lui plaça par surprise sous le menton. Effrayé, celui-ci tenta d'attraper le cimeterre avec la main et se l'entailla.

— Vous intervenez avec beaucoup d'arrogance, Rhaban ! se rebiffa Alp-Kilidj, furieux, en lui tendant la paume ensanglantée de sa main. Mais vous n'aurez bientôt plus à donner votre avis.

— Seul l'un d'entre nous peut gagner la mise, constata Kaikaus d'une voix de stentor après avoir repris son cimeterre. Et celui-là ne pourra se réjouir de sa prise que si le perdant a payé de son sang !

— Je vous en prie, mes princes !

Le vieux Rhaban s'adressait aux deux coqs, mais son regard cherchait Yeza, et celle-ci ne bronchait pas. Elle regardait froidement les deux garçons qui la prenaient pour un simple trophée, une gazelle passée en courant sur leur chemin et qui devait revenir au chasseur victorieux ! Elle se rappela les esprits du tapis, une lueur de cruauté brilla dans ses yeux et son sourire tourna à la pure et simple provocation. Les jeunes hommes prirent cela comme un défi.

— Rhaban ! s'exclama Alp-Kilidj avec une force inhabituelle. Ne vous placez pas entre moi et Kaikaus, lequel n'a toujours pas compris qui va verser son sang ici !

Cette tirade mit en fureur le plus jeune, qui reprit sur le même ton.

— Quittez le tapis ! Vous êtes depuis très longtemps notre maître d'armes, mais vous n'avez jamais été notre seigneur !

Rhaban comprit qu'il ne pouvait espérer le soutien de Yeza. Il ne quitta cependant pas sa place entre les deux garçons.

— Posez votre arme et mettez-vous de côté !

Alp-Kilidj dévisageait son frère. Une fois n'était pas coutume, il était d'accord avec lui.

— C'est un ordre, Rhaban ! lança-t-il à son enseignant. Je vous somme d'obéir !

Le maître d'armes lança son cimeterre sur le tapis, s'inclina devant les deux hommes puis devant Yeza, avant de quitter le kilim à reculons, l'air impassible. Il s'installa à l'endroit où il tenait jusqu'alors le rôle d'arbitre et regarda fixement Yeza, de l'autre côté, comme si ses deux élèves étaient devenus transparents.

Sans dire un mot de plus, Alp-Kilidj s'inclina et éloigna le cimeterre du maître comme un bâton gênant qui leur serait tombé entre les pieds. L'arme glissa sur le kilim et s'arrêta devant Yeza. Celle-ci ne bougea pas, ni à cet instant, ni au moment où les deux princes seldjoukides recommencèrent à se battre comme des fauves. Ce qui se passait sur le tapis ne la concernait plus, c'était désormais l'affaire des djinns. Cela la plaçait en revanche dans une situation désagréable : Yeza, bien malgré elle, fut prise d'une compassion profonde pour le vieil homme condamné à l'impuissance. Le chagrin qu'elle lisait dans ses yeux, son dos courbé lui révélaient à quel point le maître souffrait de voir les deux frères utiliser tout ce qu'il leur avait appris depuis l'enfance pour s'assassiner l'un l'autre. Il aurait bien entendu pu intervenir, oublier sa position de serviteur et de sujet, éviter le pire, au moins pour cette fois, en prouvant la supériorité de son art. Mais l'humiliation que venaient de lui faire subir Alp-Kilidj et Kaikaus l'en empêchait. Et Yeza, qui aurait tout aussi bien pu apaiser la querelle et les esprits échauffés, s'affirmer dans son rôle de reine de la paix, Yeza savait que c'était ce kilim qui appelait le mal. Une fois que les deux princes se furent débarrassés de la tutelle et donc de la surveillance de leur maître, ils abandonnèrent toutes leurs inhibitions et toutes les règles du combat chevaleresque. La lame d'Alp-Kilidj dessina un mince trait rouge sur le cou de Kaikaus. Le sang gicla de l'artère blessée. Kaikaus se laissa instinctivement tomber vers l'avant, comme s'il cherchait les bras de son frère, dont le coup suivant s'abattit aussitôt sur lui. Kaikaus s'écroula à genoux devant lui. Alp-Kilidj trébucha sur l'obstacle, ses yeux s'écarquillèrent, marquant un étonnement sans bornes lorsque la lame du cimeterre de son frère lui déchira les entrailles. Kaikaus tint fermement le pommeau de son arme jusqu'à ce que l'hémorragie le prive de toutes ses forces et lui fasse perdre conscience. Les deux frères semblèrent s'embrasser une dernière fois dans l'agonie, puis la mort les coucha tous deux l'un à côté de l'autre sur le kilim, tête-bêche, comme deux ennemis définitivement irréconciliables.

La « salle des Normands », dans le château du prince d'Antioche, était sobre et sans ornement. On trouvait certes des deux côtés, sous les hautes fenêtres, des bancs de pierre scellés devant de longues tables de chêne, mais les seuls meubles étaient les tabourets installés sur l'estrade tout autour du trône de marbre. C'est sur ces sièges austères que le jeune prince et son beau-père, le roi d'Arménie, menaient leur entretien confidentiel. Bohémond aurait été extrêmement gêné de s'asseoir au-dessus de Hethum, un homme bien plus âgé que lui. Sa suite et la cour du prince étaient réparties en petits groupes dans la grande salle. La princesse Sybille, épouse de Bohémond et fille d'Hethum, venait de quitter les lieux après avoir fait constater avec colère que son « sauveur », le noble chevalier Roç Trencavel, n'avait toujours pas reçu de la cour l'accueil qui lui revenait et n'avait pas été remercié pour son acte généreux. Manifestement, c'est son père qui en portait la responsabilité. Quant à Bohémond, elle lui reprochait d'être comme toujours incapable de prendre son parti !

— Il l'a sauvée de qui ? se moqua le roi Hethum derrière le dos de sa fille. En écoutant le récit confus qu'elle m'a fait de ce prétendu « acte héroïque », je n'ai pas eu l'impression que les Mongols aient eu le moindre geste hostile.

— Roç Trencavel est comme un frère pour moi, répondit vivement Bohémond au vieux roi.

Celui-ci ne dissimulait pas la méfiance que lui inspirait l'apparition du Trencavel à Antioche et plus généralement son aversion pour le Couple Royal.

— Un aventurier tombé du ciel ! fit-il avec mépris. Dans le meilleur des cas une pièce de jeu d'échecs dans une partie incompréhensible ! (Le roi Hethum posa paternellement sa main baguée sur le genou de Bohémond.) Pour ce Trencavel, votre royaume est aussi alléchant qu'un pot de miel pour le jeune ours ! expliqua-t-il. À Jérusalem, les ambitions de ce fou que l'on a proclamé « roi » ont été réduites à néant. À Acre, les barons n'ont pas voulu de ce souverain par la grâce du Il-Khan. Il ne lui reste donc plus qu'Antioche, la suave et magnifique Antioche ! affirma Hethum. À votre place, si je savais Roç Trencavel dans mes murs, je ne ferais pas un pas hors de la principauté et de la ville !

Bohémond éclata de rire.

— N'est-ce pas vous, Hethum, qui tentez depuis des jours de me convaincre de vous accompagner au plus vite dans le camp des Mongols afin de me prosterner devant Hulagu ? (Le jeune prince bondit sur ses jambes.) C'est bien volontiers que je resterai ici avec mon ami et frère de sang Roç Trencavel, auquel je vais immédiatement rendre visite dans ses quartiers pour le remercier du service chevaleresque qu'il a rendu à ma chère épouse…

L'Arménien, habitué aux intrigues, comprit qu'il n'avait pas choisi la bonne méthode et en adopta une autre :

— Je connais ma fille, répondit-il avec un méchant sourire, elle saura bien trouver un moyen de récompenser le héros.

Dès qu'il eut semé la graine du doute, il devint mielleux, comme si rien ne pouvait troubler ses pensées, surtout pas l'idée d'une possible infidélité conjugale de sa fille Sybille.

— Après tout, c'est peut-être une bonne idée de faire du Trencavel le gardien et le protecteur de votre épouse et de votre jeune fille ; il veillera sur elles lorsque vous effectuerez à côté de moi le long voyage qui nous mènera chez le Il-Khan.

Bohémond lança à son beau-père un regard étonné, s'interrogea un instant sur ce revirement et quitta rapidement la salle des Normands.

Le prince avait attribué comme quartiers aux trois Occitans les deux tours de garde situées à droite et à gauche de la porte de Saint-Georges. Non qu'il les ait considérés comme des gardiens particulièrement efficaces, mais il voulait leur offrir le chemin le plus rapide pour atteindre, depuis la grande porte, le port de Saint-Symeon. S'ils allaient s'y livrer à la débauche, il aurait moins de problèmes avec le clergé de la ville, à commencer par le patriarche. Dès qu'il était revenu de ce voyage avec son épouse Sybille, Bohémond avait découvert que Guy de Muret, jusque-là confesseur de son épouse, avait rallié ses compatriotes. Cela ne l'étonnait pas : il soupçonnait depuis longtemps le dominicain d'être l'amant de la jeune Alais, la servante aux seins tendres de sa femme Sybille. Le patriarche allait être hors de lui ! Ce qui était choquant, ce n'était pas tant que Guy de Muret ait renoncé à sa bure de moine mais qu'Alais soit une *moslemah* qui n'avait en aucun cas abjuré la foi du prophète Mohammed. L'union d'un ancien moine et d'une Syrienne païenne ! Bohémond se serait volontiers débarrassé de ce bagage ramené du sud-ouest de la France, région où la débauche et l'hérésie faisaient bon ménage. Il enviait ces Occitans pour la liberté qu'ils s'arrogeaient : ils gigotaient comme des vers dans le lard d'Antioche et profitaient de l'hospitalité du prince.

Cela allait changer avec la réapparition du Trencavel. On demanda aux chevaliers occitans de prêter serment de fidélité au Couple Royal et de jurer de servir en chevaliers la damna, la princesse Yeza. Ils en parlaient avec tant d'enthousiasme que Roç sentit la jalousie pointer en lui.

— Et il n'existe aucun endroit, Roç Trencavel, insista Terèz, où la princesse vénérée aurait pu chercher refuge ?

— Nous partirions immédiatement pour l'y retrouver ! fit Pons.

Lui et ses amis étaient assis dans la chambre la plus élevée du donjon, la fenêtre leur offrait une belle vue sur cette ville puissante qui avait su entourer son confort de murailles et de tours.

Ces questions déplaisaient à Roç. Il n'avait aucune envie de parler du kilim et du sombre émir. Le rôle qu'on l'avait forcé à jouer lui inspirait trop de honte.

— Là où elle était, elle ne se trouve plus aujourd'hui, songea-t-il à voix haute. Ma damna est tout à fait capable de décider seule de sa destination – elle est peut-être déjà en route pour Antioche.

Roç s'étira paresseusement. Mais ses nouveaux amis n'acceptaient pas l'idée d'attendre sans rien faire.

— Dans ce cas chevauchons à leur rencontre ! proposa Pons, qui avait grand besoin d'action.

— Si nous considérons, résuma Terèz, que la princesse ne veut en aucun cas se rendre chez les Mongols…

Puis il se tut. Le manque d'informations le rendait perplexe.

— Nous devrions peut-être demander conseil à nos épouses, proposa Pons.

Lui ne courait pas grand risque : il était veuf. Les autres ne répondirent pas.

Bérénice et Alais se trouvaient auprès de la princesse. Guy de Muret avait accompagné la femme de son ami Terèz de Foix au château dans la matinée. Il était convenu que chaque jour, l'un d'entre eux se rendrait

« à la cour » pour présenter leurs hommages collectifs au prince Bohémond et s'assurer de sa bienveillance.

Des cavaliers s'arrêtèrent au pied de la tour. Les Occitans regardèrent vers le sol et constatèrent que le prince leur faisait la surprise d'une visite. Terèz et Pons bondirent, Roç se leva tranquillement, mais assez vite pour pouvoir serrer dans ses bras Bohémond qui montait l'escalier en trombe. Leur accolade dura longtemps, posant plus de questions qu'elle n'apportait de réponses. Le prince se détacha enfin et se contenta de demander :

— Et Yeza ?

Ravalant sa colère, Roç accepta de répondre :

— Si vous, mon cher frère, acceptez de mettre à ma disposition les trois seigneurs qui vous accompagnent, je me lancerai à la recherche de ma chère damna !

La silhouette de Roç s'était raidie. Le jeune prince ne tergiversa pas :

— Je vous donne même dix chevaliers supplémentaires, Roç Trencavel, avec leurs chevaux et leurs écuyers, pour que votre quête, qui est aussi la nôtre, soit couronnée de succès. (La générosité de son geste émouvait beaucoup plus Bohémond que son bénéficiaire.) J'aurais aimé que mes obligations me laissent la liberté de partir avec vous pour cette noble campagne !

Pour cacher les larmes qui lui montaient aux yeux, il serra le Trencavel dans ses bras sans rien dire, se retourna et redescendit l'escalier. Roç le suivit du regard.

— Il semble que ce noble prince soit très pressé de se débarrasser de nous ! grommela-t-il.

Terèz et Pons relevèrent avec gêne cette expression d'ingratitude et regardèrent vers la fenêtre. Le Trencavel n'avait pourtant pas tort : on les avait bel et bien jetés dehors !

Guy de Muret apparut peu après.

— Le roi d'Arménie ajoute cinq cavaliers à votre escorte, annonça-t-il. Il demande en contrepartie que vous quittiez Antioche demain matin. (Roç ravala sa colère ; Guy continua, impassible :) La princesse Sybille vous informe que la hâte dont fait preuve messire son père ne vaut pas pour cette nuit (Guy adressa au Trencavel un clin d'œil sans ambiguïté), ni pour les suivantes. Elle vous attend dans vos appartements !

Ce fut Roç, cette fois-ci, qui dut éviter les regards salaces des Occitans. Guy acheva sa mission :

— Le prince Bohémond nous demande à tous de nous présenter d'ici une heure dans la cour du château afin qu'il puisse prendre congé de nous, et surtout de vous, Roç Trencavel. Le roi Hethum tient à montrer aux ambassadeurs des Mongols, qui sont déjà arrivés, qu'Antioche répond avec le plus grand empressement à leur demande d'allégeance.

Roç avait écouté calmement. Qu'il le veuille ou non, il devait à présent prouver qui était le chef.

— Cela fait beaucoup à la fois ! soupira-t-il en pensant à la chair chaude de la princesse arménienne.

Mais il se reprit aussitôt et redevint le héros que l'on voulait voir en lui.

— Faites vos paquetages ! ordonna-t-il. Et préparez-vous à aller tenter la grande aventure !

YEZA AVAIT ÉCHANGÉ SON CHAMEAU contre un cheval. La mort des deux princes lui avait même laissé le choix entre leurs deux nobles étalons. Pour les Seldjoukides qui avaient accompagné les fils de leur sultan jusqu'à leur fin terrible, Yeza était la seule héritière possible – ils la considéraient en quelque sorte comme la veuve des deux garçons. Rhaban, le vieux maître d'armes, avait été le premier à se rallier à elle, dès qu'Alp-Kilidj et Kaikaus avaient été menés à leur dernier repos. Personne ne proposa de revenir aux rives de l'Euphrate : tout ce qui s'était passé là-bas relevait du passé, notamment le kilim taché de sang auquel nul ne voulait plus toucher. Ils abandonnèrent ce tapis sans le moindre regret. Cela convenait tout à fait à Yeza, qui chevauchait à la tête de la petite troupe. Elle n'aurait jamais abordé d'elle-même la question des trois têtes émergeant du sable, sur la rive, mais le maître d'armes, qui avançait un peu en biais derrière elle, jugea qu'il devait une explication à sa nouvelle maîtresse. Rhaban fit un récit rapide. Les nomades de la tribu des Seldjoukides dont les chameaux avaient porté le tapis avaient reconnu dès le premier instant Alp-Kilidj et Kaikaus, les fils de leur sultan. De l'interrogatoire brutal d'El-Aziz, qu'on avait immédiatement ligoté, il ressortit rapidement que le fils du sultan de Damas se souciait moins du kilim que de la « princesse » qu'il avait laissée sur l'autre rive de l'Euphrate et qu'il attendait encore. Comme El-Aziz avait lâchement refusé de croiser le fer pour sa dame avec l'un d'entre eux, les fils du sultan avaient délivré les Seldjoukides de leur devoir de fidélité. Ils ne bougèrent donc pas le petit doigt lorsqu'on s'empara du prince. Ses deux accompagnateurs, sans doute son cuisinier et l'eunuque, furent forcés d'enterrer leur seigneur vivant et jusqu'au cou.

— Avant qu'on ne leur coupe la tête, ajouta le maître d'armes impassible, afin qu'ils restent ses serviteurs et l'accompagnent sur le chemin douloureux qui le mènera sûrement assez vite à la mort.

Yeza frissonna. Rhaban respecta son silence. Mais il faudrait bien qu'il lui demande à un moment ou à un autre dans quelle direction ils devaient avancer. C'était précisément la question qui occupait Yeza. Rien ne l'aurait poussée à retourner à proximité du kilim. Elle voulait retrouver Roç. Son unique point de repère, s'il n'était pas revenu auprès des Mongols, était Antioche. Tous deux y avaient un ami, le jeune prince Bohémond, avec lequel ils avaient jadis passé un pacte de fraternité.

Elle n'eut bientôt plus besoin de se poser toutes ces questions : ils approchaient de Palmyre, la ville-oasis, lorsqu'un groupe désordonné de chameliers vint à leur rencontre en agitant leurs sabres et en brandissant des bannières. Les bédouins ne paraissaient pas avoir d'intentions hostiles, bien au contraire. Ils bridèrent soudain leurs montures. Un homme de petite taille se détacha de leur groupe et se dirigea d'un pas maladroit vers Yeza, en faisant de grands gestes des mains :

— *Ô mon grand, mon unique amour !*

C'était Jalal al-Soufi, le derviche fou ! Depuis combien de temps ne s'étaient-ils plus vus ?

— *C'est de penser constamment à toi qui m'a tenu éloigné de ta personne !*

Depuis combien de temps n'avait-il pas gratifié Yeza des vers du grand Jalaluddin Roumi ?

— *Devant mes yeux toujours l'image de ton visage. Elle m'a rendu aveugle !*

Le petit derviche, que l'âge ne semblait pas avoir atteint, bondit, tout excité, devant le cheval de Yeza qui se cabra en hennissant, ce qui n'impressionna pas du tout Jalal al-Soufi.

— *L'amant est ivre de plaisir et de félicité il est libre et comme fou ! La passion le fait danser, il est ivre et furieux !*

Yeza sauta de son cheval et embrassa le petit homme, endiguant à grand-peine ce flot poétique. Elle retrouvait enfin un visage connu, une personne à laquelle elle pouvait faire confiance ! Elle désigna d'un mouvement de tête interrogateur la meute de bédouins en fête qui se tenait derrière le derviche. Et Jalal al-Soufi se mit à raconter, le souffle court.

Une division de Mongols s'était présentée devant Palmyre et avait exigé non seulement la soumission de la ville, mais aussi la livraison d'otages qui seraient acheminés dans le campement du Il-Khan. Cela suscita la mauvaise humeur des derviches qui constituaient la principale classe spirituelle et politique de la ville, mais réveilla aussi la fierté des tribus bédouines libres qui vivaient autour d'elle en nomades, y tenaient leurs marchés et y gagnaient leur vie comme caravaniers. Mais avant que l'insurrection n'éclate était arrivé un chaman, un étrange personnage accompagné par un ours et venu de nulle part. Il n'eut aucun mal à calmer les esprits échauffés, les Mongols l'acceptèrent comme ambassadeur et repartirent satisfaits en sa compagnie, avec une délégation chargée de cadeaux précieux. Auparavant, cet homme sage qui se nommait Arslan avait donné à Jalal une précieuse indication : Palmyre était le lieu choisi par les bons esprits pour les retrouvailles du Couple Royal.

— Comment ? l'interrompit Yeza avec émotion. Roç Trencavel à Palmyre ?

Le derviche se montra penaud.

— C'est ce qui aurait dû se produire ! fit-il en soupirant. Mais le capitaine des Mongols a dû admettre qu'il n'avait pas réussi à retenir Roç… (Yeza ne dissimula pas sa déception.) Alors qu'ils étaient seulement à quelques lieues de Palmyre, le Trencavel a préféré se rendre à Antioche avec quelques vieux amis.

— Je m'en doutais ! s'exclama Yeza, agacée. Une fois de plus, le pouvoir des méchants djinns lui gâchait son bonheur.

— Mais nous savions désormais, reprit Jalal al-Soufi, rayonnant, que vous arriviez, vous, Yeza, en provenance de l'Euphrate.

Elle ne répondit pas. Une profonde lassitude s'empara d'elle. Tout son combat avait donc été vain ? Pourquoi Roç devait-il de nouveau se montrer intraitable ?

— *Prisonniers de nos pensées lourdes comme du granit qui se balancent…*, récita le derviche comme s'il devinait les réflexions de Yeza. *Nous nous heurtons à des choses légères comme des plumes…*

Yeza eut l'impression d'être précipitée contre une paroi de coussins moelleux.

— *Vienne ce qui doit venir, puisque cela doit être !*

Elle écouta d'une seule oreille Jalal qui lui proposait de l'accompagner à Palmyre. Le petit derviche ne prenait pas vraiment au sérieux l'invitation qu'il lui avait faite en chantant et ne s'inquiétait donc pas de la réaction possible de Yeza. Il rayonnait de bonheur. Le haut clergé, ses frères derviches et les bédouins allaient eux aussi se réjouir. Il recommença à sautiller comme un oisillon.

— *Alors si nous sommes ivres de ce grand et unique amour*, poursuivit-il en jubilant, *vienne ce qui doit venir, puisque cela doit être !*

Yeza monta à cheval. Son destin était sans doute de garder la tête haute, d'où que provienne son énergie. Elle fit venir auprès d'elle le maître d'armes et les Seldjoukides restants. Elle demanda à ces derniers de revenir dans leur patrie, le lointain Turkestan, et aucun ne protesta. Le vieux Rhaban, en revanche, lui demanda instamment de le garder à son service. Il voulait la servir fidèlement : depuis la mort de ses deux princes, il n'avait plus de seigneur auprès duquel il pourrait se rendre utile. Yeza accepta et donna le signe du départ pour Palmyre.

À LA COUR DU CHÂTEAU DES NORMANDS, près d'Antioche, une nombreuse assemblée composée de tous les grands et de tous les chevaliers de la principauté s'était regroupée. Une bonne partie d'entre eux était venue escorter Bohémond qui, son beau-père y tenait beaucoup, ne devait pas se présenter devant le Il-Khan en pauvre quémandeur, mais comme un allié à part entière. Les autres étaient venus pour témoigner leur respect à Bohémond, même si beaucoup étaient choqués de voir que leur prince, qui n'avait pas même courbé la tête devant l'empereur de Byzance, devait à présent se prosterner devant ces barbares venus d'Extrême-Orient. Sans doute n'y pouvait-on rien. Ceux qui avaient vu l'avancée de l'armée mongole après la prise d'Alep firent taire ceux qui doutaient encore.

Roç eut du mal à se frayer un chemin jusqu'au prince et à son prestigieux entourage. Très peu le connaissaient, même si la plupart d'entre eux avaient déjà entendu parler du Couple Royal. Il entendit avec un certain effroi le roi Hethum proposer que Roç Trencavel se rallie à eux : cela impressionnerait certainement beaucoup les Mongols. Roç échangea avec Bohémond un regard désespéré qui dissuada celui-ci de donner suite à l'idée de son père (laquelle n'avait rien de spontané). Le prince n'avait de toute façon aucune envie de laisser le Trencavel l'éclipser devant le Il-Khan.

— Nous n'avons pas le droit de faire profiter nos amis de cette invitation..., dit-il avec une parfaite hypocrisie.

Roç accepta cette solution avec gratitude. Il prit congé en toute hâte et revint auprès de ses hommes. Hethum, toujours attentif, remarqua bien que les trois Occitans, armes et cuirasse à portée de main, chevaux bâtés, étaient prêts à partir sur-le-champ. D'un signe, il demanda à Guy de Muret de le rejoindre et lui proposa, avec une amabilité feinte, de faire au moins la première partie du trajet. Terèz de Foix, qui ne pouvait pas supporter cet Arménien, s'en mêla aussitôt et expliqua que pour l'instant, ils comptaient avancer vers l'est pour y rechercher la princesse Yeza. Par ailleurs, ajouta-t-il, son épouse Bérénice pouvait légitimement revendiquer qu'il passe la dernière nuit en sa compagnie. Hethum fut peu sensible à cet argument : il était incapable de comprendre ce que ce beau chevalier trouvait à cette espèce de chèvre maigre et blondasse, qui n'avait même pas de vraies fesses et qui aurait pu glisser sa poitrine plate sous n'importe quelle cuirasse ! Quoi qu'il en soit, d'autres se pressaient désormais devant lui. Le roi avait perdu le Trencavel des yeux.

La princesse Sybille se tenait à la fenêtre de son logis, qui donnait sur la cour. Elle avait promis à son époux d'agiter un mouchoir lorsqu'il franchirait la grande porte. Elle vit les chevaliers monter à cheval et les lourds battants du portail s'ouvrir. Sybille se pencha au-dessus de la rambarde et brandit son morceau de tissu. Son mari leva les yeux dans sa direction et la salua avec fierté. Les premiers chevaliers passèrent devant leur prince. Elle sentit une puissante main masculine lui lever la robe par-derrière et lui empoigner la cuisse.

— Continuez ! lui ordonna Roç en se rapprochant d'elle par-derrière.

Sybille se pencha encore plus et agita son mouchoir avec ardeur.

— Regardez donc votre fidèle épouse ! lança le roi Hethum à son gendre.

— La douleur de me voir partir si longtemps est tellement cruelle ! fit Bohémond, le torse bombé par la fierté.

Il se dressa sur ses étriers et répondit en gesticulant. Sybille l'avait sans doute vu, car elle étendit les deux bras comme pour l'embrasser une dernière fois. Bohémond dirigea son regard viril vers l'avant, le château et ses fenêtres disparurent de son champ de vision.

Le bonheur fragile de Palmyre

L'ANTIQUE VILLE COMMERCIALE DE PALMYRE, au cœur du désert situé au nord de la Syrie, fit à Yeza l'effet d'un agrégat bizarre constitué de ruines de temples et de colonnades qui témoignaient de l'ancienne richesse et du luxe passé de la ville. La véritable oasis, dont le bazar animé était toujours un carrefour des grandes routes caravanières, s'était étendue tout autour de cette zone de beauté effritée et de pouvoir déchu, mais l'avait laissée intacte. C'est là qu'habitaient les derviches, dans les deux sanctuaires encore à peu près intacts du dieu Baal[13] et d'Alilat[14], déesse protectrice de la sagesse et du commerce. Juste à côté se dressait le « palais » de la reine Zénobie, une souveraine à laquelle on vouait une ardente vénération et qui avait jadis osé défier les Romains, ce qui avait certes déclenché la mise à sac de Palmyre mais lui avait assuré une place éternelle dans le cœur des bédouins.

Soufi reconnu et aimé de tous, Jalal n'avait eu aucune difficulté à persuader les derviches du fait que leurs pauvres baraquements accueilleraient le retour de la grande Zénobie en la personne de Yeza – après tout, la menace que représentaient les barbares venus du lointain pays mongol était comparable à l'oppression que leur avaient fait subir autrefois les Romains honnis, lesquels n'avaient jamais disparu de l'esprit des habitants. Après avoir ainsi mis de son côté le haut clergé de la localité, il n'eut aucun mal à communiquer son ardeur aux bédouins et déclencha une véritable tempête d'enthousiasme : les caravanes de passage et les derviches eux-mêmes, toujours en pérégrination, avaient porté depuis longtemps jusqu'à Palmyre la renommée du Couple Royal, les légendaires « enfants de la paix ». Une foule en liesse attendait déjà Yeza à la lisière de la ville en ruine, et une délégation solennelle des derviches que la population locale considérait comme des prêtres accompagna la « reine » jusqu'au palais de Zénobie. Yeza put apprécier l'effet produit par l'absence de son royal époux : la faute aux Mongols !, disaient-ils tous. Beaucoup des bédouins présents dans la ville vinrent assurer Yeza de leur compassion envers son roi empêché. Pour comble de malentendu, les pleureuses commencèrent à se rassembler comme s'il fallait déjà se lamenter sur la perte de Roç. Des cris d'enthousiasme se mêlaient aux larmes inspirées du deuil, et dans ce tumulte personne ne comprenait plus un mot. Les enfants n'avaient pour leur part qu'un seul désir : toucher ne fût-ce qu'un morceau de robe ou de peau de la « reine ».

Jalal al-Soufi fut contraint de déployer toute son énergie pour que les derviches protègent Yeza du peuple en délire. Seul le bouclier de leurs corps permit à Rhaban, effaré, de faire entrer la reine au plus vite à l'intérieur du palais.

Du palais ! Yeza n'en crut pas ses yeux. Ces murailles effondrées n'étaient sans doute plus qu'une volière depuis des années. Des crottes séchées recouvraient les sols en mosaïque des appartements, des légions de poules s'envolèrent à travers les fenêtres sans carreaux, provoquant la débandade d'hirondelles nichées dans la charpente. Elles dérangèrent à peine les chauves-souris suspendues dans les recoins sombres du plafond.

Yeza, qui n'avait pas d'idée bien précise sur ce qu'était la vie d'une reine, fut bien plus amusée qu'irritée par cette scène. Le vieux Rhaban montra aussitôt ses capacités de majordome. Sous sa direction, quelques volontaires balayèrent et nettoyèrent la maison devant laquelle la foule s'assemblait désormais. Yeza entra dans le jardin revenu à l'état sauvage où se trouvaient ses deux chevaux et le chameau. Jalal al-Soufi lui avait fait installer un hamac à l'ombre de deux arbres et l'enchantait avec les maximes de son cher maître Roumi :

— *La nuit règne, disent-ils, mais je ne sais rien du jour ou de la nuit. L'unique chose que je veuille connaître, c'est le visage de l'Unique, qui emplit de Sa lumière les sphères célestes.*

Le petit soufi était assis à ses pieds.

— *Ô nuit, si tu te donnes l'air si sombre, c'est que tu ne Le connais pas*, récitait-il d'une voix douce et tendre, *Ô jour, sors donc et apprends de Lui ce que cela veut dire de briller si fort…*

Jalal al-Soufi se tut, laissant les vers agir.

Deux jeunes filles agitaient un éventail et diffusaient un peu de fraîcheur. Yeza, qui se balançait lentement, sombra pour la première fois depuis longtemps dans un profond sommeil.

Les écuries du château princier d'Antioche servaient depuis trois jours de campement aux chevaliers d'Occitanie, aux dix hommes que Bohémond avait mis à leur disposition, aux cinq soldats du roi d'Arménie ainsi qu'à leurs écuyers. Un seul ne se montrait pas : Roç. Lassé d'attendre, les hommes qui composaient son escorte s'étaient depuis bien longtemps installés dans la grande salle réservée aux domestiques, juste à côté des cuisines, et se faisaient servir par les femmes. On disait que le Trencavel était parti en exploration afin de déterminer la direction à éviter pour ne pas tomber tout droit entre les mains des Mongols. Les trois Occitans se tenaient à l'écart, ne souhaitant pas supporter les moqueries discrètes qui s'échangeaient sur leur seigneur. Eux savaient, par leurs épouses, ce que les autres se bornaient à supposer : depuis le départ de Bohémond, Roç partageait le lit de la princesse, qui avait prié Alais de leur apporter les repas et le vin frais dans ses appartements. Ces collations n'étaient que de brèves interruptions dans un délice sans fin, raconta Alais en rougissant. Souvent, dame Sybille n'attendait même pas que sa fidèle servante ait débarrassé les restes des plats avalés à la hâte. Bérénice, la première dame d'honneur, n'était certes pas chargée du service en chambre, mais ce qu'elle entendait dans le vestibule, à travers la porte et la paroi, et racontait ensuite à ses amis avec un mélange de sarcasme et de désapprobation, excitait et amusait ses auditeurs. Cela ne dura cependant qu'un temps : les Occitans finirent par s'inquiéter. Cette femme insatiable ne laisserait pas Roç s'en aller aussi facilement que cela. C'était donc à eux de « libérer » le Trencavel afin qu'il se consacre enfin à son devoir et parte avec eux à la recherche de Yeza. Celle qui souffrait le plus des assiduités de Roç auprès de Sybille était Bérénice, la compagne de Terèz de Foix, une grande femme assez sèche. Elle ne pouvait pas imaginer que le Couple Royal soit dissocié. Séparément, Roç et Yeza n'étaient que des mortels ordinaires ayant néanmoins plus de valeur qu'elle-même, car Bérénice s'estimait injustement défavorisée par la nature. C'est en couple qu'ils jouissaient de leur aura, c'est à leur couple que le destin avait tracé cette voie unique ! Bérénice ne connaissait pas Yeza et ne voulait donc pas avoir de mauvaises pensées à son égard. Elle méprisait en revanche du fond du cœur la princesse Sybille qu'elle soupçonnait en outre d'abuser de son Terèz. Derrière ses maigres côtes, le cœur de Bérénice battait surtout pour le noble chevalier Trencavel. Elle n'avait que vaguement conscience de ses sentiments véritables ; quant à Terèz et au petit frère de Bérénice, Pons de Tarascon, ils évitaient d'en parler ; c'était encore plus vrai de Guy de Muret. La seule chose qui comptait à leurs yeux à tous, c'était le voyage et les aventures qui les attendaient, la possibilité d'accomplir des actes héroïques dans le rôle de paladins de Roç et de Yeza. Et le plus tôt serait le mieux.

Dans les appartements de la princesse, un toboggan de cuivre dissimulé derrière les boiseries descendait dans les murailles jusqu'aux écuries. Sybille ne l'avait pas fait construire, mais elle l'avait découvert depuis longtemps et l'avait fièrement montré à sa servante. C'était la pièce maîtresse du plan qu'elles préparèrent toutes les trois. Bérénice tenait le rôle le plus délicat – Alais ne fut même pas mise dans le secret : elle aurait aussitôt fondu en larmes ou les aurait trahis. Les vêtements et la cuirasse du Trencavel se trouvaient dans la garde-robe. Il fallait les faire disparaître, et c'est

Bérénice qui devait s'en charger. Pour plonger la princesse dans la panique où les amis de Roç voulaient la mettre, il fallait que le Trencavel soit dans une nudité complète…

Le soir, les trois Occitans quittèrent le château princier sans se faire remarquer. Au milieu de la nuit, ils se précipitèrent devant le portail avec des torches allumées, crièrent « Trahison ! » et « Les Mongols arrivent ! » Puis ils orchestrèrent un tel tumulte dans la cour du château que tous les chevaliers sortirent de leur sommeil, de leur ivresse ou du giron d'une fille de cuisine, réclamèrent en hurlant leurs écuyers, leurs chevaux et leurs armes, tandis que les Occitans, astucieusement répartis, propageaient les rumeurs les plus folles : le roi Hethum avait envoyé des messagers pour mettre en garde le Trencavel ! Les Mongols venaient s'emparer de Roç ! Le prince Bohémond exigeait en outre que sa femme Sybille soit emmenée immédiatement au camp des Mongols. D'une voix tremblante, Alais transmit aussitôt ces nouvelles à la princesse.

— Quelqu'un vous a trahie ! gémissait Bérénice dans le vestibule. Votre époux veut la tête de l'adultère !

Elle tambourinait à la porte de la chambre. Alais se mit à sangloter lorsqu'elle vit le Trencavel, nu comme un ver, l'entrouvrir et lui demander d'une voix impérieuse où elle avait rangé ses vêtements. Dame Sybille osa à peine jeter un coup d'œil à l'extérieur, dans la cour, où les torches allumées étaient de plus en plus nombreuses. On entendait le tintement des armes et le souffle des chevaux.

Bérénice avait quitté le vestibule en criant « Sauvez-vous, Trencavel ! ». Dame Sybille enroula un drap de lit autour de son bien-aimé et le poussa sur le toboggan secret. En dessous, les conspirateurs l'accueillirent et l'habillèrent en toute hâte, dans la pénombre. Roç était beaucoup trop ému pour leur demander par quel miracle sa cuirasse était tombée entre leurs mains. Ils le mirent à cheval et se précipitèrent dans la cour avec le Trencavel. On ouvrit grand la porte et la cavalcade quitta le château fort, Roç à sa tête, traversa les rues plongées dans l'obscurité, s'engouffra dans la ravine creusée par l'Onoplikes, le torrent qui sortait de la ville à cet endroit-là, et quitta Antioche par la « Porte de Fer » censée dissuader les ennemis de tenter une entrée par cette gorge. Aucun chemin ne se prêtait mieux à montrer aux chevaliers venus d'Antioche l'étendue du danger : on n'ouvrait cette porte aux lourdes grilles de fer que pour permettre des sorties particulièrement risquées.

Le château princier retomba dans le sommeil aussi vite qu'il en était sorti. Dame Sybille resta encore un certain temps à sa fenêtre pour guetter les Mongols, chassa de sa chambre Alais en pleurs et se recoucha dans son lit en bataille. Toute cette histoire ne lui disait rien qui vaille, mais elle se sentait beaucoup trop fatiguée pour tenter de la comprendre. Le lendemain matin, elle mettrait Bérénice à la question… Délicieusement épuisée, la princesse s'étira et se laissa sombrer dans un sommeil bien mérité.

La lune se lève, récita une voix chaude dans le jardin nocturne du *beit al malikah*[15], *et nous nous levons en volant avec elle.* (Des lampes à huile suspendues aux branches nimbaient d'une lumière magique les buissons qui entouraient la « maison de la reine ».) *Quand tu ne possèdes rien, rien ne t'empêche de voler.*

Yeza avait introduit une règle dans leur groupe : tous les derviches de Palmyre qui en avaient envie pouvaient se retrouver sous le bruissement des palmiers, dans son jardin sauvage.

— *Le derviche qui tourne sur lui-même demande : « Pourquoi les hommes sages sont-ils aussi effroyablement lucides ? »*

Yeza s'assit sur un banc parmi les invités ; d'abord attirés par Jalal al-Soufi, ils s'étaient depuis rassemblés d'eux-mêmes autour de leur reine.

— *Et ces sages demandent : « Mais pourquoi les derviches danseurs sont-ils aussi fous ? »*

Tout le monde se mit à rire. Yeza applaudit le récitant. Il y avait toujours du vin chez la reine, et que pouvait-on imaginer de plus approprié à une nuit de la poésie que les vers de Roumi ? Yeza, reconnaissante, sourit à Jalal. Le rusé derviche en profita aussitôt et prononça quelques paroles hardies pour la conforter dans son rôle de mécène.

— *Un derviche qui offre librement les doctrines secrètes et tout ce qu'il possède avec la même générosité qu'il répand son souffle, celui-là n'a pas besoin de vos miettes…*

Yeza ne savait pas si Jalal plaisantait. Elle décida de le prendre avec bonne humeur.

— *Un tel derviche vit de la faveur d'une tout autre main !*

Comme la reine refaisait verser du vin à toute l'assemblée, un jeune sauta au milieu de leur cercle et se mit à tournoyer et à décrire des bonds fabuleux tout en chantant d'une voix grinçante :

— *Le derviche danse, danse comme les doigts scintillants du soleil pénètrent dans le feuillage.* (Il tournait si vite qu'il vacillait, mais ne s'arrêta pas pour autant.)

Il danse depuis l'aurore jusqu'au crépuscule... (Sans cesser de tournoyer, il attrapa la coupe de Yeza.) *Ils disent : « C'est l'œuvre du diable ! »* (Il renversa la majeure partie du vin en le portant à ses lèvres.) *Certainement, le diable qui danse avec nous est toute suavité...* (Il parvint enfin à avaler une gorgée ; le vin lui coula sur la poitrine.)... *et tout plaisir ! Lui-même est un danseur de l'extase !*

Il avança devant Yeza pour lui rendre la coupe, mais elle la lui laissa entre les mains, souleva la cruche et le resservit avec une telle abondance que le vin déborda. Ils passèrent la nuit ainsi, et lorsque la reine se retira, la fête était encore loin d'être finie. Les derviches burent, chantèrent et dansèrent dans le jardin jusqu'à ce que les lampes se soient éteintes et que le matin pointe.

Yeza partait dès l'aube, à cheval, en compagnie de Rhaban, son maître d'armes. Il ne s'agissait pas seulement de faire faire un peu d'exercice dans le désert à leurs deux chevaux ou à leurs chameaux, mais aussi de ne pas perdre le maniement des armes. Elle affrontait Rhaban avec toutes sortes d'épées, de poignards et de sabres finement ciselés, depuis le lourd cimeterre jusqu'aux armes de poing plus légères. Yeza en posséda rapidement une collection remarquable, le plus souvent de précieux objets aux pommeaux incrustés, car les bédouins, dès qu'ils eurent découvert avec étonnement et respect les capacités guerrières de leur reine, rapportèrent dans le palais de véritables splendeurs des forgerons de Damas. Yeza s'exerçait aussi au tir à l'arc, un art qu'elle avait appris chez les Mongols et où elle ne tarda pas à exceller de nouveau. Mais rien n'étonnait autant son enseignant que son habileté à lancer par surprise le poignard qu'elle portait toujours sur elle, caché dans sa chevelure blonde. Les bédouins, qui avaient d'abord accueilli avec un peu d'effroi les exercices de leur reine, suivaient désormais chacune de ces séances avec curiosité, fierté et enthousiasme. Le lieu que Yeza et son maître choisissaient ne pouvait jamais être éloigné au point d'éviter que les premiers de leurs partisans passionnés viennent bientôt s'asseoir en cercle autour d'eux et commentent d'un murmure approbateur chaque coup réussi de Yeza, d'une expression de suspicion et de déplaisir chaque attaque de Rhaban. Les spectateurs étaient de plus en plus nombreux. Chaque fois, quelques minutes suffisaient pour que tous sachent le lieu où se battait la reine, où elle tirait dans une cible les yeux fermés, où elle lançait son poignard dans un tronc de palmier, juste à côté du cou de son maître. Aux yeux des bédouins, Yeza était plus que le souvenir vivant de l'inoubliable Zénobie qui avait jadis fait la célébrité de Palmyre : leur nouvelle reine était une réincarnation d'Alilat la belliqueuse, déesse de la sagesse et du commerce. Et comme les derviches ne les contredisaient pas, quelques jeunes se mirent à nettoyer discrètement le temple en ruine de la déesse et à s'exercer à leur tour au maniement des armes. Peut-être la reine aurait-elle un jour besoin d'une garde du palais, peut-être entrerait-elle en guerre avec leur soutien. Ils voulaient y être prêts.

L'après-midi, Yeza se reposait. Lorsque le soleil déclinait, elle recevait dans son « palais » quémandeurs et délégations, elle réglait les querelles et disait le droit. Sa tâche principale consistait cependant à recevoir des cadeaux ; ce n'étaient pas toujours des objets d'une valeur extraordinaire, mais souvent des témoignages émouvants du respect que lui vouait le petit peuple. Les bédouins aimaient leur reine, ils se seraient fait tailler en pièces pour elle !

Il était rare qu'elle mange seule, elle avait presque toujours des invités, des gens qui l'intéressaient et qui veillaient à ce qu'elle n'ait jamais à se préoccuper des mets. Ils mettaient un point d'honneur à ce que sa table soit richement dressée et à ce qu'elle puisse apprécier les meilleurs plats qu'ils aient à servir. La reine était l'hôte et l'invitée tout à la fois.

De la chronique de Guillaume de Rubrouck

Comme nous n'étions que trois, moi-même, Faucon Rouge et David le Templier, nous avancions très rapidement. J'étais responsable de la plupart de nos retards, car mes fesses n'étaient pas accoutumées à ce genre de chevauchées à travers les montagnes et les déserts. Nous contournâmes le château de Beaufort par la droite : son seigneur, Julian de Sidon, passait pour un brigand de grand chemin. Nous montâmes le Litani avant d'obliquer vers l'est et vers Damas, à la hauteur de la source où jaillissait le Jourdain. C'est là que l'émir avait rendez-vous avec son épouse, Madulain, et Ali, le fils du sultan. Je fus très réjoui (et David, mon ami manchot, tout autant) d'apprendre que Josh le Charpentier nous y attendrait aussi. Mais j'aspirais surtout à descendre de selle afin de rafraîchir et de soigner avec d'infinies précautions les parties écorchées de mon corps, depuis l'intérieur de mes cuisses jusqu'au bas de mon dos. Je rêvais de douces mains, de baumes et de poudres lénifiantes. J'aurais peut-être dû, après tout, m'arrêter au krak de Mauclerc : au moins ces tourments effroyables m'auraient-ils été épargnés.

Mais Faucon Rouge et le Templier ne m'avaient même pas laissé le choix ! Ils me considéraient sans doute comme un aimant dont la simple présence suffirait à attirer le Couple Royal, où qu'il se trouve... On aurait plus facilement retrouvé un clou de sabot dans le sable du désert... ici, il n'y avait que des chardons séchés et des pierres !

Nous finîmes par atteindre la fameuse ville du sultan, et grâce aux relations de Faucon Rouge, les gardiens de la porte nous laissèrent entrer sans la moindre difficulté. Notre meneur avait cependant exigé de David qu'il enlève sa tunique frappée de la croix pattée rouge des Templiers. Les chrétiens, y compris leurs moines chevaliers, étaient les bienvenus à Damas, mais il valait mieux renoncer à cet emblème miliaire et provocant.

J'eus à peine le temps d'observer la vie joyeuse et colorée qui nous entoura dès que nous eûmes franchi les murailles, pas plus que les bâtiments somptueux et les objets précieux que des marchands proposaient à chaque coin de rue. L'émir nous conduisit tout droit à travers la ville, nous passâmes devant le palais du sultan et la grande mosquée Al-Omayyad pour rejoindre la citadelle qui s'élevait sur un piton rocheux, à l'extrémité la plus éloignée des fortifications, au nord-ouest de la ville. Rassemblant mes dernières forces et lançant une salve de jurons – je fis vœu de ne plus jamais m'engager dans des aventures aussi exténuantes –, je montai le chemin abrupt qui menait à la porte et me laissai tomber dans la paille de nos chevaux.

Si Faucon Rouge avait donné rendez-vous ici à son épouse et à ses accompagnateurs, c'est qu'il était lié d'amitié avec le commandant de la citadelle. Cela me valut aussi d'être chargé sur une civière et porté au hammam, où l'on ne me confia pas, hélas, à des *houris* aux doigts fins mais à un gigantesque « maître du bain » qui asséna au reste de mon corps un tel mélange de coups et de giclées d'eau froide que je fus ensuite incapable de savoir précisément où j'avais mal. *Houris al hamam*[16] !

Mes amis me rendirent visite en salle de repos, où j'attendais ma « guérison » enveloppé dans des draps moelleux. Les moqueries qu'ils me réservèrent étaient cruelles, seule Madulain trouva un mot de consolation à mon intention, raison pour laquelle le jeune Ali, qui dut assister, la mine douloureuse, aux services de Samaritaine qu'elle me rendit alors – elle se contenta de m'essuyer les gouttes de sueur sur le front –, me lança un regard en biais. Josh le Charpentier et David le Templier ne semblaient s'intéresser qu'à la remise en état de mon assise personnelle, afin que je puisse jouer aussi vite que possible avec eux. Le jeu de la vérité ! Je l'avais presque oublié !

LE BAZAR DE DAMAS était un sombre labyrinthe dans lequel il était rare qu'un rayon de soleil vertical parvienne à percer. Les lieux grouillaient de monde, les ruelles étroites comme des tuyaux, les colonnades, les grottes et les voûtes traversaient dans une lumière crépusculaire le ventre de la grande ville, et l'activité fébrile qui s'y déroulait demeurait le plus souvent inconnue à l'étranger. Le connaisseur savait cependant précisément où passaient les lignes de démarcation invisibles entre les différents quartiers des artisans et les règles qu'il fallait respecter.

Le *baouab*, le chambellan du palais du sultan, un homme agile dont l'allure courtoise devait masquer l'instinct infaillible qui lui permettait de conserver son pouvoir, accompagnait deux invités de marque, tout juste arrivés, vers le plus grand et le plus important point de vente d'armes de la cité. C'étaient les gigantesques halles d'un caravansérail où l'on mettait en dépôt tout ce que d'innombrables forgerons, selliers et fourreurs, fabricants de cuirasses, casques et boucliers, poitrails et jambières, arbalètes et carreaux, selles et sellerie, faisaient sortir de leurs ateliers. Rien dans la tenue de ces deux seigneurs qui semblaient avoir avec le chambellan des relations très familières n'indiquait d'où ils venaient ni qui les envoyait. Marc de Montbard, commandeur de la garnison des Templiers de Sidon, était accompagné d'une vieille relation, Naiman, le très actif agent secret du sultan mamelouk du Caire. L'achat de lames de Damas était une affaire que l'on ne confiait pas à n'importe qui, surtout lorsqu'il ne s'agissait pas de souples cimeterres mais d'épées longues dont la solidité et la dureté seraient soumises à rude épreuve. Le Templier cherchait en outre la colle qui permettait d'assembler les arcs ayant le plus de ressort et cette substance était un secret jalousement gardé par les fabricants. La conversation de ces hommes si différents portait cependant sur tout autre chose.

— Combien de temps, demanda le commandeur au baouab, le seigneur An-Nasir compte-t-il encore laisser son fils El-Aziz servir de paillasson aux Mongols ? (Le Templier prit maladroitement le haut fonctionnaire de la cour par le bras.) C'est une humiliation absurde, puisque le sultan refuse de se soumettre !

Le baouab ne répondit pas – qu'aurait-il pu dire ? Marc de Montbard[17] enfonça donc le clou :

— Il est encore temps pour lui de s'accorder avec Le Caire…

Ces mots firent sortir le chambellan de sa réserve.

— El-Aziz, répondit-il fièrement, a d'ores et déjà mis un terme à cette ignominie et quitté la tête haute le camp des Mongols.

Naiman sourit méchamment.

— Ah oui ? Et pour aller où ? Pas rentré chez son père, en tout cas. Non, ce fils écervelé tente de surpasser son géniteur indécis. Il s'est mis en tête de libérer la princesse Yeza !

En entendant cette révélation, le Templier éclata de rire.

— Il est sans doute ainsi sur le meilleur chemin pour aller de Charybde en Scylla, fit-il sans cacher sa moquerie. Une fois qu'on s'est engagé pour la cause de la princesse, on peut dire adieu à sa tête !

Le baouab se tut, consterné, mais Naiman reprit la parole, sarcastique.

— Parmi toutes les solutions auxquelles Damas tente de se raccrocher comme à une planche de salut, celle du Couple Royal, quel qu'en soit l'élément masculin, est la plus sûrement vouée à l'échec…

— Un règne d'hérétiques ! l'interrompit le commandeur[18] d'une voix de stentor. Personne n'en veut, hormis ces Mongols ignorants ! Ni le patriarche chrétien, ni les juifs de Jérusalem. Et l'islam encore moins.

— Et qu'en disent les Templiers ? demanda Naiman, aux aguets. Le pouvoir qui veille aux destinées de votre ordre n'est-il pas le même que celui qui s'efforce de mener au trône Roç Trencavel et la princesse Yeza ?

Il laissa le commandeur frétiller dans sa nasse ; le baouab, lui, ne comprenait pas de quoi l'on parlait. Marc de Montbard dut avaler la couleuvre.

— Au moment décisif, lorsque la survie même sera en jeu, on tranchera en faveur de l'ordre ! annonça-t-il, triomphal.

L'homme du sultan du Caire était satisfait. Tel n'était pas le cas du baouab.

— Quand on ne pense qu'à sa propre préservation, quand on n'a pas d'objectif plus élevé, on n'en atteint aucun et l'on est réduit en poussière.

— Nous verrons bien qui aura à faire ce sacrifice ! répliqua le commandeur sur un ton de défi.

Ils atteignirent un comptoir discret. Son propriétaire, un vieil homme digne vêtu d'un burnous précieux, les cheveux blancs, toisa les visiteurs d'un regard pénétrant tout en s'inclinant devant le baouab.

— Avec quelle arme mortelle puis-je cette fois servir les ennemis de notre foi ? demanda-t-il avec une courtoisie indifférente. Allah saura bien contre qui il la dirigera au bout du compte.

Les trois hommes se regardèrent, effarés. Marc de Montbard et le chambellan furent les seuls à se baisser pour regarder le *shai nana*[19] qu'on leur proposait. Naiman, l'agent des mameluks, ne vit pas la moindre raison de rester auprès des deux autres. Il quitta d'un pas rapide le vaste marché aux armes.

— Mieux vaut vous avoir comme ennemis implacables, dit le vieil homme au commandeur, que d'avoir celui-là comme ami !

En haut, sur la citadelle, Faucon Rouge accepta de rencontrer un « émissaire du Caire » à la demande instante de son ami, le commandant. L'émir avait déjà une certaine expérience des efforts qu'accomplissait le sultan Qutuz pour le gagner de nouveau à la cause de l'Égypte, c'est-à-dire des mameluks, lui, le fils du glorieux et inoubliable grand vizir. Mais sa famille n'avait jamais servi ce parvenu, et Faucon Rouge n'avait aucune intention de tendre la main à la dynastie déchue des Ayyubides, ces descendants du grand Saladin, en la personne de ce Qutuz qui occupait pour l'heure le trône du Caire. Madulain, son épouse, haïssait les mameluks au point qu'il avait dû lui cacher cette rencontre et l'envoyer acheter en compagnie d'Ali ce dont ils auraient envie dans les souks de la ville.

Lorsque le commandant lui présenta l'ambassadeur, l'émir fut profondément déçu : il connaissait Naiman, l'un des agents les plus vains et les plus insipides du sultan égyptien. Il voulut quitter immédiatement la pièce sans même le saluer, mais ses bonnes manières prirent le dessus : il ne tenait pas à heurter son hôte. Naiman comprit aussitôt qu'il n'avait pas un ami en la personne de l'émir. Dès qu'ils furent seuls, il ouvrit la conversation. Courber l'échine faisait partie de son métier.

— Je continue à trouver regrettable, Fassr ed-Din, que vous ne soyez pas un partisan de mon maître, le sultan, mais je vous considère jusqu'à preuve du contraire comme un Égyptien fidèle à votre patrie…

— Je n'ai aucune intention de vous rendre compte de mes sentiments, répondit Faucon Rouge sans prendre de gants. Et je ne vois aucun motif de le faire !

Naiman avala aussi cette réponse cinglante.

— Quoi qu'il en soit, fit-il, le fils du fameux Fakhr ed-Din[20], qui a payé de sa vie la défense de sa patrie contre les infidèles, n'a aucune raison de s'allier avec les Mongols, qui sont nos ennemis déclarés !

L'émir regarda l'agent droit dans les yeux.

— Aucune raison, certes, mais un prétexte ! l'informa-t-il. Les Mongols soutiennent le projet… (il avait failli laisser échapper les mots « Grand Projet ») d'installer le Couple Royal dans ce pays pour y jouer le rôle de Princes de la Paix. Et j'ai fait mienne leur cause, que cela plaise ou non au sultan Qutuz !

Naiman tenta de se montrer compréhensif.

— Si le Il-Khan encourage ce plan, fit-il remarquer, ce n'est pas par amour désintéressé pour Roç Trencavel et la princesse Yeza, mais parce qu'il les considère comme des marionnettes utiles. Le pouvoir qu'il songe à établir émanera des Mongols, et leur rage de conquête ne s'arrêtera pas aux frontières de l'Égypte !

— Votre petit esprit, Naiman, ne peut que sous-estimer le pouvoir de Roç et Yeza, répondit-il. L'idée de cette couronne qui unirait les peuples ne vient pas non plus des Mongols. Le rôle du Grand Khan lui-même, dans la lointaine Karakorum, se limite à imposer cette intronisation ! (Faucon Rouge se laissa aller à en révéler plus qu'il n'en avait eu l'intention.) C'est un tout autre pouvoir qui se trouve derrière Roç et Yeza !

Naiman, qui connaissait bien le dessous des cartes, se contenta de sourire et répondit :

— Et vous sous-estimez les possibilités dont dispose n'importe quel souverain étranger sur le sol d'un pays qui suit l'enseignement du Prophète. Même le pouvoir concentré de toutes les armées croisées de l'Occident n'a pu maintenir durablement ici le royaume de Jérusalem. Comment vos protégés réussiraient-ils pareille entreprise ?

— Vous faites à présent comme si la gigantesque armée mongole n'était plus là ! lança Faucon Rouge, moqueur. Or vous ne pouvez effacer d'une phrase sa masse et sa force de combat !

Naiman ne s'avoua pas vaincu.

— Nous, que ce soit le peuple de Syrie ou celui de l'Égypte, nous vivons sur un sol qui nous appartient depuis toujours, et non à des milliers de lieues de chez nous ! Je me permets donc de ne pas prendre les Mongols particulièrement au sérieux !

— Ils pourraient bien vous faire changer d'avis ! répliqua l'émir, furieux de l'incompréhension de cet agent secret qui lui résistait avec une certaine habileté et une grande obstination. Pour ce qui concerne Roç et Yeza, j'ai été appelé à devenir l'un de leurs gardiens et je ne me déroberai pas à cet honneur !

— Je ne veux pas vous refuser mon respect, Fassr ed-Din, dit l'agent en s'inclinant exagérément, mais prenez garde à ne pas marcher avec eux vers votre perte !

Il quitta la pièce à reculons ; il ne courait pourtant aucun risque de recevoir un coup de pied furieux, il avait trop impressionné cet idéaliste de Faucon Rouge pour cela. En tout cas, il partit avec la certitude qu'un jour, il parviendrait à mettre l'émir de son côté, et pourrait peut-être même l'entraîner dans le combat contre le prétendu Couple Royal.

Faucon Rouge était en revanche très mécontent de lui-même. Madulain avait raison, il n'aurait jamais dû s'engager dans une discussion avec ce gnome.

De la chronique de Guillaume de Rubrouck

Comme la citadelle ne nous offrait pas beaucoup de divertissements, nous étions descendus dans les souks de la ville, David le Templier, Josh le Charpentier et moi-même, le franciscain. Mais au lieu d'admirer les bâtiments, nous nous étions installés dans l'un des salons de thé sur la place la plus animée du bazar. Nous tirions sur les embouchures de la *shisha*[21] en lâchant des commentaires mordants sur les passants. Nous aurions dû prendre le sac de bâtonnets, aucun lieu ne se prête mieux au jeu de la vérité qu'une *mashrab shai*[22] dans la vieille ville de Damas. Nul n'y avait pensé, et nous nous le reprochâmes si vivement les uns les autres que la discussion vira à la dispute. La raison profonde de l'irritation de mes compagnons était l'absence d'objectif précis pour notre voyage. Moi, je pouvais me raccrocher à ma chronique, mais les autres s'étaient laissé entraîner par l'élan de Faucon Rouge et auraient aimé se mettre eux aussi en quête du Couple Royal, comme l'avaient fait jadis les bergers, ou plus exactement les trois rois mages venus d'Orient, pour chercher l'enfant Jésus ! Encore ceux-là avaient-ils une étoile pour leur indiquer le chemin. Nous avions tout juste un point cardinal, c'est-à-dire moins que rien dans un désert qui s'étendait à l'infini au nord et surtout à l'est de Damas mais aussi au sud de la ville ! Roç et Yeza se trouvaient sans doute quelque part dans cette mer de sable pierreux. Et c'était à nous, voyageurs inexpérimentés du désert, de les retrouver ?

À cet instant précis, notre regard tomba sur Madulain qui visitait avec le jeune Ali les stands des argentiers en s'efforçant visiblement de le convaincre d'accepter un bijou. Nous étions tous les trois persuadés que cette belle femme à laquelle ses gestes, plus que son visage, donnaient une allure de chat sauvage tolérait de temps en temps que le fils du sultan lui fasse office d'amant. Ali semblait hésitant dans son rôle, Madulain le tenait mieux que lui ; mais le jeune garçon tentait de s'affirmer face à la jeune femme en se refusant à elle et en jouant l'homme mûr et fort. Nous observions ce spectacle avec discrétion et amusement : elle lui passait au poignet un bracelet après l'autre, tantôt avec espièglerie, tantôt avec tendresse. Ali souffrait du brio avec lequel

Madulain dominait ce jeu, je crois que la honte l'aurait fait disparaître sous terre s'il avait su que nous étions témoins de sa « défaite » : elle lui passa finalement au doigt la bague qu'elle lui avait choisie dès le début. David et moi-même échangeâmes un sourire amusé, peut-être teinté d'une once de jalousie. Seul Joshua, cet homme au cœur sec, put se réfugier dans une position morale en nous demandant si, par hasard, nous approuvions ces manœuvres qui relevaient de l'adultère. Ce qui nous fit bien rire !

De retour à la citadelle et dans mes quartiers, je constatai que quelqu'un avait fouillé dans mes affaires. Si mes parchemins bien conservés se trouvaient certes encore dans mon sac de pèlerin, ils étaient en désordre, comme si quelqu'un les avait feuilletés puis remis rapidement à leur place. Depuis la dernière agression contre la chronique et son rédacteur, j'avais pris l'habitude de porter sur moi les pages que j'avais écrites tant que je le pouvais ou jusqu'à ce que se présente une occasion de les cacher quelque part, comme un chien cherche un trou pour son os. Je notais alors en écriture codée l'endroit où se trouvait cette petite boîte aux trésors afin qu'il ne faille pas attendre des siècles pour voir réapparaître ma chronique.

J'ai donc trouvé une cachette adéquate dans la citadelle de Damas. J'y déposerai tout ce que j'ai couché sur le papier depuis notre départ du krak de Mauclerc. Ce sera ensuite à mon commanditaire de regrouper les pièces de la chronique et de les assembler pour en faire un grand œuvre. Ce procédé me paraît d'une grande sagesse et je suis fier de moi.

Demain matin je quitterai Damas.

La paix, la beauté du lieu et l'harmonie qui y régnaient entre les êtres amenaient parfois Yeza à se demander si sa vie à Palmyre n'était pas un rêve. En fait, il ne manquait qu'une chose à son bonheur : que Roç Trencavel puisse le partager avec elle. Alors, son âme inquiète l'entraînait au coucher du soleil dans l'oasis qu'elle parcourait sans but, seule sur le dos de son chameau, regardant en toute quiétude les étranges tours funéraires qui se dressaient, éparses, dans le paysage vallonné. Elles rappelaient davantage à Yeza des refuges fortifiés que des caveaux familiaux surélevés, des mausolées dont l'intérieur était amoureusement décoré. Les tours n'avaient rien d'inquiétant, elles rayonnaient de paix et de naturel : on vivait avec ses morts. Dans le même temps, elles évoquaient la fugacité de l'existence mais cela, Yeza le ressentait à chaque fois qu'elle découvrait la beauté du monde et considérait que son propre destin y était presque enviable.

Yeza ne fut donc pas particulièrement étonnée de rencontrer près de l'une de ses tours préférées deux cavaliers qui avaient déjà mis pied à terre, comme s'ils l'avaient attendue.

— Yves le Breton ! lança-t-elle avec une gaieté nonchalante au chevalier à l'air sombre qui portait une gigantesque épée. Vous faites partie de ce genre de personnes qui vous accompagnent depuis votre berceau et jusqu'à votre dernier souffle sans que l'on sache dans quel camp elles se trouvent !

Yves sourit, embarrassé, et poussa en avant le gamin qu'il avait amené avec lui.

— Je vous présente Baïtchou, le plus jeune rejeton de votre vieil admirateur Kitbogha, auquel il a filé entre les pattes.

Baïtchou sourit à Yeza, toujours assise sur son chameau. Le visage du garçon ne révélait pas le moindre sentiment de culpabilité, mais une grande curiosité devant cette femme haut perchée.

— Et vous, ajouta l'enfant sans peur, vous êtes notre princesse, celle dont la disparition afflige tant mon père. Tous les Mongols sont à votre recherche !

Yeza scruta le visage du Breton, qui ne paraissait pas apprécier la franchise de ce gamin.

— Messire Yves retrouverait n'importe qui, fit-elle, moqueuse, quitte à descendre en enfer ! Mais Palmyre ressemble plutôt au paradis sur terre, ce n'est donc pas le lieu qui convient à un rustre obsédé par le droit et l'ordre, comme l'est le Breton ! (Un coup d'œil à Yves lui indiqua que cette réflexion ne l'amusait pas, mais elle tenait à mettre tout de suite les choses au point.) Simplifiez-vous la tâche, Messieurs : vous ne m'avez jamais vue, ni là-bas, dans le ciel lumineux (elle désigna le disque solaire rouge sang qui déclinait à l'ouest), ni dans le sombre royaume des morts qui reposent paisiblement ici. Et maintenant suivez-moi je vous prie, que je puisse vous recevoir chez moi comme le méritent mes hôtes !

Yeza fit faire demi-tour à son chameau. Elle fit attribuer des chambres aux deux hommes et les convia à table, où devaient aussi la rejoindre Jalal et quelques-uns de ses amis derviches. Le repas se déroula sans que beaucoup de paroles soient échangées, l'arrivée des deux invités pesait sur leur reine, c'est du moins ainsi que les derviches, des gens sensibles, expliquèrent ce silence. À peine les plats débarrassés, Jalal al-Soufi ouvrit prudemment la conversation en puisant quelques citations dans la poésie de ce Jalaluddin Roumi que Yeza appréciait tellement. Comme s'ils s'étaient mis d'accord à l'avance, les mots et la teneur de ces vers semblaient dirigés contre le Breton et sa mine renfrognée.

— *Tu te permets de te dire rompu à tous les arts. – Tout savoir est tien, dis-tu, toi qui n'es même pas capable d'entendre ce que te dit ton propre cœur…*

La reine afficha un sourire discret. Messire Yves écoutait, même si ses mimiques laissaient penser qu'il avait l'esprit ailleurs. Le petit derviche ne se laissa pas impressionner.

— *Tant que tu ne peux percevoir ces mots simples, comment veux-tu compter au nombre des gardiens du secret ? Comment veux-tu être un voyageur sur ce chemin qui constitue le véritable objectif ?*

Yeza l'approuva, et Baïtchou l'imita : l'enfant n'avait rien compris, mais il trouvait la reine magnifique. Le visage du Breton resta impénétrable. Il se donnait du mal pour ne pas avoir l'air trop sombre, mais il donnait l'impression d'être un homme auquel la vie n'a procuré que des motifs d'infinie tristesse. La reine Yeza fit illuminer le jardin, ses convives allèrent s'asseoir sous les palmiers. On servit des coupes pleines, Messire Yves plongea courtoisement ses lèvres dans la sienne et réclama de l'eau pour Baïtchou, son protégé. Cela incita un autre derviche à se lancer dans la récitation.

— *Si tu veux trouver une perle, ne va pas fouiller dans les flaques d'eau ! Les chercheurs de perles plongent dans la profondeur de l'océan !*

Tandis que le jeune derviche à la voix cassée s'arrêtait pour juger de l'effet de ses mots, un autre reprit la litanie.

— *Et qui trouvera la perle ? Tous ceux qui ressortent de l'eau de la vie – et continuent à avoir soif.*

Il récolta les applaudissements. Le Breton avait écouté en fronçant les sourcils. Faute de réaction de sa part, Yeza sourit à Baïtchou, qui s'était mis à discuter à voix basse avec Rhaban, assis à côté de lui.

— C'est la princesse, la perle de la mer ?

— Plus que cela, lui répondit le vieux maître d'armes, elle est aussi l'eau de la mer et la plongeuse !

Le Breton se releva alors et s'inclina vers les derviches étonnés, puis devant la reine.

— *Vous ne devez pas penser !* lança-t-il avec une sûreté étonnante. *Ne vous perdez pas dans l'entrelacs des fils. Votre pensée est comme un voile sur la face de la lune !...*

Les connaisseurs du grand Roumi, à commencer par Jalal al-Soufi, durent reconnaître qu'Yves connaissait parfaitement sa poésie.

— *Cette lune est votre cœur...*

Cette découverte laissa muet le derviche, d'ordinaire jamais en peine de réplique.

— *... et pareille pensée enveloppe votre cœur comme un manteau !*

Les autres derviches regardaient à présent le récitant, captivés.

— *Laissez donc aller les pensées ! Laissez-les tomber à pic, tomber dans la grande eau !*

Un tonnerre d'applaudissements s'éleva.

Messire Yves était resté debout devant la reine, mais ce qu'il dit alors était destiné à tous.

— Yeza... (Il se corrigea avec une profonde gravité :) Isabelle, princesse Esclarmonde du Mont y Sion, qui n'est pas seulement notre reine, mais la reine de tous... (On aurait entendu tomber une aiguille, même les cigales avaient cessé de chanter.) ... et la princesse de Palmyre, va à présent repartir avec moi...

Les cris de rage des derviches étouffèrent la fin de sa phrase.

Yeza avait bondi :

— Pour cela, le Breton, il faudrait mon accord ! lui lança-t-elle froidement.

Yves s'inclina, prit Baïtchou par la main et murmura :

— Me permettez-vous de me retirer ?

Puis il disparut dans ses appartements.

Yeza fit resservir du vin aux hommes toujours furieux. L'ambiance s'était dissipée, la soirée était gâchée. Peu à peu, les invités quittèrent le jardin de la reine.

— J'aurais dû abattre ce lascar ! écuma Rhaban.

— Ne vous y hasardez pas ! dit Yeza en prenant congé du maître d'armes indigné.

Elle avait à présent le besoin d'être seule. Et elle l'était.

Le prix d'une tête

De la chronique de Guillaume de Rubrouck

Notre petit groupe de voyageurs était en marche depuis quelques jours déjà, mais l'émir, notre chef incontesté, ne nous révélait toujours pas notre destination. Nous étions tous réunis à présent, nous qui avions pris à Jérusalem la décision de partir à la recherche du Couple Royal, mais nous sentions que Faucon Rouge ne connaissait pas plus que nous la méthode qui nous aurait permis à coup sûr d'atteindre cet objectif. La réalité même si personne ne l'exprima ouvertement était que nous errions à l'aveuglette dans le désert. J'étais même certain qu'au lieu de nous diriger vers le nord-est, nous marchions vers le sud, sur les hauteurs de Damas. Comme nous étions abondamment pourvus en provisions et en eau potable, notre mauvaise humeur restait contenue. Après tout, aucun d'entre nous n'avait à proposer de solution qui nous aurait au moins offert l'ombre d'un espoir de succès. La seule chose sur laquelle nous étions tombés d'accord, c'était de faire ce trajet difficile à dos de chameau. La plupart d'entre nous n'auraient pas pu s'offrir autre chose. Seul le jeune Ali avait protesté : ce fils de sultan était habitué à voyager à cheval mais un regard sévère de Faucon Rouge l'avait fait taire, d'autant plus que Madulain ne lui avait manifesté aucune espèce de soutien. La princesse des Saratz, épouse de l'émir, manifestait d'ordinaire une certaine complaisance à l'égard des caprices de ce joli garçon. La composition totalement disparate de notre petite troupe était l'une des raisons de notre progression.

Joshua le Charpentier et David, le Templier manchot, ne semblaient avoir entrepris cette marche dans le désert que pour pouvoir s'adonner chaque soir à leur jeu de la vérité, qu'ils avaient emporté dans un sac. Dès que le soleil descendait vers l'horizon, ils partaient en feignant un total épuisement, en quête d'un lieu approprié pour se reposer. Dès qu'ils l'avaient trouvé, ils étalaient une couverture et commençaient à édifier la pyramide de petits bâtons en couleurs. Comme ils avaient perdu le quatrième joueur – c'était Jalal le Soufi –, ils avaient convaincu Madulain de se joindre à eux. Celle-ci avait rapidement pris goût à ce jeu intelligent et éberlua souvent ses adversaires masculins par la vitesse de ses intuitions et l'audace de ses combinaisons.

Pour ma part, compte tenu de notre vieille amitié, je ne pouvais pas leur refuser ma participation. Je n'avais eu de cesse de connaître le nom de celui qui avait introduit ce jeu dans notre cercle, mais chacun avait sa propre version sur ce point. Josh, le kabbaliste, aimait à raconter qu'on l'avait trouvé il y a longtemps aux environs du Mont du Temple et qu'on pouvait penser que les juifs se servaient de ces symboles pour transmettre des informations secrètes sous l'occupation romaine. David pour sa part ne contestait ni la date, ni le lieu chargé de mémoire, mais affirmait que ces signes, sans doute jadis gravés dans la corne, contenaient les indications décisives pour les premières fouilles des Templiers sous les écuries de Salomon, l'actuelle mosquée Al-Aqsa. Afin de ne pas passer pour un complet ignorant, je défendis pour ma part la thèse tout aussi invérifiable selon laquelle l'origine divinatoire de ce jeu remontait en Mésopotamie, puisqu'il s'agissait de symboles astrologiques et que c'est dans cette région qu'avait débuté l'art de leur interprétation. Quoi qu'il en soit, la passion de ce jeu ne contribuait pas à nous faire avancer rapidement, à la grande colère de Faucon Rouge qui s'était sans doute imaginé que notre troupe serait plus acharnée à atteindre son objectif. Sa propre épouse ne l'aidait guère sur ce point. D'un geste téméraire, Madulain venait de prendre à un Joshua inattentif le précieux *caput draconis*, également nommé « grand prêtre », et ainsi terminé la partie, dont elle était le vainqueur incontesté.

Je m'étais quant à moi montré trop ambitieux et ni assez audacieux ni suffisamment conséquent. J'avais espéré que les possessions terrestres m'apporteraient l'abondance et n'avais récolté que famine ; du pouvoir, de l'esprit souverain de Jupiter, que je vénérais, j'avais attendu l'éclat, le savoir et la richesse ; or qu'est devenu Guillaume de Rubrouck, s'il veut être honnête avec lui-même ? Un mendiant n'envierait pas son destin !

Le jeu de la vérité est sans pitié quand on ne se dérobe pas à l'interprétation. Néanmoins, ces visions en profondeur y compris dans les abîmes du monde où nous vivons sont ce qui nous le rend indispensable. Chacun d'entre nous prend des coups, mais nous tendons tous l'autre joue !

Pour notre bonheur, ce paysage vallonné comportait encore bon nombre d'oasis qui nous fournissaient un bon prétexte pour faire une pause. Faucon Rouge accueillait ces haltes avec un agacement croissant, mais chaque fois que nous l'interrogions en envoyant son épouse en éclaireur, il se montrait incapable de nous expliquer sa stratégie. La quête du Couple Royal tenait de la recherche de l'aiguille dans sa botte de foin, si ce n'est qu'ici, l'herbe sèche et parfumée était remplacée par des montagnes de grains de sable : les dunes s'étendaient à l'infini, et nos yeux avaient les plus grandes difficultés à les distinguer les unes des autres. Sous cet angle, nos joueurs n'avaient pas tort, un mouvement frénétique n'augmenterait pas nos chances de tomber par hasard sur ceux que nous cherchions. Nous pouvions aussi bien nous asseoir et attendre qu'ils passent fortuitement ici, d'autant que la station à l'ombre des palmiers et à proximité de l'eau fraîche des puits présentait des avantages. Rien ne s'opposait en outre à ce que nous entamions une nouvelle partie.

Josh, notre menuisier, chercha cette fois son bonheur dans le malheur. Il ne dissimula pas ses intentions lorsque, contre toutes les habitudes, il nous montra dès le début la *cauda draconis*, la queue du dragon, puis attira vers lui avec cupidité tous les signes de la déchéance, l'incendie, la prostitution et l'assassinat dans le principe solaire du feu ; sur la face cachée de la lune il prit l'esclave, l'alangui et le noyé ; il couronna sa collection avec le monstre des mers, une pièce rare ; mais ensuite Madulain lui chipa l'empoisonneur mercurien et David attrapa en vitesse l'espion avec son caractère si droit ; le Templier aurait pourtant mieux fait de ne pas toucher aux signes aériens de la spiritualité. Ce penchant soudain pour les vilenies du comportement humain me laissa songeur, il me parut même inquiétant et je décidai de lutter contre cette décadence. Je tentai de rassembler autour du « dragon assis » tous les éléments sous leur forme pure et positive. Je n'eus pas de mal à le faire, car aucun de mes adversaires ne me les contesta. Mais à vaincre sans péril on triomphe sans gloire !

Le soleil était déjà bas lorsque nous vîmes une caravane sortie du désert qui se dirigeait de toute évidence vers le lieu dont nous avions pris possession. Faucon Rouge nous ordonna aussitôt de remplir d'eau de la source toutes les outres avant que ces hommes et leurs animaux ne s'abattent sur le précieux liquide. Il nous fallut même interrompre notre jeu, mais tous avaient bien conscience de la nécessité de cette précaution, même Ali. Nous nous serrâmes les uns contre les autres au fur et à mesure que les étrangers approchaient, car la première impression qu'ils nous firent n'avait rien pour inspirer la confiance.

— Des touaregs ! lança Faucon Rouge à sa femme. Les pires brigands qu'on puisse trouver dans le désert !

Madulain ramena son hijab sur le front et baissa la tête pour ne pas inspirer de désirs malvenus.

— S'ils se sont égarés jusqu'ici, chuchota-t-elle, alors ils sont particulièrement dangereux.

Ali avait immédiatement porté la main à son arme, mais l'émir, d'une poigne ferme, l'empêcha de la sortir et de provoquer les nouveaux venus. Leur supériorité numérique était telle que tenter de se défendre n'avait aucun sens. Les seuls à se battre auraient été Faucon Rouge et peut-être David le manchot, car nous, le piteux reste de la troupe, n'aurions même pas été capables de manier un cimeterre si nous en avions possédé un, ce qui n'était le cas d'aucun d'entre nous. L'émir se leva et se dirigea en souriant vers le chef du convoi, un gros homme aux gigantesques boucles d'oreilles. Celui-ci afficha un large rictus et annonça, après l'échange des formules de politesse habituelles :

— Puisque vos hommes ont été assez attentifs pour puiser l'eau à notre intention, que cette belle femme… (il désigna Madulain de son doigt potelé) nous la serve en guise de cadeau de bienvenue !

Ce n'était pas une demande, mais un ordre. Ne pas le respecter aurait été une grave erreur : selon la loi du désert, la présentation et l'acceptation de la boisson scelle une hospitalité indéfectible. Encore fallait-il que ces voleurs respectent ce genre de rites !

Faucon Rouge fit donc signe à Madulain de donner le contenu de nos outres à boire aux touaregs. Cela se fit sans incident, au contraire : ces sauvages remercièrent la courageuse Saratz en s'inclinant devant elle.

Pendant ce temps-là le gros homme avait pris Faucon Rouge à part et lui avait montré quelle « marchandise » transportait sa caravane :

— Nous avons un magnifique kilim, dont la taille est certes un peu inhabituelle… (Il fit un bruit de succion avec ses lèvres grasses.) Il serait le plus bel ornement de n'importe quelle grande mosquée, d'Alep à Damas ou même au Caire ! Nous voulons vous le vendre à bon prix !

Il ne s'agissait pas non plus d'une vraie proposition. Cet homme dissimulait à peine son espoir de mettre la main sur le contenu de nos bourses. Faucon Rouge ne s'y trompa pas.

— Mon vœu le plus ardent a toujours été d'offrir pareille splendeur à la grande mosquée Al-Omayyad de Damas afin d'assurer la paix de mon âme, répondit-il, ce qui élargit le sourire du chef des Touaregs jusqu'au niveau de sa boucle d'oreille. Mes compagnons et moi ne sommes cependant pas partis pour visiter un bazar, mais pour connaître le destin de personnes perdues dans le désert entre l'Euphrate et le Tigre. C'est la raison pour laquelle nous ne portons pas sur nous les fonds en espèces que réclamerait, en contrepartie, votre généreux cadeau. Ce qui m'emplit de honte !

Le sourire du gros homme se rétrécit.

— Dans ce cas, proposa-t-il aussitôt d'un air maussade, que les nobles bienfaiteurs se cotisent pour prouver à Allah ce que vaut à leurs yeux sa louange.

Comme nous avions tous entendu ses mots, nous plongeâmes en soupirant la main dans nos poches, sortîmes nos bourses et en déversâmes le contenu dans le morceau de tissu que le gros homme nous tendit tour à tour. Si peu exaltant que fût le résultat, ou bien le kilim que nous n'avions pas encore vu était un objet volé, ou bien les brigands avaient un motif de vouloir s'en débarrasser. Le gros homme se demanda un instant si notre collecte constituait une contrepartie acceptable pour une rareté aussi monstrueuse. Tel n'était sûrement pas le cas, et se séparer de cette splendeur contre une pareille aumône lui fit certainement de la peine.

— J'aurais encore une autre proposition à vous faire, *bi qudrat allah*, ajouta-t-il en se tournant de nouveau vers Faucon Rouge. La chose nous est tombée entre les mains par la volonté d'Allah : nous l'avons déterré dans le sable des rives de l'Euphrate…

Il fit un signe à ses hommes qui tirèrent vers eux une silhouette ligotée, un jeune homme aux yeux hagards, une véritable incarnation de la misère ! Comme s'il s'agissait d'une bête sauvage, les brigands lui avaient glissé une branche entre les dents pour le bâillonner, il respirait à peine et râlait. Un homme lui envoya un coup au creux du genou, il tomba devant nous en levant d'un air suppliant les mains nouées par une corde dont ses nobles sauveteurs s'étaient sans doute servis pour le traîner jusqu'ici.

— Ce personnage affirme être El-Aziz, le fils unique du sultan de Damas, nous informa le gros homme impassible. Pour la somme dont vous disposez, je pourrais vous le céder… Je vous laisse le choix ! ajouta-t-il mielleusement, et sa mine laissait clairement entendre que la décision ne nous revenait pas.

Je regardai, consterné, cette créature qui réclamait de la pitié. Même s'il ne s'agissait pas d'un fils de sultan, il réveilla aussitôt en moi la miséricorde chrétienne enseignée par mes maîtres, et celle-ci ne laissait aucun doute sur le comportement que devait adopter le frère mineur Guillaume de Rubrouck. Mais j'étais le seul à vouloir donner la priorité à cet enfant de Dieu dans la souffrance. Josh le Charpentier et David le Templier avaient tout autre chose à l'esprit et le dirent ouvertement.

— En échange de notre bel argent, déclara le cabaliste avec force, nous voulons au moins disposer d'un support utilisable pour notre jeu de la vérité, et ce kilim ferait très bien l'affaire !

— Un esclave évadé, en revanche, approuva le Templier, ne peut même pas servir de quatrième. Il ne fera que boire notre eau, alors que nous n'en avons déjà pas beaucoup !

Madulain se contenta de secouer la tête. Ali regarda fixement le prétendant au trône, avec un étrange mélange de méfiance et d'avidité, mais sans la moindre compassion.

Notre émir, *primus inter pares*[23], résuma rapidement le résultat de ce vote.

— Mes compagnons, dit-il au gros homme déçu, ont choisi le kilim…

— Qu'il faudrait enfin nous présenter ! Vous pourriez le dérouler devant nous !

Le gros homme fit éloigner son otage ficelé et donna l'ordre de dérouler le tapis.

— Ma foi, c'est un magnifique témoignage de l'art du tissage oriental ! s'exclama Joshua avec enthousiasme.

Une chose me troubla cependant. Disons-le tout net, elle m'effraya : des taches sombres, sans aucun doute dues à des épanchements de sang, maculaient le tapis. Ce kilim était divisé en une quantité de champs rectangulaires couverts de symboles mystérieux et de créatures mythologiques et fabuleuses. Je n'eus pas le temps de me pencher sur leur signification, car Joshua et David s'étaient déjà installés comme des gamins sur les décorations aux couleurs vives et avaient commencé à vider le sac contenant les bâtonnets sur le tapis. Ma princesse saratz, une femme avisée à laquelle la vision de ce kilim majestueux n'avait pas fait perdre le sens des réalités, interrogea le gros homme qui s'apprêtait déjà à donner à sa caravane le signal du départ.

— Comment allons-nous transporter ce tapis gigantesque si vous ne nous laissez pas les chameaux qui soulevaient la charge et les hommes qui les guidaient ?

Le chef des brigands s'autorisa un rictus insolent.

— Je vous voyais déjà ployer sous son poids chargé sur vos épaules…

Madulain lui décocha un regard glacial.

— Est-ce ainsi que l'on procède avec des amis dont on a partagé la boisson ?

Ce langage courageux impressionna le gros homme. Quelque chose l'incita à ne pas affronter cette femme. Il plissa les paupières, l'air rusé.

— Je vais vous laisser les animaux et les hommes nécessaires, pour les trois jours dont vous aurez besoin pour rejoindre Damas. Là-bas, devant les portes, vous les autoriserez à repartir…

— Tiens ! fit le jeune Ali. Vous comptez libérer le fils du sultan…

— Si ce misérable fils de putain dit la vérité, répondit le brigand en lui coupant la parole, alors le père de ce noble prince nous paiera son poids en or. Si c'est un fieffé menteur, il nous restera le plaisir de le rosser et la possibilité de le vendre au marché aux esclaves ! (Il asséna un bon coup de pied à son capital vivant.) Damas paie les meilleurs prix, même pour les loques !

Le gros homme ordonna aux chameliers de se mettre à notre disposition. Je ne compris pas les instructions qu'il leur donna dans son dialecte, mais je les vis hocher la tête. Ils ne m'inspiraient guère confiance et je décidai de rester sur mes gardes. Les touaregs, allégés du poids qu'il leur avait fallu traîner jusqu'ici, partirent au galop. Mes compagnons nous appelèrent avec impatience, Madulain et moi-même, pour que nous venions partager le jeu de la vérité. À mon grand étonnement, Ali nous rejoignit sur le kilim et demanda la permission de jouer. Comme Madulain, déjà assise en tailleur devant la pyramide, n'avait pas l'air décidée à céder sa place, je renonçai généreusement à mon droit d'habitué. Ce jour-là, je préférais observer les autres et étudier le kilim, que mon cerveau associait étrangement à ce jeu et aux joueurs, sans que je comprenne pourquoi. J'étais également curieux de voir comment allait s'en sortir Ali, qui connaissait tout au plus le jeu de la vérité en spectateur, même si je ne l'avais jamais remarqué parmi les curieux qui nous regardaient. J'avais beau ne ressentir aucune sympathie pour ce fils de sultan rusé et perfide, la vivacité de son intelligence me laissa pantois. Je fus moins étonné de la manière dont il abordait son jeu. Il négligeait les créatures fabuleuses, mais se jetait sur tous les dragons ; il avait déjà attrapé au moins trois fois le « volant ». Mercure, l'inconstant, le traître, mais aussi Mars, l'assassin ordinaire, et la chute du majestueux Jupiter dans les bassesses de l'esclavage, s'intégraient parfaitement à ce tableau. Le fait que, se surestimant, il prit aussi le signe pneumatique[24] de la folie et pêcha la mélancolie dans la mer de l'esprit me révéla sa mentalité : il avait l'âme malade ! Ali montra peu après à ses partenaires de jeu à quel point ce processus de désagrégation était déjà avancé. Il s'empara du fils spirituel du grand-prêtre et de l'hermaphrodite, élevé au rang de cardinal, et donc descendant du dragon. Il bondit alors sur ses jambes en criant d'une voix hystérique :

— Victoire ! Victoire ! Je suis le plus grand !

Il lança à ses adversaires concentrés sur leur jeu un regard triomphant que seule Madulain soutint. Puis elle éclata de rire.

— Que personne n'aille douter de ma supériorité ! cria-t-il de nouveau.

Les insolents ne s'en privèrent pas. Joshua le Charpentier se fit le porte-parole des deux autres, que cette scène avait désagréablement touchés.

— Votre jeu, jeune seigneur, dit-il d'une voix sévère, ne s'ouvre pas ! Par ailleurs, sa composition confuse le prive de toute valeur !

Ali le regarda, ahuri, puis donna un coup de pied dans le reste de la pyramide.

— Je ne m'abaisse pas à parler avec des tricheurs et des mauvais joueurs ! lança-t-il d'une voix haineuse avant de traverser le kilim et de se réfugier dans l'obscurité croissante.

Il me paraissait évident qu'Ali avait provoqué cette querelle pour pouvoir quitter le terrain en offensé. À quelle fin ? Je remarquai aussi que l'atmosphère, d'ordinaire joyeuse et spirituelle, avait changé du tout au tout depuis que ce kilim nous servait de support. Les adversaires s'énervaient, devenaient méchants et intolérants. À moins que ces impressions n'aient été que le fruit de mon imagination ? En tout cas je n'avais aucune envie de prendre la place qu'il avait abandonnée et que les autres me proposaient. Comme je m'y refusais et que le soir tombait rapidement, les joueurs irrités abattirent la pyramide qu'ils avaient remontée, rangèrent les bâtonnets dans le sac et quittèrent le kilim sans m'adresser un mot supplémentaire, moi qui avais gâché leur jeu. On alla se coucher de mauvaise humeur. Je gardai le tapis à l'œil, ainsi que les chameliers qu'on nous avait laissés et qui devaient, le lendemain, nous conduire jusqu'à Damas. Le soupçon m'était venu que leur chef pourrait leur avoir ordonné de nous voler pendant la nuit le kilim qu'il venait de nous vendre. Faute d'éléments concrets – les chameliers s'étaient couchés pour dormir auprès de leurs montures –, ma méfiance se dissipa, mais je gardai les yeux fixés sur l'objet de nos désirs, pour lequel nous avions sacrifié un pauvre garçon. Je tentai de prier. Je fus soudain pris par la peur que quelqu'un ait dérobé les pages de ma chronique. Je pris mon sac de pèlerin – mais les feuillets de parchemin étaient au complet !

Au-dessus du kilim s'élevèrent des créatures incorporelles qui paraissaient sortir de ses nœuds comme les volutes de fumée de petites lampes à huile invisibles, elles tournaient et dansaient sur sa surface infinie. Les esprits me berçaient, je m'endormis.

Le lendemain matin, lorsque Josh me réveilla brutalement, le kilim était toujours étalé au sol, mais les chameliers et leurs bêtes avaient disparu. Cela ne me surprit nullement, pas plus d'ailleurs que l'absence d'Ali…

Faucon Rouge était furieux contre sa femme, qui s'inquiétait pour ce renégat plutôt que d'imaginer comment nous déplacerions cet immense tapis. Si cela n'avait tenu qu'à moi, nous aurions pu le laisser sur place. Le Templier et le cabaliste qui s'étaient encore vivement disputés la veille au soir insistèrent en revanche pour qu'on reste auprès du kilim jusqu'à ce que Dieu ou un autre nous fasse miroiter une solution : il est vrai que ce séjour involontaire dans le désert promettait encore quelques belles parties de ce jeu stimulant.

Je crois que j'étais le seul à penser encore au véritable motif de notre départ de Jérusalem : la quête de Roç et Yeza, notre Couple Royal, cette mission que nous invoquions jadis d'une voix tellement solennelle.

UN REGARD PAR LES FENTES des volets de bois confirma que le jeune Baïtchou avait eu raison d'avoir peur : le palais de Zénobie était assiégé, des bédouins l'encerclaient entièrement et ne semblaient pas avoir l'intention de faire de quartier. Ils n'osaient pas encore lancer l'assaut contre les murailles, mais les plus courageux ne cessaient de s'en rapprocher, courant d'un arbre à un buisson comme s'ils craignaient d'être aperçus. On entendait çà et là les premiers cris de rage :

— Notre reine ! criaient-ils. Libérez notre reine !

Les chevaux piaffaient derrière les murailles où les domestiques s'étaient rassemblés, muets et tremblants.

Au milieu de la cour, Yves et Yeza se faisaient face ; un peu plus loin, le visage impassible, Rhaban se tenait à côté de Baïtchou qui suivait les événements les yeux écarquillés. Le maître d'armes bouillait, il n'avait plus qu'une idée en tête : libérer Yeza de cette situation difficile. Les premiers bédouins s'étaient frayés un chemin jusqu'au portail. Les coups résonnaient et épuisaient le système nerveux de ceux qui y étaient assemblés.

— *Frappe !* proféra la voix sonore de Jalal, jusque-là assis parmi les domestiques, l'air indifférent. *Bats et Il t'ouvrira la porte.*

Yeza ne put s'empêcher de rire. Mais elle était la seule.

— *Disparais !* récita le soufi. *Et Il te fera briller comme le soleil.*

— Demande-lui de nous épargner ! lança Yves à Yeza qui savourait le côté absurde de la situation. Ou bien c'est moi qui le ferai taire !

Le Breton se tenait prêt pour le combat, cuirassé et armé comme un archange. Il n'avait pas encore abaissé la visière de son heaume, mais s'appuyait sur le pommeau de sa large épée.

— Vous feriez mieux de l'envoyer à l'extérieur pour qu'il vous obtienne un sauf-conduit, répondit-elle, moqueuse.

Ces mots suffirent : le derviche leva les mains pour faire comprendre qu'il n'en était pas question et ne prononça plus un mot.

Le regard du Breton s'assombrit.

— Yeza, vous n'avez décidément pas compris que je fais toujours ce que j'ai annoncé. Vous allez donc quitter Palmyre avec moi !

Une fois encore, on entendit des coups contre la porte de la maison.

— Quels moyens coercitifs comptez-vous employer pour que je vous suive ? demanda-t-elle en soutenant son regard. Le tranchant de votre épée ?

— Je n'en aurai pas besoin ! répliqua Yves. La force des mains qui la tiennent suffira à vaincre votre résistance.

Alors, le vieux Rhaban explosa :

— Je ne supporte plus ça ! cria-t-il, cramoisi. Laissez la reine partir ou bien je… (Il tira Baïtchou contre lui et lui posa son cimeterre sur le cou.) Sortez, maintenant ! cria-t-il à Yeza. Et qu'Yves vous suive !

Le Breton ne bougea pas, mais ses mains se crispèrent sur le pommeau de son épée.

— Laissez tomber cette arme ! cria Rhaban, si vous ne voulez pas porter la responsabilité de…

Son cimeterre tressaillit sur le cou du jeune garçon terrorisé, puis tomba des mains du maître d'armes. D'un geste fulgurant, Yeza avait lancé sa dague, qui était venue se planter entre le coude et le poignet de son bras droit. Rhaban laissa filer Baïtchou et s'effondra à genoux sur les carreaux du patio. Tout s'était figé. On entendait de nouveau des coups contre la porte. Le derviche reprit sa litanie.

— *Laisse-toi tomber*, chuchota-t-il, *et Il te soulèvera dans le ciel !*

Livide, l'œil luisant, au bord des larmes, Baïtchou regardait fixement celle qui l'avait sauvé. Le Breton fit un pas vers Rhaban, qui baissait la tête avec résignation. Mais l'épée du chevalier ne lui trancha pas le cou : d'un geste, Yves lui ôta au contraire l'arme plantée dans son avant-bras.

— Allons-y ! dit sèchement Yeza lorsque Yves lui rendit sans un mot la dague qu'il avait essuyée. Vous allez me prendre en otage ! ordonna-t-elle au Breton. Baïtchou nous suivra avec les chevaux.

— Et quelle est votre intention véritable ? demanda Yves dans un mélange d'admiration dissimulée et de méfiance affichée.

— Vous le verrez bien, Breton.

Yeza était redevenue la reine. Elle se dirigea vers le portail et demanda aux valets de l'ouvrir. La meute de bédouins qui l'assiégeait recula, effrayée.

— Ouvrez le chemin ! ordonna-t-elle à ceux qui étaient le plus près d'elle, et ne touchez aucun de ceux qui me suivent, ni pour le bien, ni pour le mal !

Cela valait aussi pour Yves le Breton, qui se tenait derrière elle et brandissait son épée. Les bédouins se détournèrent, déçus, et quittèrent la tête basse le parvis du palais de Zénobie.

Au bout de quelques heures, alors qu'ils avaient déjà atteint l'oasis voisine, les chameliers de la bande de brigands avaient rejoint leur gros chef, qui les attendait pour repartir aussitôt avec eux. Qu'ils aient amené Ali ne le réjouit pas du tout. Celui-ci en vint tout de suite au fait.

— Je suis venu vous racheter l'esclave, expliqua-t-il froidement au gros homme.

Le chef des brigands flaira aussitôt la bonne affaire, mais s'efforça de prendre l'air aussi impassible que son hôte. La pointe de ses moustaches tremblait pourtant et révélait sa cupidité.

— Vous êtes donc à présent persuadé qu'il s'agit bien du fils du sultan de Damas ?

— Vous n'en êtes pas convaincu ? lança Ali. Alors demandez-lui donc le nom de la favorite de son père, An-Nasir !

Le gros homme parut un peu étonné, mais envoya son garde du corps, un gigantesque Nubien portant en écharpe sur sa poitrine un cimeterre à la lame particulièrement large. Ali suivit tranquillement des yeux le géant noir. Le rire moqueur du gros homme l'arracha à ses pensées.

— Celui-là pourrait vous découper en morceaux, suggéra-t-il à son visiteur, l'air amusé, avant de reprendre le ton d'un marchand au bazar : Combien comptez-vous me le payer ? demanda-t-il.

Le garde du corps revint et chuchota un mot à l'oreille de son maître. Le gros homme sourit.

— Donnez-moi la somme et le nom de la femme, proposa-t-il avec un sourire aimable. Si les deux sont corrects, nous serons en affaire ! (Il scruta le visage de son acheteur, mais Ali ne broncha pas.) S'ils ne le sont pas, vous aurez tout perdu, l'argent et la vie !

Ali soutint son regard.

— Clarion[26], dit-il tranquillement, ce que le gros homme confirma malgré lui d'un hochement de tête. Mais je ne porte pas sur moi les trente pièces d'or que je vais vous payer. (C'est Ali, à présent, qui avait la main.) Si vous devez conclure ce marché, demandez à quelqu'un de m'accompagner, de préférence votre montagne de muscles en ébène, auquel je pourrai remettre cette somme.

Le marchand corpulent se demanda où était le piège. Il n'était pas du genre à se laisser rouler.

— Avec le prisonnier ? insista-t-il.

— Sa tête me suffira ! (Ali le regarda froidement.) La seule chose qui me préoccupe, c'est la *hamsa*[27], l'amulette que ce lascar porte autour du cou…

La grêle de pierres s'abattit contre les murailles de la tour isolée. Celle-ci était identique à celle que Yeza avait choisie lorsqu'elle cherchait à tirer ses idées au clair et où elle avait rencontré pour la première fois Yves le Breton à Palmyre. Yeza aimait ce lieu. Le calme des morts, dans leurs sarcophages de marbre, déteignait sur elle. Cette fois encore, ils protégèrent le petit groupe qui s'y était réfugié. Le mérite en revenait peut-être aussi au Breton, campé au seuil de la porte, utilisant ses madriers usés par le temps comme bouclier, prêt à accueillir avec son épée quiconque, par légèreté ou témérité, se précipiterait dans l'escalier étroit. Les marches étaient jonchées des corps de ceux qui avaient tenté de franchir le barrage que leur opposait le gardien. Yeza et Jalal al-Soufi, qui s'était joint à eux sans qu'on l'y ait invité, étaient accroupis dans la pénombre de cette chambre funèbre en forme de cheminée et écoutaient le bruit des pierres qui s'abattaient comme des grêlons contre le bouclier de fortune du Breton, les cris des agresseurs furieux qui s'encourageaient les uns les autres et se jetaient vainement sur le défenseur, celui qu'ils devaient abattre s'ils voulaient conserver leur reine bien-aimée.

Baïtchou, gamin ingénieux, avait grimpé à l'intérieur du puits qui s'élevait entre les caveaux afin de surveiller les alentours depuis le haut du mur, par les étroites fentes d'aération. Il fut le premier à voir, avant même que les assiégés ne constatent une atténuation des attaques, que le gros des bédouins se rassemblait près du temple d'Alilat, là où logeaient des derviches. Il en restait tout de même assez pour tracer autour de la tour isolée un cercle dense de combattants qui avaient certes cessé de se précipiter à l'aveuglette sur l'épée du Breton, mais prenaient le temps de viser avec leurs pierres et, de temps en temps, avec leurs flèches. Yves recula dans le cadre de la porte, ce qui limita son champ de vision aux marches situées juste devant lui. Baïtchou, tout excité, annonça qu'il apercevait des Mongols. Plusieurs divisions venant de l'est se dirigeaient vers le centre de Palmyre…

Le général Sundjak revenait de son expédition punitive. Il ramenait avec lui un prisonnier, l'émir de Mayyafaraqin. Celui-ci était vivant : il fallait que le Il-Khan fasse subir une mort atroce à celui qui avait osé s'en prendre à un ambassadeur des Mongols. El-Kamil était transporté dans une cage étroite pour que chacun dans le pays voie ce qu'il en coûtait de se soulever contre la loi des vainqueurs. Le général n'avait pas eu à résoudre le problème du Couple Royal, ses hommes n'avaient trouvé ni Yeza, ni Roç dans la citadelle de Mard' Hazab. On avait donc pu massacrer la conscience tranquille tous ceux qui étaient demeurés sur les lieux, hommes, femmes et enfants confondus. Sundjak avait rasé Mard' Hazab, il n'en restait plus que le sol où s'élevait la forteresse. Le général mongol, profondément satisfait, n'avait plus qu'une hâte : rejoindre le camp de commandement de Hulagu pour recevoir les félicitations du Il-Khan. Il n'avait pas la moindre intention de se confronter avec ces bédouins furieux et les derviches qui les excitaient, et ne changea pas d'opinion lorsque Khazar, qui commandait l'arrière-garde, l'informa qu'ils avaient pris Yves le Breton en otage pour qu'il n'enlève pas leur reine. Or cette reine n'était autre que Yeza, la princesse qu'ils recherchaient depuis si longtemps ! Le général, impassible, répondit que le Breton l'avait bien mérité, que rien ne l'avait forcé à se mêler à ces simagrées qu'on organisait autour du Couple Royal et qui, du point de vue de Sundjak, ne faisaient qu'entraver la seule ligne claire, celle de la domination mondiale des Mongols ! Reconnaître Roç et Yeza, c'était faire une concession stupide à un Occident désordonné, aux pays du soleil couchant et au roi de France, ce monarque indiscipliné dont Yves se réclamait. Et la princesse Yeza ? demanda Khazar. Sundjak lui souhaita que les bons et les mauvais démons lui épargnent d'avoir jamais affaire à cette créature incontrôlable ! Il renvoya fermement Khazar, même lorsque celui-ci lui indiqua que Baïtchou, le fils de Kitbogha, se trouvait lui aussi en danger. Ce n'était pas sa faute, répondit le général, mais celle du Breton, et cela ne constituait pas une raison de s'attarder ici, dans ce nid poussiéreux et peuplé de scorpions, au beau milieu du désert.

La cage contenant El-Kamil se trouvait depuis longtemps entre ses gardiens et les bédouins qui le regardaient avec curiosité. L'émir, qui savait parfaitement ce qui l'attendait s'il arrivait vivant dans le camp des Mongols, considérait que les bédouins excités de Palmyre étaient son dernier atout. Se faire reconnaître par ces hommes n'aurait pas servi à grand-chose, mais il avait entendu l'histoire de Roç et de Yeza. Aussi clama-t-il que les Mongols étaient les alliés du Breton et qu'ils étaient venus s'emparer de la reine par la force. La peur de mourir donnait à El-Kamil la langue du *cheïtan*. Il misa sur la réaction des derviches, auxquels l'apparition soudaine de ces diables étrangers déplaisait autant qu'elle offensait la fierté des bédouins. Il s'agissait de « leur » reine, et personne ne devait la leur voler ! Sundjak était le dernier à pouvoir calmer cette agitation. La situation lui échappa lorsque les bédouins tentèrent de sortir l'émir de sa cage et que les premières pierres volèrent. Le général donna l'ordre de passer à l'attaque…

Dans la tour funéraire, l'ambiance n'était pas à l'accablement, mais la tension n'avait pas diminué. Baïtchou racontait ce qu'il avait vu : les cavaliers mongols repoussaient les bédouins et les taillaient en pièces. De loin, il ne pouvait rien voir de plus précis. Il était incapable de dire ce qui arrivait aux derviches, dont le sort inquiétait Yeza.

— Ceux qui ne chercheront pas le salut dans la fuite n'auront pas la moindre chance de sauver leur tête, constata Yves, laconique. Mais ceux-là ne s'enfuiront pas.

— Ils aiment la vie ! osa objecter Yeza. Ils vivent pour ne faire qu'un avec le grand et unique Aimé !

— *La plupart des vivants vont vers leur mort en trépignant et en couinant, tel n'est pas le cas de l'âme qui connaît l'Aimé*, fit le derviche, qui osait de nouveau puiser dans son répertoire de vers ceux qui lui semblaient adaptés à la situation. *Pour eux la mort n'est ni cruelle ni douloureuse, elle n'est qu'un pas supplémentaire vers le Grand et l'Unique.* (Jalal lança un coup d'œil à Yves qui le laissa continuer.) *Quand on fuit la mort, on est condamné à mourir sans cesse ! Voilà ce que je qualifie, moi, de cruel et douloureux !*

— Cela ressemble plus à une exécution, lorsque le bourreau vous tire vers l'échafaud, dit Yeza d'un ton léger. Mais je suis habituée à regarder la mort en face. Depuis le début, ajouta-t-elle, songeuse, la vie du Couple Royal n'a été faite que de cela !

Yves avait refermé la porte, seul un entrebâillement permettait encore de voir à l'extérieur. Au demeurant, personne ne tentait plus d'accéder à la tour. Baïtchou confirma que les assiégeants s'étaient tous retirés en laissant derrière eux les morts qui jonchaient l'accès à l'escalier. La plupart étaient allés porter secours à leurs frères attaqués ; d'autres avaient pris la fuite.

— Les cavaliers mongols dominent la situation ! annonça fièrement le jeune garçon depuis sa vigie.

Yeza estima qu'ils pouvaient à présent quitter la tour et aller chercher leurs chevaux qui, elle l'espérait, les attendaient encore dans la cour du château. Yves fronça les sourcils :

— Depuis combien de temps n'êtes-vous plus allée chez les Mongols, Isabelle Esclarmonde du Mont y Sion ? demanda-t-il à Yeza avant de répondre lui-même. Le Couple Royal a aujourd'hui dans son propre camp plus d'ennemis que de partisans, expliqua-t-il, l'air grave et soucieux. Sundjak n'est certainement pas de vos amis. (Le Breton se mit à chuchoter, Baïtchou ne devait pas l'entendre.) S'il nous découvre ici, il vous fera abattre froidement, et moi avec.

Un grand silence s'installa dans la tour étroite.

— Il ferait peut-être bien, murmura Yeza. Je n'apporte que le malheur aux gens…

Jalal repoussa cette idée avec virulence :

— Nul ne détient le pouvoir d'influencer la volonté de Dieu – *kulu sheien min iradatu allah !* ajouta le derviche, qui parut soudain très détaché. Moi qui vous ai conduits à Palmyre, je ne suis pas responsable du destin de ses habitants, pas plus que les Mongols qui se sont retrouvés ici – tout cela est la volonté d'Allah !

Baïtchou cria au milieu du silence :

— Ils se dispersent, nos cavaliers font mouvement vers nous !

L'enthousiasme que lui inspirait la victoire de ses divisions lui donnait une voix stridente.

— Ne crie pas si fort ! lança Yves au guetteur qui se tut aussitôt. Ils approchent ! chuchota-t-il.

Yeza aurait aimé pouvoir faire descendre le gamin en le tirant par les pieds, ou du moins fermer sa bouche de bavard, car Baïtchou s'était mis à sauter sur place entre les sarcophages les plus élevés.

— C'est Khazar ! s'exclama-t-il, fou de bonheur. C'est Khazar qui mène les cavaliers !

À cet instant seulement, il remarqua que personne ne partageait sa joie.

Yves, qui se tenait dans l'ombre, regardait, tendu, par la porte entrouverte. Il s'adressa à Yeza sans se retourner, d'une voix rauque qui ne tolérait aucune contradiction.

— Je vais sortir seul. Ne bougez pas avant que je vienne vous chercher !

Il poussa la porte en madriers et s'élança l'épée à la main. C'est Khazar qui avança vers lui.

— *J'ai toujours libéré tous les prisonniers !* déclamait à voix basse le derviche et tout le monde percevait le soulagement dans cette crypte élevée. *Les dents du dragon, je les ai forcées à s'ouvrir ! Même le chemin semé d'épines de l'amour, je l'ai couvert de roses !*

ALI, LE FILS DU DERNIER SULTAN ayyubide du Caire, qui avait été renversé et assassiné, laissa le garde du corps noir du gros chef des brigands le précéder. L'amulette qu'il portait désormais autour du cou lui brûlait la poitrine comme si cette main d'argent finement ciselée était en fer chauffé au rouge. Le chef des touaregs lui avait accroché d'un geste presque paternel ce ruban de cuir auquel était suspendu la hamsa.

— Si vous ne payez pas, avait-il murmuré tandis que ses mains potelées passaient sur son cou, ce cuir… (Il avait alors serré le ruban jusqu'à ce qu'Ali commence à étouffer.)… deviendra trop étroit pour vous !

Puis il l'avait abandonné. Ali se tenait encore la gorge de temps en temps comme si l'air lui manquait. Il ne fallait pas qu'il se laisse aller.

Lorsqu'il se fut suffisamment éloigné de l'oasis où les touaregs attendaient le retour du gigantesque Nubien, Ali lui donna l'ordre de s'arrêter et de mettre pied à terre. Le Noir, indécis, portait dans une main le sac contenant la tête coupée d'où le sang sombre coulait goutte après goutte dans le sable. Dans l'autre, il serrait son grand cimeterre. Ali lui fit accomplir dix pas vers l'avant, puis sept de côtés, trois en arrière, puis deux dans l'autre sens. Le géant se promenait ainsi dans les dunes, de plus en plus perplexe. Puis Ali lui commanda de creuser, plus à droite, non, plus haut, plus à gauche. Le Noir plongea en grognant son cimeterre dans le sable et se mit à creuser un trou à mains nues. Il s'enfonça, s'enfonça encore, on aurait dit qu'il avait deux pelles au bout des bras, mais il ne trouvait pas d'or. Le géant pensa qu'on se moquait de lui. Il lança un regard interrogateur et agacé à Ali, toujours assis sur son chameau et à bonne distance.

— Maintenant jetez le sac dans le trou et rebouchez-le ! ordonna-t-il au Noir, qui fut indigné par cette insolence.

— Et l'or ? aboya-t-il en constatant que ses soupçons se confirmaient.

Au même instant, les premières pièces d'or tombèrent près de lui dans le sable. Ali avait tiré de sous son large burnous une ceinture qu'il portait à même le corps et lui lançait les pièces comme des aumônes, mais elles tombaient dans le trou de plus en plus vite, le sable ruisselant les recouvrait, elles glissaient sous le sac ensanglanté… Lorsque le géant, désespéré et fou de rage, chercha des yeux celui qui le tourmentait pour se précipiter sur lui et l'étrangler à main nue, le chameau et son maître n'étaient déjà plus à sa portée et il était loin d'avoir rassemblé les trente pièces que lui réclamerait son maître. Ali disparut ainsi de son champ de vision…

De la chronique de Guillaume de Rubrouck

Immobilisés devant un puits creusé dans le désert – on ne pouvait pas donner le nom d'oasis aux trois maigres dattiers qui l'entouraient –, nous étions assis sur le kilim et tuions le temps en jouant au jeu de la vérité. Quand je pense avec quelle soif d'action, avec quelle fougue nous étions partis de Jérusalem, avec pour seule devise sur notre drapeau invisible la recherche du Couple Royal… Nous et nos beaux projets étions à présent installés mollement sur ce tapis monstrueux que les touaregs nous avaient forcés à acheter. Ces voleurs de Berbères ne nous avaient pas laissé le choix. Maintenant que nous étions en sa possession, personne ne nous obligeait en revanche à nous comporter comme les esclaves de ce kilim, aussi somptueux fût-il. Nous aurions pu simplement considérer la somme qu'on nous avait extorquée pour son achat comme un prix très avantageux pour notre vie, nous aurions pu abandonner le tapis au désert ou aux futurs visiteurs de l'oasis et poursuivre notre route. Mais cet objet était comme ensorcelé ! Depuis que le kilim leur servait de support, leur passion du jeu avait plongé Joshua, notre cabaliste, et David, le Templier, dans une sorte d'ivresse. Ils auraient menacé de mort quiconque aurait osé ôter le tapis sous leurs fesses ou les faire changer de mode de jeu ! Faucon Rouge, lui aussi, se montrait incapable de faire preuve d'autorité et acceptait tranquillement qu'ils le privent de sa femme, car la princesse des Saratz comptait depuis longtemps au nombre des joueurs invétérés. Même s'il ne tenait absolument pas à ce kilim, l'émir semblait paralysé comme si un poison s'était peu à peu instillé dans son sang depuis que nous étions devenus les propriétaires du tapis. On aurait dit que le kilim nous dominait comme un mauvais djinn ! Comme il fallait quatre personnes pour jouer au jeu de la vérité et qu'Ali avait disparu depuis la nuit précédente, les trois joueurs déjà réunis autour de la pyramide m'appelaient en termes discourtois parce qu'ils voulaient enfin commencer. David le Templier avait déjà distribué les pièces. En regardant mes douze bâtonnets, je vis la possibilité de combiner les « principes élémentaires » avec les « penchants essentiels ». Après les turbulences de ces derniers temps et compte tenu de l'irritabilité croissante de mes partenaires, je tenais à mener un jeu plein d'harmonie ! Comme Madulain, dont la colère envers Ali ne s'était pas encore apaisée, et Joshua, que les railleries de ce gamin avaient plus agacé qu'il ne voulait le montrer, s'affrontaient mutuellement dans les profondeurs trompeuses de l'eau et de la lune, je pus mener mon affaire pacifique sans que personne ne me dérange. Même David ne m'en empêcha pas. Cette fois, mon ami manchot paraissait s'être perdu entre *Aer*, l'air, et les nombreux visages de l'Hermès de la spiritualité.

Je suivais sa stratégie avec attention : il était le seul auquel je devrais me confronter lorsque nous nous retrouverions devant les créatures fabuleuses que je convoitais. Le Templier semblait encore hésiter entre occultisme et inspiration, entre le poison du serpent et l'antidote du *medicus*. Ce va-et-vient constant lui donnerait encore beaucoup à faire si la *lapis ex coelis*, la « Créature suprême » ne le tirait pas, par miracle, des tiraillements entre la salamandre de feu et les serres du phénix.

— Et voilà qu'on nous dérange de nouveau ! s'exclama Josh le Charpentier en jetant ses bâtonnets sur le tapis.

Je me retournai lentement, entre autres pour ne pas permettre à Madulain de voir mon jeu qu'elle guignait toujours comme une pie. C'étaient manifestement des chevaliers venus des États croisés de la côte qui s'étaient risqués ou égarés jusqu'ici. Je reconnus la bannière d'Antioche et celle du roi d'Arménie. Lorsque les cavaliers furent certains que nous n'étions guère nombreux et que nous n'étions pas non plus les appâts d'une chausse-trape, ils approchèrent, plus détendus. Faucon Rouge s'était levé, mais c'est son épouse, Madulain, qui bondit d'un seul coup en poussant un cri sauvage et provoqua l'effondrement de la pyramide.

— Roç Trencavel ! s'exclama-t-elle, attirant l'attention de l'émir sur le chef des chevaliers.

C'était bien Roç. Il m'avait forcément reconnu. Il regarda pourtant ailleurs, ostensiblement, voire avec mépris, en nous apercevant sur le tapis. Roç mit pied à terre et se dirigea vers Faucon Rouge avec une simplicité qui tranchait sur l'enthousiasme qu'avait provoqué son arrivée. Tous ceux qui étaient rassemblés ici connaissaient suffisamment le Trencavel pour qu'il se rappelle leurs visages. Mais Roç ignora les joueurs. Il déposa sur les joues de Madulain les mêmes baisers froids que sur celles de l'émir.

Faucon Rouge avait tout de même été au même titre que moi, dans une certaine mesure, l'un des principaux acteurs du sauvetage des enfants du Graal à Montségur, une mission que nous n'avions jamais abandonnée depuis.

Je ne comprenais pas le comportement de Roç. À nous qui avions été forcés d'interrompre notre jeu faute de quatrième, il n'accorda qu'un regard peu amène jusqu'à ce que nous nous soyons levés et que nous nous présentions devant lui pour le saluer. Je dois le reconnaître, le traitement qu'il me réservait me paraissait indigne de mon rang. Après tout, une profonde amitié me liait à lui depuis son enfance. Il me serra dans ses bras et dit : « Ah, Guillaume ! » Mais il n'ajouta pas : « Heureux de te revoir. »

Mes compagnons ne furent pas mieux traités. Cependant, ils n'avaient jamais eu avec Roç la relation d'extrême proximité dont je pouvais me targuer. Les chevaliers d'Arménie, ils étaient cinq, s'étaient aimablement joints à nous, ou pour être plus précis, s'étaient immédiatement regroupés autour de l'unique femme de notre compagnie, Madulain, et même si son mari ne paraissait pas enthousiasmé, la princesse des Saratz assuma aussitôt avec dignité et cordialité le rôle de la damna et de l'hôtesse. Je remarquai en revanche que la troupe nettement plus nombreuse des seigneurs venus d'Antioche gardait une distance qui pouvait exprimer l'hostilité, comme si une barrière invisible était dressée entre eux et ceux que leur chef Roç Trencavel était en train de saluer. Ils avaient commencé par se diriger au grand galop vers notre campement, puis les plus avancés avaient soudain fait faire volte-face à leurs chevaux, nous avaient tourné le dos et s'étaient regroupés autour de leur bannière. Les gens d'Antioche ont beau avoir une réputation d'arrogance, leur comportement me paraissait proche de l'offense, ce qui ne troublait apparemment que moi. On n'avait d'yeux et d'ouïe que pour le Trencavel et l'émir. Personne ne parla du kilim, que l'on apercevait de loin avec ses couleurs sombres et intenses et qui était à présent déroulé entre Roç et Faucon Rouge. Le ton devint vite agressif. Il était question de la recherche de Yeza. Pour l'émir, il allait de soi qu'après cette rencontre inespérée, tous deux allaient unir leurs forces pour la retrouver, puis redonner à Roç et Yeza leur rôle glorieux de Couple Royal. Ils avaient entrepris leur voyage dans ce but ! On aurait dit que Faucon Rouge le reprochait à Roç, sans doute était-ce le cas.

Roç rejeta aussitôt cette ingérence dans sa vie personnelle. Pour ce qui concernait Yeza, dit-il, elle était en mesure – du moins pouvait-on l'espérer – de décider librement quel chemin lui conviendrait le mieux. Les mots d'ingratitude se succédaient, et l'émir finit par appeler son épouse.

— Nous n'avons plus rien à faire ici, lui expliqua-t-il. Je me sentirais mieux si je n'avais jamais rencontré Roç Trencavel.

Madulain tenta de les réconcilier. Elle prit la main de Roç pour l'attirer vers elle et Faucon Rouge, mais il lui tourna le dos et se dégagea. Pour moi aussi, le voir bousculer ainsi ses vieux amis dépassa la mesure. Lorsque l'émir se dirigea vers sa monture, suivi par une Madulain profondément chagrinée, je pris mon courage à deux mains et m'approchai courageusement du mauvais coucheur.

— J'espère, Roç, dis-je d'une voix posée, que ce n'est pas notre dernière rencontre. (Je sentis une boule dans ma gorge.) Si nous devions avoir une nouvelle occasion de nous parler, je souhaite que ce soit dans une ambiance adaptée à l'amitié cordiale qui me lie à Yeza et à toi-même et que je conserverai jusqu'à la fin de mes jours.

Les larmes m'étaient tout de même montées aux yeux, et je sautai au cou de Trencavel en sanglotant. Il me laissa épancher ma tristesse puis se dégagea et appela d'une voix sombre Faucon Rouge, qui s'était immobilisé.

— J'aurais aussi pu imaginer une autre réception. Il semble que j'aie dérangé dans leur jeu mes amis, ou ceux qui se font passer pour tels !

Ces mots étaient sans doute destinés à Joshua et David et dans une moindre mesure à Madulain. Moi, je ne comptais pas. Mais l'émir se montra inflexible, et son épouse avait beau le presser de faire un geste de réconciliation avec Roç, il se contenta de regarder longtemps le Trencavel, en silence, avant de se détourner de lui.

Cela incita ce dernier, très énervé, à donner une autre explication :

— Je ne demande qu'à renouer mon union avec Yeza, mais pas avec l'aide de gens qui ont pris l'habitude d'utiliser ce kilim pour se livrer à leur vice !

J'aurais beaucoup aimé savoir ce qu'il avait au juste contre notre inoffensive passion pour ce jeu, même s'il s'en prenait surtout au tapis qui nous servait de support, mais je ne voulais pas perdre l'escorte de l'émir, qui était déjà monté sur son chameau. Je souhaitais au moins prendre congé de mes compagnons de Jérusalem et leur expliquer ma décision, même si j'étais sûr qu'ils n'accepteraient pas cette « désertion ». Je courus donc auprès de Faucon Rouge au moment précis où son épouse, elle aussi, le rejoignait.

— Loin de moi l'idée de vous faire changer d'avis, cependant, compte tenu du niveau déjà très bas du soleil, l'implorai-je, ne pourrions-nous pas repousser notre départ à demain ?

Je n'avais guère d'espoir d'obtenir gain de cause. Madulain prit heureusement mon parti. Nous convainquîmes Faucon Rouge de dresser notre campement dans un autre endroit de l'oasis, séparés de Roç et de sa bande par le kilim que nous avions abandonné au moment où éclatait la querelle et qui paraissait prêt à bondir, sombre et lumineux comme un tigre multicolore. Les rayons dorés du soleil vespéral qui passaient à travers le feuillage dessinaient des personnages toujours nouveaux et mouvants sur le fond du tapis, qui n'avait pas besoin de cela pour m'inquiéter. La clique des chevaliers d'Antioche se tenait elle aussi à bonne distance au bord de l'oasis. Jusqu'ici, aucun d'entre eux n'était venu nous présenter ses hommages.

À PEINE YVES LE BRETON était-il parti avec Khazar qu'on ressentit un certain soulagement dans la tour aux ossements. Baïtchou avait bondi à la porte et surveillait l'extérieur. La plupart des Mongols étaient déjà hors de vue, ils accompagnaient leur chef, Khazar, et le Breton, qui n'avait pas demandé leur protection mais avait eu l'intelligence de la tolérer. Avant que Yeza n'ait pu retenir le jeune garçon, Baïtchou s'était faufilé à l'extérieur et courait vers les hommes de son cousin qui se tenaient encore près de leurs chevaux. La plupart le connaissaient et savaient qu'il était le fils de leur commandant, Kitbogha. Il leur fut donc difficile de lui refuser les deux chevaux qu'il leur demandait. Ils aimaient bien ce gamin courageux et accepteraient volontiers le sermon auquel ils pouvaient s'attendre. Aussi accédèrent-ils aux désirs de Baïtchou, qui revint fièrement à la tour avec les deux chevaux. Yeza l'avait attendu avec peur et une certaine émotion. Au fond, ce petit bonhomme aguerri n'avait pas tort : elle devait profiter de l'occasion et se libérer de l'emprise du Breton – si elle ne le faisait pas maintenant, quand le feraitelle ? Elle le rejoignit donc en souriant : pour Baïtchou, c'était la plus belle manière de saluer son initiative, car il s'était attendu à devoir tenter de convaincre cette princesse vénérée de prendre la fuite avec lui. Que Yeza l'accepte tout naturellement comme accompagnateur et protecteur le stupéfia. Il regarda en clignant des yeux vers Jalal, qui était sorti de la tour derrière Yeza.

Le soufi avait compris que l'heure était venue de renoncer à un rêve, celui du retour de la grande reine Zénobie, de l'édification d'un royaume universel fondé sur l'amour de l'esprit et la poésie, un temps de bonheur parfait pour les derviches de Palmyre ! Il ne trouva même pas de vers de Roumi pour illustrer ces adieux. Avant que Yeza ne puisse se retourner vers lui, le soufi rentra dans l'obscurité de la tour. Il ne voulait pas compliquer leur séparation, il savait qu'il ne pourrait pas retenir ses larmes.

Yeza s'en alla ainsi, Baïtchou à son côté, en traversant les rangées de palmiers de l'oasis. Le jeune garçon ne trouva le courage de poser la question à la dame de son cœur que lorsque Palmyre eut disparu.

— Où dois-je vous conduire ?

Yeza adressa un sourire mélancolique à son jeune chevalier.

— Nous venons de quitter le paradis et ce de manière irrévocable, si je songe aux méthodes qu'emploie généralement votre général Sundjak, ajouta-t-elle amèrement.

Mais elle ne se retourna pas vers la ville, d'où s'élevaient des colonnes de fumée qui dépassaient la cime des arbres. Baïtchou, lui, l'avait fait à plusieurs reprises, pour vérifier s'ils n'étaient pas suivis.

— Vous ne voulez pas revenir auprès des Mongols ? demanda-t-il sans oser la regarder. Ils vous sont pourtant dévoués de tout leur cœur..., poursuivit-il, dissimulant ainsi sa propre déclaration d'amour.

— Si, répondit Yeza qui prenait le jeune homme au sérieux. Mais je veux avant tout retrouver Roç Trencavel, et pour cela je dois savoir où il se cache.

Baïtchou réagit en homme :

— Vous aime-t-il ? s'enquit-il d'une voix sèche.

Yeza ne put s'empêcher de rire.

— Pas tant que moi, tenta-t-elle d'expliquer. Nous sommes faits l'un pour l'autre !

Baïtchou se ressaisit.

— Dans ce cas je vais vous conduire auprès de lui, et je serai votre chevalier à tous les deux !

Yeza suivit son impulsion : elle se pencha sur sa selle, prit la tête du jeune garçon entre les mains et l'embrassa sur la bouche. Puis elle éperonna les flancs de son cheval et ils galopèrent sur un chemin dont ils ignoraient où il aboutissait.

L'inéluctable départ du sultan de Damas

De la chronique de Guillaume de Rubrouck

Dans l'oasis, les ombres des trois maigres dattiers s'allongeaient à mesure que le soleil se couchait. Roç s'était installé autour du puits avec ses fidèles, au nombre desquels je ne pouvais plus me compter, raison pour laquelle nous nous étions écartés, Faucon Rouge, son épouse Madulain et moi-même. Entre nous s'étalait le kilim et ses étranges ornementations, ses symboles et ses lignes enchevêtrées. Le tapis recelait un secret qu'aucun de nous ne connaissait. Même Joshua, pourtant cabaliste expert, n'était pas capable de déchiffrer, fût-ce approximativement, les structures complexes décrites par les nœuds du tapis. Il était assis en tailleur au bord de cette surface sombre d'où me regardaient diables grimaçants et yeux incandescents qui semblaient être sortis de l'enfer mais toujours liés à lui par un pacte maléfique. Je n'aurais pas été étonné de voir le kilim se transformer en un lac de goudron bouillonnant, tant il paraissait étranger à ce désert.

David, le Templier manchot face auquel Josh était assis, se leva et se dirigea lentement vers moi en foulant le kilim. Il venait sans doute m'inciter à revenir partager leur jeu. Ils me faisaient de la peine, tous les deux, mais je ne pouvais pas transgresser les consignes de Faucon Rouge juste après m'être placé sous ses ordres. Je pris donc les devants lorsque David vint enfin près de moi.

— Je propose, dis-je en désignant les chevaliers d'Antioche, toujours regroupés à bonne distance autour de leurs drapeaux, que nous rendions une visite aux messieurs qui sont venus avec le Trencavel. Je suis curieux d'apprendre pourquoi ils nous évitent et nous regardent avec tant d'arrogance, comme si nous n'étions pas dignes d'eux...

À mon grand étonnement, David répondit qu'il avait bien l'intention de leur poser la question. Il devait certainement, m'expliqua-t-il, y avoir un motif plus profond à cette mauvaise humeur manifeste.

— Peut-être sont-ils eux aussi tellement déçus par l'attitude du Trencavel qu'ils comptent lui refuser leur escorte ? suggérai-je.

David secoua la tête. Nous nous mîmes en route. Trois ou quatre chevaliers se détachèrent bientôt de leur groupe et vinrent à notre rencontre.

— Il y en a un que je connais, m'annonça David d'une voix sourde. Et cela m'explique leur réserve ! grogna-t-il. C'est celui qui marche le plus à gauche...

Je regardai l'homme en question. Sa démarche me rappela celle du renard, qui avance les quatre pattes sur la même ligne.

— Guy de Muret a toutes les raisons de nous éviter, toi comme moi !

Je compris tout d'un coup.

— Celui du krak de Mauclerc ? laissai-je échapper au moment où le renard me fixait de ses yeux perçants. J'ai un petit compte à régler avec celui-là, chuchotai-je à mon accompagnateur.

Celui-ci s'abstint de commentaire. Nous nous étions entre-temps suffisamment approchés pour que l'un de nous soit forcé de prononcer un mot de salutation. David s'en chargea.

— Bienvenue, amis du Trencavel !

La glace était brisée. Mais je me retrouvais bel et bien face à Guy de Muret, qui avait abandonné sa bure de dominicain pour une cuirasse de chevalier.

— Guillaume de Rubrouck, me lança ce défroqué avec une amabilité factice, faisons donc quelques pas ensemble ! (Sans attendre mon accord, il m'entraîna dans le désert et alla droit au but :) Vous me considérez sans doute comme l'inquisiteur qui s'en est pris à votre vie…

Il me tint fermement le bras et me força à le regarder dans les yeux.

— Eh bien non ! reprit-il. Si je vous ai fait subir un interrogatoire désagréable, conformément aux ordres que j'avais reçus, j'avais refusé dès le début qu'on mette fin à vos jours par une vulgaire noyade…

De nombreuses questions me brûlaient la langue. Je conservai cependant un silence obstiné.

— Jacob Pantaleon m'a traité de chien édenté du Seigneur lorsque je me suis opposé à sa volonté et que je vous ai fait remonter du puits où il comptait vous noyer dans l'eau glacée. Vous devez me croire !

J'évitai de le regarder et me contentai de murmurer :

— C'est possible !

Guy de Muret paraissait désespéré. Il interprétait en tout cas avec beaucoup de talent son rôle fait de contrition et de pathos héroïque.

— Je vais vous prouver à tous, s'exclama-t-il, que je suis aussi fidèlement attaché que vous à Roç Trencavel, que je suis prêt à donner ma vie pour le Couple Royal !

Si peu convaincu que je fusse par cette nouvelle métamorphose, j'étais réduit à l'impuissance. Aussi répondis-je sèchement :

— S'il me manquait une page de ma chronique, je sais au moins, désormais, auprès de qui je dois la chercher !

Guy prit mon sarcasme au pied de la lettre :

— Je veillerai sur votre sommeil comme un archange, Guillaume, et sur votre chronique comme un dragon cracheur de feu !

Je ne pus réprimer mon rire.

— Tant que personne ne confond les deux rôles ! (Je lui donnai une bourrade encourageante, chargée de toute l'hypocrisie que je prêtais à Guy de Muret.) L'avenir nous indiquera tout le reste !

À l'horizon, au bout du désert, l'astre solaire rouge feu était sur le déclin. Nous revînmes auprès des autres, avec lesquels David, mon Templier manchot, avait déjà lié amitié. Je constatai avec satisfaction que tous me connaissaient, moi et mon glorieux passé de « gardien » des enfants du Graal. Les « Trois Occitans » (c'est le nom que Pons, fils rondouillard du vicomte de Tarascon et cadet de ce groupe, donnait avec fierté à ses compagnons et à lui-même) connaissaient bien l'histoire et la mystérieuse destinée de Roç Trencavel et Yeza Esclarmonde, pour en avoir entendu parler dans leur patrie commune. Le chef incontesté de la bande était Terèz de Foix ; sans aucun doute le plus grand et le plus beau de tous, il passait pour la meilleure épée des trois. On disait qu'il était le bâtard du noble comte de Foix. Le troisième était leur ami d'enfance Guy de Muret, qui avait enfin abandonné le chemin où il se fourvoyait dans sa tenue de *canis Domini* pour rejoindre ses anciens camarades de jeu.

— Le quatrième chevalier que vous voyez ici, Guillaume de Rubrouck, l'informa le gros Pons, n'est pas ce que vous croyez ! (Le garçon rondouillard prit son temps avant de poursuivre, tandis que mes yeux se portaient vers la silhouette élevée et mince qui se dressait à côté de Terèz de Foix : un visage fin à l'air audacieux qui pouvait tout à fait rivaliser avec le chevalier et le surpassait un peu par la grâce.) En ce qui concerne la tenue en selle et le maniement des armes, elle vaut n'importe quel homme. Je vous présente Bérénice, comtesse de Foix, ma petite sœur !

Pons n'était pas moins fière d'elle que ne l'était son époux, Terèz. Un couple de grande classe, je dus l'avouer avec jalousie tandis que Bérénice ôtait son heaume et secouait son épaisse chevelure brune.

— Rincez-vous donc l'œil, frère Guillaume ! me nargua mon nouvel ami Guy de Muret. Vous n'avez sans doute pas eu de femme à vous mettre sous la dent depuis un certain temps, pour dévorer ainsi cette jument des yeux !

Cette familiarité m'agaça. Elle réduisait mon plaisir – tel était sans doute le but recherché, puisque je m'étais déjà niché, jadis, entre ces jolies cuisses. Et voilà que ces minces fesses de garçon cessaient tout d'un coup de me plaire.

— Allez au diable, Guy de Muret !

Comme si Bérénice avait deviné notre dispute, elle m'adressa un sourire charmant et timide.

— Allons tous à présent voir Roç Trencavel pour l'assurer de notre fidélité, que nous n'avons d'ailleurs jamais remise en question, proposa-t-elle.

Ces mots m'étaient destinés. Il allait falloir décevoir cette fine Pallas Athénée[28].

— Ne comptez pas sur moi, fis-je d'un ton aussi détaché que possible. Je vous quitterai demain pour un certain temps !

CE N'ÉTAIT PAS LA CHALEUR PRÉCOCE du printemps qui préoccupait les habitants de Damas : l'inactivité de leur sultan semblait s'être propagée à toute la vie de la capitale syrienne et l'avoir paralysée. An-Nasir n'apparaissait plus en public, les portes du palais restaient fermées. On raconta que des hommes supplémentaires avaient été placés en défense à la citadelle et permettraient de la tenir jusqu'à ce que des renforts arrivent. De qui pouvait-on désormais attendre de l'aide ? Alep était tombée, les émirs de Shaizar, Hama et Homs s'étaient soumis les uns après les autres à l'armée des Mongols qui avançaient lentement mais sûrement en provenance du nord, sous les ordres de leur Il-Khan Hulagu. Dans les souks de la vieille ville et dans le bazar, personne ne s'était attendu à autre chose. Et les caravanes commerciales qui parvenaient encore de cette région ne pouvaient que confirmer les mauvaises nouvelles arrivées avant elles. La rumeur commença ensuite à courir, à moins que le palais ne l'ait propagée lui-même : une gigantesque armée composée d'Égyptiens arrivait du sud. Toutefois, personne ne l'avait vue. Il est vrai que les commerçants étaient de moins en moins nombreux à faire le voyage dans cette direction : ils ne tenaient pas à partager le sort inéluctable de la ville. Dans les rues étroites du souk où régnait autrefois une grande animation, le négoce s'éteignait peu à peu. Lorsque, pour finir, l'armée du sultan sortit de la ville en pleine nuit, chacun supposa qu'il s'agissait du renfort de garnison annoncé à la citadelle. La population était certaine qu'An-Nasir partageait son destin à l'abri de ses hautes murailles. Mais les troupes verrouillèrent toutes les voies d'accès au palais, y compris celles de la mosquée, fermèrent le bazar et avancèrent vers le sud jusqu'au Bab as-Saghir, la principale porte des fortifications, sans intégrer la citadelle dans leur mouvement circulaire. Cette manœuvre inquiéta beaucoup les habitants : ils avaient espéré que l'on ne disposerait pas d'hommes sur les murs de la ville afin de ne pas attirer la colère des Mongols. Et surtout, quel sens cela pouvait-il avoir de défendre les murs côté sud alors que l'on était sûr que l'assaut viendrait du nord ? Puis on raconta qu'on avait vu l'éléphant du sultan entouré par la garde personnelle d'An-Nasir, ce qui pouvait annoncer une tentative d'action militaire. Cela signifiait-il qu'une armée de mameluks était en marche pour dégager la ville menacée ? Les gens de Damas ne dormirent guère cette nuit-là. Quitter leurs maisons ne leur paraissait pas de bon conseil. Dans ce genre de circonstances, la garde du palais et les soldats traitaient la population sans ménagement et ce jour-là ils avaient l'air particulièrement énervés. Les nouvelles qui annonçaient une arrivée de troupes étaient contradictoires, on laissait entendre qu'il y avait eu une mutinerie, mais nul n'était capable de dire pour quelle raison ni qui affrontait qui. En tout cas, des soldats arpentaient la ville, des gens qui habitaient près des murailles prétendaient avoir entendu le bruit des armes, parlaient d'émeutes à proximité du Bab as-

Saghir, de pillages, mais aussi de soldats capitulant en grand nombre. Lorsque le jour se leva, les marchands du bazar furent les premiers à sortir. Devant leurs boutiques et leurs banques s'entassaient morceaux de cuirasses jetés au sol, heaumes, poitrails, lances et parfois aussi cimeterres pourvus de ces lames coûteuses et tranchantes qui faisaient la renommée de Damas. Aux voûtes et aux poutres du souk couvert, des hommes à demi nus étaient pendus à de fines cordes, le cou désarticulé. Déserteurs ? Insurgés ? On ne voyait plus rien des soldats, un calme inquiétant s'était installé. On prétendit que l'éléphant avait été retrouvé par hasard à la porte as-Saghir et que le sultan avait quitté la ville avec un petit nombre de fidèles. De tous les membres de sa cour, seuls l'avaient suivi sa favorite et certains de ses gardes du corps noirs venus du Soudan. La garde du palais et les fractions de la troupe qui n'avaient pas déserté – par exemple les mercenaires seldjoukides – étaient censées s'être retranchées dans la citadelle. Nul n'était capable de dire si An-Nasir avait choisi la fuite ou s'il avait préféré s'allier aux Égyptiens pour affronter les Mongols. Un élément plaidait cependant contre cette hypothèse : l'éléphant de guerre sur lequel le sultan aimait à partir au combat avait bel et bien été abandonné sur place. Le fait qu'il ait emmené sa favorite ne répondait pas non plus à la question, car cette dame que l'on considérait comme une fille de l'empereur des Allemands avait l'habitude de choisir sa destination toute seule, et le sultan la laissait faire. En tout cas, des bergers racontaient que le petit cortège était parti en direction du sud aux premières lueurs de l'aube.

De la chronique de Guillaume de Rubrouck

La nuit tomba rapidement dans le désert, sur ce point d'eau qui ne portait pas de nom, où nous stationnions depuis déjà trois jours. Parler de « nous » ne rend pas correctement compte de la situation. En réalité, Roç et les Occitans avec lesquels il avait quitté Antioche campaient au milieu de l'oasis, renforcés par dix chevaliers du prince de cette ville, Bohémond, et cinq autres que leur avait adjoints le roi d'Arménie, plus les valets et les écuyers qui les accompagnaient. À ceux-là s'ajoutaient, venus de Jérusalem, Josh le Charpentier et David le Templier, mes anciens amis. Ils n'appréciaient pas la distance géographique que j'avais placée de mon propre gré entre eux et moi, regrettant aussi le fait que j'aie voulu protester contre le comportement inadmissible de Roç. Pour eux, nous étions trois « renégats ». Nous n'étions encore à portée de vue de leur groupe que parce que je l'avais instamment demandé.

Ce monstrueux kilim était la cause de tout cela ! Étalé à plat entre nous, il nous séparait plus efficacement qu'un fossé rehaussé de murs et de tours. Cela dit, le tapis n'était pas le seul responsable de cette bisbille. Son apparition avait suffi à montrer qu'aucun de nous n'était dénué d'égoïsme, d'indifférence et peut-être d'autres défauts de caractère encore plus sévères.

Je ne me mets pas hors du lot sur ce point. Le comportement que j'avais eu jusqu'à l'arrivée surprise du Trencavel n'avait déjà rien de glorieux, et si j'avais été jusqu'à lui faire affront en public, c'était certainement moins dû à mon sens de la justice qu'à l'affront qu'il m'avait infligé : il m'avait vexé !

Mais je ne l'étais pas au point de ne pas courir le risque de replonger dans notre vieille amitié : un minuscule geste de réconciliation m'aurait suffi. C'est la raison pour laquelle j'avais immédiatement déplié ma couverture au bord du kilim, si bien qu'on me voyait forcément et qu'on avait la possibilité de m'appeler pour que je revienne. Il ne se passa rien de tel : nul ne fit attention à moi.

Entre-temps, les joueurs invétérés, c'est-à-dire le cabaliste et le Templier, avaient disposé une couronne de lampes à huile sur le tapis. La pyramide se trouvait au centre d'une aura de petites flammes vacillantes et crachant de la suie. Ils avaient recruté les nouveaux joueurs dans la troupe des Occitans : Pons le replet et Guy le renard. Terèz et Bérénice tenaient compagnie au Trencavel et tournaient le dos au kilim, sans doute à la demande de Roç. Je voyais leurs silhouettes se découper dans la clarté du feu de camp, lequel s'éteignait peu à peu. Les autres chevaliers s'étaient allongés pour dormir.

C'étaient sans aucun doute les ornements excitants de ce tapis de débauche qui me faisaient éprouver le besoin d'une femme, ou bien le fait que les corps entremêlés de Faucon Rouge et de la Saratz étaient allongés tout près de moi, même si une couverture les recouvrait. Se représenter l'union charnelle avec une femme qui en satisfait un autre procure certes un plaisir facile, mais n'offre que de piètres rêves, aussi humides soient-ils ! Je me plongeai donc dans de tout autres fantasmes en contemplant le dos mince et gracieux de Bérénice. Le simple fait qu'elle soit assise entre deux hommes, le sien et Trencavel, accrut extraordinairement mon envie de me rapprocher secrètement d'elle ; j'imaginais qu'elle tendait ses fesses vers moi sans que les autres ne le remarquent. C'était surtout l'idée de sa taille souple soulignant la courbe rigoureuse de son ventre et s'achevant sur un triangle sombre pudiquement dissimulé entre ses cuisses musclées. J'étais incapable de croire que Terèz éprouvait le même désir pour sa femme – qu'est-ce qui liait ces deux êtres aussi dissemblables ? Qu'avait Bérénice à offrir pour qu'ils soient aussi soudés l'un à l'autre ? Je la soupçonnais en réalité de vénérer secrètement le Trencavel, mais sans en tirer aucune conséquence, car elle aurait du mal à supporter la comparaison avec Yeza. Yeza ! Toute pensée lubrique à propos du corps de la princesse m'était interdite, absolument ! *Absolutissime !* Peine perdue, elles me hantaient, moi qui ne devais même pas me permettre d'en rêver. Je me couchai sur le ventre et étouffai les désirs malsains de ma chair. Mieux valait s'en tenir aux sublimations du jeu de la vérité !

Si Roç Trencavel avait joué avec nous, c'est à lui, j'en étais sûr, que serait revenue la charge de se placer sous le signe de Jupiter, en tant que prince et que despote. Enfin, jusqu'à nouvel ordre, il ne s'intéressait absolument pas à nos parties acharnées.

Le gros Pons de Tarascon se jetait en revanche avec ferveur sur tout ce qui lui était interdit en temps normal : sur Mars, le grand guerrier, et sur dame Vénus. Mais les seuls fruits en étaient les désagréments d'une vie inconstante de soldat et une prostitution à bon marché. Ici, dans le désert, nous n'avions même pas cela !

Contrairement à mon attente, Guy, l'ancien dominicain, se battait vaillamment en utilisant les dominances fixes et inébranlables du couple classique formé par le soleil et la lune. Outre le dragon tranquillement assis, il avait choisi le prêtre du feu sacré et son pendant, la prêtresse de la source, deux signes de la force créative et du pouvoir de l'imagination. Guy de Muret se mit à l'œuvre avec un calme et une concentration remarquables, comme s'il voulait me prouver que je me trompais en continuant à douter de sa fiabilité. Ce sérieux qui me parut feint augmenta ma suspicion à l'égard d'un homme qui avait abandonné son froc de moine du jour au lendemain pour se glisser dans une cuirasse de chevalier ! Il s'agissait moins, du reste, de me faire oublier l'agression contre ma chronique que de me prouver sa loyauté à l'égard de Roç Trencavel et du Couple Royal.

Il devait être minuit quand le jeu fut interrompu. Je n'étais pas parvenu à rester éveillé, car si j'entendais distinctement les voix des joueurs, je ne voyais pas leurs traits. Et à la longue, c'était bien fatigant.

Je me levai d'un bond : un homme négligent venait de laisser son chameau monter sur le tapis. Les joueurs exprimèrent leur indignation, David le Templier demanda brutalement à cet hôte tardif de s'éloigner. L'homme n'en fit pas moins s'agenouiller l'animal sur le kilim et descendit sans se soucier des protestations. C'était Ali qui revenait parmi nous. Comme personne ne lui demanda où il était passé, il entra d'un air provocateur dans le cercle des lampes à huile et exigea aussitôt d'être intégré à la partie, comme s'il s'agissait d'un droit inné. Les deux Occitans ne surent que répondre, mais le Templier manchot s'insurgea.

— Commencez par vous présenter à notre seigneur Roç Trencavel ! ordonna-t-il froidement à l'impudent. C'est lui qui décide désormais si vous pouvez être admis dans nos rangs. Votre Faucon Rouge a pris congé de nous.

— Avec sa femme Madulain, ajouta Josh le Charpentier, et avec notre cher Guillaume !

Mon cœur se réchauffa. Ali choisit l'insolence.

— Je ne parviens pas à me rappeler avoir jamais rendu compte de mes faits et gestes à l'émir ! cria-t-il d'une voix stridente afin que Faucon Rouge l'entende même s'il dormait. Et je ne souhaite pas non plus avoir un nouveau maître !

Roç avait perçu ce vacarme : un instant plus tard, quelques chevaliers d'Antioche encore ensommeillés et dirigés par Terèz de Foix pénétrèrent sur le tapis, commencèrent par attraper le chameau qu'ils emmenèrent à l'écart et sortirent ensuite leur épée pour forcer Ali sinon à les suivre, du moins à poser son cimeterre.

— Roç Trencavel souhaite que vous ne l'importuniez plus aujourd'hui, l'informa ensuite Terèz d'une voix moqueuse. (Il adressa à Pons un signe imperceptible pour qu'il se lève.) Il attend en revanche de vous que vous participiez au jeu sans retard ! (Ali se jeta sur le tapis avec un geste de fureur digne d'un enfant capricieux, qui n'impressionna pas du tout Terèz.) C'est un ordre ! ajouta-t-il.

Les chevaliers attrapèrent le récalcitrant, l'installèrent à la place libre entre les joueurs et lui appuyèrent fermement les fesses sur le tapis.

— Il y a un instant encore vous teniez absolument à jouer ! (En guise de salutations, Guy de Muret, qui s'était chargé de répartir la pyramide, posa les bâtonnets devant ses genoux.) Alors maintenant, jouez, je vous prie.

Il saisit les pièces en grinçant des dents, car derrière lui se tenaient encore Terèz et les chevaliers qu'il avait tirés de leur sommeil et qui l'auraient volontiers roué de coups.

Josh le Charpentier et Guy de Muret ne se laissèrent désarçonner ni par le caprice d'Ali, ni par les chevaliers qui menaçaient d'en venir aux mains. Ils continuèrent à jouer à leur rythme habituel, jetant et prenant sans manifester la moindre émotion. Il fallut que le fils du sultan réclame pour son jeu des bâtonnets ôtés depuis longtemps et donc « brûlés » pour que Joshua s'emporte.

— Seul un fou tente d'assembler le monstre marin qui symbolise l'eau, humide et froide, à l'essence de la matière, que ce soit comme possession et superflu ou comme pauvreté et famine ! enseigna-t-il à Ali. Il faudrait pour cela la licorne, qui tient ses quatre pattes sur terre, comme élément aristotélicien ! Mercure, avec ses aspects négatifs, l'empoisonneur, le voleur et le traître, peut vous convenir, mais vous ne pouvez ni le faire passer clandestinement dans le lit ensoleillé d'Aphrodite, ni acclamer en lui un honnête guerrier ! Votre manière de procéder frôle la démence, vous devriez utiliser d'autres moyens pour représenter la maladie mentale !

Ali se mordit les lèvres et refusa tout engagement pour le reste de la partie. Il tira sans plaisir ses bâtonnets de la pyramide et les lança à ses adversaires sans les regarder. Ali montra sa fureur en refusant de mélanger les bâtonnets et de reconstruire une pyramide en même temps que les autres. Je ne le vis pas se lever, moi qui observais la scène de loin, ensommeillé. Je me rendormais régulièrement, au moins pendant ces pauses ennuyeuses.

Le bruit d'une violente dispute au pied de ma couche me réveilla.

— J'ai bien vu votre main glisser dans le sac de Guillaume, lança, furieux, Guy de Muret à Ali.

Feignant un profond sommeil, je jetai un coup d'œil à l'endroit où j'avais rangé à portée de bras mon sac de pèlerin contenant les ustensiles d'écriture et les parchemins de la chronique. Ils étaient tous deux assis devant, comme deux coqs juste avant le combat.

— Vous vouliez voler les documents ! accusa Guy.

— Vous vous trompez ! se défendit le fils du sultan. Je m'apprêtais à aller faire mes besoins et cherchais autre chose que du sable pour m'essuyer les fesses !

Ali avait en effet à moitié baissé son pantalon et montrait son postérieur dénudé à Guy. L'inquisiteur était furieux.

— Ne vous montrez pas ridicule !

Guy, agacé, rangea les parchemins dans le sac.

— Il vaudrait mieux que je ne vous y reprenne plus ! annonça-t-il avant de déposer le sac de pèlerin à côté de ma tête, tandis que je continuais à faire semblant de dormir.

Ali disparut dans l'obscurité, comme s'il avait effectivement un besoin urgent. Je pensai pour ma part que s'il avait baissé son pantalon, c'était pour y ranger discrètement les parchemins. Guy revint auprès de ses partenaires de jeu sur le kilim. Je ne pus lui refuser une certaine reconnaissance pour le service amical qu'il venait de me rendre.

LES DEUX CAVALIERS SOLITAIRES avaient été admis pour la nuit auprès des bédouins qui campaient au bord du chemin. On regarda d'abord Yeza et Baïtchou avec une méfiance non dissimulée, une jeune femme blonde venant de France et voyageant seule avec un gamin étranger – les bergers qui faisaient paître leurs troupeaux ici n'avaient encore jamais vu de Mongols. Mais la curiosité finit par l'emporter et on les invita à entrer sous la tente. On abattit une chèvre pour les hôtes et lorsque le festin fut enfin terminé, on força les étrangers à profiter de l'hospitalité et à passer la nuit dans le camp. Malgré les protestations de Yeza, femmes et enfants furent chassés du logis pour que rien ne trouble le repos de ces précieux invités. Les hommes, eux, dormaient de toute façon toujours dehors, auprès de leurs animaux. Baïtchou, qui prenait très au sérieux son rôle de protecteur, s'installa juste derrière l'entrée, emmitouflé dans une couverture. Yeza se coucha sur une pile de peaux de mouton qu'on avait préparée à son intention. Tandis que le petit Mongol, fidèle gardien, écoutait encore attentivement les voix étrangères qui s'élevaient sur le parvis et observait avec étonnement les ombres gigantesques des gens qui passaient sans bruit devant le feu, Yeza sombrait déjà dans le sommeil.

Personne ne les réveilla au matin : leurs hôtes avaient repris en silence leur travail quotidien. Le soleil montait déjà dans le ciel, répandant sa chaleur, lorsque Baïtchou osa toussoter pour attirer sur lui l'attention de la princesse qui dormait comme une bienheureuse. Ils sortirent devant la tente. Dès que leurs yeux se furent habitués à la clarté du jour, ils virent se dresser devant eux la silhouette du Breton. Messire Yves ne fit aucun reproche aux deux évadés et ne manifesta pas la moindre perplexité.

— Princesse, dit-il d'une voix sèche, vous avez agi intelligemment en quittant Palmyre par le chemin le plus court et en mettant une distance suffisante entre vous et le général Sundjak ! (Il serra la sangle de selle de son cheval, sa gigantesque épée se trouvait dans le fourreau de cuir, sur le côté.) Il s'agit déjà de l'arrière-garde ! expliqua Yves à Yeza, comme elle voyait s'approcher la section de Khazar.

Yeza fit signe à Baïtchou de revenir auprès de son cousin. Elle adoucit ces adieux rapides en lui adressant un sourire complice. Le gamin tout heureux bondit sur son cheval. Yeza, elle aussi, remonta en selle, prit congé du doyen des bédouins et suivit le Breton, qui s'impatientait.

— Vous vous seriez transformée en statue de sel comme l'épouse de Loth, lança Yves à Yeza en feignant l'indifférence, si vous aviez vu comment Sundjak a laissé ses soldats traiter Palmyre. Iis ont éventré les femmes, broyé le crâne des enfants…

Yeza avait rarement vu le Breton aussi ému. Elle se tut et Yves se contenta de cette brève description. Tous deux chevauchaient au milieu de l'arrière-garde menée par Khazar. Baïtchou avançait fièrement à côté de lui. Yves avait tenu à ce que les choses se déroulent ainsi. Le général sanguinaire n'avait eu pour le Breton qu'un sourire méprisant lorsqu'il était apparu au palais de la reine en même temps que Khazar pour venir y chercher les chevaux qu'il y avait laissés.

— Rhaban a-t-il survécu au massacre ? demanda Yeza avec un espoir craintif.

— Non, il a commencé son agonie dans mes bras. Malgré sa blessure, il avait voulu empêcher les hommes de Sundjak d'abattre votre chameau, expliqua Yves sans ménagement. La fidélité attire la mort comme le sang, les mouches.

Le Breton n'était pas homme à faire prendre des vessies pour des lanternes.

— J'ai dû laisser le maître d'armes qui luttait contre la mort au soufi, lorsque celui-ci a tenu à ce que je m'en aille. (Yves le Breton, un homme au caractère pourtant bien trempé, avait du mal à conserver son air détaché.) Jalal m'a promis de rester auprès de lui. Il pensait que le chemin que la reine allait sans doute devoir prendre à présent n'était certainement pas le sien.

Ce fut son dernier salut, raconta Yves. Il ne lui était même pas venu à l'esprit de réciter un poème de

Roumi face au désastre qui s'était abattu sur ses frères de Palmyre.

Plus encore que la tristesse, Yeza ressentait le terrible désespoir dans lequel avait dû sombrer le petit soufi. Le pire était qu'elle aurait elle aussi été incapable de lui prodiguer le moindre mot de consolation. Tout ce à quoi Yeza tentait de se raccrocher disparaissait sous les reproches qu'elle s'adressait à elle-même.

— J'aurais dû me placer sous les ordres du général, en montrant bien aux bédouins que je le faisais de mon plein gré, j'aurais peut-être ainsi…

— Vous n'auriez rien obtenu, répondit Yves d'une voix tranchante, si ce n'est d'être enfermée dans la même cage que l'émir de Mayyafaraqin ! (Yeza tressaillit.) Car c'est El-Kamil qui l'avait incité à se battre, non pas pour vous, mais pour sauver sa propre et misérable vie.

— Ou du moins pour trouver la mort au combat, intervint Khazar qui les avait rejoints avec Baïtchou. Une mort mille fois préférable à la fin qui l'attend à présent, tout comme le moindre coin du paradis est préférable à la mer de flammes de l'enfer !

Le Breton et Yeza regardèrent, étonnés, le Mongol trapu qu'ils n'auraient jamais soupçonné de maîtriser une langue aussi imagée. Mais ce regard – sans doute trop amusé – fit comprendre à Khazar qu'il avait dérangé leur conversation. Il éperonna son cheval et rejoignit ses hommes, suivi par Baïtchou.

— J'aurais pourtant dû faire ce sacrifice, ne serait-ce que pour le bien de mon âme, insista Yeza dès qu'ils furent à nouveau seuls.

— Vous devez vivre avec cela, ce qui est un tourment bien plus cruel que la mort la plus atroce, fit le

Breton, sarcastique. Avant d'accomplir votre destin et de vous imposer, vous verrez encore beaucoup de souffrance s'abattre sur la terre. (Yves, sans doute malgré lui, avait pris le ton édifiant d'un prêtre, comme s'il était revenu à sa première vocation.) Face à cela, la vôtre a tout d'un grain de sable dans le désert !

Yeza le regarda droit dans les yeux.

— Un coup rapide suffit et je suis débarrassée de ces liens !

Yves savait qu'elle faisait allusion à son poignard dissimulé et qu'elle l'aurait en main plus rapidement qu'il ne pourrait l'en empêcher.

— Quelque chose s'y oppose..., répondit-il sans la quitter des yeux. Ce royaume de la paix, cette immense promesse qui a été faite au Couple Royal !

Tant d'emphase étonna Yeza.

— Le Grand Projet n'est pas une prophétie divine, répliqua-t-elle avec énergie, mais le plan ambitieux de personnes audacieuses. Reste à savoir s'il s'agit aussi de sages ! (Elle fut surprise de la lucidité avec laquelle elle envisageait ce rôle.) Et la « promesse » n'a donc pas de valeur en soi si elle n'est pas exaucée ! (Yeza réfléchit, moins sur l'effet produit par ses mots que sur leur sens.) C'est la guerre qui correspond à la nature de l'être humain...

Le Breton n'était pas homme à se déclarer vaincu. À la nécessité d'imposer la loi et la justice, il ajouta celle d'accomplir son devoir :

— Toutes les aspirations de l'homme vont vers la paix ! Son destin est de la chercher. Et c'est pour cette raison que vous ne pouvez renoncer à rien, pas même à vous !

De la chronique de Guillaume de Rubrouck

Nous – Faucon Rouge, son épouse Madulain et ma petite personne, Guillaume le franciscain – avions quitté l'oasis avant le lever du soleil, tandis que Roç et ses compagnons dormaient encore. Même les inlassables adeptes du jeu de la vérité avaient dû abandonner cette passion obsessionnelle qui les poussait constamment à faire une partie supplémentaire, toujours censée être la dernière. En tout cas, le kilim était désert et plongé dans les couleurs fraîches de la rosée matinale. Seuls les restes de la pyramide de bâtonnets s'élevaient en son milieu comme un petit tas d'os brûlés. Il n'y avait donc plus personne pour nous faire ses adieux, ce à quoi je ne m'attendais pas non plus, bien que j'aie espéré un geste de réconciliation.

Selon les calculs de Faucon Rouge, nous nous trouvions à la hauteur de Philippolis, dont il était cependant impossible de voir les ruines d'aussi loin à la lumière déjà intense du jour. Nous décidâmes de nous arrêter à Damas, dans le nord. Mais nous nous enfonçâmes de plus en plus profondément dans le désert parce que nous avions manqué la dernière route des caravanes. Comme le risque que faisaient courir les Mongols avait considérablement réduit le nombre des commerçants itinérants qui se rendaient dans la ville, le sable et les vents avaient tôt fait d'effacer toutes les traces que laissent les chameaux en temps normal. Les hautes dunes contribuaient de surcroît à nous désorienter. Nous nous dirigions en fonction du soleil dont les rayons étaient de plus en plus impitoyables et nous espérions rencontrer à un moment ou à un autre des bédouins qui connaîtraient bien le désert et nous indiqueraient la direction à suivre. Mais nous avions beau grimper sur les pentes douces des dunes ou avancer entre elles pour ne pas nous enfoncer dans le sable, nous étions toujours seuls. Jusqu'au moment où nous aperçûmes un étrange cortège qui se déplaçait à travers le désert dans la direction opposée.

L'imposante caravane de chameaux qui les suivait montrait qu'il ne s'agissait pas de voyageurs ordinaires. Tous ces animaux étaient en outre chargés de coffres et de corbeilles, de caisses, de tonneaux et de sacs. Ce n'étaient pas non plus de riches commerçants. Je regardai, fasciné, la progression du convoi. C'était une cour bizarre vêtue d'habits magnifiques et inadaptés à ce type de voyage. Je discernai aussi, outre quelques voyageurs armés, de jeunes femmes habillées légèrement – peut-être des danseuses ? – et des nains qui couraient autour des montures. On tenait soigneusement un baldaquin au-dessus d'une silhouette massive. Des serviteurs rafraîchissaient le géant en agitant des éventails. À son côté se trouvait une femme sans voile que seule une ombrelle protégeait du soleil. Ils avaient dû nous voir, car ils s'arrêtèrent, ce qui constituait une invitation à nous rapprocher. Je voulus courir dans leur direction, mais Faucon Rouge, dont l'œil était plus perçant que le mien, me retint.

— Pour moi, c'est An-Nasir, le sultan de Damas, murmura-t-il à son épouse. Il a dû fuir sa ville !

— Le père du…, demandai-je, consterné.

L'émir eut un geste agacé.

— Guillaume, il me semble que nous ferions mieux de ne pas parler de notre rencontre désagréable avec son fils, me chuchota-t-il comme si j'étais responsable du destin auquel nous avions piteusement abandonné ce pauvre garçon.

Je hochai la tête, d'autant plus que Faucon Rouge venait d'identifier une deuxième personne qui ne m'était pas inconnue non plus.

— Cette *imratun kheir muhadjaba* à côté de lui, c'est Clarion de Salente, sa favorite !

— Ne soyons pas discourtois, suggérait justement l'intelligente Saratz. Même si nous ne pouvons pas leur proposer notre aide, eux pourront certainement nous indiquer le chemin de Damas !

Nous fîmes descendre la pente à nos montures et nous nous dirigeâmes vers ce cortège haut en couleurs.

C'était bien le sultan, et c'était bien Clarion, qui nous reconnut immédiatement et révéla notre identité au gigantesque tas de graisse qui l'accompagnait. Les gardes du corps nous firent mettre pied à terre et nous laissèrent nous approcher du souverain. Sur ordre de la favorite, les serviteurs nous offrirent de l'eau qui sentait la rose et avait un léger goût de menthe. Clarion s'était laissée glisser de sa monture et nous salua très chaleureusement. Faire descendre An-Nasir de son chameau était sans doute une manœuvre trop difficile, même si plusieurs hommes forts étaient chargés de cette fonction. Faucon Rouge dirigea le regard vers la silhouette massive, mais c'était au sultan d'ouvrir la conversation.

— J'ai décidé, lança-t-il depuis sa nacelle dont le poids était réparti sur deux chameaux, d'aller demander à mon frère par la fonction, le sultan du Caire, son assistance contre les Mongols qui approchent…

Faucon Rouge n'avait aucune envie d'épargner ce souverain qui avait été autrefois un homme puissant.

— Vous auriez dû le faire depuis…, commença-t-il, mais Clarion lui coupa la parole, moqueuse.

— Pourquoi croyez-vous, émir, que Sa Majesté erre dans le désert depuis le jour où nous avons dû quitter Damas ? (Clarion répondit elle-même à sa question.) Tantôt, on se demande : « J'aurais peut-être dû, tout de même, me soumettre aux Mongols ! » Alors nous faisons demi-tour, en route pour Damas ! Mais après, on se dit : « À moins qu'il ne soit préférable d'affronter les Mongols avec les Égyptiens ? » Et hop, volte-face, direction Ascalon ou n'importe quel point vers la frontière, au sud !

Clarion racontait tout cela sur un ton extrêmement amusé, comme si elle ne voulait pas comprendre la situation très difficile dans laquelle se trouvait le sultan.

— Comment vous imaginez-vous, au juste, noble An-Nasir, demanda Faucon Rouge au souverain, d'une voix sévère, la réaction des mameluks à votre faiblesse ?

— Comment ça, faiblesse ? fit l'hippopotame. Je viens proposer une alliance au Caire !

— Et vous pensez sérieusement que le sultan mameluk va immédiatement lancer ses troupes pour sauver votre trône ? (Comme An-Nasir se contentait de souffler, il continua :) Si Le Caire se laisse entraîner dans cette guerre sans doute inévitable, et si l'Égypte l'emporte, le prix en sera toute la Syrie.

— Et si elle perd ? demanda Clarion d'une voix insolente.

— Alors ils ne la commenceront pas ! lui répondit l'émir. Ils enverront leur meilleur général, Baybars, l'Archer !

— Et comment se comporteront les barons du royaume ?

La bonne Clarion continuait visiblement à espérer que son souverain conserverait malgré tout son pouvoir.

— Ils rentreront la tête et attendront que la tempête soit passée.

Je n'avais pu m'empêcher de mettre mon grain de sel : je les connaissais si bien, ces âmes de boutiquiers qui peuplaient le pays entre Acre et Tyr.

— Au bout du compte, reprit l'émir, ni le royaume de Jérusalem, ni le sultanat de Damas ne jouent de rôle décisif dans cette confrontation.

L'hippopotame sentait la colère monter en lui.

— Je rentre immédiatement dans ma capitale ! annonça-t-il en respirant lourdement. Je prends la direction…

— … de quoi ? l'interrompit Clarion sans le moindre respect.

La manière dont elle traitait cette montagne de chair déplut à l'émir.

— La seule manière de sauver votre trône, dit-il au sultan, c'est de vous porter sans attendre au-devant des Mongols avant qu'ils ne prennent Damas sans votre accord.

— Ils n'oseront pas ! tonna An-Nasir. J'ai tout de même encore le temps de tendre la main aux Égyptiens !

L'incertitude s'était une fois de plus emparée de lui.

— Vous pouvez nous accompagner, proposa Madulain, qui était restée discrète jusqu'ici, mais n'avait rien perdu de leur conversation. Nous sommes sur le chemin…

Le sultan transpirait, sa main cherchait celle de sa favorite comme l'aurait fait un enfant en bas âge.

— Clarion, que dois-je faire ? demanda-t-il d'une voix plaintive.

— Vous l'avez entendu, mon Seigneur, répondit-elle avec douceur.

Mais rien ne pouvait décider An-Nasir.

— Prenez les devants, émir, demanda-t-il à Faucon Rouge, et préparez mon arrivée dans la ville !

Nous n'avions pas de temps à perdre. Madulain serra Clarion dans ses bras et l'embrassa avant que nous ne remontions en selle. Le baouab, son chambellan, un petit homme tout maigre, nous montra de bon cœur le chemin à suivre, et nous laissâmes dans le désert ce cortège ridicule.

— La manière dont cette dame se moque du sultan ne me plaît pas, nota l'émir après quelque temps d'une chevauchée songeuse.

La phrase était sans doute destinée à la princesse saratz, mais c'est moi qui répondis avec fougue :

— Ne sous-estimez pas l'amour mêlé de tendresse que porte Clarion de Salente à son Colosse ! (Cette rencontre m'avait laissé un arrière-goût amer, pour ne pas dire tragique.) L'heure venue elle sera la seule à rester fidèle à An-Nasir !

Mes deux compagnons se turent. Peut-être réfléchissaient-ils à leur propre relation ?

— Manifestement, l'influence de Clarion n'est pas assez forte pour le contraindre à prendre une décision, finit par constater Madulain.

— Il n'a pas le choix, l'informa son mari d'une voix aimable. Les mameluks le tueraient tôt ou tard !

— Et les Mongols ? Eux aussi le tueront. Et tout de suite !

Nous retrouvâmes enfin le chemin caravanier et poursuivîmes notre voyage vers Damas.

Les hordes de Sundjak avaient quitté Palmyre, laissant dans la ville construite sur l'oasis le sillage de leurs massacres et de leurs destructions absurdes. Les corps des derviches jonchaient les marches des ruines du temple. Certains avaient été décapités.

Devant la porte du palais de la reine, Jalal al-Soufi était assis, le regard fixe. Rhaban, qui agonisait, avait posé la tête sur ses genoux. Le vieux maître d'armes, parfaitement conscient, avait les yeux ouverts. Il sentait la vie l'abandonner.

Un cavalier solitaire approchait en provenance du désert, penché sur le cou de son cheval qu'il éperonnait sans merci. Il ne jeta pas le moindre regard aux signes de mort et de destruction lorsqu'il se prépara à traverser la vaste plaine qui séparait le palais de Zénobie et les deux temples. La bannière accrochée à son épaulière flottait, visible de loin, au-dessus de sa nuque et de son casque de cuir.

— Un *iltchi* ! gémit Rhaban. Un messager officiel des Mongols…

Le soufi laissa le cavalier passer devant son œil vide.

— Nul ne doit se placer en travers de son chemin, aucune main ne doit se lever sur lui… (Le maître d'armes émit un soupir soulagé.) Il est intouchable…

Jalal suivit des yeux le messager qui disparut dans le désert. Pourtant, songea le soufi, chagriné, il pousse son cheval comme si le *cheïtan* lui courait après ! Quand son regard se tourna de nouveau vers Rhaban, il constata que c'est un mort qu'il tenait dans les bras.

Lorsque le cortège du sultan changea de direction pour la troisième fois en quelques jours, sa cour refusa de continuer à le suivre. An-Nasir venait de se décider à revenir à Damas. Son grand chambellan, le *ouasir al-khazna*, jugeait cela absurde, la ville s'était soulevée contre le souverain et tomberait prochainement entre les mains des Mongols. Il plaida pour que l'on se dirige désormais droit vers l'Égypte. Le grand eunuque du harem lui apporta son soutien. Le *kabir at-tawashi* ne supportait plus les jérémiades des jeunes filles, qui ne craignaient rien tant qu'un viol de masse par les conquérants. Sa position deviendrait alors superflue et il perdrait son rang. S'il parvenait en revanche à acheminer le harem indemne jusqu'au Caire, il s'estimait capable de lui trouver un nouveau maître. Le fait que la dame Clarion milite pour la fidélité au sultan renforça la résistance. L'indépendance de la favorite avait toujours agacé la camarilla de la cour. Comme l'ouasir al-khazna avait autorité sur toute la domesticité et sur les gardes du corps, et qu'on ne disposait pas d'autres hommes en armes, le sultan suffoqué d'indignation dut laisser partir les renégats. Avec eux disparurent les cuisiniers et les nains, les musiciens et les valets musclés. Le cortège se dirigea ensuite au plus vite vers le sud. An-Nasir et sa troupe avaient vu apparaître sur une crête de dunes assez proche les premiers éclaireurs mongols qui, loin de se mettre à couvert, observaient comme des vautours le groupe qui se dissolvait. Ils devaient avoir l'impression de voir un gros et gras chapon perdre son somptueux plumage sous l'effet de la panique.

Les porteurs qui accompagnaient la caravane des bagages envoyèrent le maigre baouab en parlementaire, afin d'indiquer au sultan qu'ils étaient disposés à revenir à Damas, mais tout de suite ! L'apparition des premiers éclaireurs les avait tétanisés. Le chambellan, qui tremblait de tout son corps, fixa un ultimatum à son seigneur, An-Nasir. Quelques jours plus tôt, cela lui aurait coûté la tête. À présent, il n'y avait plus personne pour la lui couper. Clarion éloigna le baouab, puis tenta d'adoucir la montagne de chair qui tremblait elle aussi, mais de fureur.

— Mieux vaut être vice-roi par la grâce du Il-Khan dans votre propre cité que sultan ayyubide en exil, à l'étranger et sans amis !

An-Nasir était prisonnier de sa nacelle. Sa favorite ne l'épargna pas et lui brossa un tableau sans complaisance du destin qui l'attendait.

— Jusqu'ici, les mameluks ont assassiné chaque membre de votre famille sur lequel ils avaient pu mettre la main !

— Soldatesque, fils de putains ! tonna le sultan. Moi, descendant direct du grand Saladin… (Un nouvel accès de suffocation fit basculer son esprit déjà perturbé.) Les Mongols doivent me garantir, reprit-il en haletant, que mon fils El-Aziz, mon cher fils unique, pourra au moins entrer en possession de son héritage…

— Pour cela vous devez vous soumettre ! lui répéta Clarion, aimable et inflexible.

Le baouab toussota.

— Votre Majesté, la caravane ne veut pas attendre plus longtemps. Libre à vous de nous suivre, vénérable An-Nasir !

Il s'inclina devant la nacelle et devant la favorite. Peu après, la longue série des chameaux se dirigea vers le nord et disparut entre les dunes. Avec le chambellan, les derniers vieux serviteurs partirent aussi, la tête basse.

Hormis la femme qui avait été son seul véritable amour, il n'était plus resté au sultan que son bouffon, un petit Maure. Ils errèrent encore quelques heures à travers le désert. Personne ne dirigeait plus les animaux qui transportaient la nacelle. Clarion avait fait monter le Maure derrière elle, sur la selle ; en contrepartie, il lui tenait son ombrelle. Lorsque les ombres commencèrent à s'allonger, la division mongole qu'avaient annoncée les éclaireurs arriva. Les soldats sectionnèrent sans la moindre pitié les tendons des animaux qui portaient la nacelle, et le colosse se retrouva au sol. Le capitaine des Mongols s'approcha de lui et prit le temps de lui demander s'il était An-Nasir avant de lui enfoncer son épée dans la poitrine.

Clarion, qui était parvenue à descendre de selle, se jeta sur le corps massif. Deux, trois lances la clouèrent sur son maître bien-aimé. Le Maure partit en courant et tenta de s'échapper dans les dunes. Les archers déclenchèrent une pluie de flèches et le petit homme transformé en hérisson dévala la colline de sable.

Le lieu n'avait pas changé, les trois maigres dattiers étaient dressés dans le désert pierreux où campaient Roç et son escorte. Mais le moral des hommes avait baissé, il était désormais plus bas que le niveau du puits où ils allaient chercher quotidiennement le précieux liquide qui assurait leur survie et celle de leurs animaux. Ils étaient en revanche depuis très longtemps à court de vivres et le Trencavel avait dû envoyer un détachement en mission pour trouver de la nourriture. Les cinq Arméniens avaient accepté de s'en charger ; tout le monde espérait qu'ils parviendraient à trouver quelque chose et ne profiteraient pas de l'occasion pour décamper.

Roç avait dû annoncer qu'ils partiraient quoi qu'il arrive le lendemain matin. Dans le cas contraire, il risquait de perdre définitivement une autorité que les chevaliers d'Antioche étaient visiblement tentés de lui contester. Le soleil déclinait déjà et les Arméniens n'étaient toujours pas revenus. Tous étaient bien conscients qu'il allait falloir sacrifier le kilim, et la plupart des hommes attendaient cette décision avec impatience, sauf ceux qui s'étaient laissé prendre à la passion du jeu de la vérité. Joshua et David, Guy de Muret et Ali, qui ne pouvait plus désormais s'en passer, étaient assis sur le tapis. Le kilim, recouvert de poussière du désert, jusque dans ses moindres nœuds, avait perdu depuis très longtemps ses couleurs lumineuses. Il s'ensablait peu à peu et ses usagers fébriles ne faisaient rien pour s'y opposer : cela les aurait éloignés de leur partie.

David, le Templier manchot, et son ami Josh le Charpentier commençaient déjà à disposer les lampes à huile pour la nuit, car l'obscurité tombait rapidement. Guy de Muret dressait pour sa part la pyramide d'une nouvelle partie. Ali, assis à côté de lui, broyait du noir. Le déclin de l'astre solaire réveilla un vent léger, la fraîcheur de la nuit s'annonça. Le Templier et le cabaliste eurent quelques difficultés à allumer toutes les lampes. Ils finirent par reprendre leurs places et Guy commença à distribuer les bâtonnets.

Josh le Charpentier, largement supérieur à ses adversaires pour ce qui concernait l'interprétation des pièces que lui attribuait le sort, réfléchissait surtout aux possibilités de reprendre à ses voisins les bâtonnets qui lui manquaient encore pour former une combinaison positive. Il prit son temps. Son ami David l'imita, mais sa situation initiale était beaucoup plus prometteuse. Il lui suffisait de songer à ce qu'il jetterait en pâture au cabaliste pour l'inciter à se débarrasser des valeurs dont lui avait besoin pour conclure brillamment sa stratégie. Guy de Muret avait la tête ailleurs : il se souciait surtout de l'avenir de la troupe que le Trencavel avait réunie autour de lui. Damas était devant eux ! Il se retrouva donc pris entre deux feux dans le combat acharné que se livraient le Templier et le Charpentier. Il ne tarda pas à constater qu'il ne lui restait plus que l'ivraie.

Ali s'arrêta avant que les autres n'aient véritablement commencé et exigea à la stupéfaction de tous que la victoire lui soit attribuée. Guy gloussa de plaisir et le Charpentier se laissa emporter par la colère. À cet instant précis, le seul à pouvoir revendiquer le gain de la partie était David. C'est le moment que choisit Pons pour venir annoncer que le Trencavel souhaitait parler au Templier et au cabaliste. Les deux joueurs que rien, d'ordinaire, ni la fournaise, ni les tempêtes de sable, ni le froid glacial, n'aurait pu détourner de leur partie sortirent de leur couverture et répondirent à cette invitation. Ali resta seul à réclamer la victoire. Mais Guy de Muret se refusa à prononcer le moindre mot à ce sujet, préférant discuter ostensiblement avec le gros Pons à propos d'une étoile filante qui venait de traverser comme une flèche lumineuse le ciel bleu noir de la nuit. Ali considéra tout cela comme une sombre intrigue de Roç qui, jusqu'à ce jour, n'avait pas daigné lui adresser une seule fois la parole. Cet arrogant de Trencavel faisait constamment appel à sa garde personnelle composée d'Occitans. C'est par eux qu'il commencerait… Un autre point lumineux fila dans le firmament et s'éteignit.

— Faites un vœu ! conseilla le bon Pons au fils du sultan mameluk déchu qui bouillait visiblement de rage. Mais ne l'exprimez pas ! ajouta Guy. Sans cela il ne s'accomplira pas plus que votre glorieuse victoire !

Ali se mordit les lèvres, il n'avait pas le droit de se laisser provoquer.

— Je n'ai aucun vœu à faire ! répondit-il en s'efforçant de prendre l'air indifférent. Ce dont j'ai envie, il me suffit de le prendre ! (Il attrapa l'amulette qu'il portait autour du cou, attachée à un ruban de cuir, sous sa tunique.) C'est un royaume qui m'attend !

Pons regarda la main d'argent d'un air aimable et sans se laisser impressionner.

— Nous connaissons cela ! lança sèchement Guy de Muret. C'est pour le conquérir que nous avons déjà mis notre vie au service du Couple Royal.

— Mon royaume à moi est de ce monde ! Si je pouvais compter sur votre aide…

Il fit glisser la hamsa sous son vêtement : les deux autres avaient cessé de s'intéresser à lui.

Les Arméniens étaient revenus. Ils avaient ramassé dans le désert le maigre chambellan du sultan de Damas et sa légion de serviteurs, une caravane impressionnante portant tout l'équipement d'une cour. D'abondantes provisions les suivraient d'ici peu. Trencavel félicita les Arméniens, très fiers de leur prise, avant que le baouab ne lui raconte comment ils avaient échappé à la mort. La peur des terribles Mongols leur avait donné des ailes, contrairement au vénérable An-Nasir. Roç apprit aussi le destin qu'avait connue la favorite, restée jusqu'au dernier instant aux côtés de son maître. Si le Trencavel fut bouleversé par la fin de Clarion, sa vieille amie, il ne le montra pas. Il congédia le chambellan épuisé et ses serviteurs et s'adressa au Templier et au cabaliste.

— Il ne me plaît pas, lança-t-il aux deux hommes, que vous contaminiez à présent mes Occitans avec cette manie que la passion du jeu ne permet plus d'excuser. (Les deux joueurs baissèrent la tête, piqués au vif.) J'ai besoin de ces gaillards, ils connaissent leur métier. Tel n'est pas votre cas ! (Le Trencavel avait presque pitié de ses anciens compagnons de route, mais il voulait faire preuve d'autorité.) Si vous le préférez, je vous offrirai le kilim et je vous abandonnerai demain en sa compagnie.

Son regard tomba sur Ali, qui avait invité les serviteurs de Damas à le rejoindre sur le tapis comme s'il était le maître de la troupe et l'hôte de ces lieux. Roç fronça les sourcils.

Ali, que Guy avait abandonné à son tour, ne lui laissant que Pons comme interlocuteur, tentait justement de gagner à sa cause le baouab et ses hommes : il souhaitait faire son entrée à Damas en leur compagnie. Le chambellan se montra très impressionné par cette attitude, surtout après l'accueil assez froid que lui avait réservé le Trencavel. Il s'apprêtait à proposer ses services au jeune seigneur lorsque retentit la voix agacée de Roç, qui demandait à Ali de quitter immédiatement ce tapis. Terèz, d'une voix dédaigneuse, mais forte, lui confirma cette injonction :

— Vous êtes devenu sourd, Ali ? C'est un ordre du Trencavel : désormais, tout séjour sur le kilim est interdit à quiconque !

La colère et la honte pétrifièrent le visage d'Ali.

— Qui est celui qui ose vous parler ainsi ? demanda, provocateur, le baouab rompu aux intrigues.

— C'est Roç Trencavel, l'époux de la grande Yeza Esclarmonde ! répondit Pons. Ensemble, ils constituent le glorieux Couple Royal !

Cela impressionna bien plus le chambellan que l'offre d'Ali. Le baouab s'inclina, fit un signe à son escorte et tous quittèrent docilement le tapis. Ali, quant à lui, se rappelait encore la brutalité dont étaient capables les hommes d'Antioche. Il se plia aussi à cet ordre en serrant les dents.

La caravane annoncée arriva. Roç fit apporter de l'eau fraîche à ses caravaniers et aux chameaux. Le chambellan tout maigre et son escorte, qui lui avaient immédiatement proposé leurs services, montrèrent à cette occasion qu'ils pouvaient être utiles. Compte tenu de la proximité de Damas, qui se trouvait désormais devant eux, disposer de gens qui connaissaient bien les lieux n'était peut-être pas superflu. Josh le Charpentier et David le Templier avaient évité la corvée mais pris le temps d'inspecter l'opulente caravane. Hésitant, presque timide, Joshua vint évoquer avec son vieil ami la situation où ils se trouvaient à présent. Roç lui répondit froidement.

— Si vous deviez maintenir votre proposition généreuse, noble Trencavel, estima ensuite David d'une voix ferme, ces nombreux chameaux seraient en mesure de transporter le kilim en plus du reste…

— En échange, ajouta le Charpentier, nous vous promettons qu'après notre heureuse arrivée à Damas, nous ne serons plus un poids…

— J'apprécie votre présence à tous les deux, l'interrompit Roç avec émotion. Yeza aussi se réjouirait de vous…

— Pour ce qui me concerne, déclara spontanément le Templier, j'offrirais volontiers ma part du kilim à la Grande Mosquée s'il m'était permis de chevaucher à vos côtés, Trencavel.

Le cabaliste ne voulut pas être en retrait :

— Que voulez-vous que je fasse avec l'autre moitié du tapis ? se moqua le vieux filou d'un ton moqueur. Dois-je le couper en long, en large ou selon la règle d'or ? Je préfère venir avec vous plutôt que de résoudre cette quadrature du cercle. Et à l'avenir je jouerai à même le sol !

Roç passa les bras sur les épaules des deux hommes, pour leur faire comprendre que les liens de leur vieille amitié étaient désormais renoués.

Les hommes de Damas, qui avaient de nouveau choisi le vieux et maigre baouab pour s'exprimer en leur nom, firent avec une certaine solennité une offre séduisante au Trencavel : comme la ville et ses terres n'avaient plus de souverain, il serait souhaitable que Roç, élément masculin du célèbre Couple Royal, prenne la direction de Damas, d'autant plus qu'il s'entendait parfaitement avec les Mongols. Roç demanda qu'on lui laisse le temps de la réflexion, jusqu'à leur arrivée dans la capitale. Il décida que leur entrée dans la ville se ferait le lendemain matin. Roi de Damas ? Roç se demanda si Yeza serait d'accord et finit par se dire qu'elle en serait sans doute heureuse. Si elle ne l'était pas, elle aurait prouvé qu'elle ne tenait guère au bonheur de Roç. Lequel n'avait d'ailleurs aucune envie de partager avec Yeza le pouvoir et, moins encore, le prestige.

Le Trencavel ne se doutait pas qu'une autre personne se demandait déjà comment lui prendre ce titre : Ali était décidé à utiliser tous les moyens afin de sortir vainqueur du combat pour la domination de Damas.

Les tergiversations et les querelles des grands maîtres

LE GROS DES TROUPES MONGOLES avait entre-temps progressé sans hâte vers le sud dans la plaine de la Bekaa et dressé son campement près des ruines du temple de Baalbek, l'antique Héliopolis. Les alentours avaient suffisamment été « pacifiés » pour que le Il-Khan puisse songer à planifier son entrée dans la capitale. La *pax mongolica* qu'il souhaitait établir était sans doute encore loin d'avoir été acceptée par tous les potentats locaux, mais personne n'osait plus se rebeller. Les chevaliers de Saint-Jean qui occupaient le krak des Chevaliers[29], les templiers de Safit et Tortosa, même les assassins de Masyaf avaient adressé des messages d'allégeance. Quant aux émirs musulmans de Syrie, ils avaient tous envoyé des otages.

Kitbogha, le commandant en chef qui avait mené cette gigantesque entreprise au profit de son maître Hulagu, pouvait être pleinement satisfait. De Palmyre, ville reculée et considérée comme difficile en raison des derviches irréductibles qui la peuplaient, Dungai, un capitaine qui jouissait de la confiance illimitée de Kitbogha, avait ramené une délégation qui accepta avec bonne volonté de placer sous la protection du Couple Royal la légendaire ville commerciale du désert. Fait surprenant, cela suffit au Il-Khan et emplit Dokuz Khatun d'une grande joie, puisque cette soumission montrait que les deux rois de la paix jouissaient encore d'une aura considérable. Kitbogha ne jugea pas utile de rappeler qu'à cette heure ni Roç ni Yeza, même si Arslan avait visiblement retrouvé leur trace, n'étaient réunis dans le camp mongol et à la disposition du Il-Khan. Le commandant à mâchoire d'ours fut d'autant plus heureux lorsque les premiers éclaireurs de Sundjak, son général victorieux au retour du combat, vinrent lui annoncer que la « reine » Yeza se trouvait dans son escorte.

Sundjak était de mauvaise humeur. Il livra un bref rapport de mission, raconta la destruction de Mard' Hazab et la capture d'El-Kamil, qui s'y était réfugié. Le général à la nuque épaisse tint à présenter sur-le-champ ce criminel au Il-Khan afin que celui-ci décide de la punition qui lui serait infligée. Mais Kitbogha refusa de demander une audience immédiate pour son subalterne et exigea de savoir ce qu'était devenue Yeza, ce qui irrita Sundjak.

— La dame voyage en compagnie du Breton qui l'a prise sous sa protection ! grogna le molosse à son supérieur. Elle s'était bombardée souveraine de Palmyre, reine de ces derviches insoumis ! aboya-t-il avec indignation. Je vous ai ramené les têtes de leurs chefs !

D'un signe, il demanda à ses hommes d'apporter ces trophées plantés sur des lances, mais Kitbogha lui refusa aussi ce plaisir-là.

— Il y a tout juste deux jours, notre Il-Khan Hulagu a reçu ici en compagnie de Dokuz Khatun une délégation de Palmyre venue lui faire allégeance, répondit-il froidement à Sundjak, qui écumait. Je ne crois pas que le Il-Khan sera particulièrement réjoui de votre présent superflu. Vous avez agi de votre propre chef, et cela va beaucoup gêner notre politique de pacification de la Syrie !

Sundjak commença par rentrer sa tête chauve et cramoisie entre ses épaules ; il finit par trouver la force de protester :

— Pourquoi les crânes de quelques derviches fous vous mettent-ils dans un état pareil ? J'ai ramené l'émir vivant au Il-Khan pour qu'il puisse faire écorcher, empaler et rôtir cette crapule qui a osé…

Un grondement menaçant, comme celui d'un volcan avant l'éruption, l'incita à se taire.

— Vous vous trompez sur l'esprit vengeur de Hulagu ! répondit brutalement le commandant en chef. On vous appellera, Sundjak !

Le général n'avait aucune envie de sortir de cette tente en vaincu.

— Tant que vous m'aurez refusé l'honneur de les livrer, Kitbogha, laissa-t-il échapper, j'agirai comme bon me semblera avec mes prisonniers !

Le vieux militaire ne réagit pas à ce nouvel affront. Sundjak ordonna à ses hommes de rentrer dans leurs quartiers avec les têtes et la cage. Au moment où arriva l'arrière-garde, sous la direction de Khazar, c'était fait.

Yeza avait demandé à Yves le Breton de prévenir qu'elle désirait rencontrer Kitbogha aussitôt après leur arrivée, avant même l'audience au cours de laquelle elle devrait présenter ses hommages au Il-Khan et à Dokuz Khatun. Cela lui permettrait en particulier d'éviter à

Baïtchou de subir les foudres de son père. On aurait difficilement pu choisir un plus mauvais moment ; pourtant le vieil homme écarta les bras dès qu'il vit Yeza courir vers lui comme une petite fille. Ils se donnèrent une longue accolade et la fugue de Baïtchou était déjà oubliée. Avec une fierté visible, Kitbogha écouta le récit de Khazar, qui décrivit avec enthousiasme l'habileté de Baïtchou dans les situations difficiles qu'ils avaient traversées et présenta sous une tout autre lumière les faits et gestes du général Sundjak.

— Il a manqué de maîtrise de soi et a fait preuve d'une cruauté inutile, approuva le Breton. Si j'étais vous, je ne laisserais pas trop longtemps l'émir de Mayyafaraqin entre ses mains, sans quoi le Il-Khan le retrouvera en tranches ou en viande hachée.

La mine de Kitbogha ne s'assombrit qu'un bref instant. Il sourit ensuite à Yeza, qui poussa Baïtchou devant son puissant père. Kitbogha fit comme s'il avait toujours rêvé de voir ce gamin faire ses premières expériences au combat. Il lui caressa brièvement la tête avant de lui asséner une grande tape dans le dos.

— Continue comme ça, mon garçon !

Kitbogha fit ensuite raccompagner Yeza dans sa tente pour qu'elle puisse se rafraîchir avant d'être reçue par le Il-Khan et renvoya tous les autres pour se retrouver enfin seul avec le Breton. Mais l'entretien qu'il désirait avoir avec l'ambassadeur français n'eut pas lieu : il vit apparaître le chef de la division qui s'était emparé du sultan de Damas pendant sa fuite indécise.

Il présenta aussitôt les têtes d'An-Nasir et de sa favorite, attendant les félicitations de son commandant en chef. Kitbogha comprit qu'il devait désormais annoncer à Hulagu que plus rien ne s'opposait à son entrée triomphale à Damas.

— Je vous conseille amicalement, Kitbogha, déclara le Breton, de ne pas confronter Yeza aux preuves de la dextérité de vos subalternes. Ni les têtes de ses amis les derviches, qui lui ont révélé l'éminent art poétique du célèbre Roumi, ni celle de son amie d'enfance Clarion de Salente ne seraient susceptibles de faire apparaître les projets des Mongols sous un jour particulièrement favorable à la princesse. C'est une simple mise en garde !

Aussi sarcastique fût-il, Yves avait évité de montrer la moindre émotion. Kitbogha reprit à son compte les objections du Breton.

— Il faut donner la priorité à la réception de Yeza par le Il-Khan et Dokuz Khatun ! estima-t-il. Hulagu pourra ensuite savourer les fruits de sa guerre…

— Si la brutalité de la réalité ne dérange pas son estomac sensible ! ajouta Yves avec mauvaise humeur.

Kitbogha félicita le chef de la section et l'envoya avec ses preuves sanguinolentes dans les quartiers du général Sundjak, où il devrait attendre que le Il-Khan le convoque. Puis il se rendit en personne chez Hulagu.

Le jeune prince Bohémond et son beau-père Hethum, roi d'Arménie, venaient d'y arriver en provenance d'Antioche, accompagnés d'une escorte nombreuse qui portait des cadeaux précieux. Ils accaparaient l'attention du Il-Khan, si bien que le vieux Kitbogha ne put s'adresser immédiatement à son maître. Le général Sundjak, en revanche, après la vexation que lui avait infligée le commandant, avait fait en sorte que le chambellan de Hulagu ait vent de sa capture et demande de lui-même que l'on fasse venir cet impudent d'El-Kamil. Cela lui permettrait également de montrer aux grands seigneurs d'Antioche le sort de ceux qui se soulevaient contre la volonté du souverain. Le chambellan leur aurait aussi volontiers présenté le malheureux Lulu, l'atabeg de Mossoul. Mais celui-ci avait connu une fin atroce dans sa cage, quelques jours plus tôt, puisque le cadeau qu'il avait annoncé en guise d'hommage, un tapis gigantesque venu de Tábriz, n'était jamais arrivé. Le chambellan demanda donc que l'on installe la cage vide devant la tente d'apparat, dans les quartiers du général Sundjak, afin que celui-ci y place l'émir de Mayyafaraqin. Cet ordre avait déjà été donné lorsque Kitbogha put enfin se présenter devant Hulagu.

Yves le Breton était allé chercher la princesse dans sa tente. Il trouva Yeza en larmes. Le moine-soldat, qui n'avait guère d'expérience avec les femmes, surtout celles qui pleuraient, mit du temps pour apprendre d'elle, entre deux sanglots, ce qui s'était passé. Les jeunes filles mongoles qu'on lui avait envoyées pour lui servir de servantes étaient passées en courant et en gloussant devant sa tente. Puis elle avait vu rouler devant elle, solennellement, comme dans une procession religieuse, une cage où elle avait aperçu El-Kamil, le menton couvert d'une barbe hirsute, qui l'avait regardée les yeux brûlants, comme une bête sauvage. Lorsqu'elle avait tenté de regarder ailleurs pour échapper à ce spectacle insupportable, elle avait découvert les lances au bout desquelles on avait planté les têtes coupées. Elle avait reconnu avec terreur les visages des derviches qui l'avaient si gentiment accueillie dans le jardin de Zénobie. La tête qui trônait au sommet de la cage hideuse l'avait frappée par sa longue chevelure tombante. À ce moment précis, la tête avait tourné sur sa pique, révélant le visage crayeux de sa belle amie Clarion. Yeza avait voulu crier, mais aucun son n'avait voulu sortir de sa gorge. Elle s'était précipitée dans sa tente, avait chassé les fillettes en leur tapant dessus, et n'avait pas cessé de sangloter depuis. Yves aurait volontiers serré la désespérée dans ses bras, mais il n'avait aucune idée de la manière dont il aurait pu la consoler.

Il se tenait désemparé devant Yeza, toujours secouée par des sanglots venus du fond de l'âme. Lui proposer, dans l'état où elle se trouvait, d'aller faire acte d'allégeance devant le Il-Khan était absurde ! Même s'il parvenait à la convaincre, il courrait le risque de la voir se jeter sur le chef mongol et lui arracher les yeux. Il la laissa donc seule.

Lorsqu'il sortit, il se trouva devant le courageux Baïtchou. Le Breton lui ordonna de monter la garde devant la tente et de ne laisser personne accéder à la princesse. Curieusement, le jeune garçon comprit aussitôt la situation terrible dans laquelle se trouvait Yeza. Il promit à Yves de ne pas quitter ces lieux et de ne laisser personne franchir le seuil de la porte.

Obsédé par les images que lui avait décrites Yeza, le Breton se rendit à la tente d'apparat de Hulagu. Il était prêt à risquer la disgrâce, mais il devait faire comprendre au souverain que les Mongols étaient en passe de perdre à tout jamais leurs rois de la paix.

ARSLAN LE CHAMAN se tenait, immobile, entre les falaises abruptes de la chaîne de montagnes qui traçait la frontière à l'Occident. Sa silhouette paraissait se fondre dans la pierre, l'ours était installé à ses pieds. Bien en dessous de lui, au pied de la falaise, une patrouille mongole s'arrêta. Ses membres regardèrent, fascinés, le cavalier solitaire qui arrivait du désert au galop et se dirigeait droit sur eux. De loin déjà, ils reconnurent un *iltchi*. Sa bannière, qui portait l'emblème de l'empire, lui assurait le respect de tous. Ils mirent rapidement pied à terre et s'inclinèrent respectueusement devant le messager de l'État. L'*iltchi* toisa leurs chevaux d'un regard expert, s'empara du meilleur, bondit sur sa selle, salua d'un hochement de tête le chef de la patrouille, qui s'inclina encore une fois, et repartit plus loin vers l'ouest, en direction du soleil déclinant.

Arslan le suivit longtemps des yeux. Les *iltchis* venus de la lointaine Karakorum, la résidence de l'illustre Grand Khan, apportaient rarement de bonnes nouvelles. Et celui-ci, le chaman le sentait parfaitement, était annonciateur d'un grand malheur…

LE *CASTELLANUM REGIS*, le château des rois de Jérusalem, près du siège gouvernemental d'Acre, n'avait jamais été très prestigieux. Il incarnait le provisoire. Seul le nom de « royaume de Jérusalem » rappelait la prétention jamais abandonnée sur la véritable capitale du pays. Mais celle-ci, le grand Saladin l'avait prise aux chrétiens un siècle plus tôt. Ils n'avaient plus de roi non plus : la reine Plaisance[30] gouvernait depuis Chypre ce qui subsistait du royaume. Elle était représentée sur place par un bailli[31] dont la mission principale était d'apaiser les querelles permanentes entre les trois républiques maritimes, Gênes, Venise et Pise, et d'empêcher les membres des deux grands ordres de chevalerie de se fracasser le crâne. C'est la raison pour laquelle Messire Godefroy de Sargines[32] avait dû déployer tout son art de la persuasion afin d'inciter les deux grands maîtres, Thomas de Bérard[33] pour le Temple et Hugo de Revel[34] pour l'ordre des Chevaliers de Saint-Jean, à se rencontrer chez lui au Castellum, une sorte de terrain neutre. Pour ne pas faire peser sur cet entretien la présence de témoins inutiles, il n'avait invité qu'un seul des barons du royaume, mais le plus important, Philippe de Montfort[35], seigneur de Tyr. Il n'avait en revanche convié aucune des hautes autorités religieuses. Il s'agissait de prendre des décisions politiques d'assez grande portée ; les questions liées à la foi auraient encore compliqué la recherche d'une solution.

Ainsi les quatre hommes aux tempes grises se retrouvèrent seuls, dans le cabinet du bailli. Ils avaient laissé dans la salle de la Couronne leur escorte et leurs gardes du corps, en leur recommandant de ne pas céder aux provocations et de ne pas tenter de régler à coups de poing ou d'épée les comptes encore en suspens entre les ordres.

— Nous devrions trouver une ligne commune, résuma Messire Godefroy. Après tout, c'est nous qui avons fait venir les Mongols dans ce pays afin de nous aider à l'emporter sur l'islam.

Aucun de ses auditeurs ne broncha : cette constatation n'était pas dénuée de vérité, il était incontestable qu'ils avaient appelé au secours, même si aucun ne maîtrisait plus les conséquences de cette erreur.

— Si nous ne présentons pas un plan efficace, reprit Godefroy, ils ne nous considéreront plus comme des alliés mais réclameront notre allégeance…

— Que leur offre déjà Messire Bohémond, au nom d'Antioche ! fit, moqueur, le seigneur de Tyr.

— Voilà de quoi ouvrir l'appétit du Il-Khan, l'approuva Hugo de Revel. Nous devrions faire preuve d'initiative et de force en occupant au plus vite Damas, qui n'a plus de maître. Alors ils nous prendront de nouveau au sérieux.

— Et moi, Hugo de Revel, je vous considère de moins en moins comme des gens sérieux ! l'interrompit le grand maître du Temple. Damas ! C'est une plaisanterie ! Donnez un coup dans cette ruche dégoulinant de miel, et vous aurez vos fesses molles hérissées des aiguillons de tout le monde islamique, à commencer par ceux des mameluks.

— Il faudrait tout de même y réfléchir, tempéra Philippe de Montfort. Cela nous permettrait d'obtenir un équilibre des forces : d'un côté, les effroyables Mongols, de l'autre les lourds Égyptiens – et nous, avec Damas, nous serions le petit fléau de la balance !

— Imaginez-vous, Messire Philippe, ce que l'on ressent lorsque, dans la fièvre du combat, on tend allègrement sa langue entre la cuirasse et la visière de son casque ? demanda le Templier en éclatant de rire à la face du seigneur de Tyr.

— Mes Seigneurs ! intervint Godefroy de Sargines, qui sentait pointer une dispute imminente. Les Mongols sont aux portes de Baalbek, on leur présente déjà Damas sur un plateau d'argent ! Le Il-Khan nous en voudrait beaucoup…

— … si nous osions cracher dans sa soupe ! grogna Philippe avec mépris.

— Eh bien, attendons qu'on nous convie à table ! fit Thomas Bérard, moqueur.

— Les Templiers peuvent parler ! rétorqua Hugo de Revel, agressif. Ils n'attendent pas que les os tombent devant eux, ils se servent dans le filet du royaume !

— L'ordre de l'Hospital veut-il régler les dettes de Julien de Beaufort ? proposa le grand maître du Temple. Il y a longtemps que Sidon était un gage superflu… et Beaufort aussi, que ce seigneur renégat ne peut pas rendre…

— Un brigand de grand chemin ! (Philippe de Montfort ne dissimulait pas la piètre estime qu'il portait à son pair.) Des gens comme celui-ci ne nous feront pas honneur…

— Pas même chez ces pillards de Mongols, c'est sans doute ce que vous voulez dire ? demanda Messire Thomas, moqueur. Nous devrions avoir les idées claires sur ce que nous voulons et sur ceux avec lesquels nous nous sommes jusqu'ici bien entendus, quelques frictions mises à part. (Il chercha l'assentiment du bailli.) Il s'agit sans aucun doute du sultanat du Caire ! Des Mongols, en revanche…

Son homologue de l'ordre des Chevaliers de Saint-Jean l'interrompit, moqueur.

— Des Mongols, en revanche, les Templiers ne peuvent attendre de traitement privilégié, surtout s'ils ont vent de votre pacte secret avec le sultan mameluk !

Thomas Bérard ne put dissimuler l'agacement qui s'emparait de lui.

— Messires ! implora Godefroy de Sargines tandis que Philippe de Montfort bondissait de rage. Je constate que nous n'arriverons pas à définir une position commune face aux Mongols, même lorsqu'ils se trouveront demain aux portes d'Acre et de Tyr ! s'exclama-t-il. Laissons donc Damas tomber entre leurs mains. Chacun pour soi… (Il s'inclina devant le bailli désespéré.)… jusqu'à ce que son tour soit venu ! Pour ma part, vous me trouverez à Tyr. Un navire y sera toujours à votre disposition, Bailli, si vous devez vous réfugier dans la cité auprès de votre reine !

Il quitta la pièce d'un pas ferme et traversa la salle du trône en faisant cliqueter ses éperons.

Godefroy de Sargines fit une dernière tentative :

— Je propose que nous demandions l'avis de maître Hanno von Sangershausen[36].

— Le poids de l'ordre des Chevaliers teutoniques dans cette région est si important, dit le Templier, sarcastique, qu'on peut difficilement le soupçonner de partialité !

— Je me rallie au sage point de vue du vénérable grand maître, répondit le chevalier de Saint-Jean en hochant la tête à l'attention du bailli.

Thomas Bérard rejoignit son escorte, qui l'attendait à l'extérieur.

KITBOGHA, LE COMMANDANT EN CHEF DE L'ARMÉE MONGOLE, avançait, légèrement courbé et très songeur, vers la tente d'apparat de son maître, le Il-Khan Hulagu. La cage ornée de têtes ne se trouvait plus sur le parvis que l'on avait aménagé devant la tente, Kitbogha avait fait le nécessaire *stante pede* après avoir été incapable d'empêcher que les trophées, garniture sanguinolente d'El-Kamil, l'occupant de la cage, ne soient présentés au Il-Khan. La conséquence n'avait pas tardé : Hulagu s'était laissé contaminer par la cruauté de son général, Sundjak, et avait confié au bourreau de Palmyre le soin d'infliger à l'émir une peine aussi vengeresse qu'exemplaire. Kitbogha, soucieux, balançait son crâne anguleux sans même en avoir conscience. Puis son corps massif se raidit, les gardes le saluèrent et le vieil homme franchit le seuil de la tente du souverain.

Le commandant en chef montra au Il-Khan le respect qu'il lui devait, s'inclina devant Dokuz Khatun, cette chrétienne qui, il le savait, souffrait autant que lui de la grossièreté de certains guerriers, salua les personnes présentes sous la tente, dont le jeune et faible prince d'Antioche et le rusé roi des Arméniens. Il constata, tranquillisé, que l'émissaire permanent du roi des Francs, Yves le Breton, était lui aussi présent, fût-ce à l'arrière-plan. On attendait la princesse Yeza et c'est autour d'elle mais aussi bien sûr autour de Roç, toujours absent, que tournait la conversation essentiellement alimentée par Khatun. Elle exigea immédiatement que Kitbogha lui dise si la princesse s'était enfin apaisée et envisageait de se montrer.

Kitbogha haussa les épaules.

— Sa propre mort pourrait lui apporter le calme, répondit-il. Celle de ses amis massacrés ne rendra pas si vite que cela la paix à une âme sensible !

Hulagu réagit vivement.

— Des rois, on peut attendre qu'ils montrent de la dureté et qu'ils soient solides lorsqu'il s'agit d'accepter les pertes !

Le roi d'Arménie, Hethum, exprima au Il-Khan son approbation pleine et entière, ce qui agaça Kitbogha.

— La douceur mal placée a le même effet qu'une première dent gâtée, fit Hethum, ce vieux renard, d'un ton édifiant. Une fois qu'une pierre précieuse est tombée de la couronne…

— Celle de rois comme vous, peut-être, répliqua le vieil homme du tac au tac. Mais on a promis à Roç et Yeza un « Royaume de la Paix », et cela devrait s'exprimer autrement…

— Ils ne peuvent guère s'attendre à ce qu'il leur soit offert sur un plateau, répondit habilement Hethum avant que Hulagu ne puisse interpréter les mots de son commandant en chef comme une critique de son jugement souverain. Pour obtenir le pouvoir, et surtout pour le conserver, il faut toujours employer la force…

— Non ! Honte sur vous ! Non ! l'interrompit Dokuz Khatun de sa voix de lamento qui devenait souvent stridente lorsqu'elle perdait son calme. Le pouvoir de l'amour, l'amour chrétien pour son prochain !

Elle pouvait se permettre de lancer un défi à son époux. Mais celui-ci se contenta d'un signe fatigué pour clore cette sempiternelle dispute.

— Vous auriez mieux fait de ramener ce Roç Trencavel avec vous, lança-t-il brutalement au prince d'Antioche. Il pourrait à présent faire preuve de virilité et imposer sa décision à la jeune dame.

— Et puis le Couple Royal serait réuni, ajouta, sarcastique, le roi Hethum qui pouvait lui aussi parler librement. Mais vous vous retrouveriez face à deux personnalités extrêmement difficiles !

— Je crois fermement, fit le vieux Kitbogha en profitant du silence qui s'était installé, que seul l'amour harmonieux des deux membres du Couple Royal peut faire naître une force qui offrira à ce monde…

Le guerrier avait perdu le fil de ses pensées.

— … un cadeau…, suggéra Bohémond.

— … la force dont il a un besoin urgent, reprit Kitbogha, si le bonheur et la paix doivent s'y installer ! (Le commandant en chef toussota, il n'était pas habitué à s'exprimer en faisant des phrases.) C'est la raison pour laquelle nous devons employer tous les moyens afin de mettre au plus vite un terme à la séparation du Couple Royal !

Le Il-Khan avait écouté avec un sourire aigre le sermon de son officier : Kitbogha devenait vieux.

— Dans ce cas, ramenez-nous ce Roç Trencavel, ordonna Hulagu. Si le futur roi a quitté la ville d'Antioche, comme nous l'a rapporté Messire Bohémond, notre jeune héros ne doit pas se trouver bien loin de nous. Alors, pour son bien, capturez-le enfin !

De la chronique de Guillaume de Rubrouck

Nous, Faucon Rouge, son épouse Madulain et moi-même étions les hôtes de l'ordre des Chevaliers teutoniques à Acre. Ma liaison amicale avec cet ordre remontait à l'époque du vieux commandeur von Starkenberg[37]. Mais le fils de l'ancien grand vizir d'Égypte était lui aussi très bien introduit dans ces lieux, où il était connu sous le nom de Constance de Sélinonte : l'empereur Frédéric en personne l'avait fait chevalier. Nous nous trouvions donc, Faucon Rouge et moi-même, sur le toit plat de la citadelle en forme de gigantesque billot qu'on avait construite dans le deuxième anneau de la ville fortifiée. Cette place forte permettait surtout de surveiller le pont-levis, le point où le mur extérieur de la cité surplombait la mer, protégeait le port et l'arsenal qui s'y trouvait. Les bastions des deux tours d'angle, qui surpassaient largement par la hauteur et par la majesté les sections de mur à leur portée, étaient pourvus de lourdes catapultes toujours prêtes à tirer, même si pour l'heure seuls deux chevaliers de l'ordre vêtus de longs manteaux blancs y montaient la garde. Notre regard n'était pas dirigé vers les murs et la mer, mais vers la ville où nous guettions l'étrange visite qu'on avait annoncée au grand maître Hanno von Sangershausen. Le bailli du royaume, messire Godefroy de Sargines, qui lui était lié par l'amitié et le respect, avait envoyé un messager à cheval annoncer sa visite en compagnie des grands maîtres du Temple qui ne cessaient de se quereller et des chevaliers de Saint-Jean. Il espérait vaguement que la pondération de messire Hanno parviendrait sinon à réconcilier ces deux coqs, du moins à les ramener sur une ligne commune. La marche sur Damas de la gigantesque armée des Mongols exigeait du gouvernement du royaume qu'il prenne enfin une position claire entre une neutralité stricte et les deux alliances possibles, que ce soit avec le Il-Khan Hulagu – c'était l'hypothèse des Mongols – ou avec le sultan du Caire, ce vieil ennemi héréditaire auquel on s'était accoutumé. Messire Hanno nous avait fait lire la lettre, raison pour laquelle nous nous tenions à présent sur les mâchicoulis de la façade du château allemand tournée vers Acre et regardions vers le bas, pressés de voir comment et dans quel ordre se présenteraient les visiteurs annoncés. Si les grands maîtres des deux autres ordres de chevalerie, qui n'avaient d'habitude qu'une seule idée en tête, rivaliser d'arrogance et de morgue, s'étaient déclarés disposés à participer à un colloque de ce type dans la maison des « Teutons », cela tenait aussi au fait que les ambitions de ces derniers en Outre-mer étaient désormais proches du zéro et qu'ils ne constituaient donc en aucune manière des concurrents potentiels. L'ordre des Chevaliers teutoniques avait depuis longtemps déplacé ses ambitions vers la Baltique et les contrées nordiques, où il avait même créé un pays placé sous son contrôle. Ce qui lui valait la jalousie inavouée, mais vive, des Templiers comme des chevaliers de Saint-Jean.

Le premier à arriver – nous nous y attendions – fut Messire Godefroy de Sargines. Avec sa réserve habituelle, le bailli avait renoncé à toute pompe et à toute escorte tapageuse ; ses gardes du corps se contentèrent de l'accompagner dans la cour intérieure où il leur demanda d'attendre, montant seul le large escalier qui menait au réfectoire.

— Voulez-vous parier avec moi, Guillaume, me proposa en plaisantant Faucon Rouge, qui sera le dernier à faire son entrée ici ?

Je n'eus pas longtemps à réfléchir : pour moi, ce serait le maître des Templiers, Thomas Bérard. Mais le prince Constance n'était pas d'accord :

— Puisque les chevaliers de Saint-Jean peuvent penser que la partie adverse voudra s'offrir ce petit triomphe, ils feront tout pour que les autres soient obligés d'attendre leur arrivée !

— J'en reste à mon favori, répondis-je. Mais dites-moi d'abord quelle est la mise ?

Faucon Rouge éclata de rire.

— Madulain, ma femme, est partie pour le bazar. (Il lança un regard sur la place, devant la forteresse.) Je vous propose l'enjeu suivant : si vous gagnez, Guillaume, c'est vous qui paierez la note qu'elle me présentera. Dans le cas contraire, je vous verserai le double de la somme.

Cela me plaisait : même si je perdais le parti, j'aurais le plaisir chevaleresque d'offrir un présent à la dame de mon cœur. Et puis j'étais sûr de moi.

— Regardez donc qui arrive ! s'exclama l'émir qui venait d'apercevoir un petit groupe de cavaliers qui se rapprochaient lentement. Pauvre frère de saint François, vous avez perdu votre pari !

C'étaient effectivement des chevaliers du Temple escortant une litière portée par les turcopoles[38] de l'ordre. Nous voyions distinctement monter vers nous les croix pattées rouges cousues, cette fois, sur des tuniques noires. Mais je ne m'avouai pas vaincu, car la litière tendue de tissu noir sans ornement ni blason éveillait en moi de tout autres souvenirs.

— Notre pari portait uniquement sur l'apparition de Thomas Bérard, répliquai-je à ce cri de victoire prématurée. Or elle ne se manifestera qu'au moment où ces hommes entreront dans la cour intérieure !

Les Templiers noirs avaient déposé la chaise à porteurs assez loin de la porte gardée de la maison et aucun de leurs gestes n'indiquait leur intention d'y entrer. Cette attitude plongea Faucon Rouge dans la perplexité. Pour ma part, un doux effroi me tétanisa : de la chaise à porteurs descendit non pas la personne inspirant autant de respect que d'angoisse dont j'avais supposé la présence dans ce sombre habitat, mais Laurent d'Orta !

Je ne tenais pas non plus à croiser le chemin de ce charmant vieil homme : je m'étais éloigné sans permission, et même contre ses instructions explicites, de la tour de Montjoie où j'étais censé remplir mes pages d'écriture. Il ne pouvait certes pas me reprocher d'être tombé ensuite, au krak de Mauclerc, entre les mains du patriarche : la faute en revenait plutôt à la résistance que suscitait son action en tant que secrétaire de cette fraternité secrète au sein de l'ordre des Templiers – résistance qu'il avait totalement sous-estimée. Je n'avais qu'une seule chose à me reprocher : face au tribunal de l'Inquisition, je m'étais comporté d'une manière parfaitement idiote et il s'en était fallu d'un cheveu pour que je le paye de ma vie ! Je n'étais pas étouffé par la honte ou la mauvaise conscience, mais son apparition ici et le fait qu'il ait emprunté cette sinistre chaise à porteurs noire m'indiquaient que la puissance secrète ne se laisserait pas berner par un petit frère mineur comme moi. Je gardai cependant mes craintes pour moi et m'efforçai d'imaginer une issue qui m'éviterait de tomber entre les mains de Laurent d'Orta.

Le prince de Sélinonte ne comprit pas la raison pour laquelle je devenais tout d'un coup si discret.

— Je crois, mon cher Guillaume, que je comprends le coup d'échecs subtil du Templier.

Il désigna, en bas, les chevaliers de l'ordre qui restaient à cheval devant la porte, tandis que les serviteurs continuaient à porter sa chaise.

— Si les chevaliers de Saint-Jean d'Hugo de Revel arrivent à présent ou envoient des éclaireurs, ils croiront forcément que Messire Thomas est déjà arrivé, puisque sa garde d'honneur attend déjà son retour !

— Hélas, vous avez raison, mon prince, dis-je en prenant l'expression du plus grand regret possible. Je peux seulement espérer que votre chère épouse ne se laissera pas entraîner trop loin par les tentations du souk !

J'avais à peine prononcé ces mots que le détachement des chevaliers de Saint-Jean arriva au trot depuis la rue qui débouchait sur le parvis du château. Eux montraient sans crainte le pouvoir et la richesse de leur ordre. Cette allure pompeuse était encore renforcée par la présence très visible de nombreux religieux qui donnaient presque au cortège le caractère d'un pèlerinage.

— Jacob Pantaleon ! m'exclamai-je avec terreur, mais je me repris aussitôt. Voilà qui risque d'inspirer bien des aigreurs à Messire le Bailli.

— Comme le vin de messe tourné du Monsignore ?

Faucon Rouge n'accordait pas un trop grand poids au jugement que je portais sur la situation, il en prit même connaissance avec un certain amusement. Au moins partageait-il la profonde aversion que m'inspirait cet homme de Dieu.

— L'arrivée imprévue et indésirable du patriarche de Jérusalem pourrait déplaire à bien d'autres personnes qu'au bailli Godefroy de Sargines !

— Si je ne me trompe pas sur le tempérament du grand maître du Temple, il est bien possible qu'il tourne les talons sur-le-champ, répondis-je.

— Dans ce cas vous auriez perdu votre pari, Guillaume, conclut Constance de Sélinonte, moqueur. Mais rassurez-vous – il serrera les dents, ne serait-ce que pour ne pas laisser le champ libre à Hugo de Revel – de la même manière que le maître des lieux va faire contre mauvaise fortune bon cœur, même si Hanno von Sangershausen préférerait mettre à la porte ce parvenu mal dégrossi qu'est Jacob Pantaleon.

— Ramener ici ce patriarche haï de tous, ce cordonnier de Troyes… Seul Hugo de Revel a pu avoir une idée pareille, lui qui vient de prendre ses fonctions de maître de l'Hospital et n'a presque aucune expérience des intrigues de l'Outre-mer !

— À moins que ce ne soit le fruit d'un calcul glacial ! Nous allons le voir tout de suite, répliqua mon ami. Nous devrions nous rendre à présent au réfectoire, car après l'entrée solennelle des nobles chevaliers de Saint-Jean suivis par un clergé mal lavé…

Le dernier de ces hommes qu'il méprisait tant venait d'entrer dans la cour et montait le large escalier de marbre à la suite d'Hugo de Revel lorsque maître Thomas Bérard se présenta enfin devant le château, accompagné par un petit nombre de chevaliers dont la mission principale semblait être de porter fièrement le « Beauséant[39] », le drapeau de l'ordre. Les Templiers noirs postés devant la porte saluèrent le grand maître d'un bref hochement de tête. Messire Thomas s'apprêtait à entrer dans le bâtiment lorsqu'un homme se détacha de l'ombre des arcades qui l'entouraient et se dirigea vers lui à grands pas, malgré sa claudication. Il portait l'habit d'un sergent Templier ordinaire et je fus étonné de voir le grand maître, si hautain en temps normal, s'arrêter pour attendre ce pied-bot de bas rang.

— Naiman ! fit Faucon Rouge, méprisant, entre ses dents. Le pire des agents secrets du sultan du Caire !

J'avais moi aussi reconnu ce lascar qui n'éveillait pas en moi de bons souvenirs.

— Descendons à présent, m'exhorta mon accompagnateur. Messire Thomas déteste qu'on arrive après lui !

Compte tenu du fait que ma rencontre avec Laurent d'Orta était désormais imminente et avec elle la confrontation avec le patriarche, qui ne me voulait pas beaucoup de bien, j'aurais volontiers retardé encore mon apparition au réfectoire. Mais Faucon Rouge ne me laissa pas céder à pareille faiblesse.

BAÏTCHOU SE FRAYA UN ACCÈS vers les gardes, devant la tente d'apparat, où il ne put entrer qu'en se réclamant de son puissant père.

— La princesse refuse de se présenter ici ! annonça-t-il à Kitbogha sans qu'on lui ait rien demandé et d'une voix si forte que tous l'entendirent – il est vrai qu'on lui avait interdit de chuchoter en présence du Il-Khan.

Baïtchou profita de la discussion qui suivit pour se rapprocher d'Yves sans que nul ne le remarque et lui souffler :

— Il faut que vous veniez voir Yeza !

Yves regarda autour de lui. Dokuz Khatun, furieuse, était en train de dire qu'on ne pouvait tolérer plus longtemps les caprices de la princesse. S'il quittait discrètement la tente à cet instant, personne ne le remarquerait.

Un homme le vit tout de même : c'était le vigilant Kitbogha, qui feignit de ne s'apercevoir de rien.

— Savez-vous, le Breton, ce que Baïtchou a vu ?

Yeza avait beau s'exprimer sans la moindre excitation, Yves la connaissait trop bien pour ne pas sentir l'émotion et l'indignation qu'elle éprouvait. Il la dévisagea en attendant la suite. Yeza n'avait pas besoin de ses sentiments, mais de ses actes.

— Pendant son transport, déjà, raconta froidement la princesse, Sundjak avait affamé l'émir de Mayyafaraqin au point qu'il avait essayé d'avaler ses chaussures en cuir. Puis ils sont allés chercher un fût d'huile bouillante, ont attrapé le prisonnier et lui ont coupé un mollet d'un coup de sabre…

— Et Baïtchou prétend avoir vu tout cela de ses yeux ? demanda le Breton, incrédule. Il l'a peut-être entendu raconter quelque part dans le camp ? Les enfants aiment bien faire les fanfarons avec ce genre d'histoires horribles…

Mais Yeza continua, en transe, comme si elle avait assisté en personne à cette séance de torture.

— Ils l'ont forcé à plonger son moignon dans l'huile bouillante jusqu'à ce que la plaie soit cuite. Il a dû pousser des cris abominables car même Baïtchou, qui en a vu bien d'autres, ne l'a pas supporté. (Yeza marqua une pause pour vérifier les réactions du Breton, qui n'en eut aucune.) Puis ils ont laissé l'émir avec son morceau de jambe découpé et frit dans l'huile. Baïtchou n'a pu me dire si El-Kamil a mordu dedans, il était déjà parti en courant pour vomir.

— La victime n'aura sans doute plus senti sa faim à ce moment-là, dit Yves d'une voix calme. Les douleurs sont tellement fulgurantes que le plus souvent elles vous font perdre conscience ! Je suis heureux que ce gamin soit allé rendre le contenu de son estomac à la terre. Que Baïtchou ait gravé ces images dans sa mémoire serait bien plus embêtant…

— Vous avez peut-être raison, Breton. Moi aussi cette description m'a retourné le ventre. Mais quand il me l'a faite, Baïtchou semblait ne plus rien éprouver.

— Ces enfants mongols tètent le sang avec le lait de leur mère, dit Yves d'une voix songeuse. Après tout, c'est avec cela qu'est fait le kumiz, leur boisson préférée… Mais le Il-Khan vous attend !

Yeza ne parut pas surprise, elle regarda son interlocuteur dans les yeux.

— Je veux que vous mettiez un terme aux souffrances d'El-Kamil.

Il soutint son regard.

— Si vous vous présentez devant Hulagu et Dokuz Khatun, vous pouvez être certaine que l'émir ne sera plus en vie.

De la chronique de Guillaume de Rubrouck

Dans la grande salle du château d'Acre, construite pour accueillir le nombre jadis considérable des Chevaliers teutoniques, les invités se perdirent sous les lourdes poutres de bois qui soutenaient le plafond à caissons et les hautes fenêtres qui donnaient sur la cour intérieure. Hanno von Sangershausen, le grand maître de l'ordre, ne quittait son véritable siège sur le Marienburg pour venir en Terre Sainte qu'en cas d'urgence. Perdre son temps précieux avec les vaines querelles entre les Templiers et les chevaliers de Saint-Jean ne semblait guère le réjouir. Il les trouvait aussi superflues que la guerre commerciale que se livraient depuis longtemps les républiques maritimes de Gênes et de Venise, un conflit pour l'heure en sourdine, qui risquait cependant d'éclater d'un instant à l'autre. L'un comme l'autre affaiblissaient la position du royaume de Jérusalem, qui n'était déjà pas très brillante. Il avait soigneusement placé ses invités à la longue table du réfectoire. Les deux grands maîtres, Hugo de Revel, pour l'Hospital, et Thomas de Bérard, pour le Temple, se faisaient face. Godefroy de Sargines, le bailli de la reine, s'était discrètement installé à côté de Messire Hanno à la tête de la table parce qu'il ne tenait pas à présider cette séance. Fermement convaincu que celle-ci lui revenait, le patriarche s'était installé de l'autre côté de la table. De grands vides séparaient les différents groupes, car les grands maîtres ne laissèrent pas les membres de leur premier cercle s'installer avec eux, mais les firent attendre debout à l'arrière. Je remarquai ainsi tout de suite le « sergent du Temple », Naiman, qui parlait à l'oreille de Thomas Bérard. Laurent d'Orta, lui, s'était isolé contre un mur de la salle, afin de ne pas être classé dans l'un des partis en présence. Le patriarche fit comme si je n'existais pas. À peine Faucon Rouge et moi-même étions-nous entrés dans la pièce que Messire Hanno, d'une voix de stentor, nous présenta les invités.

— Le prince Constance de Sélinonte, chevalier de l'empereur en raison de sa noble naissance, remarquable connaisseur de l'Orient, spécialement de l'Outre-mer, et parfaitement familier de la politique à la cour du Caire.

Aucune main ne se leva pour saluer son arrivée par des applaudissements ; il sembla au contraire qu'un silence glacé s'était déposé sur cette assistance qui n'avait déjà rien de chaleureux. Le grand maître me désigna :

— Voici Guillaume de Rubrouck, *ordinis fratrum minorum*[40], qui s'est presque hissé au rang de patriarche dans la lointaine Karakorum et connaît donc mieux que personne les pensées et les plans des Mongols !

Cette allusion inutile à ma mission réussie auprès du Grand Khan et à ma carrière ratée au sein de l'Église officielle nestorienne[41] des Mongols ne pouvait bien évidemment que déplaire à Jacob Pantaleon ; sa colère ne se déchargea toutefois pas dans la direction attendue.

— N'est-ce pas ce franciscain renégat, cracha-t-il comme s'il me rencontrait pour la première fois, l'homme qui s'est autoproclamé gardien du Couple Royal, ces hérétiques usurpateurs que les Mongols nous ont…

Il n'alla pas plus loin dans sa tirade haineuse : les nombreux chevaliers de Saint-Jean, qui lui avaient pourtant permis d'assister à cette réunion, poussèrent des cris d'indignation qui le firent taire. Les Templiers gardèrent en revanche un silence glacé, alors que c'est plutôt de leur part que je me serais attendu à pareille protestation.

Messire Hugo de Revel demanda la parole.

— Puisque nous abordons déjà, et je vous en remercie (il s'inclina devant le patriarche pris de court), le rôle que pourrait tenir le Couple Royal, je vous prie de noter qu'il convient de ne pas sous-estimer son influence apaisante et modératrice sur les Mongols et sur leur politique future !

— *Vestigia terrent*[42] ! répondit le Templier sans beaucoup d'intelligence. Par ailleurs, la tentative d'intronisation de Roç Trencavel et Yeza Esclarmonde, que nous avons déjà menée à Jérusalem, a été un désastre total…

Naiman, qui se tenait discrètement derrière lui, crut devoir lui souffler la suite :

— Les marionnettes du Il-Khan !

Chacun dans la pièce avait entendu ces mots, seul Messire Thomas fit comme si la suggestion de l'agent secret ne le concernait en rien.

— Il s'agit de savoir, dit-il en s'adressant diplomatiquement aux deux présidents, le grand maître teutonique et le bailli, si le Royaume Chrétien de Jérusalem, un pion relativement mineur dans le jeu des forces en Orient, doit se compromettre avec les Mongols, qu'ils soient modérés, adoucis, ou rien de tout cela. (Il laissa à ses interlocuteurs le temps de suivre son raisonnement.) Puisqu'il est déjà avéré que notre environnement naturel, l'ensemble du monde de l'Islam, ne tolérera pas une tutelle de ce genre !

— Voilà des mots qui siéent mal à un combattant de la foi, répliqua avec un sourire froid messire Hugo, à un véritable soldat du Christ ! Si vous considérez l'apostasie du prophète Mohammed comme une donnée « naturelle », alors l'ordre du Temple n'a rien à faire ici, sur la Terre Sainte où il ne s'engage que du bout des lèvres, et en fin de compte de manière mensongère, au profit du Couple Royal !

Il avait ainsi dit tout ce qui brûlait la langue de Jacob Pantaleon, indigné, si bien qu'il ne lui restait plus qu'une chose à faire, réussir une sortie dramatique, opportunité dont le patriarche s'empara aussitôt.

— Vous êtes tous des serviteurs de Satan ! lança-t-il à l'assistance assise autour de la table gigantesque. Des hérétiques, des chamans, des païens ! (Il se leva subitement et rajusta sa tenue.) Vous parlez avec des langues de diables comme si ces créatures sans Dieu que vous qualifiez de « royales » étaient des êtres humains à l'image de Notre Seigneur, des membres baptisés de l'Église du Christ et du pape ! (Il hissa au-dessus de son auditoire son bâton surmonté d'une croix.) Sauvez vos âmes ! cria-t-il avant de se précipiter hors de la salle avec ses prêtres, au soulagement de tous.

— Était-ce vraiment nécessaire ? demanda Messire Hanno à la ronde, l'air moqueur.

— Je n'avais pas invité ce cordonnier de Troyes ! se défendit le bailli assis à côté de lui.

— Un homme qui se sert d'un embauchoir pour taper sur tout ce qui passe entre ses mains est parfois utile, lorsqu'il s'agit de déterminer qui peut mettre quelles chaussures et quel chemin il peut parcourir avec elles !

Après cette remarque maligne, le grand maître des chevaliers de Saint-Jean sourit, satisfait. Celui du Temple resta muet. Messire Hanno voulut trouver une issue médiane à ce colloque :

— Écoutons donc notre spécialiste des promenades entre les mondes, frère Guillaume de Rubrouck !

J'acceptai volontiers cette invitation.

— Les projets des Mongols ne visent en aucun cas à s'imposer dans cet environnement qui leur fait face avec méfiance, voire avec hostilité – même si c'est nous, le roi de France et le pape de Rome, qui les avons appelés ! (Je savourais toujours ces mots qui avaient pourtant été prononcés mille fois.) Les Mongols introniseront le Couple Royal ici, dans le « Reste du Monde », comme ils l'appellent. Ensuite, ils se retireront !

— On peut toujours y croire ! railla Messire Thomas, mais Messire Hanno m'approuva.

— Ils resteront ainsi nos protecteurs à tout jamais ! constata-t-il avec satisfaction, provoquant la réaction immédiate des Templiers :

— Vous, les Allemands, vous avez mis vos biens à l'abri, si l'on peut qualifier ainsi le territoire de la Courlande que vous avez choisi. (Il prit l'air grave.)

Nous, en Outre-mer, il nous faut nous débrouiller avec les conditions que j'ai qualifiées de naturelles, ce qui correspond à la réalité…

Hugo de Revel lui coupa la parole :

— Les innocents me paraissent plutôt être ceux qui s'accommodent de ces données, de ces pâturages empoisonnés par un faux prophète, au lieu de saisir la main que leur tendent les Mongols, un peuple qui a gardé toute son innocence pour ce qui concerne les mœurs et la foi ! Avec le pouvoir concentré du Il-Khan, nous pouvons balayer les incroyants, au moins depuis l'Asie Mineure jusqu'au Caire !

Le chevalier de Saint-Jean décida d'affronter ouvertement son rival.

— Quand un ordre choisit le bélier comme idole, il exprime ou bien une stupidité bornée, ou bien une volonté de nuire, ce que montre clairement la tête du *Baphomet* !

Ceux qui s'attendaient à voir le Templier perdre contenance face à cette offense furent déçus. Il réagit plutôt avec amusement.

— Rêveurs écervelés ! lança-t-il. Ignorants, ingénus, incapables de se représenter la véritable propagation de l'islam. Il est possible que l'étendue du royaume des Mongols soit plus grande, il est possible aussi que les armées qu'il peut déployer soient plus puissantes, mais leur seul mobile est l'extension du pouvoir du Grand Khan. L'islam, lui, se nourrit de la force de la foi, comme le prophète Mohammed le lui a enseigné et le mouvement du Coran est ainsi supérieur à la volonté de domination et au pouvoir des Mongols, sinon d'emblée, du moins à long terme, tout comme un cœur battant vaut mieux qu'une vessie de porc gonflée à l'air vicié !

Messire Thomas avait impressionné ses auditeurs. En tout cas personne, dans un premier temps, ne souhaita le contredire.

— L'approuvez-vous ? demanda le grand maître des Chevaliers teutoniques au prince Constance de Sélinonte, considérant que celui-ci, en tant que musulman, était habilité à prendre position.

— Certainement, en ce qui concerne la valeur de la foi qui anime les princes et les guerriers. (Faucon rouge s'arrêta et sourit aux deux grands maîtres.) C'est aussi la source à laquelle les chrétiens d'Outre-mer ont jadis puisé leur volonté de vaincre, et aujourd'hui l'énergie nécessaire à leur résistance acharnée : l'assurance de posséder la vraie foi ! Le véritable musulman est aussi prêt à s'engager pour elle de tout son corps, de toute son âme, que le chrétien croyant ! Et même si cette volonté peut parfois s'affaiblir, sur le principe, elle ne changera jamais !

Faucon Rouge s'adressa alors directement au grand maître des Templiers.

— Cela étant dit, on commet une dangereuse erreur en pensant que l'environnement « naturel » se comportera toujours avec la même tolérance. Vous l'avez déjà compris, le christianisme, tel qu'il se présente avec le royaume de Jérusalem, est profondément minoritaire et devient gênant ! Jusqu'ici, seules les querelles internes des musulmans ont permis à cette entité politique de survivre. Les souverains islamiques ont en outre jugé commode d'utiliser les villes commerciales chrétiennes de la côte. Mais il suffirait d'un petit changement d'état d'esprit parmi les partisans du prophète – rappelez-vous le grand Saladin – pour mettre un terme rapide à cette tolérance et pour qu'ils décident d'utiliser eux-mêmes le monopole commercial ! Dès lors, messires, ne vous fiez pas au statu quo : les mameluks profiteront sans la moindre hâte de la moindre occasion qui se présentera de renvoyer les chrétiens de l'autre côté de la mer, à l'endroit d'où ils sont venus !

Cette mise en garde explicite de Faucon Rouge choqua Naiman à tel point qu'il ne se retint plus et prononça dans le brouhaha naissant les mots *Ya muslim al murtad ! Ya khain al kadr !*, une injure qui signifiait rien de moins que « musulman renégat » et « traître infâme » !

Pour mettre un terme au vacarme qui s'était installé, le bailli, jusqu'alors resté silencieux et maussade, éleva la voix.

— Je résume ! s'exclama-t-il. Nous devrions nous abstenir de toucher à Damas et, si possible, ne pas nous laisser récupérer par les Mongols, ni nous laisser dresser contre eux !

— Nous plongeons la tête dans le sable, fit le grand maître du Temple, en espérant que personne ne voie nos fesses !

— L'heure du Couple Royal est venue ! lança du fond de la salle le chétif Laurent d'Orta, attirant ainsi tous les regards. Roç Trencavel et sa Yeza Esclarmonde, sur le trône imaginaire de la paix céleste, nous ouvriront le chemin indispensable à la réconciliation entre des religions hostiles et des mondes qui ne se comprennent pas !

L'enthousiasme du vieil homme m'inspira une certaine gêne ; il sembla pourtant trouver un écho dans l'assistance. Personne en tout cas ne protesta – à moins que nul n'ait pris au sérieux ses paroles prophétiques. Laurent disparut aussitôt, et les autres en profitèrent pour quitter au plus vite cette assemblée qui n'avait au bout du compte pas apporté grand-chose. Je voulus monter l'escalier quatre à quatre pour observer depuis le toit le départ des délégations, mais aussi et surtout pour ne pas rencontrer une fois de plus Laurent d'Orta. Hélas, au premier virage, mon mentor se trouvait déjà devant moi.

— Cette fois, Guillaume, tu ne m'échapperas pas ! lança-t-il avec un sourire rusé.

Je le suivis dans l'escalier donnant sur une entrée de service qui débouchait immédiatement à côté des salles de garde. Il ne me fut même pas donné de franchir le portail où les participants à cette discussion prenaient congé les uns des autres comme s'ils n'avaient jamais échangé la moindre parole désagréable. L'un ou l'autre m'aurait certainement donné une bourrade reconnaissante. Mon rigoureux mentor me priva aussi de cela. Il me fit passer par une sortie latérale et je me retrouvai devant la chaise à porteurs noire, toujours escortée par les quatre chevaliers noirs du Temple. Je ne pouvais pas voir leur visage dissimulé derrière les visières de leur casque. Je compris que cette fois, la maîtresse de la litière noire était présente en personne : Marie de Saint-Clair, que les initiés appelaient sous le manteau la Grande Maîtresse ! Je reconnus d'ailleurs aussitôt la voix impérieuse de la vieille dame qui reprochait au secrétaire de ne pas être intervenu au moment où ce stupide agent secret du sultan avait tenté de jeter l'opprobre sur le Couple Royal. La voix demanda en outre que l'on donne l'ordre à messire Thomas Bérard de ne plus se présenter en public avec cette créature venue du Caire.

— Peu m'importe à quoi cet homme lui sert. Le problème n'est même pas la réputation de l'ordre. Cet agent est tout simplement indigne de l'esprit chevaleresque !

Le vieux Laurent se faisait réprimander comme un jeune garçon écervelé. Et ce en ma présence !

— Quant à Guillaume de Rubrouck, ajouta la voix sans souffrir la moindre réplique, je le prends avec moi. Il m'aidera à remplir la mission qui me paraît aujourd'hui d'une extrême urgence !

Le secrétaire fut ainsi congédié. À moi, on ne m'accorda même pas la faveur de faire mes adieux à mes amis, Faucon Rouge et Madulain. Je ne pus donc pas profiter de mon pari gagné. En revanche, on m'avait confirmé dans ma lourde charge : celle consistant à réunir Roç et Yeza !

Il y avait cependant une chose dont la vieille dame semblait ne pas être consciente, qui me procurait une satisfaction silencieuse : ces deux-là n'étaient plus des enfants et suivaient depuis longtemps leur propre voie en toute indépendance. Je ne devinai cependant toujours pas ce qui nous attendait lorsque, après avoir été hissé sur un cheval par les turcopoles, je quittai la ville d'Acre en suivant la chaise à porteurs. Manifestement, ma vie n'était pas dissociable de celle du Couple Royal. Et c'était aussi une consolation !

Le visage ridé du vieux Kitbogha rayonnait lorsque Yeza entra dans la tente du Il-Khan. Bohémond d'Antioche et Hethum, le roi d'Arménie, échangèrent un regard éloquent, comme si l'apparition de la princesse était due à leur intervention. Yeza s'inclina devant le couple des souverains.

— Si vous aviez utilisé pour retenir Roç Trencavel de se lancer dans des aventures inutiles ne serait-ce qu'une partie de l'énergie que vous avez déployée pour me mettre la main dessus, lança-t-elle au Il-Khan avec la supériorité réfléchie qui la caractérisait, nous pourrions à présent…

Yeza s'arrêta, voyant Yves le Breton entrer au fond de la tente. Elle chercha son regard et perdit le fil de ses pensées.

Hulagu, qui avait toujours eu une faiblesse pour la princesse, ne se sentit pas du tout agressé et l'approuva au contraire en riant.

— Nous *allons* entrer ensemble à Damas, s'exclama-t-il, persuadé que le seul souci de la princesse était que le Couple Royal fasse une entrée commune dans la ville en compagnie de son illustre protecteur. Et si Roç Trencavel n'est pas revenu d'ici là à de meilleurs sentiments, ce sera à vous, Princesse, de recevoir par délégation les acclamations de votre peuple.

Il croyait sans doute que cette perspective la rendrait heureuse, mais Yeza secoua énergiquement sa crinière blonde : elle avait perçu le bref hochement de tête du Breton.

— Ce n'est pas de cela qu'il s'agit, s'exclama-t-elle. Le Couple Royal ne peut et ne veut apporter la paix que…

Kitbogha, prudent, empêcha Yeza de continuer à se plaindre, car le visage de Hulagu s'était assombri.

— La princesse est consciente de la mission qui revient au Couple Royal, dit-il d'une voix assez forte pour recouvrir celle de Yeza, qui finit par se taire. Il ne s'agit en aucune manière de remettre en cause le pouvoir de l'illustre Grand Khan ni la mise en œuvre du règne pacifique des Mongols sur le Reste du Monde…

— Je sais, Kitbogha, reprit Yeza en lui coupant la parole à son tour, que vous considérez le Couple Royal comme un attelage utile tirant une charrette mongole richement ornée surmontée d'une yourte tout aussi somptueuse ! (Elle se donnait visiblement du mal pour contenir sa colère.) Seulement, si votre plan était mis en œuvre, comme vous voulez le croire, nos mains seraient liées sous les vêtements d'apparat… (Elle tenta de garder un ton léger, sans y parvenir.) Nous pourrons nous défendre, et nous le ferons. Mais le pire, et de loin, ce sont les scènes d'inhumanité et de barbarie qui se déroulent dans la yourte fermée, dans notre dos ! (Yeza s'adressait à présent au Il-Khan, qui l'écoutait pétrifié.) Nous vous avons abandonnés après le crime d'Alamut, cette destruction parfaitement absurde d'êtres humains et de leur culture ! Croyez-vous par hasard que nous avons changé d'avis ? (Elle lança un regard étincelant à Hulagu.) Le Couple Royal ne soutient pas ce genre de crimes !

Un tohu-bohu, à l'entrée, attira l'attention de tous, à la grande colère de Yeza. Sundjak, écartant ceux qui se trouvaient devant lui comme un taureau furieux, exigeait qu'on le laisse accéder au Il-Khan. Kitbogha constata que Hulagu se réjouissait de voir un incident mettre un terme à cette situation extrêmement désagréable et ne fit rien pour ramener son général à un comportement correct.

— Trahison ! hurla ce dernier avant même d'avoir aplati son corps massif au sol devant le Il-Khan. Ce Français félon (il désigna le Breton du doigt) s'est permis de couper de sa propre initiative un autre membre au prisonnier que vous avez condamné ! (Sundjak haletait, le visage cramoisi.) Il a prétendu éprouver le besoin de contribuer à l'exécution de la juste peine infligée à un ennemi du peuple…

Sundjak soufflait la bouche ouverte comme une grosse carpe qu'une vague aurait jetée sur le rivage.

— Mes hommes l'ont laissé passer de bon cœur. Et qu'a fait cette canaille avec son épée gigantesque ? (Le sang battait au cou du général, qui fixait Yves. Celui-ci lui répondit d'un rictus provocateur.) D'un coup terrible, il a sectionné non seulement le bras, mais aussi la tête de cet émir damné !

La seule à se montrer véritablement émue fut Dokuz Khatun. Yeza, elle, s'inclina gracieusement devant le général qui écumait encore.

— Je vous remercie, général, d'avoir si bien décrit ce qui se passe dans vos quartiers, à l'insu de tous. (Sundjak la regarda, il ressemblait plus à présent à un bœuf qu'à un taureau fulminant.) Cela illustre mieux que ne pourraient le faire mes faibles paroles les scrupules fondamentaux du Couple Royal !

On s'agita de nouveau à l'entrée de la tente d'apparat du Il-Khan. On entendit des cris :

— Un *iltchi* !

Le regard de Yeza se tourna, comme tous les autres, vers l'entrée. L'arrivée d'un messager officiel de la lointaine Karakorum annonçait rarement du bon. Les gardes se hâtèrent d'ouvrir la voie au courrier en sueur, couvert de poussière. Un *iltchi* jouissait du libre accès permanent à n'importe quel lieu et avait droit à bénéficier de toute l'aide nécessaire où qu'il se trouve dans le royaume des Mongols. L'homme vêtu d'une tunique de cuir, la bannière toujours dressée au-dessus de la nuque, se présenta devant Hulagu, tira la lettre de sa sacoche et la lui tendit. Le Il-Khan la parcourut, hésita à en révéler le contenu et la tendit à Kitbogha. Celui-ci n'y jeta qu'un bref coup d'œil, mais cela suffit à assombrir son visage ridé. Le silence se fit sous la tente.

— Le Grand Khan est mort, annonça Kitbogha d'une voix atone.

En silence, la tête basse, tous quittèrent la pièce. Ce n'était pas tant que la mort de leur souverain, dans la lointaine Karakorum, les ait consternés à ce point. Mais quand on appartenait à la direction de l'armée mongole, ou quand on connaissait les habitudes de ce peuple, on savait que cette nouvelle remettait en cause toute la campagne d'invasion. Rien n'était plus comme avant.

LE SERPENT VENU DES PROFONDEURS

« *Caput draconis* » – *Les conjurés*

Devant Roç Trencavel et la troupe disparate qui formait son escorte s'étendait le magnifique paysage vallonné de Damas. Le baouab implora presque son nouveau maître de l'envoyer en éclaireur pour que la ville, qui ignorait encore tout de son arrivée, ait le temps de lui préparer une digne réception. Roç céda à la demande du fonctionnaire zélé, sachant qu'avec lui disparaîtraient la caravane et le kilim. Il lui adjoignit les cinq chevaliers arméniens. Josh le Charpentier et David le Templier oublièrent aussitôt leur promesse de ne plus être accrochés comme des esclaves au support de leurs jeux. Sans éprouver un seul instant de honte ou de remords, ils suivirent le détachement comme deux vieux cabots un os au bout d'une corde. Roç assista à ce spectacle, s'en attrista, mais ne fit aucun commentaire. Lui et ses amis considérant le rejeton du sultan égyptien comme un sac d'air vicié, le Trencavel ne pensa pas non plus à empêcher Ali de se joindre à eux.

— Je n'ai pas confiance en ce mameluk ! fit Bérénice, qui se trouvait à côté de lui et avait vu le jeune homme filer discrètement. Il a des yeux de vipère !

Roç pinça les lèvres avec mépris :

— Mais il n'a pas de crocs venimeux !

Le regard de la jeune femme lui aurait montré qu'elle ne partageait pas cette opinion. Le Trencavel ne le vit pas.

Le détachement d'éclaireurs fut accueilli dès l'abord du bab as-Saghir par les habitants qui avaient afflué dans leur direction. Ils reconnurent aussitôt dans la caravane ceux qui avaient honteusement quitté Damas avec le sultan. Les voir revenir chargés d'un tapis monstrueux, en envoyés d'un roi étranger, plongea la foule dans l'agitation et l'étonnement. Le commandant de la garnison avait quitté sa citadelle pour venir à la rencontre du convoi. Tandis que le baouab poursuivit son chemin vers le palais, entraînant Josh et David dans son sillage, Ali chercha à attirer l'amitié du commandant en se faisant passer pour un fidèle et loyal partisan du Trencavel qu'il présenta aussitôt comme un doux rêveur et un roi faible, ce qui le forçait à assumer toutes les responsabilités à sa place. Lui, Ali, prenait plus à cœur que quiconque le destin de la ville. Le commandant, profondément impressionné, vit en Ali une âme proche de la sienne, chargée de lourdes responsabilités qu'il accomplissait sans que nul ne lui en soit vraiment reconnaissant. Il confia donc à Ali l'éléphant de combat d'An-Nasir afin que celui-ci s'en serve lorsqu'il partirait affronter les Mongols qui approchaient de la ville. Ali lui promit de s'occuper de tout, confirma ce brave homme à son poste de commandant de la citadelle et envoya les cinq Arméniens, qui n'avaient pas perçu grand-chose de sa conversation, rejoindre le baouab pour qu'ils aident à préparer une réception digne du Trencavel. Il fallait qu'il se débarrasse d'eux : il ne lui restait plus beaucoup de temps pour se proclamer maître de Damas à la place de Roç.

Les écuries des éléphants avaient été aménagées dans les caves voûtées de l'ancien théâtre romain, dans la Décumane, la grande rue d'apparat qui traversait Damas d'ouest en est. Ali se fit montrer le pachyderme par les gardiens. Il était distrait, ses pensées tournaient autour de la meilleure manière d'arriver à ses fins. Mais aucune idée ne lui venait. S'il commettait un meurtre ordinaire, s'il réglait l'affaire d'un coup de couteau rapide, il n'y survivrait pas : les Occitans le tailleraient aussitôt en pièces. Il n'avait ni le temps, ni les relations nécessaires pour embaucher des assassins. Il ne restait que le *musiba*, un « accident » si proprement mis en scène que personne ne l'accuserait.

Le baouab avait fait dérouler le kilim sur la grande place entre la mosquée et le palais. Cela lui parut être le lieu idéal pour offrir aux gens de Damas l'occasion d'assister à l'intronisation. Pour lui, celle-ci ne pouvait avoir lieu que sur ce tapis magnifique, quitte à ce qu'elle s'achève à l'intérieur de la mosquée Omayyad, peut-être devant la tombe de Jean Baptiste. C'est ce que le baouab avait imaginé, et il trouva franchement déplacé que Josh le Charpentier et David le Templier veuillent justement s'installer là où il comptait dresser le trône. Les deux joueurs finirent par décamper. De toute façon il leur manquait non seulement le quatrième, mais aussi le troisième homme. Ils pourraient éventuellement faire appel à Ali. Dans le cas contraire, ils attendraient l'arrivée des Occitans. Ils s'engouffrèrent dans les ruelles étroites du souk, en direction du théâtre romain où ils avaient vu Ali pour la dernière fois. Tandis qu'ils parcouraient attentivement les galeries couvertes du bazar, David crut soudain avoir aperçu Guillaume de

Rubrouck dans la foule. C'était bien entendu une occasion inespérée de reprendre rapidement leurs parties. Ils se séparèrent au plus vite pour pouvoir mettre la main sur Guillaume.

Une silhouette claudicante sortit de l'ombre de la cave. C'était Naiman, l'agent secret du sultan du Caire, un personnage qui inspirait une profonde terreur à Ali. Il savait que le boiteux avait été mêlé à la mort violente de son père. Ali attrapa son poignard, mais Naiman leva les deux bras pour le tranquilliser.

— Seriez-vous en train de vous casser la tête sous vos boucles brunes, Ali, pour savoir comment orner la couronne de Damas ? (Naiman, un sourire moqueur aux lèvres, resta à l'ombre du pilier le plus proche, à bonne distance du poignard du jeune homme énervé.) Le Trencavel doit partir ! lança à voix basse l'agent secret. Ce petit Couple Royal que les Mongols veulent déposer dans le nid tout chaud du monde doit être étranglé avant que la couvée…

Naiman se tut, croyant avoir vu une silhouette suspecte se faufiler derrière les écuries. Ali étouffa sa méfiance.

— Les gens d'ici, dit Ali, sont avides de toute information sur ce que nous pourrions avoir l'intention de faire. (Il regarda, déprimé, l'éléphant impassible qui continuait à brouter son herbe.) Or je ne dispose même pas du début d'un plan, précisa-t-il en toute sincérité, de la même manière que je n'ai eu jusqu'ici aucun moyen de modifier le cours des événements.

— Les choses sont souvent ainsi ! fit Naiman, moqueur, en désignant le pachyderme qui mâchait. Vous êtes beaucoup trop près de la solution aussi géniale que massive de notre problème commun ! Savez-vous au juste comment un animal aussi pacifique se transforme en une machine de combat furieuse, écrasant tout sur son passage ? (Il se délecta de l'expression stupide du visage d'Ali avant de lui répondre :) Le feu ! siffla-t-il entre ses dents. Le feu plonge les éléphants dans une peur panique, il les fait foncer aveuglément en avant !

Au lieu de l'écouter, Ali sortit son poignard et, passant devant Naiman effrayé, sauta vers le pilier le plus proche, d'où il fit sortir Joshua, aussi surpris que lui.

— Je venais juste vous demander, bredouilla le Charpentier, plus agacé qu'intimidé par ce traitement, si vous vouliez nous faire l'honneur de participer à un nouveau tour de notre jeu de la vérité !

Plusieurs gaillards n'inspirant guère confiance sortirent alors de l'ombre des piliers avoisinants.

— Mes hommes ! expliqua brièvement l'agent. Si ce bonhomme nous a espionnés pendant tout ce temps... (Il n'acheva pas sa phrase. Joshua, toujours en colère, se taisait.) Livrez-le aux cancrelats ! ordonna Naiman avant de s'adresser de nouveau à Ali. Vous avez encore beaucoup à apprendre, jeune Seigneur. Laissez-moi donc la préparation de l'éléphant et allez demander au baouab l'autorisation d'offrir ce soir à la population de Damas un feu d'artifice qui accompagnera l'accession au trône, raison pour laquelle il devra si possible reporter le début des cérémonies jusqu'à la tombée du soir !

Naiman avait la situation bien en main. Josh le Charpentier fut ligoté et emmené, un sac sur la tête. Ali lui obéit. Une fois devenu souverain de Damas, il ferait payer son arrogance à ce pied-bot.

De la chronique de Guillaume de Rubrouck

Je suis toujours étonné de constater le nombre des sentiers inexplorés qui sillonnent la montagne et permettent à une troupe d'allure opulente comme la nôtre d'avancer sans être vue par personne, quelques bergers mis à part.

Je trottais docilement derrière la litière noire, cet habitacle de bois dans lequel des turcopoles transportaient la Grande Maîtresse, tandis que quatre chevaliers du Temple eux aussi vêtus de noir formaient l'arrière et l'avant-garde. Nous atteignîmes ainsi un gigantesque château dans les montagnes situées au-dessus du Jourdain. Au fur et à mesure que nous en approchions, il me parut soudain désagréablement familier. C'était sûrement le lieu où ce vieux Templier à la voix grinçante m'avait arraché à la tutelle de Laurent d'Orta, me livrant ainsi *de facto*[2] au tribunal de l'Inquisition dirigé par le Patriarche qui tenta ensuite de me noyer comme une portée de jeunes chats indésirables. Ce n'était donc pas un souvenir susceptible de me remplir d'allégresse. Mais tout doute me fut ôté lorsque nous entrâmes à cheval dans la cour et que je revis ce même Templier de haut rang accueillir la Grande Maîtresse de sa voix inimitable. Cette fois non plus, je ne le vis pas plus que l'occupante de la litière, car son véhicule entra aussitôt à l'intérieur du château. On accorda en revanche si peu d'importance à ma pauvre personne qu'on me laissa d'abord planté dans la cour de la forteresse, en compagnie des porteurs. Cela me permit au moins d'apprendre que je me trouvais à Safed, dans un château de l'ordre, et que celui-ci était placé sous le commandement du grand prieur Charles de Gisors, le plus élevé dans la hiérarchie après le grand maître Thomas Bérard. Gisors exerçait en outre la fonction honorifique de maréchal *militiae templi Salomonis*[3]. Comme on me chuchota toutes ces informations d'une voix hésitante, j'en déduisis que ce grand seigneur était très redouté.

Peu après, les turcopoles qui me surveillaient reçurent l'ordre de conduire le frère mineur Guillaume de Rubrouck aux « archives ». C'était une cave voûtée sans soupirail, au premier étage de ce château labyrinthique, derrière une porte formée d'épais madriers de bois, puissants comme des béliers. Devant elle m'attendait déjà un petit bonhomme aux cheveux blancs, tout maigre, apparemment responsable de tous ces gros volumes reliés en cuir, des manuscrits protégés par de la cire et des livres précieux et enluminés que je m'attendais à voir rangés sur de hautes étagères jusqu'au plafond. Mais dans la pièce qui s'ouvrit à moi ne se trouvait pas le moindre livre ni le moindre rouleau. On n'y voyait qu'un pupitre entre les murs parfaitement nus, à côté duquel on avait empilé une quantité importante de parchemins. Du sommet de la voûte pendait une *lucerna*[4] à cinq branches qui ne diffusait pas seulement une vive lumière mais aussi de délicieux parfums de cannelle et de cardamome, de rose et de lavande.

— La mixture pour libérer l'esprit et stimuler le cerveau, m'expliqua en souriant mon gardien tout en constatant avec satisfaction que j'avais apporté ma plume et mon encrier personnels.

Puis il se dirigea en trottinant vers le mur où se trouvait une sorte de porte de placard arrivant à hauteur de hanche et pratiquement invisible. Le gracieux vieillard sortit un gros trousseau de clefs et ouvrit un réduit à deux compartiments. Une autre petite porte, un splendide travail de marqueterie en bois précieux orné d'ivoire, apparut aussitôt derrière. Il dut actionner quatre clefs de son trousseau afin de la déverrouiller et de rabattre ses deux ailes sur la droite et sur la gauche, dévoilant ainsi une troisième porte, tout en fer mis à part ses ornementations de laiton. Ceux-ci servaient uniquement à dissimuler les trous de serrure et il me sembla que le vieil homme habile et très agile respectait un rite précis et très élégant pour faire tourner les différents crans, souvent à contresens. Enfin, la montagne Sésame s'ouvrit sur une petite grotte obscure. Mon gardien passa un mince gant de cuir sur sa fine main qu'il plongea dans la grotte au trésor et en sortit un petit paquet noué qui ne payait guère de mine. Il le déposa d'un geste presque solennel sur le pupitre et défit les cordons plusieurs fois scellés.

— Lire cela immédiatement et attentivement, tel est l'ord… la demande de la vénérable maîtresse Marie de Saint-Clair, m'expliqua mon gardien avec un sourire engageant.

Je ne savais que répondre, mais ma curiosité l'emporta sur la méfiance qui me submergeait à chaque fois que j'entrais en relation avec la Grande Maîtresse : je hochai la tête et m'approchai du pupitre. Cet aimable vieillard se retira sans le moindre bruit, je ne remarquai sa disparition qu'en entendant le grincement des clefs que l'on actionnait, de l'extérieur, dans la serrure de la grosse porte. À cet instant, j'avais déjà tourné la couverture du livre. Je reconnus aussitôt le *sigillum*[5] de la mystérieuse fraternité au-dessus des premières lignes : *Sine dubio !*[6] Devant moi se trouvait le Grand Projet – une copie, peut-être même l'original ! Que je le veuille ou non, je fus saisi sur-le-champ par le charme de ce manifeste hérétique.

Le sceau de l'Alliance Secrète est noué à de multiples reprises, la pointe du glaive de la foi dépasse du cœur du lys, le trigone[7] perce le cercle et vole au-dessus des eaux. Celui qui est destiné à le savoir sait qui lui parle !

Celui qui cherche la vérité fait bien de se plonger dans la parole de Dieu, comme il est écrit dans la Bible. Il a tort en revanche de se fier aux Pères de l'Église. Ceux-là n'étaient pas en quête comme nous le sommes nous-mêmes, mais des interprétateurs du Texte qu'ils ont transposé à leur guise en fonction de leurs intérêts.

Celui qui cherche la vérité peut aussi demander à Dieu de lui ouvrir le grand livre de l'Histoire. Dieu n'écrit pas avec l'encre des *scribentes*, mais avec la vie des hommes et des peuples.

Lorsqu'il a plu à Dieu de libérer le peuple d'Israël des charges de son élection, du poids accablant sous lequel il ne lui était pas possible de trouver la force de faire participer d'autres peuples à son Dieu unique ; lorsqu'Il a vu que les âmes des enfants d'Israël s'endurcissaient comme cuir au soleil et devenaient cassantes, Il a envoyé des prophètes témoigner de la grandeur de Son royaume.

Le premier à se présenter fut Jean Baptiste. Il cria dans le désert : car le peuple était entêté et ses oreilles étaient sourdes.

Il fut suivi par Jésus, de la maison de David, qui sacrifia sa vie. Mais ses disciples retournèrent son message d'amour dans la blessure et falsifièrent le testament qu'il avait voulu laisser. Ils ne furent capables de comprendre ni le mystère de la Transsubstantiation[8], ni celui de la Résurrection.

Et pour finir apparut Mohammed, qui montra aux peuples errants la manière simple de suivre sans faute ni rémission le chemin conduisant tout droit au Paradis.

Comme Dieu punit Israël après son départ d'Égypte, Il en veut aux musulmans depuis le Hégire, le départ de La Mecque.

Après cette date, l'héritage de Mohammed a été déchiré entre ceux qui n'obéissent aveuglément qu'à la *sunna*, le message, et ceux qui ne respectent que la *chia*, la ligne du sang. Dieu seul sait quel chemin est le bon. Les musulmans l'ignorent.

Mais la fureur rend le Seigneur muet lorsqu'il observe le monstre que les successeurs du Christ ont mis au monde. De la même manière qu'ils se sont eux-mêmes proclamés, ils ont créé l'Église qui se reproduit et se gouverne elle-même depuis. Elle Lui sert encore à punir les autres : les juifs, chassés et « dispersés dans le monde entier », l'islam scindé en deux blocs, les deux membres exposés aux coups que leur inflige le monstre avec sa queue tandis que ses tentacules les étranglent et les volent.

Mais la trace sanglante que l'animal laisse derrière lui comme une traîne est aussi une promesse : Dieu Notre Seigneur n'oubliera pas les méfaits qui auront été commis. Dieu seul sait quand viendra le jour du Jugement, mais il viendra ! Car les atrocités commises par les successeurs du Christ sont comme un cri adressé au ciel.

Ils ont commencé par nier la corporalité de Jésus de Nazareth. Dans leur folie et leur arrogance ils sont allés jusqu'à le proclamer fils de Dieu et demi-Dieu lui-même. Cela ne suffisait pas. Ils ont élevé sa mère au rang de vierge divine, raillant jusqu'à l'essence même de la maternité, et ont ainsi rempli de toute sorte d'autels secondaires le temple tout juste nettoyé dédié à Dieu et à Lui seul.

Puis ils ont rivalisé afin d'obtenir la faveur des Romains, car c'est dans leur capitale, *caput mundi*[9], que le monstre vaniteux devait nicher, étendre les bras, tirer tous les humains contre sa poitrine et étouffer ceux qui ne l'adulaient pas.

Cette menace toucha aussi ceux qui cherchaient à accomplir la mission du maître : « Allez dans le monde entier », et qui enseignaient sa parole à ceux qui avaient des oreilles pour l'entendre. Ils étaient douze, les apôtres ainsi envoyés en mission.

Saül était l'un d'entre eux, et en allant à Damas il ne devint pas un apôtre, mais se transforma simplement en Paul, Paul le stratège. C'est Paul qui prit la lourde décision de se rallier à la Rome des Césars plutôt qu'à Bagdad, le berceau de l'humanité, Alexandrie, le havre de sa spiritualité, et moins encore à la Jérusalem des pères. C'est à lui, et pas à ce brave pêcheur de Pierre, que nous devons l'existence des kraks. Paul a conduit l'animal dans le lieu où il a pu se développer pour devenir un monstre.

Pour s'infiltrer à Rome, les chefs de l'Église firent aussitôt oublier que c'étaient les Romains qui, appliquant rigoureusement leur *codex militaris*[10], avaient crucifié Jésus de Nazareth, *Rex Judaeorum*[11]. Ils en firent porter la faute à son propre peuple. Ils l'élevèrent au rang de martyr divin, mieux : au rang de Dieu lui-même, et l'animal souffla de ses narines les premiers nuages empoisonnés. Depuis ils flottent, porteurs de malheur, au-dessus du monde, répandant la haine sur les enfants et petits-enfants d'Israël.

Rien n'unit autant des adeptes que la haine d'un ennemi commun.

L'animal s'était accaparé le message du Crucifié et l'avait ingéré, tout comme son corps et, croyait-il, son sang. Rien n'agaça autant la bête romaine que de découvrir que la lignée de la maison de David ne s'était pas éteinte et que sa semence se reproduisait. Puisque Jésus était désormais un dieu, sa famille, pour autant qu'elle n'était pas divinisée en même temps que lui, était une épine dans le pied de l'animal. On calomnia donc son épouse, on la fit passer pour une putain tandis qu'on présentait ses fils, Bar-Rabbi et les autres, comme des bandits de grand chemin. Quand on voulait échapper à la justice des crucificateurs romains, on était contraint au silence.

Les communautés des autres apôtres subirent un destin analogue. À peine l'animal était-il sorti des catacombes pour monter sur le trône de l'Église d'État romaine qu'on lança l'implacable persécution de ceux qui divergeaient de la « juste foi ». On commença par les traiter de sectaires, puis on les dénonça comme hérétiques. Quand on ne se pliait pas à la prétention de l'*Ecclesia catolica* à détenir seule les clefs du Royaume des Cieux, on était excommunié et cloué au pilori sur un lit de paille sèche. L'animal, qui suivait désormais le sillage de l'*Imperium*, ne crachait plus seulement du venin, mais aussi du feu. Les premiers bûchers s'allumèrent.

Et le reste du monde ? Les partisans du prophète Mohammed, que Dieu avait envoyé après Jésus – et Dieu savait ce qu'il faisait – furent considérés comme l'armée des « incroyants ». S'ils se montraient doux et dociles et embrassaient la croix, on pouvait les baptiser. S'ils ne se laissaient pas convertir, mieux valait les tuer tout de suite.

J'étais agité. J'avais envie de soulager ma vessie, mais j'étais surtout inquiet, je croyais avoir entendu des pas devant ma porte, un étrange grattement hésitant dans la serrure. Je retins mon souffle et tendis l'oreille. Rien ! Sans doute le vent qui parcourait les couloirs du château ? Quelque chose bruissait aux tréfonds de l'armoire ouverte dont les casiers secrets plongeaient certainement très loin dans le creux du mur. Des souris, vraisemblablement, ou des oiseaux qui gazouillaient. Je me traitai de poltron et repris ma lecture.

Les hommes de l'Occident et de l'Orient ont découvert ces dernières années que loin derrière, à l'est, vivent encore des peuples gigantesques pour les souverains desquels nous, rassemblés ici autour du « Mare Nostrum[12] », ne constituons, de même que notre « caput mundi » qu'un simple « reste du monde ». Que devons-nous en faire ? Et que feront-ils de nous ?

L'animal s'était installé sur une roche effritée. L'Imperium Romanum[13] se démantela.

La Rome orientale, Byzance, qui se situait entre l'Orient et l'Occident et fut au commencement la partie la plus puissante de l'empire, n'eut pas de difficultés à maintenir séparés le pouvoir profane et le pouvoir religieux tout en les unissant dans le même lieu. On était convenu de servir de rempart contre les peuples du Soleil Levant, mais aussi de médiateur.

L'animal était quant à lui installé dans la Rome occidentale. Dans le mouvement qui menait l'empire à sa perte, le pouvoir impérial passa d'abord à des empereurs-soldats germaniques, puis au « Sacrum Imperium Romanum[14] », où les Allemands les tenaient fermement en main.

Mais après ses premiers succès terrestres, l'Église n'avait nullement l'intention de renoncer au primat du pouvoir. Les « papes », ainsi se nommaient les prêtres suprêmes du monstre, ornaient leur tête de la tiare, la triple couronne, et montraient sans pudeur la richesse qu'ils avaient accumulée. Ils se considéraient comme les véritables successeurs des César. Ces « vicarii Christi », représentants du fils de Dieu, exigeaient l'obéissance et ordonnaient aux princes de leur faire allégeance. Du patriarche de Byzance comme de l'empereur allemand, ils exigèrent qu'ils s'inclinent devant la même puissance. Rome suscita ainsi le schisme[15] et la querelle pour l'investiture[16] : qui l'emporte sur qui ? Le pape sur le patriarche ? L'empereur sur le Pontifex Maximus[17] ? Ou bien…

Un léger craquement me tira de la perplexité où me plongeait ce que j'étais en train de lire, même si cela me paraissait monstrueusement exact. Le gardien aux cheveux blancs entra dans ma cellule. Il portait une splendide carafe de cristal ciselé dans une corbeille tressée et une coupe d'argent ; il poussa sur le côté les parchemins du Grand Projet et déposa ses présents sur le pupitre.

— Son Éminence, Messire le grand prieur, vous envoie ceci avec ses meilleurs vœux de félicité. (Le vieux approcha et baissa la voix :) Mon maître bienveillant estime que vous, Guillaume de Rubrouck, ne devriez pas accorder trop de poids au traité que sa précieuse sœur vous a demandé de lire, mais vous détendre de temps en temps avec un bon breuvage issu de sa cave et vous libérer l'esprit de cette pitance difficile à digérer.

Ce charmant gardien remplit ma coupe avec un sourire de conjuré.

— Charles de Gisors[18] est donc le frère de la Grande Maîtresse…

— C'est son cadet, confirma l'autre. Cela explique aussi les points de vue différents du frère et de la sœur.

Je ne sus pas immédiatement comment je devais prendre cette information et surtout quelles conséquences elle pourrait avoir pour moi. Mais je ne tardai pas à l'apprendre.

— Le grand prieur vous invite plutôt à entraîner votre ouïe…

Je devais avoir regardé le vieil homme d'un air particulièrement obtus, car il me conduisit comme un enfant à la porte ouverte dans le placard du mur.

— Par cette ouverture, vous percevrez prochainement chaque mot qui sera prononcé à côté, dans la bibliothèque.

Je m'efforçai cette fois de montrer ma rapidité d'esprit :

— L'entretien que je dois épier se déroule en confidence et *inter familiam*[19] ?

— Il n'est pas nécessaire que vous espionniez, Guillaume, corrigea mon gardien : vous devez rendre compte de ce que vous entendrez et l'intégrer à votre maigre chronique.

Il indiqua d'un sourire décidé les parchemins que l'on avait préparés à mon intention.

— Je dois donc tout coucher sur le papier ? demandai-je, dernière tentative pour échapper à cette corvée que l'on venait encore d'alourdir.

— Il y a bien longtemps que l'on vous a confié cette charge et jusqu'ici vous n'avez pas tenté de satisfaire à vos obligations ! (Le vieil homme avait pris une voix sévère.) Cette fois il faut passer à l'acte ! Sans quoi vous ne quitterez jamais cette pièce…

Il n'avait pas ajouté « en vie », mais il était clair à mes yeux que Messire de Gisors n'aurait aucun scrupule à se débarrasser de moi si je ne remplissais pas mon office. Mon gardien poussa le pupitre devant la porte du placard ouvert, posa la carafe sur le sol et étala devant moi les pages de parchemin vierge.

— Ainsi vous pourrez tout écouter, m'expliqua-t-il avec bienveillance. Et je vous prie de ne pas passer la main dans l'ouverture, cela risquerait de mettre un terme trop rapide à votre activité mais aussi à votre bien-être !

Sur cette menace, il me laissa seul dans les « archives ». Je commençai par attraper la coupe remplie, le vin était bon, et même excellent s'il s'agissait du verre du condamné. Tandis que le verrou se refermait bruyamment sur la porte de chêne, je vidai la coupe avec bonheur et tendis l'oreille. On n'entendait que le doux bruit du courant d'air sortant des entrailles de la muraille, le chuchotement des rongeurs invisibles et le cri discret d'une hulotte éloignée. Je repris donc ma lecture.

Depuis la chute de l'Empire romain et l'intrusion des anciens peuples barbares venus du nord et du lointain Orient, le visage de l'Orbis Mundi[20] s'était transformé. Colonia[21], Londres, Paris avaient depuis longtemps cessé d'être des garnisons avancées dans les contrées sauvages du monde celte et germanique, pour devenir les centres de puissantes régions. Carolus Magnus[22] régnait comme un César sur les pays du soleil couchant. Ensuite deux royaumes indépendants se formèrent, mais au-dessus de tout se tenait « l'empereur », institution par la Grâce de Dieu !

À l'ouest, dans la péninsule Ibérique, et au sud de l'Italie, qui faisait partie de Byzance, l'Occident dut certes accepter les irruptions de la jeune force de l'Islam. En revanche, l'empire s'étendit à l'est, soumit les rois de Bohême, de Pologne et de Hongrie qui devinrent ses vassaux, évangélisa le nord, et transforma en duchés ses marches frontalières.

Le roi de France aurait volontiers imité l'Allemand, mais il n'avait pas un grand champ de manœuvre et il ne bénéficiait pas de l'autorité que confère la couronne d'empereur.

Le riche sud-ouest, Toulouse l'Occitane et le Languedoc ne lui obéissaient pas davantage à lui qu'à Rome. Ici, la gnose[23] et Mani[24] s'étaient déposés comme de la rosée sur une terre fertile, le « sang réal », le sang royal de la lignée de David, était devenu le « San Gral », le Saint Graal.

Selon la légende, c'est ici que les enfants de Jésus avaient débarqué puis été accueillis par des juifs vivant en exil[25]. Son sang, celui des Bélisse, s'était d'abord mêlé à celui des rois celtes, puis à celui des souverains goths. La maison d'Occitanie, les Mérovingiens, les Trencavel, mieux, toute la noblesse du pays descend d'eux. Ici naquit le concept de « noblesse », le privilège accordé par Dieu à une lignée du sang. C'est Son pays, cette île des bienheureux qui vécut fermée sur elle-même pendant des siècles et parlait son propre langage, la « langue d'Oc », qui était dotée de ses propres lois, les « leys d'amor » et de sa propre religion, dans laquelle le paradis était proche et où l'on ne trouvait pas de pape, qui offrit à l'Occident la poésie des ménestrels et des troubadours. Il ne tomba sous l'œil cupide de la France et sous le regard avide de Rome qu'au début du deuxième millénaire, au moment où, après la naissance du Christ, l'Occident se mit une fois encore en mouvement – mais un mouvement funeste et autodestructeur.

Rome n'était plus, depuis longtemps déjà, le centre de l'Occident : la péninsule apennine était devenue un simple appendice. La Lombardie, autrefois le cœur de l'empire, tentait de se défaire de sa tutelle. Le « Patrimonium Petri[26] », car c'est ainsi que l'animal appelait désormais sa couvée, était entre-temps devenu un État autonome, un État de l'Église. Le sud prospère mais sauvage du pays, l'ancien « royaume de Sicile », avait été confisqué aux Maures par une poignée d'aventuriers normands.

Les papes avaient été relégués en marge des événements dont le centre avait continué à se déplacer vers le nord, l'ouest et l'est. Les détenteurs du pouvoir ne leur rendaient plus que des visites épisodiques et le plus souvent malveillantes.

L'animal ne put le supporter. Sans la moindre nécessité, Rome proclama officiellement le schisme.

Byzance refusa alors définitivement de reconnaître la suprématie du pape.

Une décennie plus tard environ, un affrontement lourd de conséquences se déroula au nord de l'Europe. Les Normands franchirent la Manche et conquirent le royaume d'Angleterre, ce qui déséquilibra les forces situées sur le sol français et les poussa à ne plus s'occuper que d'elles-mêmes sans se soucier de l'empereur ni du pape.

La confrontation s'exacerba autour de ces deux éternels protagonistes jusqu'à devenir insupportable aux deux parties. Antipape et contre-roi se rendaient coup pour coup, l'empereur fut banni, le successeur de Pierre dut se réfugier en France. Religieux ou profanes, les princes d'Europe profitèrent à l'excès de ce vide du pouvoir, s'enrichirent, se laissèrent entraîner par la colère, se conjurèrent. Le chaos se propagea.

C'est dans cette situation de détresse qu'Urbain II[27] appela à la croisade au cours du concile de Clermont : « Deus lo volt[28] ! »

J'écoutai dans l'orifice obscur – rien, pas un son. La conversation prévue entre le frère et la sœur avait-elle finalement été annulée, la Grande Maîtresse avait-elle renoncé à mon témoignage de chroniqueur ? Après tout, elle savait bien où je séjournais, et elle connaissait sans doute aussi les particularités du lieu où était conservé le Grand Projet ! Je remplis de nouveau la coupe. Bien qu'il m'ait fallu réprimer la pression de ma vessie, j'avalai une bonne rasade.

Dieu avait-il voulu cette croisade ? Cela reste à établir. Elle faisait en tout cas certainement partie des fléaux dont Il comptait se servir pour punir l'humanité. La bête avait volontairement déclenché cette avalanche de sang et de larmes, de haine, de cupidité et d'aveuglement. Le monstre s'était sans doute secrètement attendu à être un jour taillé en pièces et brûlé par la foule en colère mais il n'avait pas prévu qu'on le contournerait et qu'on le laisserait sombrer dans l'oubli.

La croisade ne fut qu'une tentative acharnée menée par le pape pour rester à la tête de tout l'Occident et convaincre les princes d'y participer aussi. Ce sont leurs cadets, deuxièmes ou troisièmes nés, sans perspectives d'héritage ni de fiefs, qui cousirent la croix sur leur manteau et prirent la tête de la campagne militaire. Ils étaient suivis par la légion des pauvres : petits voleurs en fuite, équarrisseurs, maquereaux, gibiers de potence, brigands de grand chemin, outres à vin et autre canaille. À tous ceux-là s'ajoutèrent les femmes, les vénales et les âmes de dieu, les jolies et les attentionnées, les aimantes et les déçues. Ainsi que les moines et les prêtres, dépravés ou emplis d'une ardente fièvre réformiste, évangélistes fanatiques ou espérant de nouvelles prébendes. Tel était le cortège qui traversa alors l'Europe.

De terribles pogromes[29] le précédèrent : le venin de la bête se répandit. Tuer des juifs était un excellent entraînement en vue du traitement que l'on comptait infliger aux païens. Et le monstre avait promis une indulgence complète pour tous leurs péchés à ceux qui avaient pris la croix par conscience chrétienne. Pour ceux qui avaient des motifs plus terre à terre, le gain de gigantesques richesses était un attrait bien supérieur au salut de l'âme. Et les cupides étaient en majorité !

Beaucoup rêvaient encore d'un jardin d'Eden resté inoccupé depuis qu'Adam avait été chassé du paradis. Ils rêvaient de palais abandonnés où des bahuts remplis de trésors les attendraient. Beaucoup s'imaginaient que les « incroyants » agenouillés sur la plage guetteraient avec ferveur et impatience l'arrivée des croisés qui les « baptiseraient » enfin. Quant à ceux qui ne pensaient rien, ils furent d'autant plus surpris de découvrir un système féodal installé au fil des siècles, une civilisation et une science bien supérieures aux nôtres.

Ceux que le venin de l'animal n'avait pas rendus aveugles, sourds et insensibles vécurent l'expérience de la Terre Sainte comme une gifle en plein visage. Mais la bête fut elle aussi sévèrement touchée. Alors arrivèrent de l'Orient, outre l'eau parfumée et les huiles éthérées, l'art de l'amour, de la danse, de la musique, du chant, de la poésie, des esprits : ceux de la philosophie, de la libre pensée, des esprits qui ne lâchèrent plus l'Occident désormais, même si la bête écumait et crachait du feu, sentant que ce vent oriental allait un jour disperser son souffle vénéneux et qu'elle ne pourrait plus prospérer dans l'air limpide de la raison.

La première croisade s'acheva glorieusement par la prise de Jérusalem. Les conquérants pataugèrent trois journées dans le sang des musulmans assassinés, des juifs étranglés, des chrétiens massacrés de la ville. Puis ils proclamèrent le « royaume éternel » et répartirent la terre, les châteaux et les villes entre les nobles chefs de guerre. Les pauvres qu'ils avaient emmenés, pour autant qu'ils n'avaient pas été tués par la faim, la soif, la chaleur et la froideur, par les batailles ou en esclavage, restèrent ce qu'ils avaient toujours été : des va-nu-pieds.

Il fallut trois générations avant que le monde islamique ne se soit remis de son effroi et regroupé sous un seul chef : il fallut un Saladin qui réunit toute la force sur son nom, de la Syrie jusqu'au Caire. Ensuite, le sort des chrétiens fut vite réglé. Après la bataille d'Hattin[30], ils perdirent de nouveau Jérusalem. Pas comme ils l'avaient gagnée, oh non ! Saladin ne versa pas le sang des vaincus. Les déshonora-t-il, alors ? Oh non : ils n'avaient pas d'honneur.

Mais ils survécurent. Et la cour du royaume de Jérusalem réside depuis à Acre.

J'entendis enfin des voix ! Celles que l'on m'avait annoncées, Marie de Saint-Clair, la Grande Maîtresse de cette fraternité secrète dont je ne suis pas autorisé à prononcer le nom, encore moins à l'écrire, et celui qui était manifestement son adversaire au sein de l'ordre des Templiers, son frère Charles de Gisors, le grand prieur, étaient entrés dans la bibliothèque. Me préparant à cet événement, je m'étais déjà cassé la tête à chercher les manières d'abréger ces deux noms sans paraître irrespectueux. Je m'étais finalement décidé à appeler « Grande Maîtresse » cette femme éminente et ce puissant seigneur « grand prieur ». Mais les voix s'éloignèrent après que j'eus entendu le maître des lieux convier ses invités à un déjeuner commun. Déçu, j'entendis alors très clairement mon gardien s'adresser à moi depuis la bibliothèque.

— Nos seigneurs sont tombés d'accord pour estimer que vous, Guillaume de Rubrouck, devriez avoir parcouru tout le manuscrit qui se trouve devant vous avant que vous ne soyez mentalement en état de consigner de manière sensée une dispute portant sur le concept et ses conséquences…

— J'ai faim ! fut ma seule réponse. Un poulet rôti, sans quoi la plume va me tomber des mains avant même que j'aie pu noter la première ligne !

De l'autre côté du mur, mon geôlier n'hésita pas longtemps.

— Si vous ne déposez pas de taches de graisse sur les parchemins en les feuilletant, je vous apporte ce que vous souhaitez d'ici un quart d'heure !

J'aurais volontiers ajouté que j'aurais aimé aller pisser, mais je gardai cela pour moi.

Cent années se sont écoulées depuis le début des croisades. Sous le soleil ardent de l'Orient chacun a trouvé sa petite place à l'ombre, qu'il soit chrétien ou musulman. On s'est à peu près réconcilié. Or la bête met au monde un monstre, un porteur de pourpre tel que le monde n'en a encore jamais vu : Innocent III[31].

La bête n'a rien perdu de ses instincts. Elle sent un grand danger approcher : quelque part, Dieu forge un fer qui pourrait lui ouvrir la gorge.

Cette arme, ce sont les Hohenstaufen, qui ont transformé le royaume allemand en monarchie héréditaire et, depuis le grand Barberousse[32], y ont adjoint le titre d'empereur. Le fils de celui-ci épouse la dernière princesse normande, héritière du royaume des Deux-Siciles.

Ce que la bête a toujours redouté s'était produit : l'unification du sud avec l'empire, « *unio regis ad imperium* », et le Patrimonium Petri se trouve pris dans cet étau mortel !

Le couple impérial met au monde un fils, Frédéric II. Le nouveau Pontifex Maximus, qui a quant à lui pris ses fonctions en réclamant le pouvoir laïc pour les papes, adopte le jeune Hohenstaufen : la bête tente d'entourer Frédéric de ses tentacules et de lui inoculer le venin de la docilité.

En faisant asseoir Innocent sur le trône de saint Pierre, le monstre s'est doté d'une tête extraordinairement dangereuse. Il ne frappe pas à l'aveuglette, il attaque depuis sa cachette et assène des coups mortels qui font frissonner tout l'Occident.

Une ruse diabolique mise en œuvre avec l'aide de Venise, qui peut ainsi étendre considérablement sa puissance commerciale, permet de détourner la croisade suivante contre Byzance, la schismatique. Le patriarche de la Rome orientale, qui a si longtemps été une épine dans le pied de la papauté, est forcé de prendre la fuite. Que cela détruise une digue, l'unique rempart de l'Occident à l'est, ne dérange guère le cavalier haineux qui chevauche la bête.

Innocent porte avec rage son coup suivant cette fois contre les hérétiques, les cathares[33] d'Occitanie. Leur hérésie, qui consiste à opposer au faste de l'Église romaine officielle la modestie de leurs propres prêtres, aux sombres menaces des dominicains la joyeuse certitude du paradis, à la vénalité et au népotisme de l'*Ecclesia catolica* le goût des « purs » pour le sacrifice : tout cela a toujours répugné à la bête. Le jour de la vengeance approche.

À la France des Capet[34], le monstre a promis les terres et les titres du riche sud-ouest. À Paris, la passion des rois pour le pouvoir balaye tous les scrupules. Aussi déclenche-t-on la « Croisade contre le Graal », la guerre contre les albigeois[35]. Si le monstre n'avait pas encore mérité son nom, il s'en montre alors digne avec une cruauté sans précédent sur cette Terre pourtant habituée aux monstruosités.

Dans le souffle enflammé de l'animal se consument les villes, les catholiques, les cathares et les juifs. « Brûlez-les tous ! » tel est l'ordre de Rome. « Le jour du Jugement Dernier, le Seigneur reconnaîtra les siens ! » Le monstre ravage le Languedoc, s'abat sur Toulouse et Carcassonne, étrangle Béziers et Termes, torture avec les griffes de l'Inquisition, piétine la culture de l'aimable Occitanie, élimine les habitants et leur langue.

Lorsque la bête s'est abreuvée du sang des innocents, elle se tourne vers Frédéric, qu'elle pense tenir en son pouvoir…

Le poulet arriva à cet instant précis ! L'étrange récit des années de ma jeunesse m'absorbait tellement que je n'avais pas entendu s'ouvrir la lourde porte – seules sa fermeture et le bruit de la clef tournant de nouveau dans la serrure attirèrent mon attention. On avait poussé dans ma cellule une écuelle de bois garnie de volaille et d'un morceau de pain, comme si j'étais un détenu de droit commun ! Les cuisiniers devaient être distraits, car le poulet était presque carbonisé. Ma geôle n'ayant ni chaise ni table, je m'assis par terre à côté des trois pieds de mon pupitre, déchiquetai la viande trop dure et enfournai les morceaux, les mâchai longuement – je n'avais pas d'autre choix – les arrosant de vin rouge dont je me servis pour nettoyer mes doigts graisseux avant de me relever.

… Frédéric est monté tout jeune sur le trône après la mort prématurée de ses parents. Le jeune Hohenstaufen a été à ce point intoxiqué que lui aussi, jusqu'à ce jour, ne peut voir dans les cathares que des hérétiques à éliminer. La clarté de ses idées sur le rôle de l'empereur lui permet néanmoins de se dégager de son tuteur.

Une apoplexie emporta alors Innocent. Mais une nouvelle tête de dragon poussa aussitôt sur la tête du monstre : Grégoire IX[36]. La persécution des Hohenstaufen débuta sous son règne. Son successeur, le pape actuel, Innocent IV[37], promet pour sa part d'anéantir Frédéric et son « nid de vipères ». La coupe est pleine ! L'empereur rassemble toutes ses forces, abat l'effroyable bête, la brûle dans un gigantesque bûcher au château Saint-Ange[38], dont les murs éclatent sous la chaleur, puis éparpille ses cendres aux quatre vents !

Les voix revinrent dans la bibliothèque. J'avalai rapidement une dernière gorgée et plongeai ma plume dans l'encrier qui m'attendait.

Le grand prieur : « Jérusalem est perdue à jamais. Même si nous parvenions à la reconquérir, nous ne pourrions pas la conserver. Une croisade n'y suffira plus : de gigantesques armées devraient rester en *terra sancta* et l'occuper pour défendre notre conquête. »

La Grande Maîtresse : « Cent cinquante ans d'atrocités et d'injustices, de menace et de haine ont produit de part et d'autre tant d'amertume qu'aucune paix, aucune réconciliation n'est plus imaginable. »

Le grand prieur : « Tout cela m'emplit d'une tristesse et d'une inquiétude profondes. »

La Grande Maîtresse : « Je vous crois volontiers, Charles de Gisors ! Cependant, comme la Méditerranée n'est pas à mes yeux la Mare Nostrum des Romains, mais la mediaterra, c'est-à-dire un pont naturel entre les pays de l'Orient et de l'Occident, le temps est venu de contrer cette évolution honteuse dans un esprit responsable… »

Le grand prieur : « Et que comptez-vous obtenir, précieuse sœur, en créant une nouvelle lignée dynastique ? »

La Grande Maîtresse : « Il m'est impossible de reconnaître la main de Dieu dans le système de la monarchie électorale. Le souverain doit être consacré par Dieu ! Et puis que signifie ici “nouvelle” ? Dieu sait qu'elle ne le serait pas ! Pour ma part je n'en connais point de plus ancienne, ni d'autre qui ait plus de légitimité à se présenter… »

Le grand prieur : « On ne voit nulle part cette dynastie reconnue dont votre empire méditerranéen a besoin. » Et il ajouta sans cacher sa moquerie : « Pas même une racine, une sorte de tubercule dont il pourrait éclore ! »

La Grande Maîtresse : « Pas encore ! » Marie de Saint-Clair dut laisser se dissiper son énervement avant de retrouver la parole. « Seigneur, je te demande de m'expliquer quels éléments de l'Occident doivent être apportés dans le creuset, de quelles veines doit couler la substance vitale, quelles gouttes de sang sont indispensables au mélange divin ? Seigneur, laisse-moi prendre ma part du *lapis ex coelis* pour accomplir le Grand Œuvre ! »

— C'est plutôt d'un *penis excillis*[39] dont on a besoin ici !

La plaisanterie ne porta pas. Le grand prieur marqua donc une pause de courtoisie avant de feindre d'entrer dans le raisonnement :

— La descendance de la maison de David pourrait certainement en fournir la base…

La Grande Maîtresse sentit la fausse amabilité de son frère :

— … dans la lignée déclinante du Trencavel. Ses prétentions ne peuvent être remises en cause et emplissent mon cœur de fierté… Son sang circule des deux côtés des Pyrénées et représente toute l'Occitanie.

Son frère laissa alors tomber le masque en riant :

— Et cela vous suffit ? Que faites-vous de la noblesse de France ? N'était-ce pas le grand Bernard[40], de la maison de Châtillon-Montbard, qui a fait en sorte que l'ordre du Temple reçoive et accomplisse sa mission ? (Le croassement s'intensifiait au fur et à mesure que le grand prieur s'énervait.) Il y a une autre lignée à prendre en compte, celle des gardiens normands des chênes de Gisors ! (Sa moquerie devenait flagrante.) On intégrerait aussi de la sorte l'Angleterre des Plantagenêts[41], d'Anjou et d'Aquitaine. Pour ce qui concerne l'Allemagne, seule la descendance des Hohenstaufen est envisageable…

— Même un esprit doté d'une médiocre sensibilité peut éprouver leur besoin d'être lié au *sang réal*, l'interrompit-elle. Ils disposent de la force que la maison d'Occitanie a perdue. *Stupor mundi*[42] *!* Frédéric n'aura pu vivre son triomphe, mais sa semence donnera le jour aux futurs souverains !

On entendit soupirer Charles de Gisors.

— Je ne veux pas vous soupçonner de souhaiter prêter main-forte à l'hérésie. Mais le sol de la *terra sancta* est celui qui se prêterait le moins à la tendre petite plante de vos fantasmes dynastiques. Trop sec, trop brûlant ! Ce qui me préoccupe pour ma part, c'est le destin des Templiers. Malgré sa puissance, cet ordre auquel je me suis sacrifié corps et biens perdra un jour toute possibilité de rester sur le lieu historique de sa glorieuse fondation. Alors, il faudra ou bien disparaître, le Beauséant au vent, ou bien…

— Ou bien créer un État gouverné par l'ordre sur le sol de la France, où il sera en sécurité ? persifla la Grande Maîtresse. Vous pouvez me traiter de fantasque et de folle, mais l'hypothèse que vous envisagez ici relève de la haute trahison ! Haute trahison contre la couronne de France, car les Gisors, comme presque tous les seigneurs du Temple, appartiennent encore à sa noblesse. Et le territoire que vous avez choisi avec tant de légèreté, mon cher Charles, n'est justement plus la libre Occitanie, mais l'un des principaux fiefs de la famille des Capet qui règne sur Paris. C'est il y a cinquante ans que les Templiers auraient dû venir renforcer le parti des opprimés, maintenant il est trop tard ! Je hais au moins autant que vous ces usurpateurs, ces assassins de Dagobert[43], mais je suis réaliste. C'est pour cette raison que je fais mes projets ou mes rêves, comme vous voudrez, ici, dans un pays qui m'offre encore cette possibilité !

— Cela reste une chimère, Marie, répondit le grand prieur d'une voix où l'on devinait l'abattement. Vous avez besoin du soutien actif de notre ordre et le sang que vous avez touillé dans ce creuset secret comme une alchimiste, pour ne pas dire comme une vieille magicienne, est entièrement puisé dans les veines de l'Europe !

La Grande Maîtresse ne s'avoua pas si facilement vaincue.

— Aujourd'hui je ne peux parler que pour l'Occident. Son sang, qui est celui de la plus haute noblesse, est sauvé. Le mélange avec l'idée du césarisme voulu par Dieu a eu lieu. Notre mission est désormais de provoquer l'union avec la descendance du prophète Mohammed, la *chia*[44]. De là notre pacte avec les Assassins de la tribu d'Ismaël, les gardiens de l'autre sang. L'origine aryenne[45] commune, le grand Zoroastre[46], la doctrine de Mani, permettront alors de refermer le cercle : un lien dynastique entre la succession des deux prophètes unira dans ce monde califat et empire, débouchant dans l'esprit de la plus haute *sublimatio*[47], le Graal.

Ces mots ne lui valurent même pas un sarcasme, juste un haussement d'épaules fatigué.

— Il ne reste plus qu'à créer le royaume, le royaume de la réconciliation entre l'Orient et l'Occident, le royaume des rois de la paix ! Où est-on censé en trouver le centre ?

Grande Maîtresse : « Le nom de Rome est entaché à tout jamais. Palerme ? Serait-elle acceptée par le monde arabe ? Oui, si nous pouvons au moins proposer à l'islam un retour à égalité de droits en Sicile. Mais cela ne sera pas le cas tant que règne la bête, que ce soit à Rome ou dans son exil français. Si le centre est à Jérusalem, nous l'avons vu, les princes de l'Occident ne s'en soucieront guère. »

Le grand prieur : « Sauf si tous engagent leur argent, leur pouvoir et surtout leur ferveur pour cette "Divina

Hierosolyma[48]" de la paix. Nous, *magistri templi Salomonis*[49], en tête ! »

La Grande Maîtresse : « Cela ne conduirait-il pas à l'oppression des peuples arabes, de la foi islamique ? Le califat de Bagdad et le sultanat du Caire devraient eux aussi reconnaître sa souveraineté au lieu de se battre pour sa possession, Damas devrait abandonner son rêve de Grande Syrie et entrer fièrement dans l'ombre des Lieux Saints. »

Le grand prieur : « Difficilement concevable ! »

La Grande Maîtresse : « On n'imagine pas davantage que les chrétiens parviennent à présent à témoigner envers ceux qui ont une autre foi qu'eux une patience qu'ils ont été incapables de manifester depuis la nuit des temps. Par ailleurs, les musulmans auraient eux aussi du mal à croire à pareil retournement. Nous devons donc renoncer à Jérusalem. »

Le grand prieur : « Ou bien revoir notre conception des religions ? »

La Grande Maîtresse : « Il faut commencer par exclure la bête de toute communauté future ! »

Le grand prieur : « L'islam a lui aussi toujours eu des traits d'intolérance. »

La Grande Maîtresse : « Seule l'Église d'amour du Graal peut assumer une aussi vaste tâche. Il faut revenir à l'origine : Jésus de Nazareth, le Paraclet, un prophète au même titre que Mohammed : cela est acceptable, même pour l'islam. Les deux sangs dynastiques y sont présents, fût-ce sous une forme dissimulée. »

La Grande Maîtresse semblait, avec ces mots, avoir mis un terme au colloque. En tout cas son interlocuteur, le grand prieur Charles de Gisors, ne répondit plus, ce qui était à mes yeux bien plus éloquent que des paroles. Le Graal ? Tous deux avaient sans doute de nouveau quitté la bibliothèque. À la fin je trépignais d'une jambe sur l'autre, la pression sur ma vessie était devenue insupportable. Où la soulager ? Je ne vis qu'un endroit possible : le placard. Une cible bien visée est déjà à moitié atteinte !

Soulagé, heureux, libéré, je retournai à la lecture du « Grand Projet ». Après tout ce que j'avais entendu, sa signification m'apparaîtrait peut-être sous un tout autre jour ?

Nous sommes en l'an de Grâce 1244. Le peuple d'Israël attend toujours le Messie, et pour l'islam 622 années se sont écoulées depuis l'Hégire. Le christianisme comme l'islam souffrent encore sous le joug de la bête, cet effroyable fléau de Dieu. Tous les chrétiens qui pouvaient trouver un accès au message authentique de Jésus de Nazareth et tentaient en secret, proscrits et persécutés, de vivre selon ses principes sont soumis aux mêmes tourments. Le monde attend.

L'un devint deux : trois et un ensemble multipliés par deux font huit, comme quatre et quatre. 1244. Six cent vingt-deux ans après la naissance du prophète Jésus, le prophète Mohammed quitta la ville sainte de La Mecque. 622 nouvelles années se sont écoulées depuis. 1244 est l'année où les chrétiens perdent définitivement Jérusalem, celle aussi où les purs de Montségur connaissent l'apothéose[50], seuil de l'Ère Nouvelle. Un nouveau royaume va naître, celui des rois de la paix, le royaume du Graal. Sa lumière surgira de la pénombre dans laquelle elle est cachée. Sa réapparition sur terre est la condition du règne du couple divin, des rois de la paix, des médiateurs.

Le lieu où ils régneront doit en revanche passer au deuxième plan. Il ne fait aucun doute que la Méditerranée doit être un lien et non un fossé. Les villes sont condamnées. Seule une île pourrait convenir. « *Lapis ex coelis* ». Une île ? Chypre serait trop éloignée pour l'Occident, la Crète est trop grecque malgré ses traditions antiques. Malte ? Sa situation de médiatrice est incomparable, ses temples témoignent du bon plaisir passé de Dieu, mais cette île rocheuse a depuis longtemps perdu ce charisme. Un navire ? Un navire qui vogue sur la mer sans que nul ne sache précisément où il se trouve, voilà l'idéal ! Il faudrait toutefois faire en sorte que nul ne puisse plus mettre la main sur le couple de souverains, qu'il ne doive plus jamais rejoindre un port en toute hâte pour se mettre à l'abri, qu'il ne tombe pas entre les mains d'une puissance, quelle qu'elle soit. Une flottille royale en mer, prête à agir à n'importe quel moment, susceptible d'être contactée, non d'être approchée, toujours présente mais intangible : la plus haute autorité, le plus grand mystère !

Remis de notre propre main en un lieu secret, transmis à l'ami par des messagers le jour où j'appris que Montségur était tombé, que les enfants étaient en revanche sauvés. Que le Grand Projet suive donc son cours. Et que le Mont Sion[51] soit son protecteur.

Je ne sais plus combien de temps je suis resté devant les dernières pages de cette liasse. À un moment, j'ai dû m'asseoir. Ce que j'avais lu m'avait bouleversé, peut-être plus encore qu'à l'époque où je l'avais vu pour la première fois. Nombres de lignes de cette prophétie écrite voici déjà seize ans s'étaient avérées entre-temps sous forme d'évolutions ou d'événements. J'en étais effrayé. Qui était l'auteur de ce texte ? L'année de l'origine du Grand Projet, il était déjà resté dans l'ombre, pour une bonne raison, car il pouvait être certain de s'exposer à la persécution la plus acharnée ! Il devait à mon avis avoir le rang de *secretarius*, au sens le plus authentique du terme, une position comparable à celle que Laurent d'Orta semble occuper aujourd'hui. C'est sans doute pendant que je réfléchissais à son rôle au sein de cet ordre mystérieux que le sommeil, aidé par le vin que j'avais entre-temps bu jusqu'à la lie, s'était emparé de moi.

Je ne me réveillai qu'au moment où mon gardien, probablement entré depuis longtemps dans ma cellule, se trouva devant le trésor et claqua la dernière porte blindée. Le pupitre était de nouveau vide. J'étais couché, encore vêtu de ma tenue de voyage qui empestait la sueur, à côté de mon pupitre d'écriture et de lecture, entre des os de poulet rongés et la carafe vide.

— On vous attend au réfectoire, Guillaume de Rubrouck, m'annonça mon mentor en ôtant la clef. Je vous accompagnerai lorsque vous vous serez rendu présentable !

Il désigna le bassin de cuivre que l'on avait rempli d'eau fraîche où nageaient des pétales de rose. Je suivis bien volontiers son invitation.

Lorsque je pus entrer dans le réfectoire, je compris aussitôt que la vieille dame d'ordinaire inapprochable souhaitait me parler. Enfin ! Face à moi, devant le mur central de cette salle impressionnante, se trouvait la chaise à porteurs noire, ouvragée comme une gigantesque cassette, large et assez haute. Les barres de portage n'étaient pas prévues pour quatre valets, mais pour huit, qui se tenaient là avec leurs pourpoints noirs, bras croisés sur la poitrine, à droite et à gauche de l'habitacle où se trouvait la fameuse Grande Maîtresse de l'alliance. Les visages des turcopoles étaient dissimulés sous des masques de laine qui leur donnaient une allure de bourreaux – c'est du moins l'impression qu'ils produisaient sur un caractère effarouchable comme le mien. Derrière la litière, contre le mur de la salle, les chevaliers de l'escorte de la Grande Maîtresse portaient tout leur équipement de combat, mis à part leurs lances effrayantes.

— Approchez, Guillaume de Rubrouck ! ordonna-t-elle d'une voix rauque, depuis l'intérieur de la litière.

J'avançai prudemment jusqu'au cordon que les premiers valets tenaient tendu devant l'habitacle.

— Vous avez eu l'occasion, dit-elle d'une voix sévère, de relire le texte que vous aviez eu en main sans en avoir le droit voici des années. Quels décalages avez-vous constatés entre la situation de l'époque et celle d'aujourd'hui ?

Je ne m'étais pas attendu à ce genre de questions inquisitoriales. Je me sentis pris en défaut – c'était sans doute la punition de mon indéniable curiosité – et ne réussis à émettre qu'un bredouillement incertain.

— Les Mongols ? chuchotai-je. L'intervention des Mongols n'était pas envisagée… enfin, pas prévue, corrigeai-je timidement.

— Quoi d'autre ? s'impatienta la voix.

Je retournai ma pauvre tête.

— Jusqu'ici, il n'y a pas eu de fusion entre la Maison de David et la lignée du prophète Mohammed…, hasardai-je sans savoir ce que me vaudrait ma franchise.

— Et elle n'aura pas lieu ! asséna la voix, agacée. En revanche, pour ce qui concerne les descendants de Gengis Khan[52], on peut tout au plus les utiliser comme exécuteurs de notre volonté !

On percevait clairement la déception de la vieille dame. Je m'enveloppai sagement dans le silence, d'autant plus que l'idée que l'avenir puisse être lié à ces barbares venus des steppes lointaines me paraissait plutôt saugrenue.

— Guillaume de Rubrouck ! fit la voix de son ton impérieux ordinaire, me tirant de ma méditation. Vous vous êtes toujours fait passer pour le gardien de Roç et de Yeza… (Je sentis mon ventre se nouer.) Mais vous n'êtes que le chroniqueur oublieux du chemin qu'emprunte le Couple Royal ! Rien de plus, rien de moins non plus ! (Elle ne me laissa pas le temps de reprendre mon souffle.) Ce chemin entre à présent dans sa phase décisive. Accrochez-vous donc au *cingulum*[53] que portent les membres de votre ordre et montrez-vous désormais digne de la lourde tâche qui vous a été confiée, et à la hauteur de la mission !

Il fallait bien que j'ouvre la bouche, même si cela me donnait l'aspect d'une grenouille.

— Le couronnement aura-t-il lieu, Roç et Yeza occuperont-ils le trône ?

Je sentis sur moi les yeux glacés de la puissante Grande Maîtresse de l'Alliance secrète semblable au regard fixe du reptile sur le gras batracien posé sur la feuille du nénuphar…

— On peut introniser ce couple. (La réponse paraissait tourmentée et infiniment lasse.) Mais le seul espoir est le mélange de leur sang, c'est-à-dire une descendance possédant la force spirituelle de l'Orient, telle qu'on la trouve au sommet du monde, sur les flancs des plus hautes montagnes de cette terre. Là-bas se développe, dans de gigantesques monastères et dans la noble solitude, une trempe humaine à laquelle appartient l'avenir. (Je n'osais pas respirer.) Elle ne peut venir que du pays du Soleil Levant. L'Occident ne pourra plus l'apporter. À moins que…

La voix prophétique de la vieille Grande Maîtresse s'éteignit pour ne plus être qu'un son imperceptible. Le dernier espoir était donc un enfant qui n'avait pas encore été engendré. Je n'osai pas exprimer ce que j'avais découvert, ni même demander si j'avais bien compris. Il devait donc y avoir dans le lointain Orient d'autres peuples que les Mongols, dotés d'une culture dont nous n'avions encore jamais entendu parler et que nous ne pressentions même pas en Occident. Seule une personnalité aussi extraordinaire que la Grande Maîtresse possédait le savoir secret sur la grandeur du monde de Dieu !

Mon silence éloquent s'associa au poids que sa révélation avait fait peser sur mes épaules. Mais une fois encore, la vénérable maîtresse me surprit par un retournement totalement inattendu.

— Je veux vous dicter l'introduction de la suite de votre travail, Guillaume de Rubrouck, déclara-t-elle d'une voix qui avait retrouvé fraîcheur et détermination.

Le gardien entra et me tendit mon sac de pèlerin, avec tous les ustensiles d'écriture dont avait besoin un chroniqueur. Je lissai le parchemin et plongeai la plume dans le flacon d'encre. J'étais prêt. Tandis qu'elle me faisait encore attendre, mes pensées confuses tournaient autour de Roç et de Yeza : savaient-ils ce que l'on espérait d'eux ? Seraient-ils prêts à répondre à l'exigence de la fraternité secrète qui, au-delà de leur propre existence, faisait porter la réalisation du Grand Projet sur un enfant qui n'était pas encore né ? Pour eux, ce serait le témoignage naturel de l'amour qu'ils se portaient – le grand bonheur dans la vie de deux amants et la grâce de Dieu ! Pour l'ordre calculateur, cela reviendrait en revanche à accepter le renoncement du Couple Royal à un couronnement imminent. Avec la naissance d'un enfant, Roç et Yeza auraient rempli leur mission ; cela ne signerait-il pas leur arrêt de mort ? À mes yeux, cela ne faisait aucun doute. En réalité, je devais les mettre en garde…

La voix dure de la vieille femme m'ôta de mes doutes. Malgré la lenteur de son élocution, elle semblait en transes :

C'est dans la grande simplicité que s'ouvre le sceau de la Nouvelle Alliance. L'emblème de l'Ordre Secret n'est plus la croix du Sauveur mais la rose des quatre vents de ce monde, qui devient symbole éternel du devenir et de la mort, de l'élévation et de la chute. La vibration des cercles transperce les quatre éléments de la création divine, en revanche l'anneau de l'Alliance les maintient, amenant le feu et l'eau, les opposés des deux sexes, à une unité éternelle.

Celui qui est destiné à le savoir sait qui lui parle !

À peine ses derniers mots avaient-ils retenti, à peine avais-je couché sur le papier d'un trait de plume audacieux cette conclusion que je connaissais déjà, que mon gardien me mena à l'extérieur, dans la cour du château de Safed. Sans doute lui lançai-je un regard interrogateur lorsqu'il prit congé de moi.

— C'est à présent à vous, Guillaume de Rubrouck, de poursuivre cette chronique selon la volonté que vous avez entendue, et dans le sens qui vous a été indiqué !

Au beau milieu de la nuit, la mystérieuse litière noire atteignit Damas, la splendide capitale de la Syrie. Guillaume de Rubrouck se trouvait lui aussi dans l'escorte de la Grande Maîtresse.

Si l'ordre des Templiers ne possédait pas de maison spécifique à Damas, il avait toujours aidé le monastère cistercien qui s'y trouvait, en sorte que Marie de Saint-Clair pouvait y séjourner sans difficulté. Cette bâtisse, à laquelle se rattachaient la chapelle Saint-Jean et l'hôpital magnifiquement aménagé, se situait juste derrière la mosquée, près du mur septentrional de la ville, non loin du *Bab halap*.

Le lendemain matin – Guillaume avait l'habitude d'être prêt à repartir avant même le lever du jour –, la vieille dame prit beaucoup de temps, car elle voulait recueillir de nouvelles informations. Le franciscain dut attendre dans la cellule qui lui avait été attribuée jusqu'à ce qu'elle le fasse appeler.

— Je souhaite parler moi-même à Roç Trencavel, l'informa-t-elle d'une voix rauque, avant qu'il n'aille au terme de la démarche erronée dans laquelle il s'est déjà engagé.

Comme toujours, elle s'adressait au moine dissimulée derrière le rideau de sa chaise à porteurs, ce qu'elle faisait d'ailleurs avec tous ses interlocuteurs. Marie de Saint-Clair ne transmettait ses désirs, qui étaient des ordres, que sous la forme la plus concise qui soit. Cependant, elle était toujours très précisément informée de tout ce qui se déroulait autour d'elle.

Ils arrivèrent sur la grande place où l'on avait étalé le tapis au moment précis où le Trencavel et sa petite escorte, les Occitans et les chevaliers d'Antioche remontant la Décumane par l'est, tournaient à l'angle où les attendait fièrement le baouab. En découvrant le kilim, Roç fut pris de colère et voulut faire demi-tour. Mais Guillaume lui barra le chemin et désigna silencieusement la chaise à porteurs. Même si le Trencavel savait pertinemment à qui il avait affaire, il se dirigea sans beaucoup de respect vers l'habitacle noir. La Grande Maîtresse le fit patienter un bon moment avant de lui adresser la parole de sa voix rauque et inimitable.

— N'attendez pas que je vous souhaite la bienvenue, Roç Trencavel ! grogna-t-elle tout d'un coup. De qui et au nom de qui comptez-vous vous faire nommer *malik*[54] de Damas, et en solitaire de surcroît ? s'enquit-elle d'un ton où l'on devinait une légère moquerie. Ici, le titre de roi n'a pas de tradition dynastique et ne rencontre aucun écho auprès du peuple.

Roç regarda, agacé, vers la litière.

— Dois-je attendre Yeza ?

— Certainement ! lui répondit-elle sèchement avant d'expliquer avec plus de douceur : Seul le Couple Royal réuni a un sens. Seule son élévation mentale lui permettra de réaliser la promesse du royaume de la paix.

— Cela, nous l'avons déjà vécu « entièrement » à Jérusalem ! protesta Roç en s'efforçant de se contenir.

La vieille dame l'accepta avec indulgence.

— Je comprends votre impatience, Roç Trencavel. La situation initiale s'est transformée avec l'apparition des Mongols. Il est oiseux de se demander si c'est à notre profit ou à notre désavantage : il nous faut seulement l'intégrer dans nos réflexions.

— Le Il-Khan souhaite nous placer sur le trône, tenta de lui dire Roç, mais la Grand Maîtresse ne le laissa pas troubler le cours de ses pensées.

— La question est de savoir sous quelles conditions, à quel moment et, surtout, dans quel lieu.

Roç ignora l'apparition de David qui, extrêmement excité, essayait de lui faire parvenir une information. Le Templier finit par s'adresser au moine.

— La disparition de Joshua m'inquiète ! chuchota-t-il à Guillaume. Il voulait aller chercher cet Ali pour jouer au jeu de la vérité, or celui-ci affirme ne pas avoir vu le charpentier.

Guillaume, qui ne savait quoi répondre, fit un geste apaisant de la main, d'autant que la Grande Maîtresse poursuivait son discours, lequel l'intéressait beaucoup plus.

— Damas ne peut certainement pas être le siège d'un règne spirituel, cela réduirait dangereusement la prétention universelle que nous avons donnée au royaume de la paix, cela le rendrait petit et misérable. Il faudrait…

— Vous oubliez, grande Dame, osa l'interrompre Roç, que ce sont les Mongols qui en décideront.

La Grande Maîtresse déglutit derrière son rideau noir. Elle toussota.

— Notre mission est de remettre dans le droit chemin les idées puériles de ces barbares stupides ! Nous devons uniquement les utiliser pour mettre en œuvre notre vision !

— Et qu'est-ce que cela signifie pour Yeza et pour moi ? protesta Roç, qui ne paraissait pas disposé à se soumettre plus longtemps à cet exposé brumeux.

— Cherchez l'union, répondit-elle. Si vous n'avez pas envie de vous précipiter à la rencontre du Il-Khan, alors attendez son arrivée ici et pliez-vous à sa décision, sur laquelle nous exercerons une influence. (Elle perçut la mauvaise humeur du Trencavel.) Résistez à la séduction, Trencavel, de vous laisser attribuer ici, sans épouse, le titre sans pouvoir de malik de Damas, cela ne pourra que nuire à l'image du Couple Royal. Refusez l'honneur que la clique corrompue de la cour veut vous rendre, faites virilement comprendre à ces gens que vous ne vous opposerez pas aux Mongols qui, seuls, ont le pouvoir de vous désigner souverains vous, Roç, c'est-à-dire toi et Yeza !

Sur cette mise en garde sans équivoque, la Grande Maîtresse adressa à son escorte le signal indiquant qu'il était temps de soulever la litière, en tapant comme d'habitude avec sa canne sur la paroi intérieure. Sans adresser un mot de plus à Roç – Guillaume, témoin muet de cet entretien, aurait jugé tout à fait bienvenues une parole de consolation ou une promesse encourageante –, elle disparut sous les regards désemparés des hommes réunis autour de Trencavel.

De la chronique de Guillaume de Rubrouck

Roç devait avoir eu la même impression que le chroniqueur.

— Avez-vous, Guillaume, perçu une phrase, une seule, nous permettant de deviner les projets que la vieille dame a conçus à notre égard ? Elle délire à propos d'un royaume de la paix dans un monde qui ne reconnaît que le droit du plus fort et porte l'insigne de la pure violence !

À mon étonnement, l'énervement de Roç resta contenu ; son agacement relevait plutôt de la déception.

— Je ne supporte plus cette tutelle, grogna-t-il à mon intention. Je ne supporte plus d'être une sorte de représentant désigné par la Grande Maîtresse pour veiller sur la mise en œuvre du Grand Projet. Je n'ai pas non plus l'intention d'accepter un royaume octroyé par le Il-Khan ! (Je hochai la tête pour exprimer mon profond accord, ce qui sembla l'apaiser.) Yeza partage mon point de vue !

Il s'adressa au baouab, qui s'était occupé du tapis pendant tout ce temps sans se soucier le moins du monde des paroles de la vieille dame dans sa chaise à porteurs. Les trois Occitans et Bérénice, qui s'étaient tenus discrètement à l'écart pendant l'entretien, les rejoignirent.

— J'ai décidé, lança le Trencavel au baouab, d'effectuer mon entrée officielle à Damas avec tout l'apparat auquel s'attend le peuple.

Le plus haut fonctionnaire de la cour ne s'était sans doute pas attendu à autre chose et n'avait pas entendu parler de l'aversion qu'éprouvait Roç à l'idée de voir le kilim faire partie du cortège. D'un geste de général, il indiqua au Trencavel les estrades et autres barrières auxquelles ses hommes travaillaient encore avec zèle.

— Nous avons prévu un somptueux feu d'artifice pour l'instant où vous arriverez sur la place, face à la grande mosquée.

Roç ne tenait pas à le savoir aussi précisément.

— Dites-moi seulement d'où je dois venir et dans quelle direction je dois me tourner.

Il quitta brusquement le décor que l'on était en train de monter sur la grand-place et le baouab fut forcé de le suivre à grands pas.

— Roç devrait se reposer, estima Bérénice, inquiète. Nous avons déjà établi nos quartiers au palais.

Cette femme énergique pressa son époux Terèz et son petit frère, Pons, pour qu'ils suivent le Trencavel. Pour ma part, j'avais retenu Guy de Muret par la manche.

— Quand il s'agit du bien-être de Roç Trencavel, lança-t-il, impassible, la griffonne se change en mère poule !

Je ne tenais pas à défendre Bérénice. Manifestement, Guy avait d'autres idéaux féminins. Alais, qu'il poursuivait de ses ardeurs galantes, m'avait dit Pons, devait être aimable et douce comme une friandise syrienne. Je ne voulais cependant pas le laisser sur un verdict aussi négatif.

— L'écorce amère cache souvent des fruits suaves ! lui rappelai-je. L'amazone combative est aussi une femme qui a besoin d'amour lorsqu'elle a posé son arc et sa brassière.

— Vous oubliez de dire qu'elle a volontairement sacrifié l'un de ses seins à l'art de la guerre ! fit l'ancien dominicain, refusant de revenir sur son jugement. Pareille femme virilisée n'a pas de mal à être fidèle.

— Et vous, Guy de Muret, répliquai-je avec mordant, qu'en est-il de votre fidélité ? (Ma vieille méfiance remontait subitement.) Je ne parle pas d'affaires de femmes, mais de fidélité éternelle à une cause…

Je comptais ajouter « la cause du Trencavel », mais Guy réagit avec une virulence que je n'avais pas prévue :

— Je ne la dois certainement pas à une femme ! me lança-t-il. Et vis-à-vis de moi-même, je peux être aussi infidèle qu'il me plaît !

Il se détacha et courut derrière les autres.

Je restai seul avec David, le Templier manchot qui avait cherché partout dans la ville son compagnon de jeu, Joshua. J'appris ainsi que notre entrée devrait se faire par la porte orientale, le *Bab Sharki*, que nous remonterions la Décumane sur toute la longueur, puis que nous passerions devant le palais où nous nous trouvions à présent avant de décrire une courbe douce vers le centre de la grande place, avec la mosquée en arrière-plan. À partir de ce point, le baouab avait fait construire des grilles de bois massives pour retenir le peuple et des tribunes d'honneur pour les notables et les riches de la ville. Roç et son escorte seraient ainsi inévitablement conduits à l'estrade du trône, laquelle constituait l'extrémité de cette voie triomphale ornée de guirlandes et de fanions. C'est là que s'élevait le trône à double place – allusion à la reine encore absente – mais cela me paraissait aussi constituer l'unique concession aux réserves de la Grande Maîtresse, dont le baouab ne pouvait pourtant rien savoir. Pour le reste, cet architecte habile semblait avoir tout réalisé en totale contradiction avec les intentions de la vieille dame. Ou bien le baouab avait le don de deviner les souhaits de son nouveau maître, ou bien c'est le *cheîtan* qui lui avait dicté cette organisation. Il n'y avait aucun moyen d'échapper à ce chemin vers le trône ! Je n'avais pas l'intention de le dissuader de l'emprunter. De toute façon il ne m'écouterait pas. Et puis la Grande Maîtresse n'avait pas jugé nécessaire de me charger de pareille exhortation.

Je consolai David en lui expliquant que Josh s'était certainement fait des amis en ville et passait avec eux le temps qu'il lui restait avant les cérémonies, où il réapparaîtrait sûrement. Puis je me rendis à mon tour au palais. Je n'étais pas certain d'y être le bienvenu.

L'éléphant en flammes

AU CENTRE DE SON CAMPEMENT, le Il-Khan avait convié dans sa tente ses principaux généraux et l'ambassadeur du roi de France, Yves le Breton, qui accompagnait la cour depuis Alep, ainsi que les deux princes chrétiens que le chef des Mongols considérait comme des alliés, le roi Hethum d'Arménie et Bohémond d'Antioche. Bien entendu, l'épouse de Hulagu, Dokuz Khatun, chrétienne nestorienne, se trouvait aux côtés du Il-Khan et, à la demande explicite du couple de souverains, on avait suggéré à la princesse Yeza de prendre place sur la galerie où se trouvait le trône. Elle était assise à la droite du souverain et l'expression de son visage montrait que sa position et les exigences auxquelles elle devait faire face ne l'emplissaient guère de bonheur. La présence derrière elle de son jeune ami Baïtchou, le fils cadet de Kitbogha, ainsi que celle d'Yves le Breton, ne suffisaient pas à améliorer son humeur. Parmi les généraux, l'œil attentif de l'ambassadeur découvrit la stature massive du général Sundjak puis, parmi les quelques officiers subalternes admis, Khazar, le neveu du commandant en chef, et Dungai, le vieux confident de Kitbogha. Le Il-Khan tint un bref discours.

— La mort du grand-khan Möngke[55], mon illustre frère, me force à retourner à Karakorum. Cela n'aurait aucun sens de revenir participer au *kuriltay* où sera décidée la succession sans pouvoir montrer ma force. J'emmènerai donc avec moi les deux tiers de l'armée. Je laisse le reste aux ordres de mon fiable et fidèle Kitbogha !

On entendit un murmure de protestation que l'intéressé étouffa en posant la question qui préoccupait tout le monde :

— Comment puis-je partir à l'assaut du Caire avec ce reste d'armée ?

La réponse de Hulagu fut encore plus concise :

— Ce sera Damas ! Et ensuite, une pause provisoire.

Sa propre épouse lui apporta la contradiction :

— Et que se passera-t-il pour le Couple Royal ? A-t-on enfin trouvé Roç ? demanda-t-elle au commandant en chef.

— Nous avons la princesse Yeza, répondit Kitbogha en évitant de regarder le trône. Elle nous accompagnera à Damas !

Il ne fit pas attention à la ride de mécontentement qui barrait le front de Yeza, d'autant moins que le Il-Khan ajoutait sèchement :

— Et vous commencerez par la faire monter seule sur le trône ! (Le mouvement de mauvaise humeur de la jeune femme, à côté de lui, lui arracha l'un de ses rares sourires.) La princesse nous a largement prouvé qu'elle est à la hauteur de sa mission ! Ce sera une démonstration de notre droit à gouverner le « Reste du Monde » !

— Damas, si je puis me permettre, me semble être une cible un peu trop modeste pour cela ! (Hethum fut le seul à se risquer à formuler une critique ouverte.) Mieux vaudrait Jérusalem.

Que le roi d'Arménie se permette des paroles aussi audacieuses froissa le général Sundjak.

— Cela signifierait, lança-t-il à Hulagu, une prolongation de la guerre de conquête, c'est-à-dire exactement ce que le Il-Khan vient d'écarter !

Avant que Kitbogha ne puisse sermonner son subalterne pour cette ingérence, Hulagu, flatté, reprit cette objection à son compte.

— Cela ne se fera pas tout de suite ! répondit-il à Sundjak, qui s'était avancé vers lui. Lorsque l'armée aura retrouvé son effectif actuel, ce à quoi je veillerai au plus vite une fois devenu Grand Khan, nous marcherons sur le Caire et sur Alexandrie, et nous soumettrons ces Mameluks à notre volonté, la volonté du vainqueur !

— Très bien ! approuva Kitbogha. Rien ne nuirait plus au prestige des Mongols qu'un arrêt de notre avancée. (Il se tourna vers Hethum.) Chaque hésitation, fût-elle due à un report tactique, sera considérée comme un échec par nos adversaires et renforcera leurs rangs…

Le roi d'Arménie ne se laissa pas détourner de son opinion préconçue :

— Qui comprendrait que nous n'avancions pas plus loin après avoir pris Damas ? Personne n'y discernerait la moindre logique, pas même les barons chrétiens et les ordres de chevalerie du royaume !

Kitbogha, feignant d'abord le calme, s'efforça de réfréner cette frénésie guerrière.

— Le Couple Royal ! s'exclama-t-il (et l'excitation s'empara aussitôt de lui). La logique de tout cela, c'est l'installation de Roç et Yeza sur le trône des rois de la paix ! (Le vieux soldat était convaincu de la justesse de son point de vue.) Nous aurons suffisamment à faire en Syrie pour conforter leur règne de paix dans l'esprit de la *pax mongolica*...

Son propre général le contrecarra :

— On y verra une marque de lâcheté de notre part, fit Sundjak en écumant. Une faiblesse !

— Tout adversaire apprendra ce qu'il en coûte de nous sous-estimer ! répliqua le vieux commandant.

Hulagu mit un terme à toutes les discussions :

— Nous en restons là : Damas et intronisation du couple royal ! Messire Yves veillera à cette union, vous lui attribuerez à cette fin, Kitbogha, tous les pouvoirs et moyens nécessaires.

— Je vous en prie, Messire Yves, ajouta Dokuz-Khatun de sa voix geignarde, faites en sorte que les enfants reviennent enfin à la raison !

Yeza voulut bondir, indignée, mais elle sentit la main puissante du Breton qui, posée sur sa poitrine, la maintenait sur son siège.

L'Arménien avait observé toute la scène.

— Dommage que je n'aie pas de fils, fit-il avec un rictus à l'attention du Il-Khan. Le problème serait déjà résolu.

— S'il était comme vous, explosa Yeza, je lui aurais tranché la gorge depuis longtemps !

Tous éclatèrent de rire et l'assemblée se dispersa.

De la chronique de Guillaume de Rubrouck

Lorsque le soir tomba sur Damas, je traversai la foule en liesse et avançai jusqu'à la tribune, non loin de l'estrade où se trouvait le trône et où je parvins à obtenir une bonne place par le truchement du baouab, qui jouait à présent les maîtres de cérémonie. Le Trencavel et ses amis – au nombre desquels je ne comptais manifestement plus, en tout cas personne ne m'avait invité à l'accompagner – étaient sortis de la ville. Nous attendions le crépuscule. Après l'appel du muezzin au *salat al maghreb*, la prière du soir, et lorsque tous se furent inclinés avec joie vers La Mecque, l'obscurité se fit rapidement et la tension monta. On entendit alors des vivats monter de la Décumane et les premières fusées du feu d'artifice sifflèrent dans le ciel bleu du soir. Le cri de joie de la foule enfla et se déchaîna lorsque les Arméniens, puis les chevaliers d'Antioche passèrent au trot rapide entre les grilles qui entouraient la place de fête. Ils étaient suivis par le héros du jour, le « roi Roç Trencavel », entouré par ses quatre Occitans – car Bérénice était du nombre, portant comme toujours une armure de chevalier.

— *El malik ! El malik !* criait le peuple derrière les barrières.

C'est à cet instant précis que des hurlements d'effroi d'abord recouverts par le bruit du feu d'artifice roulèrent comme une lame de fond sur la grande place : l'éléphant furieux arrivait en courant, en barrissant et en s'ébrouant derrière le cortège, couvert de fusées allumées. On était allé jusqu'à accrocher à la queue de l'animal une torche enflammée. Les Occitans sautèrent de leurs chevaux et bondirent au-dessus de la barrière de bois pour se protéger contre les défenses de l'animal. Roç tomba de sa selle et resta accroché à l'étrier. Son cheval bloqué par ceux des Occitans était incapable d'avancer. Désormais, personne ne pouvait plus sauver le Trencavel des pattes de l'éléphant affolé. Bérénice se jeta alors vers le colosse déchaîné. Il l'attrapa avec sa trompe, souleva son corps mince et léger, le casque de la jeune femme tomba, dévoilant un instant la chevelure abondante. L'instant d'après, l'éléphant la projeta contre le sol. Seul le crépitement des fusées épargna à nos oreilles l'horrible craquement de la cuirasse sous la patte du pachyderme. Le cri d'effroi qui s'éleva dans la foule recouvrit le silence terrifié de ceux qui, à proximité immédiate, durent assister à la scène. Pour ma part, j'avais détourné les yeux…

LES MONGOLS CAMPAIENT TOUJOURS près de Baalbek. Les chefs de l'armée ne jugeaient pas utile d'envoyer des espions à Damas, leur objectif confirmé, afin de se faire une idée de l'état d'esprit de la population. Hulagu ordonna au général Sundjak de partager l'armée selon les proportions qu'on lui avait indiquées et de préparer le départ. Le général fit aussitôt étalage de son pouvoir en reprochant à son sous-officier, Khazar, la lenteur avec laquelle on décomptait les chars à bœufs et les yourtes. Le commandant en chef le laissa faire. Tandis que Sundjak sortait de sa tente, satisfait, Kitbogha chargea son homme de confiance, le capitaine Dungai, de veiller à ce que les troupes sur le départ n'emportent ni les machines de guerre, ni surtout les arsenaux de flèches et de lances, afin que ces moyens soient affectés à l'armée qui resterait sur place.

Dungai comprit aussitôt :

— Cela vaut en particulier pour les chevaux les plus rapides et les plus puissants ! ajouta-t-il. Le tiers qui nous reviendra doit être composé des meilleurs !

— Cela vaut plus encore pour leurs cavaliers ! ajouta le vieux guerrier avec un sourire, en saluant son capitaine d'une bourrade sur l'épaule.

En quittant la tente du souverain, Bohémond tenta de ragaillardir un peu sa vieille amie Yeza :

— Ah, si je pouvais t'échanger contre mon épouse, Sybille ! fit-il, plus par dépit sur son sort de beau-fils d'Hethum que parce qu'il jouait réellement avec cette idée.

Yeza fixa ses yeux verts et gris sur le compagnon de jeux de son enfance.

— La fille de l'Arménien te complique peut-être un peu la vie, mon cher Bohémond. La fille du Graal te la rendrait impossible !

Le jeune Baïtchou trottait à côté de Khazar qui, de fort mauvaise humeur, devait à présent accomplir la corvée du décompte du bétail.

— Tu réserveras la plus belle des yourtes à Yeza, Khazar ! proposa le jeune garçon. Il faut que nous lui fassions plaisir et que nous trouvions Roç !

— Les gens d'Antioche disent qu'il se dirige vers Damas, répondit Khazar, révélant ainsi le peu d'informations dont disposaient les Mongols. Nos espions à Damas assurent au contraire qu'il est parti pour Antioche…

Baïtchou ne se laissa pas troubler par cette situation déconcertante.

— Nous deux, Khazar, nous allons chasser le noble Trencavel comme un cerf. Nous le débusquerons, quel que soit le sous-bois où il se cache !

De la chronique de Guillaume de Rubrouck

L'effroi avait laissé place à une profonde consternation. Cependant, la douleur causée par le terrible sacrifice de Bérénice n'étouffa pas longtemps la question : qui avait préparé cet attentat ? Les Occitans conclurent très rapidement que la cible en était le Trencavel, mais c'est à moi que revint le soin de désigner Ali comme le principal suspect. Pour Roç et ses amis, le fils du sultan du Caire avait perdu depuis longtemps toute espèce d'intérêt, et ils n'envisageaient pas un seul instant qu'il puisse être à l'origine d'un crime aussi ignoble que l'envoi d'un éléphant affolé dans la foule – ils l'en croyaient incapable. Même s'il était responsable, Ali avait forcément été poussé à agir par d'ignobles conspirateurs. Il était exclu de compter sur la coopération de la population de Damas. Les spectateurs avaient abandonné leurs places sur les tribunes, leurs murmures étaient peut-être éloquents mais on n'y devinait ni compassion, ni émotion face à ce drame. Pour ce que j'en avais compris, moi qui me trouvais parmi eux, ils étaient surtout agacés et déçus par cette fin de soirée qui leur avait gâché le plaisir de la fête. À leurs yeux, les responsables n'étaient pas cet éléphant bien-aimé, ni même les auteurs de l'attentat, c'étaient les étrangers ! Même le baouab, jusqu'alors omniprésent, ne se montrait plus. Terèz, que nous nous attendions tous à voir s'effondrer de douleur, avait serré les mâchoires, fait preuve de stoïcisme et annoncé d'une voix rauque que nous devions dans un premier temps nous retirer sur la citadelle.

Suivant Terèz et Guy qui portaient le corps de la jeune femme recouvert d'un drap, sur une civière, nous étions montés jusqu'au portail de la forteresse où nous avions demandé qu'on nous laisse entrer. Face au refus du commandant de la garnison, je crus que le Trencavel allait exploser. Or Roç encaissa aussi ce coup-là sans broncher. David, mon ami manchot, fit la proposition suivante. Les relations de son ordre avec le monastère cistercien ne permettraient sans doute pas aux moines de nous refuser un abri. Nous nous retrouvâmes donc bientôt dans le silence du cloître, regroupés autour de la civière où gisait Bérénice. Si Roç était touché d'une quelconque manière par la mort de la jeune femme, il parvenait parfaitement à dissimuler ses sentiments. Je crois cependant que Terèz l'aurait étranglé sur place s'il s'était mis à se lamenter ou bien à battre sa coulpe en public. Le seul qu'on autorisa à laisser libre cours à ses larmes fut le gros Pons de Tarascon, frère cadet de Bérénice. Ses sanglots émurent même Guy de Muret, d'ordinaire si glacial. Il ne cessait de passer gauchement la main sur les cheveux de son ami, sans le moindre succès. L'ambiance était tendue. Avant qu'elle ne devienne insupportable, David demanda à l'abbé du monastère la permission d'enterrer Bérénice dans le cimetière. Guy, l'ancien dominicain, récita la prière des morts. Lorsque nous eûmes porté à sa dernière demeure le corps de Bérénice, courageuse comtesse de Tarascon et de Foix, Roç se ressaisit enfin et déclara que l'idée de reprendre possession du palais du souverain aurait certainement plu à la jeune femme. Nul ne le contredit – d'ailleurs personne ne prononça le moindre mot. Mais nous étions tous soulagés. Nous passâmes le reste de la nuit au monastère des cisterciens. Au matin, nous longeâmes les murs de la Grande Mosquée en contournant soigneusement la place où se trouvait encore le kilim – aucun d'entre nous ne tenait à voir la tache de sang qui devait être à peine sèche, là où le trône se dressait encore la veille. D'un coup d'œil jeté à la dérobée, je constatai cependant que tout ce que l'on avait construit pour l'occasion avait été démonté, y compris l'estrade que l'éléphant avait mise en pièces avant que ses cornacs ne le libèrent des fusées et de la torche accrochée à sa queue et ne parviennent enfin à le calmer. Sans avoir à nous battre, mais sans que personne ne nous souhaite la bienvenue non plus, nous fîmes notre entrée au palais où nous attendaient déjà les Arméniens. Les cavaliers d'Antioche, eux, n'avaient pas cessé de nous accompagner en silence.

KITBOGHA ET LA PRINCESSE suivaient des yeux l'armée des Mongols qui s'éloignait. Ils étaient installés sur une colline située au bord du camp. Yeza elle-même aurait été incapable de décrire ses sentiments. Certes, avoir échappé à la tutelle de cette bigote qu'était Dokuz Khatun l'avait dans un premier temps soulagée. Mais lorsqu'elle songeait à tout ce qui l'attendait encore, elle n'avait envie ni de rire, ni de pleurer. La rage et une sensation de faiblesse dans le ventre se mêlaient en elle. Roç surtout la mettait en colère. Le Trencavel ne se compliquait pas la tâche, il avait plongé la tête dans le sable et attendait sans doute qu'elle, Yeza, trouve la solution. Comme il était commode d'arriver pour mettre les pieds sous la table ou de s'asseoir sur le trône qu'elle lui aurait réchauffé ! Agacée, Yeza fit monter son cheval. Elle vit alors une larme couler à l'œil de son protecteur à mâchoire d'ours. Kitbogha l'essuya discrètement. À la vue de ce geste émouvant, Yeza eut honte de son égoïsme. Quel poids le vieux général devait-il porter, lui à qui l'on avait, métaphoriquement, coupé au moins un bras et un pied ! Le reste lui suffirait certes à la rigueur à prendre Damas, mais contrairement à ce que pensait le Il-Khan, l'affaire ne serait pas conclue pour autant ! C'était le coup de patte d'un ours grièvement blessé dans la ruche d'un essaim qui s'étendait à perte de vue ! À plus ou moins long terme, les *moslemuun* s'uniraient pour repousser ces envahisseurs. Que se passerait-il alors ? Yeza éprouva le besoin de montrer au vieil homme qu'elle comprenait ses soucis mais ne parvint qu'à lui adresser un regard d'encouragement. Kitbogha soupira profondément.

Les derniers nuages de poussière signalant le départ de l'armée s'agrégèrent à l'horizon obscur. Lorsqu'ils firent faire demi-tour à leurs chevaux, tous deux crurent déjà discerner dans la brume du soleil couchant le scintillement de Damas, à la fois tentation et menace.

De retour au campement, le commandant en chef organisa un entretien avec le roi Hethum, le prince Bohémond d'Antioche et Yves le Breton. Il reçut auparavant le rapport de son homme de confiance, Dungai ; celui-ci l'informa qu'il ne lui restait même pas trente sections de mille hommes, mais qu'elles étaient excellemment équipées et très combatives. Le général Sundjak, ajouta-t-il, était déjà prêt à marcher sur Damas.

Yves le Breton fut le premier à arriver. Il écarta tous les arguments opposés par Kitbogha à une prise de la ville. Il avait, dit-il, ses propres sources de renseignements et considérait les informations qu'il avait collectées comme plus essentielles que toutes les considérations diplomatiques : Roç Trencavel, dit-il, était entré dans la cité et la population s'apprêtait à le nommer malik, c'est-à-dire roi de Damas. Il fallait agir immédiatement ! Le mieux serait qu'il parte sur-le-champ avec la princesse, car seule une explication entre les deux membres du Couple Royal pouvait reporter cette démarche unilatérale jusqu'à l'arrivée de l'armée mongole. Le Breton, d'ordinaire impassible, se montra plutôt agacé par cette nouvelle inattendue. À son grand étonnement, Kitbogha l'accueillit avec une certaine nonchalance. Sa première question fut très brève :

— La princesse Yeza est-elle au courant de cette affaire ?

— Pas encore, répondit Yves. Mais je veux bien être le premier à lui transmettre cette heureuse...

Le commandant en chef l'interrompit brusquement en voyant entrer le roi Hethum et son gendre sous la tente.

— Messire Yves, nous allons d'abord en délibérer ensemble !

Yves, indigné par cette réaction, voulut se retourner et partir. Le vieil homme lui ordonna d'une voix brutale :

— Vous restez ici !

Il lui désigna un siège. Le Breton resta immobile, l'air rétif. Il comprit cependant assez tôt que les gardes postés à l'entrée de la tente ne lui permettraient pas de la quitter sans l'autorisation du vieux général. Le Breton entendit avec colère le vieux soldat charger son capitaine, Dungai, de faire vérifier la véracité de la « rumeur » par leurs correspondants à Damas.

Kitbogha informa rapidement les deux hommes qui venaient d'entrer, le roi Hethum et le prince Bohémond, des nouvelles qu'il venait de recevoir et qu'il était en train de vérifier.

Yves perdit patience :

— La réunion de notre couple est enfin à portée de main, s'exclama-t-il, et vous hésitez ?

Le roi Hethum répondit avant le Mongol :

— Nous devrions demander une entrée solennelle des souverains chrétiens dans la ville, expliqua-t-il sans s'inquiéter de l'émotion du Breton. C'est seulement après une cérémonie de ce type que pourra avoir lieu le couronnement des rois que nous aurons mis en place… au nom de l'illustre Grand Khan, précisa-t-il habilement.

Le jeune prince d'Antioche hocha docilement la tête. Yves bouillait. Ces lèche-bottes étaient d'un égoïsme stupide et vaniteux !

Le vieux Kitbogha perçut la mauvaise humeur croissante du Breton :

— Bien entendu, la réunion de Roç Trencavel et de la princesse Yeza est pour nous tous de la plus grande importance et de la plus grande urgence, fit-il pour apaiser les vagues. Mais nous ne pouvons pas prendre le risque que les choses dérapent à Damas. Comme vous l'avez vous-même expliqué, Messire Yves, après la disparition du sultan An-Nasir, le peuple s'est autoproclamé maître de la ville !

— Il faut à tout prix empêcher une intronisation par la plèbe ! lança l'Arménien au Breton. Il manquerait à pareil couronnement son principal élément : l'origine divine !

Le Breton, l'homme du roi de France, le comprenait parfaitement, même s'il n'appréciait pas que ce Hethum le lui rappelle. Mais cette procédure compliquée lui paraissait inacceptable.

— Mon seul souci, expliqua-t-il à Kitbogha, est de ne pas laisser passer l'occasion de mettre enfin la main sur le Trencavel, que nous cherchons depuis si longtemps.

— Il ne partira pas ! affirma Hethum avec arrogance. Quant à s'emparer de lui, vous pourriez vous en charger, Messire Yves !

Le Breton eut du mal à garder son calme.

— Par ailleurs, reprit-il en s'adressant directement à Kitbogha d'une voix contenue, la princesse Yeza a le droit de retrouver enfin celui dont elle déplore l'absence depuis si longtemps !

Il s'inclina brièvement devant le commandant en chef, bien décidé, cette fois, à ne pas se laisser retenir plus longtemps.

Celui-ci le regarda, songeur, et murmura :

— Messire Yves, vous êtes aux arrêts !

De la chronique de Guillaume de Rubrouck

La résidence des souverains de Damas, située face à la Grande Mosquée, avait été si souvent transformée, agrandie et perfectionnée depuis l'époque byzantine que même le personnel servant depuis longtemps dans l'entrelacs d'escaliers, de cours intérieures imbriquées les unes dans les autres et d'ailes latérales situées à des niveaux différents ne s'y retrouvait pas totalement. Lorsqu'on descendait dans les caves, toute cette architecture se transformait en véritable labyrinthe. Réduits secrets et échappatoires débouchaient sur un réseau ramifié de catacombes, des citernes dissimulées alternaient avec des chambres fortes introuvables et imprenables pour les non-initiés. David le Templier, qui cherchait toujours désespérément son ami Josh le Charpentier, supposait à juste titre qu'il se trouvait dans les profondeurs obscures du palais. Je considérais pour ma part que l'aimable cabaliste, s'il était tombé dans des mains hostiles, serait plutôt détenu dans la citadelle que dans le palais, dont chacun savait que le Trencavel l'investirait tôt ou tard. Mais David ne se laissa pas priver de ce plaisir, surtout après que quelques-uns des cuisiniers lui eurent raconté des histoires à faire dresser les cheveux sur la tête à propos de personnes enfermées n'ayant jamais été retrouvées. Jusqu'au jour où, des années plus tard, on avait buté par hasard dans leur squelette.

Loin de bouillonner, la ville tout autour du palais était parcourue par une rumeur discrète et d'autant plus dangereuse. Ce bourdonnement prenait chaque jour de l'ampleur et les Arméniens, les seuls à se rendre dans les souks, faisaient état d'une hostilité croissante parmi la population. Enfin on revit aussi le baouab qui, depuis l'accident, en dépit de tous les serments de fidélité, évitait autant que possible le Trencavel, son nouveau maître. Il vint en porte-parole du « peuple de Damas », et si je dois lui reconnaître quelque chose, c'est bien qu'il ne mâcha pas ses mots. La plupart des gens considéraient l'épisode de l'éléphant comme un mauvais présage. Le Trencavel ne porterait pas chance à la cité, et comme les Mongols étaient aux portes, on ne voulait pas se lier à un nouveau malik dont on ignorait s'il était véritablement agréé par le Il-Khan. On n'avait pas d'objections fondamentales contre Roç – le baouab s'exprimait de plus en plus clairement – mais le fait qu'il soit apparu sans la princesse Yeza ne plaidait pas non plus en faveur de son installation dans ces murs. Roç avait écouté en silence les insolences du serviteur, en revanche Terèz et Guy jetèrent l'insolent hors de la pièce où avait eu lieu l'entretien. Cela prouvait que le palais n'offrait aucune protection à des étrangers comme nous et qu'il ouvrait au contraire grand les bras à n'importe quel intrus familier des lieux. Ce furent ensuite les Arméniens qui arrivèrent et racontèrent non sans un malin plaisir, me sembla-t-il, que le peuple se regroupait déjà en quelques points de la ville, notamment au bazar. Eux aussi avaient vu cet Ali dresser les gens contre nous. À cet instant précis apparut, livide et effaré, David le Templier. Il venait de trouver Josh pendu dans une ancienne citerne sans fenêtre dont l'unique accès traversait la cuisine du palais. Les cuisiniers donnaient à la cave le nom de *burj al saraseer*, « la tour des cancrelats ». À en juger par la rigidité de son cadavre, le charpentier avait dû mourir deux jours plus tôt.

Le Trencavel donna le signal du départ. Celui-ci prit la forme d'une fuite, car entre-temps des gens furieux ou excités par des meneurs s'étaient retrouvés sur le kilim et y brandissaient leurs armes. Roç sauta au milieu de cette foule, entouré par ses Occitans et suivi par les dix chevaliers d'Antioche et par David le Templier. Les gens s'écartèrent, effrayés, et le Trencavel se dirigea vers la sortie de la ville, la tête dressée mais le regard sombre. Personne ne m'avait invité à les accompagner – je n'étais pas parvenu à reconquérir le Trencavel, sans doute parce qu'il savait que je resterais un inflexible partisan du Couple Royal « entier » et que je ne serais jamais disposé à oublier l'indéfectible affection que je portais à Yeza pour les fonctions, aussi séduisantes soient-elles, d'assistant au « *malik Roç* » ! Restèrent avec moi le kilim et les cinq Arméniens auxquels Roç avait rendu leur liberté peu avant de quitter le palais et la cité. Pour le protéger, ils l'accompagnèrent cependant jusqu'à la porte du sud, le *Bab keisan*, par laquelle le malheureux Trencavel quitta la ville. Le baouab, qui resurgit aussitôt, paraissait très soulagé et nous accorda très généreusement l'hospitalité.

KHAZAR, ACCOMPAGNÉ PAR BAÏTCHOU, avait fièrement mené Yeza au char à bœufs qu'on lui avait destiné et sur lequel se dressait sa yourte. Le double attelage et cet habitat de feutre portaient les plus belles décorations. Les deux jeunes hommes s'étaient donné beaucoup de mal pour faire plaisir à Yeza, mais la princesse fronça le nez et préféra entrer dans la ville à cheval. Pour ne pas décevoir totalement ses admirateurs, Yeza accepta cependant que son char et son logis la suivent pas à pas, de telle sorte qu'elle pourrait en faire usage chaque fois qu'elle aurait envie de se reposer. En vérité, Yeza n'avait pas la moindre intention de s'affubler de ce genre d'attributs mongols. Libérée des tentatives pesantes qu'avait menées Dokuz Khatun pour l'asservir, elle sentit la guerrière se réveiller en elle. Elle donna rendez-vous à ses deux fidèles suivants pour une séance de tir à l'arc ; elle aurait cependant préféré la compagnie du Breton.

Pour éviter à Yves, qui était tout de même l'émissaire du roi de France, la honte d'une arrestation publique, Kitbogha, désormais grand commandant de tous les Mongols, l'avait fait conduire dans ses appartements privés, séparés de la tente d'audience. Le Breton se montra docile, si bien que Kitbogha finit par avoir honte de le traiter ainsi. Il souhaitait mettre aussi vite que possible un terme à cette situation. La présence du roi Hethum et de Bohémond, le prince d'Antioche, lui était de nouveau pénible – c'était pourtant lui qui les avait mandés. Kitbogha coupa donc court à toute nouvelle discussion sur la forme de leur entrée commune à Damas. Il avait, dit-il, chargé des mouchards de confirmer les rumeurs faisant état de l'arrivée du Trencavel dans la ville. Cette entrée pompeuse lui paraissait absurde tant qu'on ne serait pas sûr de pouvoir y organiser la présentation solennelle du Couple Royal. L'Arménien et Bohémond le contredirent vivement et insistèrent pour que l'on organise un « triomphe du Rédempteur et de la Vierge Marie ». On n'avait jamais vu trois princes chrétiens – quatre, en comptant la princesse – entrer en même temps à Damas sur leur monture. Ils flattèrent ainsi le général, membre de l'Église nestorienne de l'Orient dont les communautés chrétiennes établies ne reconnaissaient pas la légitimité. Kitbogha promit de trouver une solution qui les satisferait.

Pendant ce temps-là, Baïtchou, sans se faire voir des gardes ni de son père, s'était frayé un chemin jusqu'aux appartements privés du général qu'Yves le Breton arpentait avec agacement. L'apparition du jeune garçon et son récit furent plus que bienvenus. Il demanda à Baïtchou de se rendre auprès de Yeza afin de l'inviter à sortir du camp en toute discrétion et à se rendre sur le champ de tir à l'arc, où elle devrait amener trois chevaux rapides. Baïtchou fut aussitôt tout feu, tout flamme, surtout lorsqu'il comprit qu'il serait aussi de la partie. Le jeune garçon se faufila sous les pans de la tente juste avant que les gardes n'entrent pour prier le Breton de revenir dans la tente d'audience. Pour imposer la mise en œuvre de ses objectifs, l'Arménien n'hésita pas à intégrer ce Breton gênant dans ses projets. Hethum invita le valeureux seigneur Yves à participer lui aussi à l'entrée solennelle à Damas, au nom de son roi. Celui-ci refusa : il n'avait pas, dit-il, sa place dans un cercle composé de membres de la plus haute noblesse. Comme pour souligner son propos, il s'inclina gauchement et retourna dans les lieux où il était consigné.

On décida que l'armée se mettrait en marche le lendemain matin. Kitbogha sentait certes que son invité involontaire restreignait son champ d'action. Mais il n'avait pas l'intention de libérer Yves.

La couronne – Entre cupidité et promesse

De la chronique de Guillaume de Rubrouck

Je sais que mon engagement en faveur de Yeza, mes exhortations permanentes à mettre enfin un terme à cette stupide séparation, avaient fini par venir à bout de la patience de Roç. Même si je n'avais pas ouvert la bouche, ma présence réprobatrice lui aurait été insupportable. En réalité, je ne voulais que son bien. Après tout, ces deux-là étaient « mes » enfants du Graal, ceux dont j'avais été désigné pour assurer la protection à moins que tout cela n'ait plus été d'actualité ? La manière dont la Grande Maîtresse m'avait abandonné pouvait signifier ou bien qu'elle me croyait capable de remplir cette mission difficile et qu'il n'était pas nécessaire de me donner d'autres instructions, ou bien le contraire : je n'avais plus aucune valeur à ses yeux ! En tout cas je me retrouvais seul à Damas et je ne savais plus que faire. Yeza demeurait mon unique espoir : elle comprendrait la détresse de son Guillaume. Seulement voilà : où était passée ma princesse ? Que pouvais-je entreprendre d'autre pour la retrouver et la ramener à son Trencavel ?

À peine Roç avait-il quitté les lieux qu'Ali avait pris possession du palais du souverain. Le commandant de la citadelle l'y avait aidé de bonne grâce et détaché une partie des troupes qui y étaient stationnées afin qu'elles soutiennent la prétention d'Ali au pouvoir. Toutefois ce fils de sultan qui, à ma connaissance, n'avait aucun lien de sang avec An-Nasir, le souverain défunt de la ville, étant d'origine mameluk ne se heurta à aucune résistance. Je ne comprenais toujours pas pourquoi les habitants de Damas, dernier bastion de cette lignée des Ayyubides dont le souverain pouvait, depuis le grand Saladin, prétendre au titre de sultan, voulaient justement livrer la ville à un Égyptien. Le Caire ne leur avait pourtant jamais été bénéfique ! Qu'est-ce qui avait bien pu inciter ce commandant loyal à se charger de cet écervelé d'Ali ?

On convoqua le baouab dans le *salet al tadj*, la salle du couronnement, afin que, devenu chambellan du nouveau seigneur, il jure fidélité au nom de tous les serviteurs du palais. Je devais assister comme témoin à cette cérémonie, même si la présence d'un moine chrétien en ces lieux me paraissait extrêmement superflue. Il me sembla cependant préférable de ne pas m'opposer au vœu d'Ali, personnage colérique et vraisemblablement perfide. Ali avait pris place sur le trône du sultan et laissa le baouab s'agenouiller devant lui. Puis il lui fit signe de s'approcher et sortit de l'échancrure de son *qamis*[56] un médaillon au bout d'un ruban de cuir. Il le tint sous le nez du baouab.

— Reconnaissez-vous ce hamsa, le signe de ma dignité de souverain ?

Le seul ton de cette question posée à voix basse incita fortement le chambellan à répondre par un « Oui, bien sûr, mon Seigneur » vibrant de joie.

Ali ne s'arrêta pas là. À voix haute, afin que tous puissent l'entendre, il ajouta :

— Bien des années après que mon noble père An-Nasir Yusuf m'eut mis au monde à l'étranger, me forçant à passer ma jeune vie dans la discrétion de l'exil, au Kurdistan, sous la tutelle de mon cousin ayyubide El-Kamil, émir de Mayyafaraqin, me voici de retour dans ma Damas bien-aimée. (En prononçant ces mots, ce mameluk insolent me fixa d'un regard perçant que je soutins.) En ces temps d'extrême détresse, le fils et légitime héritier ne veut pas abandonner la ville et le pays comme comptait le faire cet usurpateur scélérat que vous venez de chasser… (Ali inspira profondément.) Moi, Ali ibn Yusuf An-Nasir, je ne livrerai ni mes fidèles sujets, ni notre foi à ces Mongols païens ! Je vous le jure, en mémoire de mon père dont l'âme se trouve auprès d'Allah !

Le baouab embrassa les mains d'Ali. J'étais sans voix. Il en alla autrement pour les cinq chevaliers d'Arménie qui avaient eux aussi dû assister à cette scène et auxquels le commandant demanda alors non seulement de faire allégeance au nouveau maître de la ville, mais aussi de lui jurer fidélité. Les chevaliers répondirent sans hésiter qu'ils avaient déjà prêté serment au roi Hethum, dont ils étaient les vassaux[57]. Ali, fou de rage, les fit arrêter et ligoter (ils avaient dû déposer leurs armes avant d'entrer dans la salle du trône) par les soldats du commandant. Puis il leur fixa un ultimatum : si, à la fin de la dernière sourate de la prière de midi, ils ne lui avaient pas juré obéissance, on leur couperait la tête !

Le capitaine Dungai demanda qu'on le laisse accéder au plus vite à la tente d'audience de son commandant en chef. Les gardes laissèrent passer cet homme de confiance. Le fidèle soldat ne transmit son information qu'au moment où il fut assez proche de Kitbogha pour être sûr que personne n'entendrait ses mots.

— Le Trencavel n'a pas été couronné, il a fui Damas pour une destination inconnue, lui annonça-t-il d'une voix étouffée. Et ce à cause d'un attentat qui aurait pu lui coûter la vie et d'une insurrection populaire dont nous ignorons quel en a été l'instigateur.

Kitbogha balança sa tête grise.

— Êtes-vous certain de la fiabilité de votre informateur ?

— J'ai moi-même interrogé ce moine du monastère des cisterciens, répondit Dungai. Il était encore bouleversé par ces événements terribles !

Le capitaine lui raconta l'incroyable histoire de l'éléphant en flammes. Le général envoya aussitôt un homme chercher Yves. Les gardes revinrent peu après et annoncèrent que le prisonnier s'était échappé de sa tente personnelle, dont le tissu avait été ouvert d'un coup de couteau et béait à hauteur d'homme !

Ils entendirent des cris à l'entrée de la tente d'audience : Yves le Breton demandait à entrer. Il portait sans crainte ni remords sa gigantesque épée que Baïtchou lui avait glissée sous la paroi de la tente. Kitbogha sourit :

— On ne peut pas prendre sa liberté à un homme comme vous ! s'exclama-t-il pour le saluer, c'est la vie qu'il faudrait vous ôter ! (Il fit un signe aux gardes afin qu'ils laissent le Breton passer l'arme au clair en dépit de toutes les règles.) Vous aviez raison, Breton ! lança-t-il à son visiteur. Le Trencavel nous a de nouveau échappé.

Yves, qui n'était pas d'humeur à en tirer une quelconque satisfaction, se contenta d'un commentaire :

— J'en suis navré pour Yeza.

Cette fois, le vieux général prit au sérieux les mots du Breton :

— Comme vous êtes à présent libre de vos décisions, Messire Yves, je ne peux que vous adresser une requête… (Kitbogha cherchait des mots capables de dissimuler sa faiblesse à l'égard de la princesse.) Il n'est pas nécessaire d'accentuer encore la souffrance de Yeza en lui révélant qu'elle a été à deux doigts de retrouver son bien-aimé et avec quelle légèreté et quel égoïsme nous avons laissé passer cette chance. (Il soupira et chercha le regard du Breton.) Cela n'aidera pas la princesse et ne facilitera pas la tâche du commandement de l'armée dans la suite de ses missions.

Yves baissa la tête.

— Bien, je me tairai, répondit-il d'une voix sèche. Mais dorénavant, vous me laisserez choisir le chemin que je prendrai pour mener le Couple Royal à l'objectif qui doit être le sien… (Il se redressa.) L'ambassadeur du roi de France n'a pas l'intention de se soumettre aux désirs vaniteux d'un roi d'Arménie ou d'un prince d'Antioche !

Sur ces mots, il quitta la tente.

Lorsque Yves rejoignit Yeza, elle s'entraînait au tir à l'arc. La princesse s'était étonnée que Baïtchou vienne la chercher à cheval avec une deuxième monture, car il était facile de se rendre à pied au terrain d'entraînement. Ni Khazar, ni le jeune Baïtchou n'étaient capables de l'affronter au tir à cheval, un exercice où l'on devait prouver son habileté et sa précision en visant au grand galop des mannequins de paille. Ignorant la raison pour laquelle le Breton l'avait fait venir ici, elle accepta avec joie son offre de quitter le camp en sa compagnie en direction du sud. Le seul à être amèrement déçu fut Baïtchou, qui se sentait désormais exclu, privé de l'aventure attendue, et considérait que le Breton, auquel il vouait une véritable vénération, était un ingrat. Il vit, furieux, les deux cavaliers s'éloigner sans lui. Yves, qui ne se posait pas la moindre question sur l'état d'esprit du jeune garçon, voulait vérifier dans quelle mesure la façon dont Yeza se représentait l'avenir du Couple Royal correspondait à la sienne. Comment la princesse comptait-elle exercer ses futures fonctions ? Le Breton n'eut pas l'idée de remettre en cause cette « vocation » en tant que telle, ce que Yeza faisait de plus en plus – intérieurement, elle s'était depuis longtemps détachée de l'idée du royaume de la paix. Toutes les expériences qu'elle avait dû subir au cours de sa jeune vie s'y opposaient. La guerre et la violence dominaient le monde où les deux enfants avaient grandi. Yeza intégrait Roç, qu'elle excusait presque, dans ses considérations : la restriction volontaire, l'immobilité, l'absence de combats provoquaient toujours chez la partie adverse la volonté de posséder davantage et de détenir plus de pouvoir.

— Je ne sais pas, dit Yeza à son accompagnateur silencieux, si renoncer à ce monde et partir élever un enfant sur une île déserte ne m'apporterait pas plus de bonheur. J'en aurais la force. En revanche, je n'ai pas celle de me placer à contre-courant d'événements que je ne peux ni retenir, ni influencer.

C'est précisément ce que le Breton, marqué par la violence de la guerre, ne voulait pas admettre.

— Mais, princesse, l'essence même de la destinée qui est la vôtre est d'opposer quelque chose de nouveau à ce qui nous paraît définitivement acquis. De ne pas vous accommoder de l'effroyable indifférence à l'égard du meurtre et de l'assassinat. (Yeza évita son regard implorant, dont la tristesse était insoutenable.) Cette paix des rois ne se trouve pas sur une île fleurie où des truites bondissent dans les ruisseaux clairs, où les branches ploient sous le poids des fruits et où résonnent les rires des enfants. Elle doit être chaque jour conquise de nouveau, parmi nous, et il faut constamment apporter la preuve de la valeur des principes qui la portent !

Yeza le dévisagea en souriant.

— Il me semble, Messire Yves, que c'est vous qui êtes en train de rêver à une île au milieu du bleu des océans !

Le regard de la princesse suivit celui du chevalier qui se perdait dans la campagne. Ils avaient atteint la dernière élévation d'une chaîne de collines. En dessous d'eux, au loin, les maisons de Damas s'étalaient comme une mer ceinturée de murs et de tours.

— Vous avez raison, princesse, j'aimerais retourner dans la verte fraîcheur de la France, dans les contrées sauvages de la Bretagne. Je veux m'y enfermer dans un monastère et consacrer ma vie à la lecture…

— Vous ne pouvez pas me laisser seule à présent, Yves, laissa échapper Yeza, effrayée. Surtout après ce que vous venez d'exiger de moi.

— Je n'en aurais pas le cœur, répondit Yves avec un sourire.

Ils firent demi-tour. Yeza n'était convaincue ni par la justesse des démarches qu'elle allait accomplir à présent, ni par l'idée qu'elles pouvaient lui apporter le bonheur dans son rôle d'unique représentante du Couple Royal. Elle était heureuse que l'on ne parvienne pas à mettre la main sur Roç, ce qui repoussait d'autant l'intronisation officielle au cours de laquelle on les enchaînerait à ce royaume douteux. Yeza n'avait aucune intention de participer à une cérémonie de couronnement provisoire, quelle qu'en soit la forme. Yeza avait acquis la certitude – et le Breton n'avait pu la convaincre du contraire – qu'il s'agissait d'une dangereuse chimère comme seuls ces djinns malveillants qui s'échappaient de leur bouteille pour se transformer en un nuage noir étaient en mesure d'en concevoir. Personne n'avait le courage de les chasser, de les mettre en pièces. Au terme de cette traque improbable, on courait au contraire le risque de voir Yeza et Roç seuls au bord du chemin, victimes sacrificielles sur l'autel de la belle idée de la paix ! Si Yves le Breton était pour Yeza un ami auquel elle pouvait se fier, il était aussi l'un des chasseurs.

De la chronique de Guillaume de Rubrouck

On avait dressé au milieu du kilim un trône destiné à Ali, un podium en bois assemblé à la hâte et destiné à remplacer la construction antérieure, détruite par l'éléphant. On y avait installé un siège au dos élevé où le malik s'était assis au soleil brûlant de midi. Je devais rester à côté de lui et exercer les fonctions de secretarius. Il revenait au baouab de tenir au-dessus de sa tête un parasol dont je ne pouvais malheureusement pas profiter. Les cinq Arméniens étaient agenouillés au bord du tapis, mains ligotées dans le dos. Derrière eux, campé sur ses deux jambes, le bourreau portait son gigantesque cimeterre. Nous attendions, le temps paraissait presque figé. Lorsque le premier appel lointain d'un *muezzin* me parvint dans la chaleur accablante, je rassemblai tout mon courage et m'inclinai rapidement devant Ali sans le regarder dans les yeux. Je courus sur le kilim en me dirigeant vers les condamnés, car on entendait distinctement à présent les mots *Allahu akbar*[58] ! *Allahu Akbar !* et la *salat al thuhr*, la prière de midi, retentir depuis le minaret de la mosquée toute proche.

Ashadu an la illaha illaha[59] ! *Ashadu ana Muhamadan rassululah !*

Tout en courant, je sortis de ma bure mon crucifix en bois, m'arrêtai devant chacun des chevaliers et leur tendis l'effigie du sauveur à hauteur des lèvres.

— Le Christ est avec toi ! murmurai-je à chacun d'entre eux sous le croassement du muezzin :

Haya alla as-salah ! Haya alla as-salah !

Haya alla al falah ! Haya alla al falah !

Chacun de ses appels annonçait la fin imminente de la sourate fatale. C'est alors que le commandant de la garnison surgit comme un cheveu sur la soupe au milieu du tapis. On entendait des cris derrière lui, dans les ruelles de la ville :

— Les Mongols ! Les Mongols arrivent !

Allahu akbar ! Allahu akbar !

Sur ce dernier appel à Allah s'acheva le *salat al thuhr*. Le bourreau, qui ne savait plus que faire, regarda vers Ali qui tentait de lui crier « Coupez les têtes ! » en gesticulant. Mais l'homme puissant dont la poitrine nue se couvrait déjà de perles de sueur jeta aussi un coup d'œil désespéré au baouab qui, dans le dos d'Ali, lui indiquait exactement le contraire. Le bourreau abaissa son arme gigantesque et se mêla à la foule qui affluait à présent sur le kilim. Sur un signe du baouab, les serviteurs soulevèrent le trône et l'emportèrent au palais, en même temps qu'Ali qui continuait à battre des bras.

Je me tenais au bord du kilim avec les cinq chevaliers d'Arménie auxquels le baouab en personne était venu couper les liens. S'ils avaient supporté avec stoïcisme la perspective de voir leur tête rouler sur le tapis, ils pestaient maintenant contre l'insupportable station agenouillée qu'on leur avait imposée sur le sol pierreux. Le baouab ne s'en préoccupa pas : aidé par une légion de serviteurs qu'il avait fait venir au plus vite de l'intérieur du palais, il s'efforçait de balayer le tapis afin de le rendre à peu près présentable pour ses hôtes suivants. Pendant ce temps-là, Ali s'enfuit du palais et se réfugia dans la citadelle. Nous attendions l'entrée dans la ville de la tête de pont mongole. Par curiosité et parce que je ne voulais plus entendre les braillements des Arméniens, je me séparai des domestiques excités et me postai à l'entrée du *midan kabir*, la grand-place où débouchait la Décumane.

Je les vis alors arriver : en tête marchait le vieux Kitbogha. À côté de lui – mon cœur bondit de joie ! – ma Yeza ! Suivie de près par le prince Bohémond, en tenue de cérémonie, et par un grand seigneur que je ne connaissais pas – une tête couronnée ! Derrière, les colonnes des Mongols avançaient à perte de vue. Au moment précis où Yeza allait passer devant moi et où j'allais lui lancer un clin d'œil, elle brida son cheval. Je bondis vers elle, mais elle ne fit pas attention à moi : elle paraissait furieuse et ne regardait que le kilim étalé devant elle.

— Vous avez enfin le cadeau de Lulu, lança-t-elle au vieux général. Vous pouvez vous en servir de paillasson. Quant à moi, je ne poserai pas un pied sur ce tapis de malheur !

Elle dirigea son cheval sur le côté et laissa Kitbogha continuer sa progression car le cortège, derrière eux, commençait à engorger les rues. Ils passèrent donc sur le kilim que les chevaux piétinèrent sans crainte, une division après l'autre. Lorsqu'elles eurent entièrement rempli la grande place, le commandant en chef leur fit un signe et ils reprirent leur chemin par la Décumane tandis que lui-même se dirigeait vers le palais avec le prince d'Antioche et le roi d'Arménie. Je compris qu'il s'agissait de Hethum en voyant les cinq chevaliers arméniens le rejoindre et à en juger à leurs gestes se plaindre vivement auprès de lui. La population n'était pas venue en masse assister à ce spectacle et l'on n'entendait pas beaucoup de cris de joie. Les habitants de Damas n'affichaient aucune hostilité, ils se comportaient plutôt avec indifférence, peut-être aussi avec ennui après les prestations spectaculaires de Roç Trencavel et d'Ali, le prince mameluk.

Yeza, qui avait assisté à toute cette scène à côté de moi, faisant preuve d'une retenue que je respectais, me posa alors la main sur l'épaule et me dit :

— Tiens, Guillaume, il ne manquait plus que toi !

Le rire clair de la jeune fille et une chaleureuse accolade me dédommagèrent aussitôt. J'étais cependant pressé de satisfaire la curiosité que m'inspirait son étrange comportement. Qu'est-ce qui avait pu la pousser à refuser aussi ouvertement de monter sur ce kilim ? Yeza éluda ma question.

— Mille djinns malveillants sont tapis dans ses nœuds, se contenta-t-elle de répondre.

— C'est aussi ce que disait le Trencavel ! laissai-je échapper.

Yeza tendit aussitôt l'oreille.

— Roç est venu ici ? demanda-t-elle. Quand ?

— Quelques heures avant que vous n'arriviez avec les Mongols.

— Pourquoi n'a-t-il pas attendu ?

Je racontai l'accueil enthousiaste que lui avait d'abord réservé la population, la mort effroyable de Bérénice de

Tarascon et le retournement d'humeur subit qui avait forcé Roç à partir.

— Les habitants de Damas ont vu un mauvais présage dans cet accident !

— Le kilim ! chuchota Yeza d'une voix sèche. *Sidjadet al musiba !* Voici la preuve, Guillaume !

Discrètement et sans la moindre gêne, un gamin mongol s'était joint à nous. Yeza me le présenta comme Baïtchou, le plus jeune rejeton de Kitbogha.

Yeza ne se laissa pas distraire. Le fait qu'ils se soient ratés de si peu lui donnait tout de même à réfléchir.

— Et s'il s'était caché tout près d'ici ? Il va peut-être revenir ? suggéra-t-elle, prise d'un nouvel espoir.

Je ne voulus pas le lui ôter :

— Il ne peut pas être loin et s'il entend dire que vous séjournez désormais à Damas, cela l'incitera certainement à revenir sur ses pas, car s'il va ainsi par monts et par vaux, Yeza, c'est qu'il est à votre recherche !

Elle me fixa de son regard perçant et étoilé. Dans ces cas-là, je ne savais jamais si elle me prenait au sérieux ou si elle se moquait de moi. Cette fois non plus, je ne pus clarifier la situation, car un autre jeune Mongol vint nous rejoindre. Il s'appelait Khazar et avait beaucoup de choses à raconter. Il commença par parler de lui : il avait été détaché par le général Sundjak, qui ne l'aimait guère. Comme la majeure partie de l'armée, on lui avait demandé de protéger les portes et les tours de la ville plutôt que de participer à l'avancée des troupes.

— Vous n'avez rien manqué, Khazar ! l'informa Yeza. Où est passé Messire Yves ?

— Il a pris ses quartiers dans un monastère, entre la mosquée et la citadelle ! répondit Khazar, un jeune homme décidément très débrouillard.

J'eus envie d'ajouter qu'Ali le mameluk s'était réfugié dans la citadelle, mais cela m'aurait forcé à parler à Yeza de l'attentat perpétré à l'aide de l'éléphant, et je ne voulais pas le faire en présence des deux Mongols. Khazar se décida enfin à donner le message qu'il était venu délivrer : Yeza était attendue au palais !

Il me paraissait aller de soi que je l'accompagnerais – je ne voulais plus jamais m'éloigner d'elle. Pourtant cela me fut refusé sans façons et Yeza ne défendit pas ma cause. Je dissimulai ma déception autant que possible. Baïtchou, ce gamin, m'y aida malgré lui lorsqu'il proposa de me conduire dans les souks. En réalité il cherchait seulement un accompagnateur, car son père lui avait interdit de se rendre seul dans le sombre entrelacs des ruelles du bazar. Ce qui l'attirait, bien entendu, n'était pas le marché aux épices où les produits les plus parfumés étaient proposés dans des sacs ouverts, ni celui des tailleurs qui mesuraient entre des rouleaux moirés et scintillants des bandes de lourd damassé local, de soie venue de Chine ou de tissu léger venu de Mossoul. Il ne tenait pas non plus à aller voir les marchands qui remplissaient habilement de minuscules flacons de cristal avec de l'eau de rose et des huiles éthérées. Son seul objectif était le quartier des armuriers. Dans de sombres cavernes, on voyait les forgerons, torse nu, frapper dans des gerbes d'étincelles les barres de fer incandescentes sur leur enclume. Le bruit était tellement assourdissant qu'on ne s'entendait pas parler.

Nous y rencontrâmes Faucon Rouge qui faisait ajuster le pommeau de son cimeterre. Il parut moins étonné que moi et m'invita d'un signe à le suivre discrètement. Baïtchou me lança un regard interrogateur, je répondis d'un hochement de tête et nous entrâmes ensemble dans un salon de thé silencieux où des vieillards suçaient leur *shisha*. Faucon Rouge nous attira dans un coin ; la présence du jeune Mongol ne le dérangeait pas. L'histoire qu'il me confia devant quelques verres de *kasat shai nana*[60] concernait aussi les Mongols, puissance protectrice du Couple Royal. Bien qu'il ait séjourné dans la ville sous son nom véritable, Fassr ed-Din Octay, et au bout du compte incognito, il avait été repéré sur les lieux par l'un des plus dangereux agents du sultan du Caire :

— Le pied-bot, Naiman, en personne ! précisa-t-il.

— Mais il était à Acre il y a peu, déguisé en sergent du Temple, répondis-je.

— En effet ! confirma Faucon Rouge en plongeant les lèvres dans le thé. Et vous vous rappellerez aussi que dans la maison des Allemands, j'ai vivement déconseillé aux participants de se fier aux mameluks. Ce boiteux me le reproche ici et parle de haute trahison à l'égard de la cause égyptienne. Cette canaille a tout simplement essayé de me faire chanter !

Faucon Rouge n'était pas lui-même un mameluk, mais le fils de l'ancien grand-vizir du Caire. Il avait beau garder son calme, l'insolence de cet espion boiteux l'indignait.

— Pour preuve de mon patriotisme, il a exigé que j'assassine Yeza !

C'était donc cela. J'étais secoué, Baïtchou horrifié. L'émir écarta nos inquiétudes d'un mouvement de la main, comme pour nettoyer du *shai* que l'on aurait renversé sur la table.

— J'ai réagi trop violemment, je l'ai envoyé au diable. Enfin, plus exactement, j'ai voulu l'envoyer en enfer, mais le pommeau défectueux de mon arme m'en a empêché. Naiman s'est évadé. Il se trouve dans la citadelle !

Je me tus, consterné. Baïtchou, lui, se ressaisit et surmonta la gêne que lui inspirait l'étranger, dont la tranquillité et la nonchalance l'impressionnaient beaucoup.

— Si ce type n'a pas trouvé en vous un instrument docile, fit-il avec sagesse, il en cherchera un autre ailleurs.

— Exact ! répondit Faucon Rouge en souriant, encourageant.

— Il faut immédiatement informer mon père de cette menace !

L'émir hocha la tête et finit son thé.

Faucon Rouge, qui ne tenait pas à se présenter au palais, nous laissa le soin de transmettre la mauvaise nouvelle. Le général Kitbogha, Yves le Breton et le baouab s'étaient rassemblés dans la salle de la Couronne. Assis autour de Yeza, ils tentaient de la convaincre qu'elle devait non seulement rester disponible au cours des journées qui suivraient, mais se plier avec bonne volonté et dignité, devant le peuple réuni, au rite de l'intronisation du Couple Royal, sous une forme qui ferait oublier l'absence du Trencavel. Yeza prit finalement avec décontraction cette situation difficile et exigea simplement que cette cérémonie ne se déroule en aucun cas sur le kilim. Tandis qu'on se disputait encore pour savoir si un haut représentant du clergé chrétien pourrait donner une dignité supplémentaire à ce couronnement sans couronne, et le cas échéant quelle personnalité s'y prêterait le mieux, Yeza ne se posait qu'une seule question : comment parviendrait-elle à se dérober à ce spectacle sans heurter ses amis ? Baïtchou, resté jusqu'alors au seuil de la porte en ma compagnie, lança d'une voix forte à son père :

— Les mameluks prévoient d'assassiner la princesse avant même le couronnement !

Kitbogha, agacé par cette perturbation, foudroya son fils du regard. J'ajoutai donc :

— Ses tueurs appointés se trouvent déjà dans la ville !

Cette nouvelle provoqua la dispersion immédiate de l'assemblée. Yeza fut aussitôt entourée par une cuirasse de fer, les gardes du corps aux ordres du capitaine Dungai. Je ne parvins pas à me frayer un chemin jusqu'à elle.

La citadelle de Damas occupait tout l'angle nord-ouest des murailles. Dressée sur un piton rocheux naturel, elle donnait l'impression de recouvrir toute la zone séparant la Grande Mosquée et le palais. À ses pieds se trouvait le monastère des cisterciens. Compte tenu de sa situation, il serait facile d'isoler cette forteresse dont la garnison était trop faible pour présenter une réelle menace – c'est du moins ce qu'assura le baouab à Kitbogha. Par ailleurs son commandant était un homme raisonnable auquel un peu de temps suffirait à comprendre qui détenait vraiment, désormais, le pouvoir dans la ville. Cette solution convenait tout à fait au commandant en chef : il tenait à amadouer la population et voulait éviter de la dresser contre les Mongols en employant inutilement la force. Il ordonna donc à Sundjak, son général, qui voulait lancer un assaut immédiat contre la citadelle, de retirer ses troupes et de se concentrer sur la sécurité de la partie sud de la ville. On n'avait pas à craindre d'attaque provenant de sa partie nord, déjà pacifiée.

Ali avait transformé la citadelle en camp retranché. Il pouvait s'appuyer d'une part sur la canaille entourant Naiman, qui s'y était lui aussi réfugié, et d'autre part sur son amitié avec le commandant. La garnison de cette vaste forteresse n'était du reste pas si dégarnie que cela : beaucoup d'hommes, dans l'armée du sultan et parmi les citoyens de la ville, avaient préféré attendre ici, à l'abri de murs épais et de bastions bien armés, pour voir le tour que prendraient les choses. Trop souvent, ces derniers jours, les événements bruyamment annoncés ne s'étaient pas produits ou avaient eu un effet inattendu. Ceux qui étaient enfermés dans la citadelle avaient en tout cas un point commun : le rejet des occupants mongols et un profond mépris pour ces barbares païens. Les chrétiens étaient plus proches d'eux sur ce point, ils avaient au moins une foi, même si ce n'était pas la bonne. Mais l'appartenance commune à l'islam n'était pas du tout le motif qui incita Naiman à se servir encore une fois d'Ali. Il modifia à peine l'argument qu'il avait utilisé jusqu'ici : si Ali, dit-il, tuait cette damnée chienne chrétienne qu'était Yeza, les Mongols, privés de la partie essentielle de leur Couple Royal, se retireraient et Ali n'aurait plus aucun obstacle sur le chemin du trône de Damas ! Le commandant objecta certes que cela risquait aussi d'avoir un effet indésirable : les Mongols, fous de rage et avides de vengeance, pourraient prendre d'assaut la citadelle et la réduire à néant avec tous ceux qui y séjournaient, avant, peut-être, de quitter les lieux. Mais tous lui reprochèrent une lâcheté qui ne seyait pas à un combattant de la vraie foi. Il mit donc à la disposition d'Ali et de Naiman les combattants demandés.

Dans le palais, Guillaume de Rubrouck était entretemps parvenu à rejoindre la princesse. Le capitaine Dungai, chargé de sa sécurité, le jugeait inoffensif, et Yeza voyait dans le franciscain qui cherchait sa proximité comme un chien fidèle la possibilité bienvenue de maintenir un contact avec le monde extérieur. Car les mesures prises par Dungai pour assurer sa protection créaient un cordon qui l'isolait totalement. C'est ainsi que l'on adressa à Guillaume Laurent d'Orta, qui s'était présenté aux sentinelles et demandait à parler à la princesse. Guillaume, qui avait toujours mauvaise conscience, commença par prendre peur en entendant le nom de ce haut représentant de la fraternité secrète et confident de la Grande Maîtresse. Il savait fort bien que l'avis de ces milieux jouait un rôle essentiel dès qu'il était question de Roç Trencavel et Yeza Esclarmonde. Il ne fut donc pas étonné de voir le gracieux vieil homme aux cheveux blancs le sommer de faire en sorte que l'intronisation solennelle prévue pour le lendemain soit une fois encore ajournée, sous prétexte que la Grande Maîtresse était certaine de pouvoir ramener rapidement Roç Trencavel dans la ville. Guillaume objecta que son influence auprès des Mongols était bien trop faible pour cela, mais Laurent ne retint pas son argument. La mission de Guillaume, répliqua-t-il, était uniquement d'informer Yeza de la situation. La princesse était capable d'imposer elle-même ses souhaits ! Sur ce, il abandonna Guillaume et traversa la place où, comme l'avait demandé la princesse, on était en train d'enrouler le tapis sous la surveillance du baouab.

Si la lumière du soleil couchant s'attardait sur les caissons de pierre de la citadelle, le monastère situé à ses pieds était depuis longtemps la proie de l'obscurité.

C'est là que l'homme solitaire s'arrêta un instant pour écouter l'appel lancé par le muezzin depuis la Grande Mosquée Al-Omayyad toute proche à l'occasion du salat al maghreb, la prière du soir, avant de se diriger le long de ses murs vers le monastère des cisterciens où il avait pris ses quartiers pour la nuit. Laurent d'Orta ne fit pas attention au regard brûlant qui l'observait depuis les mâchicoulis de la citadelle, bien au-dessus de lui.

Le rusé Naiman, qui s'était chargé cette fois-ci de planifier les opérations, ne révéla à Ali que les grandes lignes de sa stratégie. Mais si la distraction du jeune Ali lui avait paru être le signe d'une incapacité complète à comprendre ses coups d'échecs géniaux, Naiman s'était trompé sur un point capital : ce jeune idiot acceptait tout avec docilité parce qu'une autre idée s'était déjà nichée dans son esprit confus. S'il parvenait à enlever la princesse plutôt que de la tuer, et si elle acceptait de devenir sa femme, il conquerrait bien plus facilement le pouvoir à Damas et les Mongols ne s'opposeraient pas à lui, bien au contraire, ils salueraient en lui l'homme qui aurait chassé Roç Trencavel. Celui-ci avait manifestement eu une telle peur qu'il n'osait plus se montrer à Damas, alors que les Mongols étaient entrés dans la ville pour assurer sa protection et que sa reine l'y attendait désormais. Mais cela même était-il vrai ? Selon des rumeurs provenant de la cuisine du palais, la princesse comptait se faire couronner seule le lendemain. La jeune femme et ses protecteurs préféreraient certainement qu'un véritable roi accède en même temps que Yeza au trône et au lit royaux ! Un homme qui saurait fixer ses limites à la princesse et qui promettait d'être un partenaire d'alliance fiable pour les Mongols ? Après avoir longtemps veillé, Ali s'assoupit un instant et rêva au pouvoir qu'il prendrait dès les premières lueurs de l'aube. L'idée de consacrer ne serait-ce qu'une pensée aux vœux réels de Yeza ne vint pas au futur malik qui se voyait déjà nouveau sultan de Damas.

La nuit était déjà tombée depuis longtemps lorsque Khazar, en proie à une vive agitation, demanda à entrer dans l'aile du palais où la princesse s'était installée sous la protection de ses gardes du corps. Guillaume vint à sa rencontre, ivre de sommeil, mais Khazar insista pour transmettre lui-même à Yeza la nouvelle qu'il devait lui communiquer. Guillaume exigea de connaître au moins l'expéditeur du message et apprit qu'il s'agissait de Laurent d'Orta. Guillaume se fit décrire cet homme, moins par suspicion que pour apporter la preuve de sa méticulosité. Khazar décrivit effectivement la tenue du vieux franciscain avec une telle précision qu'il n'y eut plus aucun doute : cette fois, le confident de la Grande Maîtresse avait bien choisi Khazar comme messager. Pendant ce temps-là, Yeza s'était réveillée et les avait rejoints, épaulée par Dungai. Khazar accomplit en bafouillant un peu la mission que lui avait confiée le vieux moine : la Grande Maîtresse, c'est ainsi que s'était exprimé Laurent d'Orta, séjournait dans un monastère mais ne souhaitait pas parler à Yeza sous prétexte que Roç Trencavel avait eu un accident. La princesse devait donc se faire couronner sans attendre !

Abasourdie par cette information confuse, Yeza demanda immédiatement à Khazar de la conduire au monastère, auprès de la Grande Maîtresse, que cela plaise ou non à celle-ci. Dungai expliqua qu'il était seul à pouvoir l'autoriser à quitter le palais. Il allait réveiller Kitbogha. Yeza l'implora de la laisser partir : Dungai, qui savait bien que son supérieur l'interdirait, se laissa attendrir par les larmes d'angoisse de Yeza et constitua une escorte de quelques hommes placés sous sa propre direction. Il tenait à éviter un déplacement trop voyant. Ils seraient de retour avant le lever du jour et personne ne remarquerait cette petite escapade. La Voûte Céleste en soit louée, le commandant en chef et Yves le Breton avaient tellement bu de kumiz la veille qu'ils s'étaient profondément endormis à la table de la salle du couronnement. Leur ivresse les garderait plongés dans le sommeil jusqu'au matin. C'est ainsi qu'une troupe de douze combattants triés sur le volet sortit dans la nuit, entourant Yeza et Dungai.

Alors que le jour commençait à poindre à Damas et que la troupe autour de Yeza n'était toujours pas revenue, Khazar, soucieux, vint discuter avec Guillaume qui décida finalement de réveiller le Breton. Celui-ci sortit du sommeil en apprenant l'initiative qu'avait prise le capitaine mongol. Il se tourna immédiatement vers Khazar, ahuri, et se fit décrire encore une fois ce prétendu Laurent d'Orta.

— Il avait les cheveux blancs argentés ?

Khazar haussa les épaules :

— Sa capuche lui descendait jusque sur le front.

— Il boitait, ce moine ? demanda le Breton.

— Oh oui ! confirma Khazar. Ça, je l'ai bien vu au moment où il a filé !

Yves en savait assez : il accrocha son épée à sa ceinture et quitta le palais sans aucune escorte. Il laissa le soin de réveiller le commandant en chef à Guillaume et à Khazar, qui le regarda partir d'un air consterné.

Yves n'avait pas encore atteint le monastère lorsqu'il découvrit les cadavres des Mongols, qui avaient tous été massacrés. Les assaillants devaient avoir jeté un filet sur eux dans le noir, des restes de corde déchiquetés étaient encore accrochés entre les cadavres auxquels on n'avait même pas pris leurs armes. L'attaque avait dû être menée dans la plus grande hâte afin de mettre immédiatement la proie en sécurité. Quelques hommes de Damas reposaient entre les guerriers mongols qui avaient mené jusqu'au bout une résistance acharnée. On les avait eux aussi abandonnés aux vautours qui tournaient déjà au-dessus de ce charnier. Yves leva les yeux vers les mâchicoulis de la citadelle où il ne décela aucun mouvement. Il découvrit enfin le capitaine Dungai, qui avait dû tenter d'échapper aux agresseurs et avait réussi à atteindre la porte du monastère, le corps ensanglanté par de nombreuses blessures, avant qu'un coup ne lui fende le crâne. Yves fit rapidement le décompte des Mongols assassinés ; il coïncidait avec le chiffre donné par Khazar. Si la princesse est sortie saine et sauve de ce massacre, se dit Yves, c'est un miracle. Mais après tout, Yeza savait se défendre et parer les coups. Il entra dans le monastère. Contrairement à l'habitude, aucun frère portier ne l'y accueillit. Tout semblait vide et inanimé. Il monta l'escalier et perçut enfin un murmure à peine audible. La porte donnant sur le réfectoire avait été enfoncée de l'extérieur. Il écarta les poutres et l'ouvrit. Tous les moines priaient, anxieusement blottis dans le coin le plus éloigné de la salle. Les assaillants de la citadelle les avaient surpris au moment des vêpres et les avaient enfermés ici en les menaçant d'une mort atroce s'ils produisaient le moindre bruit ou s'ils essayaient de fuir. Yves demanda où était la Grande Maîtresse. Les moines le toisèrent d'un air stupéfait : depuis que les cérémonies du couronnement de Roç Trencavel avaient connu une fin aussi tragique, cette haute personnalité ne séjournait plus dans les murs du monastère et n'avait pas annoncé de nouvelle visite !

— Et Laurent d'Orta ? demanda Yves.

On lui répondit qu'il avait effectivement été l'hôte de ces lieux, mais que la veille au soir, à peu près au moment de l'attaque, il s'était rendu au palais. Personne ne savait pourquoi ni s'il en était revenu. Yves chassa les moines du réfectoire et leur demanda de chercher le franciscain dans toutes les salles du bâtiment. Il ne fallut pas longtemps avant que des cris horrifiés s'élèvent dans les étables. Le corps dénudé du secretarius était pendu dans la porcherie par une corde nouée autour des jambes, le visage ou ce qu'il en restait tourné vers le bas, entre les porcs qui couinaient !

Le Breton leur ordonna brutalement d'inhumer comme il se devait le cadavre de Laurent d'Orta, puis d'aller chercher les dépouilles devant le monastère et de les protéger contre les attaques des oiseaux charognards.

Yves maudit le kumiz, il maudit Kitbogha et Sundjak de l'avoir incité, la veille, à lever tant de verres au couronnement imminent. Sundjak ne voyait pas d'un bon œil le Couple Royal et les projets que l'on faisait pour lui, raison pour laquelle son supérieur avait multiplié les bans. Au bout du compte, tout s'était terminé en une grande beuverie à la mongole. Mais Sundjak, qui tenait mieux l'alcool, avait dû quitter leur groupe au plus tard au moment où Kitbogha et le Breton avaient déjà roulé sous la table. Si tel n'avait pas été le cas, Yves se serait rendu, la veille, dans le monastère où il avait ses quartiers, et tout se serait peut-être déroulé différemment, en tout cas d'une manière moins lamentable et infamante !

Yves sortit son épée, dont la gigantesque lame projeta au loin les reflets du soleil, et entama la pénible montée vers la porte de la citadelle. Il attendait à tout instant la volée de flèches qui pouvait s'abattre depuis le haut du bâtiment, le prix qu'il était prêt à payer en punition du rapt de la princesse qui s'était pratiquement déroulé sous ses yeux avinés. Rien de tel ne se passa. À la porte principale de la forteresse l'attendaient des gardiens armés jusqu'aux dents qui le conduisirent à sa demande auprès du commandant de la place. Il se tenait au sommet du bastion le plus élevé, avec Yeza qui portait un bandage autour du front et le bras en écharpe. De là, les murs tombaient presque en à-pic dans le vide, offrant une vue presque complète sur le monastère et sur la mosquée – on voyait même la grande place et le palais qui s'élevait derrière elle. Dès que le commandant eut aperçu le Breton, il prit son cimeterre et donna deux ou trois coups sur une grosse corde qui passait au-dessus du parapet et plongeait vers l'abîme. La corde rompit et fila dans un sifflement accompagné par un long cri auquel un choc sur le fond rocheux du gouffre mit un terme abrupt.

— Le jeune seigneur Ali, qui fut pour une brève journée malik de cette ville, expliqua le commandant au Breton, avec un sourire, tenait beaucoup à ne pas tomber entre vos mains. J'ai exaucé son vœu.

Ni Yeza ni Yves n'éprouvèrent le besoin de jeter un coup d'œil sur le cadavre en bouillie.

— Vous avez certes manqué l'intronisation, dit Yves à Yeza, qui paraissait pétrifiée ; je vais néanmoins vous ramener au palais où votre ami et protecteur Kitbogha vous attend avec la plus grande impatience.

Yeza regarda le Breton comme s'il s'agissait d'un fantôme et bondit au sommet du mur.

— Si vous posez la main sur moi, le Breton, je saute ! annonça-t-elle d'une voix stridente. Plus rien ne me retient à la vie, maintenant que celle de Roç Trencavel s'est éteinte !

Yves comprit qu'elle ne plaisantait pas et fit un pas en arrière. Ainsi, Yeza continuait à croire en une partie du tissu de mensonges qu'on avait utilisé pour l'inciter à quitter le palais en pleine nuit, aller à sa perte et en emmener tant d'autres avec elle. Rien d'étonnant, se dit Yves, après tout ce que le baouab lui avait raconté depuis sur cet attentat démentiel avec un éléphant enflammé. Dans des circonstances pareilles, une jeune femme amoureuse ne pouvait que devenir folle. Mais Yeza était taillée dans un bois plus dur que la normale, il devait la ramener à la raison.

— Ne vous laissez pas entraîner dans les intrigues que l'on mène contre vous. Je vous le jure : Roç va très bien !

— Moi aussi ! lui cria Yeza. Après avoir dû assister au massacre de mon escorte. Après avoir dû supporter d'être traînée comme une esclave. Après qu'on a tenté de me marier de force. Et maintenant que vous venez me « libérer », Yves !

Elle s'était mise dans une telle rage, regardait le Breton avec une telle fureur, qu'elle n'avait pas remarqué le commandant qui s'approchait d'elle. Il serra ses bras autour de ses jambes et la fit descendre du mur avant de la pousser dans les bras du Breton. Celui-ci retint fermement Yeza jusqu'à ce que sa crise de larmes s'arrête et laisse place à un long sanglot convulsif.

— Jurez-moi qu'il est vivant !

— Sur ma tête ! affirma le Breton. Vous pourrez la couper vous-même si ce n'est pas la vérité.

Yeza se tranquillisa. Yves garantit le sauf-conduit au commandant et à sa garnison et ramena au palais la princesse reconquise.

De la chronique de Guillaume de Rubrouck

Yeza, notre princesse, me donnait l'impression d'être une nageuse épuisée prête à se laisser couler, refusant même de se laisser sauver – mais cela tenait peut-être à mes tentatives maladroites. Les légères blessures dont elle souffrait au front et au bras n'avaient aucune importance, c'est pour son esprit que les charges avaient été trop lourdes. On l'eût dite absente de son propre corps, comme un djinn, ses yeux où les reflets verts continuaient à briller semblaient observer sans comprendre cette créature tendre et fragile qui avait jadis été Yeza, l'insolente, l'intrépide. Mon seul moyen de l'aider était d'éviter qu'elle se détruise. Dieu soit loué, on ne parlait plus de la faire monter sur le trône !

Le commandant de la citadelle, qui, à la demande du Breton, avait fait emmener Yeza par ses hommes – car Yves n'osait pas poser la main sur la jeune femme récalcitrante – confirma grosso modo mes suppositions à propos de l'intrigue tissée par ce nabot malveillant qu'était Naiman. Il passa bien sûr discrètement sur tout ce qui concernait son implication personnelle dans l'opération. La nouveauté était pour moi la brouille entre l'agent égyptien et Ali, qui était tout de même le fils du dernier sultan mameluk – il est vrai que celui-ci avait été déposé. Naiman, qui n'avait pas participé personnellement à l'attaque contre le monastère des cisterciens (ce qui était bien dans sa nature), avait été pris de rage en voyant Ali arriver avec Yeza *vivante* dans la citadelle et se dresser contre son commanditaire lorsque celui-ci exigea la mort de la princesse. Je crois même sur ce point les propos du commandant, qui prétend que sans son intervention, Yeza serait morte sous les coups de poignard de Naiman. L'amour stupide et parfaitement incompréhensible du fils de sultan pour la princesse privait l'agent secret des fruits du jeu infâme auquel il s'était minutieusement livré. Naiman avait menacé Ali de lancer le Breton à ses trousses – aucun malfaiteur n'échappait au tranchant de son épée. Mais Naiman avait dû se dire que cela vaudrait aussi pour lui, car il disparut immédiatement après. Voilà pourquoi Ali avait tenté de s'enfuir par une corde en voyant Yves entrer dans la citadelle sans le moindre obstacle.

Le commandant, dont les soldats étaient très pressés de changer d'air, préféra quitter Damas le jour même, avant que les Mongols ne découvrent les cadavres de leurs camarades massacrés et ne passent outre à la parole du Breton. Yves accompagna la garnison jusqu'au *Bab Touma*, la tour du nord-est qui porte le nom de Thomas l'incrédule. Là, le commandant lui confia les clefs de la citadelle, heureux de quitter cette ville dont les maîtres se succédaient si rapidement. Le Breton se rendit ensuite dans ses quartiers, au monastère. Après la mort du fidèle Dungai, il ne pouvait pas attendre de Kitbogha un mot de remerciements pour avoir repris la citadelle sans le moindre combat. Il l'aurait tout de même volontiers entendu.

Par la suite, le commandant en chef se montra rarement au palais, préférant passer en revue les troupes disposées tout autour de la ville. Khazar et Baïtchou étaient forcés de l'accompagner. Il était hors de question que Yeza et moi-même, pesant franciscain, fassions de nouveau preuve d'imprudence. C'en était fini de la légèreté d'esprit et de l'indiscipline !

La belle épouse du chevalier-brigand

Roç Trencavel, « le noble chevalier », c'est ainsi que l'appelait Guy de Muret, l'ancien dominicain, et cela ressemblait davantage à une moquerie qu'à une marque de respect, chevauchait au milieu de ses hommes. Leur fuite honteuse de Damas, où ils étaient entrés avec de si grands espoirs, pesait encore sur leur conscience. Roç était partagé entre la honte et la culpabilité mais se sentait surtout responsable de ces événements épouvantables. Enfin, il se souciait très peu des hommes qu'il dirigeait, et ils le percevaient. Terèz de Foix menait la chevauchée en silence. Il n'avait aucune envie de parler à ses compagnons, tout spécialement à Roç, de la mort de Bérénice, son épouse. Elle avait été la seule à se conduire comme un homme lorsque l'éléphant s'était dirigé vers Roç. Pour lui éviter d'être piétiné, elle s'était comportée en véritable garde du corps – quel autre motif aurait-il pu inciter sa courageuse femme à se sacrifier d'une manière aussi irréfléchie ? Aux sombres doutes s'ajoutait le reproche de ne pas s'être lui-même jeté dans la brèche – ce serait lui, alors, qui reposerait dans sa tombe. Et Bérénice, dans ce cas, où reposerait-elle ?

Pons de Tarascon, le frère cadet de la morte, rejoignit Terèz.

— *Quo vadis*[61], Chevalier ? demanda-t-il pour tenter de distraire son beau-frère, car aucun d'entre eux, au bout du compte, n'aurait pu dire où ils allaient. Au nord, toutes les voies sont barrées par les troupes du Il-Khan, reprit-il. Nous ne pouvons donc pas retourner à Antioche. Par ailleurs, notre Trencavel ne veut plus entendre parler des Mongols.

Terèz de Foix garda un silence de marbre. Les hommes de Roç Trencavel étaient toujours dans cette ambiance maussade lorsque des cavaliers dévalèrent d'une colline et les encerclèrent. À en croire leurs bannières qui claquaient au vent et les armoiries sur leurs boucliers, ce n'était pas des voleurs musulmans ni des éclaireurs mongols, mais des chevaliers chrétiens, comme eux ! Leur chef barra le passage à Terèz, qui sortit aussitôt son épée. Tous les hommes de l'inconnu mirent à leur tour la lame au clair et levèrent leur bouclier. Ils étaient bien plus nombreux que l'escorte de Roç, qui se vit contraint d'intervenir personnellement. C'est alors que le chevalier le reconnut.

— Vous êtes le Trencavel ! s'exclama-t-il joyeusement en levant la visière de son heaume. Je suis Julian de Sidon ! Comme vous un prince sans royaume, dépouillé de tout droit sur la terre de mes pères… (Il rit amèrement.) Vous êtes pourtant le bienvenu chez moi !

Roç observa avec méfiance l'œil glacial de l'homme – l'autre était recouvert d'un bandeau de cuir.

— La ville dont vous portez le nom est bien loin d'ici, près de la mer ?

Roç s'était efforcé de ne pas donner une forme trop interrogative à sa question, afin de ne pas vexer le borgne et de ne pas lui donner l'impression qu'il le prenait pour un menteur. Julian ne se montra pas offusqué.

— Les Templiers avides se sont emparés de mes biens avec leurs ongles noirs, répondit-il, haineux. En guise de gage pour leur sale argent, ajouta-t-il.

On lisait dans l'œil qui lui restait qu'il n'était pas prêt à faire d'autres concessions. Roç le comprit à temps.

— Nous acceptons volontiers votre invitation ! répondit-il sans tarder. Lorsqu'on affronte l'injustice et l'arbitraire des puissants, les alliés sont toujours les bienvenus.

Le Trencavel avait ainsi clarifié la situation. Il n'avait aucune intention de se lancer dans une bataille contre l'ordre à la croix pattée, en revanche ce Julian de Sidon et ses hommes constituaient des renforts bienvenus, surtout depuis que l'escorte de Roç avait été décimée à Damas. L'idée qu'il devait « atteindre » quelque chose s'était gravée en lui au point qu'il ne se demandait plus ni quoi, ni comment. Qu'il s'agisse d'une couronne imprenable ou d'un pouvoir que l'on ne définissait pas plus précisément, il lui fallait des hommes qui l'écoutent et lui obéissent. Une petite troupe lui convenait : commander une armée aurait vraisemblablement plongé Roç dans la perplexité. Sans doute était-ce l'un des motifs inavoués pour lesquels il voulait échapper aux Mongols. Le trône qu'ils leur destinaient à Yeza et à lui lui inspirait de moins en moins d'enthousiasme. Il n'en comprenait pas la signification, le pouvoir et la dignité qui s'y attachaient le plongeaient dans l'angoisse. Yeza, elle, aurait été capable de faire face à de telles exigences, elle était née pour être reine ! Mais comme si souvent déjà, elle n'était pas là. En outre, il ne voulait pas tenir à ses côtés le rôle de prince consort !

Messire de Sidon, qui avait conduit son cheval à côté du Trencavel, était à présent intarissable sur les chances d'arracher de nouveau « sa » ville aux Templiers et de devenir le maître de la côte jusqu'à Tripoli. Roç s'abstint de répondre que dans cette ville débutait la zone d'influence du prince d'Antioche et qu'il devrait compter, au sud, avec Philippe de Montfort, installé à Tyr. Julian considérait comme un don du ciel cette alliance avec le célèbre Trencavel. Avec la forteresse de Beaufort, qu'il détenait encore, il disposait malgré tout d'une citadelle d'importance stratégique d'où il pouvait contrôler toute la plaine de la Bekaa. Il promit d'y conduire ses nouveaux amis et de les y accueillir généreusement.

De la chronique de Guillaume de Rubrouck

Yeza émergea de son espèce d'absence quelques jours plus tard, lorsque la princesse Sybille, venue d'Antioche, arriva à Damas en compagnie de sa suivante Alais. La fille de Hethum, une jeune femme passionnée, cherchait son mari dont l'absence durait bien plus longtemps que prévu. Elle trouva son Bohémond avec son père Hethum et ma petite personne. Nous entourions tous Yeza avec inquiétude, Bohémond lui tenait même la main pour la tranquilliser, car sa léthargie se muait souvent en accès de désespoir incontrôlable. C'était la première fois que la princesse avait quitté ses appartements pour boire un thé à la menthe et évoquer le proche avenir en notre compagnie, mais surtout pour nous reprocher de ne rien entreprendre, à l'instar des

Mongols, pour retrouver Roç Trencavel. La princesse Sybille ressentit un agacement immédiat en constatant que son arrivée n'accaparait pas toute l'assemblée et que tous ne pensaient qu'à l'état de Yeza. Comme elle avait entendu au vol le nom de Roç Trencavel et qu'elle connaissait ses relations avec cette dernière, elle ne put s'empêcher de faire allusion à l'expérience qu'elle avait faite des capacités amoureuses du jeune héros.

— Sybille a toujours beaucoup trop parlé ! tenta de plaisanter le roi Hethum face au visage des deux personnes concernées : celui de son gendre, hébété, et les rides de colère qui se dessinaient au-dessus de la racine du nez de Yeza et se perdaient sous le bandage qui lui protégeait le front. Ces paroles excitèrent encore davantage sa fille.

— Des poils blonds entre les cuisses ne font pas d'une chèvre une toison d'or[62] ! lança-t-elle. Et ne donnent pas une troisième patte à un bouc comme Roç.

Si pétrifiée que fût Yeza, je vis une lueur assassine passer dans ses yeux. Le jeune prince tenta de s'interposer.

— Tu devrais avoir honte ! chuchota-t-il à sa femme en contenant difficilement sa colère.

— Comme si ma fille connaissait la honte ! s'exclama Hethum, amusé. Mais l'endroit où les autres ont un cerveau n'est chez elle qu'un trou humide !

— Tu es une truie arménienne ! laissa échapper Bohémond.

— Le prince d'Antioche peut toujours demander le divorce, répliqua-t-elle, cela lui permettra d'épouser cette chèvre sans fesses ni poitrine !

Comme son père l'avait attrapée par la ceinture et ne la lâchait plus, elle se mit à trépigner et s'en prit directement à Yeza.

— C'est moi qui aurai le Trencavel ! lui lança-t-elle comme un défi. Je préfère avoir de temps en temps un étalon en état de marche qu'un rameur normand deux fois par semaine ! Bo-hé-mond, Bo-hé-mond, répéta-t-elle en allongeant les syllabes et en accompagnant ses mots de gestes obscènes symbolisant la *copulatio a tergo*[63].

Sur son siège, Yeza s'était peu à peu réveillée.

— Libérez-la ! ordonna-t-elle au roi.

Hethum commit l'imprudence de lui relâcher la main. Sybille se détacha et se précipita avec un cri strident vers la princesse aux cheveux bouclés. Yeza plia les genoux agilement et la robuste Arménienne lui passa au-dessus avant d'atterrir sur le sol en marbre de la salle. L'avertissement aurait dû lui suffire, mais Sybille prit cette chute pour un simple incident et se releva, étonnée que Yeza ne se soit pas abattue sur elle au moment où elle se trouvait au sol. Elle l'interpréta comme une marque de lâcheté et se dirigea de nouveau, le pas chaloupé, les poings calés sur les hanches, vers sa chétive victime. Tirer les cheveux et griffer un visage semblaient être les deux seules techniques connues par la princesse pour libérer son agressivité. Yeza attrapa le poignet tendu vers elle et, en un éclair, tourna le bras de Sybille dans son dos, abaissant la tête de son adversaire à la hauteur de son genou. Tous entendirent le craquement de la mâchoire, et je n'aurais pas aimé être la langue coincée entre ces dents ! Le cri de douleur de Sybille me glaça le sang et ne cessa qu'au moment où Yeza lui donna pour conclure un bon coup de pied au derrière et où elle atterrit de toute sa longueur sur le ventre. Ce n'était pas fini pour autant : Yeza bondit comme un chat sauvage vers Bohémond, qui s'approchait d'elle avec inquiétude, et avant qu'il n'ait eu le temps de s'en rendre compte, elle lui ôta son poignard de sa ceinture.

— Non ! tonna une voix depuis la porte – celle de Kitbogha, qui venait de rentrer.

— Si ! répondit tranquillement Yeza en lançant l'arme à la princesse, qui se relevait difficilement.

Celle-ci considéra stupidement ce cadeau comme un avantage. Et tandis que Yeza annonçait sèchement « *Et nunc ad memoriam*[64] », Sybille se promettait de venger le sang qu'elle crachait dans celui de cette vipère sournoise.

— Non ! cria à son tour le roi Hethum, qui craignait le pire.

Mais Sybille brandissait déjà le poignard, folle de rage, prête à l'enfoncer dans le corps de Yeza. Les choses allèrent si vite que je ne pus observer ce qui se passait. J'eus juste le temps de voir Yeza poser tranquillement, comme si elle n'avait pas conscience du danger imminent, la main sur sa nuque, dans sa chevelure gonflée. Puis tous découvrirent le visage de Sybille défiguré par une entaille creusée de part et d'autre de ses lèvres écartées. Elle voulut ouvrir la bouche pour crier, mais la douleur insupportable le lui interdisait.

— Voilà qui vous permettra d'ouvrir encore plus large votre gueule de carpe ! lança Yeza à la princesse qui gémissait.

Celle-ci s'agenouilla en pleurant et s'effondra. Yeza lui tourna le dos et voulut quitter la salle tête haute, mais le vieux Kitbogha, bien campé sur ses deux jambes, lui barra le chemin. Alais fit sortir par une autre porte sa maîtresse qui saignait abondamment, tandis que Bohémond descendait l'escalier en demandant qu'on aille chercher un médecin.

— J'ai fait mon choix, expliqua le commandant en chef, et le spectacle que vous venez de m'offrir, princesse, m'en confirme le bien-fondé…

— Elle est folle ! tonna Hethum. Sa place est en…

— Ce n'est pas à vous de déterminer la place de la princesse, répondit Kitbogha, bien décidé à ne pas se laisser dévier de sa voie par un homme comme le roi d'Arménie. C'est à nous, au « Reste du Monde » et au peuple des Mongols, qu'il revient d'en décider.

— Si ma place est quelque part, répliqua Yeza, c'est auprès de mon lointain aimé, Roç Trencavel !

— Précisément, fit Kitbogha, saisissant la balle au bond : vous allez être conduite au château de Shaha et, protégée de vos ennemis comme de vous-même, vous resterez en sécurité jusqu'à ce que Roç Trencavel se tienne devant nous en chair et en os !

— Magnifique ! lança avec colère Yeza qui ne paraissait pas prendre ce verdict au sérieux. Je pourrai m'y dessécher comme une vieille fille. Car aucun d'entre vous (son regard étincelant nous dévisagea successivement, Hethum, moi-même et Kitbogha) ne peut me garantir que Roç Trencavel reviendra jamais, ni qu'il reviendra vers moi.

Elle me faisait de la peine, car les doutes que lui inspirait Roç ne pouvaient être écartés d'un revers de la main. Quant à Shaha, je le savais aussi, c'était un lieu éloigné de nous et de tout, au bord du lac d'Urmiah. Le Il-Khan avait fait construire ce château imprenable pour y abriter l'immense butin d'or et de bijoux qui lui était tombé entre les mains, notamment lors du pillage de Bagdad et d'Alep.

— Vous avez entendu ma parole, Yeza, et vous ferez bien de vous accommoder des mesures qui ont été annoncées, fit le vieil homme sur le ton d'un père rigoureux mais aimant. Je vous épargnerai en revanche l'obligation d'emporter ce tapis qui vous dégoûte, si j'en crois...

Yeza le regarda d'un œil glacial.

— Le kilim vient avec nous !

Entre-temps, la salle s'était remplie de curieux qui assistaient, tendus, à cette confrontation. Cela décida Yeza. Très lentement, tout comme elle avait saisi la dague dissimulée quelques instants plus tôt, elle parla d'une voix calme, mais de façon à être entendue de tous :

— Je dormirai sur ce kilim toutes les nuits. Chaque homme qui croisera son chemin pourra me prendre. (Elle jouait avec sa voix comme avec des images qu'elle aurait brandies devant ses auditeurs.) J'espère seulement qu'ils s'en sortiront mieux qu'El-Kamil, l'émir de Mayyafaraqin, qui a dû payer sa passion pour moi de sa propre chair, morceau après morceau. (Elle haussa le ton.) Mieux aussi que les princes Kaikaus et Al-Kilidj, qui se sont mutuellement transpercés avec leurs armes. Mieux qu'Aziz, le fils unique du dernier sultan de Damas, auquel on a détaché la tête du reste du corps, et que son meurtrier, Ali, dont le cadavre démantibulé sert de pitance aux vautours, aux pieds de la citadelle. (Elle éclata d'un rire strident.) Ce sera le sort que tous connaîtront. Car la princesse est mauvaise !

Sur ce dernier cri, Yeza s'effondra. Mais avant que quiconque ne puisse venir à son aide – j'étais moi-même comme pétrifié par ce jaillissement de lave –, elle se reprit, incitant Hethum à donner son opinion :

— Vous n'êtes plus maîtresse de vous-même ! lança-t-il d'une voix réprobatrice.

— De moi-même ? répéta Yeza, moqueuse, en s'arrachant les vêtements du corps. Voulez-vous voir qui je suis lorsque je suis moi-même ?

La princesse se retrouva debout, nue, devant nous. Alais, revenue dans la salle, déposa une couverture sur ses épaules et la fit sortir. Yeza tremblait de tout son corps.

Après ce scandale, qui avait tout d'une éruption et qui, pour être honnête, nous avait donné l'impression de nous trouver sous une pluie d'étincelles et de cendres, on laissa Yeza tranquille. Mais on prépara tout de même en catimini le long voyage qui l'attendait. Kitbogha confia la direction d'une escorte nombreuse à son neveu Khazar auquel il confia deux sections, au grand dam du général Sundjak. Lorsque Yves l'apprit, il fut profondément offensé et quitta la ville sans dire au revoir à aucun d'entre nous. Après tout ce qu'il avait fait pour la princesse, Kitbogha aurait au moins pu lui demander s'il voulait rendre ce service à Yeza. Le Breton avait une autre raison d'être furieux : les Mongols n'avaient pas respecté la parole qu'il avait donnée au commandant de la citadelle. À peine les soldats de la garnison avaient-ils quitté la ville que le général Sundjak, prétendant vouloir venger la mort du capitaine Dungai, dont chacun savait pourtant que Sundjak ne pouvait pas le souffrir, s'était abattu sur la troupe et les avait massacrés jusqu'au dernier. Leurs têtes ornaient désormais les créneaux de la citadelle. On n'informa pas Yeza du départ d'Yves. Kitbogha ordonna en revanche que j'accompagne la princesse dans la forteresse du lac Urmiah. Baïtchou devait lui aussi venir avec nous : son père souhaitait qu'il se tienne désormais à l'abri des remparts de Shaha.

L'ACCUEIL PRINCIER que nous avait annoncé Messire Julian à Beaufort était assez spartiate. Au début, les invités ne s'alarmèrent pas de la rigueur avec laquelle ce va-nu-pieds régissait ses cuisines à l'intérieur des murs. À peine arrivés, les deux Occitans, Guy et Pons, acceptèrent la proposition de David : reprendre le jeu de la vérité que l'on avait abandonné depuis un certain temps. Leur compagnon, Terèz, n'y avait encore jamais participé et s'éloigna aussitôt de ses camarades, se repliant dans sa coquille comme un bernard-l'hermite. Roç, lui aussi, refusa grossièrement de faire le quatrième. Josh le Charpentier leur manquait tant, lui qui avait toujours été disposé à se joindre à leurs parties ! Par dépit, ils tentèrent de jouer à trois. À peine avaient-ils commencé à construire la pyramide, leur activité suscita la vive curiosité de leur hôte. Julian s'enflamma aussitôt pour ce jeu. Ses hôtes et leur bien-être cessèrent de l'intéresser, il oublia même de les présenter à son épouse, la châtelaine.

Roç veilla à ce que les dix hommes d'Antioche soient correctement installés. Il avait entendu les chevaliers que lui avait adjoints Bohémond manifester leur mauvaise humeur lorsqu'il s'était rallié à ce Julian de Sidon. Certains d'entre eux lui expliquèrent que l'ancien maître de Sidon utilisait depuis un certain temps son château de Beaufort comme point de départ d'expéditions de rapine dans les environs proches ou éloignés, franchissant aussi assez souvent les frontières de la principauté d'Antioche, au nord. Le Trencavel calma les esprits et poursuivit son exploration de la vaste forteresse.

Julian le laissa faire. Il s'était pris d'une telle passion pour le jeu qu'il ne prêta sans doute guère attention aux faits et gestes de son hôte. Sa main tremblait d'excitation et de désir, sa tête tressaillait chaque fois que l'un de ses adversaires soulevait un bâtonnet.

Beaufort s'étirait sur une arête rocheuse qui, côté vallée, lui offrait une paroi raide et naturelle, habillée de plaques de pierre lisse. Le flanc tourné vers la montagne était quant à lui protégé par un profond fossé creusé dans la roche. L'accès au château se faisait par un souterrain tortueux et trois portes fortifiées. Un donjon, sorte de billot majestueux, trônait au-dessus du château. Roç décida d'y monter.

Lorsqu'il ouvrit la trappe donnant sur le dernier étage de la tour, il se retrouva devant les jambes d'une jeune femme. Elle lui permit de regarder sous ses jupes, jusqu'aux sombres parages de son sexe, mais ce spectacle le troubla moins que l'impression de se retrouver face à une princesse d'Antioche rajeunie et amincie.

— Approchez donc, Roç Trencavel, dit la belle d'une voix amusée. Ma sœur Sybille, lorsqu'elle se rendait à Damas où elle espérait vous rencontrer, m'a parlé des bienfaits que vous avez prodigués, à Antioche, à son ventre insatiable.

Elle tendit la main à Roç pour s'assurer qu'il ne s'en irait pas.

— Ici, aucun toboggan ne vous permettra de prendre une fuite honteuse, ajouta-t-elle en riant et en refermant d'un geste énergique la trappe par laquelle il était monté. Je vous ai longtemps attendu, Roç Trencavel, conclut Johanna de Sidon avant de laisser glisser sa robe sur le sol.

Terèz de Foix avait quitté la forteresse de Beaufort et, accompagné par une meute de gaillards patibulaires que le seigneur Julian de Sidon lui avait prêtés de bonne grâce, traversait le haut plateau rocheux que délimitaient les chaînes montagneuses du Liban. Les dix chevaliers d'Antioche s'étaient immédiatement déclarés disposés à l'accompagner lorsqu'il les avait invités à s'arracher à l'ennui où les plongeait le château et à aller plutôt chercher un peu de gibier pour améliorer leur ordinaire. Même s'il ne se l'avouait pas, le comte de Foix tentait surtout d'oublier la mort de sa Bérénice. C'était aussi pour cette raison qu'il ne supportait la présence de Roç, lequel s'était en outre commis avec la femme de leur hôte – Terèz pensait être le seul à le savoir. Ce guerrier de haute stature se demandait sérieusement s'il ne devait pas abandonner le service du Trencavel. Ses compagnons et lui l'avaient escorté jusque-là pour l'aider à chercher Yeza. Or il n'était plus question de cela, et d'actes héroïques moins encore. Bien au contraire !

Le petit groupe avançait en zigzag dans ce paysage austère, mais on ne voyait aucune proie digne d'être chassée, ni âme qui vive : pas une caravane de chameaux lourdement bâtés, pas de marchands en transit que l'on aurait pu soulager de leur bourse, non, personne ! Ils s'apprêtaient à revenir sur leurs pas lorsque Terèz aperçut un troupeau de moutons d'une taille suffisante pour requérir la présence de quelques bergers. Même si cela ne correspondait pas au type d'aventure, de combat et de proie qu'ils avaient espérés, les animaux bêlant leur promettaient une bonne quantité de viande savoureuse et l'on pouvait récupérer leurs peaux. Le comte de Foix vérifia d'un coup d'œil rapide que ses compagnons l'approuvaient. Ils pensaient sans doute comme lui : mieux valait savourer un agneau gras sur la broche que revenir piteux et les mains vides à Beaufort. Terèz donna le signal de l'attaque. Les cavaliers se déployèrent en tenailles et foncèrent sur les bergers qui ne parurent guère impressionnés : seuls les chiens aboyaient. Terèz de Foix s'adressa au plus âgé des pâtres et lui fit comprendre que sa vie ne tenait qu'à la vitesse à laquelle il prendrait la direction qu'il lui indiquerait sans perdre un seul de ses animaux. Le vieil homme comprit vite. Manifestement, les bergers ne se souciaient pas de savoir au profit de qui ils conduisaient leur troupeau. Le seul désagrément était qu'il leur fallait désormais bondir au-dessus des rochers comme les brebis et les agneaux. Les chevaliers poussaient devant eux ce champ de laine brun et noir. Quelle aventure, quel courage ! Accablés par le poids de leurs armures, ils ne se mirent enfin au trot qu'en apercevant de loin la silhouette du château de Beaufort.

Dans la salle des chevaliers de la forteresse, le plus souvent déserte, Guy de Muret, le gros Pons et David, le Templier manchot, assis autour de l'unique table, regardaient tantôt la porte avec impatience, tantôt la place vide avec mauvaise humeur. Leur quatrième homme, le maître des lieux en personne, s'était une fois de plus excusé et il était difficile de jouer sans lui. Ils avaient depuis longtemps reconstruit la pyramide de bâtonnets. David, le plus expérimenté des joueurs depuis la perte douloureuse du cabaliste, regardait ce petit bâtiment minutieusement érigé avec un plaisir déclinant. À quoi bon la perfection si cet édifice ne pouvait remplir son office, l'extraction de ces bâtonnets qui révélaient le destin ? Ils attendaient, ils bâillaient, mais ils tenaient bon.

Dans la plus haute tour du majestueux donjon, Roç était prêt à repartir au plus vite : assis au bord du lit de Johanna l'Arménienne, épouse du maître des lieux, il était déjà rhabillé. La belle femme était couchée nue devant lui, dans une totale impudeur. Elle n'avait même pas ramené les draps chiffonnés sur sa chair laiteuse.

— Vous ne craignez pas que votre mari vous surprenne ? fit Roç en tentant d'éloigner la main qui s'était reposée sur son sexe.

Elle le regarda avec des yeux de chatte.

— Je le crains moins que vous, Trencavel ! (Au lieu de lâcher la souris qu'elle tenait dans sa main, elle joua avec l'animal dans le pantalon de Roç.) Il y a longtemps que Julian s'épargne le poids de la jalousie et la fatigue des devoirs conjugaux. (Comme pour souligner son propos, Johanna renforça encore le jeu de ses doigts afin de réveiller sa victime.) Et je ne mets pas d'enfants au monde, ajouta-t-elle d'un ton léger.

Ses doigts montraient que cela n'amoindrissait pas son plaisir. Sous sa main, Roç n'était pas cire, mais bougie.

— Et il ne vous répudie pas ? demanda-t-il pour dire quelque chose.

— Cela lui convient fort bien, il n'a aucun héritage à transmettre. Les Templiers lui ont tout confisqué, y compris Beaufort.

Le Trencavel ne resta pas longtemps maître de lui. Johanna ne lâcha pas son gage d'amour avant que Roç se fût jeté sur elle et ait récompensé son obstination.

Terèz de Foix et ses hommes avaient fait entrer leur butin par toutes les portes de Beaufort. Le château était plein de brebis bêlantes, d'agneaux bondissants et de béliers têtus. Julian était immédiatement arrivé en courant et, sans prêter attention à Terèz, s'adressa en hurlant à ses propres hommes, qu'il avait adjoints aux étrangers.

— Qu'avez-vous dans vos crânes de boucs ? leur lança-t-il. Si vous aviez un cerveau, ou au moins des yeux, vous auriez compris depuis longtemps ce que je vois, moi, les paupières fermées. (Il reprit son souffle.) Toutes les tribus bédouines de la Bekaa vont converger vers Beaufort pour venger le vol de ce troupeau puant ! (Les hommes de Julian baissèrent la tête, conscients de leur faute.) Faites venir les bergers auprès de moi ! ordonna-t-il. Et laissez-moi seul avec eux, je vous prie !

Ces derniers mots étaient plus destinés à Terèz de Foix et aux chevaliers d'Antioche qu'agaçait cette réception désobligeante et qui s'éloignaient déjà, la tête haute. Entre-temps, comme il l'avait prévu, les premiers bédouins s'étaient déjà rassemblés devant le château et, au nom de leur bonne et vieille amitié, envoyaient des émissaires chargés de demander à Messire Julian qu'il libère le troupeau et les indemnise correctement. Le châtelain les fit monter dans la salle des chevaliers, d'où l'on avait chassé sans ménagement les passionnés du jeu de la vérité. Le problème de Messire Julian était qu'il ne possédait rien qui puisse calmer ces hommes furieux. Il fit donc monter de la cuisine et des caves le meilleur de ce qui lui restait afin de gagner du temps. Ainsi nourris de vivres et d'espoirs, espérait-il, les porte-parole des principaux clans de bergers se calmeraient. En leur servant à boire, il leur fit d'abord raconter ce qui s'était passé, exercice auquel les bergers se prêtèrent de bonne grâce. La consommation de vin, à laquelle ils n'étaient pas habitués, dénoua les langues et apaisa les esprits. Ils relatèrent ainsi, de manière un peu confuse parce que tous parlaient en même temps, qu'une caravane extraordinaire dirigée par des Mongols avait quitté Damas en direction de Baalbek, au nord. Deux sections escortaient les chameaux lourdement chargés qui transportaient non seulement un gigantesque tapis, mais aussi un grand nombre de petites caisses et autres bahuts. Julian les écouta et se montra encore plus attentif en entendant parler de petits coffres lourds. Ce détail annonçait forcément un transport d'or. Les Mongols étaient peut-être en train de mettre à l'abri le fruit des pillages de Hama, Homs et Damas. Les pensées se bousculaient dans son cerveau. On disait que la caravane convoyait aussi une litière abritant une jeune femme aux cheveux d'or. C'était apparemment une prisonnière au statut particulier et que l'on devait affamer, car elle était d'une maigreur effrayante. D'après cette description, que Julian écouta en souriant, il s'agissait forcément de cette Yeza, l'autre moitié du Couple Royal légendaire dont le Trencavel, l'élément masculin, séjournait dans ses murs. Julian remercia la Sainte-Vierge et sa propre sagesse de l'avoir incité à rencontrer les chefs bédouins dans cette salle. Son plan prenait forme. Il annonça aux bergers qu'on allait leur restituer leur troupeau sur-le-champ et qu'ils recevraient en outre, pour le désagrément qu'ils avaient subi, une indemnité qui dépassait leurs attentes les plus élevées. En contrepartie, ils devraient lui rendre un service : mettre sous ses ordres un petit détachement d'hommes armés issus de leurs tribus.

— Il s'agit de combattre les ennemis de la foi !

Ces mots vinrent naturellement à Julian – les nestoriens mongols étaient pourtant de vrais chrétiens ! Les fils de bergers avaient immédiatement compris qu'il s'agissait d'affronter les bédouins et d'attaquer la caravane en question. Seuls, ils n'auraient pas osé affronter les redoutés *firsan al nabbala*, ces « cavaliers archers » venus du lointain pays du soleil levant. En revanche, sous le commandement d'un chef de guerre aussi expérimenté que messire Julian, cette affaire leur plaisait et les intéressait. Ils acceptèrent spontanément et promirent d'être présents dès le lendemain avec leurs hommes. Le château se vida très rapidement de ses occupants quadrupèdes. Les bergers laissèrent deux agneaux gras et une douzaine de brebis, « destinés à la consommation du grand seigneur Terèz et aux chevaliers d'Antioche », comme ils le dirent à Messire Julian au moment du départ.

Dissimulé dans le donjon, Julian de Sidon, seigneur de Beaufort, ne quittait pas des yeux la porte donnant sur la tour, dans le donjon. Dès que le Trencavel eut quitté en titubant, jambes écartées, les appartements de la châtelaine, Julian sortit de sa cachette inconfortable sous l'escalier de bois et passa discrètement par la porte de la chambre. Son épouse Johanna se tenait près de la petite fenêtre, le drap de lit noué autour des hanches, et regardait la cour du château.

— Quel dommage, dit-elle sur le ton langoureux de la femme insatiable, un gigot d'agneau bien tendre viendrait à point à présent !

Son époux la regarda en souriant.

— Le renoncement aux entrées légères, lui révéla-t-il d'un air mystérieux, laisse plus de place dans notre estomac pour le somptueux plat de résistance : une longue rangée de chameaux, toute une caravane !

Johanna fit une moue dégoûtée. Mais elle attendit la suite : elle connaissait son Julian.

— Des hommes lourdement armés protègent les petites caisses qu'ils transportent…

— De l'or ! ? laissa échapper l'Arménienne, soudain aux aguets, les yeux étincelants. Ils portent aussi de grands coffres pleins de bijoux, des corbeilles de robes ornées de joyaux, des perles ? demanda-t-elle avec avidité.

Son mari secoua la tête.

— Ces crétins de Mongols acheminent aussi un vieux tapis, il doit sans doute aller réchauffer les pieds du Grand Khan dans la lointaine Karakorum…

— Et rien d'autre ?

— Rien d'important, répondit Julian, une litière occupée par une jeune femme…

Johanna, dont la méfiance avait été aussitôt éveillée, le regarda droit dans les yeux.

— La princesse Yeza ! affirma-t-elle.

— Possible, dit son époux.

— Pourquoi tentez-vous de me le cacher ? demanda-t-elle.

— Je ne peux vous dire que ce dont je suis certain…, répliqua Julian qui souriait de nouveau, cette fois comme un écolier pris sur le fait. Soit, admit-il. Mais quelle importance ?

Johanna s'assit en tailleur sur son lit, à demi nue, jouant du bout des doigts avec la pointe de ses seins.

— Si j'en crois vos paroles, la taille de l'escorte est bien supérieure à la puissance de nos propres troupes ? (Julian hocha la tête. Il avait toujours pu se fier à son épouse.) Par ailleurs, vous n'avez pas l'intention de partager avec Roç Trencavel… (Julian opina de nouveau du chef.) Pour le tenir éloigné, l'appel de la princesse Yeza est de la plus haute importance… Il reste cependant un problème : la supériorité des ennemis qu'il s'agit ou bien de dépouiller de leur or, ou bien de détruire.

— Les deux sont impossibles ! l'interrompit Julian, déçu. Il ne faut même pas y songer.

Johanna s'humecta les lèvres.

— Vous sous-estimez toujours les ruses de la femme ! dit-elle en riant et en se caressant les seins des deux mains. Toute femme connaît la séduction par la provocation, la manière d'affaiblir son adversaire en lui tendant habilement un piège… (Julian la regardait, impatient.) Ou les deux ! ajouta Johanna, pensive.

— Vous êtes vraiment une fille de Hethum ! murmura-t-il avec reconnaissance. Expliquez-moi votre plan…

D'un geste, son épouse lui indiqua une place à ses pieds.

Les gens auxquels commandait Julian de Sidon n'avaient vraiment pas l'air de bergers. Mais vêtus de l'habit traditionnel des pâtres, avec un bâton et un sac, un agnelet dans le bras et l'un des gros moutons marchant à leur côté – l'autre tournait déjà sur la broche, dans la cuisine –, les trois gredins qu'il avait choisis avaient une allure très convaincante. Julian leur avait donné des instructions détaillées. Puis il tira Roç sur le côté et le mena par des chemins tortueux et des galeries souterraines dans une tour reculée sur les murs d'enceinte du château. En chemin, déjà, le maître des lieux prépara son hôte à une nouvelle explosive qu'il avait eu beaucoup de mal à obtenir. Les pauvres bergers risquaient la mort si l'on apprenait qu'ils avaient révélé le secret des Mongols. Lorsqu'ils eurent atteint le mur d'enceinte, qui tombait en ruine, ils trouvèrent les trois personnages avec leurs chiens et leurs agneaux.

Ils parlaient un dialecte que le Trencavel avait bien du mal à comprendre et il fallait leur arracher chaque mot de la bouche. Roç apprit par bribes, avec l'aide de Julian, que Yeza était prisonnière et qu'on la transportait vers l'ouest, entourée par une escorte de guerriers mongols dont le nombre se comptait sur les doigts des deux mains. La petite troupe avait quitté Damas et se dirigeait vers le Qal'at Subeibe, un château situé dans les montagnes d'Hermon que les Mongols avaient récemment conquis sans se heurter à la moindre résistance. Ce lieu n'était toutefois pas leur objectif définitif…

Roç ne savait pas trop ce qu'il devait penser de cette histoire et, contre toute attente, se montra hésitant. À court d'idées, Julian se rappela la suite de la description des bergers et évoqua la caravane de chameaux qui transportait derrière Yeza une sorte de tapis informe, sans doute un cadeau pour le Grand Khan. Cette seule évocation suffit à convaincre le Trencavel. Il prit à peine le temps de se faire décrire le chemin pour le Qal'at Subeibe, ne s'étonna pas non plus que ce château ne soit situé ni au nord, ni à l'est, mais à l'ouest de Damas : il ne voulait pas perdre un instant et attaquer l'escorte avant qu'elle n'ait atteint le château où Yeza serait hors d'atteinte. Il n'était pas très éloigné : un ou deux jours à cheval, lui assura Julian. Roç rassembla ses hommes et leur annonça avec fierté et émotion que leur objectif était de libérer Yeza. Mais ses mots ne les touchaient plus, ses propres hommes ne lui faisaient plus confiance. Le Trencavel avait trop souvent invoqué la recherche de sa princesse avant d'abandonner tout effort. Les dix chevaliers d'Antioche, encore fatigués par la capture des troupeaux, refusèrent de faire une nouvelle sortie. Roç ne voulait pas attendre. David le Templier, Guy de Muret et Pons de Tarascon le soutenaient et se préparèrent sans rechigner, en revanche Terèz de Foix expliqua à Roç, très surpris, que l'effritement progressif du respect qu'ils éprouvaient l'un pour l'autre avait tellement fait vaciller leur ancienne amitié qu'il préférait se tenir quelque temps éloigné de lui afin d'être certain de ses sentiments. Roç vit dans cette attitude une conséquence de la mort de Bérénice, qui planait toujours entre eux comme une ombre noire, et renonça à convaincre Terèz. Le temps pressait, l'heure de chercher à comprendre et à maîtriser les sentiments était révolue. Profondément déçu, il tourna le dos au comte de Foix.

— Nous serons donc quatre, moi compris, pour nous lancer dans cette entreprise ! annonça-t-il à ceux qui restaient.

— Dans la vie comme au jeu de la vérité ! plaisanta David le Templier, même si la perspective d'affronter les Mongols avec une troupe aussi peu nombreuse ne l'enchantait guère.

Julian sembla éprouver de la pitié pour ces téméraires : il leur annonça qu'il mettrait une poignée de ses hommes à leur disposition.

— Comme guides et comme écuyers ! expliqua-t-il aux chevaliers en partance.

Les gaillards qu'il leur confierait ne seraient de toute façon pas bons à grand-chose d'autre.

Guy de Muret considéra en fronçant les sourcils la maigre section qu'ils avaient pu rassembler.

— *Ave*[65], Trencavel, s'exclama insolemment Pons, qui fut le dernier à franchir la porte sur son cheval. *Morituri te salutant*[66] !

De la chronique de Guillaume de Rubrouck

Non loin de Baalbek, Khazar, auquel son oncle Kitbogha, commandant en chef de l'armée mongole restée en Syrie, avait confié deux sections, ordonna de dresser le camp. C'était la deuxième étape de notre long voyage vers le nord, qui devait nous mener à Shaha, ce château qui, construit au bord du lac d'Urmiah, passait pour imprenable. Le véritable objectif de cette expédition fortement armée était l'or que les Mongols avaient extorqué aux villes qu'ils avaient prises, d'Alep à Damas, et qu'ils voulaient désormais mettre à l'abri derrière les murs de Shaha. Une gigantesque chaîne de chameaux lourdement chargés constituait le cœur de notre convoi encadré par une garde puissante. Mais juste derrière avançait un groupe d'animaux dont la seule fonction était de transporter une litière et l'escorte personnelle de la princesse Yeza. Outre la femme de chambre, Alais, on y trouvait aussi mon humble personne. Je n'avais pas de mission particulière, je ne m'étais jamais considéré comme un pieux confesseur, bien que Yeza ait eu plus besoin que jamais d'assistance spirituelle. Emmenée contre son gré dans ce convoi, elle considérait sa litière davantage comme une geôle mouvante que comme un véhicule confortable pour un voyage difficile. Comme elle aurait aimé prendre place sur le dos d'un cheval ! On le lui avait interdit. Yeza était donc assise, de mauvaise humeur, dans son habitacle perché sur le dos d'un chameau dont les bâtières étaient presque vides. Alais, attentionnée, pour ne pas dire maternelle, s'était rendue au bazar de Damas peu avant le départ afin de compléter la garde-robe de la princesse, estimant à juste titre que le lac d'Urmiah était un lieu désert où elle n'aurait guère de possibilité de faire des achats, surtout de robes en damassé et en mousseline[67], d'essences parfumées, de peignes et de broches ciselées. Yeza n'avait même pas regardé les corbeilles tressées et les bahuts molletonnés : elle continuait à porter son pantalon de lin délavé et sa tunique de cuir élimée. D'une manière générale, elle ne se montrait guère reconnaissante envers la tendre Alais, qui avait abandonné sur un coup de tête sa situation confortable auprès de Sybille, à la cour d'Antioche, afin de se mettre au service de la princesse.

Celle-ci avait accepté ma présence sans gratitude ni aversion. Ce voyage dans le désert me paraissait pourtant être un grand sacrifice que j'accomplissais pour être proche d'elle. J'aurais certainement préféré mener ma vie à Damas, mais mon destin me paraissait indissociablement lié à celui de mes petits rois, eux qu'il m'avait jadis été donné de bercer sur mes genoux.

En queue de cortège marchaient les vingt-huit chameaux chargés de transporter le tapis. Yeza, qui avait insisté pour que nous transportions le kilim, ne souhaitait pas l'avoir sous le nez. Le seul que la jeune femme ait aimé savoir près d'elle était Baïtchou. Il la distrayait, ses questions incessantes l'amusaient. Baïtchou se considérait comme l'écuyer de sa princesse vénérée, et nous le laissions y croire.

Un jour à peine après que Roç et les siens eurent disparu, la cour du château de Beaufort se remplit de charrettes et de carrioles qui affluaient des environs, chargées entre autres de nombreux réfugiés en provenance de Damas, venus parce qu'ils voyaient les Mongols d'un mauvais œil ou avaient toutes les raisons de les redouter. À ceux-là s'ajoutèrent aussi, peu à peu, les guerriers du clan des bergers, armés jusqu'aux dents de gourdins, de frondes et de poignards de toute espèce – ce n'était certes pas la meilleure manière d'affronter des guerriers mongols bien équipés, mais ils étaient persuadés que leur ardeur au combat et la connaissance précise de leurs pâturages escarpés compenseraient cette faiblesse. Différentes tribus bédouines avaient aussi envoyé des combattants, dont de nombreux archers qui souhaitaient en découdre avec les Mongols.

Julian regarda attentivement sa légion, puis choisit avec soin quelques jeunes gens imberbes qu'il envoya au château afin que les femmes, sous la surveillance de la bouillante Johanna, les déguisent en femmes de harem. Cela déclencha beaucoup de rires et quelques grognements parmi les hommes concernés ; Julian parvint cependant à faire comprendre aux jeunes garçons qu'ils allaient jouer un rôle décisif dans la réussite de son plan. Pour ne pas les exposer prématurément à la moquerie de leurs compagnons, ce qui les aurait démoralisés, il les laissa attendre le départ vêtus de leurs robes dans la salle des chevaliers, où on les nourrit abondamment. Puis ce fut le tour des anciens. On les grima en marchands prospères. Tous les autres furent répartis en fonction du rôle qu'ils devraient tenir dans ce piège et les différents groupes de cette unité de combat, de loin la plus nombreuse et composée de bergers et de bédouins, furent envoyés les uns après les autres. On était convenu que la rencontre décisive avec les Mongols aurait lieu sur les ruines de Baalbek. Tous connaissaient ces temples comme leur poche : aussi comptait-on y attirer les Mongols. Le détachement des dix chevaliers d'Antioche oublia toute fatigue en entendant dire qu'un butin abondant était en vue et se mirent à la disposition de Julian.

On écarta aussi les objections de Terèz, lequel rappela que leur prince Bohémond était tout de même un allié officiel des Mongols et que sa réputation souffrirait beaucoup si l'on apprenait que ses propres vassaux se dressaient contre les seigneurs mongols. Julian réduisit ce trouble-fête au silence et fit appel à son esprit chevaleresque :

— Nous venons tout juste d'apprendre, mentit-il, que l'escorte accompagnant Yeza, la princesse captive, se dirige sur cette route en direction du nord. Si nous ne la libérons pas au profit de Roç Trencavel, il ne la reverra jamais plus…

Terèz comprenait bien que Julian avait volontairement envoyé Roç dans la mauvaise direction. Mais il lui paraissait tout à fait crédible que Yeza soit tombée entre les mains des Mongols. Il décida donc de participer à l'expédition, autant pour la libérer que pour la protéger de ce brigand qu'était Julian de Sidon.

— Je me propose, déclara-t-il au châtelain à l'issue de cette réflexion, de me joindre à l'escorte de la princesse, qui me connaît et a confiance en moi. Je pourrai faire en sorte que les Mongols tombent effectivement dans le piège que vous leur tendez à Baalbek, et que ceux-ci ne touchent pas à un cheveu de Yeza.

Julian le regarda avec méfiance.

— Et qui me garantit que vous ne révélerez pas notre plan aux Mongols ?

Terèz faillit exploser d'indignation, mais il se retint. Après tout, s'il n'avait pas poignardé Roç dans le dos, il avait néanmoins fait preuve d'une trop grande dureté et d'une certaine brutalité lorsqu'il avait refusé de le suivre et l'avait privé d'un bras sur lequel Roç était en droit de compter. Peut-être avait-il ainsi une chance de réparer le déshonneur qu'il s'était infligé.

— Si vous ne me faites pas confiance, vous n'avez que deux possibilités : ou bien vous me tuez sur-le-champ, ou bien vous venez avec moi. (Julian le regarda avec stupéfaction, mais Terèz continua son raisonnement :) Aucun des Mongols ne vous connaît, et la princesse non plus. Ensemble, nous veillerons à ce que tout se déroule conformément au plan : l'araignée venimeuse sera alors au cœur de l'ennemi et, là où nul ne la soupçonnera, tissera en secret sa toile mortelle…

Julian constata que les derniers membres de son armée hétéroclite et bigarrée avaient quitté Beaufort. Il lança un salut à son épouse.

— Terèz de Foix, dit-il d'une voix déterminée, vous allez chevaucher à mon côté. En chemin, nous continuerons à réfléchir à votre proposition : ou bien nous ne survivrons ni l'un ni l'autre à votre idée démentielle, ajouta-t-il d'une voix menaçante, ou bien vous deviendrez un homme puissant, le maître de Beaufort ! (Il éclata de rire.) Car si nous réussissons, je déposerai cet or aux pieds des Templiers et je reprendrai mon Sidon !

Les cavaliers avançaient en formant une longue chaîne qui s'étirait à travers le paysage rocheux. Le Trencavel marchait devant, suivi par Guy de Muret et le gros Pons, puis par la troupe prêtée par le seigneur de Beaufort et par David le Templier, qui constituait une sorte d'arrière-garde. La chaleur étouffante et l'air pauvre de l'altitude leur étaient très pénibles, ils tenaient la tête baissée, il n'y avait rien à voir, mais Roç avait interdit d'ôter les heaumes. Derrière chaque nez de rocher pouvait épier l'ennemi qui les avait aperçus depuis longtemps et n'attendait que l'instant propice pour faire s'abattre sur eux une grêle de flèches. Rien de tel ne se produisait : chaque fois qu'ils avaient atteint le sommet d'une crête et regardaient attentivement la vallée qui plongeait devant eux, inspectant la moindre ravine, la moindre gorge, ils ne trouvaient que des lits de rivière asséchés et des buissons réduits à l'état de paille, mais aucune trace de la caravane, de la litière et de son escorte. Ils ne rencontraient strictement personne dans ce désert. Ils finirent cependant par apercevoir le château. Qal'at Subeibe se dressa soudain devant eux sur le dos d'une montagne, conforme à la description de Julian et des bergers. Pourtant, même sur ses murs, il ne semblait pas y avoir la moindre trace de vie. Prudemment, en veillant à rester à couvert, ils descendirent les uns après les autres dans la vallée. Là aussi, ils restèrent à distance les uns des autres afin de ne pas donner l'impression à un observateur éventuel qu'ils formaient un groupe. Ils mirent pied à terre et, sur les conseils de leurs guides, montèrent par la face la plus raide les falaises élevées qui présentaient l'intérêt d'empêcher qu'on ne les voie d'en haut. Semblables à des montagnards expérimentés, ceux qui étaient montés en premier sur la paroi rocheuse assuraient la montée de ceux qui les suivaient. C'est à eux qu'il revenait de faire avancer les animaux. Les bandits assumèrent sans rechigner cette mission difficile. Lorsque tous furent rassemblés en haut, sous les remparts du château fort, il leur fallut admettre que Qal'at Subeibe était certainement inoccupé depuis longtemps. Les grands battants des portes étaient ouverts et permettaient de voir le haut plateau allongé que des murailles limitaient de part et d'autre. L'herbe avait poussé sur les escaliers et des palombes affolées tournaient devant les fenêtres vides. Roç et quelques-uns de ses fidèles montèrent sur la plus haute tour et regardèrent aux quatre points cardinaux :

rien ! Pas de caravane, pas de reflets de lances, pas de nuages de poussière révélateurs…

— Cela me paraissait aussi un peu absurde, fit remarquer Guy, de choisir le détour par ce désert en venant de Damas, au lieu de se tourner tout de suite vers le nord…

— Ce sont les Mongols qui ont répandu cette fausse nouvelle pour atteindre leur objectif sans être gênés ! s'exclama le Templier, qui comprenait bien tardivement ce qui leur était arrivé.

— Et les bergers s'y sont laissé prendre, reconnut le gros Pons. Et nous, nous avons cru ces idiots, ajouta-t-il.

Tous regardaient le Trencavel, qui n'avait l'intention ni d'enjoliver, ni de contester sa défaite.

— Julian de Sidon savait où il nous envoyait ! dit Roç avec amertume. Si nous voulons encore atteindre notre objectif, nous devons nous déplacer trois fois plus vite que le fleuve Litani, nous pourrons peut-être encore les trouver près de Baalbek !

Baalbek – Dans le temple de l'horreur

Lorsque le corps expéditionnaire des Mongols s'arrêta et que les soldats plantèrent leur tente, ils virent au loin, à la lueur du soleil couchant, les ruines des temples de Baalbek. Yeza, qui connaissait ce lieu antique, avait espéré qu'ils passeraient la nuit sous les gigantesques piliers et les autels de sacrifice en marbre. Mais pour Khazar, cet endroit était suspect, il ne connaissait pas le dieu Baal et ce que lui racontèrent leurs chameliers musulmans sur le culte qu'on lui vouait le fit frissonner. Le chef de l'expédition trouvait déjà suffisamment pénible de devoir traîner derrière lui la caravane de chameaux qui fermaient le cortège avec ce tapis monstrueux, que la princesse avait demandé d'emporter tout en sachant qu'il était habité par de mauvais démons.

La servante Alais avait préparé le lit de la princesse dans sa yourte, bien que Yeza lui ait fait comprendre qu'elle préférerait dormir à la belle étoile. Alais sortit rejoindre sa maîtresse.

— Sur le chemin qui nous a conduits ici, fit-elle timidement, j'ai vu, pas très loin, de l'eau claire dans un bassin rocheux.

Yeza hocha distraitement la tête. Elle aussi l'avait remarquée, sans y prêter vraiment attention. Alais insista :

— Je vous demande l'autorisation, maîtresse, d'aller y prendre un bain frais, car j'ai grand besoin de purifier mon corps.

Yeza fut étrangement touchée par la gravité de sa servante.

— Moi aussi, je me laverais et me rafraîchirais volontiers…

Elle prononça ces mots en regardant Khazar, qui sortait justement de la yourte où il était allé s'assurer que l'on avait tout fait pour le confort de la princesse. Le Mongol, que l'on avait chargé de la sécurité de ce déplacement délicat, fronça les sourcils.

— Cela signifierait que vous voulez vous éloigner du camp ? Je vous prie instamment, princesse, de ne pas céder à ce vœu ! (Il adressa un regard sévère à Alais.) Il ne me permettrait pas de garantir votre intégrité.

Yeza comprit qu'elle posait des problèmes à cet homme qui en avait déjà bien assez. Elle ne voulut pas l'embarrasser encore plus.

— Mais à ma servante, dit-elle avec un soupir résigné, vous ne pourrez pas interdire de se laver de la sueur et de la poussière du voyage. Si vous n'y voyez pas d'objection, je lui donne Baïtchou comme protecteur, même si le point d'eau en question ne se situe pas sur le flanc de montagne tourné vers Baalbek.

Si Yeza pensait avoir fait plaisir au page en proposant cette solution, l'expression du jeune garçon aurait suffi à la démentir. La princesse ne s'en souciait guère.

Alais, toute heureuse, voulut courir jusqu'au pied de la ravine, mais Baïtchou jugea que c'était indigne de lui. Il sauta sur son cheval et força la servante à prendre place devant lui sur sa selle. La proximité de leurs deux corps – Alais était, par la force des choses, captive du bras qui tenait les rênes – et surtout le contact entre la cuisse de la jeune femme et le sexe du jeune homme – troubla profondément les deux cavaliers. Le membre de Baïtchou enfla, ce qui n'échappa pas à Alais et plongea le jeune garçon dans une profonde gêne. Tandis qu'Alais souriait sans se donner la peine de dissiper l'embarras du cavalier, celui-ci rougissait à vue d'œil. Ils n'échangèrent pas un seul mot de toute la chevauchée.

C'est le torrent qui avait creusé le bassin naturel dans la roche. Une petite chute d'eau avait accéléré le processus. Alais se laissa glisser du cheval avant que Baïtchou, l'esprit confus, n'ait pu lui tendre la main, et se débarrassa de ses vêtements sans la moindre pudeur. Le garçon s'efforça de se concentrer sur son cheval qui, peu secourable, se dirigea lui aussi vers le point d'eau. Les yeux de Baïtchou restèrent fixés sur la selle et le licol jusqu'à ce qu'un bruit de plongeon lui indique que la jeune femme avait confié son corps à l'eau fraîche. Baïtchou risqua alors un regard. Alais faisait la planche, les ondes couvraient à peine ses seins dont un mince tissu de mousseline, son *albisa*[68], dessinait les pointes sombres aussi distinctement que la toison noire entre ses cuisses.

— Viens, Baïtchou ! l'invita-t-elle. Déshabille-toi.

Le gamin, qui ne savait plus que faire, se détourna d'un seul coup et attrapa les rênes de son cheval comme s'il voulait se cacher derrière l'animal. La servante ne prit pas son refus particulièrement au sérieux et continua à faire la planche en laissant le jeune garçon admirer toutes les faces de sa nudité innocente. Ce jeu de la séduction ne tarda pas à produire ses fruits. Derrière sa monture, Baïtchou ôta son pantalon, puis sa tunique et, en un point où il se croyait à l'abri des regards, se laissa glisser dans l'eau qui cacha sa nudité. Pendant ce temps-là, Alais avait grimpé sur les rochers situés sous la chute d'eau et laissait avec délice la douche naturelle arroser ses épaules. Baïtchou nagea rapidement vers l'autre extrémité du bassin pour ne pas être soupçonné de regarder le corps de la jeune femme, plus exposé que voilé par l'albisa trempée. Lorsqu'il se retourna, la jeune fille avait disparu. Cela lui coupa l'envie de rester plus longtemps dans l'eau froide. Il grimpa sur les pierres, là où se trouvait son cheval. Alais l'y attendait, couchée sur ses vêtements, nue, les yeux fermés, les jambes nonchalamment écartées. Au moment où Baïtchou, rassemblant tout son courage, se penchait courageusement dans sa direction pour la prendre dans ses bras, elle resserra les cuisses et roula sur le côté.

Alais était vierge. Quant à Baïtchou, s'il lui était certes souvent arrivé de prendre en main son propre membre, il ne lui avait encore jamais été donné qu'une femme s'en empare. Des sentiments contradictoires s'emparèrent d'eux. Ils se frottèrent l'un à l'autre en haletant et s'embrassèrent jusqu'à ce que survienne l'inévitable et que le pénis de Baïtchou se décharge sur le ventre lisse de la servante. Le garçon eut envie de disparaître sous terre, mais Alais éclata d'un rire clair et le serra des deux mains sous l'eau où ils avaient plongé. Collée contre son corps musclé, elle le cajola, sous prétexte de le laver, jusqu'au moment où elle constata que loin de s'être éteinte ou même modérée, l'excitation du jeune homme avait repris de plus belle. Alors seulement, elle le poussa vers le rivage. Baïtchou, ahuri, se laissa tomber sur le tas de vêtements. Avec une lenteur exquise, la jeune femme, telle une divinité archaïque, sortit de l'eau et vint sur lui…

— Reste avec moi, implora Alais, qui, après la tempête, avait posé la tête sur sa poitrine. Mais l'esprit de Baïtchou était depuis longtemps revenu à ses obligations. La jeune suivante le laissa repartir avec tristesse et se rappela elle aussi que sa maîtresse allait peut-être s'inquiéter à son sujet.

Baïtchou installa Alais toute seule sur le cheval qu'il ramena au camp par le licol. À bonne distance de la yourte de Yeza, ils se séparèrent en échangeant une tendre poignée de main. Baïtchou se rendit auprès de Khazar, où il trouva Guillaume de Rubrouck.

De la chronique de Guillaume de Rubrouck

Nous venions de nous préparer pour la nuit à venir, les tours de garde étaient déjà distribués, lorsqu'un cavalier surgit du néant et se dirigea droit sur nous. Je le reconnus aussitôt, et les sentinelles vinrent m'informer qu'il désirait parler à Yeza. C'était Terèz de Foix, dont je pensais qu'il se trouvait auprès du Trencavel. Je gardai cependant pour moi ce détail et l'identité du visiteur. Entre-temps, on avait prévenu Khazar, qui me pria de demander au chevalier étranger ce qu'il voulait de la princesse. Terèz, qui fit lui aussi semblant de ne pas me connaître, demanda à pouvoir dire à Yeza en personne ce qu'il devait lui dire. Khazar avait déjà envoyé une estafette à la yourte de la princesse. Il revint très vite, accompagné de Baïtchou : Yeza ne souhaitait pas rencontrer ce messager. S'il avait une information à lui donner, il pouvait la confier à Guillaume. Le comte de

Foix secoua la tête, déçu, me regarda un peu trop longtemps avec une étrange tristesse et fit faire demi-tour à son cheval sans ajouter un mot. Il se dirigea droit vers Baalbek dans le soir qui tombait.

Cela parut extrêmement curieux à Khazar : la princesse n'avait-elle pas insisté pour dresser son campement justement ici, dans ce lieu sinistre ? Il envoya discrètement ses meilleurs guetteurs aux trousses de l'homme qui repartait sans hâte. Je revins à notre tente, située près de la carriole où était dressée la yourte. Yeza m'attendait, elle paraissait tendue.

— Pourquoi ne voulez-vous pas entendre ce que Terèz a à vous dire ? demandai-je d'un ton clairement réprobateur.

— Parce que si le Trencavel veut quelque chose de moi, il aura le bon goût de venir me le dire en personne !

Je n'étais pas moins agacé qu'elle mais mon énervement à moi était dû à son obstination.

— Et si Roç est empêché, s'il est privé de sa liberté, s'il court le plus grand danger, s'il risque la mort ? lui répliquai-je, indigné.

— Si tel était le cas, Terèz de Foix n'aurait pas hésité à vous le dire !

J'en convins.

— Mais pourquoi alors le comte se donne-t-il le mal de faire ce chemin pour ne parler qu'à vous ? répondis-je. Il pourrait aussi s'agir de votre personne, et pas du Trencavel !

Yeza me regarda, songeuse.

— Que peut-il encore m'arriver que je ne connaisse déjà, constata-t-elle amèrement. D'une certaine manière, Shaha est pour moi l'amen qui clôt les messes de ton Église, Guillaume !

Vers minuit, les guetteurs envoyés par Khazar revinrent à bride abattue. Au début, ils avaient dû se retenir, l'obscurité n'étant pas encore assez dense. Puis ils avaient pu se rapprocher sans difficulté des ruines du temple. Ce qu'ils y virent et, surtout, y entendirent, les ahurit. Au milieu de l'enceinte, une caravane formée de marchands apparemment fortunés et d'une poignée de chevaliers avait constitué une sorte de château en chariots qu'ils défendaient à l'aide de leurs valets et serviteurs contre des bandes de bédouins pillards qui revenaient régulièrement les attaquer dans la pénombre. Les voyageurs avaient eu l'ingéniosité d'occuper le temple le plus élevé, dont les puissantes colonnes de granit constituaient l'anneau extérieur de leur défense. Les pillards, semblables à des guêpes sentant le parfum d'un bon rôti, revenaient constamment et dans le plus grand désordre se brûler les ailes à ces barrières. Manifestement, personne ne les commandait. Ces attaques provenant de la profondeur de la nuit étaient en outre entravées par les bûchers aveuglants que les encerclés avaient allumés tout autour du camp et dont ils alimentaient les flammes en lançant régulièrement des ballots de paille, des corbeilles et des planches de bois. Les guetteurs racontèrent tout cela le souffle court. Les fanions des chevaliers et les couleurs de leurs boucliers leur avaient aussi permis d'établir qu'au moins une partie des assiégés était constituée de chevaliers chrétiens du prince d'Antioche. Mais leur convoi escortait certainement une personnalité musulmane haut placée ou très riche. Car outre les chameaux chargés de marchandises qu'on avait regroupés à l'intérieur du temple, ils avaient vu des litières grillagées et même, çà et là, des silhouettes de femmes voilées. Les défenseurs se battaient avec le plus grand courage. Les guetteurs avaient vu de nombreux bédouins criblés de flèches ou blessés que leurs frères éloignaient de la clarté des flammes. Ce combat inégal ne pourrait cependant pas durer très longtemps : les pillards bédouins avaient de toute évidence la supériorité numérique.

Les chevaliers d'Arménie que le roi Hethum nous avait confiés pour une partie du voyage avaient eux aussi entendu ce récit. La mention de la présence de chevaliers originaires de la principauté alliée d'Antioche les plongea dans une sainte colère, comme cela arrive fréquemment chez ces Arméniens au sang chaud. Ils annoncèrent à Khazar que son damné devoir de chrétien était de venir en aide à leurs frères assiégés et lorsque ce dernier, débordé par la situation, tenta de se sortir d'affaire en prétendant qu'il n'avait pas mandat pour mener cette opération, ils le menacèrent de dénoncer sa lâcheté à son oncle. Antioche n'était-elle pas un important soutien des Mongols, à l'instar du royaume d'Arménie ? Khazar s'avoua vaincu et leur donna une demi-section avec laquelle ils partirent au galop dans la nuit…

Lorsque l'aube se leva, seuls quelques chevaliers revinrent, tout couverts de sang. Aucun des Arméniens ne se trouvait parmi eux. À la limite de notre campement, ils s'arrêtèrent, exténués. Le souffle court, la voix saccadée, ils racontèrent que tous ceux qui n'avaient pu se réfugier à l'intérieur du temple de Baal barricadé avaient été abattus ou – pis encore – capturés vivants par les cruels bédouins. Ils avaient vu l'enfer, dirent-ils, même si les bûchers menaçaient à présent de s'éteindre parce que les encerclés n'avaient plus rien à y jeter. On avait déjà sacrifié les litières du harem et tout ce qu'on avait pu trouver de combustible dans les paquetages. Khazar était furieux. La seule manière de réparer son erreur était de faire sortir ses hommes de là. Ses sous-officiers commençaient à protester. Il n'avait pas le droit de sacrifier un quart de sa troupe ! La première lueur du jour s'annonça. Khazar, qui me paraissait assez désespéré et ne semblait pas animé, en tout cas, par une furieuse volonté de vaincre, me demanda de m'occuper de la protection de la princesse Yeza. Il laissa Baïtchou sous ma surveillance : le jeune garçon voulait absolument être de l'expédition. Khazar désigna une équipe de sentinelles pour assurer la garde du camp et partit avec le gros de ses troupes. Il était encore à portée de vue lorsqu'il sépara ses combattants en trois groupes. Khazar avait manifestement l'intention de faire la preuve de ses qualités de stratège. Les deux ailes décrivirent un mouvement de tenailles tandis que la partie centrale, qu'il conduisait en personne, partit dans un galop si furieux qu'elle disparut dans un nuage de poussière soulevée par les sabots…

À peine ce nuage qui se dirigeait comme un orage vers les ruines du temple à la pâle lumière du matin s'était-il dérobé à nos regards anxieux que Yeza descendit de sa yourte, me poussa sur le côté et reprit le commandement de notre camp presque désert. Personne ne protesta, les gardiens parurent même heureux qu'une femme aussi énergique que Yeza assure le commandement. Yeza commença par ordonner que l'on déroule le tapis sur la partie du camp orientée vers Baalbek. Derrière, elle fit amener son chariot et asseoir autour un triple cercle de chameaux, en commençant par ceux qui portaient les caisses d'or. Les animaux, dont nous avions un nombre important, s'installèrent docilement. Puis elle fit démonter toutes les tentes, afin qu'elles ne puissent plus offrir de couvert à des agresseurs autour de nous. Tous les archers disponibles durent alors prendre place derrière cette muraille vivante. Je m'apprêtais à demander à notre énergique commandante si elle craignait le pire lorsque nous perçûmes les premiers cris au loin et que nous vîmes çà et là des cavaliers et des hommes à pied. Impossible de distinguer s'il s'agissait d'amis ou d'ennemis !

C'était les deux à la fois : les nôtres prenaient la fuite dans la panique la plus totale et les bédouins victorieux les poursuivaient en frappant les fugitifs tandis qu'un groupe plus nombreux, manifestement placé sous l'autorité d'un chef, fonçait vers notre camp en formation serrée. Ils approchaient déjà du bord du kilim qui s'étalait devant eux comme une étrange tentation. D'une voix aussi discrète que possible, Yeza ordonna aux archers accroupis derrière les chameaux de préparer leurs flèches. Les premiers Mongols, il n'en restait plus beaucoup, coururent sur le tapis pour rejoindre les chameaux. Quelques-uns de nos gardes oublièrent l'ordre de la princesse et bondirent pour aider leurs frères – je dus retenir fermement Baïtchou. Les ennemis approchaient dans un bruit de tonnerre, on pouvait déjà voir les pierres projetées par les sabots, les lances meurtrières brandies dans notre direction, l'éclat menaçant des épées. Les premières flèches volèrent. Alais n'eut même pas le temps de crier : un profond soupir s'échappa de sa poitrine transpercée. Elle s'était jetée devant Yeza qui lançait ses ordres à tue-tête et ne prêtait aucune attention au danger qui approchait. Le groupe des meurtriers avait atteint le bord du kilim. Nous étions perdus !

La course des pillards s'arrêta soudainement, comme si la main de Dieu s'était posée sur leur poitrine. Leurs chevaux se cabrèrent, ceux qui suivaient ne purent arrêter leur monture, on aurait juré que le kilim était à l'origine de cet encombrement subit. Mon regard balaya, incrédule, le tapis souillé par le sang des morts et des blessés. C'est alors que je vis la main de Dieu : à notre droite et à notre gauche, les flancs d'acier d'une gigantesque armée de chevaliers apparurent comme des murs silencieux au flanc rocheux des collines. La croix rouge sang brillait sur leurs tuniques blanches immaculées : les Templiers !

Ils n'avaient même pas placé leurs lances à l'horizontale : ils les tenaient droit vers le ciel, au-dessus de leurs heaumes. Cette vision fut suffisante pour que la bande de pillards se disperse et prenne la fuite.

Un cavalier solitaire se détacha du mur humain sur son cheval noir. Je le reconnus aussitôt à la largeur de son épée. Yves le Breton était allé demander à Sidon l'aide des troupes de l'ordre.

— Il était temps ! fit Yeza d'une voix glaciale.

Je vis avec émotion l'aimable et tendre Alais qui mourait dans ses bras. Le regard de Yeza se voila comme celui des morts lörsque Yves se dirigea lentement vers nous. La main de Dieu n'était pas un poing, il restait toujours entre ses doigts suffisamment d'espace pour le destin des individus.

— Amen !

Je fermai avec douceur les yeux de la jeune femme. À cet instant seulement, je constatai que Baïtchou n'était plus avec moi, alors qu'il s'était tenu jusque-là à côté des deux femmes. Le jeune garçon se considérait-il comme responsable de la mort subite de la servante ?

Ils aperçurent déjà de loin les vautours qui tournaient dans le ciel bleu terne, là où se dressaient sans doute les ruines de Baalbek. Roç Trencavel pressa ses hommes. Aucun d'entre eux ne prononça le moindre mot sur ce mauvais présage qui annonçait la présence de cadavres sans révéler l'identité des victimes. Lorsque le temple fut à portée de vue, ils découvrirent les restes ravagés du camp des Mongols : des tentes abattues, une charrette portant une yourte vide, les cadavres de quelques chameaux criblés de flèches qu'on avait achevés en leur coupant la carotide. Le kilim était étalé devant eux, taché de sang. On y voyait quelques armes dispersées, mais pas de morts. Roç allait se détourner lorsqu'il entendit une voix, un râle, s'élever au bord du tapis.

— De l'eau !

Ils trouvèrent le mourant entre des tumulus de la taille d'un homme que l'on venait manifestement d'élever. C'était l'un des cinq cavaliers arméniens que le roi Hethum avait adjoints au Trencavel, à Antioche, et qui l'avaient abandonné après le désastre de Damas.

David le Templier se pencha et versa au mourant un peu d'eau de son outre.

— Qui ? demanda Pons.

— Terèz de Foix ! laissa échapper l'Arménien avec sa dernière énergie, et son visage tomba dans la poussière.

— Julian de Sidon est donc arrivé ici avant nous ? comprit enfin David.

Roç hocha la tête. Ils couvrirent le chevalier défunt de sable et de pierres, à l'endroit où il était mort. De tous les tumulus dressés à la hâte, un seul était orné d'une sorte de croix : un ruban de couleur maintenait les deux branches, ses extrémités battaient au vent. Soudain, Guy de Muret tomba à genoux devant la tombe, ferma les yeux et porta en tremblant le ruban de soie à ses lèvres.

— Alais, chuchota Pons, les larmes aux yeux.

Guy de Muret se leva lentement. Son regard chercha le Trencavel.

— Le Couple Royal apporte bonheur et paix ! constata-t-il sèchement.

Il fut le premier à remonter sur son cheval. Les sbires qui le suivaient depuis Beaufort sur l'ordre de messire Julian n'avaient même pas mis pied à terre.

Roç lança un dernier regard haineux au kilim, qu'il souhaitait ne plus jamais revoir – mais il n'osa pas en faire le serment. Cet épouvantable tapis n'apportait donc que le malheur à tous ceux qui entraient en contact avec lui ! Ce maudit kilim ne faisait-il pas constamment écran entre lui et Yeza, comme un prince des ténèbres pesant et moqueur ? Ou bien assurait-il au contraire entre eux un lien mystérieux et inéluctable ?

Roç tenta vainement de dissiper les pensées qui l'assaillaient. Furieux, il voulut cracher sur le tapis, mais le vent détourna sa salive vers les tombes. Il se détourna, choqué. Puis ils se dirigèrent vers les ruines.

Plus ils approchaient de Baalbek, à la lumière dorée de l'après-midi, plus ils trouvaient de cadavres entre les pierres – uniquement des Mongols. Les assaillants avaient emmené leurs propres morts – à moins qu'ils n'en aient eu aucun. Roç et sa petite troupe entrèrent dans les ruines. Les vautours dérangés dans leur repas s'élevèrent en piaillant d'indignation et en battant furieusement des ailes. Les marches qui menaient au temple principal étaient jonchées de corps de guerriers mongols. Fait remarquable, ils n'avaient pas seulement des flèches dans la poitrine, mais aussi dans le dos, entre les omoplates et souvent des deux côtés. Le Trencavel et son escorte n'eurent pas le temps de s'interroger sur la manière dont s'était déroulé ce massacre. Manifestement, les Mongols étaient tombés dans un piège dont ils n'avaient pas pu sortir. Car lorsqu'ils eurent atteint la marche la plus élevée et aperçurent entre les piliers gigantesques l'intérieur du temple, ils en eurent le souffle coupé : au centre du sanctuaire, serrés les uns contre les autres ou, plus précisément, jetés sur un tas, des cadavres formaient devant eux une véritable montagne surmontée de vautours qui y piochaient leur pitance à coups de bec. Presque tous avaient la gorge tranchée, les autres avaient été sauvagement massacrés.

— Inconcevable ! s'exclama David, bouleversé. Qu'est-ce qui a bien pu pousser les Mongols à se laisser abattre comme des bœufs, sans qu'aucun ne se défende ?

Guy de Muret, qui était allé regarder les morts de plus près, ne put le contredire.

— On ne leur a pas pris leurs armes.

Effectivement, on voyait encore quelques lances entre les corps. Beaucoup de poings étaient encore serrés sur les épées.

— Un piège diabolique dans lequel ils ont dû se précipiter en toute confiance !

— Sortons d'ici, fit Pons d'une voix plaintive. Je ne supporte plus ce spectacle !

Lorsque Roç redescendit les marches, il vit le petit garçon. Baïtchou était assis devant son cousin Khazar. Il avait adossé son cadavre à un pilier comme s'il voulait lui parler. Deux flèches étaient plantées dans son cœur, mais le sang sur sa poitrine venait de celle qui avait atteint son cou par-derrière, le déchirant avec une telle violence que la pointe dépassait sous le menton.

Le jeune garçon leva les yeux :

— Tu es le Trencavel ?

Roç le regarda avec étonnement.

— Comment as-tu pu survivre ? demanda-t-il à Baïtchou, qu'il ne connaissait pas, en regardant le corps de Khazar.

Le gamin répondit aussitôt :

— J'étais resté dans le camp, auprès de la princesse Yeza, lorsque nous nous sommes retrouvés aux mains de l'ennemi. Alors, Yves le Breton est arrivé avec les Templiers et les a tous fait déguerpir.

Il était évident qu'il était fier de l'acte de son ami. Mais ce n'est pas ce qui intéressait Roç :

— La princesse était ici ? résuma-t-il, incrédule. C'était donc elle, la cible de cette attaque ?

— Elle et l'or ! confirma Baïtchou avec une satisfaction puérile à l'idée de pouvoir donner au Trencavel un renseignement aussi important. Mais il ne lui est rien arrivé ! ajouta-t-il en lançant à Roç un regard amical et fidèle. J'aurais vraiment sacrifié ma vie pour elle ! ajouta-t-il.

— Si tu veux venir avec nous..., proposa Roç, ému.

Baïtchou commença par hocher la tête, puis changea d'avis.

— Si vous m'aidez d'abord à enterrer Khazar, demanda-t-il.

Ils portèrent le corps à l'extérieur et l'enterrèrent non loin des ruines.

Roç examina la situation. Yeza entre les mains des Templiers, c'était, dans un premier temps, une sécurité. Le Breton avait vraisemblablement fait en sorte qu'elle soit accueillie à Sidon, car c'était le plus proche point d'appui de l'Ordre depuis qu'il avait pris la ville et le château à ce brigand de Julian. Il avait beau être furieux contre celui-ci, qui l'avait berné, le moment lui semblait mal choisi pour reprendre sa monture et rejoindre Beaufort pour aller faire parler cette canaille. Il lui renvoya en revanche le sbire qu'il lui avait confié en lui demandant explicitement de saluer dame Johanna de sa part. Puis ils partirent à cheval.

— À Sidon ? demanda Guy.

— Cela me semble être le plus proche, répondit Roç d'une voix timide.

De la chronique de Guillaume de Rubrouck

Yves le Breton nous fit entrer, Yeza et moi, dans la ville de Sidon, comme deux trophées rapportés d'une campagne militaire. Suivaient des chameaux qui ployaient sous le poids des caisses, dont le nombre était resté identique alors que le troupeau avait été décimé pendant l'attaque contre le camp. Après coup, il paraissait miraculeux que ni Yeza, ni son fidèle Guillaume n'en soient sortis avec une flèche dans le corps. Mais le chroniqueur ne devrait pas oublier le sacrifice de la bonne Alais, que Yeza avait passé un peu trop facilement à son goût par profits et pertes.

Cette pluie d'or inattendue fut acceptée avec le plus grand naturel par le commandant de l'ordre des Templiers et immédiatement mise en sécurité sur leur île fortifiée, à l'entrée du port. Le seul accès à cette *qal'at al-bahr* était un pont de pierre extrêmement étroit. On considérait que cette porte était imprenable, d'autant plus que la forteresse pouvait être approvisionnée depuis la mer. Les chameaux, formant une longue chaîne, y portèrent leur précieux chargement. La princesse, en revanche, fut acheminée vers la citadelle, à l'intérieur des terres.

J'avais dormi toute la matinée lorsque je fus, vers midi, témoin d'une vive confrontation entre Yves le Breton et le commandeur résidant de l'ordre, qui portait la croix rouge pattée sur une tunique blanche immaculée. Avec une indifférence teintée de la fameuse morgue des Templiers, Marc de Montbard avait remercié son invité, auquel il devait tout de même beaucoup, et s'apprêtait à lui révéler l'identité de celui qu'il venait de refouler à la porte sud, toute proche.

— Quelqu'un a demandé à voir la princesse ! raconta-t-il, moqueur et arrogant. Un personnage en loques qui prétendait être le Trencavel.

Yves avait tendu l'oreille – j'avais été le seul à m'en rendre compte, mais n'avais pas bronché, ce qui agaça le commandeur.

— Il était accompagné par des personnages tout aussi douteux, dont un gamin qui ressemblait à un petit Mongol et un chevalier manchot dont notre ordre aurait dû se séparer depuis longtemps, un certain David de Bosra qui m'a juré que les propos du visiteur correspondaient bien à la réalité.

— C'était la réalité ! l'interrompit le Breton, qui ne maîtrisait plus sa colère. Vous auriez dû me mander ! reprocha-t-il à Messire de Montbard, qui lui fit aussitôt sentir sa supériorité.

— Comment l'idée me serait-elle venue d'importuner un invité de valeur avec une affaire aussi grotesque ?

— Vous auriez pu ajouter aux mérites de votre ordre celui d'avoir enfin réuni le Couple Royal !

— Est-ce la mission des Templiers ? lança le commandeur, sarcastique. Il me suffit d'offrir l'hospitalité à cette princesse. Et encore : c'est parce que vous l'avez traînée jusqu'ici !

Yves se contenait difficilement.

— Ne pas avoir tenu compte des projets des Mongols, que vous connaissez pourtant bien, va peut-être vous coûter Sidon, dit-il sèchement. Mais le fait d'avoir méprisé le désir ardent et proclamé de la Grande Maîtresse va sans le moindre doute vous valoir votre poste et votre dignité !

— Qu'aurais-je donc dû faire ? s'enquit le commandeur, qui feignit l'humilité pour un bref instant. N'importe qui peut se présenter ici !

— Le Trencavel ne s'est présenté qu'une fois ! Sous quel motif l'avez-vous renvoyé ?

Marc de Montbard n'avait pas l'intention de continuer à répondre aux questions comme un petit sergent.

— Je l'ai envoyé au diable ! rétorqua-t-il d'une voix forte. Et je devrais faire la même chose avec vous et votre princesse ! ajouta-t-il.

Yves, livide, servit à ce commandeur orgueilleux la réponse qu'il méritait.

— J'y suis prêt, répondit-il. Mais je crains que vos couilles ne grillent bien avant les miennes dans les flammes de l'enfer !

Il tourna les talons et sortit de la salle en faisant tinter ses éperons.

Je décidai de ne pas révéler à Yeza à quel point son Roç avait été proche d'elle ce jour-là. Elle aurait transformé la vie du commandeur en purgatoire, peut-être même pire. Le Breton s'en abstint lui aussi, mais il me confia qu'il voulait s'éloigner de ce lieu aussi vite que possible, et ce avec Yeza. Il avait décidé de la conduire à Shaha, comme l'avait prévu Kitbogha. Après ce deuxième échec dans la réunification du Couple Royal, il fallait donner la priorité absolue à la sécurité de la princesse, dont il se sentait désormais seul responsable.

— Parfois, la bêtise couplée à l'arrogance crée plus de dangers que la malveillance ! dis-je pour manifester ma compréhension. Et Roç Trencavel, une fois de plus, se révèle plus lisse que la truite dans le courant. Même sans le vouloir, il échappe à toute emprise.

— Si Yeza avait été bien accueillie en ces lieux, comme je l'espérais, je me serais mis en route maintenant et le Trencavel ne m'aurait pas échappé, regretta le Breton. Moi, je peux rester longtemps dans l'eau froide…

— Pendant ce temps-là, je pourrais…, commençai-je avec l'intention de lui proposer mon aide, mais Yves me coupa la parole.

— Précieux Guillaume…, commença-t-il en me posant sa main puissante sur l'épaule, ce qui m'honora. Votre bonté et votre bienveillance ne suffiront pas à affronter ce qui va s'abattre à présent sur Sidon, la princesse et les Templiers ! Ne vous inquiétez pas, mon échine est habituée à ployer sous le poids des autres, et cela restera ainsi tant que mon crâne dur sera bien fixé sur son cou solide !

L'ACCUEIL QU'ON LEUR RÉSERVA À BEAUFORT, le château du chevalier-brigand Julian de Sidon, fut glacial. On conduisit malgré tout Roç et sa petite troupe à travers la galerie souterraine, par les trois portes surmontées de herses, dans le sous-sol du puissant donjon. La salle voûtée et sans fenêtre était pourvue d'une galerie de pierre qui courait sur tout son périmètre. Derrière elle, un escalier de bois montait en colimaçon vers l'étage où les attendait le maître des lieux, étonné et amusé de les voir revenir dans son nid de voleurs.

— Qu'est-ce qui vous a incité à commettre la folie de reparaître en ma présence, Roç Trencavel, alors qu'il est clair, désormais, que Terèz de Foix m'a, sur vos ordres, trahi auprès des Templiers ?

Il regardait avec suspicion les hommes qui se tenaient devant lui : la garde avait oublié de leur faire déposer leurs armes. Il leva les yeux vers la balustrade dissimulée par les colonnes et vit les arbalètes de ses soldats pointées vers les visiteurs. Le Trencavel ne les avait pas remarqués. En revanche, Guy de Muret, toujours méfiant, si.

— Pourquoi voulez-vous que je lance à vos trousses les Templiers qui ont en leur pouvoir la femme aimée pour laquelle je suis parti… (Roç scruta le visage défiguré de son interlocuteur.) Si vous ne m'aviez pas envoyé sur une fausse piste…

— Vous m'auriez tout gâché par votre bêtise !

Pons, qui n'avait pas encore compris la gravité de la situation, voulut prendre la parole :

— C'est Yves le Breton qui vous a réglé votre compte et non Terèz de Foix, annonça-t-il à Julian.

Le maître des lieux le remercia avec le regard d'un serpent qui vient de repérer une souris ingénue.

— Et qui a mis ce damné Breton à nos trousses ? écuma Julian en s'adressant cette fois aux compagnons du Trencavel.

Julian avait la réponse depuis longtemps, Guy ne lui fit cependant pas le plaisir d'accuser son ami Terèz.

— Messire Yves souffre d'une obsession partagée par quelques personnes sur cette terre : voir le Couple Royal enfin réuni !

Julian se tourna tout d'un coup vers Roç, au moment précis où Dame Johanna, descendu de ses appartements, apparaissait dans l'escalier.

— Vous m'avez causé un tort inestimable ! Après tout, la simple existence de votre princesse Yeza m'a privé d'une fortune, de l'or avec lequel j'aurais pu racheter Sidon ! (Il lança un regard de défi au Trencavel.) Quel salaire attendez-vous donc pour ce haut fait ?

Roç le regarda avec amusement. Malgré son envie de lui répondre « votre fidèle épouse Johanna ! », il s'abstint de démasquer la maîtresse de ces lieux.

— Vous pourriez tenter d'entrer à Sidon, cette fois en ma compagnie, proposa-t-il insolemment à Julian. Je ramène ma princesse, vous rapportez votre or !

Le châtelain éclata d'un rire sonore.

— Notre seul point commun se réduit à une image, répondit-il brutalement : celle de nos deux corps pendus par le cou aux créneaux des fortifications de la ville !

Les compagnons du Trencavel fixaient Roç, consternés. Avait-il vraiment cru pouvoir gagner un homme comme Julian à une aussi folle entreprise ? Guy de Muret tira cette conclusion. Tous deux avaient suffisamment prouvé qu'il n'existait rien qui leur semblât trop difficile pour eux. Ensemble, ils seraient peut-être invincibles… Mais Julian mit un terme rapide à cette discussion.

— Allez au diable, Trencavel ! s'exclama-t-il d'une voix où perçait une certaine jovialité. Vous ne me portez pas bonheur !

— Attendez ! intervint alors dame Johanna, depuis l'escalier. Vous pouvez sans doute rivaliser en bêtise, mais c'est vous, à présent, Julian, qui n'avez pas tous vos esprits !

Son époux avait cessé de rire. Il leva les yeux avec espoir vers son intelligente épouse, qui pointa du doigt Roç et ses fidèles.

— Ceux-là sont les seuls à savoir que c'est vous, Julian, et non les Templiers, qui avez massacré les Mongols pour vous emparer de cet or.

Le seigneur du château se défendit stupidement.

— Messire le Trencavel devra d'abord le prouver !

Mais son épouse n'en démordit pas :

— Il suffit qu'il fasse venir le comte de Foix, que vous avez laissé s'échapper, et le cite comme témoin ! insista-t-elle, furieuse de le voir aussi obstiné.

Baïtchou, très énervé, reprit la parole.

— C'est vous, l'assassin ! lança-t-il hardiment à Julian. Le sang de mon cousin Khazar et celui de tous les courageux guerriers de mon peuple vous collent aux mains. Mon père, le général en chef de notre armée, les vengera d'une manière terrible ! (Baïtchou comprit trop tard, emporté qu'il était par sa fureur juvénile, dans quelle situation périlleuse il venait de se mettre, lui et ses camarades.) Et moi aussi ! ajouta-t-il avec fierté.

On eut d'abord l'impression que la sortie du jeune garçon avait coupé la langue à Messire Julian. Mais on ne tarda pas à entendre de nouveau son rire mugissant :

— Vous venez de creuser votre tombe !

Il désigna les arbalétriers. Lorsque la main de Roç se dirigea vers le fourreau de son épée, celle de David la retint.

— Jetez vos armes si vous tenez à la vie ! ordonna Julian.

Il se plaça derrière le dossier de son siège, hors de portée de toute arme. Même la dague de Yeza n'aurait rien pu y faire, se dit Roç. Il aurait dû sauter depuis longtemps à la gorge de cette crapule et venait de gâcher sa dernière chance. Il fut le dernier à laisser tomber son épée.

— Notre sang retombera sur vous !

Roç n'avait pas l'intention d'afficher son désespoir, encore moins sa soumission, mais cela ne fit que renforcer les sarcasmes de Messire Julian.

— Votre sang ! s'exclama-t-il, moqueur. Votre précieux sang, noble Trencavel ! C'est *vivant* que vous serez le garant de mon intégrité physique ! (Il retrouvait lentement son calme.) Cela vaut aussi pour votre gamin mongol !

Julian se retourna vers son épouse, comme pour recueillir son approbation. Johanna secoua la tête, indécise. Son mari prit ce geste pour une acceptation.

— Emmenez-les ! ordonna-t-il à ses sbires qui n'attendaient que cet ordre.

On attacha les mains dans le dos des prisonniers. Messire Julian était d'excellente humeur.

— Vous allez vous retrouver dans un endroit tranquille, plus vaste et plus confortable que ne le sont généralement les cachots. Mon épouse Johanna pourra vous y rendre visite de temps en temps ! ajouta l'époux magnanime.

Roç ne répondit pas. Johanna jugea elle aussi cette remarque déplacée. Le Trencavel était soulagé, non pour lui, mais pour ses compagnons et notamment pour la jeune vie de Baïtchou, dont il se sentit tout d'un coup responsable. Pour lui-même, il aurait accepté la mort comme prix tardif d'un amour dont il ne s'était pas encore montré digne. S'il revoyait un jour la lumière du soleil, c'est à cet amour unique, à Yeza, qu'il consacrerait son existence !

On emmena les prisonniers.

— Dans cette vieille citerne, ils pourront camper jusqu'à ce qu'ils soient totalement desséchés… du moins jusqu'à ce que la tempête se soit calmée, expliqua fièrement Julian à son épouse, qui pensait déjà à l'avenir.

— Tu devrais, répondit-elle, envoyer un Templier chargé d'une lettre confidentielle au grand maître de l'ordre, dans laquelle le commandeur de Sidon, ce vaniteux qu'est Marc de Montbard, se vantera de sa victoire et demandera où convoyer l'or qu'il a pillé…

— Où veux-tu que je trouve une lettre pareille ? demanda prudemment Julian, qui ne comprenait pas où elle voulait en venir.

— Tu n'as qu'à en fabriquer une ! dit Johanna. La seule chose qui compte, c'est que les Mongols l'interceptent !

Julian embrassa les pieds de sa femme.

De la chronique de Guillaume de Rubrouck

Le lendemain, messire Thomas Bérard, grand maître de l'ordre *Sacrae domus militiae Templi Hierosolymitiani*, arriva à Sidon. Il remontait de Tyr, où il avait été l'hôte du maître de la cité, Philippe de Montfort. Il prévoyait d'y embarquer dans la galère qui devait le conduire en Europe où il demanderait qu'on soutienne l'activité de l'ordre en Terre Sainte, soit sous forme de renforts à sa troupe de chevaliers, soit sous forme de dons. Il fut extrêmement réjoui lorsqu'il entendit parler de l'incroyable coup de filet réussi par ses hommes. Les rançons des villes de Damas et d'Alep qu'ils avaient interceptées dépassaient largement le montant des dons que l'on pouvait espérer, en Occident, du Saint-Siège et *a fortiori* des bourses laïques.

Yves le Breton ne se fit pas particulièrement apprécier de ce grand seigneur lorsqu'il indiqua que les Mongols ne renonceraient pas à l'or qu'ils considéraient comme leur appartenant, même s'il avait été extorqué aux musulmans. Messire Thomas Bérard ne voulut pas le savoir. D'un mouvement arrogant de la main, il fit comprendre à ses subalternes et à ce plénipotentiaire du roi de France que l'entretien était terminé.

Le Breton s'entretint ensuite en tête à tête avec Marc de Montbard, qui se montra moins sourd à ses arguments. Jusqu'ici, le commandeur pouvait encore considérer que les Mongols se satisferaient de la restitution de leur or et épargneraient Sidon. En revanche, si l'ordre devait refuser la négociation, on soupçonnerait les Templiers de s'être ralliés à ceux qui avaient massacré les deux sections, et les Mongols ne feraient pas de quartier. Le commandeur le comprenait bien.

— En tout cas il en a donné l'impression ! me confia Yves par la suite.

La galère du grand maître arriva entre-temps. Elle remontait d'Ascalon, le siège le plus méridional de l'ordre, et le capitaine nous informa qu'une armée envoyée par Kitbogha avait conquis Naplouse et Gaza.

— C'est de toute évidence un défi lancé aux mameluks d'Égypte, remarqua Yves le Breton, impassible.

La présence du grand maître lui avait rendu le statut de légat plénipotentiaire du roi de France que le commandeur Marc de Montbard avait ignoré jusqu'ici. Avec une clairvoyance rare chez les Templiers, le commandeur s'appuya de plus en plus sur le Breton, qui, comme lui-même, était forcé de rester sur place, « en Outre-mer », et ne pouvait repartir pour l'Europe.

— Qutuz, le sultan du Caire, fit remarquer Thomas Bérard, sait parfaitement que le Il-Khan a retiré une grande partie de l'armée mongole. Après cette provocation, il va chercher la confrontation militaire.

— C'est-à-dire la guerre ? s'enquit Marc de Montbard, sans frisson ni satisfaction cachée, mais avec cette avidité que manifestaient tous les Templiers de ma connaissance lorsqu'il s'agissait de faire parler les armes, à l'exception de mon ami David de Bosra.

Le grand maître hocha la tête et prit le temps de réfléchir.

— Faites charger toutes ces caisses pleines d'or sur mon bateau ! ordonna-t-il.

La surprise fut complète, et le commandeur tellement ahuri qu'il se montra incapable de réagir.

— Mais… mais vous signez notre arrêt de mort ! laissa-t-il échapper.

Son grand maître lui lança un regard plus anéantissant que ne pouvait l'être aucune exécution.

— Votre vie appartient à l'ordre, répondit-il sèchement. Votre mort aurait pu vous faire honneur… (Il laissa ses mots résonner avec une certaine cruauté, puis poursuivit d'un ton léger :) Ma galère quittera Sidon la cale pleine, mais sans moi. Ainsi les pièces à conviction ne se trouveront-elles plus dans le pays ! ajouta-t-il avec satisfaction. Je reste à mon poste, à Acre. (Il n'adressa plus un regard au commandeur.) Et vous, Marc de Montbard, vous restez au vôtre ! (Ses yeux avaient beau être dirigés vers Yves, ses mots ne lui étaient pas destinés.) Peut-être les mameluks seront-ils plus rapides que les Mongols. Sans cela, vous pourrez encore leur proposer la princesse… en échange de votre précieuse vie !

Je regardai Yves. Il ne broncha pas. Je sus alors que Yeza ne serait jamais le gage que le grand maître du Temple voulait voir en elle. Je fis confiance à l'inventivité du Breton. Cela étant dit, et même si elle ne s'en doutait nullement, Yeza était redevenue une captive.

LE PHÉNIX[1] RENAISSANT DE SES CENDRES

La mort du Faucon Rouge

À Damas, dans le palais abandonné du sultan, siégeait la direction de l'armée mongole. Le vieux Kitbogha, visiblement très affecté par les coups reçus les journées précédentes, présidait la séance. Son neveu Khazar avait été abattu ; son plus jeune fils, Baïtchou, que le vieil homme adorait, avait disparu depuis la ruse ignoble des Templiers, alliés à ce Julian de Sidon. Volatilisé aussi, le Couple Royal sur lequel reposaient tous les espoirs des Mongols.

— Et ce en particulier depuis que l'armée des Mongols a été sensiblement affaiblie par le départ de notre vénéré Il-Khan, souligna-t-il devant les quelques généraux qu'il lui restait.

Cette attitude fataliste indigna le général Sundjak.

— Qu'avez-vous donc à pleurer ces rois de la paix inutiles ? (Le molosse regarda à la ronde afin que le vieux commandant ne se considère pas comme directement agressé.) Nous avons perdu deux sections à cause de l'incapacité d'un sous-officier qui, de surcroît…

Le commandant en chef le fit taire d'un geste impérieux de la main. Kitbogha était furieux.

— Général Sundjak ! tonna-t-il. Si votre clairvoyance stratégique le juge nécessaire, vous pouvez marcher sur Sidon et rafraîchir votre battant incandescent contre l'acier froid des Templiers…

— Colère brûlante contre acier glacé ! répondit celui-ci. Je leur ferai grésiller les couilles jusqu'à ce qu'ils recrachent l'or qu'ils ont volé au Il-Khan !

— Dans ce cas, je vous prie de satisfaire très rapidement à votre besoin pressant, car nous avons besoin des troupes pour des objectifs plus importants que vos petites vengeances.

— Que peut-il y avoir de plus important ? demanda Sundjak, cramoisi. De plus urgent que de punir ce meurtre commis par des lâches, ce pillage éhonté ? Chercher votre Couple Royal, peut-être ?

Le vieux Kitbogha avait décidé depuis bien longtemps de ne plus se laisser énerver par Sundjak.

— Cela ne ressuscitera pas nos hommes et l'or ne se trouve certainement plus à Sidon, répondit-il sèchement. On m'informe depuis Gazah que l'émissaire envoyé au Caire par notre général n'est pas encore revenu…

Le molosse referma aussitôt les crocs :

— Il est grand temps que nous nous fassions respecter plutôt que de rester inactifs à Damas ! Cette bande de mameluks se moque de nous. Ils dansent autour de nous avec leurs putains de Templiers…

Il cracha de mépris. Kitbogha resta calme.

— Tant qu'il ne s'agit que de votre fameux flair réputé et non de nos couilles à nous, je m'en tiendrai aux instructions du Il-Khan. Or elles étaient claires : tenir Damas ! (Il réfléchit, l'air agacé.) Je regrette depuis longtemps d'avoir cédé à votre pression et envoyé des troupes à la frontière de l'Égypte !

— Comment vouliez-vous protéger la Syrie autrement ?

Sundjak s'était adressé à son supérieur sur un ton plus doux. Le vieux commandant le prit comme une preuve de loyauté.

— Nous n'avons actuellement aucun intérêt à exciter les mameluks, expliqua-t-il à ses généraux. J'ai par conséquent confié à une personnalité neutre la mission de se présenter devant le sultan du Caire et de lui garantir que nous n'avons pas l'intention de violer les frontières de son royaume. (L'agitation qu'on perçut alors dans la salle pouvait aussi être interprétée comme un murmure de désapprobation.) Je suis même disposé à conclure un pacte de non-agression s'il est demandé.

Sundjak prit la parole au nom de ceux que cette stratégie ne satisfaisait pas :

— Vous avez choisi pour cela celui qu'on appelle le prince Constance de Sélinonte, connu ici, à Damas, sous le nom de « Faucon Rouge », et dont nul ne sait au profit de qui il espionne. Il a d'ailleurs eu beaucoup de chance que personne ne l'ait encore privé de sa tête de traître !

Kitbogha ravala l'agacement qui commençait à s'emparer de lui.

— Fassr ed-Din est le fils du dernier grand vizir d'Égypte et passe pour un excellent médiateur entre l'Orient et l'Occident.

— Mais le conflit dont il est question ici n'oppose pas le christianisme et l'islam. Il s'agit de notre prétention sur le « Reste du Monde », de l'instauration de notre *pax mongolica* et de la sédition de ces mameluks !

— Votre clairvoyance m'étonne, Sundjak, dit Kitbogha à son molosse. Pourquoi ne la laissez-vous pas plus souvent inspirer vos actes ? C'est la raison pour laquelle j'ai aussi donné à l'émir une escorte mongole, afin que sa position soit claire. Il ne voulait d'ailleurs pas d'un tel équipage, c'est moi qui le lui ai imposé !

— Ce lascar a sans doute honte de se présenter au nom des Mongols ! lança Sundjak.

— Qu'il règle la question en conscience, répondit Kitbogha. Ce qui lui importe, c'est la réconciliation avec les musulmans… et le bonheur des futurs rois de la paix !

— Je m'en doutais ! (Le général redressa son corps massif.) Pour ma part, je considère que ma mission est dans ce monde et qu'elle consiste à nous faire respecter, nous, les Mongols !

Et sur ces mots, il quitta la salle d'un pas lourd.

De la chronique de Guillaume de Rubrouck

Personne ne se souciait vraiment de moi à Sidon, je pouvais donc me déplacer librement entre l'immense citadelle, un piton planté entre les murs de la cité, et son port protégé par des barrières rocheuses naturelles. Ce bassin était en outre gardé par la Qal'at al-bahr, une île fortifiée avec génie, qui passait pour imprenable. Yeza en revanche ne disposait pas de cette liberté de mouvement, et le fait que les Templiers aient prétexté devoir assurer la protection de la princesse convenait vraisemblablement au Breton. Ni les uns ni les autres ne souhaitaient que la présence de Yeza à Sidon soit connue, et encore moins qu'elle se montre et déclenche autour d'elle l'émotion habituelle. Elle-même semblait provisoirement s'accommoder de sa situation. La princesse n'était plus la dame que l'on pouvait déplacer comme un pion sur le jeu des conquérants mongols, même si elle avait forcément conscience que, derrière l'ordre des Templiers, se trouvait la puissance mystérieuse qui s'était mise en tête de réunir Yeza et Roç, d'en faire à nouveau le Couple Royal et de l'aider à accéder au pouvoir. Je voyais déjà la main de la Grande Maîtresse dans ce qui arrivait à Yeza et je n'aurais pas été surpris qu'Yves le Breton se révèle être un membre de cette mystérieuse fraternité. Il me donnait l'impression d'être un chien fidèle gardant, au bout de sa chaîne, les appartements de la princesse.

À peine le grand maître du Temple était-il reparti pour Acre qu'un fin voilier de l'ordre entra dans le port. J'appris que le navire venait d'Égypte, ce qui attisa ma curiosité, même s'il était de notoriété publique qu'en dépit de toutes leurs confrontations, les Templiers avaient toujours maintenu des relations étroites avec Le Caire. L'identité du passager qui débarqua sans avoir pris la peine de se déguiser n'échappa donc pas à ma vigilance : c'était Naiman le boiteux. Je courus aussi vite que possible à la citadelle, pour livrer l'information à Messire Yves. Mais la nouvelle de la présence parmi nous de cet agent secret du sultan me parut avoir peu d'importance et je décidai de commencer par passer dans la bibliothèque, derrière la salle de travail du commandeur. À travers la paroi de croisillons en bois qui séparait les deux pièces, je pouvais tout entendre et peut-être aussi voir qui recevait Messire Marc de Montbard sans se soucier, le plus souvent, de ma présence. Dès que le Templier l'eut salué sans beaucoup de cérémonie, Naiman lui apprit la première nouvelle.

— L'émissaire envoyé au sultan par le général mongol ne s'est jamais présenté à lui ! (Marchant d'un pas traînant, Naiman préféra ne pas voir le tabouret qu'on lui proposait, sans doute pour donner plus de force à son récit.) Le ouazir al-khazna, le chambellan de la cour, a demandé à ce crétin de l'informer de son affaire, puis il a fait revenir les gardes qui l'avaient amené et l'a fait sortir du palais « par le chemin le plus court » : ils précipitèrent l'ambassadeur depuis les créneaux du mur du palais, et il alla s'écraser sur le pavé de la vieille ville du Caire, où la population l'acheva, s'il en était encore besoin !

Le commandeur avait écouté cette histoire, impassible.

— Chez ces têtes rondes, un homme de plus ou de moins n'a aucune importance, releva-t-il à la grande déception de l'agent secret. Ce qui m'intéresse beaucoup plus, c'est le message qu'il était censé transmettre.

Ramenant habilement derrière lui sa jambe estropiée, Naiman se laissa tomber sur le tabouret.

— L'insolent exigeait non seulement qu'on leur cède toute la Syrie, mais aussi que le sultan se soumette aux Mongols ! (Naiman souligna la stupidité de cette demande avec un rire qui rappelait le bêlement d'une chèvre.) Vous vous imaginez, notre illustre sultan Qutuz se jetant sur le ventre…

— Tout dépend devant qui, fit observer le Templier qui avait décidé de jouer un peu avec son visiteur. Une prosternation devant le Grand Khan, devant le Il-Khan ? demanda-t-il avec l'apparence du sérieux.

— Devant le Couple Royal ! explosa Naiman indigné.

Cette réponse réjouit le commandeur. Il était certain à présent que les mameluks partageaient son opinion. Et il changea de ton.

— Cette idée absurde des Mongols nous vaudra encore de très grandes difficultés.

Le commandeur avait baissé la voix : ses mots contredisaient l'attitude officielle de son ordre, et les murs avaient des oreilles, en l'occurrence ceux d'un franciscain.

La familiarité soudaine de Marc de Montbard incita l'agent à faire un pas de plus.

— Mais elle pourrait aussi vous valoir, dit Naiman sans cacher ses intentions, un secours de la flotte égyptienne si les Mongols devaient se venger des événements de Baalbek.

— Nous n'y étions pour rien ! (Le commandeur avait soudain perdu l'envie de plaisanter.) Baalbek a été l'œuvre de ce Julian, un irresponsable, criblé de dettes !

— Et pour qu'il puisse rembourser son ardoise au Temple, vous lui avez laissé le soin d'accomplir les sales besognes, le massacre de Baalbek…

— Je vous le jure, nous n'étions au courant de rien.

Naiman fit de nouveau retentir son rire en forme de bêlement.

— Allez raconter cela au général Sundjak qui enfoncera bientôt les murailles de cette ville ! Par le droit et par le sang, le seigneur Julian est toujours titulaire de Sidon !

Le commandeur se tut, consterné : cet espion écervelé avait sans doute raison.

— Que pourrait…

Naiman lui fit signe de s'approcher de lui :

— Vous abritez bien cette princesse dans vos murs ?

Il avait eu beau chuchoter, j'avais distinctement entendu le nom de Yeza. Marc de Montbard répondit en bredouillant :

— Le… ce prix-là est trop élevé pour moi.

Je quittai la bibliothèque sur la pointe des pieds par la porte de derrière et courus vers les appartements de la princesse. Yves le Breton m'arrêta.

— La princesse est en sécurité ! affirma-t-il pour m'apaiser en me voyant à bout de souffle.

— Qal'at al-bahr ?

Le Breton garda le silence, ce qui était aussi une réponse. Je repartis et rencontrai Naiman, qui était tout seul. Si j'avais été membre de la secte des assassins, ou si j'avais seulement possédé un poignard, j'aurais profité de l'occasion et l'aurais tué. Naiman le lut sans doute sur mon visage, car il se mit immédiatement à ricaner.

— Vous charger d'un empoisonnement, Guillaume de Rubrouck, voilà qui serait une bonne idée !

— Ce serait avec le plus grand plaisir, Naiman, si vous étiez la victime !

Cela l'amusa et il me rendit la monnaie de ma pièce.

— Ou bien pour que vous connaissiez le sort de votre cher ami, ce « Faucon Rouge » auquel vous accordez une telle vénération ? (Il me laissa frétiller un peu comme un scarabée planté sur une épingle.) Je lui ai creusé sa tombe, et cette fois-ci il n'y échappera pas ! (Il se mit à rire méchamment.) Soit il va perdre la tête, soit son cou va s'allonger un peu. Tout dépend entre les mains de qui il va tomber au sein de la hiérarchie des mameluks.

— Jusqu'ici, protestai-je, il a toujours eu l'oreille du sultan !

— Jusqu'ici, répliqua Naiman, l'illustre Qutuz ne savait pas non plus que le faux « prince Constance de Sélinonte » intrigue contre les intérêts de l'Égypte, dresse les barons chrétiens du prétendu royaume de Jérusalem contre les mameluks et les incite à rallier les Mongols ! Vous étiez vous-même présent à Acre, Guillaume de Rubrouck...

La lâcheté de ce dénonciateur m'indigna.

— Je me porterai témoin contre vos calomnies ! m'exclamai-je.

— Trop tard, ô frère inutile du naïf d'Assise ! D'ici à ce que vous arriviez au bord du Nil, votre ami sera déjà la proie des asticots !

— Faucon Rouge triomphera de votre bassesse ! (Je ne voulais pas laisser ce rat bigleux me dominer.) Il a par ailleurs de puissants amis parmi les mameluks, entre autres l'émir Baybars, le célèbre archer, lui aussi un admirateur de la princesse Yeza !

Naiman était sans doute fatigué de rire.

— C'est justement à lui que l'illustre sultan a confié le commandement militaire, dut-il concéder.

— Vous voyez, Naiman, espèce de serpent de mauvais augure, vos plans vont être réduits à néant !

Un sourire se dessina dans l'unique œil de Naiman.

— Pour que la vénération du Couple Royal n'entraîne pas l'émir Rukn ed-Din Baybars à commettre des actes de désobéissance, le sultan Qutuz a eu la sagesse de prendre en otage à la cour le petit Mahmoud, le fils de l'Archer. (Je vis darder la langue fourchue du nain.) Afin que l'idée ne vienne pas à l'Archer – un homme extrêmement dangereux, je l'admets –, de désigner Roç et Yeza comme vice-rois de Syrie ! Tout général, aussi génial soit-il, et c'est certainement le cas de Baybars, n'est pas pour autant un politicien de talent !

La froideur de son regard me fit frissonner.

— De la même manière, reprit-il, votre Faucon Rouge a certes été un aventurier souvent favorisé par la chance, et même un héros, mais au bout du compte son esprit n'était pas à la hauteur du mien !

Mon impuissance face à tant de méchanceté me mit au désespoir. Et Naiman quitta la pièce en traînant la patte, tout en levant la tête comme un vainqueur.

Peu après, le commandeur des Templiers se présenta dans nos quartiers sur la citadelle entourée par la mer, et demanda un entretien en tête à tête avec Yves le Breton. Ils firent comme si je n'étais pas là.

— Je vous prie de veiller, Messire Yves, commença Marc de Montbard d'une voix soucieuse, à ce que la princesse reste captive à l'intérieur des murs bien protégés de Qal'at al-bahr, ne serait-ce que pour la protéger de Naiman !

Yves hocha la tête, l'air furieux. Marc de Montbard reprit :

— Je n'ai pas l'intention de me laisser ôter ce gage des mains, ni mort, comme le souhaitent les mameluks, ni vivant, comme l'espèrent les Mongols.

Je comprenais, et sans doute Yves aussi, qu'il y avait bien d'autres partisans de chacune de ces deux méthodes. Yeza se trouvait entre les deux, sans se douter de rien !

La vieille citerne était très éloignée du château fort, enfoncée sous les gigantesques fossés taillés dans la roche. Elle était inutilisée depuis des décennies car on avait transféré le système d'approvisionnement en eau dans l'enceinte protégée de Beaufort. C'était un espace vaste et sec. La lumière du soleil tombait par un orifice circulaire que ne protégeait même pas une grille. Mais les prisonniers ne pouvaient s'évader par cette ouverture bien trop élevée sur le plafond voûté. Chaque jour, on faisait descendre une corbeille de vivres pour Roç et ses compagnons, accompagnée d'un baquet en bois plein d'eau fraîche. Ils étaient tourmentés par la solitude, le silence complet, l'impossibilité d'être entendus par quiconque, si ce n'est par leurs codétenus grognons. Guy de Muret, accablé par l'obligation de rester assis sans rien faire, était le plus agité. Il ne cessait de marcher le long des murs, ses yeux de renard cherchant la moindre anomalie susceptible de lui ouvrir un chemin vers la liberté. Bien au-dessus de leurs têtes, à moins d'un pied du début de la voûte, une corniche courait autour de la pièce. Elle dissimulait sans doute la rigole d'acheminement de l'eau, qui donnait certainement sur un tuyau d'écoulement. C'est du moins ce qu'il avait reconstitué par la pensée, car ils ne pouvaient même pas arriver à cette hauteur-là. Pons découvrit alors le crochet de fer planté en haut du mur. En nouant les cordes de la corbeille et du baquet, le plus habile d'entre eux, Roç, parvint après plusieurs tentatives infructueuses à lancer la corde sur le crochet saillant.

Baïtchou était le plus léger du groupe. On l'installa donc dans la corbeille et on le souleva précautionneusement. Le jeune garçon se montra très agile, sauta sur le bord de la rigole… et disparut ! Baïtchou parcourut en rampant toute la corniche et finit par annoncer fièrement qu'il avait découvert l'écoulement, on voyait même la lumière du jour à l'extrémité du tuyau qui lui paraissait très étroit. Ils étaient encore en train de réfléchir à tout cela lorsqu'ils entendirent des voix en haut, à l'entrée de la citerne : les sbires de Julian se penchèrent au-dessus de l'orifice et appelèrent David le Templier ! Ils furent tous très effrayés, notamment le tranquille David qui passait ses journées dans un coin, sans doute à prier, ce qui lui valait les moqueries de Guy.

— Ils veulent me tuer ! dit-il en tremblant de tous ses membres.

— À moins qu'ils ne cherchent à te dresser contre nous ? fit Pons en guise de consolation.

— Je ne veux pas vous quitter ! dit le Templier manchot à Roç, d'une voix implorante. Expliquez-leur que je refuse !

Les hommes postés en haut de la citerne avaient bien entendu.

— Il ne vous arrivera rien ! crièrent-ils. Nous vous conduisons chez dame Johanna !

Cela étonna encore davantage les hommes parqués au fond de la citerne. Mais les sbires avaient assez perdu de temps. Ils firent descendre une hotte en bois au bout d'une corde épaisse.

— Si vous ne montez pas maintenant, nous cesserons de vous alimenter !

L'argument porta. David serra ses compagnons dans ses bras, monta dans la nacelle et se laissa hisser. Lorsqu'ils furent de nouveau seuls, les prisonniers appelèrent Baïtchou. Le gamin ne répondit pas. Il ne leur restait plus qu'à espérer qu'il était parvenu à s'échapper par le tuyau.

— S'il était resté coincé, déclara Guy pour tranquilliser ses compagnons, il aurait appelé à l'aide !

Personne n'en était convaincu : lorsque quelqu'un restait captif d'un passage aussi étroit, c'est son propre corps qui l'étouffait et le rendait muet. Ils s'arrêtèrent et écoutèrent de nouveau sans qu'aucun bruit ne leur parvienne.

On conduisit effectivement David le Templier auprès de dame Johanna – non dans sa chambre, en haut du donjon, mais dans la salle d'eau où l'attendait la châtelaine.

— Voulez-vous me donner un bain ? demanda-t-il, horrifié, à la dame qui se tenait devant le baquet fumant, entourée de servantes qui gloussaient.

— Cela ne vous ferait pas de mal, lui expliqua-t-elle en souriant. Vous sentiriez moins mauvais... et pendant ce temps-là, nous pourrions aider votre tunique à retrouver son blanc immaculé. Elle ressemble pour l'instant à la bure crottée d'un frère mineur. Une honte, pour l'ordre vaniteux auquel vous appartenez !

David baissa les yeux, consterné. En effet, on ne pouvait plus dire qu'il portait une tenue blanche ! Il se débarrassa de cette pièce de tissu et la tendit aux servantes. Dame Johanna le regarda en veillant à ce que le Templier ne se sente pas pris au piège et n'ait pas à craindre pour sa pudeur – sauf à oublier le rigoureux commandement de l'ordre des Templiers aussi vite qu'il s'était débarrassé de sa tunique. David ne vacilla pas. La dame, qui savait ce qu'elle voulait, dut donc employer d'autres moyens.

— Comme votre pourpoint est usé ! s'exclama-t-elle en feignant l'indignation et en le tirant avec force par le dernier vêtement qu'il portait encore sur sa peau nue.

Devant et derrière, l'habit était en cuir épais. À l'intérieur, en revanche, il était doublé de toile rêche – une mesure qui, loin de servir le confort de celui qui en était revêtu, constituait une mortification ordonnée par l'ordre. Johanna déchira cette garniture d'un geste sûr.

— Oh ! dit-elle avec une expression de regret et d'effroi. Il faut recoudre ça entièrement. Donnez-moi ça ! insista-t-elle en tirant sur la pièce de tissu.

David le manchot se laissa faire, et comme il ne voulait pas s'exposer torse nu aux regards des jeunes femmes, il accepta de monter dans le baquet, enveloppé dans un drap. Les servantes se mirent à lui frotter le dos avec de la lessive, il sentit bientôt leurs mains sur ses épaules. David ferma les yeux.

Johanna passa en trombe devant son époux et entra dans sa chambre.

— Je l'ai !

Elle brandissait tel un trophée de chasse le pourpoint élimé qui exhalait une odeur forte et mordante.

— Maintenant apportez-moi la lettre, pour que nous puissions la coudre sous la nouvelle doublure !

Julian sortit de sa poche le parchemin qu'il avait préparé, avec un sourire triomphal.

— Je l'ai fait fouler et battre jusqu'à ce qu'il bruisse moins qu'une souris cachée dans une réserve de farine !

Johanna le vérifia en froissant la lettre qui devait le trahir. Suivie par ses servantes, elle se retira dans ses appartements.

Dès qu'ils eurent abandonné Gaza, le désert du Néguev s'étendit devant les voyageurs. La dernière ville, avant la frontière ouvrant sur le territoire du sultan du Caire, avait été pourvue, après sa conquête par les Mongols, d'une garnison imposant plus que le respect : elle devait aussi faire l'effet d'une menace sur le royaume voisin des mameluks. Faucon Rouge et son épouse, Madulain, étaient entourés par une escorte nombreuse que le général commandant les Mongols avait encore renforcée. L'ancienne princesse des Saratz se sentait pourtant plus surveillée que protégée par les guerriers mongols. Madulain en voulait à son époux d'avoir accepté la mission délicate que lui avait confiée Kitbogha.

Ils chevauchaient à présent à travers l'étendue déserte sur laquelle l'Égypte, Faucon Rouge le savait, avait toujours eu des prétentions. Ils passèrent devant les châteaux abandonnés des croisés et les caravansérails désertés.

Il n'y avait rien à gagner ici, si ce n'est du sable. Il était en revanche facile d'y perdre une bataille. Faucon Rouge ralentit le tempo, il voulait à tout prix éviter de donner l'impression d'entrer avec fougue dans ce territoire.

Au bout de deux jours, ils rencontrèrent enfin une avant-garde des mameluks – des guetteurs avaient annoncé leur arrivée depuis très longtemps. Des lanciers beaucoup plus nombreux qu'eux les encerclèrent dans les dunes et les conduisirent au campement des Égyptiens, qu'ils atteignirent après plusieurs heures de marche.

Le chef de l'armée était le fameux Baybars. Ce guerrier expérimenté prit son temps pendant qu'on séparait Faucon Rouge des Mongols qui constituaient son escorte. Il s'agissait notamment de leur faire comprendre d'emblée qu'ils seraient traités en prisonniers de guerre. Ensuite seulement, Baybars accorda l'« audience » demandée par ce « messager », une expression qui annonçait déjà qu'on ne ferait pas grand cas de son statut d'ambassadeur. Bien qu'ils se soient connus longtemps auparavant, Baybars traita l'« émir Fassr ed-Din » comme un étranger. Il ne fallait surtout pas laisser transparaître la moindre familiarité, un sentiment qui existe aussi, parfois, entre ennemis acharnés. Cette distance convenait à Faucon Rouge. Il transmit sans ambages, et au nom de Kitbogha, le message dont il était chargé : une proclamation affirmant que les Mongols n'avaient à l'égard du sultan du Caire que des intentions pacifiques.

— Vous arrivez trop tard ! le rabroua immédiatement Baybars. La prise de Naplouse et, surtout, celle de Gaza, parlent un tout autre langage !

Faucon Rouge s'attendait à cette objection.

— Cela ne doit pas empêcher un cessez-le-feu, répondit-il, diplomate. Nous demanderons à nos troupes de se replier sur les marques que vous aurez désignées…

— Vous dites « nous », à présent, Fassr ed-Din ! l'épingla Baybars avec un clignement d'œil perfide, comme un gros ours de combat qui s'apprêtait à asséner à Faucon Rouge le coup de patte suivant. Qu'est-ce qui a bien pu pousser le fils renégat de l'Égypte à se jeter volontairement entre nos mains ?

— Vous le savez parfaitement, Rukn ed-Din Baybars ! répliqua Faucon Rouge. Je me soucie peu des Mongols.

L'ours se dressa de toute sa hauteur.

— Jusqu'à son dernier souffle, votre père a servi avec dévouement le dernier sultan dévoyé des Ayyubides !

Faucon Rouge ravala la réponse qu'il avait sur la langue : le grand vizir était mort au combat en défendant l'Égypte contre le roi des Francs, alors que le sultan était mort sous les coups d'un assassin et cet assassin, c'était vous, Baybars ! Il se contenta de répliquer :

— C'était tout de même l'un des descendants du grand Saladin !

L'ours sembla piqué au vif :

— Et ce sont ces descendants que vous voulez voir aujourd'hui sur le trône ?

— Non ! répondit fermement Faucon Rouge. Ma raison m'a commandé de consacrer ma vie à la réconciliation entre l'Orient et l'Occident. Moquez-vous de moi si vous le désirez… Mais mon cœur bat pour Roç Trencavel et Yeza Esclarmonde, le Couple Royal auquel est promis un règne de paix sur ce monde de misère et de guerre !

— En exprimant votre désir de les voir sur le trône à Damas ou à Jérusalem, et *a fortiori* au Caire, fit Baybars d'une voix dure, vous frôlez la haute trahison. Toute la terre située entre l'Euphrate et le Tigre revient au sultan du Caire et à lui seul !

Faucon Rouge ne prêta aucune attention à cette réplique.

— Qu'est-ce qui vous empêche, demanda-t-il, de laisser Roç et Yeza gouverner sous son parrainage là où, depuis la mort de Saladin, n'ont régné que la haine et la mort violente ?

L'émir mameluk dévisagea son interlocuteur avec étonnement.

— Vos amis chrétiens portent une bonne part de responsabilité dans cette attitude, répliqua-t-il. Comment voyez-vous les choses, au juste ? (Baybars s'efforça de ne pas reprendre un ton de procureur, il semblait même demander de la compréhension.) Vous demandez que le sultan musulman du Caire, dans sa zone d'influence et donc dans sa responsabilité à l'égard d'Allah, tolère un couple de souverains chrétiens sur le sol syrien, imbibé par le sang des martyrs de la vraie foi ?

— Le Trencavel et sa princesse ont aussi peu de rapports que vous et moi avec l'Église de Rome. Mais ils apporteraient à l'Islam la paix avec les ordres belliqueux et les barons du royaume de Jérusalem, avides de pouvoir !

— Autant que je le sache, répondit sèchement le mameluk, vos barons n'ont pas une grande estime pour vos protégés ! (Il balança son crâne de paysan comme s'il le regrettait.) Vos jeunes princes ne peuvent même plus se fier aux Templiers…

Ces mots ramenèrent Faucon Rouge aux réalités.

— L'ordre a beaucoup perdu de sa spiritualité, dut-il admettre, il n'a plus le rayonnement mystique qui était le sien depuis qu'il s'est consacré à l'acquisition de biens terrestres et dépend de plus en plus de ce que l'on appelle les « sécurités », au lieu de se fier à la force de l'esprit et au rempart de ses règles élitaires…

Baybars ne pouvait que l'approuver :

— Les puissances qui se trouvaient jadis derrière l'ordre se sont elles-mêmes dépouillées de leurs forces magiques ! (Mais Baybars savait qu'il ne devait pas se laisser contaminer par l'univers de la partie adverse.) Il faut être un fou pour croire encore aujourd'hui à la chimère de ce royaume de la paix ! La Syrie n'a pas besoin de ces créatures immatures égarées par des promesses intenables et au bout du compte déplorables ! Elle a besoin de la main et du bras armé des mameluks, qui veilleront à ce que l'ordre y règne, et repousseront un jour ou l'autre les chevaliers et les barons à la mer d'où ils sont venus ! (Baybars dirigea sur Faucon Rouge un regard méditatif, presque chagrin.) Sortez-vous cette idée de la tête ! lui conseilla-t-il.

Faucon Rouge l'écoutait à peine. Il vit par la porte ouverte son escorte enchaînée qu'on faisait avancer à coups de fouet. S'indigner n'avait aucun sens, il le fit néanmoins pour sauver son honneur.

— Que vont devenir ces hommes ?

— Esclaves, s'ils ont de la chance, lui répondit le mameluk comme s'il était étonné par cette question. Ou bien ils seront livrés, dans la capitale, à la colère populaire.

— Ils constituaient mon escorte d'ambassadeur !

Baybars le regarda droit dans les yeux :

— Qui vous dit que vous allez connaître un autre sort ?

L'Archer comprit qu'il devait plus d'explications à son interlocuteur :

— Je vais aller jusqu'à admettre, Fassr ed-Din, que vous ne conspirez pas avec nos ennemis, les Mongols. (Il marqua une pause afin que sa phrase suivante se détache clairement de leurs propos antérieurs.) En revanche, vous incitez les barons francs à considérer que leurs véritables ennemis ne sont pas les Mongols, mais nous, les mameluks ! Vous ne pouvez pas le contester et cela n'aidera pas les Francs ! (Une fois encore, il se retint pour donner plus de poids à ses mots. Faucon Rouge ne broncha pas.) Cela prouve que vous vous comportez comme un traître – à moins que vous n'ayez l'intention de nier l'attitude que vous avez affichée à Acre ?

Fassr ed-Din serra les mâchoires. Le ton de Baybars devint plus vif :

— Il y a longtemps que vous n'êtes plus un Égyptien, ni un véritable *moslem sahih* !

L'accusé resta longtemps silencieux et attendit d'avoir retrouvé son calme pour répondre :

— Vous ne pouvez me prendre ma foi en Allah et en son prophète Mohammed, Baybars.

Le mamelouk se leva lourdement : cette discussion l'avait lui aussi marqué.

— Dans ce cas, priez ! suggéra-t-il d'une voix lasse à l'homme dont le destin reposait entre ses mains. Je vous laisse ma tente, fit-il, ce qui le surprit davantage lui-même que Faucon Rouge. Allongez-vous auprès de votre épouse et tentez de dormir. Moi, je n'y parviens pas !

Il se rua vers la sortie. Au seuil de la tente, il se retourna et annonça, sans regarder l'autre dans les yeux :

— Demain matin, je vous ferai connaître le verdict !

À Beaufort, David le Templier était installé depuis deux jours déjà avec les domestiques et attendait que les servantes lui rendent son pourpoint de cuir et sa tunique blanche. Les femmes tentaient pour leur part de le convaincre de se séparer aussi de ses chausses, car son linge avait certainement lui aussi besoin d'un bon bain de lessive. Elles le taquinèrent en lui demandant s'il était vrai que les Templiers ne changeaient jamais le grossier morceau de tissu qu'ils portaient noué sous leur pantalon, autour de leurs reins. David souffrait plus de ces allusions qu'il ne le montra. Il ne demandait qu'une chose : qu'elles lui restituent ses affaires et le laissent retourner dans la calme citerne où l'on gardait ses amis prisonniers. Quand il les réclama, les femmes changèrent de sujet ou se moquèrent de lui. Elles lui firent cependant un lit de paille dans une cabane et lui donnèrent une couverture afin qu'il puisse aller se coucher. David ferma de l'intérieur, tant bien que mal, la porte en lattes de bois, afin que sa chasteté ne coure pas de risques pendant la nuit.

Dans la haute salle voûtée, sous le fossé du château, à l'extrémité de Beaufort, Roç et les deux Occitans restants, Guy et le gros Pons, faisaient tout leur possible pour dissimuler la fuite de Baïtchou. Ils commencèrent par fabriquer une poupée de paille qu'ils recouvrirent comme s'il s'agissait d'un homme endormi et traitèrent de fainéant lorsque les sbires de Julian faisaient descendre la corbeille contenant leur nourriture de la journée. Puis ils placèrent la poupée dans un coin comme si le gamin faisait ses besoins et se regroupèrent sous l'orifice du plafond pour respirer l'air frais. Ils craignaient qu'il ne leur reste plus beaucoup de temps. Et ils auraient aimé savoir ce qui était arrivé à David.

Lorsque celui-ci eut abandonné tout espoir de récupérer ses vêtements et se sentit berné, la vieille gouvernante, une sorcière décharnée, lui rapporta son pourpoint raccommodé, lavé et pourvu d'une nouvelle doublure. Les servantes insistèrent pour que David le passe. Il fut sur-le-champ soulagé de ne plus avoir à supporter le contact de leurs mains humides sur son dos nu ou son torse poilu. Il demanda à la vieille sorcière où était passée sa tenue blanche. Elle fit l'étonnée et lança un regard réprobateur aux jeunes femmes : son uniforme de l'ordre, lavé et blanchi, était suspendu sur une corde à linge dans le petit verger et le soleil devait l'avoir séché depuis longtemps !

David en fut si réjoui qu'il accepta fébrilement la proposition de la vieille femme : courir lui-même chercher sa tenue dans le jardin. Il se précipita dans la cuisine où il n'avait jamais pu entrer auparavant, se fit montrer la petite porte donnant sur le jardin et se retrouva à l'air libre. Le potager et la haie d'oliviers qui le délimitait s'étendaient jusqu'au mur d'enceinte. David découvrit rapidement sa tunique blanche bien-aimée parmi des tissus colorés, des tabliers et des draps. La croix pattée brillait devant lui, rouge feu. Il revêtit en tremblant la tenue de son ordre et se sentit d'humeur cérémonieuse. Une nouvelle énergie s'empara de lui. Il regarda aux alentours : il avait besoin d'un peu d'aventure. Son regard tomba sur une porte ouverte. David eut d'abord du mal à en croire ses yeux : il y avait là un cheval, un cheval sellé ! Et personne dans les parages ? Cela valait la peine d'essayer. Il passa par la porte, prêt à être chassé brutalement à n'importe quel instant par le propriétaire de l'animal ou un garde quelconque. Lorsqu'il l'eut rejoint, sans que nul n'ait cherché à lui barrer le passage, le Templier comprit qu'il avait déjà franchi les murs de Beaufort. Toujours incrédule, il détacha les rênes de sa monture, attachée à un figuier. Il se hissa sur la selle et partit sans se retourner.

En haut, dans le donjon, derrière la fenêtre étroite de sa chambre, dame Johanna suivait des yeux en souriant le Templier qui avait lancé son cheval au grand trot.

UN JEUNE COUPLE CHEVAUCHAIT dans un verger en fleur. Chaque fois que leurs chevaux ou que le casque du garçon effleuraient les branches, des pétales tombaient au sol. De somptueux amandiers roses alternaient avec des citronniers couverts de petites étoiles blanches. Ils avaient tourné le dos au cavalier qui les suivait, mais celui-ci n'avait pas le moindre doute : il s'agissait de Roç et de Yeza, même si les cheveux blonds de la princesse étaient retenus par un turban aux reflets d'argent. Ils passèrent devant des grenadiers, des palmiers au tronc fin, des buissons de figuiers exubérants. Ils pressèrent le pas. Le Couple Royal risquait de lui échapper. Lorsqu'il essaya de les appeler par leur nom, sa voix refusa de lui obéir, les pétales lui volaient au visage tant il était pressé de les rattraper. C'est alors que la jeune femme se tourna vers lui… Faucon Rouge découvrit le visage de Madulain penché au-dessus de lui. Elle était certainement éveillée depuis longtemps et avait dû l'observer pendant son sommeil.

— On m'a demandé de vous quitter, dit-elle en se relevant.

Elle portait déjà sa tenue de voyage, recouverte d'un *amanah*[2] en soie tissé de fils d'argent qui, de loin, lui donnait souvent l'allure d'un jeune homme mince.

Faucon Rouge ferma les yeux. Il ne voulait pas la voir partir. Puis deux enfants à la peau mate approchèrent de son lit et demandèrent s'ils pouvaient l'aider à s'habiller. Il leur permit uniquement de lui prêter la main pour passer ses bottes de cavalier. Baybars entra dans la tente, salua aimablement Faucon Rouge et en vint directement au fait.

— Votre mort est décidée, annonça-t-il avec le plus grand naturel. Je peux vous envoyer au Caire, enchaîné, pour vous mettre à la disposition du sultan Qutuz, qui vous en veut d'avoir contribué à l'évasion d'Ali, le fils de son prédécesseur brutalement écarté. Ou bien je peux exécuter la sentence ici même. (L'émir mameluk lui lança un regard interrogateur.) Vous avez le choix…

Faucon Rouge n'eut pas à réfléchir longtemps.

— Je préfère la main d'un homme qui n'a certes jamais été mon ami, mais que je respecte – notamment parce qu'il ne me prive pas de mon honneur.

— Voulez-vous prendre congé de votre épouse ?

— Non, nous nous sommes tout dit.

— Vous êtes donc prêt ?

— Que non, répondit le condamné. Vous devez d'abord, Baybars, me jurer que, quelle que soit l'issue du combat que vous engagerez avec Kitbogha, vous ne toucherez pas un cheveu de Roç et Yeza s'ils devaient tomber entre vos mains…

Baybars le regarda, songeur. Un sourire passa sur son visage tanné par le vent et le sable du désert.

— Je suis navré si je vous ai causé des soucis sur ce point, car j'ai une grande estime pour le jeune Trencavel et pour la princesse. (Il regarda Faucon Rouge droit dans les yeux.) Ce respect ne s'arrête pas à la mort physique, ni la mienne, ni la vôtre. (Baybars ne s'attarda pas longtemps sur cette pensée.) Je vais même vous promettre que je ferai tout ce qui est en mon pouvoir pour assurer l'intégrité de ces deux jeunes personnes hors du commun. (Baybars n'était pas un adepte des grandes paroles, il n'était pas habitué à parler longtemps.) Non seulement parce que la princesse Yeza a jadis sauvé la vie à mon fils Mahmoud, mais parce que face à la mort, je ne veux pas vous priver du rêve que constitue le royaume de la paix.

Les deux hommes se donnèrent l'accolade. Puis le bourreau entra dans la tente.

Sous la croix pattée

Depuis des jours, quelqu'un ne quittait pas des yeux le château de Beaufort. Le cavalier solitaire avait dissimulé son cheval dans une caverne, sur la paroi rocheuse qui se dressait en face des murailles, et s'était assis derrière une pierre, au-dessus de la profonde gorge creusée par la rivière. Terèz de Foix attendait le moment où il pourrait régler ses comptes avec Julian de Sidon, le maître du château. Il fixait la porte depuis que Roç Trencavel et ses amis y étaient entrés. Ils n'en étaient pas ressortis depuis. Comme le tuyau débouchait sur le côté opposé et dans les éboulis, il n'avait pas vu Baïtchou sortir de la citerne ; il avait en revanche aperçu David de Bosra s'en aller à cheval. Le Templier manchot, dont la tunique blanche immaculée frappée de la croix pattée rouge se voyait de très loin, était parti au galop, comme s'il craignait d'être pris en chasse. Il pensa que les sbires allaient sortir par la porte d'un instant à l'autre pour reprendre le fugitif. Comme il ne se passa rien de tel, Terèz baissa à nouveau son arbalète. Il n'en était pas moins fermement décidé à couvrir la fuite de son ami depuis sa cachette.

Lorsqu'il fut sorti en rampant des éboulis rocheux, les jambes tremblantes, et se crut hors de vue de Beaufort, le petit Baïtchou perdit rapidement son sens de l'orientation. En toute hâte, tombant de temps en temps et s'écorchant les genoux, il descendit la côte pierreuse, grimpa sur la suivante et se pencha de nouveau en voyant le château se dresser une nouvelle fois au-dessus de lui. Baïtchou tenta de se repérer d'après les ombres que le soleil ardent projetait derrière les roches – mais elles ne cessaient de l'égarer. Il décida de rester caché entre les ravines et d'attendre le soir pour reprendre son évasion.

À Beaufort, Messire Julian voulut voir en personne le visage déçu de ses prisonniers lorsqu'il alla dans leur citerne les informer que leur compagnon manchot David le Templier était parti rejoindre les Mongols à cheval afin d'apporter à ces stupides têtes rondes la preuve écrite du fait que c'étaient les Templiers de Sidon, et eux seuls, qui avaient provoqué le massacre de Baalbek. Mais à son grand agacement, cette nouvelle ne suscita qu'un silence incrédule. Ils ne croyaient manifestement pas leur ami capable de commettre une telle idiotie. Messire Julian demanda donc à voir le jeune Baïtchou, ce gamin mongol insolent qu'il comptait couvrir de ses sarcasmes et auquel il voulait surtout annoncer qu'ils n'avaient désormais plus aucun salut à attendre des Mongols. Mais on eut beau inspecter la citerne depuis le haut, le petit Baïtchou ne se trouvait plus parmi les occupants. Comme Roç Trencavel et les autres continuaient à se taire, il lâcha une poignée de ses sbires sur les prisonniers. Ses hommes trouvèrent rapidement le tuyau d'écoulement par lequel l'enfant s'était échappé. Hurlant de rage, Messire Julian mit tous ses gardes en selle, et peu après ses hommes galopaient déjà vers la porte grande ouverte.

Terèz de Foix vit donc enfin arriver sa récompense. On distinguait encore clairement la silhouette du Templier qui s'éloignait. Ses poursuivants, eux aussi, avaient certainement aperçu le fugitif. Terèz tendit son arbalète et y plaça le premier carreau : les sbires n'allaient pas tarder à apparaître au-dessous de lui. Mais ils partirent tous dans la direction opposée, se divisèrent en deux groupes et longèrent les murs du château pour rejoindre les falaises rocheuses qui en protégeaient les arrières, comme s'ils voulaient y prendre en tenailles un dangereux agresseur. Terèz comprit que depuis sa position, il ne pouvait exercer aucune influence sur les événements. Il alla chercher son cheval dans la grotte, le prit par les rênes et quitta la paroi rocheuse après s'être assuré qu'on ne le voyait de nulle part.

Baïtchou n'était pas arrivé à mettre une distance suffisante entre lui et Beaufort. Il n'avait pas de cheval et l'escalade sur les rochers coupants, la reptation et la marche à travers ce désert de pierres l'avaient épuisé. Il ne voyait pas ceux qui le poursuivaient. En revanche, ceux-ci avaient aperçu la silhouette du garçon qui avançait par petits bonds entre les roches. Deux des hommes de mains se séparèrent du groupe et descendirent la pente avec l'agilité de bouquetins, se rapprochant de leur victime qui ne se doutait de rien. Le premier l'avait rejoint si rapidement qu'il avait déjà pris son poignard entre ses dents pour franchir la dernière roche qui le séparait de Baïtchou. Il prenait son élan pour sauter lorsque le carreau se planta dans son cou. Le gamin ne put que lever les yeux, effrayé, en voyant la lame d'acier tomber devant lui entre les pierres. Épouvanté, il s'élança dans la direction opposée, franchit d'un bon désespéré une crevasse qui s'ouvrait devant lui et se retrouva face à son deuxième poursuivant. Celui-ci sortit sa dague de chasse et se leva. Le carreau lui pénétra dans le dos, entre les omoplates, et il s'effondra juste devant Baïtchou. Le jeune garçon ne lui accorda aucune espèce d'attention : depuis la roche qu'il venait d'escalader, il venait d'apercevoir, au loin, l'armée des Mongols en marche…

David le Templier, qui chevauchait sans obstacle dans la direction supposée de Sidon, vit aussi, à bonne distance, les troupes mongoles avancer rapidement vers leur objectif. Connaissant l'habitude qu'avait leur cavalerie de lâcher en permanence des essaims de guetteurs, il lui semblait trop risqué (David n'était pas un héros !) de tenter d'atteindre son but avant eux. Il n'était sûrement plus nécessaire d'aller prévenir les habitants de Sidon : la ville savait certainement qu'une armée marchait dans sa direction. Le Templier ne bougea pas et se mit à couvert entre les pierres afin que sa tenue blanche et visible de loin ne le trahisse pas. Il comptait attendre là que les Mongols soient passés devant lui. Il ignorait en revanche dans quelle direction il devrait ensuite se rendre. Il n'arriverait pas jusqu'à Sidon, les risques de perdre la vie en tentant d'atteindre la ville étaient beaucoup plus élevés que la possibilité de parvenir à se frayer un chemin jusqu'à ses frères. Et même s'il y parvenait, ce serait pour être passé avec eux au fil de l'épée ou, dans le meilleur des cas, pour se retrouver prisonnier, puis esclave. Il restait la possibilité de rejoindre les Mongols. Mais comment accueilleraient-ils un membre de cet ordre glorieux contre lequel ils menaient une expédition punitive ? Une troisième variante, parfaitement absurde, lui parut pourtant réalisable : retourner sur ses pas et revenir à cheval à Beaufort ! Soit on le jetterait de nouveau en prison auprès de ses amis, soit il améliorerait un peu leur situation, car Messire Julian et son épouse ne lui voulaient apparemment que du bien.

Quand Baïtchou, épuisé, se fut montré devant l'armée des Mongols et fut conduit auprès du général Sundjak, son premier souci fut de demander de l'aide pour Roç et ses compagnons. Ceux-ci, raconta-t-il, avaient été jetés dans les geôles du château de Beaufort par le brigand Julian. C'était cette canaille – et non les Templiers ! – qui avait attiré les deux sections dans le piège mortel de Baalbek et assassiné son brave cousin Khazar.

Sundjak, l'homme au cou de taureau, laissa le gamin narrer sa folle histoire et ne broncha pas. C'est seulement lorsqu'il vit Baïtchou, hors d'haleine, attendre une récompense pour les nouvelles qu'il apportait et la fièvre dont il faisait preuve que le général lui lança, dans un aboiement, qu'il se fichait du Trencavel comme d'un os rongé et que Khazar n'avait eu que le salaire de son manque de discipline et de son incompétence. Il ordonna à Baïtchou de cesser de dire des absurdités sur l'épisode de Baalbek : les assassins étaient les Templiers de Sidon, et il allait leur montrer comment se vengeaient les Mongols ! Comment s'imaginait-il, grogna encore le molosse, qu'un pauvre chevalier vagabond comme ce Julian ait pu massacrer deux sections bien armées ? Baïtchou devait revenir au plus vite sous la surveillance de son père, qui lui ferait passer le goût de telles lubies. Cela éviterait à Sundjak d'écouter ce genre de conseils militaires parfaitement puérils !

Bien entendu, Terèz de Foix avait lui aussi aperçu l'armée mongole qui se dirigeait manifestement vers Sidon. Une vision à vous donner la chair de poule : des milliers de mille-pattes qui paraissaient menés au bout de longes rigides ! Il décida à contrecœur de garder à l'œil ce ver effroyable pour être sûr qu'il ne ferait pas au dernier instant un crochet – une tactique bien connue des Mongols – et ne s'attaquerait pas par surprise à Beaufort. Terèz était tellement occupé à observer les Mongols qui avançaient avec discipline, en blocs rectangulaires, qu'il en oublia son propre environnement. Qui plus est, la fatigue lui pesait terriblement sur les paupières.

Il ne remarqua donc pas que deux des sbires s'étaient frayé un chemin jusqu'ici, furieux que Baïtchou ait échappé à son nid. C'est alors qu'ils aperçurent Terèz de Foix en dessous d'eux, dans les ravines. Ils ne savaient rien de la mort de leurs deux compagnons. Ils prirent Terèz en chasse afin de ne pas rentrer bredouilles au château. Les premières flèches manquèrent de peu leur cible, mais le bruit de petits cailloux révéla à Terèz l'endroit où se trouvaient les deux hommes. Dès que Foix eut compris qu'il ne s'agissait pas de guetteurs mongols, il se lança dans la bataille avec rage et plaisir. Les chasseurs devinrent les proies. Il les attira en jetant des pierres loin de leur position, bien meilleure que la sienne. Le premier quitta le couvert pour s'assurer qu'ils avaient sinon abattu, du moins touché leur victime. Il paya aussitôt de sa vie sa légèreté d'esprit et tomba exactement à l'endroit où Terèz, qui progressait sur les roches comme un lézard agile, voulait qu'il se retrouve, dans une crevasse invisible depuis le haut. Terèz posa son heaume caractéristique sur la tête du corps inanimé. La fin ressembla à un spectacle de marionnettes : Terèz fit apparaître la tête coiffée de son heaume et agita le bras du mort. Son adversaire invisible décocha deux ou trois flèches dans la chair inanimée et Terèz fit tituber la figurine avant de la laisser s'effondrer. Un seul carreau suffit à Foix pour l'abattre alors qu'il descendait vers lui, sûr de sa victoire.

Le tireur consacra de nouveau son attention aux Mongols – il était temps, une petite troupe venait de se détacher de la colonne en marche. C'était l'escorte qui, sur ordre du général Sundjak, ramenait chez Kitbogha son fils aventurier. Baïtchou n'avait eu d'autre choix que d'obéir.

De la chronique de Guillaume de Rubrouck

Le lendemain soir, l'armée mongole apparut devant la ville de Sidon. Les Templiers ne se montrèrent pas disposés à défendre leur cité : ils se retirèrent en bon ordre et en emportant tous leurs trésors – essentiellement les accessoires d'autel des églises chrétiennes – dans leur « citadelle sur la mer », ce Qal'at al-bahr que l'on ne pouvait atteindre que par un pont étroit et facile à défendre. Ils livrèrent la population de la ville à elle-même. Les habitants, terrorisés, prirent position sur les murs de la ville, mais la milice n'avait pas été reconstituée depuis que l'ordre avait pris possession de Sidon. Qui plus est, les habitants étaient trop peu nombreux et insuffisamment armés. On envoya les femmes et les enfants dans la citadelle. Ils espéraient tenir cette forteresse jusqu'à l'arrivée de renforts. Mais ils ne savaient pas d'où ces derniers pourraient venir.

Sur le quai du Qal'at al-bahr, bien protégé et donnant sur la pleine mer, un fin voilier de l'ordre sembla surgir du néant. Il avait glissé comme une flèche dans la nuit tombante. Le deux-mâts venait d'Ascalon, la zone frontalière située entre le royaume et le sultanat mameluk. Je l'appris immédiatement : pour me trouver aux côtés de Yeza, je m'étais moi aussi discrètement retiré dans cette petite île fortifiée, en m'efforçant de n'importuner ni le maître des lieux et son commandeur, ni Messire Yves. Avant même que je ne puisse m'approcher du navire, je vis Naiman le boiteux monter à bord. Aucun des gardes Templiers ne l'en empêcha : l'entretien de cette relation avec l'Égypte était manifestement un privilège de l'agent secret. Je renonçai donc à aller y voir de plus près, mais décidai de garder un œil sur le navire.

Les Mongols dressèrent leurs tentes devant les murs dirigés vers les terres. Le général Sundjak avait fixé le début de l'attaque au lever du soleil, bien que les créneaux aient déjà paru vides. Leurs feux de camp projetaient une lumière lugubre sur les portes enfoncées et les tours défensives, mais surtout sur les ancres de jet apprêtées comme des engins de torture et sur les catapultes qui semblaient à l'affût, derrière, avec leurs pattes d'araignée. Si cela ne tenait qu'à la volonté du général mongol, la journée qui suivrait serait un enfer pour les habitants de Sidon ! Les défenseurs n'occupaient plus que la section qui reliait la citadelle Qal'at al-mu'azzam à ce que l'on appelait le Port Égyptien, qui leur ouvrait l'accès à la mer.

Depuis ma cachette dans le Qal'at al-bahr, une pièce discrète située dans une tour, je n'avais pas quitté des yeux le voilier de l'ordre arrivé la veille au soir. Les gardes Templiers avaient éclairé toute la nuit le navire et le quai à la lueur de leurs torches comme si les Mongols disposaient de nageurs expérimentés capables de saboter l'embarcation ! Je me contentai pour ma part de m'assurer que le voilier, source éventuelle de salut, était encore amarré. Je n'avais donc pas vu si et quand l'agent égyptien avait de nouveau quitté le bord. À la première lueur du jour, il y eut cependant de l'agitation sur le pont. Un corps enveloppé dans un suaire blanc fut soulevé sur une civière au-dessus du bastingage et transmis aux sergents du Temple, accourus pour en prendre possession. Ils portèrent rapidement le cadavre vers le château. Leur curiosité me permit de l'identifier : juste en dessous de l'étroite meurtrière dont était pourvue ma cachette, l'un des sergents souleva le drap qui protégeait le cadavre, et je restai le regard rivé sur le visage livide de Madulain, princesse des Saratz, épouse de mon ami Faucon Rouge et amante d'un tout jeune franciscain, voici bien des années ! Les souvenirs me firent plus grand effet que la peur qui s'empara de moi – d'autant plus que le visage de cette jeune femme aussi tendre qu'énergique semblait encore vivant à la lueur des torches. Sa mort n'était pas une surprise complète et confirmait mes craintes : Faucon Rouge, lui aussi, avait sans doute cessé de vivre. Et Madulain, qui avait toujours été conséquente avec elle-même, avait dû vouloir le suivre dans la mort. Lorsque j'osai de nouveau regarder vers le bas, la civière avait déjà disparu dans le château.

LE PETIT BAÏTCHOU ne se sentait pas bien dans sa peau. Non parce qu'on le ramenait sous bonne escorte en Syrie, auprès de son père Kitbogha, le commandant en chef des forces mongoles en Syrie (après tout, le bonhomme n'avait rien à se reprocher), mais parce qu'il était forcé de constater qu'avec cette moitié de section que le général Sundjak avait mise à disposition pour son rapatriement, on serait incapable de livrer un assaut au château de Beaufort. Privés de la prise de Sidon et des rapines qu'elle aurait promises, les guerriers se seraient certainement refusés à effectuer pour leur seul agrément le détour par Beaufort, où il n'y avait rien à prendre. Mais Baïtchou tenait absolument à libérer le Trencavel et ses hommes des geôles de Julian, cette canaille. Il aurait puni lui-même ce meurtrier, puisque Sundjak ne voulait pas comprendre que c'est là-bas, à Beaufort, que se trouvait le véritable criminel, qui devait bien rire en voyant les Mongols s'apprêter à attaquer les Templiers de Sidon…

Dès leur départ de Damas, le général Sundjak n'avait cessé de répéter à ses soldats que l'ordre du Temple de Jérusalem était l'ennemi malveillant qu'il fallait anéantir sans pitié comme l'avaient déjà fait les Mongols avec les Assassins. Pas de prisonniers ! Ils devraient abattre sur-le-champ chaque Templier qu'ils auraient sous la main. Ce Sundjak était à la fois un molosse et un boucher, la princesse Yeza avait raison sur ce point. Hélas, le père de Baïtchou éprouvait une inexplicable faiblesse pour ce monstre. Bien sûr, il appréciait sa loyauté. Mais il était vraisemblable que Kitbogha ait surtout voulu éviter de se salir les mains, alors que Sundjak prenait un immense plaisir à plonger les siennes jusqu'aux manches dans le sang de ses ennemis.

Baïtchou maudissait encore l'injustice du destin en général, et du sien en particulier, lorsqu'il entendit les cavaliers, derrière lui, pousser un grand cri et partir en galopant sur la colline voisine. Depuis le chemin, Baïtchou vit entre les pierres une tenue blanche qui s'éloignait, sans parvenir à distinguer le visage du fugitif. Les premiers soldats mongols avaient déjà levé leur arc, encoché leur flèche et tiré sans la moindre hésitation. Leur proie tomba des rochers sans produire le moindre son et roula sur la pente raide jusqu'à ce qu'elle s'arrête au-dessus de ceux qui étaient restés au bord du chemin : un Templier ! La croix pattée rouge qui brillait sur sa poitrine se transforma rapidement en une gigantesque tache de sang, car deux ou trois flèches étaient plantées là où le cœur battait encore un instant plus tôt ! Baïtchou découvrit, horrifié, le visage blafard de David, le tranquille Templier manchot qu'il croyait toujours en sécurité avec les autres prisonniers, dans la citerne.

Baïtchou, furieux, sauta de son cheval.

— Idiots ! cria-t-il aux archers si fiers de leur besogne. Vous avez abattu un de mes amis !

Il n'avait pas le droit de pleurer et ne devait pas se montrer injuste : ces pauvres soldats n'y pouvaient rien.

— Apportez-le ici ! ordonna-t-il aux hommes consternés qui entouraient le cadavre.

C'est alors qu'une deuxième silhouette se détacha des rochers. L'homme, qui tenait deux chevaux par le licol, s'avança jusqu'à eux sans se soucier le moins du monde des Mongols et s'agenouilla devant le mort.

— Messire Terèz ! s'exclama Baïtchou en reconnaissant le chevalier. Je n'ai pas pu l'empêcher !

— Moi non plus ! répondit Terèz de Foix. Je l'avais perdu des yeux.

Le chef de l'escorte rejoignit le fils de Kitbogha, l'air penaud :

— Que devons-nous faire à présent, Baïtchou ?

— Je vais vous le dire ! fit Terèz de Foix sur un ton étrangement déterminé. À supposer que vous soyez d'accord…, ajouta-t-il, davantage à l'intention de Baïtchou qu'à celle du chef de l'escorte, qui se contenta de hocher la tête.

— Nous prenons Beaufort ? s'exclama Baïtchou avec joie.

— Le prix sera élevé… et inutile, répondit Terèz. Mais que cette mort ait au moins servi à quelque chose !

— Je remets le commandement entre vos mains, proclama Baïtchou, non sans audace ; la solution convint au chef du détachement, et ils se mirent en route.

De la chronique de Guillaume de Rubrouck

Je dois l'admettre : les histoires atroces qui nous parvenaient dans notre île inaccessible depuis la ville prise d'assaut ne m'émouvaient pas outre mesure. Quelques personnes qui s'étaient jetées dans les eaux du port et avaient rejoint à la nage le Qal'at al-bahr racontaient que les Mongols massacraient toute personne vivante sans se soucier de son identité. C'étaient le plus souvent de grands malades et des infirmes qui n'avaient pas réussi à monter le chemin raide menant à la citadelle. Cela n'avait d'ailleurs aucun sens. Lorsque les conquérants eurent transformé Sidon non pas en un cimetière, mais en un abattoir où personne ne se souciait plus des cadavres qui jonchaient le sol, ils regroupèrent toutes leurs forces et lancèrent l'assaut contre le Qal'at al mu'azzam. Ils firent s'abattre de tous côtés sur les défenseurs apeurés de la citadelle une grêle incessante de flèches enflammées et de feu grégeois[3] catapulté dans des pots d'argile. Exténuée, la garnison qui défendait les murs de la forteresse manqua bientôt de vigilance. Lorsque les premiers Mongols apparurent sur le parapet, leur résistance s'effondra. Ceux qui mouraient au combat pouvaient s'estimer heureux : les survivants furent mis à mort de manière bestiale, femmes et enfants compris – seuls les jeunes garçons restèrent en vie pour quelques heures, le temps de subir les derniers outrages.

Yeza refusait de voir qui que ce soit. Je passai le plus clair de mon temps dans ma tour à l'extrémité de la citadelle, là où les murs surplombaient la mer. Les Templiers avaient sans doute jadis stocké leur vin dans cette forteresse retirée. Tous les tonneaux avaient été vidés. Après un examen minutieux des lieux, j'en trouvai tout de même un qui était resté plein. Un seul, mais son contenu était d'excellente qualité. J'observais cette pièce presque dépourvue de fenêtres, à laquelle on n'accédait que par des escaliers tortueux, et je contemplais mon tonneau, dont j'étais le seul à connaître l'existence – je ne mis en fait qu'une seule personne au courant : Yves. Il ne buvait pas et devait savoir où me trouver en cas d'urgence. Dans la cave voûtée se trouvait une lourde porte en poutres de chêne ferrées qui donnait de toute évidence sur la mer. À travers une unique meurtrière oblique, je découvris aussitôt où débouchait le passage abrupt derrière la porte : au-dessus de l'eau. On y avait aménagé les rochers. On distinguait un carré bien dégagé dans le sable du rivage, avec un accès en forme de canal donnant sur la mer. Le ressac claquait jusqu'au pied de ma tour. Un petit chemin bordé de murs qui mesuraient à peine la taille d'un homme partait du socle et s'arrêtait à ce port en miniature. Même pour des barques normales, la surface de ce bassin artificiel était beaucoup trop étroite. Je finis par comprendre : on y débarquait jadis les tonneaux de vin, on les poussait jusqu'au bord et on les hissait d'une manière ou d'une autre jusqu'à la porte de chêne. J'avais déjà vainement tenté de l'ouvrir à plusieurs reprises, d'autant plus que deux poignées de bronze travaillé m'y invitaient. Je remplis donc ma coupe une fois de plus avec ce bon vin rouge, un bourgogne si mon palais ne me trompait pas.

Je n'imaginais d'autre façon de supporter ma situation qu'en buvant. C'était une bonne chose que nous ayons trouvé un refuge sûr ici, sur le Qal'at al-bahr, fût-ce en compagnie de l'immonde Naiman. Comme nos hôtes, les Templiers, nous nous fiions au caractère imprenable de cette forteresse. Les Mongols ne savaient pas nager et ne disposaient pas de flotte. Nous avions coupé la liaison avec la terre ferme. Des navires se présentaient régulièrement pour assurer l'approvisionnement de la forteresse, le plus souvent des Génois qui, le cas échéant, seraient aussi en mesure de nous évacuer. La seule attente de ce moment-là nous rongeait l'esprit. Dans mon cas s'y ajoutait une circonstance aggravante : je sentais qu'Yves le Breton était à l'affût de l'occasion propice pour quitter cette île rocheuse en compagnie de Yeza et de moi-même. Il s'était mis en tête que la meilleure solution, et la seule raisonnable, était d'accompagner Yeza à Shaha, où elle serait en sécurité. Mon unique espoir était la résistance de Yeza, qui ne voulait surtout pas qu'on l'y emmène. C'est la raison pour laquelle elle n'adressait plus la parole au Breton. D'une certaine manière, Yves avait raison, surtout lorsque je pensais à ce qui venait de se passer à Sidon. D'ici, on ne pouvait rien voir, mais l'odeur de chair corrompue arrivait jusqu'au Qal'at al-bahr, et cela continuerait ainsi, surtout si les mameluks relevaient le défi !

Le véritable problème, c'était que personne n'était encore parvenu à réunir Yeza et Roç. Était-ce par mauvaise volonté ? Il est vrai que cela aurait vraisemblablement forcé toutes les parties en présence à revoir leurs conceptions et à abattre leurs cartes ! Mais dans la situation trouble où se trouvait le Couple Royal, laquelle tenait plus du fantasme spirituel que de la réalité politique, il était facile de repousser toutes les décisions. Pendant ce temps-là, une foule de gens étaient précipités en enfer. Et Roç ? Et Yeza ? Ne subissaient-ils pas eux aussi de nouveaux préjudices chaque jour qui passait dans ce pays ravagé ?

Mon humeur ne pouvait guère être pire que celle que j'ai décrite lorsque j'entendis le pas claudiquant de Naiman dans l'escalier de pierre qui menait à ma cellule de dégustation. Il semblait très bien connaître les lieux, car sans rien me demander il tourna les poignées en bronze de la porte et entrouvrit ses lourds battants pour surveiller l'extérieur. Jetant un rapide regard par ma meurtrière, je vis le voilier manœuvrer dans le ressac, non loin de la côte rocheuse.

— Ils m'attendent ! m'informa l'espion, sans doute pour souligner l'importance de sa personne, ou bien pour m'agacer.

— Je ne crois pas, objectai-je pour tenter de déstabiliser ce personnage, que dans cette situation, le commandeur vous autorise à prendre le large comme unique passager sur un navire de l'ordre !

Naiman me regarda d'un air amusé. Puis il sortit un sac rebondi et me fit regarder à l'intérieur : il était rempli de pièces d'or !

— J'ai déjà soudoyé le capitaine, dit-il d'un ton léger. Vous aussi, je peux vous acheter, Guillaume de Rubrouck. Ça n'est jamais qu'une question de prix !

J'aurais pu l'étrangler à la seule idée de ce qu'il avait fait à Faucon Rouge, mais je n'osai pas. Naiman, considérant qu'il ne risquait rien, plongea encore une fois la main dans son sac, qu'il avait posé sur son épaule comme un voyageur sur le départ, et en sortit un minuscule flacon de verre.

— *Sabu nuqat lil maot*, la « mort aux sept gouttes », me traduisit-il aimablement. Je n'ai pas le temps de vous convaincre, Guillaume, mais je vous tiens pour un homme d'honneur ! (L'expression de mon visage suffit sans doute à le démentir.) Et pour ce qui concerne l'efficacité, moinillon, vous vous rappelez sans doute l'épouse de votre ami, ce Faucon Rouge ? (Cette canaille souriait, jouissant de ma tristesse.) La Saratz est venue se venger de la mort de son mari… (Il me tendit le sac et le flacon par-dessus la table). Alors si j'entendais dire, au Caire, que la princesse Yeza a quitté ce monde de manière subite…

— Jamais ! m'exclamai-je au lieu de lui jeter sa fiole au visage ou son sac d'or à la tête.

— … vous recevrez dix fois le montant de cet acompte, poursuivit-il. Suffisamment pour vous faire bâtir une solide maison au beau pays des Francs, avec une roseraie parfumée et trois jeunes femmes qui vous y…

Il n'alla pas plus loin : en haut de l'escalier, nous entendîmes des éperons cliqueter, puis nous vîmes la gigantesque épée que Messire Yves serrait dans ses poings. Apparemment, nul ne redoutait plus le Breton que Naiman. Il fila vers la porte de chêne, comme un rat, et se fraya un chemin à travers les battants entrouverts.

— Fermez-la derrière moi ! m'implora-t-il entre ses dents.

Il espérait sans doute que Messire Yves ne l'avait pas encore aperçu. Mais cette canaille ne s'en tirerait pas à si bon compte. Je sautai derrière lui vers la porte, tirai de toutes mes forces sur les battants qui s'ouvrirent d'un seul coup. J'espérais que le Breton pourrait ainsi s'emparer de lui.

— Naiman s'enfuit ! criai-je à Yves, qui s'approchait d'un pas lourd.

Un cri épouvantable retentit alors, suivi d'un hurlement bestial. Je me précipitai vers ma meurtrière tandis que le Breton refermait très lentement la porte.

Ce que je vis me glaça le sang : deux fourches courbées aux pointes rouillées, sans doute destinées à attraper les fûts, étaient sorties de la mer, d'un côté et de l'autre. Leurs pinces atroces s'étaient refermées sur Naiman, perforé de part en part. Ses cris avaient cessé. Doucement, au fur et à mesure que le Breton refermait les lourds battants de la porte, les fourches meurtrières redescendirent dans la mer et se cachèrent dans le sable, entre les rochers, sans relâcher leur victime. À peine recouvert par l'eau, l'œil bigleux regardait dans ma direction.

— Vous avez sa mort sur la conscience, Guillaume, me confia le Breton pour me tranquilliser. L'ouverture brutale de la porte a déclenché ce paisible mécanisme d'élévation qui a fonctionné comme une serre mortelle…

Je ne supposais pas qu'Yves attendît de moi une expression de regrets, ni *a fortiori* de remords. Après toutes les infamies que ce mauvais génie avait fait subir à autrui, c'était moi, Guillaume de Rubrouck, qui avait mis un terme au sinistre artisanat du maître-espion du sultan !

À BEAUFORT, TERÈZ DE FOIX SE PRÉSENTA au maître du château. Julian eut du mal à en croire ses yeux, tant cette démarche était insolente. D'un autre côté, un seul de ses sbires était revenu, les mains vides de surcroît. Ce gamin, Baïtchou, avait donc sans doute réussi à rejoindre les Mongols. Il n'était pas du tout certain, en revanche, que les têtes rondes aient découvert la lettre que David portait sur lui et qui aurait dû trahir le Templier, pour autant que celui-ci fût tombé entre leurs mains. Julian, alarmé, appela son épouse. Avant même que Johanna n'apparaisse, Terèz poussa Julian vers la fenêtre et lui montra la paroi rocheuse qui se trouvait face à eux. Elle était couverte de Mongols. Mais il y avait pire : il aperçut, entre deux guerriers qui le soutenaient amicalement, David le Templier qui le regardait fixement avec l'air réprobateur d'un chien fidèle. Johanna les rejoignit. Un seul coup d'œil lui suffit à comprendre la situation – il est vrai que la croix pattée brillait comme une flamme –, mais elle était bien loin d'avoir mauvaise conscience.

— Ils ont donc trouvé la lettre qui prouve notre innocence ? demanda la fille de Hethum, sûre de sa victoire.

Terèz ne comprit pas à quoi elle faisait allusion et répondit à tout hasard.

— Ils ne savent pas lire, fit-il, et tant qu'ils ne connaissent pas le contenu de ce message, c'est sur vous et sur Beaufort que pèse le soupçon…

Johanna regarda Terèz dans les yeux, prête au combat.

— Comment pouvons-nous nous défendre contre pareille calomnie ? s'insurgea-t-elle. L'honneur de notre nom…

Terèz lui fit signe de se taire et la força à regarder encore une fois de l'autre côté, vers le flanc de montagne où l'on distinguait clairement, désormais, les pointes des lances d'autres guerriers mongols.

— Ils ne sont pas venus en ennemis, dit Terèz. J'ai simplement dû promettre à ces braves gens qu'ils seraient au premier rang lorsque je viendrais chercher votre précieux invité et le conduirais à Damas en cortège triomphal.

Cette fois Julian ne jeta pas à son épouse de regard interrogateur. De l'œil qui lui restait, il fixa l'homme qui se tenait à la fenêtre, impassible.

— Faites monter le Trencavel ! ordonna-t-il au dernier sbire qui lui restait. Avec ses deux compagnons… (Julien réfléchit.) Mon épouse et moi-même tenons à prendre congé de ce fameux héros avec tous les honneurs. Que le Trencavel garde un bon souvenir de Beaufort !

Dame Johanna sourit sous cape. Une fois de plus, ils avaient eu de la chance !

— Que Roç veuille bien adresser nos salutations les plus dévouées au commandant en chef Kitbogha, lança-t-elle à Terèz. Tout notre amour va au peuple mongol qui nous a offert l'espoir d'un règne pacifique du Couple Royal !

On entendit distinctement grincer les dents de Terèz de Foix.

De la chronique de Guillaume de Rubrouck

Les braillements – je ne puis donner d'autre nom à la confrontation qui opposa la princesse et le Breton – résonnaient dans tout le Qal'at al-bahr, du moins dans la partie où Yeza était retenue sur ordre du commandeur. Messire Yves venait sans doute de lui apprendre qu'il comptait lui faire quitter les lieux et la transporter au château de Shaha, au bord du lac d'Urmiah, là où les Mongols conservaient leur trésor. Le Breton m'avait déjà informé qu'il utiliserait le voilier de l'ordre. J'étais le seul à savoir que Naiman avait déjà acheté son capitaine, et je n'avais rien dit à Yves de cette circonstance susceptible de nous desservir. Le voilier était toujours là où l'avait fait venir l'agent secret égyptien. J'apercevais sa proue effilée à travers ma meurtrière mais, chaque fois, je devais supporter la vision du cadavre de Naiman. Il regardait désormais le bateau depuis le bas, entouré d'une multitude de petits poissons affamés…

Yves le Breton entra dans ma caverne, il me parut au bout de ses forces et de sa patience. Je lui tendis ma coupe pleine, mais il la repoussa brutalement.

— La princesse est en rage ! soupira-t-il. On dirait qu'elle est devenue folle. Je ne sais pas comment la calmer.

— Il s'agit de son Roç ? demandai-je avec empathie.

— Elle ne veut pas être enterrée vivante.

— Ça, je peux le comprendre. (J'avalai une bonne rasade.) Il n'y a pas d'autre solution ?

Yves m'adressa un regard de compassion.

— Si vous, Guillaume de Rubrouck, pouvez garantir sa sécurité… (Il abandonna son ton moqueur et continua d'une voix chagrine :)… une sécurité pour laquelle même le puissant Kitbogha ne voit pas d'autre solution…

— Le mieux, objectai-je avec finesse, serait que Roç Trencavel soit lui aussi conduit à Shaha, ils y seraient réunis et pourraient…

— Vous voudrez bien confier cette mission à quelqu'un d'autre, répondit-il, irrité. La jeune dame me suffit. Et si vous, Guillaume, n'avez pas de proposition plus utile à me faire, mieux vaudrait n'ouvrir la bouche que pour continuer à boire !

Il se tourna de nouveau vers l'escalier, furieux. Je ne voulus pas laisser passer cette agression sans réagir.

— Naiman, dis-je rapidement, m'a laissé un flacon. Une fiole de poison. (Je la sortis de ma poche et la posai sur la table.) *Sabu nuqat lil maot*, la « mort aux sept gouttes », c'est ainsi qu'il l'a appelé. Et exceptionnellement je veux bien le croire.

Le Breton le prit dans la main, songeur.

— La seule question est de savoir comment il agit… (Il tint le flacon à contre-jour, face à la meurtrière.)… et quel effet on obtient avec une, deux ou trois gouttes… La nausée ou l'anesthésie ?

— Le seul qui pourrait nous le dire, fis-je en désignant du pouce l'endroit où Naiman se décomposait dans l'eau peu profonde, embroché sur les deux fourches, *ruhu illa jahanam* ! Puisse son âme bouillir en enfer, comme on dit par ici…

— Il faudrait connaître la bonne dose, marmonna le Breton. (Il me sembla qu'en prononçant ces mots, il regardait avec avidité ma coupe pleine.) Pour l'instant, je prendrai tout de même une gorgée à votre tonneau si soigneusement caché !

Je lui tendis avec joie une autre coupe et la remplis abondamment.

— Ne serait-ce que pour me joindre au ban que vous venez de prononcer, dit le Breton d'un ton léger. À propos, allez donc vérifier si le diable est déjà venu le prendre.

Je rejoignis ma meurtrière. Les vagues jouaient toujours avec la chevelure clairsemée de Naiman, et j'eus l'impression que son strabisme avait encore augmenté. Je me retournai vers le Breton :

— Même le cheîtan n'en veut pas !

Nous levâmes nos coupes, nous nous regardâmes dans les yeux en souriant et nous bûmes. Le précieux nectar roula dans la gorge, je me sentis chaud et somnolent, mes membres étaient comme du plomb. J'eus envie d'ajouter quelque chose, mais je fus incapable de desserrer les lèvres.

« Hermès Trismégiste » – L'inévitable évitement

AVEC L'AIDE DU CADAVRE DE DAVID et des Mongols, qui avaient joué leur rôle de bonne grâce alors qu'ils étaient censés ramener le jeune Baïtchou chez son père par le chemin le plus court, Terèz de Foix était parvenu à berner le perfide seigneur de Beaufort et son épouse d'ordinaire tellement rusée : ils laissèrent partir Roç Trencavel et ses deux compagnons, Guy de Muret et le gros Pons de Tarascon. Dès qu'ils furent tous les trois libres et hors de portée des arbalètes de Beaufort, les Mongols qui surveillaient le château disparurent derrière les rochers qui lui faisaient face.

Terèz veilla à ce que l'on prépare une digne sépulture au Templier manchot qui venait de rendre à titre posthume cet ultime service à ses amis. Les archers mongols qui avaient provoqué sa mort y participèrent activement, notamment lorsqu'il fallut boucher l'entrée de la grotte avec des blocs de pierre afin que l'esprit du mort ne vienne pas les hanter.

Le Trencavel ne leur fit aucun reproche. Il savait par Baïtchou que selon toute vraisemblance, les Templiers avaient conduit Yeza à Sidon. S'y rendre une nouvelle fois en dépit de la réception pitoyable qu'on lui avait réservée lors de sa première tentative n'était pas à ses yeux la solution la plus évidente. Dans les geôles de Beaufort, il avait trouvé le temps de se faire une idée claire de ce qu'il voulait. Il avait renoncé à toutes les dignités monarchiques, à toutes les gloires vaniteuses des aventuriers, et n'avait plus désormais qu'un seul vœu, celui d'être de nouveau uni à Yeza. Il voulait lui demander pardon à genoux. Il était prêt à s'humilier pour cela, même devant les Templiers arrogants. Ce fut Baïtchou, le gamin, qui le contredit. Si les Templiers de Sidon étaient encore en vie – le général Sundjak avait juré de les exterminer jusqu'au dernier –, il ne pourrait parvenir jusqu'à elle qu'en franchissant l'anneau que les Mongols avaient refermé sur eux. Roç le comprenait bien, et de tous les chefs de guerre mongols, Sundjak était bien le dernier auquel il voulait tendre la main.

Ils étaient entre-temps arrivés au bord du Litani, un charmant torrent de montagne qui, depuis le Liban, descend vers la côte près de Tyr. Bien que quelques rochers émergents aient constitué une sorte d'invitation à traverser, ses compagnons perdirent rapidement l'envie d'essayer après quelques tentatives au cours desquelles deux Mongols de l'escorte, sans doute trop curieux, furent emportés par les flots. Seul, Roç aurait sans doute pris le risque, mais il recula à l'idée qu'il pourrait perdre ses derniers fidèles accompagnateurs. Ils se tenaient au bord de l'eau et cherchaient un autre passage lorsque Roç crut apercevoir en amont du torrent la silhouette du chaman qui bondissait de pierre en pierre, suivi par son ours. Arslan semblait lui faire signe. À peine le vieil homme eut-il atteint l'autre rive d'un pied léger qu'il disparut avec son animal hirsute. Le Trencavel ordonna aux Mongols de franchir la rivière sauvage à l'endroit que lui avait indiqué le chaman. Lorsqu'ils eurent tous atteint le talus rocheux situé de l'autre côté, il ordonna à ses trois Occitans et à Baïtchou de les suivre. Lui-même formait l'arrière-garde. Il était clair à ses yeux que le chaman ne s'était pas montré à lui (et à lui seul : les autres n'avaient pas vu cette apparition) pour lui indiquer comment traverser les eaux furieuses du Litani, mais parce que le vieil homme avait un message à lui transmettre. Où que se porte le regard de Roç, cependant, il ne voyait plus rien. C'est alors qu'une petite pierre lui roula devant les pieds. Roç leva les yeux vers la paroi rocheuse. Bien au-dessus de lui, l'ours grimpait dans un buisson de genêts qui s'était enraciné dans la roche et dont il se servait comme d'une corde. Roç suivit cette invitation à escalader la montagne. Les Mongols s'y attaquèrent sans la moindre objection. Seul Pons protesta, et Baïtchou se moqua de l'Occitan potelé.

— Roç Trencavel nous a fait traverser le torrent, l'encouragea Guy. Il sait sûrement aussi pourquoi nous ne nous contentons pas de le longer tranquillement dans la vallée et choisissons le sentier le plus raide !

Gardant le silence, Roç fit aussi monter la paroi aux trois Occitans avant de l'escalader à son tour, suivi par Baïtchou. L'ours se révéla être un grimpeur infatigable. Chaque fois que Roç croyait avoir enfin atteint l'objectif mystérieux, la fourrure de l'animal, qu'il était seul à voir, apparaissait quelque part entre les rochers du niveau suivant. Pourtant, lorsqu'ils furent totalement épuisés, s'offrit soudain à eux une perspective plongeante et d'une beauté irréelle sur la vallée du Jourdain, qui leur fit l'effet d'une terre promise. Tandis que ses compagnons exténués se laissaient tomber sur le sol, Roç avança jusqu'au bord de la falaise.

— Tu laisses les autres se battre et mourir pour toi, Roç Trencavel, dit la voix qu'il s'était attendu à entendre, mais elle paraissait aussi fatiguée que lui. Tu laisses s'étioler ta force royale…

Roç ne se donna pas la peine de chercher le chaman des yeux.

— Je ne tiens pas à conquérir le titre de roi, répondit-il sans émotion. Je souhaite seulement le bonheur que je ne peux trouver qu'au côté de Yeza…

— Eh bien cherche-la ! asséna la voix avec dureté. Ne la cherche pas chez les Templiers dont tu ferais mieux d'éviter le chemin lorsqu'ils croisent le tien ! (Les mots d'Arslan parvenaient clairs et précis à son oreille.) Cherche-la seul, sans aucune escorte aguerrie au combat. Tu n'auras pas ainsi la tentation d'utiliser le pouvoir de l'épée qui te…

La voix s'éteignit comme la flamme d'un foyer étouffé par un coup de vent violent et recouverte par le souffle de milliers de chevaux, le cliquetis d'une forêt de lances, le grincement des essieux des charrettes. Roç regarda vers le bas, dans la vaste plaine, il chercha à apercevoir l'armée des Mongols, mais déjà le bruit avait été emporté par le vent et le tableau magnifique et prometteur de la vallée du Jourdain s'offrait de nouveau à lui. Le Trencavel ordonna que la troupe entame la descente. Comment le vieux chaman imaginait-il les choses : lui, solitaire, tenant peut-être le rôle d'un *iltchi* mongol, en quête de Yeza ? Non, il ne voulait plus rien avoir à faire avec les Mongols ! En continuant à rêver au Couple Royal, ils s'agrippaient à une chimère qu'il ne souhaitait pas continuer à nourrir de son sang ! Derrière tout cela, on trouvait naturellement cette fraternité secrète que la Grande Maîtresse présidait et qui menait aussi, au bout de fils invisibles, l'ordre des Templiers dans la direction souhaitée. Arslan avait raison sur ce point : il ne devait plus se fier aux fiers chevaliers à la croix pattée. Mais que faire si Yeza était entre leurs mains ? Elle, sœur et amante, compagne et rivale, indissociable partie de lui-même et de l'image que d'autres se faisaient d'eux – Yeza était à la fois le moteur et le plus grand obstacle de sa vie. Roç ne savait pas à qui s'adresser, vers qui se tourner. Comment devait-il se comporter ? Il se sentait entouré par des murs gris, sourds, infranchissables. S'ils étaient d'une clarté limpide, cristalline, il les traverserait sans hésiter. Sa main se posa sur l'épaule de Baïtchou comme si ce gamin pouvait le conseiller. Mais celui-ci se contenta d'adresser à son héros un regard rayonnant.

De la chronique de Guillaume de Rubrouck

Je me réveillai à grand-peine, dans l'obscurité la plus complète. Je cherchai de l'œil la meurtrière et ne la trouvai pas. Ce devait être la nuit. Je voulus me lever, car j'étais couché par terre, mais j'avais les membres en plomb. J'étais tellement tourmenté que je fus incapable de me rappeler ce qui m'était arrivé. Mon attention fut alors distraite, j'entendis des voix au-dessus de moi et je crus dans un premier temps percevoir l'organe rauque de la Grande Maîtresse – mais pourquoi la vieille dame se serait-elle rendue en ce moment précis à Sidon, assiégée par les Mongols ? L'autre voix était sans aucun doute celle de Marc de Montbard.

— Le Breton demande qu'on mette une escorte à sa disposition afin de la conduire à… je ne sais où au nord ou à l'est, afin qu'elle y soit en sécurité, protestait le commandeur.

— Alors donnez-la-lui ! lui répondit-on sèchement. Ici, au Qal'at al-bahr, ils sont de toute façon à l'étroit.

Ça n'était pas la voix de la Grande Maîtresse ni celle de Thomas Bérard, dont je me rappelais encore très bien la tonalité grinçante. Je savais d'ailleurs que le grand maître avait quitté Sidon depuis très longtemps.

Le commandeur se tortillait comme une anguille au bout de son hameçon. Il allait être forcé de laisser partir la princesse, lui qui aurait aimé garder Yeza en gage pour la proposer en échange d'un sauf-conduit permettant de quitter Sidon.

— Cette instruction vaut-elle aussi pour le moine qui l'accompagne ?

J'entendis aussitôt le verdict implacable :

— Guillaume de Rubrouck n'a fait preuve ni de sa capacité, ni de sa volonté de rédiger la chronique comme cela lui avait été demandé, estima la voix grinçante. Il n'y a donc aucune raison de continuer à le traîner derrière nous.

J'étais manifestement placé sous une « oreille de Dionysos », un orifice invisible dans le plafond qui agissait comme un cornet acoustique et transmettait les sons vers le bas, mais uniquement si celui qui écoutait prenait une position bien particulière.

— L'ordre du grand maître, osa encore objecter le commandeur, est-il sans ambiguïté : je dois transférer à Safed mes troupes en surnombre ?

— Obéissez-lui en le transmettant au capitaine. Et à personne d'autre !

Je sus alors à qui était la voix tellement grinçante : celle de Charles de Gisors. Le grand prieur et maréchal de l'ordre des Templiers semblait estimer que ses ordres devaient être respectés sans la moindre contradiction.

Je me demandai encore si cette obligation de secret concernait avant tout le Breton, auquel on avait manifestement laissé croire que le voilier les conduirait vers le nord, lui et Yeza. Devais-je le mettre en garde ? Il me suffit de penser à Yeza, qui ne voulait à aucun prix se rendre à Shaha, pour savoir qu'il valait mieux garder pour moi ce que j'avais entendu. De toute façon, mon état ne me permettait pas d'entreprendre quoi que ce soit. Je n'étais toujours pas maître de mes membres et mon crâne bourdonnait comme une ruche. J'ignore combien de temps je restai couché ainsi sans même pouvoir déplacer la tête. Même mes paupières ne m'obéissaient pas. Je n'étais capable que d'une chose : mettre de l'ordre dans mes pensées. Yves s'était servi de moi pour mesurer, à l'effet que produisaient sur ma personne les gouttes qu'il avait versées dans mon vin, la dose qu'il pourrait faire boire à Yeza pour la mettre en léthargie sans la tuer. Je devais la prévenir, mais il était sans doute trop tard pour cela. Des voix retentirent de nouveau au-dessus de ma tête. Cette fois je reconnus la diction bourrue du Breton. Yves, qui ne se doutait de rien, remerciait le commandeur pour la nombreuse escorte qu'il lui avait fournie.

— Je rendrai ces hommes à l'ordre une fois que nous nous trouverons à Baghras, promit solennellement le Breton. Le prince d'Antioche m'accordera certainement son aide pour poursuivre mon chemin…

— Ou bien le roi Hethum, confirma Marc de Montbard, non sans hypocrisie. Il éprouve une grande sympathie pour les Templiers.

Je crus entendre les hommes se saluer. Je tentai de secouer ma tête d'un côté et de l'autre ; mes bras et mes jambes étaient toujours comme paralysés. Je parvins enfin à ouvrir les yeux et mes liens de plomb parurent se défaire d'un seul coup. Je bondis vers la meurtrière pour m'assurer que le voilier balançait encore dans la houle. Je vis sa poupe, l'ancre me paraissait déjà remontée. Par peur de gâcher le peu de temps qui me restait encore, je poussai la lourde porte de bois, je perdis l'équilibre sur le palier en pente, dévalai comme un sac humide l'étroit passage qui permettait de descendre de la tour et m'aplatis sous Naiman, qui flottait au-dessus de moi, dans le bassin sablonneux. Je me relevai au plus vite et donnai du front contre le pied du cadavre. Furieux contre le Breton, j'avançai en pataugeant et en titubant et trouvai la passerelle qu'on avait visiblement déjà préparée pour accueillir la princesse : des sergents du Temple, la torche à la main, éclairaient ce décor lugubre. Comme si la chose était naturelle, je montai sur la passerelle et, une fois sur le pont, me présentai au capitaine : un Maure, certainement pas un chevalier de l'ordre, plutôt un pirate au service du Temple. Il portait à l'oreille un gros anneau d'or et me toisa comme un sac de marchandises avariées, non comme une personne ayant une valeur particulière. Il fit signe à deux de ses hommes de m'évacuer du bord. Je lui dis alors aussi vite que possible :

— À ce que Naiman vous a payé, je rajoute encore dix ducats d'or si vous m'emmenez sans que personne n'aperçoive jamais mon visage.

Le pirate sourit et tendit la main. J'aperçus à l'arrière-plan, à terre, la litière escortée par les Templiers et précédée par Yves. Je lançai au capitaine un regard implorant. Il ouvrit une trappe. J'étais encore en train de chercher l'échelle lorsque je reçus un coup et tombai dans un garde-manger, au-dessus de la cale. Nous ne tardâmes pas à prendre le large.

Compte tenu des insurrections à Damas, Kitbogha, commandant en chef de toutes les troupes mongoles restées en Syrie et en Palestine, avait rappelé la plus grande partie de son armée à Baalbek, ne laissant qu'une forte garnison dans la citadelle de la capitale. Ce guerrier expérimenté ne souhaitait pas de confrontation physique avec la population, surtout pas dans son dos : car il recevait constamment depuis Naplouse des informations annonçant qu'une puissante armée mameluk avait traversé la frontière et se trouvait déjà devant Gaza. Elle était menée par le fameux émir Baybars, dit « l'Archer », de loin le général le plus compétent de toute l'Égypte. Kitbogha envoya donc des messagers à Sidon, auprès de son général, Sundjak, pour l'inviter à lever le siège des Templiers, à évacuer Sidon et à rejoindre le gros des troupes au pied du mont Hermon. Sundjak annonça qu'il partirait directement vers le sud afin de rencontrer Kitbogha au « gué de Jacob », au nord du lac de Tibériade. Kitbogha accepta : il savait que Sundjak voulait utiliser le temps ainsi gagné pour abattre le château de ce Temple qu'il haïssait et charger le butin ramassé dans la ville de Sidon. Le système de surveillance interne de l'armée mongole avait beau fonctionner remarquablement, l'hostilité dont la population musulmane faisait preuve à l'égard des Mongols empêchait les espions de collecter des informations à l'extérieur.

Le commandant en chef n'avait donc qu'une vue très parcellaire et imprécise de la situation. Personne n'était capable de lui dire quelle était la puissance réelle de l'armée mameluk et où elle se trouvait pour l'instant. En outre, Sundjak, qui méprisait les mameluks et se surestimait, submergeait ses supérieurs de communiqués de victoire – il annonça par exemple de grands succès pour les Mongols près de Gaza, alors que cette ville frontalière était tombée depuis très longtemps et que l'ennemi remontait déjà la côte à la hauteur de Jaffa. Les Égyptiens pouvaient aussi s'attendre à être couverts sur leurs flancs et approvisionnés par leur flotte qui avançait en même temps qu'eux le long du rivage, une technique que les Mongols ne connaissaient absolument pas. Sundjak brûlait d'en découdre. Kitbogha regrettait vivement de ne pouvoir éviter cette confrontation armée. Le cœur lourd, il donna l'ordre du départ.

De la chronique de Guillaume de Rubrouck

Le navire roulait et tanguait. J'avais découvert dans mon trou une pile de sacs qui contenaient sans doute des grains de mil et je m'étais assis dessus. Je ne parvins pourtant pas à me stabiliser, le poing invisible du Dieu de la mer ne cessait de me précipiter par terre, contre les membrures, tandis qu'en haut les lames roulaient sur le pont et que l'eau m'aspergeait à travers les fissures de la trappe. Lors de ma chute, j'avais tout de même fait connaissance avec l'échelle ; il était impossible de la mettre en place et *a fortiori* d'y monter. À travers le tumulte des flots, j'entendis une brutale dispute entre Yves le Breton et ce capitaine pirate. Ils vociféraient. En déchiffrant les bribes de mots que le hurlement de la tempête n'emportait pas, je crus comprendre que le Breton, malgré le mauvais temps et la nuit noire, avait remarqué que le pirate avait mis le cap au sud et non au nord. Yves, en rage, menaça le capitaine de le tuer – quand on connaissait le Breton, on savait que ce n'était pas une parole en l'air –, mais le pirate éclata de rire et lui demanda qui, dans ce cas, conduirait le voilier à travers le vent et les coups de grain. Par curiosité, je m'étais tout de même risqué sur l'échelle et je m'apprêtais à soulever ma trappe lorsqu'une lame violente me renvoya au sol. Cette fois, je perdis conscience…

Je me retrouvai dans un coin, l'échelle au-dessus de moi. À travers une petite fissure dans la trappe filtrait la lumière gris-rose de l'aube naissante. La tempête s'était apaisée. Je remontai les barreaux de l'échelle et entrouvris le couvercle avec l'épaule. Le pirate semblait dormir devant le gouvernail. Je ne vis pas la moindre trace de Messire Yves. Je me demandai comment Yeza avait passé la nuit, ce voyage agité devait lui avoir été très pénible. À moins qu'Yves ne lui ait fait absorber une telle quantité du dangereux somnifère qu'elle ait dormi pendant toute la durée du grain, peut-être attachée sur sa couchette ? Le Breton en était bien capable.

Le pirate me fit un clin d'œil. Il me sembla qu'il mettait à présent le cap vers la côte. Cela convenait au passager clandestin et exténué. J'allais lui faire un signe pour exprimer mon accord et ma joie lorsque quelqu'un, arrivant de derrière, marcha sur la trappe qui me tomba sur la tête, me renvoyant sans douceur sur le sol.

Un grincement effroyable provenant de la carène me réveilla. Il fut suivi d'un terrible choc qui me jeta, cette fois, contre les sacs. Puis le silence se fit, le navire ne bougeait plus, on n'entendait plus que le léger bruissement du ressac. Nous étions ensablés ! Je perçus ensuite des bruits de course et des voix énervées au-dessus de moi. Je relevai hâtivement l'échelle et, cette fois, glissai mon crucifix de bois dans l'entrebâillement de la trappe. Entre les bottes du Breton, je vis le capitaine des pirates se jeter à ses pieds, d'un air pathétique et mensonger.

— Vous pouvez me couper la tête, se moqua le capitaine. Le navire ne repartira pas pour autant !

Je vis devant moi le Breton tirer sa large épée de son fourreau.

— C'est pourtant bien ce que je vais faire ! marmonna-t-il.

Il levait déjà son arme épouvantable lorsque l'un des Templiers qui assistaient à la scène sortit du cercle – c'était un chevalier âgé et maigre. Il brandit sa main nue dans la direction d'Yves, qui arrêta son mouvement mais ne baissa pas son épée.

— Le pouvoir de faire justice m'a été conféré, gronda le Breton, et vous devriez le savoir.

Le Templier aux cheveux gris ne recula pas.

— Vous ne pouvez pas nous couper la tête à tous, Messire Yves, lança-t-il très tranquillement au Breton. Cet homme a agi conformément à mon ordre, et vous savez aussi qui m'en a donné le droit.

Je reconnus alors cette voix grinçante qui avait déjà donné des instructions claires à Sidon, avant notre départ. C'était la première fois que je voyais en face Charles de Gisors, le grand prieur secret, et je ne fus pas fâché que ma présence lui ait échappé. Le Breton laissa lentement descendre son épée. C'était aussi la première fois que je le voyais céder, cela ne dura qu'un bref instant.

— S'il en est ainsi, répondit Yves d'une voix songeuse mais déterminée, indiquez-moi les chevaliers qui, sur la base de votre vœu, seraient prêts à nous accompagner et à nous protéger, la fille du Graal et moi, lors de notre grand voyage.

Le chevalier toisa le Breton.

— Avec l'arrogance qui vous caractérise, vous avez pris sur vos épaules une mission qu'aucun de nous ne sera forcément disposé à assumer en votre compagnie. Néanmoins, l'ordre ne s'opposera pas à ceux qui voudront se rallier à vous de leur propre chef.

Yves rangea son épée dans son fourreau en serrant les lèvres et scruta le visage de ceux qui l'entouraient. Nul ne baissa les yeux, mais aucun ne fit comprendre non plus, fût-ce d'un signe, qu'il serait disposé à suivre le Breton. L'homme aux cheveux gris lui évita la honte d'une deuxième défaite.

— Nous partons pour Safed, annonça-t-il aux Templiers avant de se retourner vers Yves. Vous y aurez la possibilité d'organiser la suite de votre trajet.

Le Breton hocha la tête, l'air furieux. Il avait du mal à accepter que tout ne se passe pas comme il se l'était imaginé. Sur son ordre, on fit sortir la litière de la cabine installée à la poupe et on la hissa précautionneusement par-dessus bord. Comme ils n'avaient embarqué à Sidon qu'un nombre réduit de chevaux, la petite troupe d'une vingtaine d'hommes avança au pas et la litière portant Yeza disparut très lentement dans le désert.

— Mon cœur voyage avec toi, princesse ! chuchotai-je avec mélancolie.

Je sortis de ma trappe et me dressai à côté du pirate.

— Votre tête n'était plus trop bien accrochée à vos épaules ! fis-je en plaisantant.

Il me regarda avec compassion.

— Vous ne devriez suivre que votre cœur, petit moine ! dit-il aimablement.

Deux de ses hommes m'attrapèrent et me jetèrent au-dessus du bastingage dans l'eau peu profonde.

LA GRANDE COUR INTÉRIEURE du palais royal d'Acre offrait un tableau exotique : une tente d'apparat se dressait au centre du carré dallé, des hommes enturbannés nourrissaient les chameaux et approvisionnaient les *moslemuum* qui siégeaient sous la tente. Le sultan mameluk du Caire avait envoyé une ambassade au régent du royaume chrétien puis avait convoqué le conseil de la Couronne pour ne pas assumer seul la responsabilité de la décision à prendre. Il ne s'agissait pas seulement d'obtenir la possibilité de traverser librement le territoire franc et d'obtenir la mise à disposition de vivres pour l'armée égyptienne. Le message du sultan Qutuz contenait aussi une exigence plus brutale : il fallait participer militairement à la campagne contre les Mongols. Sur cette question délicate, les principaux barons délibéraient en haut, dans la salle du couronnement du *Castellum regis*, en compagnie des grands maîtres des ordres de chevalerie, sous la présidence de messire Godefroy de Sargines, le bailli de la reine. On avait prié les ambassadeurs d'attendre en bas, dans la cour. Les hommes du Caire ne manquaient de rien, on veillait à ce que toutes leurs demandes soient satisfaites. Personne n'avait intérêt à mettre en colère le puissant souverain d'Égypte. Mais les délibérations du conseil tournaient au vinaigre.

— Le sultan Qutuz a tardé à venir demander notre autorisation ! s'exclama le grand maître des chevaliers de Saint-Jean sans dissimuler son indignation. L'avant-garde de l'armée mameluk, qui remonte nos côtes, se tient déjà devant Césarée.

— Vous pouvez vous estimer heureux qu'on nous demande notre avis ! répondit brutalement le maître du Temple à son rival. À moins que vous ne comptiez retenir avec vos chevaliers l'avancée d'une armée comme celle de l'Égypte ?

— En tout cas, notre ordre, lui, ne met pas de port à disposition de l'ennemi à notre insu, répliqua Messire Hugo. Car c'est bien ce que vous avez fait avec Sidon, si j'en crois Messire Julian !

— Messires !

Le bailli tenta en vain d'endiguer la colère qui montait : Thomas Bérard était déjà debout.

— Ce misérable calomniateur peut remercier Dieu de ne pas s'être présenté ici ! (Le Templier tenta de retrouver son calme.) Et vous, Hugo de Revel, vous devriez…

— Exprimer vos regrets, intervint d'une voix de stentor Philippe de Montfort, seigneur de Tyr, pour avoir utilisé les commérages d'une canaille écervelée afin d'étayer une accusation aussi monstrueuse…

— Messires ! hurlait à présent le bailli. Les ambassadeurs attendent en bas notre réponse, et nous…

— Nous ne pouvons que leur répondre positivement, toute autre attitude serait un suicide ! affirma aussitôt le grand maître des Templiers. Nous ne pouvons pas les empêcher de traverser nos terres et si nous ne leur fournissons pas de vivres, ils se les procureront par le vol et le pillage !

Il regarda autour de lui. Ses pairs hésitaient entre l'approbation et l'embarras. Messire Philippe vint une nouvelle fois à son aide.

— Vous avez joué la ville de Sidon ! lança-t-il à Hugo de Revel. La chute de cette ville est à mes yeux un autre exemple du traitement inhumain que les Mongols réservent à la population. (Ces mots valurent au seigneur de Tyr l'adhésion de tous.) Nous connaissons bien, en revanche, nos voisins musulmans, poursuivit-il. Je dois admettre que j'ai plus d'estime pour beaucoup d'entre eux que pour les chrétiens qui vont montrer patte blanche chez les Mongols.

Même ce propos peu orthodoxe provoqua quelques applaudissements.

— Il resterait donc à régler la question de l'aide à apporter aux troupes, lança le bailli Godefroy de Sargines pour reprendre la direction des débats. Qui mettra ses forces à disposition pour cela ?

Le silence tomba dans la salle. Un homme qui n'avait pas encore ouvert la bouche en profita pour prendre la parole :

— Messires, commença le grand maître de l'ordre des Chevaliers teutoniques, vous qui vous découvrez une soudaine sympathie pour les musulmans, je vous garantis à tous une mauvaise surprise dès que les mameluks, avec ou sans notre aide, auront emporté la victoire sur les Mongols ! (Messire Hanno, lui, ne fut pas applaudi.) Car ensuite, ce sera notre tour, à nous qui restons à leurs yeux des intrus et des infidèles. Et personne ne viendra à notre secours !

Le silence qui suivit était tellement impressionnant que la question posée par le bailli parut purement formelle :

— Qui se prononce pour un soutien militaire ?

Aucune main ne se leva.

— Dans ce cas, dit Godefroy de Sargines, soulagé, les émissaires peuvent de nouveau se présenter devant nous. Je vais les informer du résultat de notre décision.

Personne n'y vit d'objection et l'on envoya les valets de salle conduire les ambassadeurs du Caire devant le Conseil de la Couronne.

ROÇ TRENCAVEL ET SES FIDÈLES avaient continué, indécis, leur chemin vers le sud, sur les hauteurs : il leur donnait la possibilité de se dissimuler aux regards de ceux qu'ils ne voulaient pas rencontrer. Le Trencavel ne savait pas exactement qui il redoutait – sans doute se fuyait-il lui-même, mais il ne voulait pas se l'avouer. La présence de Baïtchou, que son escorte suivait comme une meute de chiens de berger bien dressés, ne cessait de lui rappeler que le plus raisonnable serait de se présenter devant Kitbogha, qui ne lui voulait que du bien. Mais Roç y aurait vu l'aveu de sa défaite, de son incapacité d'atteindre Yeza sans l'aide des Mongols. Le chemin qu'il avait pris pouvait difficilement la mener à elle, quelles que soient les mains dans lesquelles elle se trouvait. Ils avaient évité les châteaux qui se dressaient sur les hauteurs, dans les derniers contreforts du Liban – Toron ou Montfort, par exemple – et hormis quelques bergers, ils n'avaient rencontré personne. Continuer cette quête sans objectif ponctuée de moments où il devait se cacher n'avait aucun sens, son comportement était puéril, du moins indigne d'un homme, *a fortiori* d'un monarque. Roç ordonna une halte. Du point élevé où ils se trouvaient, ils avaient une bonne vue sur la vallée du Jourdain. Ses compagnons se groupèrent autour de lui, les Mongols restèrent un peu à l'écart. Le Trencavel sentit qu'ils attendaient tous qu'il prenne une décision – ils y avaient droit. Mais Roç s'enveloppa dans un sombre silence.

Pons sortit alors un petit sac rebondi et élimé de sa bâtière. Guy de Muret se moqua aussitôt de lui :

— Ma parole, notre gros Pons continue à se promener avec son jeu de la vérité !

Pons ne se laissa pas distraire, il ouvrit le sac et déversa les bâtonnets avec leurs symboles magiques et leurs créatures fabuleuses entre les hommes assis sur la couverture qu'ils avaient étalée. Roç regarda Terèz : c'est son accord à lui qui était le plus important à ses yeux. Celui-ci se contenta de lever les sourcils d'un air critique.

— Pourquoi pas ? demanda Roç. Laissez-moi être le quatrième !

Ils montèrent rapidement la pyramide. Pons de Tarascon ne se laissa pas priver du plaisir de répartir les bâtonnets.

— Jouons à jeu ouvert ! proposa-t-il à ses compagnons. C'est trop important !

Terèz prit à la main, une par une, chacune des pièces qu'on lui remettait.

— Cela doit certainement avoir une signification, fit-il, toujours dubitatif. Puisque non seulement notre roi, Roç, mais aussi moi-même, son premier paladin, se livrent à la puissance occulte d'Hermès Trismégiste !

— Nous ne nous soumettons pas ! protesta Pons. Le Trencavel et ses trois Occitans mettent leur destin au pied du mur !

Guy de Muret observait attentivement les douze symboles que chacun avait à présent devant lui.

— Même si cela ne veut rien dire, il s'agit d'une sorte de signe d'un destin mystique, puisque l'une de ces créatures fabuleuses et rares a été attribuée à chacun d'entre nous : Roç, le Phénix renaissant de ses cendres.

Terèz – on ne s'y serait pas attendu ! – le monstre marin, le serpent de mer. Et mon gros Pons – tout aussi étonnant ! – la salamandre dont le feu est devenu l'élément. (Il désigna ses propres pièces.) Pour ma part, j'ai reçu la licorne, et elle semble bien se porter, car elle se trouve en sa compagnie habituelle, entre Saturne, la Lune et la Terre !

— Et comment le sombre animal qui veille sans doute sur les abîmes de mon âme, sur les gouffres qui sommeillent sous la surface scintillante, s'accommode-t-il de l'accumulation remarquable de Jupiter et de nombreux soleils ? demanda Terèz en plaisantant – lui n'envisageait pas une seule seconde de prendre ce jeu au sérieux.

— Mon cher de Foix, c'est un signe éclatant : dans votre prochaine vie, vous ne viendrez pas au monde dans la peau d'un bâtard, mais dans celle d'un souverain.

Tous en rirent, sauf Roç.

— Je connais la jalousie de Zeus envers la « Grande Lumière », expliqua-t-il à ses compagnons de jeu, qui ne se seraient pas attendus à ce qu'il ait de telles connaissances mythologiques. Ce qui me chagrine pourtant, c'est cet oiseau de mauvais augure qui doit brûler pour pouvoir renaître !

— Imaginez simplement, Roç Trencavel, qu'il s'agit du griffon, et choisissez-le comme blason de maître des airs ! le consola Terèz. Et réjouissez-vous de la présence de Vénus, que je vois auprès de vous.

Tous regardèrent les bâtonnets de Roç. La déesse de l'amour, sous diverses formes, Aer[4] et d'autres signes enflammés du soleil se donnaient un rendez-vous prometteur.

— Et moi, que deviendrai-je ? se plaignit Pons d'une voix de petit garçon. Qu'est-ce que je vais faire, avec Mars, le belliqueux, et ce lézard enflammé ?

— Tes dragons, *caput et cauda draconis*, vont parfaitement avec ces symboles, mon petit ! l'encouragea son compagnon Guy de Muret. Dame Luna ne te laissera pas dépérir non plus ! Les croissants de lune maintiennent en équilibre la vie de tes sentiments.

Dans cette rare harmonie, ils continuèrent ainsi à tirer des bâtonnets de la pyramide, rejetant ceux qui ne leur plaisaient pas ou les donnant à celui dont ils supposaient et affirmaient qu'il pouvait, non, qu'il devait intégrer cette pièce-là à son jeu !

Ensuite, le Trencavel, qui ne partageait pas la joyeuse excitation de ses compagnons mais plongeait peu à peu dans la méditation, tira tout d'un coup le *lapis ex coeli*, l'être suprême, et termina sa partie de manière totalement inattendue avec cette « pierre des sages ». Il eut beau ne pas y croire, tout s'emboîta d'un seul coup. Roç ne parvenait pas à considérer cela comme un don du ciel. Il se sentait en revanche d'une légèreté presque inquiétante, léger comme une plume !

La victoire surprise de Roç consterna les autres, comme si ce résultat n'avait pas été obtenu dans les formes. Guy, qui avait parmi tous ceux qui restaient la plus grande expérience dans l'interprétation du jeu, prit la chose avec sarcasme.

— À part notre Trencavel, commença-t-il, qui a obtenu le *Sol invictus*[5] dans une dangereuse proximité avec les ambiguïtés d'Hermès Trismégiste, nous avons tous succombé au lunaire, que ce soit dans les composantes de Mars, dans la longue queue du dragon, en Jupiter ou en Saturne. (Il scruta le visage de ses amis.) Pour être précis, il s'agit, à côté du Dieu évident de la guerre et de la face cachée de *Mercurius*[6], de la constellation des quatre cavaliers de l'Apocalypse…

— La seule question, intervint sèchement Terèz, est de savoir à qui ils apportent la mort et la perdition.

Cette image les laissa sans voix. Pons finit par rompre le silence.

— J'ai peur !

Il détendit ainsi, malgré lui, une atmosphère devenue oppressante.

— En tout cas, plaisanta Terèz en donnant une bourrade à son gros ami, nous allons manifestement affronter notre destin ensemble, et c'est ensemble que nous le maîtriserons !

— N'est-ce pas lui qui arrive à cheval, en dessous ?

Guy de Muret, amusé, désigna la vallée. De l'autre côté du fleuve, on distinguait un interminable nuage de poussière soulevé par des milliers de chevaux. Parfois, lorsque le soleil touchait l'acier nu, le cortège lançait des éclairs. À cette distance, on n'entendait rien.

— L'armée de mon père ! s'exclama fièrement Baïtchou.

Son escorte, elle aussi, avait bondi et regardait le spectacle avec enthousiasme.

Le Trencavel devait à présent prendre une décision. Il s'adressa aux Mongols :

— Pourquoi ne vous rendez-vous pas auprès d'eux, pourquoi ne leur faites-vous pas savoir que Roç Trencavel est disposé à se rallier à eux… et à retrouver la princesse qu'ils convoient, afin de reformer le Couple Royal ?

Roç savait pourtant par Baïtchou que Yeza était vraisemblablement entre les mains des Templiers. L'escorte eut aussi une réaction négative.

— La mission qui nous a été confiée, proclama leur chef, est d'accompagner Baïtchou, le fils de notre commandant en chef, auprès de son père. (Il inspira pour se donner du courage.) Si vous nous livrez Baïtchou…

— Non ! s'exclama le garçon. Je reste avec Roç Trencavel !

Terèz de Foix proposa une solution.

— Envoyez donc deux ou trois d'entre vous porter cette nouvelle et dire à Kitbogha que son courageux fils se porte bien… (Il lança un regard interrogateur à Roç, qui hocha la tête.) En fonction de la réponse que nous fera donner Kitbogha, nous le rejoindrons plus ou moins vite.

— Nous chevaucherons de ce côté-ci du Jourdain, décida Roç, en restant à la hauteur de son armée.

Les trois cavaliers désignés descendirent la pente. Trencavel ne donna pas tout de suite le signe de se diriger vers la vallée, préférant continuer, toujours indécis, cette marche sur le haut plateau qui sépare l'arrière-pays montagnard et la vallée du Jourdain.

Le Graal des amants

KITBOGHA, le commandant en chef de l'armée mongole, avait attendu l'arrivée de ses alliés arméniens et géorgiens, puis était passé devant Damas où il avait retiré toutes les troupes qui n'étaient pas indispensables à la forte garnison qui n'occupait plus désormais que la citadelle. Il contourna le mont Hermon, franchit sans coup férir les forteresses des Assassins et avança, en passant par Banyas, sur la rive est du gué de Jacob. C'est là que le rejoignirent les trois messagers du Trencavel, qui purent aussi le tranquilliser sur le sort jusqu'ici incertain de son plus jeune fils, Baïtchou. Leur interrogatoire révéla qu'avec l'aide des Templiers de Sidon, Yves le Breton avait sauvé la princesse tombée dans une embuscade près de Baalbek. Kitbogha espérait que tous deux étaient tombés entre les mains du général Sundjak lors de la prise de Sidon et qu'ils se portaient bien. Mais connaissant son molosse, l'inflexibilité du Breton et l'animosité qui régnait entre les deux hommes, il n'en était pas sûr. Pour faire face à toutes les éventualités, il donna l'ordre de préparer la charrette à hautes roues qui portait le trône, dont l'armée ne se séparait jamais, afin de pouvoir acheminer Roç Trencavel et la princesse Yeza dans des conditions conformes à leur statut. Il espérait également qu'en escortant aussi ostensiblement le Couple Royal, il redonnerait à ses troupes l'envie de combattre. Il plaça donc le majestueux char du trône à la tête de ses troupes et ce fut lui qui traversa en premier le gué sur le Jourdain. Cette vision et les bonnes nouvelles qu'on venait de lui transmettre à propos de Baïtchou, son fils préféré, réchauffèrent le cœur du vieil homme.

Sur l'autre rive, il était convenu qu'il ferait la jonction avec les troupes de Sundjak, qui revenaient de Sidon. Kitbogha décida d'installer son campement et de l'attendre. Il ne renvoya pas les trois messagers au Trencavel : après les avoir interrogés, il était persuadé que celui qu'il cherchait depuis longtemps allait de toute façon se présenter d'ici peu dans son camp. Il arriverait vraisemblablement en même temps que le général.

Le corps d'armée des Mongols qui portait, sous la direction de Sundjak, le lourd butin ramassé à Sidon avançait lentement. Il venait de franchir le château de Toron lorsque des éclaireurs annoncèrent au général que son commandant en chef s'apprêtait à traverser le gué de Jacob. Sundjak, qui avait jusqu'ici fait avancer ses hommes à marche forcée, décida alors de s'arrêter.

Le général mongol ignorait qu'entre lui et Kitbogha, Roç Trencavel et sa petite troupe avançaient eux aussi sur le chemin. Ils avaient échappé à la vigilance de ses guetteurs. De toute façon, cela n'aurait guère préoccupé Sundjak. L'idée d'introniser ces étrangers venus du « Reste du Monde » comme souverains d'un empire mongol conquis continuait à lui être désagréable. Le molosse était incapable de comprendre la fascination qu'elle exerçait sur Kitbogha dont l'esprit, lui semblait-il, était de plus en plus confus.

DEPUIS QU'ELLE AVAIT QUITTÉ SIDON, Yeza avait vécu tout ce qui lui était arrivé comme en apnée. Elle se laissait dériver en apesanteur, elle ne ressentait plus de colère, elle n'avait aucune envie de sortir de cet élément qui lui paraissait aussi limpide qu'irréel. Cela avait commencé dans la tour, à l'instant où elle avait eu cette épouvantable dispute avec Yves. Le Breton s'était mis en tête d'exécuter une idée parfaitement absurde qui avait germé dans le cerveau du « bienveillant » Kitbogha. Comme les Mongols n'étaient pas en mesure de trouver Roç, ils devaient la murer, elle, Yeza, dans un lointain château, non pas pour la punir, mais pour la garder saine et sauve jusqu'au jour du couronnement mystique du Couple Royal. Elle savait parfaitement qui avait mis cette idée dans l'esprit du chef militaire des Mongols, lequel l'avait reprise à son compte comme si elle avait découlé de l'intuition divine de l'éminent Gengis Khan. Le « Grand Ciel Bleu » était intervenu au moment où Khazar avait dû la conduire en exil à Shaha, les Templiers l'avaient libérée des brutes qui les assiégeaient. Mais quelle mouche avait donc piqué le Breton pour qu'il n'ait pas vu ce signe et n'ait pas voulu faire tourner dans l'autre sens la roue du destin ? Pour qu'il aille jusqu'à verser du poison dans ses repas et sa boisson ? Lorsque Yeza avait senti que son corps ne fonctionnait plus normalement, sa volonté était déjà brisée : elle laissa faire. Yves aurait aussi bien pu se comporter en homme avec elle et la monter comme une jument, mais il s'en garda bien. Il resta au contraire à distance, comme un dominicain jaloux, sa seule préoccupation était qu'elle reste privée de toute volonté. Yeza avait plongé dans un monde onirique et vitreux, une lumière blanche et claire l'entourait. Mais sa raison continuait à travailler, même si c'était sans se rebeller ni se fixer aucun objectif, aussi éloigné fût-il.

Yeza fut d'autant plus étonnée lorsqu'un jour un chevalier maigre et assez âgé entra dans ses appartements. Sa voix, remarquablement grinçante, lui rappela quelque chose. Il ne se présenta pas, se contentant de dire que la vénérable Marie de Saint-Clair, la Grande Maîtresse, l'envoyait pour lui annoncer à elle, Yeza Esclarmonde, que le projet du Breton ne serait pas mis en œuvre et qu'elle n'avait donc pas à s'inquiéter : on ne la conduirait pas à Shaha. Yeza se rappelait avoir voulu demander au chevalier ce qu'elle allait devenir dans ce cas, mais elle ne parvint pas à poser la question. Désormais, elle supporta avec encore plus d'indifférence les chaînes que lui imposait le poison qui coulait dans ses veines. Elle ne s'indigna pas lorsqu'on la fit embarquer en pleine nuit sur le navire, supporta la tempête et les vagues ainsi que l'ensablement brutal du voilier. Le doux balancement d'une barque dans le ressac la mit simplement dans un état d'excitation délicieuse. Même lorsqu'elle eut abandonné le navire échoué, elle sut qu'elle était entourée de Templiers, percevant le croassement apaisant du vieil homme maigre qu'elle considérait comme son véritable protecteur. Et elle se laissa docilement porter dans sa litière vers les montagnes.

Pour Yves et pour les chevaliers de l'ordre qui accompagnaient la litière, la marche dans le désert n'eut rien de plaisant. Ils avaient accroché cet habitacle cubique entre deux chevaux dont ils ne pouvaient plus se servir comme montures. Ils étaient à deux sur les autres chevaux, et la plupart d'entre eux devaient marcher. À peine avaient-ils atteint la chaîne de collines couverte d'arbres qu'ils virent arriver au sud, au pied du mont Carmel, une troupe puissante de cavaliers armés. C'était l'avant-garde de l'armée mameluk qui avait profité avec une rapidité étonnante de l'offre du gouvernement d'Acre et traversait les terres des Francs. Compte tenu de leurs bonnes relations avec le Caire, les Templiers n'avaient normalement rien à craindre d'une rencontre avec les troupes du sultan. Toutefois, comme ils transportaient la princesse Yeza, Yves demanda à ses accompagnateurs de se tenir à couvert. Ils se tapirent donc dans le sous-bois, espérant que les cavaliers n'essaimeraient pas et qu'aucun ne découvrirait cette petite escouade. Mais l'avant-garde resta tout près de la côte et ne sembla à aucun moment prête à s'éloigner de sa direction initiale, la ville d'Acre.

Yves profita de la pause pour autoriser Yeza à sortir, il lui tendit son outre pour qu'elle y boive. Les chevaliers, dont un seul, l'homme maigre, savait que Yeza, absorbait avec chaque gorgée prise dans le *kis*[7] une nouvelle dose du poison qui la rendait si docile et indifférente, regardaient avec respect la tendre silhouette de la princesse. Beaucoup éprouvèrent de la compassion à l'égard de la jeune femme livide et manifestement souffrante, supportant néanmoins sa maladie avec courage. Le Breton avait, par précaution, étalé une couverture sur le sol. Yeza s'y coucha et sombra dans un sommeil qui rappelait la mort.

Yves s'apprêtait à prendre la jeune femme inconsciente dans ses bras puissants afin de la recoucher dans sa litière lorsqu'une caravane de chameaux apparut dans les collines et découvrit aussitôt le petit campement. Le plus effrayé fut le Breton : le derviche grand et sec qui chevauchait le chameau de tête n'était autre que Jalal al-Soufi, qu'Yves avait déjà rencontré à Palmyre. Le derviche était alors un ardent admirateur de la princesse et avait déjà mal pris, à l'époque, le fait qu'Yves l'ait enlevée. Il descendit de sa monture avec un petit cri d'effroi.

— Oh mon aimée ! cria-t-il en se précipitant vers la jeune femme couchée. L'as-Tu accueillie auprès de toi ?

Yves le retint de se jeter au sol à côté de Yeza.

— La princesse n'est pas morte, dit-il pour tranquilliser Jalal, elle dort juste d'un sommeil réparateur. (Sur ces mots, le Breton ramena le derviche à sa caravane.) Que transportez-vous là ? demanda-t-il en passant. Le kilim ?

Jalal al-Soufi hocha la tête avec zèle et sourit.

— Mes amis… (Il désigna les bédouins qui l'accompagnaient.)… l'ont trouvé près de Baalbek, taché de sang et abandonné ! Puis des gens leur ont dit qu'il s'agissait d'un cadeau au Il-Khan des Mongols…

Yves regarda sévèrement le visage joyeux du petit homme.

— Vous a-t-on aussi dit que mille mauvais djinns l'habitent et qu'il porte malheur ?

Le derviche éclata de rire :

— C'est bien pour cela que nous l'apportons aux Mongols, afin que ces envahisseurs infidèles éprouvent enfin la malédiction des esprits maléfiques !

Le Breton ne savait plus s'il devait croire aux forces magiques du tapis ou oublier tout son discours en le considérant comme une pure et simple charlatanerie. Il menaça le derviche en dressant l'index.

— Dépêchez-vous de repartir avant que la princesse ne se réveille ! J'aimerais lui épargner cette vision…

Vexé, Jalal al-Soufi monta sur son chameau et la caravane se remit en marche. Lorsqu'elle fut hors de vue, les Templiers demandèrent à repartir. On recoucha dans sa litière la princesse qui continuait à dormir d'un sommeil proche de la mort et le convoi emprunta le difficile chemin qui, traversant la montagne, menait à Safed, le château qui permettait aux Templiers de surveiller la vallée du Jourdain à la hauteur du gué de Jacob.

Les mameluks avaient rapidement mené leur puissante armée vers Acre à travers les dunes de sable de la baie d'Haïfa. Ils se trouvaient ainsi à peu près à la même hauteur que les Mongols, dont les adversaires attendaient qu'après avoir traversé le Jourdain, ils se mettent en mouvement vers le lac de Tibériade. Seuls les mameluks le sauraient : leur position avancée leur permettait de ne rien craindre. Ils étaient en contact permanent avec leur flotte en mer et avaient désormais derrière eux la ville d'Acre, qui ne leur était pas hostile. Les Mongols, en revanche, étaient coupés de toutes les informations, leurs guetteurs n'avaient pas encore pu flairer l'approche de l'adversaire.

L'avant-garde de l'armée égyptienne, sous le commandement de l'émir Baybars, avait préparé le camp pour le gros des troupes, mené par le sultan Qutuz en personne, devant les murs d'Acre, dans les vergers. Le bailli de la reine, en accord avec les grands maîtres des ordres de chevalerie, invita Baybars et sa suite à visiter la ville en invités d'honneur. On ne leur fit certes pas faire le tour des lieux, mais on leur offrit un banquet. Les impressions qu'ils en tirèrent suffirent, pour un général compétent comme l'était Baybars, à se faire une idée de l'état des fortifications et de la garnison qui les surveillait. Lorsque les émirs mameluks revinrent dans leur campement, devant la ville, le sultan était arrivé. Baybars se hâta de venir le saluer et lui fit immédiatement un rapport détaillé sur la situation de la ville et les possibilités qu'elle avait de se défendre – qu'il jugeait extrêmement réduites. Il informa Qutuz que les mameluks n'auraient aucun mal à s'emparer des murs par surprise. Idée que le sultan repoussa sèchement, non pas parce qu'elle était déloyale, mais parce que pareille félonie pousserait d'un seul coup tous les barons chrétiens et les ordres de chevalerie dans le camp des Mongols. Tant que cet ennemi restait invaincu, une telle alliance, que l'Égypte avait su jusqu'ici empêcher, pourrait devenir un danger majeur pour son armée, d'autant plus que celle-ci était très éloignée de son propre territoire et de son arrière-garde. Car contrairement aux Mongols, les États des croisés, les républiques maritimes italiennes et les ordres disposaient de flottes considérables et aguerries qui avaient à plusieurs reprises prouvé aux Égyptiens leur supériorité et leur domination sur l'ensemble de la Méditerranée. À terre aussi, où se déroulerait une confrontation armée de ce type, les Francs connaissaient parfaitement la topographie et pourraient utiliser leurs puissants châteaux forts. Baybars ravala sa colère – il n'oublierait pas qu'on avait refusé son idée !

Comme si les maîtres de la ville avaient deviné que les mameluks caressaient ce genre de projets dangereux, ils limitèrent considérablement, le lendemain, le nombre des visiteurs autorisés à fréquenter leurs marchés, afin que la foule attendant devant les murs de la cité reste dans des proportions raisonnables. Lorsque Qutuz eut vent de cette mesure, il envoya une nouvelle fois Baybars auprès du bailli Godefroy de Sargines pour l'assurer que le sultan était satisfait de leur coopération et qu'il montrerait volontiers sa reconnaissance en proposant aux Francs, à bas prix, tous les chevaux capturés chez l'ennemi.

Le sultan Qutuz avait déjà donné à l'avant-garde placée sous les ordres de l'émir Baybars l'ordre de se tenir prête à reprendre sa marche lorsque des espions annoncèrent que l'armée mongole avait fait halte après avoir traversé le gué de Jacob. Cette nouvelle inquiéta vivement les mameluks. Baybars insista pour marcher de nuit au pas rapide afin de rejoindre Nazareth. Ils y réfléchissaient encore lorsqu'une nouvelle information arriva : Kitbogha avait levé le camp et se dirigeait vers Tibériade en passant devant les cornes d'Hattin.

Le commandant en chef de l'armée mongole avait effectivement décidé de ne plus attendre Sundjak. Il lui avait envoyé des messagers : le général devrait mener ses troupes jusqu'à cette ville, où elles se fondraient dans le reste de l'armée. Sur ce, le sultan envoya son avant-garde. Il la suivrait le lendemain matin.

Yeza, escortée par Yves et les Templiers sur le chemin difficile de l'intérieur des terres, avançait ainsi vers Safed entre les fronts. Mais c'était aussi le cas de Roç et de sa petite escorte qui ne se doutait pas que Sundjak était sur ses talons.

Une étrange agitation s'était emparée de Roç Trencavel depuis qu'il avait aperçu l'armée des Mongols qui se dirigeait vers le sud. Ce n'était pas un simple détachement envoyé en éclaireur ou en punition collective, c'était le cœur des troupes. Leur seul objectif possible était Jérusalem ou pis encore. Qu'est-ce qui avait incité Kitbogha à prendre cette décision après s'être contenté de Damas pendant des semaines ? Quelque chose poussait Roç à ne pas accélérer le moment des retrouvailles. Il se rendait parfaitement compte qu'il tentait d'éluder la vérité. Il pouvait peut-être retrouver Yeza dans le camp des Mongols – il le souhaitait, tout en le redoutant. La réunion du Couple Royal, à laquelle œuvraient et que combattaient nombre de puissances, scellerait leur destin à tous les deux : les chefs des Mongols ne les laisseraient plus reprendre leur liberté. Une fois sur le trône, ils seraient liés à eux pour le meilleur et pour le pire et cette idée était de plus en plus désagréable à Roç, comme si les feux de l'enfer brûlaient sous ce siège royal ou si soufflait l'air glacial de la mort qui pourrait s'emparer de Yeza et de lui-même.

Conformément à son naturel instable, Roç Trencavel voulut garder jusqu'au bout la possibilité de trouver Yeza – ou bien de ne pas la trouver ! Tant qu'il avança et put jouer avec l'idée que sa princesse était tombée entre les mains des Templiers, tant qu'il put penser que c'était à lui de décider l'instant où il la libérerait, héros rayonnant, où il la serrerait dans ses bras, se précipiterait avec elle dans le bonheur et remplirait enfin l'objectif de toute son existence, il n'était pas forcé de choisir ! Bien entendu, il aimait Yeza plus que tout au monde. Mais il lui semblait que la grande aventure ne durerait que tant qu'il éviterait toute liaison et ne se plierait pas à ce qu'on attendait de lui. Tant qu'il ne prendrait pas de responsabilités, tant qu'il ne permettrait pas à l'amour de prendre le pouvoir sur son cœur…

Ses trois Occitans, qui marchaient à la tête du convoi, étaient sans doute les meilleurs compagnons pour un homme comme lui : ils avaient fait le deuil de leurs épouses, comme il l'espérait secrètement. L'amour s'en vient, l'amour s'en va !

Roç demanda à Baïtchou, qui pendant tout ce temps avait fièrement trotté à côté de lui, de revenir sous la garde de l'escorte mongole qui les suivait. Le petit garçon dut s'exécuter, et le Trencavel rejoignit Terèz, Guy et Pons. Ils ne le poussèrent pas à rejoindre les troupes de Kitbogha, ils ne lui demandèrent même pas quels étaient ses projets. C'était leur chef, ils le respectaient, ils n'attendaient rien et étaient prêts à tout.

Yves le Breton avait demandé qu'on fasse une dernière halte lorsque le vieux Templier qui ne donnait pas son nom lui avait indiqué qu'ils auraient bientôt atteint le terme de leur marche difficile : Safed, le château de l'ordre surplombant le lac de Tibériade et permettant de surveiller le gué sur le Jourdain. La troupe des chevaliers qui entouraient la litière arrivait depuis la baie située entre Acre et Haïfa et approchait par les montagnes qui leur barraient la vue sur la vallée. Le chemin qu'ils devaient prendre à présent et les conduirait sur la hauteur où se trouvait Safed suivait un fleuve de montagne qui avait creusé une profonde ravine où l'eau ne coulait qu'en hiver. En annonçant leur arrivée imminente, le grand prieur espérait qu'ils déploieraient toutes leurs forces pour atteindre leur objectif au plus vite. Mais, pour Yves, cette halte était la dernière chance de retarder l'arrivée. Une fois entré dans le château, il savait qu'il devrait se plier aux exigences de la confrérie. Ils le dispenseraient de surveiller Yeza, se placeraient entre lui et la princesse. Cette étape était la dernière où il pourrait donner des ordres. Aussi avait-il sorti de sa litière la jeune fille qui se trouvait toujours entre le sommeil et l'inconscience et l'avait-il couchée sur la couverture. Les gouttes de somnifère agissaient encore, il ne lui fut pas nécessaire de lui donner une nouvelle rasade de sa « boisson réparatrice ».

Le vieux et maigre Templier qui, selon Yves, n'avait pris part à ce voyage que pour garder un œil sur Yeza, certainement à la demande de la Grande Maîtresse, prit le Breton à part.

— Il est absurde, frère Yves, commença-t-il, montrant ainsi qu'il était un membre – de haut rang, sans aucun doute – de la *confraternitas* secrète à laquelle appartenait aussi le Breton, il est absurde de continuer à vous rebeller contre la décision et à tenir à offrir à la princesse une sécurité qui n'en est pas une, un projet auquel même les Mongols ont d'ailleurs aujourd'hui renoncé.

Yves entendit l'exposé du vieil homme, mais ne voulut rien admettre de tout cela. Il ne répondit même pas pour faire connaître son désaccord.

— Le Couple Royal ne peut pas être « conservé » comme un fruit dans la glace, reprit le maigre Templier. Il doit s'accomplir, ici et maintenant…

Ces propos mirent le Breton en colère :

— Compte tenu de la confrontation imminente, cela pourrait signifier leur mort !

Le vieil homme le regarda sans manifester le moindre signe de compassion.

— La mort physique du Couple Royal sera peut-être d'un plus grand secours à l'idée de ce royaume universel, effaçant tous les conflits, que le faible règne de créatures vivantes et dépassées par les événements. (Yves parut totalement hébété, ce dont l'autre profita pour faire une sorte de concession.) Pour acquérir une légitimité, le Grand Projet devait suivre la lignée du sang royal. Mais il n'y est pas forcé ! (Sa voix douce et grinçante mit le Breton en confiance). Si le Couple Royal actuel ne devait pas avoir de descendance, il est possible d'imaginer une transmission de la couronne invisible par héritage spirituel. Le Graal peut se manifester sous n'importe quelle forme et en tant de créatures humaines sur cette terre…

Yves se sentit désagréablement touché par la révélation du vieil homme, qui tenait presque du complot. Savait-il jusqu'où allaient les pouvoirs de cet étrange Templier ? Que savait-il du Grand Projet ? Le Breton rassembla son énergie pour répondre, bien qu'il lui fût extrêmement désagréable de s'engager dans un débat de ce type.

— J'ignore qui m'a mis à la place qui est aujourd'hui la mienne, mais vous voyez en moi un homme simple qui a appris à accomplir sa mission au moment et à la place où il le faut. Je ne suis donc pas du tout disposé à jeter Roç et Yeza sur la décharge de l'Histoire comme des morceaux de fer rouillés ou émoussés…

Yves parut un moment écrasé par ses propres mots, il ne réfléchit qu'après coup à leur contenu et réalisa le danger qu'il faisait courir tant à Yeza qu'à lui-même, car le Templier n'aurait qu'à claquer des doigts pour le supprimer de la surface de la terre. Cela étant, le Breton n'avait jamais laissé la peur s'insinuer en lui et il savait aussi que la princesse, placée dans la situation de prendre une décision, n'hésiterait pas à faire le dernier pas. Si le Templier avait obtenu quelque chose, c'était de pousser le Breton à comprendre ce qu'il avait accompli jusqu'ici. Il ne voulait en aucun cas être à l'égard de la princesse l'exécuteur des volontés de tierces personnes. Il ne serait plus son geôlier, il libérerait Yeza, lui permettrait d'aller où elle le voudrait et comme elle le voudrait dès qu'ils auraient franchi le château fort de Safed.

— Repartons à présent, proposa-t-il au Templier. Je ne souhaite pas que la princesse apprenne quoi que ce soit de ce que vous m'avez révélé. Cela pèserait trop lourd sur ses épaules.

Le Breton et le Templier revinrent donc au campement.

Si incapable de se déplacer que fût Yeza, qui ne pouvait bouger ni les lèvres, ni les paupières, elle n'était nullement inconsciente. Par ses pupilles dilatées, elle percevait comme à travers de l'eau laiteuse les taches blanches des tuniques des Templiers, des silhouettes incorporelles et floues qui l'entouraient. Elle entendit la voix grinçante de l'homme maigre et sa dispute avec le Breton. Il s'agissait d'elle, elle ne pouvait pas intervenir, pas même se faire entendre auprès de ces hommes qui prétendaient vouloir son bien et s'en servaient pour disposer d'elle. On aurait cru qu'elle était dénuée de toute volonté personnelle ou bien, pire encore, que son état forçait son entourage à la traiter comme une pauvre idiote ou comme une folle imprévisible et extrêmement dangereuse.

Yeza était à la fois indignée par son impuissance et incapable de la surmonter. Abandonnant tout effort pour rester éveillée et comprendre ce qui se passait autour d'elle, elle se laissa de nouveau tomber dans cet état apathique proche de la mort.

Le Trencavel ne fut pas le premier à apercevoir le groupe des Templiers dans la vallée. Guy de Muret, plus méfiant que ses compagnons, surveillait les environs et vit les hommes en armes. Mais Roç découvrit aussitôt la litière et la sombre silhouette du Breton entre les tuniques blanches. Yves était agenouillé auprès de la femme allongée, tandis que les Templiers l'attendaient debout. Roç sut alors qu'il s'agissait de Yeza, et son cœur se mit à battre à tout rompre. Il partit au galop et descendit la pente raide avant même qu'un seul des Occitans ait compris ce qui lui arrivait. Ils le suivirent aveuglément et dévalèrent à leur tour, mais Roç fut plus rapide, ses pensées se bousculèrent : Yeza était morte ! Assassinée ou victime d'un accident, il n'y avait pas d'autre possibilité ! Tout en chevauchant, il sortit son épée.

— Bande d'assassins ! cria-t-il comme s'il était devenu fou. Lâches, misérables meurtriers !

Son cheval trébucha et manqua le jeter aux pieds des chevaliers consternés. Seul le vieux Templier garda son sang-froid.

— Vous vous trompez ! répondit-il de sa voix grinçante en attrapant les brides du cheval.

Roç frappa aussitôt et atteignit entre l'épaule et le cou l'homme qui voulait l'aider. Le Templier tomba par terre sans une plainte tandis que Roç s'en prenait aux autres, qui avaient immédiatement fait rempart entre l'assaillant et Yeza, couchée sur le sol. Les trois Occitans l'avaient rejoint. Les chevaliers de l'ordre déchargèrent sur eux la colère que leur inspirait la mort absurde de leur doyen. Yves se mit à l'écart en voyant qu'il ne pouvait plus séparer les combattants. Campé sur ses jambes comme l'archange à la porte du paradis, son épée gigantesque plantée devant lui dans le sol, il montait la garde devant sa protégée. Mais les yeux du Trencavel assoiffé de vengeance le cherchaient. Yeza vit Roç, son héros stupide et aimé. Elle le vit comme une noyée à travers la glace claire d'un lac gelé. Elle ne pouvait dissiper ce quiproquo d'un battement de cil. On n'entendait plus un mot, le seul bruit qui résonnait encore était celui de l'acier qui s'entrechoquait.

— Pour Yeza Esclarmonde ! hurla le petit Pons avant de se précipiter vers les Templiers.

Le joyeux comte de Tarascon mourut le nom de sa maîtresse aux lèvres. Guy de Muret n'avait pu parer le coup mortel, mais son arme sectionna aussitôt après l'avant-bras droit du Templier qui avait tué Pons. Guy regarda un instant de trop l'épée plantée dans le cœur de son ami, avec la main du Templier, encore serrée sur le pommeau, une lame s'enfonça dans son épaule. Comme un possédé, il frappa le heaume d'un premier agresseur, en atteignit un deuxième au bas-ventre puis en abattit un troisième avec sa lance. Le Trencavel ne quittait pas Yves des yeux, sauf pour asséner des coups autour de lui. Il ne vit pas cependant celui qui allait l'atteindre. Terèz bondit à son côté et planta la pointe de son épée entre la cuirasse et le camail du Templier, un autre en profita pour atteindre le comte de Foix au creux du genou. Terèz tomba en avant, le chevalier prit son élan pour porter le coup de grâce à la nuque lorsqu'une flèche s'enfonça dans sa poitrine ; il tomba sur sa victime. Roç, qui faisait tourner son arme autour de lui, se retourna un instant vers Baïtchou : l'anneau d'acier formé par son escorte mongole ne laissait pas s'échapper le jeune garçon, mais les archers commençaient à intervenir dans le combat et leurs flèches s'enfonçaient de plus en plus nombreuses dans la chair des chevaliers de l'ordre. Roç utilisa cette seconde de diversion ; les

Templiers se précipitèrent sur-le-champ vers le nouvel adversaire pour bondir devant la large épée du Breton. Loin de lever son épée sur le Trencavel, Yves recula sa lame. Le regard de Roç était tombé sur le visage cireux de Yeza. Il aperçut ses yeux étoilés, grands ouverts. Il fallait qu'il la voie encore une fois !

— Défendez-vous, le Breton ! lança-t-il en haletant à Yves qui reculait et tenait à présent en défense la large lame de son épée.

Empli d'une haine qu'aucune réflexion ne pouvait entamer, il évita d'une feinte la lame de son adversaire tandis que sa propre épée visait les parties intimes d'Yves. Celui-ci leva le genou pour se protéger, Roç lui trancha le poignet et la lourde épée du Breton pencha inexorablement vers le cou de l'assaillant.

— Elle est en vie ! implora Yves, gémissant de douleur et incapable de soutenir plus longtemps le poids du fer.

L'œil ouvert, Yeza vit Roç s'enfoncer lui-même dans le cou la lame qui lui trancha l'artère. La tête de Roç tomba sur le côté, son sang se déversa sur le corps de Yeza au moment où il s'effondra sur elle. Yves avait lâché son épée et tenta de rattraper le jeune homme mortellement blessé. En vain. Baïtchou avait échappé à ses gardiens en poussant un cri strident, il était passé entre les jambes des Templiers qui affrontaient les Mongols et levait son poignard en direction d'Yves.

— Pourquoi as-tu… ? demanda-t-il en bredouillant et en pleurant.

Les bras du Breton s'étaient déjà emparés de lui pour le protéger, car l'un des Templiers, qui n'avait pas l'intention de permettre à ce gamin de s'enfuir, l'avait suivi jusque-là. Les Templiers, fous de rage, avaient taillé en pièces tous les hommes de l'escorte de

Baïtchou, pourtant supérieure en nombre. Les corps de plus de la moitié des chevaliers de l'ordre étaient allongés sur le champ de bataille…

Yves laissa son regard balayer les environs et se perdre entre les collines. Il vit arriver le char, ce char à hautes roues qu'il avait déjà rencontré, jadis, lorsqu'il s'était retrouvé face à l'armée des Mongols. Le véhicule vacillait : tout comme à l'époque, il portait sur un piédestal le trône doré entouré de grilles, à la fois protection et prison. Le char d'apparat, tiré par quatre attelages de deux bêtes, venait chercher le Couple Royal…

YEZA SE RÉVEILLA. Elle se força à fermer les yeux. D'un regard, elle avait compris que les images atroces qu'elle avait vues étaient la réalité. À côté d'elle, Roç baignait dans son sang, toute vie s'était échappée de lui. Elle chercha la chevelure du Trencavel, la pointe de ses doigts glissa sur son visage, toucha ses lèvres. Yeza remercia Dieu de la laisser éprouver tout cela les yeux fermés et s'imaginer une dernière fois qu'elle allait se réveiller près de son amant endormi.

Son réveil fut lucide, l'atrocité n'avait plus aucune prise sur elle. Elle ne ressentait pas de douleur non plus, plutôt un soulagement insoupçonné dont elle n'avait pas honte. Les doutes, la peur et l'espoir l'avaient abandonnée en même temps ! Vivre pour le vide qui venait de s'instaurer ne valait plus la peine, cette clarté l'entourait comme une aura, une promesse heureuse : derrière mille soleils, son âme allait atteindre le paradis…

Les soldats mongols du général Sundjak formaient un cercle étroit autour de la princesse. Yeza se redressa. Aucun des Templiers n'avait survécu à l'arrivée de ces renforts, ils avaient été systématiquement massacrés. Seul Yves en était sorti vivant, mais les Mongols l'avaient enchaîné sur ordre de Sundjak. Le général avait arraché Baïtchou au Breton, auquel il était resté cramponné, et l'avait mis à l'abri dans la litière. Le char portant le trône d'or était là. On guida précautionneusement Yeza par une échelle, sur la plate-forme supérieure où elle s'installa, rigide comme une poupée. Le regard inexpressif, elle assista depuis son piédestal à ce qui se passait à ses pieds. Plusieurs guerriers formant une chaîne soulevèrent jusqu'à elle le cadavre de Roç enveloppé d'une couverture ensanglantée. Elle retira le tissu et posa la tête de son bien-aimé sur ses genoux. Yeza demanda qu'on ne ferme pas la cage. Sundjak ne voulait pas perdre plus de temps. Il fit attacher le Breton à l'arrière du char, de telle sorte qu'il lui fallut suivre le véhicule à pied, comme un pénitent. Puis le général donna le signe du départ. Le molosse retroussait déjà les babines à l'idée du visage de Kitbogha lorsqu'il déposerait à ses pieds son fameux Couple Royal. Il allait porter un coup terrible à son supérieur !

Yeza, elle aussi, pensait à Kitbogha, à la douleur qu'elle allait lui causer. Le fait de pouvoir de nouveau serrer son fils, Baïtchou, dans ses bras serait peut-être une consolation. Yeza réfléchissait également à la situation dans laquelle se trouvait Yves. Quoi qu'il puisse s'être passé, faire payer le Breton de son sang, comme l'annonçait joyeusement Sundjak, n'avait aucun sens. Puisque son rêve s'était brisé, Yeza décida d'utiliser le temps qui lui restait à se comporter en reine, maîtresse de la vie et de la mort !

Le char au trône d'or continua donc sa route, passa devant les cornes d'Hattin, ces collines où Saladin avait jadis infligé aux chrétiens la défaite décisive avant de leur reprendre Jérusalem. Mais cela, aucun de ceux qui se dirigeaient désormais à marche forcée vers le sud ne se le rappelait plus, ni les Mongols, ni Yves, ni Yeza avec son mort entre les bras. Le Couple Royal enfin réuni…

Un tapis dans le désert

De la chronique de Guillaume de Rubrouck

J'ignore si les Mongols avaient même remarqué la beauté du paysage dans lequel Kitbogha leur avait fait dresser leur camp. Le commandant en chef, en tout cas, était affligé par d'autres soucis. Il allait affronter un ennemi dont il ne connaissait pas la force, il en savait peu sur la stratégie de son adversaire, Baybars – il ne savait même pas précisément où se trouvait celui-ci. Lorsque je rencontrai l'armée des Mongols, au matin, j'eus l'impression qu'ils s'étaient concentrés sur la rive du lac de Tibériade, comme pour se rassurer les uns les autres. Contrairement à leurs habitudes, ils ne s'en prirent pas à la cité de Tibériade, une ville sans doute petite, mais bien fortifiée. Ils se contentèrent de réquisitionner les fruits, les récoltes et les troupeaux dont ils purent s'emparer dans cette région prospère. Partout on voyait des agneaux et des bœufs bien gras tourner sur les broches : on préparait un festin, comme si l'on voulait se remplir encore une fois la panse avant de… avant quoi, au juste ?

Rien dans leur comportement n'indiquait qu'ils attendaient un ennemi. Encore moins qu'ils s'apprêtaient à marcher contre les Égyptiens et à les forcer au combat. Pourtant, ils attendaient quelque chose, avec une agitation et une inquiétude bien réelles, quoique inavouées. Ces sentiments s'emparèrent aussi de moi, bien que je ne me sois pas douté un scul instant de ce qui allait m'arriver. Je m'apprêtais à me rendre dans la tente de Kitbogha pour présenter mes hommages au général lorsque survint l'événement.

Arrivant du nord (ce qui fut une surprise complète pour moi qui croyais l'armée au complet), le général Sundjak revenait de Sidon avec ses troupes victorieuses et chargées de butin. Ces soldats ne m'inspiraient que du dégoût, lorsque je pensais à la manière dont ils s'étaient souillé les mains avec le sang des habitants de la ville ! Mais je n'eus pas le temps de laisser libre cours à la colère que m'inspiraient les bouchers de Sundjak, car je vis arriver en même temps qu'eux un véhicule dont la seule vision me fit frissonner : un gigantesque char approchait du camp, portant un haut piédestal couronné par une cage d'or…

Je reconnus alors la créature humaine courbée qui se trouvait sur le trône : Yeza ! Et elle portait un mort sur ses genoux ! Son bien-aimé nous avait quittés ! Je partis en courant, horrifié. Roç Trencavel aurait été tué ? Il me semblait que quelqu'un tentait de m'arracher le cœur ! Comme je me retournais à plusieurs reprises pour voir cette machine de torture dorée qui dépassait largement les yourtes et paraissait me poursuivre, je m'empêtrai et tombai le visage dans la boue. Je me faufilai dans la tente du général, me tapis dans un coin en tremblant de tout mon corps. Mais j'étais incapable de pleurer !

Le général Sundjak fut le premier à franchir le seuil, l'air triomphal. Il annonça au général que sa mission contre la ville des Templiers était accomplie. Kitbogha ne broncha pas. Sundjak s'y était attendu. Il invita alors son supérieur à sortir devant la tente. Dehors, on entendait des exclamations – ce n'étaient pas des cris d'enthousiasme, ils témoignaient plutôt d'une grande émotion. Le grand char tiré par ses quatre attelages s'était immobilisé devant la tente. Kitbogha ne répondit pas à cette invitation, il ne daigna même pas répondre au général et se contenta d'envoyer l'un de ses sous-officiers. Je le suivis à l'extérieur, affligé.

Yeza venait de quitter par ses propres moyens l'habitacle doré situé en haut de la pyramide de bois. Elle descendit comme une reine, une déesse guerrière hors de portée des mortels. Elle avait auparavant allongé sur le large trône le cadavre du mort. Le Trencavel se tenait désormais en hauteur, bien au-dessus de son peuple qu'il ne lui avait pas été donné de gouverner. Beaucoup levaient les yeux vers lui, certains avaient les larmes aux yeux. Le silence s'était fait lorsque Yeza était passée devant Sundjak sans le regarder pour entrer dans la tente de son vieil ami et protecteur, Kitbogha. Le vieil homme avait bondi sur ses jambes, et tous deux s'étaient serrés dans les bras l'espace d'un long moment. J'ignore s'ils s'étaient parlé : on envoya immédiatement des gardes à l'extérieur et ils revinrent avec le Breton, toujours enchaîné. Kitbogha ordonna sèchement à son général de libérer Yves.

— Jusqu'à sa condamnation, il exerce toujours les fonctions d'ambassadeur du roi de France ! rappela-t-il à Sundjak qui, rouge de colère, refusait d'exécuter cet ordre.

Les sous-officiers revenus dans la tente s'en chargèrent ; ils forcèrent néanmoins Yves à s'agenouiller devant Kitbogha. Celui-ci lança un regard interrogateur à Yeza. La reine, pensive, regarda longuement le Breton avant de s'adresser à tous ceux qui se trouvaient sous la tente.

— Ce qui devait arriver est arrivé, dit-elle d'abord à voix basse avant de reprendre d'une voix claire : Les rois sont désignés par la main de Dieu et non par celle des hommes, ni par ceux qui se croient les « maîtres du monde », ni par la puissance d'ordres secrets !

Sundjak écumait : il voyait sa proie lui échapper, alors qu'il avait prévu que le Breton serait écorché vif. Mais Kitbogha, lui aussi, réagit vivement :

— C'est par sa main que Roç Trencavel a trouvé la mort ! protesta-t-il.

— Certainement, acquiesça Yeza avec un calme parfait. Messire Yves est la mort. Il doit vivre avec cela.

Elle força Kitbogha à la regarder dans ses yeux étoilés jusqu'à ce que le vieil homme cède et se détourne d'elle.

— Il ne me revient pas de vous offrir la vie, je veux juste veiller à ce que nul ne vous la prenne ! (Yeza s'était approchée de l'homme agenouillé, sans lui tendre la main pour autant.) Levez-vous, Messire Yves, vous êtes un homme libre.

Le Breton ne bougea pas et répondit d'une voix atone :

— Donnez-moi la liberté de rester agenouillé ici jusqu'à ce que j'apprenne, de votre bouche, que vous avez choisi la vie…

Les yeux de Yeza s'assombrirent, elle voulut se mettre en colère mais parvint à se maîtriser.

— Restez à genoux autant que vous voudrez ! dit-elle finalement d'un ton léger. Nul désormais ne me forcera plus à faire quoi que ce soit, vous pas plus que les autres. (Elle se campa devant Kitbogha, un sourire froid aux lèvres.) J'ai décidé de mettre fin à mes jours.

Cette phrase sans ambiguïté fit sursauter tous ceux qui se trouvaient dans la tente. Le visage pétrifié, le vieux général ordonna aux gardes d'évacuer tous les visiteurs. Sundjak et les sous-officiers durent eux aussi quitter les lieux. Ils voulurent m'obliger à partir comme les autres, mais bien que nul n'ait intercédé en ma faveur, ils finirent par me laisser sur place, peut-être parce que je brandissais mon crucifix dans leur direction.

On fit entrer le Trencavel sur une civière. Ils l'avaient recouvert jusqu'au menton de tissu noir. On ne voyait plus ni la blessure, ni le sang, juste le visage livide de mon héros. On déposa le corps au milieu de la tente, devant Yves toujours agenouillé. Je m'approchai et joignis les mains.

Requiem aeternam dona eis Domine :
et lux perpetua luceat eis[8].

Yeza fronça les sourcils, mais cela ne m'empêcha pas de prononcer la prière des morts.

Te decet hymnus Deus in Sion,
et tibi reddetur votum in Jerusalem[9] *!*

Je vis les lèvres d'Yves bouger en même temps que les miennes. Seule Yeza resta impassible, le regard fixé sur le visage de son bien-aimé.

Exaudi orationem meam,
ad te omnis caro veniet[10].

Je baissai la voix pour ne pas troubler sa méditation.

Requiem aeternam dona eis Domine :

L'air songeur, mais avec une expression de résolution victorieuse, Yeza se détourna de la civière.

Et lux perpetua luceat eis.

Le graduel[11] était terminé. Cette fois, j'eus du mal à retenir mes larmes.

Nous étions seuls désormais, les gardes s'étaient eux aussi retirés. Je me sentis obligé de tenter de faire oublier à ma petite princesse son désir de mourir, mais je ne trouvai pas les mots qui convenaient.

— Personne ne te reproche rien, personne ne te considère comme responsable ! bredouillai-je gauchement. Tu n'as donc pas à payer pour ce malheur ! en conclus-je, désespéré par mon impuissance.

Yeza me décocha l'un de ces regards qui m'incitaient toujours à me demander si elle me considérait comme un idiot complet ou si elle avait pitié de moi. Kitbogha, lui aussi profondément ébranlé, reprit le même refrain :

— Un acte comme celui-ci ne ressuscitera pas le mort, il doublera la perte et multipliera par mille la douleur que nous ressentons, enchaîna le vieil homme avec un regard implorant. Ne privez pas de surcroît le peuple des Mongols de votre royale personne ! supplia-t-il. Épargnez-nous ce sacrifice inutile et cruel !

Yeza passa derrière le corps de Roç en me poussant légèrement de côté, moi qui avais recommencé à prier en silence.

— Nous sommes tous coupables, la question n'est pas là et ce n'est pas ce qui guide mes actes. Roç Trencavel et moi-même avons grandi en enfants élus du Graal, on nous a élevés, depuis nos premiers jours, pour devenir le Couple Royal, et nous avons ainsi pu mener ou dû mener pendant les années qui nous ont été données une existence qui est désormais arrivée à son terme. Contrairement à ce que vous avez espéré pour votre peuple, Kitbogha, et à ce dont rêvait la puissance qui se trouve derrière vous, Yves. (Yeza parlait d'une voix ferme, assez lentement pour que nous puissions tous suivre ses pensées.) Mais la perte de mon seigneur et de mon amour, de mon époux et de mon frère, marque la fin de ma vie, de mon existence sur cette terre… (Yeza balaya l'assistance d'un regard qui m'atteignit aussi.) Voulez-vous exiger de moi que je me marie à présent avec un autre homme ? Ou bien que je devienne vieille et grise dans le rôle de la veuve poursuivant seule son combat ? Pour atteindre quoi d'autre ? J'ai tout eu, je suis dans la fleur de l'âge. Voilà pourquoi je m'en vais maintenant. (La reine s'inclina devant son auditoire.) Et maintenant, je vous prie, laissez-moi seule avec mon bien-aimé.

Je me tenais devant la tente avec le vieux Kitbogha et le Breton. Nous étions désemparés. La détermination de Yeza nous avait tous surpris et abasourdis. Les gardes, les sous-officiers et, derrière eux, une foule innombrable de simples soldats nous entouraient à bonne distance.

— Elle ne peut pas nous faire ça ! balbutiai-je. Elle sait à quel point nous l'aimons et la vénérons tous.

Yves ne répondit pas.

— Je sais seulement que la princesse se montrera inflexible, dit-il au général.

Le vieil homme hocha la tête, le front ridé par le chagrin. Ce fut à ce moment que le derviche Jalal al-Soufi arriva avec la caravane qui transportait le kilim. Cette rencontre me déplut. Le Breton, lui aussi, manifesta sa contrariété en voyant réapparaître ce maudit tapis. Kitbogha fut le seul à ne pas comprendre ce qu'était cet objet cylindrique et pesant que les chameaux portèrent jusqu'au milieu de notre cercle avant qu'on ne le dépose sur le sol.

— Qu'est-ce que c'est que ça ? demanda-t-il d'une voix rogue aux gardes qui avaient laissé passer le derviche.

— C'est le cadeau de Lulu, celui que vous attendez depuis si longtemps, répondit le Breton, qui avait retrouvé son goût du sarcasme. Le cadeau du triste atabeg de Mossoul. Vous vous rappelez ?

Kitbogha, ahuri, voulut faire déplacer la caravane. Baïtchou arriva alors en courant ; cela déstabilisa encore plus le général, car son fils, jusqu'ici, n'avait pas encore osé annoncer son retour. Au lieu de serrer son père dans ses bras comme celui-ci s'y attendait, le jeune garçon se mit à crier :

— La princesse souhaite vous parler… À vous et à Jalal al-Soufi !

Nous suivîmes Baïtchou sous la tente. Yeza se tenait au milieu. Elle avait sans doute entendu dire que le kilim était arrivé.

— Asseyez-vous, je vous prie, fit-elle.

Nous obéîmes : personne ne voulait contrarier la princesse. Nous nous prîmes au contraire à espérer un dénouement heureux.

— Par mon rang et ma dignité, demanda-t-elle à Kitbogha, suis-je, en tant que princesse des Mongols, au même niveau que les membres de la dynastie des souverains ?

Le général répondit avec ferveur à la première question de Yeza.

— Pour notre peuple, vous disposez des mêmes droits que l'éminente lignée des Gengis !

Yeza réagit à cette affirmation par un sourire satisfait, ce qui me parut très étonnant.

— Et pour tous les Gengis, la loi est identique et intouchable, continua-t-elle à demander : nul ne peut lui donner la mort, pas même en cas de haute trahison ou d'autres crimes graves ?

— Certainement ! laissa échapper Kitbogha, qui ne devinait pas encore où elle voulait l'amener. C'est la raison pour laquelle, poursuivit-il, lorsque la culpabilité de l'un d'entre eux est reconnue, on lui prend la vie en l'enroulant dans un tapis sur lequel passent ensuite des chevaux. Ce sont eux qui mettent un terme à la vie du condamné.

L'effroi plongea le vieil homme dans le mutisme. Yves paraissait changé en statue de sel. Seul le derviche n'avait pas encore compris qu'il était ici question de Yeza.

— *Où dois-je aller, je ne le sais pas, que faire encore ? Rester paisiblement assis à côté de toi ne me console pas. – Une vie sans toi me paraît impossible !* (Jalal parlait d'une voix très basse, comme pour lui-même, d'autant plus que nul ne semblait lui prêter attention.) *Je crie et je brûle dans ce cri, je me tais et je brûle dans ce silence.*

Yeza salua le soufi d'un sourire fugitif dont le seul but était d'exprimer son admiration pour les vers du poète qu'elle admirait tant.

— Nous sommes-nous compris ? demanda-t-elle sur le même ton obligeant à son vieil ami Kitbogha.

Celui-ci ne put que hocher la tête.

— Je prendrai congé de vous aujourd'hui même, dit-elle alors à Yves, dont le visage s'était figé depuis qu'elle avait annoncé sa décision.

— Je vous remercie, Yeza, finit-il par proférer, et je vous prie d'accepter aussi ces remerciements en tant que représentante de Roç Trencavel, je vous remercie de m'avoir permis de suivre si longtemps votre vie agitée. (Le Breton cherchait visiblement ses mots.) Après vous avoir traqués sans pitié, je suis devenu le défenseur dévoué de votre cause. Et pourtant, aveuglé et arrogant, j'ai manqué le dernier objectif, celui qui m'a été dissimulé jusqu'au bout ! (La gorge du guerrier se serra.) Excusez-moi, conclut-il en se détournant brutalement.

Yeza parut elle aussi émue.

— Nous nous reverrons demain matin, dit-elle alors à Kitbogha. Je compte sur votre bras pour m'accompagner sur mon dernier chemin.

Le vieux général avait lui aussi la gorge nouée, et cette émotion atteignit son comble au moment où Yeza tira Baïtchou vers elle et lui déposa un baiser sur le front, puis sur la bouche.

— Ton père a raison d'être fier de toi ! assura-t-elle au garçon qui sanglotait, avant de lui tendre son mouchoir. Parcours le monde à ma place, non en héros stupide, mais pour dépasser sa bêtise et son ignorance par ton intelligence et ton courage ! (L'enfant s'arracha à ses bras et sortit de la tente en courant. Yeza le suivit des yeux.) Baïtchou ne devra pas être présent demain ! lança-t-elle à Kitbogha. Veuillez porter le Trencavel dans ma tente, nous allons veiller ensemble cette nuit !

À ma grande surprise, elle ajouta :

— Et apportez-nous du vin ! Que Roumi fasse la fête avec nous. Jalal al-Soufi me récitera les plus beaux vers existants sur les délices de l'unique amour !

Je me sentis exclu. Yeza le devina sans doute.

— Mon bon Guillaume, dit-elle. Je suis certaine que si Roç et moi-même entrons au paradis, tu nous y attendras déjà, assis sous l'arbre de la connaissance. De charmantes *houris*[12] te feront oublier tous les péchés !

Cette plaisanterie ne me suffit pas.

— Je veux vous accompagner ! m'exclamai-je. Comme je l'ai toujours fait…

— Guillaume ! répondit-elle en me coupant la parole. Tu étais là lorsque la grande aventure a commencé. Demain, tu seras le plus proche de moi lorsque j'y mettrai un terme pour m'élever à une existence bien plus puissante !

Kitbogha rappela ses sous-officiers, qui portèrent le corps du Trencavel sur leurs épaules. Yeza suivit le cortège – sans que nul ne l'accompagne, conformément à son vœu.

— Demain matin, avant le lever du soleil, je quitterai le camp et rentrerai à Paris, annonça le Breton.

Kitbogha hocha la tête.

— J'aimerais vous demander quelque chose, mon ami… (Il hésita jusqu'à ce qu'il soit certain que le Breton lui donnerait son accord.) Emmenez Baïtchou avec vous au pays des Francs, afin qu'il y grandisse.

Messire Yves s'inclina devant le général.

— J'allais de toute façon vous le proposer, Kitbogha. Je me porte garant de son éducation chevaleresque, conformément aux vœux de la princesse Yeza.

Je quittai la tente pour aller prier. Je passai en réalité toute la nuit à pleurer.

Toute la journée, le sultan Qutuz, à la tête du gros de l'armée mameluk, avait remonté à marche forcée le lit asséché du Belus, puis avait traversé les montagnes en direction de Nazareth. Le soir tombait déjà lorsqu'il retrouva les troupes qu'il avait envoyées en avant-garde sous la direction de Baybars. L'émir l'informa qu'il avait déjà inspecté les environs et qu'ils lui paraissaient former un bon cadre pour la bataille. Il s'agissait d'une plaine que les gens du pays appelaient « Ain Djalud » et que les chrétiens connaissaient sous le nom de « Mare de Goliath ». Baybars l'y aurait volontiers mené le soir même pour étudier avec lui, sur place, son plan de bataille. Mais le sultan était épuisé et cette séance fut reportée au lendemain à l'aube.

De la chronique de Guillaume de Rubrouck

À l'est, la première lueur du jour teignait le ciel de rouge sang. Toute la cavalerie mongole attendait l'ordre de piétiner le tapis. La plupart des hommes se sentaient sans doute assez mal à cette idée. Yeza jouissait d'une grande popularité parmi les soldats, qui la respectaient. C'est la raison pour laquelle le général Sundjak s'était mis à la tête de la première division, à laquelle on avait donné l'ordre de se livrer à cette cavalcade mortelle.

Non loin de leurs sabots se trouvait le kilim soigneusement plié et rangé à la verticale. Il semblait aux aguets, menaçant, comme un gigantesque dragon prêt à prendre son vol destructeur, dressant sa tête triangulaire en dardant de la langue et en fouettant de la queue. Des deux côtés, des centaines d'auxiliaires attendaient, accroupis. On avait en outre disposé des attelages dont la mission serait d'emporter le lourd tapis dès que le Couple Royal aurait pris place. Je notai à quel point le terrain prévu pour cette sinistre cérémonie était irrégulier. Des cuvettes alternaient avec de petites bosses, comme si l'on cherchait à cacher l'endroit où se trouvaient les deux corps. Je m'agenouillai au bord du tapis, en laissant un peu de distance, car je ne tenais pas à me retrouver sous les sabots des chevaux. Combien de fois m'étais-je dit que je donnerais ma vie en martyr pour « mes enfants », que je mourrais volontiers avec eux ! Or maintenant que la possibilité s'offrait de mettre mes actes en conformité avec mes paroles généreuses, le fidèle Guillaume s'accrochait à sa misérable existence comme un chien qui défend son os ! Certes, je n'avais pas fermé l'œil de la nuit et j'avais amèrement pleuré, mais c'étaient des larmes d'autocompassion, je déplorais surtout le terrible sort du pauvre frère Guillaume qui, avec le départ de ses héros, allait de nouveau tomber dans l'insignifiance d'où l'avaient jadis tiré les enfants du Graal…

Huit sous-officiers portaient la large civière recouverte d'un drap sur laquelle se trouvait le corps du Trencavel, visible de tous. Lentement, solennellement, ils déposèrent sa dépouille au milieu du terrain où l'on comptait déplier le kilim, puis se rendirent avec moi de l'autre côté. Nous attendions Yeza, qui serait amenée par Kitbogha…

YVES LE BRETON ET BAÏTCHOU chevauchaient côte à côte à travers les collines, en direction d'Acre. Un soleil lumineux se levait dans leur dos. Baïtchou regarda derrière lui.

— Arrêtons-nous, demanda-t-il au chevalier, et prions Dieu qu'il accueille leurs âmes !

Baïtchou mit pied à terre, le Breton l'imita, soucieux de ne pas blesser les sentiments du jeune garçon.

Yves le regarda droit dans les yeux.

— *Che Diaus aduja aquesto dona de grando couratge*[13] *!* marmonna-t-il en utilisant, pour lui adresser son dernier salut, l'idiome de Yezabel Esclarmonde.

Baïtchou s'était agenouillé.

— Je souhaite devenir aussi courageux que la princesse Yeza !

Ainsi débutait la prière qu'il adressa au ciel du matin.

LE SULTAN QUTUZ fit passer l'armée principale des mameluks devant la Mare de Goliath et la mena plus loin vers les collines derrière lesquelles il dissimula ses troupes. Il les disposa en demi-cercle et fit dresser sa tente de commandement au centre, sur la plus haute élévation, avant de la faire recouvrir de feuillage. L'avant-garde, sous la direction de Baybars, prit quant à elle position dans la plaine, appât visible de loin par l'ennemi qui approchait…

De la chronique de Guillaume de Rubrouck

Le vieux Kitbogha, tête baissée, et à son côté la princesse remontaient les rangées formées par les tentes. Comme si Yeza avait deviné mon vœu, elle n'entra pas immédiatement sur l'aire où Roç l'attendait déjà, mais demanda au vieil homme de l'accompagner jusqu'à l'endroit où j'étais agenouillé. Sans m'accorder le moindre regard, elle serra soudain dans ses bras, comme une petite fille, le commandant en chef des Mongols. Kitbogha semblait être devenu un vieillard du jour au lendemain. C'était un homme brisé. Il allait devoir dire adieu à l'œuvre de toute sa vie, même s'il s'agissait d'une pure et simple chimère. Yeza se dégagea et plongea la main dans son épaisse chevelure blonde. Je savais ce que signifiait ce geste : c'est là que se trouvait sa dague à double lame. Elle avait voulu s'assurer de sa présence – nul autre que moi ne l'avait remarqué. Elle traversa alors le terrain, s'allongea à côté du Trencavel et le serra dans ses bras. C'était le signal !

La force de centaines de bras musclés et de chevaux traîna le kilim comme un dragon monstrueux. Je regardai ailleurs, je ne voulais pas porter cette vision en moi comme la dernière que j'aurais eue de mes enfants bien-aimés ! Lorsque je vis de nouveau le terrain, il était couvert par les ornementations inquiétantes, les couleurs incandescentes et les symboles mystérieux du kilim : je ne parvenais même pas à discerner la bosse sous laquelle.... Car déjà, le général avait levé la main et mille cavaliers serrés les uns contre les autres passèrent sur le tapis dans un bruit de tonnerre. Ils furent les premiers à partir pour la bataille d'Ain Djalud, où tout se déciderait.

La bataille d'Ain Djalud

La direction de l'armée mameluk n'avait qu'un souci : celui de voir l'armée des Mongols, après avoir abandonné son dernier bivouac sur la rive occidentale du lac de Tibériade, continuer à suivre le cours du Jourdan de façon à passer ainsi à l'écart des positions préparées par Baybars. Ils se seraient ainsi retrouvés d'un seul coup avec un ennemi qui aurait échappé à leur piège et pourrait les prendre à revers ou les couper de leurs renforts en provenance d'Égypte ! Qutuz disposa donc des agents secrets déguisés en pêcheurs près du lac et en bergers dans les collines, qui indiquèrent bien volontiers à l'avant-garde mongole, dirigée par Sundjak, qu'ils avaient vu des guerriers mameluks près du mont Tabor et que ceux-ci se dirigeaient vers la plaine d'Ain Djalud. En guise de dernière mesure pour garantir la réussite du plan égyptien, l'émir Baybars avait pris d'assaut, par surprise, la garnison de chevaliers de Saint-Jean qui surveillait le château de Belvoir, l'avait fait disparaître sans laisser de traces et l'avait remplacée par ses propres hommes. Ceux-ci devraient s'assurer qu'au plus tard à cette hauteur de la vallée du Jourdain, l'armée mongole se dirigerait vers la plaine de la Mare de Goliath, car s'ils étaient allés au-delà de ce point, l'entreprise des mameluks aurait été réduite à néant. Toutes ces craintes se révélèrent infondées. Les habitants de la ville de Nazareth avaient secrètement envoyé des messagers à Kitbogha pendant la nuit. Ils lui avaient appris que l'armée égyptienne se dirigeait vers le sud en direction d'Ain Djalud et fuyait manifestement l'avancée des Mongols. Sundjak, avide d'en découdre, poussa son avant-garde vers les montagnes, afin de ne laisser aucune échappatoire à l'ennemi. Kitbogha, qui connaissait son général, le suivait de très près.

Vers midi, les premières colonnes d'assaut mongoles arrivèrent au bord de la plaine. Des guetteurs annoncèrent que les mameluks – lesquels, de toute évidence, ne se doutaient de rien – s'attardaient auprès de la Mare de Goliath. Le haut commandement des Mongols s'accorda pour penser qu'il s'agissait de la totalité de l'armée égyptienne. Tout juste Sundjak exprima-t-il sa surprise devant la taille de cette armée : il se serait attendu à trouver un nombre bien supérieur de soldats ennemis. Kitbogha dut faire usage de toute son autorité de commandant en chef pour empêcher son général de passer immédiatement à l'attaque. L'armée des Mongols se rassembla au pied du mont Tabor. À peine était-elle au grand complet que Kitbogha céda à la pression de ses officiers sûrs de la victoire. Et les Mongols se précipitèrent sur l'appât de Baybars.

L'émir Rukn ed-Din Badibars « Bunduktari » fit honneur à son célèbre surnom. « L'Archer » n'avait pas l'intention de sacrifier inutilement ses hommes à la manœuvre prévue. Seules durent opposer une résistance les troupes auxiliaires venues de Gaza et du Néguev, qui furent rapidement submergées et vaincues, mais cela suffit à Baybars pour atteindre avec le noyau de ses troupes, en feignant la panique, les collines toutes proches où l'attendait le sultan Qutuz. L'avant-garde dirigée par le général Sundjak sc lança à leur poursuite au grand galop. Les mameluks, qui avaient pris la fuite en se déployant, s'engagèrent dans toutes les vallées et les gorges qui s'ouvraient à eux et y attirèrent les assaillants qui se dispersèrent eux aussi. Sachant quels risques ils couraient ainsi, Kitbogha garda ses troupes en rangs serrés et tenta de ne pas rompre le contact avec ceux qui couraient aveuglément vers l'ennemi. Le gros de l'armée mongole se retrouva donc à son tour dans un paysage de montagne où la vue était limitée et où il avait le plus grand mal à se déployer. Le sultan Qutuz observa tranquillement la manœuvre. Lorsqu'il fut certain que Baybars était parvenu à attirer l'ensemble de l'armée mongole dans le piège, il n'eut plus qu'à le refermer. Les mameluks verrouillèrent tout accès à la plaine qui aurait offert le salut à une armée de cavaliers bien exercée. Puis ils dévalèrent des collines et surgirent des vallées. Sundjak, l'un de ceux qui s'étaient risqués le plus loin, fut parmi les premiers à mourir. Lorsque Kitbogha comprit dans quelle situation il s'était laissé enfermer, il rappela immédiatement ses troupes, pour autant qu'il pouvait encore le faire, et les mit en position de hérisson pour livrer aux Égyptiens une bataille d'une violence inattendue. Les rangs des mameluks commencèrent à vaciller, car le vieux général utilisait ses divisions comme des coins d'airain enfoncés dans l'armée de l'adversaire. Les mameluks ne résistèrent pas à une telle force. Le sultan eut du mal à ne pas laisser s'ouvrir l'anneau. Baybars se trouvait encore dans la montagne où il s'efforçait de venir à bout de l'avant-garde de Kitbogha, l'élite de l'armée mongole, dans des corps à corps acharnés. Au fil du temps, la supériorité numérique des mameluks se fit sentir. Baybars parvint à rétablir le contact avec l'armée principale. Cela donna un nouvel élan aux Égyptiens. Quelques Mongols et chevaliers d'Arménie parvinrent à desserrer l'étau mortel qui se refermait sur eux et à s'échapper. Kitbogha, lui, refusa de s'enfuir, bien que sa garde personnelle se soit proposée de lui frayer un chemin. Le vieux guerrier ne voulait pas survivre à sa défaite. Il vit les membres de son escorte tomber les uns après les autres sous la grêle de flèches que Baybars faisait s'abattre sur eux. Ils tuèrent le cheval de Kitbogha, mais même à pied, celui-ci se battit furieusement – jusqu'à la triste fin.

Les hommes de l'émir finirent par s'emparer du vieux général. Avec sa capture, la résistance des derniers Mongols s'effondra.

De la chronique de Guillaume de Rubrouck (Dernières lignes)

L'armée des Mongols était partie au grand galop, j'étais toujours assis, hébété, très loin du bord du kilim dont l'aspect (qui ne m'avait jamais été particulièrement agréable) était méconnaissable après la cavalcade de milliers de sabots de chevaux et d'innombrables roues de chariots : retourné, piétiné, couvert de crottin, ce qui ressemblait jadis à une scène de l'enfer était devenu une lamentable farce. Mon regard balayait les traces de violence et de destruction. Au terme d'une période interminable où je fus paralysé par le tonnerre et le bruit qui avaient retenti, je pris enfin conscience que mes chers enfants se trouvaient quelque part sous ce tapis en lambeaux. Je m'enfonçai les ongles dans la chair, me forçant à ne pas imaginer leur état. J'eus la nausée. Il ne me restait plus qu'un espoir, celui de perdre la raison. Ce mauvais rêve était-il la réalité ? J'avais si souvent réussi à jouer des tours à ma conscience… Cette fois, elle se vengeait et me perçait le cœur. Je m'agenouillai devant les ruines de tout ce que j'avais choisi comme contenu de mon existence. Des puissances diaboliques avaient assassiné mes deux enfants, ma famille. Je regardai autour de moi. Les bédouins qui avaient transporté le kilim se tenaient assis autour du tapis, en silence. Ils étaient arrivés au bon moment, comme pour parachever son dernier ouvrage malveillant. Jalal al-Soufi, le turbulent derviche, s'approcha de moi. « Non, surtout pas de Roumi maintenant ! » me dis-je. Une injustice, sûrement, puisque Yeza avait plus aimé ses vers que n'importe quelle autre poésie. Venait-il me présenter ses condoléances ? J'étais tellement aveuglé que je me croyais le seul à porter leur deuil, le seul à avoir droit à la compassion et aux consolations. Mais le petit soufi me tournait autour, il me sembla même qu'il se moquait de moi, ce qui me parut plus que déplacé. Je lui tendis cependant une perche :

— Ton effroi abat la tristesse, fis-je. La douleur broie les sens…

Jalal s'immobilisa et me regarda, décontenancé, avant d'éclater bruyamment de rire.

— *Leur vie était aventure, héroïsme et audace – voilà ce que tu dis ?!* (Jalal ne se laissa pas troubler par mon air ahuri.) *Leur vie était persécution, angoisse et fuite – dit-elle !* (Il me rit au visage.) *Enfin elle eut devant elle l'unique grande aventure, ne put l'aborder avec l'esprit audacieux du héros. Et la voilà au paradis !* (Il me lança un regard sévère.) Alors quelles sont ces jérémiades, ô frère Guillaume ?

À ma frayeur initiale succéda un sentiment de honte. Profondément troublé, je me mis à balbutier des phrases sans queue ni tête sur la nécessité de leur édifier un tombeau digne d'eux, une idée qui ne m'était pas venue auparavant.

— Il faut commencer par les trouver… (Jalal me regarda bizarrement, sur le côté.) Et c'est cette vision que tu ne supporteras pas, Guillaume. (Je voulus protester, mais ne pus que hocher la tête avec reconnaissance.) Alors éloigne-toi ! ordonna le soufi.

Je me levai et quittai les lieux en titubant.

Je ne pourrais dire combien de temps j'errai au bord du lac. Je finis par revenir, espérant que le supplice redouté était déjà terminé. Le kilim était toujours à la même place, son état me parut inchangé. Le soufi me prit à part, comme un enfant auquel il faut annoncer que quelque chose est arrivé à sa maman. Jalal désigna discrètement les bédouins toujours assis autour du tapis.

— Nous avons regardé partout, révéla-t-il d'une voix sourde, notamment tout autour du point où nous les avons vus pour la dernière fois. On n'a rien retrouvé de la princesse et de Roç Trencavel, pas un osselet, pas une goutte de sang, pas la moindre trace !

Je le regardai sans doute avec incrédulité, du moins sans grande conviction car je n'étais pas du tout persuadé de la véracité de ce qu'il venait de dire. Jalal me proposa de fouiller moi-même chaque pied du sol sableux : ses hommes, moyennant quelques paroles d'encouragement et un peu de *bakchich*, soulèveraient encore une fois le tapis aux mille djinns, même s'ils redoutaient désormais plus que tout ce kilim maudit. Je n'y songeai pas une seule seconde. Je lui proposai donc de laisser le tapis tel qu'il était et de le recouvrir au contraire de sable jusqu'à ce qu'on n'en voie plus rien. L'idée plut au derviche et je laissai à la caravane le sac d'or, cet argent du sang que Naiman m'avait remis avant que je ne le tue. En réalité, cette canaille avait atteint son objectif : Roç et Yeza étaient morts. L'étaient-ils vraiment ?

Tandis que les bédouins commençaient à renverser des corbeilles de sable sur le kilim, je vis mes deux enfants s'éloigner dans la lueur incandescente du soleil déclinant, deux silhouettes noires dont la forme se dissipait au fur et à mesure qu'elles avançaient, jusqu'à ne plus faire qu'un avec l'astre de feu.

NE FÛT-CE QUE POUR ÉCHAPPER à l'odeur de putréfaction dégagée par les milliers de cadavres, le sultan Qutuz avait, immédiatement après avoir remporté la bataille, ordonné que l'on dresse son camp entre la petite ville de Nazareth et le mont Tabor, qui dominait la région. Les mameluks n'avaient plus à craindre la moindre attaque ennemie. Ils ne poursuivirent donc pas ceux qui s'étaient enfuis. Les contingents auxiliaires au service des Mongols, les chevaliers chrétiens d'Antioche, d'Arménie et même du lointain royaume de Géorgie, s'étaient montrés de meilleurs connaisseurs de la tactique guerrière des musulmans que les Mongols, habitués à la victoire. Et puis ils ne tenaient pas tellement à affronter les redoutés mameluks. Beaucoup purent se dégager à temps et échapper à l'encerclement meurtrier dans les collines situées autour d'Ain Djalud. Certains parvinrent à rejoindre, sur les rives de la mer, la forteresse d'Athlit tenue par les Templiers, ou bien à monter jusqu'à la tour des chevaliers de Saint-Jean en haut du mont Tabor. En revanche ceux qui frappèrent à la porte du Belvoir, le château situé au-dessus de la vallée du Jourdain, se retrouvèrent captifs : Baybars en avait pris le contrôle avant la bataille. Certains s'enfuirent à la nage par le fleuve, d'autres s'éparpillèrent dans les montagnes. Des chrétiens locaux les aidèrent. Seuls les Templiers de Safed refusèrent l'accès à tous les fugitifs.

Dans le campement des mameluks tout juste dressé, on amena le prisonnier Kitbogha devant le sultan Qutuz. Celui-ci se moqua du général mongol et souligna le fait que ses alliés arméniens et les chevaliers d'Antioche l'avaient honteusement abandonné.

— Les chrétiens ne connaissent pas la fidélité !

Le vieil homme, qui ne faisait pas grand cas de sa foi personnelle, ne resta pas sans répondre.

— Toute ma vie je suis resté fidèle à mon seigneur, le Il-Khan, contrairement à certains émirs des mameluks !

Il n'aurait pas dû regarder Baybars avec mépris : cela n'échappa pas au sultan. Pour lui, le vieux soldat était déjà un homme mort. Il accepta donc que l'émir s'occupe personnellement du général mongol. Baybars, contenant sa colère, fit sortir Kitbogha de la tente. Sur la place qu'on avait aménagée devant elle, il ordonna à Kitbogha de s'agenouiller. Le guerrier lui refusa ce plaisir. Le mameluk, dit-il, n'avait qu'à lui couper la tête debout ! Mais Baybars avait l'esprit accaparé par un autre problème, la mission que lui avait confiée Faucon Rouge.

— Où sont Roç Trencavel et la princesse Yeza ?

Ce fut une surprise pour Kitbogha, qui trouva ces mots totalement déplacés dans la bouche du mameluk.

— En quoi cela vous regarde-t-il ? demanda-t-il avant d'ajouter, sentant combien l'Archer était préoccupé par leur destin : Ils ont trouvé un moyen efficace d'éviter de devenir vos prisonniers. (D'un rire mugissant, il se moqua de l'émir qui ne comprenait pas ce qui s'était passé.) La mort leur a semblé être un sort préférable !

— Vous les avez tués ? demanda Baybars. Dites-moi la vérité !

Kitbogha vit son heure venir.

— Que je mente ou non, vous devez me couper la tête, lança-t-il à l'émir comme si c'était son subalterne et en se laissant tomber à genoux. Moi, je vais les revoir. Vous pas.

Ce furent ses derniers mots. Baybars n'avait pas résisté : face à ses hommes, qui l'entouraient, il fallait qu'il mette un terme à cette discussion. La tête de Kitbogha roula dans le sable.

PENDANT CE TEMPS-LÀ, BAÏTCHOU, le fils cadet de Kitbogha, et Yves le Breton, émissaire extraordinaire du roi de France, traversaient les collines en direction de la ville portuaire chrétienne d'Acre, afin de quitter définitivement la *terra sancta* et de revenir en Bretagne, où Messire Yves comptait se retirer, ranger son épée et se consacrer à la lecture.

— Je ne suis pas certain, Baïtchou, dit le Breton à son jeune écuyer, d'être celui qu'il faut pour exaucer le désir de ton père, qui fut aussi le dernier vœu de la princesse : faire de toi un chevalier.

Les doutes du chevalier n'inspirèrent aucune déception à Baïtchou :

— Je préférerais apprendre à lire, déclara-t-il, pour pouvoir parcourir la chronique à laquelle travaillait Guillaume de Rubrouck où qu'il se trouve. J'aimerais tout savoir sur Yeza et Roç !

Yves sourit, apaisé.

— Dans ce cas les notes brouillonnes de ce franciscain auraient un sens, même si elles ne sont ni aussi ordonnées, ni aussi édifiantes que l'auraient espéré ses commanditaires ! (Plus il y réfléchissait, plus cette idée plaisait au Breton.)

— Une nouvelle jeunesse pourra apprendre à ne pas se laisser dominer passivement par les anciens dragons du pouvoir, comme la guerre et la religion, et à suivre ses propres voies !

Baïtchou écouta cet éloge sans dire un mot. À un instant seulement, il regarda avec une pointe d'étonnement l'homme que l'on avait chargé de son éducation. Ils continuèrent leur chevauchée en silence. Au loin, on reconnaissait déjà la mer dans la baie d'Acre.

Quelques jours après sa défaite, le sultan entra dans Damas. En quelques mois, Alep fut reconquise à son tour. La principauté d'Antioche voisine ne fut préservée que parce que le Il-Khan, qui ne pouvait intervenir en personne – la question du pouvoir sur le peuple mongol n'était toujours pas réglée – envoya des troupes qui assurèrent la présence de son empire au nord de la Syrie. Ainsi, les mameluks furent provisoirement dans l'incapacité d'infliger au roi Hethum d'Arménie et à son gendre la punition qu'appelait leur prise de parti.

Le petit feu de camp s'était presque éteint. C'était l'une de ces nuits étoilées et lumineuses du début de l'automne, où l'été ne parvient pas encore à dissiper la chaleur accumulée. Trois hommes étaient assis autour de la braise, deux adultes et un jeune garçon. Arslan le chaman s'était joint à Yves le Breton et Baïtchou ; son ours se reposait un peu plus loin, à l'ombre des rochers. La nuit était suffisamment claire pour permettre de voir que les collines d'Acre ne formaient plus le paysage avoisinant, ayant depuis longtemps laissé place aux massifs abrupts du nord de la Syrie.

— Un peu plus d'une journée de marche, dit Arslan en soulevant la vaste manche de son cafetan en direction de l'ouest, vous permettra de retrouver la côte près d'Antioche et de revenir par la mer au pays des Francs. Mais vous prendriez plusieurs semaines pour atteindre l'entité que je vous ai décrite…

— Cette ville des temples d'or située dans les hauteurs des montagnes enneigées, précisa Baïtchou qui, jusqu'ici, avait attentivement observé la voûte céleste pour ne pas laisser passer la moindre étoile filante. C'est là, auprès de ces moines au crâne rasé vêtus de tenues aux couleurs du soleil, que je pourrai apprendre à lire et à écrire ?

— L'important, répondit Yves en devançant le chaman, c'est que tu y sois élevé dans l'humilité et la sagesse pour devenir un jour souverain !

Avant que le petit garçon ne puisse dire quoi que ce soit, Arslan ajouta en souriant :

— Tu te découvriras toi-même, Baïtchou, et tu prendras toujours la bonne décision car c'est une expérience sans fin…

— Mais l'objectif ? protesta le Breton.

— C'est peut-être le chemin ?

Le chaman se tut. Après avoir jeté un coup d'œil bienveillant au jeune garçon, Yves regarda longtemps les dernières incandescences des branches finissant de brûler sans pouvoir se décider pour une réponse.

Arslan se leva.

— La décision d'emprunter le chemin est entre vos mains. Je n'ai fait que vous indiquer la direction.

L'ours se détacha de l'ombre des rochers. Le chaman le rejoignit et ne tarda pas à disparaître dans l'obscurité.

Baïtchou le suivit longtemps des yeux avant de s'adresser à son aîné :

— Je veux d'abord être en mesure de connaître la vie de Roç Trencavel et de la princesse Yeza telle que l'a racontée Guillaume…

— Si c'est à toi que revient leur succession, alors la chronique arrivera jusqu'à toi.

— Je n'en suis pas si sûr, Yves, dit Baïtchou, lorsque je songe à la promesse du Couple Royal, car il se pourrait bien que je ne veuille pas devenir un prince, juste un homme qui sait lire et écrire.

Le Breton, étonné, dévisagea le jeune garçon.

— Je pense que nous sommes sur la bonne voie, dit-il avec un sourire.

L'AUTOMNE DE LA MÊME ANNÉE, en 1260, le sultan Qutuz rentra couvert de gloire en Égypte. L'allusion que le vieux Kitbogha avait faite au manque de fidélité de ses émirs allait pourtant se vérifier une fois de plus. Baybars espérait que ses mérites lui vaudraient d'être nommé gouverneur d'Alep. Qutuz rejeta cette prétention. En atteignant le delta du Nil, ses émirs lui proposèrent une partie de chasse pour se détendre un peu. Il n'en revint jamais. Dès qu'ils furent hors de vue de la troupe, quelques hommes capturèrent le sultan et Baybars lui enfonça son épée dans le dos. Puis ils revinrent rapidement auprès de l'armée. Le *raib arkan al sultan*, le chef d'état-major du sultan, leur demanda qui avait commis le meurtre. Baybars assuma son acte et fut immédiatement contraint de reprendre le trône du souverain. Tous les généraux et émirs lui firent allégeance. Baybars entra au Caire en sultan.

Le sultan Rukn ed-Din Baybars Bunduktari se révéla aussi compétent que conséquent. Avec lui débuta la domination des mameluks sur le Proche-Orient, qui dura jusqu'à ce que l'Empire ottoman prenne le relais. Il était inévitable – notamment après l'appel à l'aide vainement lancé par les chrétiens aux Mongols – qu'il commence par se débarrasser des États croisés situés sur les côtes de la Syrie. Dans cette mesure, la crainte du grand maître de l'ordre des Chevaliers teutoniques s'avéra fondée. Moins de trente ans s'écouleraient en terre « sainte » avant que Saint-Jean-d'Acre, capitale du royaume de Jérusalem et dernier bastion des défenseurs chrétiens, ne soit définitivement évacuée après une résistance héroïque et désespérée. Ainsi s'acheva la grande aventure des croisades, au terme de presque deux siècles glorieux.

La bataille d'Ain Djalud fut l'un des principaux tournants dans l'histoire du deuxième millénaire. La victoire des mameluks protégea l'Islam, dans les pays qui en constituaient le cœur, de la plus grave menace à laquelle il ait jamais eu à faire face. Si les Mongols avaient avancé jusqu'au Caire, la doctrine du Prophète n'aurait pu s'affirmer en Afrique du Nord et l'Asie Mineure aurait certainement connu une autre évolution. Par contrecoup, le christianisme devint définitivement marginal au Proche-Orient.

Mais cette première défaite des Mongols produisit ses effets les plus sérieux dans leur propre zone d'influence, qui demeurait gigantesque. En l'espace de deux générations, les descendants de Gengis Khan adoptèrent la foi des vainqueurs. La longue ceinture musulmane qui s'étend aujourd'hui au sud de la Russie, depuis le Caucase jusqu'à la Mandchourie, aurait dans le cas contraire – même si ce n'est pas garanti – pu céder au christianisme des conquérants mongols. La véritable perdante de la bataille d'Ain Djalud fut Rome, qui avait jadis lancé les croisades et ses représentants en Terre Sainte, lesquels n'avaient qu'insuffisamment soutenu les Mongols – pour ne pas dire qu'ils les avaient trahis, jouant ainsi un rôle décisif dans l'issue de la bataille.

Même cela n'est pas certain ! L'Histoire suit ses propres règles qui intègrent les hasards heureux ou malheureux et les événements imprévisibles. Et si le Grand Khan n'était pas mort à cet instant précis, dans la lointaine Karakorum ? Peut-être était-ce bien ainsi : du point de vue européen égocentrique, dans notre conception occidentale, une domination mongole aurait, en cas de victoire, donné une tout autre direction à notre civilisation et à son évolution dans de larges fractions de l'Orient ainsi que, à l'évidence, dans certaines régions de l'Occident. En tout cas, le monde n'aurait pas le même aspect aujourd'hui ! Mais on ne peut pas réécrire l'Histoire.

Un chroniqueur ne devrait consigner que les faits réels. Guillaume de Rubrouck a agrémenté son texte avec ses sentiments, il décrit ses désirs, ses colères et ses angoisses, il ne cache même pas ses propres faiblesses. Sous cet angle aussi, le moine était un auteur douteux et un franciscain défroqué comme beaucoup de ceux qui ont mené une vie entachée d'erreurs. Il aima et fut aimé.

Après la date d'achèvement de son manuscrit, on perd sa trace. Pendant quelque temps, la rumeur a voulu qu'il soit revenu à Jérusalem et qu'il ait tenu un certain temps la taverne « Au dernier clou ». Il est peu vraisemblable qu'il se soit enfermé à tout jamais derrière les murs d'un monastère.

Rome, le 20 mars 2004
Peter Berling

FINIS

NOTES

La licorne

1. *Arslan :* chaman mongol ; conseiller des souverains de la maison des Gengis.
2. *Chaman :* magicien des peuples sibériens. En liaison avec les esprits de la nature, il prédit l'avenir et guérit. Les pratiques chamaniques se sont propagées, depuis la Sibérie, à travers toute l'Eurasie et jusqu'aux Indiens d'Amérique du Nord. À l'époque de Gengis Khan, les chamans mongols étaient des prophètes très respectés et des magiciens qui servaient d'intermédiaires entre les hommes et les esprits.
3. *Djinn* (arabe) : les esprits.
4. *Hijab* (arabe) : voile des femmes.
5. *Roç :* de son vrai nom Roger-Ramon-Bertrand, né vers 1240-1241, parents inconnus. A ajouté ultérieurement à son nom celui de « Trencavel du Haut-Ségur », ce qui fait penser à la lignée éteinte de Perceval. Le fils de Perceval (vicomte de Carcassonne) est mort en 1241 en tentant de reconquérir la ville de Carcassonne.

6. *Yeza :* Isabel-Constance-Ramona, née vers 1239-1240, parents inconnus, prit le nom de « Yezabel Esclarmunde du Mont y Grial ». Sa mère n'était vraisemblablement pas la célèbre Esclarmonde de la légende de Perceval, mais la fille homonyme du châtelain de Montségur ; son père était peut-être le fils bâtard de Frédéric, Enzio, né en 1216, qui mourut en 1272 captif de Bologne. Roç et Yeza sont appelés les « Enfants du Graal ».
7. *Yourte :* tente d'habitation mongole en osier tressé tendu de feutre ; le plus souvent transportée telle quelle sur de gigantesques chars à bœufs.
8. *Centaures :* créatures hybrides des légendes grecques, pourvues d'un buste humain et d'un corps de cheval.
9. *Sundjak :* général mongol.
10. *Yves le Breton :* né vers 1224, a fait des études de théologie et d'arabe à Paris, où il se destinait à devenir prêtre. En 1244, tua en légitime défense quatre sergents royaux. Mais le roi Louis IX le gracia et le prit comme garde du corps.
11. *Hulagu* (1218-1265) : fut envoyé en Perse par son frère Möngke, Grand Khan ; prit en 1260 le titre de Il-Khan.
12. *Khazar :* neveu de Kitbogha et officier mongol.
13. *Baïtchou :* fils de Kitbogha.
14. *Le Grand Projet :* document secret, vraisemblablement rédigé par John Turnbull pour le compte de la société secrète du Prieuré de Sion. Il donne, sous forme codée, des renseignements sur le destin des Enfants du Graal. On ignore dans quelle mesure le Grand Projet a été repris et effectivement mis en œuvre par le Prieuré.
15. *Graal :* grand mystère de la secte des cathares, il n'était révélé qu'aux initiés. On ignore encore

aujourd'hui s'il s'agissait d'un objet (le calice ayant recueilli les gouttes de sang du Christ), d'un trésor ou d'un savoir secret (concernant la lignée dynastique de la Maison Royale de David qui mène jusque dans le sud de la France et l'Occitanie en passant par Jésus de Nazareth).

16. *Le roi Louis :* Louis IX, né en 1214, roi de France, marié à Marguerite de Provence ; Louis reçut de son vivant le surnom de Saint Louis. Sa béatification eut lieu en 1297 ; ses deux croisades malheureuses en Égypte (1248-1254) et en Tunisie (1270) ne lui apportèrent certes aucun profit matériel, mais lui valurent une grande popularité, ce à une époque où la mystique des Croisades était encore vivace auprès du petit peuple. Sous son règne, qui fut un succès, le traité de Meaux (1229) mit un terme à la guerre des Albigeois. Montségur tomba en 1244 et le roi Henri III d'Angleterre, par le traité de Paris, reconnut la souveraineté du roi de France sur les possessions continentales anglaises. Louis mourut en 1270 lors de la septième croisade, devant Tunis.
17. *Enfants du Graal :* ce surnom des deux enfants laisse penser qu'ils portent le sang royal de la Maison de David.
18. *Kitbogha :* général, commandant en chef de l'armée mongole placée sous les ordres de Hulagu, exécuté en 1260 par Baybars.
19. *Outre-mer :* c'est le terme qu'on utilisait à l'époque pour la Terre Sainte.
20. *Le royaume de Jérusalem :* fruit de la première croisade, en 1099, il était constitué d'une ceinture côtière allant jusqu'à Gaza, au sud, et Beyrouth, au nord, avec Jérusalem pour capitale. Lui étaient

associés le comté de Tripoli et la principauté d'Antioche, qui s'étendait jusqu'à la frontière du royaume d'Arménie Mineure, au nord. En 1187, Saladin refit la conquête de Jérusalem, Acre devint la capitale. Au XIIIe siècle, il n'est plus composé que de ce port fortifié et de celui de Tyr.

21. *Ecclesia catolica* (latin) : l'Église universelle ; désignation officielle de l'Église catholique romaine.

22. *Hordes venues de Choresmie :* Chwarezm, Huwarizm, Hwarizm ; royaume normand dont le chef portait le titre de shah. Situé au sud-est de la mer Caspienne ; s'étendit un certain temps jusqu'en Inde en passant par la Perse : quatre dynasties entre 990 et 1231. Ensuite, les Chorésmiens sont devenus des hordes sans chef, souvent aussi des armées de soldats qui ont avancé jusqu'en Turquie et en Égypte ; ils sont devenus fameux à la suite de la prise définitive et de la destruction de Jérusalem en 1244.

23. *Grand Hohenstaufen :* il s'agit de l'empereur Frédéric II.

24. *Guillaume de Rubrouck* (1222-1293) : né sous le prénom de Willem dans le village de Roebruk (également Rubruc ou Roebroek) dans les Flandres, a fait ses études de frère mineur (franciscain) sous le nom de Guilelmus à Paris. Professeur d'arabe du roi de France Louis IX, a été délégué par celui-ci en 1243 au siège de Montségur. S'est retrouvé pris dans l'opération de sauvetage des enfants du Graal et accompagne depuis leur destin. En 1253, le roi a nommé Guillaume ambassadeur et l'a envoyé en mission auprès du Grand Khan des Mongols, un voyage dont il profita pour ramener les enfants du Graal, auxquels il était lié d'amitié. Guillaume

a tenu une chronique officielle sur ce voyage, l'*Itinerarium*.

25. *Hierosolyma* (latin) : Jérusalem.
26. *Alamut :* située dans les montagnes du Khorasan, au sud-ouest de la mer Caspienne, c'était la plus importante d'une trentaine de forteresses détenues par les Assassins, le quartier général et le siège de l'imam ; il contrôlait la route de la Soie, qui passait à proximité. Ce sont aujourd'hui des ruines difficilement accessibles.
27. *Démiurge :* du latin *demiurgus*, le créateur de mondes. Dans la foi cathare, il s'agissait du créateur malveillant du monde terrestre, rejeté par Dieu.
28. *Naiman :* sbire du sultan mameluk Saif ed-Din Qutuz.
29. *Mameluks :* garde personnelle des sultans fatimides d'Égypte (esclaves turcs).
30. *Ayyubides :* dynastie fondée par le sultan Saladin (ainsi dénommée d'après son père, Ayyub ; régnèrent sur la Syrie (Damas) et l'Égypte (Le Caire) où une révolte de palais des mameluks les remplaça tandis que la branche syrienne prenait son autonomie et perdurait jusqu'en 1260.
31. *Sultan Qutuz :* Saif ed-Din Qutuz, sultan mameluk (successeur d'Aibek).
32. *Baybars, dit « l'Archer » :* Az-Zahir Rukn ed-Din Baybars al-Bunduqari (Bunduktari), né en 1211. Le commandant de la garde du palais emporta la victoire sur le roi Louis IX près de Mansourah, assassina de sa main le dernier sultan ayyubide, Turanshah, mais fit proclamer sultan le général mameluk Izz ed-Din Aibek. Resta l'éminence grise du sultanat du Caire et ne régna sur l'Égypte que de 1260 à 1277, sous le nom de Baybars Ier.

33. *Saladin :* Salah ad Din Yusuf Ibn Ayyub (né en 1137 ou 1138 ; mort en 1193 à Damas). A remplacé en 1171 la dynastie des Fatimides et est devenu en 1176 le sultan d'Égypte et de Syrie ; fit en 1187 – après la victoire d'Hattin – la conquête de Jérusalem. La dynastie de souverains (sunnites) qu'il fonda porta lc nom de son père, le général Ayyub (les Ayyubides).
34. *Kumiz :* boisson nationale mongole ; lait de jument fermenté, également lait de chamelle au Proche-Orient (Qumys), souvent coupé de sang, extrêmement nourrissant et enivrant.
35. *Dokuz Khatun* (décédée en 1265) : épouse du Il-Khan, chrétienne nestorienne.
36. *Secretarius venerabilis* (latin) : titre : (« vénérable secrétaire »).
37. *Laurent d'Orta :* franciscain, né en 1222, Portugais, envoyé en 1245 par le pape Innocent IV à Antioche afin de régler la querelle religieuse avec les orthodoxes grecs.
38. *Pax et bonum* (latin) : « Paix et bien » : formule de salutation des franciscains.
39. *Bohémond VI :* prince d'Antioche, né en 1237, succéda à son père sur le trône à l'âge de quatorze ans et épousa Sybille d'Arménie, la fille d'Hethum Ier.
40. *El-Aziz :* fils d'An-Nasir, sultan ayyubide de Syrie.
41. *An-Nasir :* (al-Malik an-Nasir II Salah-ad-Din) Ayyubide, à partir de 1237 *malik* (roi) d'Alep ; après l'assassinat du dernier sultan ayyubide du Caire (1249) par les mamelouks, prend Damas lors d'un coup de main et s'y proclame en 1250 sultan de Syrie : gouverne jusqu'à la prise de la ville par les Mongols en 1260.

42. *Badr ed-Din Lulu :* atabeg de Mossoul.
43. *Kaikaus :* prince seldjoukide et frère d'Alp-Kilidj.
44. *Alp-Kilidj :* prince seldjoukide et frère de Kaikaus.
45. *Pax mongolica* (latin) : paix mongole ; pacification du royaume des Mongols par les lois promulguées par Gengis Khan.
46. *Porte de Syrie :* vieux col montagnard situé entre Beaufort et Banyas, dans le Liban du Sud actuel, accès à la plaine de la Bekaa.
47. *Paladin* (de *paladin*, latin, « appartenant à la cour, au palais ») : homme d'escorte fidèle.
48. *Libas* (arabe) : vêtement.
49. *Bantalon* (arabe) : pantalon bouffant.
50. *El-Kamil :* sultan ayyubide d'Égypte, mort en 1238.
51. *Chrétiens araméens :* église chrétienne autonome séparée de l'Église byzantine au IIIe siècle ; la langue qu'elle utilise jusqu'à nos jours pour la théologie et la liturgie est l'araméen.
52. *Chrétiens coptes :* chrétiens égyptiens (le mot « copte » est une déformation d'« Égypte ») ; l'Église copte existe encore aujourd'hui en Abyssinie et en Égypte.
53. *Josh le Charpentier :* également nommé Joshua le Cabaliste.
54. *David le Templier :* David de Bosra.
55. *Soufi* (arabe) : littéralement, porteur de vêtements en laine. Adepte du soufisme, une doctrine islamique qui a élevé l'exploration du spirituel (entre autres par l'ascèse, la méditation) au rang d'une science (*cf.* aussi « derviche »).
56. *Derviche :* (« celui qui se tient au seuil », arabe) : mystiques islamiques organisés en groupements libres. Approfondissement à l'aide de l'extase (*cf.* aussi « soufi »).

57. *Jalaluddin Roumi :* mystique soufique de Perse ; fuyant les Mongols, s'est réfugié chez les Seldjoukides (Iconium). Il est devenu en 1244 l'élève du Shams-i-Täbrisi. Selon la légende, Roumi inventa la danse rotative des derviches tourneurs, le *sema*, pour exprimer la douleur que lui causait la perte de Sham, son ami assassiné. Son œuvre la plus célèbre est le *Mesnevi*, rédigé en persan.
58. *Chevaliers du Temple :* la date et les circonstances de la fondation de l'ordre sont méconnues. Juste après la conquête de Jérusalem qui suivit la première Croisade (1096-1099), quelques chevaliers (apparentés à Bernard de Clairvaux) obtinrent l'autorisation de s'installer dans les murs de l'ancien Temple. En 1118, le premier grand maître, Hugo de Payns, demanda sa reconnaissance comme ordre de chevalerie, ce qui fut fait en 1120. Les *Sacrae domus militiae Templi Hierosolymitani magistri* furent dissous en 1307, lors d'un procès, par le roi français Philippe le Bel. Leur dernier grand maître, Jacques de Molay, fut brûlé en 1314 à Paris.
59. *Cabaliste :* interprétateur de la Cabale, la doctrine secrète juive (développée au IXe-XIIIe siècle) ; pratique les interprétations mystiques de l'Ancien Testament ; conversion des connaissances sous forme de chiffres et de formes.
60. *Adepte :* candidat à l'entrée dans une société secrète ou à l'initiation à une doctrine secrète (par ex. l'alchimie).
61. *Filius* (latin) : fils.
62. *Cimeterre :* sabre arabe, le plus souvent une lame de Damas s'élargissant fréquemment à son extrémité, ou même en forme de triangle.

63. *Faucon Rouge ou Constance de Sélinonte : alias* Fassr ed-Din Octay, né en 1215, fils du grand vizir Fakhr ed-Din et de l'esclave chrétienne Anna, amour de jeunesse de Sigbert von Öxfeld au temps de la croisade des enfants, en 1213. Surnom : Faucon Rouge. A été éduqué à la cour de Palerme et fait chevalier par l'empereur – de là son titre de « prince Constance de Sélinonte ». Son père était issu de la lignée des Seldjoukides.

64. *L'empereur Frédéric :* l'empereur Frédéric II, 1194-1250, fils de l'empereur allemand Henri VI et de l'héritière normande Constance d'Hauteville, petit-fils de l'empereur Barberousse (Frédéric Ier), en 1197 roi de Sicile, en 1212 roi d'Allemagne, en 1220 empereur. Débordant de talents, d'énergie et d'idées, Frédéric avait une personnalité étonnante déjà remarquée par ses contemporains, qui le qualifièrent de *Stupor mundi*, « la Stupeur du monde ». Après un conflit aigu avec le pape, Frédéric fut excommunié, ce qui ne l'empêcha pas de partir en croisade (1227-1229) ; celle-ci s'acheva lorsque le sultan d'Égypte rendit par traité, en 1229, Jérusalem et les Lieux Saints. En 1245, le concile de Lyon (pape Innocent IV) confirma l'excommunication de Frédéric et proclama sa démission. Il mourut en 1250 en Apulie et légua par testament le royaume de Sicile à son fils Konrad IV.

65. *Madulain :* née en 1229, ancienne amante de Guillaume de Rubrouck, plus tard épouse de Faucon Rouge ; issue d'une famille sarrasine de l'Engadine, conquise vers 850 par un groupe détaché de l'armée arabe, qui avait vraisemblablement remonté le Pô en passant par Venise et s'était mêlé aux habitants rhétiques des Grisons ; de là le surnom de

« princesse des Saratz ». Les Sarrasins des Alpes furent toujours « impériaux » (gibelins, c'est-à-dire fidèles aux Hohenstaufen) comme ceux de l'Apulie et de la Provence.

66. *Ali :* fils d'Aibek, sultan mameluk du Caire, mort assassiné.

67. *Montségur* (Munsalvätsch) : Le plus célèbre de tous les châteaux cathares, installé sur un cône rocheux (un « pog ») dans l'Ariège (comté de Foix). En 1204, à l'instigation d'Esclarmonde de Foix, fut transformé en citadelle. Fut jusqu'en 1244 l'un des derniers bastions des cathares, dans le sud de la France, au cours des troubles qui suivirent les croisades des Albigeois. Avant la construction de Montségur, un lieu de culte celte se trouvait déjà sur le pog. On peut encore voir aujourd'hui la ruine du château, qui est bien conservée.

69. *Jahwe* (hébreu, *jáwe*) (Jahve, appelé à tort Jéhova) : nom de Dieu dans l'Ancien Testament.

70. *Dictum* (latin) : verdict.

71. *O.F.M.* (latin) : Ordo Fratrum Minorum, ordre des frères mineurs (franciscains).

72. *Assassins :* secte secrète chiite-ismaélite ayant son siège principal à Alamut, qui prit aussi pied en Syrie en 1176. Son premier grand maître sur place fut le cheikh Rachid ed-Din Sinan, devenu célèbre et redouté sous son surnom de Vieux de la montagne. Le mot « Assassins » provient, pense-t-on, du terme *hashashin* (de la consommation de drogue attribuée aux membres de la secte) et reste aujourd'hui encore dans l'espace méditerranéen le synonyme de « meurtrier ».

73. *Chevaliers de Saint-Jean :* ordre de chevalerie issu de la fraternité de l'hôpital de Jérusalem qui y soi-

gnait des pèlerins malades avant même la première croisade. En 1099, le procurateur de l'Hospital, Gérald de Provence, demanda la fondation de l'ordre, qui fut confirmée en 1013 par le pape Pascal II. En 1220, le premier grand maître Raymond du Puy le transforma en ordre de chevalerie, et son saint patron Jean l'Aumônier fut remplacé par Jean l'Évangéliste, une figure combative. Tenue de l'ordre : manteau noir, en temps de guerre tunique rouge à croix blanche. Les chevaliers furent aussi appelés « Hospitaliers », d'après le nom de leur siège, l'hôpital de Jérusalem. En 1291, après la chute d'Acre, l'ordre se retira à Chypre, puis en 1309 à Rhodes et en 1530 à Malte (jusqu'en 1798, de là le surnom de « Maltais »). Existe encore aujourd'hui à Rome sous le nom d'Ordre souverain de Malte en zone extraterritoriale (Aventin).

74. *Ordre des Chevaliers teutoniques :* l'ordre allemand « des chevaliers et frères de l'Hôpital Sainte-Marie-de-Jérusalem » (*Ordo equitum Teutonicorum*) fut fondé devant Acre en 1190 sous forme de fraternité de soins aux malades et devint un ordre de chevalerie en 1198 (manteau blanc à croix noire). En 1225, il s'installa aussi en Prusse sous la direction de son fameux grand maître Hermann von Salza ; en 1237, fusionna avec les Frères de l'Épée. Après la chute d'Acre, en 1291, le siège de l'ordre fut d'abord Venise (jusqu'en 1311), puis le Marienburg, au bord de la Nogat (jusqu'en 1809).

75. *Grande Maîtresse :* Marie de Saint-Clair, grande maîtresse du Prieuré de Sion.

76. *Apocryphe* (origine grecque) : signes dissimulés, textes ayant un sens caché ; désigne les traditions

chrétiennes qui n'ont pas été intégrées dans le canon de la Bible officielle.

77. *Grand maître :* responsable suprême d'un ordre militaire.
78. *Bona nox !* (latin) : Bonne nuit !
79. *Si vis pacem, para bellum !* (latin) : « Si tu veux la paix, arme-toi pour la guerre. »
80. *Iltchi :* messager officiel mongol.
81. *Créan l'Assassin :* Créan de Bourivan, né en 1201, fils naturel de John Turnbull et de la cathare Alazais d'Estrombèzes, a grandi sous le nom de son père adoptif au château Belgrave, dans le sud de la France. Chargé par John Turnbull du fief de Blanchefort, en Grèce, où il épousa en 1221 Elena Champ-Litte d'Arcady. Après sa mort violente il se convertit à l'islam et fut admis dans l'ordre des Assassins syriens.
82. *Sigbert le Chevalier teutonique :* Sigbert d'Öxfeld, né en 1195 ; servit, sous les ordres de son frère Gunther, auprès de l'évêque d'Assise, rallia en 1212 la croisade des enfants, fut prisonnier des Égyptiens, entra après sa libération dans l'ordre des Chevaliers teutoniques et devint le commandeur de l'ordre à Starkenberg.
83. *Caput draconis* (latin) : tête du dragon (également, en astrologie, le « nœud ascendant de la lune »).
84. *Diaboli angelique advocati* (latin) : avocat du diable et de l'ange.
85. *Principe de Vénus :* en astrologie, désir de beauté, de don de soi et d'équilibre.
86. *Allégories :* représentations symboliques sous forme écrite ou artistique.
87. *Amours illégitimes entre Mars et Vénus* (épouse d'Héphaïstos) : dans la mythologie grecque, une

relation entre Arès et Aphrodite qui donna le jour à Éros, le dieu de l'amour.

88. *Cauda draconis* (latin) : queue du dragon (en astrologie, également nommé « nœud descendant de la lune »).
89. *Exaltatio* (latin) : enthousiasme (notion d'astrologie).
90. *Hermès Trismégiste* (grec) : « Le plus grand par trois fois. » Dix-sept livres qui lui sont attribués ont vraisemblablement vu le jour dans les premiers siècles après J.-C. à l'école ésotérique d'Alexandrie. Ils traitent de l'astrologie, des rituels du temple et de la médecine.
91. *Les quatre cavaliers de l'Apocalypse :* figures allégoriques terrifiantes de l'Apocalypse selon saint Jean, symbolisant la peste, la guerre, la faim et la mort.
92. *La consolation du Paraclet :* le Paraclet (du grec *paracletos*, l'assistance) est celui qui plaide devant Dieu. La métaphore est souvent utilisée pour désigner Jésus-Christ. C'est la principale notion liée à la rédemption dans le catharisme.
93. *Burqa* (arabe) : voile pourvu d'une fente grillagée permettant la vision.
94. *Sancti Sepulchri* (latin) : Église du Saint-Sépulcre, plus tard symbolisée par la « croix cloutée », blason du royaume de Jérusalem.
95. *Mauclerc :* vient du vieux français « mal clerc », « mauvais prêtre ».
96. *Terra Sancta* (latin) : Terre Sainte.
97. *Jacob Pantaleon :* patriarche de Jérusalem, d'origine française (Troyes).
98. *Guy de Muret :* ancien Inquisiteur, puis confesseur de Sybille d'Antioche, combat désormais dans le monde entier au profit du Couple Royal.

99. *Occitanie* (Occitania) : Le « Pays de l'Ouest », le « Pays du soir »; région du sud-ouest de la France actuelle qui fut jusqu'au XIIIe siècle une principauté dotée de sa propre culture et de sa propre langue (la « langue d'oc »), indépendante du royaume de France. L'Oc est pour l'essentiel fondé sur le comté de Toulouse (Tolosa) ; fondation gothique.

100. *Canis Domini* (latin) : Chien du Seigneur, surnom des dominicains.

101. *Sancta Ecclesia* (latin) : la sainte Église.

102. *Corpus mortuus* (latin) : corps, cadavre.

103. *Inquisiteur :* juge nommé par le pape et chargé des questions liées à la foi et à l'hérésie.

104. *Exemplum purum et divinum* (latin) : en vie.

105. *Collegium secretum* (latin) : assemblée secrète, rencontre secrète.

106. *Hérésie :* au Moyen Âge, toutes les représentations chrétiennes divergeant de la foi catholique romaine.

107. *Graviditas monachae in cauda nefarii causa* (latin) : « La grossesse de la nonne a sa cause dans la queue du diable. »

108. *Perceval :* l'idée de la lignée du sang sacré et royal connut un nouvel essor lorsque le catharisme, qui se propagea vers la fin du XIe siècle, y ajouta une composante religieuse. Les deux courants convergeaient dans l'idée du Graal. Les troubadours propagèrent la légende celte, remontant à l'époque de la migration des peuples, du roi Arthur et de ses chevaliers. Ainsi naquit le concept du gardien du Graal, de la famille du Graal, qui fut ensuite personnifié avec le début des persécutions en Occitanie. Ce fut le début de l'épopée de Perceval, liée à

la personne du vicomte de Carcassonne, Roger-Ramon II, de la maison Trencavel (« trancher bel »), également « Perceval » (de « percer »). La mère de cet (avant-dernier) Trencavel s'appelait Adelaïde de Burlats-Toulouse (Herzeloïde) et avait une tante nommée Esclarmonde de Foix, qui s'engagea avec force en faveur des cathares poursuivis ; en 1209, une croisade menée par la France et par Rome balaya le Languedoc, brûla les villes et leurs habitants, détruisit la culture et la langue. Perceval fut capturé et empoisonné, le comté de Toulouse devint français. Seul Montségur tint jusqu'en 1244 – mais on ne trouva pas le Graal lors de sa conquête.

109. *Incubus* (latin) : un esprit qui provoque les cauchemars.
110. *Gleyiza d'amor* (occitan) : Église d'amour.

La salamandre dans le feu

1. *Dungai :* capitaine mongol.
2. *Rhaban :* maître d'armes des princes seldjoukides.
3. *Sybille d'Antioche :* fille du roi Hethum Ier d'Arménie, mariée à Bohémond VI d'Antioche.
4. *Johanne :* sœur de Sybille, mariée à Julian de Sidon et Beaufort.
5. *Dispense :* ici, autorisation officielle d'abandonner les fonctions de prêtre.
6. *Pons de Tarascon :* vassal du Trencavel, frère de Bérénice.

7. *Terèz de Foix :* les comtes de Foix étaient (depuis l'époque gothique) indépendants de tout souverain, comme les Trencavel de Carcassonne.
8. *Alais :* dame de cour et servante de Sybille, princesse d'Antioche.
9. *Bérénice de Tarascon :* épouse de Terèz de Foix et sœur de Pons de Tarascon.
10. *Damna* (occitan) : dame.
11. *Burnous* (arabe) : manteau, le plus souvent en laine.
12. *Prosternation :* hommage marquant l'humilité. Chez les Mongols, elle consistait à se mettre à plat ventre ou à genoux et à toucher trois fois le sol avec le front.
13. *Baal :* chez les Sémites occidentaux, surnom de Hadad, le dieu de l'atmosphère, de l'air. Dans la Bible, Baal compte au nombre des faux dieux.
14. *Alilat :* déesse de la sagesse, du commerce et de l'amour.
15. *Beit al malikah* (arabe) : maison de la reine.
16. *Houris al hamam* (arabe) : compagnes de jeu aux bains.
17. *Marc de Montbard :* commandeur des Templiers à Sidon.
18. *Commandeur :* commandant d'un château ou d'un arrondissement appartenant à un ordre.
19. *Shai nana* (arabe) : thé avec des feuilles de menthe fraîche.
20. *Fakhr ed-Din :* père de Faucon Rouge, grand vizir égyptien.
21. *Shisha* (arabe) : narguilé.
22. *Mashrab shai* (arabe) : maison de thé.
23. *Primus inter pares* (latin) : « Premier parmi les semblables. »

24. *Signe pneumatique :* signe d'air.
25. *Clarion :* comtesse de Salente, née en 1226 : fille illégitime du Hohenstaufen Frédéric II, qui engrossa pendant sa nuit de noce (Brindisi, 1225) la demoiselle d'honneur de son épouse, Yolanda.
26. *Lapis ex coelis* (latin) : « Pierre tombée du ciel ».
27. *Hamsa* (arabe) : amulette. Connue en Europe sous le nom de « Main de Fatima » (la fille du Prophète), elle est pour les musulmans une protection contre le malheur (en arabe, ce mot signifie « cinq », les cinq doigts de la main).
28. *Pallas Athénée :* la fille préférée de Zeus dans la mythologie grecque. Déesse de la ville d'Athènes, déesse de la guerre et de la paix, de la sagesse, des arts et de l'artisanat.
29. *Krak des Chevaliers* (ou, en arabe : Qala'at el-Hosn) : principale forteresse des chevaliers de Saint-Jean.
30. *La reine Plaisance :* Plaisance de Chypre, sœur de Bohémond VI d'Antioche, épousa le roi Henri Ier de Chypre et de Jérusalem.
31. *Bailli :* haut fonctionnaire régional. Administrateur du royaume de Chypre en Terre Sainte.
32. *Godefroy de Sargines :* bailli de la reine Plaisance de Chypre.
33. *Thomas de Bérard* (1256-1273) : grand maître des Templiers.
34. *Hugo de Revel* (1259-1278) : grand maître des chevaliers de Saint-Jean.
35. *Philippe de Montfort :* l'un des principaux barons d'Outre-mer, descendant du fameux Simon de Montfort, chef d'armée lors des guerres albigeoises. Les Montfort étaient installés en Terre Sainte, et notamment à Tyr.

36. *Hanno von Sangershausen* (1257-1274) : vice grand maître de l'ordre des Chevaliers teutoniques.
37. *Starkenberg :* château d'origine de l'ordre des Chevaliers teutoniques en Terre Sainte, située au nord d'Acre, fut acheté en 1189, au profit de l'ordre, par des négociants de Lübeck, puis réaménagé. Les croisés donnaient aussi à cette forteresse le nom de « Montfort », qui est la traduction française de « Starkenberg ».
38. *Turcopoles :* terme désignant les troupes auxiliaires indigènes des barons d'Outre-mer et des ordres de chevalerie. Souvent, les turcopoles n'étaient même pas des chrétiens : ils louaient leurs services de mercenaires aux seigneurs qui dominaient leur secteur d'origine. Dans les ordres, il existait un commandeur des turcopoles, spécialement chargé d'eux.
39. *Beauséant :* bannière de guerre des Templiers.
40. *Ordinis fratrum minorum* (latin) : de l'ordre des frères mineurs (franciscain) O.F.M.
41. *Nestorien :* les nestoriens étaient des partisans de la doctrine du patriarche Nestor de Constantinople (mort en 451) qui avait été chassé de l'Empire romain en 431, pour hérésie ; il fonda en Perse une Église dont le patriarcat se situait à Ctésiphon. Ils évangélisèrent l'Inde, la Chine, l'Afrique et les Mongols sans supprimer pour autant le chamanisme. Doctrine dualiste, refus du culte marial.
42. *Vestigia terrent* (latin) : les traces des autres sont une source de dissuasion.

LE SERPENT VENU DES PROFONDEURS

1. *Baphomet :* « Tête de Baphomet », idole à trois visages, mélange de face de diable et de tête de bélier dont on dit que les Templiers lui vouaient une adoration secrète; le nom et son origine sont encore inexpliqués aujourd'hui.
2. *De facto* (latin) : « de fait ».
3. *Militiae templi Salomonis :* combattants du Temple de Salomon. Partie du nom officiel de l'ordre des Templiers, qui se réfère au lieu de sa fondation, bien qu'à cette époque le temple juif n'ait plus existé et que les premiers Templiers se soient installés dans l'aile d'habitation de la mosquée Al-Aqsa.
4. *Lucerna* (latin) : lampe, lumière.
5. *Sigillum* (latin) : sigle.
6. *Sine dubio* (latin) : « sans aucun doute ».
7. *Trigone :* le triangle.
8. *Transsubstantiation :* passage d'une substance dans une autre : dans le dogme catholique, transformation du pain et du vin en corps et sang du Christ.
9. *Caput mundi* (latin) : Tête du monde, Rome.
10. *Codex militaris* (latin) : règle militaire.
11. *Rex Judaeorum* (latin) : roi des Juifs.
12. *Mare Nostrum* (latin) : littéralement, « notre mer » (du temps de l'Empire romain), Méditerranée.
13. *Imperium Romanum* (latin) : Empire romain.
14. *Sacrum Imperium Romanum* (latin) : Saint Empire romain.
15. *Schisme :* scission de l'Église catholique en un pan catholique romain et un pan orthodoxe grec (1054).
16. *Investiture :* entrée en fonctions. Il s'agit ici d'une question juridique posée au Moyen Âge : le pape

doit-il couronner l'empereur (ce qui le placerait au-dessus de ce dernier).

17. *Pontifex Maximus* (latin) : prêtre suprême, c'est-à-dire le pape.
18. *Charles de Gisors :* beau-frère de la Grande Maîtresse Marie de Saint-Clair.
19. *Inter familiam* (latin) : En famille, en cercle familier.
20. *Orbis Mundi* (latin) : le cercle de la Terre.
21. *Colonia* (latin) : colonie. Mais il s'agit ici de Cologne (Colonia Agrippina).
22. *Carolus Magnus :* Charlemagne (747-814), roi des Francs (768-814), empereur romain depuis 800.
23. *Gnose* (du grec *gnosis*) : connaissance. Le centre de la mouvance chrétienne des gnostiques était Alexandrie ; ce courant croyait en un dieu transcendant, miséricordieux et bon, mais éloigné du cosmos.
24. *Mani* (242 av. J.-C.) : fondateur de la religion arienne gnostique, le manichéisme, en Perse. Il s'est fondé sur le dualisme de Zarathoustra, fut actif jusqu'au Moyen Âge, et exerça une forte influence sur les cathares.
25. *Diaspora* (grec) : la dispersion. Dans le Nouveau Testament, les juifs vivant en dehors de la Judée.
26. *Patrimonium Petri* (latin) : possessions du pape, les régions d'Italie qui constituaient l'État de l'Église au Moyen Âge : le Latium, des parties contestées de la Toscane et de l'Ombrie, ainsi que les « Marches » (Bologne, Ferrare, Ancona).
27. *Urbain II :* pape, 1088-1099. Appela en 1095 à la première croisade, lors du concile de Clermont.
28. *Deus lo volt* (bas latin) : « Dieu le veut ! »

29. *Pogromes :* persécution de communautés ethniques ou religieuses, notamment les juifs.
30. *Bataille d'Hattin :* près de Tibériade. C'est là (aux « cornes d'Hattin ») que Saladin anéantit en 1187 l'armée des croisés (ce qui déboucha sur la reconquête de Jérusalem au profit de l'islam en 1187).
31. *Innocent III :* pape de 1198-1216 ; fut de 1197 à 1215 le tuteur du jeune Frédéric II, puis son adversaire acharné lorsque celui-ci ne tint pas sa promesse de s'engager dans une croisade.
32. *Le grand Barberousse :* l'empereur Barberousse, l'empereur Hohenstaufen Frédéric Ier (vers 1125-1190), fils du duc Frédéric de Souabe et de la guelfe Judith. Roi d'Allemagne en 1152, empereur en 1155. Pour rétablir la puissance de l'empereur, Barberousse partit cinq fois en campagne contre le pape et les villes de Haute-Italie. En 1189, en tant que chef de la chrétienté, il prit la tête de la troisième croisade avec une armée de 12 000 à 15 000 hommes ; le 10 juin 1190, Barberousse se noya juste avant d'atteindre son objectif, dans le Saleph, une petite rivière de Cilicie. Il fut inhumé à Tyr.
33. *Cathares* (du grec *hoi katharoi*, les purs) : un mouvement de rénovation religieuse qui se détacha radicalement de l'Église officielle romaine et catholique. Dans le Languedoc, l'« hérésie » trouva autant de partisans qu'en Provence, en Lombardie et en Allemagne. La doctrine des « purs » avait son origine dans le manichéisme persan, une foi dualiste qui fait une distinction entre le Dieu bon et invisible et le « méchant créateur de mondes », le démiurge. Les hommes sont une partie de la création obscure du démiurge, mais portent en eux le germe lumineux du Dieu véritable. Comme

on rejette la matière, considérée comme « diabolique », l'homme doit se libérer totalement d'elle afin de revenir à son origine divine. Cette attitude impliquait une grande attention portée aux créatures qui souffrent et le refus de toute tentation dans ce monde, mais a aussi entraîné l'ascétisme, voire le mépris du monde. Le catharismc a également repris des conceptions remontant aux conceptions paléochrétiennes, à la diaspora juive et au druidisme celtique. Au cours du XIIe siècle, il s'est développé pour devenir un dangereux contre-pouvoir face à Rome. C'est surtout la frugalité des prêtres qui a valu aux « hérétiques » l'affection du petit peuple. Mais la noblesse locale, elle aussi, défendait cette doctrine qui, à la différence de celle de l'Église romaine, ne prétendait pas à avoir des ambitions dans le domaine du pouvoir profane. La religion cathare était pratiquée avec joie par ses adeptes, puisqu'elle promettait le paradis à chacun ; elle partageait avec la noblesse la nostalgie du saint Graal. Les cathares exigeaient la pauvreté de l'individu, mais admettaient la possession communautaire. La lutte qui fut menée contre eux lors des croisades, au début du XIIIe siècle, ne fut pas la cause de la destruction des cathares, fruit de la « contre-évangélisation » menée par les dominicains. C'est au cours du combat contre les hérétiques que l'Église mit au point la procédure de l'inquisition, partiellement consignée dans des « manuels ».

34. *La France des Capet* (Capétiens, du latin *cappa*, le manteau) : maison royale française, régna de 987 (Hugues Capet, 987-996) jusqu'à la Révolution française. Vers la fin du XIIe siècle, elle diri-

geait seulement l'Île-de-France, avec Paris, les comtés de Flandre, de Champagne et de Blois ainsi que le duché de Bourgogne. L'ensemble du sud de la France (la Provence, le royaume de Bourgogne, l'Arelat et la Lorraine faisaient partie de l'Empire romain germanique) ; le puissant comté de Toulouse (Tolosa) était indépendant, le Languedoc, avec le Roussillon, était un fief des Aragon de ce côté des Pyrénées, et était donc tout aussi peu la propriété des Capétiens que le grand duché d'Aquitaine (Guyenne, Poitou, Gascogne) qui, à la suite du mariage d'Aliénor, était revenu à l'Angleterre des Plantagenêts – lesquels revendiquaient déjà leurs régions d'origine, la Normandie, la Bretagne et l'Anjou (avec le Maine, la Marche et la Touraine).

35. *Albigeois :* les albigeois, un groupe de cathares originaire d'Albi, dans le sud de la France, prônaient l'ascèse la plus rigoureuse, la pauvreté et le refus du monde terrestre. Leur nom est devenu le symbole de tous les hérétiques, qu'ils soient cathares ou vaudois. Lorsque, au début 1208, le légat Pierre de Castelnau fut assassiné par un page de Raymond VI de Toulouse, que les hérétiques semblaient favoriser secrètement, et qui fut excommunié par le pape, Innocent III appela à la croisade contre les albigeois. Les croisés commencèrent par prendre Béziers en 1209, puis Carcassonne. Simon de Montfort prit ses terres à Raymond, à l'exception de Toulouse et de Montauban. Le roi Pierre II d'Aragon, qui appela ses vassaux à l'aide, fut battu et tué en 1213 par Simon de Montfort, au cours de la bataille de Muret. Le IVe Concile du Latran annula la propriété des terres de Raymond V, ce

qui provoqua le soulèvement de la population du Languedoc. En 1218, Simon de Montfort fut tué lors du siège de Toulouse ; mais la victoire ne pencha en faveur des croisés qu'au moment où le roi français Louis VIII intervint dans les combats (1226). Les succès décisifs furent entérinés en 1229 avec le traité de Paris. Mais dans le Languedoc, on mena encore longtemps des campagnes militaires contre les hérétiques ; elles ne s'achevèrent qu'avec la prise de Montségur (1244).

36. *Grégoire IX* (1227-1241) : pape, s'est retrouvé très rapidement dans de sévères conflits avec l'empereur Frédéric II.
37. *Innocent IV :* pape entre 1243 et 1254. Il a obtenu que le concile de Lyon proclame la déposition de l'empereur Frédéric, en 1245.
38. *Château Saint-Ange :* château érigé sur le tombeau de l'empereur Adrien.
39. *Penis excillis* (latin) : remarquable pénis.
40. *Le grand Bernard :* saint Bernard de Clairvaux (1091-1153), de la lignée des Châtillon, entra en 1112 dans l'ordre des cisterciens et fonda en 1115 le monastère réformé de Clairvaux (en latin Claravallis). En 1140, il condamna le célèbre scolastique Abélard ; en 1145, il accompagna le légat pontifical lors d'une mission contre les hérétiques albigeois. Son oncle, André de Montbard, fut l'un des membres fondateurs de l'ordre des Templiers.
41. *Plantagenêt :* « Planta Gigestra », la branche de genêt, était l'armoirie des casques des ducs d'Anjou. Lorsque Geoffroi le Bel et son épouse Mathilde conquirent le trône d'Angleterre pour leur fils Henri II, la branche devint le nom de la nouvelle lignée dynastique.

42. *Stupor mundi* (latin) : la « Stupeur du monde », surnom de l'empereur Hohenstaufen Frédéric II.
43. *Les assassins de Dagobert :* du roi mérovingien Dagobert III (711-715), dit « le Bon ».
44. *Shia* (Shi'at Ali ; arabe) : piste, trace, lignée (du sang). Ses partisans, les chiites, ne reconnaissent comme imams ou comme califes que des descendants de Fatima (la fille du Prophète), de son époux Ali et de la tradition de la parole du Prophète qui remonte à eux.
45. *Origine aryenne :* appartenant au courant de foi des Aryens qui, à l'instar de leur fondateur Arius, ne considéraient pas que Jésus soit l'égal de Dieu.
46. *Zoroastre :* Zarathoustra, fondateur de l'une des plus anciennes religions du monde, vécut dans une période située entre 1700 et 1500 av. J.-C. Il exerça une influence sur les Esséniens juifs. Devint religion d'État en Perse en 600 av. J.-C., sous le nom de parsisme. En se fondant sur les religions de la nature (le feu et l'eau), Zarathoustra conçut Ahura Mazda, le Dieu de la création, et son adversaire Ahriman, le destructeur. Cette opposition cosmique de deux forces contenues dans la création mena au « jeu de l'asha », le jeu d'échecs rituel.
47. *Sublimatio* (latin) : terme d'alchimie.
48. *Divina Hierosolyma* (latin) : la Jérusalem divine.
49. *Magistri Templi Salomonis* (latin) : suzerains du temple de Salomon, partie du titre officiel des Templiers.
50. *Apothéose :* montée parmi les dieux.
51. *Mont Sion :* Sion, le château fort de l'ancienne Jérusalem. Au sens figuré, la « vraie » foi ancienne.

52. *Gengis Khan* (Gjinggis Qayan, 1167-1227) : Souverain de quelques-uns des peuples mongols vers 1195, souverain absolu à partir de 1206.
53. *Cingulum* (latin) : ceinture.
54. *Malik* (arabe) : roi.
55. *Möngke :* (Monka, Mangu, 1208-1259), petit-fils de Gengis Khan ; élu en 1251, lors du congrès mongol (*kuriltay*) pour succéder à son neveu Guyuk au poste de Grand Khan (*khagan*).
56. *Qamis* (arabe) : chemise.
57. *Vassaux :* homme libre lié à un suzerain par une relation de fidélité personnelle.
58. *Allahu akbar* (arabe) : « Dieu est grand ».
59. *Sashadu an la...* (arabe) : « Je témoigne qu'il n'existe pas d'autre Dieu que Dieu. »
60. *Kasat shai nana* (arabe) : verres de thé à la menthe fraîche.
61. *Quo vadis ? :* « Où vas-tu ? »
62. *Toison d'or :* dans le mythe grec, c'est la fourrure du bélier divin qui emporte Phrixos en Colchide.
63. *Copulatio a tergo* (latin) : position sexuelle dans laquelle l'homme pénètre la femme par-derrière.
64. *Et nunc ad memoriam !* (latin) : « Et cela pour la mémoire ».
65. *Ave* (latin) : « Salut ! »
66. *Morituri te salutant !* (latin) : « Ceux qui vont mourir te saluent. »
67. *Mousseline :* léger tissu de coton en provenance de la ville de Mossoul.
68. *Albisa* (arabe) : les vêtements.

Le phénix renaissant de ses cendres

1. *Le Phénix :* dans le mythe romain, l'oiseau Phénix se consume lui-même à intervalles réguliers avant de renaître de ses cendres ; le Phénix est ainsi devenu dans la foi chrétienne le symbole de Jésus.
2. *Amama* (arabe) : turban.
3. *Feu grégeois :* Kallinikos de Byzance inventa en 671 cette substance de combat dont l'effet approche celui du phosphore. Il était lancé par des catapultes dans des pots fermés et brûlait même sur l'eau. Il était composé d'un mélange de soufre, de salpêtre, de résine, de bitume et de chaux brûlée. Il fut utilisé avec efficacité en 672 par les Byzantins pour défendre Constantinople contre les Arabes.
4. *Aer* (latin) : l'air.
5. *Sol invictus* (latin) : le Soleil invaincu, divinité de la Rome tardive, mais surtout le titre que se donnaient les César.
6. *Mercure* (latin) : dieu du commerce et des voleurs.
7. *Kis* (arabe) : le petit sac, la bourse.
8. *Requiem...* (latin) : « Donne-leur la paix éternelle, Seigneur, et que la lumière les éclaire. »
9. *Te decet hymnus...* (latin) : « C'est à toi que reviennent les louanges, Dieu de Sion, et que doit revenir l'adoration à Jérusalem. »
10. *Exaudi orationem...* (latin) : « Écoute ma prière, vers toi vient toute chair. »
11. *Graduel :* prière de la messe ou chant choral composé de passages des psaumes.
12. *Houris* (arabe) : compagnes de jeu.
13. *Che Diaus Adujia... !* (occitan) : « Que Dieu aide cette femme au si grand courage ! »

REMERCIEMENTS

C'est cette fois à Roman Hocke que je dois mes remerciements pour la défense minutieuse et patiente de mes intérêts. Au-delà de l'activité qu'il mène depuis qu'il est mon nouvel agent, j'ai en lui un ami compréhensible et qui m'épaule avec énergie.

Parmi mes collaborateurs depuis de nombreuses années, j'évoquerai volontiers Daniel Speck pour toutes les questions liées à l'islam et au monde arabe, le Pr. Dario della Porta pour les questions religieuses et la philologie classique et Shirin Fatemi pour la transposition graphique réussie de mes intentions dans l'élaboration des symboles du « jeu de la vérité ».

J'ai diverses raisons non négligeables de remercier également Anke Dowideit-Ceccatelli, Julia Wolters et mes éditeurs Isabelle Laffont, à Paris, et Mario Muchnik, à Madrid, pour leur soutien, ainsi que, *last but not least*, le vénéré maître Gunter Fette.

Je veux cependant souligner ici l'insigne collaboration de Sylvia Schnetzer qui a su ajouter à son engagement constant et à sa bonne humeur l'expérience du maniement d'un écrivain fréquemment fatigant, comme je le suis.

À la source de toute la bibliographie à laquelle j'ai fait appel pour mon travail se trouve le livre *Der Kreuzzug gegen den Gral* d'Otto Rahn, Urban Verlag, 1933 (rééd. 1997 chez le même éditeur), auquel je dois mon intérêt pour l'époque du Haut Moyen Âge.

A Garden beyond Paradise, The mystical poetry of Rumi, sous la direction de Jonathan Star et Shahram Shiva, Bantam Books, New York, 1992, un bon choix de poésies du célèbre soufi Roumi, a constitué une source vive pour beaucoup de citations.

A History of the Crusades, de Steven Runciman, Cambridge University Press, 1950-1954, reste pour moi, notamment en raison de sa vision équilibrée qui tient compte autant du point de vue de l'Occident que de la vision multiple de l'Orient, le chef-d'œuvre solitaire de l'historiographie des croisades. J'ai par ailleurs fait appel aux ouvrages suivants :

BEZZOLA, Gian Andri, *Die Mongolen in abendländischer Sicht*, Francke, 1974.

BOSWORTH, C.E., *The islamic Dynasties*, Edinburgh Univ. Press, 1967.

BRADBURY, Jim, *The Medieval Siege*, The Boydell Press, 1992.

BURMAN, Edward, *The Assassins*, Edward Burman, 1989.

FOREY, Alan, *The Military Orders*, Macmillan Education Ltd., 1992.

GIL, Juan, *En demanda del Gran Kan*, Alianza Editorial, 1993.

GIMPEL, Jean, *The Medieval Machine*, Victor Gollancz Ltd., 1976.

GOLDSTREAM, Nicola, *Medieval Crafstmen*, British Museum Press, 1991.

LEVY, Reuben, *A Baghdad Chronicle*, Cambridge Univ. Press, 1929.

LEWIS, Bernard, *The Arabs in History*, Oxford Univ. Press, 1958.

The Assassins, Weidenfeld & Nicholson, 1967.

MAALOUF, Amin, *Les Croisades vues par les Arabes*, Jean-Claude Lattès, 1983.

NAGEL, Tilmann, *Staat und Glaubensgemeinschaft im Islam*, Artemis, 1981.

SANTAMAURA, *Il paradiso degli assassini*, Casa Ed. Marietti, 1989.

SECEN, Sagang, *Geschichte der Mongolen*, Manesse, 1829.

SPULER, Bertold, *Geschichte der Mongolen*, Artemis, 1968.

TAUBE, Manfred (éd.), *Geschichte der Mongolen*, C.H. Beck, 1989.

WEIERS, Michael (éd.), *Die Mongolen*, Wissenschaftl. Buchges., 1986.

Ainsi que mes propres travaux :
Les Enfants du Graal, Lattès, 1996.
Le Sang des rois, Lattès, 1997.
La Couronne du monde, Lattès, 1998.
Le Calice noir, Lattès, 1999.

Ce volume clôt définitivement la saga *Les Enfants du Graal*, devenue aujourd'hui une pentalogie. Je remercie tous mes lecteurs.

Rome, le 20 novembre 2004.

Table

La serpent venu des profondeurs

La Phénix renaissant de ses cendres

Du même auteur :

Les Enfants du Graal, Lattès, 1996.
Le Sang des rois, Lattès, 1997.
La Couronne du monde, Lattès, 1998.
Le Calice noir, Lattès, 1999.
La Cathare, Lattès, 2000.
La Croisade des enfants, Lattès, 2004.

Composition réalisée par ASIATYPE

Achevé d'imprimer en avril 2008 au Danemark par
NORHAVEN PAPERBACK
8800 Viborg
Dépôt légal 1re publication : mai 2008
LIBRAIRIE GÉNÉRALE FRANÇAISE – 31, rue de Fleurus – 75278 Paris Cedex 06

31/2225/6